BASTEI
LÜBBE
TASCHENBUCH

Weitere Titel der Autorin:

Das blaue Medaillon
Das Mätressenspiel

Über die Autorin

Martha Sophie Marcus wurde 1972 im Landkreis Schaumburg geboren, studierte in Hannover Germanistik, Pädagogik und Soziologie und verbrachte anschließend zwei Jahre in Cambridge. Heute lebt Martha Sophie Marcus mit ihrer Familie in Lüneburg. Im Herbst 2016 erhielt sie den Kulturförderpreis des Landkreises Lüneburg in der Sparte »Literatur«.

Martha Sophie Marcus

Lady Annes Geheimnis

HISTORISCHER ROMAN

BASTEI LÜBBE
TASCHENBUCH

BASTEI LÜBBE TASCHENBUCH
Band 17825

Dieser Titel ist auch als E-Book erschienen.

Originalausgabe

Die Veröffentlichung dieses Werkes erfolgt auf Vermittlung
der literarischen Agentur Peter Molden, Köln.

Textredaktion: Eva Wagner, Dorfen
Titelillustration: © Richard Jenkins Photography; © akg-images;
© Shutterstock: James A. Harris | Rudy Bagozzi | Nik Merkulov
Umschlaggestaltung: Johannes Wiebel | punchdesign, München
Satz: two-up, Düsseldorf
Gesetzt aus der Garamond
Druck und Verarbeitung: CPI books GmbH, Leck – Germany
ISBN 978-3-404-17825-4

1 3 5 4 2

Sie finden uns im Internet unter www.luebbe.de
Bitte beachten Sie auch: www.lesejury.de

Im Anhang dieses Buchs finden Sie eine Liste der historischen und fiktiven Personen und ein Glossar der im Roman verwendeten ungewöhnlichen Begriffe.

1. Kapitel

Hannover-Herrenhausen, Juni 1714

DRÜCKENDE SOMMERHITZE lag über Herrenhausen. Die Prachtgärten der Herzogin standen in voller Blüte, und zwischen den ordentlich gestutzten Hecken spazierten Damen und Herren, die in ihren bunten Kleidern wandelnden Riesenblumen ähnelten. Sobald der in der Luft liegende Regen kam, würden sie mit trippelnden Schritten vor ihm fliehen und dabei aussehen wie abgerissene Blütenköpfe, die der Wind vor sich hertrieb.

Anne Baynes, die Tochter von Sir Baynes von Madlock Country in Schottland, wandte sich vom Fenster ab. Vor zweieinhalb Jahren hatte ihre deutsche Tante sie an den kurfürstlichen Hof geschickt, und sie war mit dem Vorsatz gekommen, sie alle zu hassen: die eitlen Höflinge, die Mätresse des Kurfürsten, die in Glanz und Gloria in einer Stellung lebte, für die das Volk gewöhnliche Frauen bespuckte, den Kurfürsten selbst, der alle zwang, über das zu schweigen, was er seiner Gemahlin antat, und die Töchter dieser beiden, die als verwöhnte Gänse dahinleben durften, ohne zu erfahren, was echte Sorgen sind.

Und gelegentlich hasste sie den einen oder anderen von ihnen wirklich.

»Anne, wenn du nächstes Mal die angeblich gereinigten Schuhe entgegennimmst, dann sieh richtig hin! Sie sind nicht sauber. Da!«

Luise von der Schulenburg, die älteste Tochter von Kurfürst Georg und seiner *Maîtresse en titre* Melusine, hielt ihr einen gelben Brokatschuh so nah vor die Augen, als sei sie kurzsichtig, und zeigte auf eine winzige dunkel verfärbte Stelle. Schmutz war es nicht, eher der Schatten eines Flecks, den auch die gründlichste Reinigung nicht hatte entfernen können.

»Ich bitte um Verzeihung, Fräulein Luise. Soll ich den Schuh noch einmal zum Reinigen bringen?«, fragte sie.

Mit der gebotenen Vorsicht schüttelte Luise den bereits frisierten Kopf. »Ich besitze keine anderen Schuhe, die so gut zu diesem Kleid passen, wie du sehr wohl weißt. Und ich werde mich nicht noch einmal umkleiden, nur weil der Schuh einen kleinen Fleck hat. Aber du musst aufmerksamer sein. *Be more mindfuller!*«

Gehorsam deutete Anne einen Knicks an. »*More mindful*, Miss Luise. Ohne das ›er‹ am Ende. Ich werde mich bemühen.«

Luises ebenfalls fast fertig angekleidete Schwester Melusine-die-Jüngere lachte fröhlich auf und verriet damit, dass Luise Anne nur aufgezogen hatte.

In der Tat zuckte die Ältere lächelnd mit den Schultern. »Das war doch nur ein Scherz, Annchen. Ich weiß, wie es richtig heißt. Sollten wir die Queen eines Tages doch noch kennenlernen, dann wird sie an unserem Englisch keinen Anstoß nehmen können. Allerdings glaube ich nicht, dass es dazu kommt. In ihrer Thronrede im März hat sie die hannoversche Thronfolge gar nicht erwähnt. Und gestern hat unsere durchlauchte Grandmère einen bösen Brief von ihr erhalten, in dem sie sich in scharfen Worten verbittet, dass ein Mitglied des Hauses Hannover noch zu ihren Lebzeiten nach England kommt. Grandmère war äußerst konsterniert wegen dieser Grobheit.«

Melusine zog eine Schnute. »Ich glaube, Queen Anne ist eine übellaunige, schrullige alte Vettel. Unsere Grandmère Sophie hat dagegen ein geradezu engelhaftes Temperament, wenn du mich fragst. Ich kann verstehen, wenn die Gute darüber verzweifelt, dass man es der Engländerin und ihrem Gefolge nicht recht machen kann. Zeigt Grandmère sich interessiert an der Thronfolge, ist sie in deren Augen gierig und voreilig. Zeigt sie sich vornehm zurückhaltend, sehen sie nur schändliche Gleichgültigkeit darin.«

Anne stellte sich ihre Namensvetterin, die verwitwete und kinderlose Queen Anne, vor, wie sie krank und elend im Bett lag, einsam zwischen ihren Beratern und Ministern. Begegnet war sie ihr nie, aber ihre Eltern hatten sie nach der Königin benannt. Ihre Mutter verehrte Ihre Majestät und hatte früher daheim in Madlock House jede Nachricht aus London aufgesogen und eifrig verbreitet. Etwa siebzehn Schwangerschaften hatte die Queen erlebt. Doch nur fünf ihrer Kinder waren lebend zur Welt gekommen, und nur ein einziges war älter geworden als zwei Jahre. Dieser eine Knabe war am Ende seines elften Lebensjahrs an einem bösartigen Fieber gestorben. Annes Mutter hatte das Unglück der Königin bei jedem Trauerfall mit Tränen in den Augen beklagt. So hatte Anne gelernt, Mitgefühl mit Ihrer Hoheit zu haben, lange bevor sie selbst hatte erfahren müssen, was eine Schwangerschaft und der Verlust eines Kindes bedeuteten. Inzwischen wusste sie es, wenn sie das auch niemandem preisgeben durfte. Ihrer schändlichen Schwangerschaft wegen hatten ihre Eltern sie aus der Heimat verbannt, damit sie das Kind heimlich bei ihrer Tante auf die Welt brachte. Sie fühlte den Schmerz noch, als wäre alles erst kürzlich geschehen.

Mit umso größerer Hochachtung bewunderte sie die Königin dafür, dass sie trotz der schrecklichen Erfahrungen ihr Land gut regiert hatte. England war unter Queen Annes Herrschaft durch alle Turbulenzen hindurch gut gediehen. Doch nun war sie ausgelaugt und musste nicht nur dem nahen Tod, sondern auch der Gewissheit ins Auge blicken, dass ihre Krone bald einem Fremden aufgesetzt werden würde – fremd für sie, und fremd vor allem für ihr Land. Wie konnte ein Mensch so viel Leid ertragen, ohne wahnsinnig zu werden? Der Verlust eines einzigen Kindes war schon schwer genug.

Doch am Hof von Hannover sprach man über solche Fragen besser nicht laut. Es hätte sonst vielleicht ein verfängliches Gespräch darüber aufkommen können, ob es unrecht war, eine Mutter von ihren Kindern zu trennen, wie der Kurfürst es mit seiner geschiedenen Frau und ihren Kindern getan hatte.

Luise stieß einen verächtlichen Laut aus. »Im Vergleich mag Grandmère ein Engel sein. Aber sie ist kompliziert genug, und sie ist alt. Ich kann mir in Wahrheit nicht vorstellen, dass sie noch nach London reist, um auf den Thron zu steigen und Großbritannien zu regieren. Unter uns gesagt habe ich sogar Schwierigkeiten, mir vorzustellen, wie unser Vater diese Aufgabe übernimmt. Obgleich er in seinem Alter zweifellos geeigneter wäre.«

Anne kannte die Art, wie Melusine sich gehetzt im Raum umsah, um sicherzugehen, dass da sonst niemand war, der das Gespräch belauschte. Für eine Zofe wie sie war es das Zeichen, dass sie zur gehörlosen Dienerin werden musste. Daher verkniff sie sich jede sichtbare Gefühlsregung. Dass Luise an der Eignung ihrer Großmutter und ihres Vaters für das ihnen zugedachte Amt zweifelte, durfte auf keinen Fall an die Öffentlichkeit dringen. Wären die Zweifel auch noch so begründet, äußern durfte man sie nicht.

Auf der Kommode lagen Schmuckstücke, die Anne Melusine anlegen musste. Achtsam nahm sie die Halskette auf, als gäbe es für sie nichts Wichtigeres.

Melusine antwortete ihrer Schwester flüsternd: »Das darfst du doch so nicht sagen, Luise. Aber wenn wir schon einmal dabei sind: Mich graust es bei der Vorstellung, dass wir vielleicht bald alle nach England umziehen müssen. Dich denn gar nicht?«

Mit einem Schulterzucken wandte Luise sich ihrem Spiegelbild zu. Ihr üppiges dunkles Haar machte eine Perücke überflüssig. Nur einige zusätzliche Haarteile hatte Anne verwendet, um die Frisur höher aufbauen zu können. Zufrieden zupfte Luise sich die Löckchen zurecht, die ihr Gesicht umspielten. »Wenn Grandmère Königin wird, ist es überhaupt nicht gewiss, dass wir alle nach England mitgehen. Vielleicht wird Vater sich dafür entscheiden, hier in Hannover unsere eigenen Staatsgeschäfte weiterzuführen. Ich neige dazu, das zu glauben. Das Kurfürstentum zu stärken bedeutet ihm schließlich alles. Und solange er nicht dauerhaft in England leben will, wird *Notretante* ganz sicher nicht dorthin ziehen. Aber warum graust es dich auf einmal so davor? Wir haben uns doch immer darauf gefreut, für eine Weile in London zu leben! Es ist sicher aufregender als hier.«

Melusine war ans Fenster getreten, um hinauszublicken. Nun neigte sie den Nacken, um sich ihr Collier anlegen zu lassen. Da sie so hochgewachsen war wie ihre Mutter, musste Anne, die zu den kleinsten Frauen des Hofs gehörte, die Arme weit heben, um der jungen Dame die Kette zu schließen. Sie gab acht, dass das Puder, mit dem sie Melusines Dekolletee geweißt hatte, den Edelsteinen nicht ihren Glanz nahm.

»Eine Stadt zu besuchen ist aber etwas anderes, als seine Heimat aufgeben zu müssen, um dort für immer zu leben. Mir wurde das bewusst, als wir kürzlich glaubten, dass Queen Anne tatsächlich dem Tode nahe sei. Und sie haben dort dieses Gesetz, dass der König oder die Königin das Land nicht verlassen darf«, sagte sie.

»Ach, Melusine! Eins ist ganz gewiss: Du oder ich werden nicht Königin. Daher wird wohl niemand etwas dagegen einzuwenden haben, falls wir England wieder verlassen möchten«, sagte Luise.

Das Collier war verschlossen, und Anne wich zurück, um die passenden Ohrgehänge zu holen. Wie seltsam, dass die jungen Damen schon jetzt darüber nachdachten, aus England zu fliehen, obwohl sie das Land noch gar nicht kennengelernt hatten! Sie selbst konnte sich nicht vorstellen, dass sie ihr Herkunftsland freiwillig noch einmal verlassen würde, falls es ihr gelang, dorthin zurückzukehren. Gelegentlich träumte sie von der bergigen Küste des Firth of Clyde, die bei jedem Wechsel des Lichts anders aussah und doch in ihrer Mischung aus Schroffheit und sanftem Grün immer wunderschön blieb. Wenn sie erwachte und sich daran erinnerte, wo sie wirklich war, fühlte sie sich beraubt.

»Bist du fest davon überzeugt, dass die Engländer die Thronfolge so einhalten werden, wie es im *Act of Settlement* steht? Oder hältst du es für möglich, dass sie den Beschluss im letzten Moment ändern?«, fragte Melusine.

»Ich halte in dieser Hinsicht alles für möglich. Vielleicht entscheiden sie sich am Ende doch für ihren schottischen James oder Jakob Stuart. Sie wollen ihn nicht, weil er ein Katholik ist. Aber solche Dinge können sich ändern, nicht wahr? Soweit ich gehört habe, hat der Mann etliche Fürsprecher, obwohl er im Exil lebt. Wer weiß, ob sie nicht noch an Einfluss gewinnen, bevor Queen Anne stirbt?«

Anne war froh, dass man sie nicht nach ihrer Meinung fragte, denn sie hätte nicht gewusst, was sie sagen sollte. Der Wohnsitz ihrer Familie lag im Süden Schottlands, darum wusste sie, dass viele Schotten sich James Stuart auf den Thron wünschten, weil sie sich davon Vorteile für ihr Land erhofften. Doch Annes Vater war Engländer und ihre Mutter Deutsche, und beide hatten ihren Kindern reichlich Schauergeschichten von den despotischen katholischen Stuart-Königen erzählt. Daher empfand sie die eher liberale und gebildete Herzogin Sophie oder ihren Sohn Kurfürst Georg als durchaus kluge Wahl.

Ihre politische Ansicht spielte allerdings gar keine Rolle, wenn sie sich dringend wünschte, dass ein Angehöriger des Hauses Hannover den Thron bestieg. Denn nur gemeinsam mit dem hannoverschen Hof würde es ihr möglich sein, nach England zurückzukehren. Allein konnte sie sich nicht einmal die Reisekosten leisten. Geschweige denn, dass sie gewusst hätte, wo und wie sie ihr Leben fristen konnte. Ihre Familie würde sie nicht aufnehmen, wenn sie ungerufen nach England kam. Und selbst besaß sie nichts. Keine Schränke voller Seidenkleider in allen Farben des Regenbogens, wie die Damen, denen sie diente. Auch keine Juwelen an Samtbändern, aufgezogenen Perlen, Ohrgehänge aus Gold, Schatullen voller Silbermünzen oder Urkunden über Einkünfte aus ihr überschriebenen Landgütern.

Auf all diese Dinge hatte sie früher einmal gute Aussichten gehabt. Dass sie diese Aussichten je zurückgewann, war unwahrscheinlich. Dafür hätte ihr Vater sich an sie erinnern und zu dem Schluss kommen müssen, dass sie ihm als Braut irgendeines vielversprechenden möglichen Schwiegersohns größere Vorteile einbrachte, als es Nachteile und Schwierigkeiten verhieß, sie vom kurfürstlichen Hof nach Hause zu holen. *Meine Tochter ist Zofe am Hof unseres zukünftigen Königs,* ging geschmeidig über die Lippen und klang eindrucksvoll. Da gab es nichts zu rechtfertigen. Die Tochter musste froh und dankbar für diese Ehre sein.

Sanft schob Anne den vergoldeten Draht durch das Loch in Melusines Ohrläppchen. Seit die junge Dame letztes Mal ungeduldig versucht hatte, den Ohrschmuck eigenhändig anzulegen, war es geschwollen, deshalb war besondere Vorsicht geboten. Anschließend ging Anne um die weiten Röcke herum, um auch das andere Ohr erreichen zu können, während Melusine weiter aus dem Fenster blickte. »Vorsicht, Miss Melusine. Bitte noch einmal stillhalten!«, sagte sie.

Das Fräulein regte sich nicht, bis sie fertig war, dann lächelte sie Anne an. »Danke, Anne. Es hat gar nicht wehgetan. Niemand sonst hat so geschickte Hände wie du. Gerade gestern sagte ich zu *Notre-tante*, wie einfallsreich und gewandt du im Frisieren geworden bist, und wie zufrieden ich darüber bin, dass wir dich haben. So eine kleine Elfe du auch bist, so groß sind deine Talente.«

Anne spürte, wie sie errötete. Mit Schmeichelei konnte sie noch schlechter umgehen als mit Spott. »Euch und Euren Schwestern behilflich zu sein ist mir eine Freude«, sagte sie.

Luise stieß ein gutmütiges Schnauben aus. »Nun, *Miss Fairy*, könntest du mir bitte jetzt einmal ganz geschickt die Schuhe überstreifen? Eine Schande, die Sache mit dem Fleck!«

Anne erinnerte sich daran, wie ihre Tante solche Probleme zu lösen pflegte, und betrachtete den Schuh noch einmal. »Habt Ihr noch einen Augenblick Zeit, Miss Luise? Ich habe eine Idee.«

»Eine Idee hat die Fee! Dann rasch!«, sagte Luise.

Aus der Kleiderkammer holte Anne Nähzeug und ein paar Blättchen aus hauchdünnem Goldblech, die vom Besatz eines Kleides abgefallen waren, und ging ans Werk. Kurz darauf präsentierte sie das Ergebnis. »Wie meine deutsche Tante zu sagen pflegte: Einen Schaden zu verzieren ist oft unauffälliger als der Versuch, ihn zu beheben. Was meint Ihr?«

Luise begutachtete zufrieden die Blättchen, neben denen die Unregelmäßigkeit in der Farbe des Gewebes nicht mehr ins Auge stach. »Das Zweitbeste an dir nach deiner Geschicklichkeit ist deine Tante«, sagte sie.

Was Anne zum Lächeln brachte, obgleich sie innig hoffte, dass sie keine Ähnlichkeit mit ihrer Tante Irma hatte. Deren Einfallsreichtum hatte sie nicht davor gerettet, zu einer bitteren alten Jungfer zu werden, die ihre Unzufriedenheit mit Branntwein betäubte.

Die beiden jungen Damen waren fertig angekleidet und bereit, sich zu den anderen menschlichen Blumen in den großen Garten zu begeben. Erleichtert wartete Anne darauf, dass man sie entließ, denn sie hatte noch nicht gefrühstückt und sehnte sich nach einer kleinen Pastete und einem Becher Pfefferminztee. Je nachdem, was die Herrschaften gestern beim Abendessen übrig gelassen hatten, würde es Pastete mit Wild- oder Ei-und-Käse-Füllung oder Obstkompott geben. Sie war so hungrig, dass ihr alles gleich verlockend erschien.

Melusine stieß einen Laut des Entzückens aus und hob die Hand, um anzuzeigen, dass ihr etwas Wunderbares eingefallen war. »Erinnerst du dich an die braunen Samtschuhe, die mir so langweilig geworden sind, Anne? Ich bin sicher, sie würden mir wieder gefallen, wenn du sie mit einem ähnlichen goldenen Besatz verzierst. Und ich könnte sie heute Nachmittag zum Spaziergang mit *Notre-tante*, Seiner Durchlaucht und Prinzessin Caroline tragen. Sei so gut und erledige das gleich, damit es uns später beim Umkleiden nicht aufhält.«

Ihre Schwester pflichtete ihr bei. »Sie hat recht. Sowohl Seine Liebden als auch Caroline verabscheuen Verspätungen. *Notre-tante* wäre es peinlich, wenn eine von uns erneut dadurch auffiele. Mach es also lieber jetzt gleich.«

Anne musste ein wenig Bitterkeit hinunterschlucken. Die Fräulein taten, als würde es an ihrer kleinen Handarbeit liegen, ob sie sich an diesem Nachmittag verspäteten oder nicht. Dabei wäre es nicht allzu schwierig gewesen, sich etwas früher von den Spielereien des Tages loszureißen, um am späten Nachmittag pünktlich zum Spaziergang mit ihren Eltern und ihrer inoffiziellen Schwägerin Caroline anzutreten. Doch es stand ihr nicht zu, sie darauf hinzuweisen. Ihr knurrender Magen würde sich gedulden müssen.

»Die Schuhe werden fertig sein, wenn Ihr zum Umkleiden hereinkommt, Miss Melusine«, sagte sie und knickste.

Als die beiden jungen Damen sich zur Tür bewegten, klopfte es laut von außen. Anne öffnete, um die gerade dreizehnjährige und damit jüngste der drei Schwestern einzulassen. »Guten Morgen, Miss Gertrud. Eure Schwestern wollten gerade hinausgehen.«

»Guten Morgen, Anne. Ich darf mit in den Garten, denn ich habe heute Morgen mein Latein und mein Einmaleins so gut aufgesagt, dass ich bis nach dem Mittagessen keinen Unterricht mehr habe.« Ihr rosiges Gesicht strahlte und ließ sie noch niedlicher aussehen als sonst. Sie war eindeutig die Hübscheste von den dreien und wurde vor allem von ihren Eltern verwöhnt. Ganz schwach erinnerte sich Anne an eine Zeit, in der sie selbst eine solche Rolle für ihre Eltern gespielt hatte.

»Darauf dürft Ihr stolz sein, Miss Gertrud«, sagte sie.

»Das kommt, weil sie dieses unglaublich gute Gedächtnis hat«, sagte Melusine. »Sie konnte schon immer verblüffend schnell auswendig lernen.«

Trudchen lachte. »Wenn wir bald nach England umziehen, dann werde ich noch viele neue Wörter lernen müssen. Wirst du dann eigentlich mitkommen, Anne? Oder wirst du wieder bei deiner Tante Irma in Altehorst leben?«

Obwohl diese Frage Anne unaufhörlich beschäftigte, tat sie gelassen. »Die Entscheidung liegt nicht bei mir. Euer Herr Vater wird gewissenhaft abwägen, wer ihn nach London begleiten darf. Damit wird er auch über meine Zukunft bestimmen.«

»*Willst* du denn gehen? Ich bin mir gar nicht sicher, ob ich will. Aber ich habe gehört, dass es nicht einmal feststeht, ob *Notre-tante* mitgehen darf. Wegen ... Na, ihr wisst schon«, sagte Gertrud.

Melusine schnaubte empört. »Seine Liebden wird doch nicht ohne sie in ein anderes Land ziehen.«

Ihre ältere Schwester sah es nüchterner und drückte damit auch Annes Zweifel aus. »Wer weiß? Man kann nicht erwarten, dass sich die Engländer mit allem gleich abfinden werden. Einen neuen, fremden König zu respektieren, ist schon eine Herausforderung. Dass er gleich seine Mätresse und ihre Töchter mitbringt, wird sie möglicherweise empören. Anne hat recht: Er wird genau darüber nachdenken müssen, wer ihn begleitet. Am Ende ist es ja auch eine Frage der Kosten.«

Knapp drei Jahre zuvor hatte Annes deutsche Tante Irma in einem ihrer klaren Momente geschlussfolgert, dass ihre Jugendfreundin Melusine von der Schulenburg Verwendung für eine junge Gesellschafterin haben könnte, die Englisch ebenso fließend sprach wie Deutsch, und der die englischen Gebräuche und Eigenheiten geläufig waren. Anne war mit ihren damals 17 Jahren etwa im gleichen Alter wie Luise und die nach ihrer Mutter benannte Melusine-die-Jüngere, was passend erschienen war.

Frau von der Schulenburg hatte der Vorschlag zwar gefallen, doch eine reine Gesellschafterin oder weitere Lehrerin hatte sie sich nicht leisten wollen. Durch die Blume hatte sie Irma dabei mitgeteilt, dass außerdem Annes Herkunft für diesen Posten nicht ganz den Ansprüchen genügte. Erst nachdem Tante Irma die besonderen Talente ihrer Nichte beim Arrangieren von Kleidung und Frisuren angepriesen hatte, einigte man sich darauf, Anne zur Probe am hannoverschen Hof aufzunehmen und sie als Zofe und Englischlehrerin der jungen Damen einen doppelten Nutzen erfüllen zu lassen.

In dieser Stellung war sie zu einem der Zwischenwesen geworden, die weder ganz zu den vornehmen Höflingen zählten noch eindeutig zu den Bediensteten. Sie hatte nicht den Rang einer Hofdame, die am Tisch der hochvornehmen Gesellschaft Platz nehmen durfte. Doch sie war auch keine Magd, die sich zu den Küchenhilfen und Holzknechten auf die Bank setzte. Als Tochter eines englischen Baronets stand sie dafür zu weit über diesen einfachen Leuten.

Sie schätzte sich glücklich, dass sie zumindest in ihrer Zwischenwelt nicht allein war und ihre Pastete einsam in einer Besenkammer verzehren musste. Es gab bei Hof noch andere wie sie und daher auch einen Raum, in dem sie einigermaßen würdevoll gemeinsam ihre Mahlzeiten einnehmen konnten. Eine prachtvoll gedeckte Tafel fand man hier zwar nicht vor, doch die Küchendiener servierten das Beste von dem, was die hohen Herrschaften täglich übrig ließen, und sie bemühten sich sogar, die Vorlieben der Anwesenden kennenzulernen.

Als Anne den kleinen Speisesaal an diesem Vormittag betrat, warteten dort bereits Fräulein Gertruds Gouvernante, der derzeitige Musiklehrer der Herzogsfamilie sowie Freiherr Konrad von Oldeshausen auf ein Frühstück. Herr von Oldeshausen war der viertjüngste Sohn eines verarmten Adelshauses und als Lehrer der Wissenschaften für sämtliche Kinder des Hofs angestellt. Mit seiner scharf geschnittenen Nase und dem glatten Gesicht gefiel er vielen Damen, was ihm für Annes Geschmack zu bewusst war.

Die Herren erhoben sich und erwiesen ihr mit einer kleinen Verbeugung ihre Reverenz, während die Gouvernante ihr freundlich zunickte. Herr von Oldeshausen lud sie mit einer weit ausholenden Geste in die Runde ein. Sein dunkler Justaucorps strömte Lavendelduft aus, der trotz seiner Intensität den Geruch von muffiger Holztruhe nicht überdecken konnte.

»Guten Morgen, Miss Anne«, begrüßte er sie. »Setzt Euch zu uns und berichtet, wie es den älteren Damen von der Schulenburg geht. Das junge Fräulein Gertrud hat uns heute schon bewiesen, dass sie brav lernt. Das ist wenigstens etwas, wenn sie schon das geistige Niveau niemals erreichen wird, das die Enkelkinder unseres verehrten Kurfürsten aufweisen. Ich frage mich, welche Rolle die Vererbung hier spielt. Angeblich soll die Mutter unseres Kurprinzen ja eine geistreiche, wenn auch nicht unbedingt kluge Frau gewesen sein.«

Er gehörte zu denen, die es nicht lassen konnten, auf die geschiedene Gemahlin des Kurfürsten anzuspielen, obwohl es unerwünscht war, sie zu erwähnen. Wahrscheinlich fühlte er sich wagemutig dabei und hoffte, für seine Keckheit bewundert zu werden. Anne hatte die Geschichte der armen Sophie Dorothea ausführlich von ihrer Tante gehört und sich fest vorgenommen, bei Hof niemals freiwillig über sie zu sprechen. Die Scheidung lag zwar schon zwanzig Jahre zurück, doch das machte die Angelegenheit im Grunde noch schlimmer. Denn seit jener Zeit hielt Georg Ludwig seine frühere Ehefrau gefangen. Sie musste in einem kleinen Schloss auf dem Land leben und durfte nur wenige Besucher empfangen. Nicht ein einziges Mal hatte er ihr in all der Zeit erlaubt, ihre beiden gemeinsamen Kinder oder später ihre Enkelkinder zu sehen. Das alles, weil sich Sophie Dorothea einen Liebhaber genommen und es nicht geschickt genug verborgen hatte.

Als Kind hätte Anne geglaubt, dass eine Sünderin eben ihre Strafe demütig ertragen musste. Doch seitdem hatte sie erkannt, dass in der Welt wenig Gerechtigkeit zu finden war. Was als Sünde galt, wurde nicht von einer unbestechlichen höheren

Weisheit bestimmt, sondern in Wahrheit durch das, was die Mächtigen bequem fanden. Georg Ludwig, der damals noch nicht Kurfürst von Hannover gewesen war, hatte zum Zeitpunkt von Sophie Dorotheas Untreue bereits die Taufe der ersten Tochter gefeiert, die er mit seiner Mätresse Melusine gezeugt hatte. Er hatte seine Gemahlin also für einen Ehebruch bestraft, den er selbst längst vielfach begangen hatte. Und seine Rache beschränkte sich Gerüchten nach nicht auf ihre Verbannung, denn der Geliebte seiner Gemahlin verschwand spurlos. Hinter vorgehaltener Hand wurde gemutmaßt, dass die Herzogsfamilie den Mann hatte ermorden lassen.

Der Musiklehrer hielt Anne den Stuhl, während sie sich setzte. So musste sie sich nicht damit herumärgern, dass ihre Röcke den Stuhl umwarfen, bevor sie Platz nehmen konnte. Ausladend genug waren sie dafür, obwohl ihr Kleid neben denen der Damen »von Qualität« schmal und bescheiden aussah. Essen stand noch nicht auf dem Tisch, doch die Stubenfliegen lauerten schon. Zu Annes Bedauern war es sinnlos, sie zu vertreiben. Der kleine Speisesaal lag nah bei der Küche, und dort standen jetzt im warmen Juni stets alle Türen und Fenster offen. In den Duft von frisch gebackenem Brot mischten sich Fischgeruch und die beißende Note von etwas Angebranntem.

»Ich glaube, ein Mensch von einfachem Verstand, der fleißig lernt, kann am Ende weit klüger werden als ein von seiner Veranlagung her geistesstarker Faulpelz«, sagte sie.

»Ha, ha! Immer für einen weisen Ausspruch gut, unsere Miss. Doch nicht jede schlechte Veranlagung lässt sich durch Fleiß und Willensstärke ausgleichen. Eine höhere Geburt gibt einem Menschen einen großen Vorsprung, der von anderen kaum eingeholt werden kann. Und so ist es schließlich gottgewollt, nicht wahr?«, sagte Herr von Oldeshausen.

Anne fragte sich, ob er wirklich davon überzeugt war oder

bloß plapperte. Seine und ihre gottgewollt hohe Geburt hatte sie beide an diesen Tisch gesetzt, wo sie Fliegen auf dem nicht ganz sauberen Tischtuch beobachten und darauf warten konnten, dass man ihnen Essensreste servierte. Während die gleichhohe Geburt Melusine von der Schulenburg und ihre unehelichen Töchter, die man offiziell als ihre Nichten ausgab, in Samt und Seide hüllte und ihnen heiße Chocolate brachte, wann immer sie es wünschten. Nicht dass Anne es ihnen noch immer missgönnt hätte. Doch wenn sie selbst über so viel Geld hätte verfügen können, dann hätte sie Besseres damit anzufangen gewusst. Tausendmal hatte sie sich schon ausgemalt, wie sie in dem Fall nach England zurückgehen und ihren kleinen Sohn zu sich nehmen würde. Gut drei Jahre war es her, seit ihre Familie ihr den Säugling entrissen hatte, und sie schrieben ihr nie, doch sie war sicher, dass der Kleine noch lebte.

Immer wenn sie darüber nachdachte, fühlte sich ihr Herz an wie ein Hohlraum, der in sich zusammenzubrechen drohte. Gerade in der vergangenen Nacht hatte sie wieder von ihrem Sohn geträumt, hatte gespürt, wie er die winzige Hand um ihren Finger schloss. Sie atmete tief durch und verdrängte den Gedanken.

Ein paar von den Fliegen saugten mit ihren hässlichen Rüsseln an Krümeln, die auf dem Tisch lagen. Zwei der dicken Brummer paarten sich. »Natürlich. So ist es gottgewollt«, sagte sie.

Zu ihrem Glück öffnete sich die Tür, von der aus ein Gang in die Küche führte, und ersparte ihr die Fortführung des Gesprächs. Zwei Mägde brachten eine Terrine mit Milchsuppe und Körbe mit Brot und Pasteten herein.

»Guten Morgen, Miss Anne. Für Euch Pfefferminztee?«, fragte eine von ihnen, die Anne an ihre ältere Schwester Catharine erinnerte, obwohl die sie selten so freundlich behandelt hatte.

»Ja, bitte.«

Die Magd stellte ihre Körbe auf den Tisch und nickte Anne zu. »Wir alle genießen den Duft von Eurer Pfefferminze in der Küche. Der Koch gießt sich schon manchmal selbst davon auf, wenn er eine Verschnaufpause macht.«

Anne zwang sich zu einem kurzen Lächeln. »Grüß ihn von mir und richte ihm aus, dass die Köchin meiner Eltern zu Hause eine köstliche Minzsauce zum Lammbraten zubereitet hat.«

»Ich werde es ihm sagen.«

Nach einem pflichtschuldigen Knicks verließen die Mägde den Raum, und für eine Weile genügten Kauen und Schlucken den nimmermüden Kiefern von Herrn von Oldeshausen. Doch dann drängte sich seine Meinung wieder hervor.

»Pfefferminzsoße, ja? Nun, ich habe schon oft gehört, dass die Engländer seltsame Vorlieben pflegen. Ich muss sagen, dass ich selbstverständlich Seiner Durchlaucht und seinem Hause auch dort im Ausland dienen würde. Doch ich wäre auch nicht ganz unglücklich darüber, hier in meinem eigenen Land bleiben zu dürfen. Seit wie vielen Jahren lebt Ihr nun in Deutschland, Miss Anne?«

»Es sind bald vier«, erwiderte Anne.

»Und welches Land haltet Ihr für schöner?«, fragte er.

Anne drehte ihren Zinnteller ein wenig, bis die ansehnlichste Seite der Mahlzeit zu ihr wies. »Solche Vergleiche anzustellen ergibt für mich wenig Sinn. Ein Kind mag den Ort schön nennen, an dem es aufwächst. Doch es sieht ganz andere Dinge als der Erwachsene. Wenn ich heute zurückkehrte, empfände ich gewiss vieles ganz anders.«

Er kaute schon wieder und grunzte seinen Widerspruch daher vorerst nur, bis er schlucken konnte. »Vor vier Jahren wart Ihr doch kein Kind mehr. Wie alt wart Ihr, als Ihr nach Deutschland geschickt wurdet? Sechzehn Jahre?«

Sie bemühte sich, kühl und gleichgültig zu wirken, und nickte. »Auch der Blick einer Sechzehnjährigen verklärt vieles.«

Lachend winkte er ab. »Nun klingt Ihr, als hieltet Ihr Euch heute für alt. Dabei seid Ihr doch noch immer jung. Bezaubernd jung, wenn Ihr mir die Freiheit erlaubt.«

Sie mochte ihm keineswegs irgendeine Freiheit erlauben, aber in Wahrheit scherte es ihn nicht, ob sie ihn aufdringlich fand. Eine der Fliegen ließ sich auf dem Rest seiner Pastete nieder, und sie stellte sich kurz mit Genugtuung vor, auf welchem Dreck sie vorher gesessen hatte. »Ihr solltet mir nicht schmeicheln«, sagte sie.

»Es ist ja nicht geschmeichelt. Und glaubt mir, ich würde gern noch ganz andere Dinge für Euch tun, als Euch nur Eure bezaubernde Jugend vor Augen zu führen.« Nun starrte er sie durchdringend an und hielt dabei sein Messer mit der Spitze nach oben, als wolle er den Fliegen damit eine plumpe Falle stellen.

Die Gouvernante räusperte sich. »Herr von Oldeshausen, verzeiht, aber ehe Miss Anne hereinkam, sprachen wir über den Unterrichtsplan, den Ihr für Fräulein Gertrud geschrieben habt. Wäret Ihr so freundlich, mir mehr darüber zu erzählen?«

Unter halb gesenkten Lidern warf die Gouvernante ihr einen Blick zu. Anne dankte ihr mit der Andeutung eines Nickens und senkte den Blick auf ihren eigenen Teller, den sie sorgsam von allen Fliegen frei gehalten hatte.

Als Anne am folgenden Tag von einer Besorgung beim Schneider zurückkehrte, mussten ihre Sänftenträger bei der Ankunft am Schlosstor einem Reiter ausweichen, der sein Pferd noch auf dem Vorplatz aus dem Stand zum Galopp antrieb. Das war rüpelhaft, kam aber vor, wenn jemand das Schloss in großer Eile verließ. An diesem Tag war der rücksichtslose Reiter jedoch nur der Erste von vielen Menschen, die so verbissen an ihr vorüberhasteten, dass sie nicht das Herz hatte, einen von ihnen aufzuhalten und nach dem Grund zu fragen.

Erst auf dem Flur vor ihrer Unterkunft begegnete sie zwei putzenden Mägden, die sie auf den ersten Blick als Unwissende erkannten.

»Oh, Miss Anne, habt Ihr es etwa noch nicht gehört? Die meisten Hofleute und die fürstliche Familie sind im Garten. Die arme alte Herzogin Sophie … Sie ist draußen zusammengebrochen. Vielleicht werdet Ihr dort von Euren jungen Damen gebraucht?«

Ob man sie brauchen würde, wusste Anne nicht, dennoch lief sie hinaus in Herzogin Sophies regennassen Prachtgarten.

Was geschehen war, drang schon als Raunen zu ihr, bevor sie die Menschenansammlung bei einem der Pavillons erreichte. *Tot. Einfach zusammengebrochen und gestorben!* Anne drängte sich zwischen den Leuten hindurch, soweit die Höflichkeit es zuließ, und erspähte schließlich die kurfürstliche Familie. Georg Ludwig beugte sich über die Bahre, auf die man seine Mutter gebettet hatte. Ihm gegenüber standen sein Sohn Georg August, dessen Gemahlin Caroline und ihre Freundin Gräfin Johanna von Schaumburg-Lippe. Madam Schulenburg und ihre weinenden Töchter hielten sich auf der Seite des Kurfürsten im Hintergrund.

Also war es wahr. Sophie von der Pfalz, die ehemalige Herzogin und Kurfürstin von Hannover, lebte nicht mehr.

In respektvoller Entfernung von Madam Schulenburg und ihren Töchtern wartete Miss Gertruds Gouvernante, die Hände zum Gebet verschränkt. Anne wand sich weiter durch die Menge, bis sie neben ihr stand. »Was ist geschehen?«, flüsterte sie.

Die Lehrerin seufzte kummervoll. »Sie ist mit Prinz Georg August, Prinzessin Caroline und Gräfin Johanna im Garten spazieren gegangen, so wie jeden Tag. Die Prinzessin sagte, sie wäre trotz der Hitze ganz lebhaft gewesen. Dann fing es an zu regnen, und sie beeilten sich, um im Pavillon Schutz zu suchen. Da sackte die Gute auf einmal in sich zusammen und war schon kurz darauf nicht mehr ansprechbar. Was für ein Verlust! Die armen Mädchen. Auch wenn die Herzogin ihre Mutter nicht mochte, war sie ihnen doch herzlich zugetan.«

Anne nickte ernst und schämte sich heimlich dafür, dass ihre Gedanken in diesem Moment nicht nur von Mitgefühl für die Verwandten der würdevollen alten Dame bestimmt wurden.

Denn für sie selbst würde sich der Todesfall möglicherweise als Vorteil erweisen. Herzogin Sophie würde nicht mehr Königin von Großbritannien werden. Damit rückte Kurfürst Georg Ludwig an die erste Stelle der Thronfolge. Und was auch immer andere spekulieren mochten – Anne war sicher, dass er nicht ohne seine geliebte Mätresse und ihre Töchter nach London ziehen würde.

2. Kapitel

Anne war nicht die einzige Engländerin am kurfürstlichen Hof. Viele hatten darauf gesetzt, dass die Krone wie angekündigt den Deutschen zufallen würde. Mit der typischen Begeisterung der Engländer für Wetten aller Art hatten sie beachtliche Einsätze von Zeit, Aufwand und Vermögen riskiert, um frühzeitig ins Spiel um königliche Gunst und Machtpositionen einzusteigen.

Zwei Tage nach dem Tod von Herzogin Sophie stand Anne im Schlafgemach einer Frau, die in diesem Spiel bisher ein glückliches Händchen bewiesen hatte, und arrangierte ihre Frisur. Mit der Zeit hatte sie ein besonderes Geschick dafür entwickelt, das natürliche Haar so um kleine Polster aus falschem Haar zu drapieren, dass niemand den Unterschied feststellen konnte.

Henrietta Howard war keine der Damen, die alles dafür taten, dass ihre Schönheit auf den ersten Blick ins Auge stach. Oft ließ sie ihr feines hellbraunes Haar auch ganz schlicht frisieren, und Schmuck trug sie sparsam. Dennoch war es ihr auf ihre zurückhaltende, aber unterhaltsame Art schon kurz nach ihrer Ankunft gelungen, bei Prinzessin Caroline Kammerfrau zu werden. Außerdem munkelte man, dass auch der Kurprinz selbst ein besonders enges Verhältnis zu ihr hatte. Sogar Madam Howards Ehemann, der sie nach Hannover begleitet hatte, verdankte ihr seinen Posten bei Hof. Es war kein Geheimnis, dass das Einkommen daraus für ihn ein Segen war, da er sein Vermögen in England verspielt und hohe Schulden angehäuft hatte.

Henrietta saß im dunklen Kleid vor ihrer Frisierkommode und beobachtete Annes Handgriffe in dem großen, verschnörkelt gerahmten Spiegel, der darauf thronte. Seit Anne sich ihr als Tochter von Sir Baynes von Madlock Country vorgestellt hatte, sprach die Dame nicht mehr Französisch, sondern Englisch mit ihr. Die deutsche Sprache beherrschte sie nur bruchstückhaft. Weil sie etwas schwerhörig war, sprach sie lauter, als es eigentlich zu ihr passte, und sah ihren Gesprächspartnern durchdringend ins Gesicht, was Anne im ersten Moment eingeschüchtert hatte.

»Madam Schulenburg hat mir ans Herz gelegt, deine Dienste als Coiffeuse in Anspruch zu nehmen. Mir erschien es unpassend, in dieser Trauerzeit besonderen Aufwand mit meiner Garderobe zu treiben. Doch sie überzeugte mich davon, dass es gerade jetzt notwendig ist. Angeblich stehen wir nun, da Seine Durchlaucht in der Thronfolge aufgerückt ist, noch stärker unter Beobachtung und müssen zeigen, dass wir der hohen Ehre in jeder Hinsicht würdig sind. Und Prinzessin Caroline besteht darauf, den Geburtstag ihrer kleinen Töchter zu feiern, gerade weil die Kinder über den Tod ihrer Urgroßmutter traurig sind.« Sie sah Anne über den Umweg des Spiegelbilds verständnisheischend an. Offenbar wollte sie auf keinen Fall in den Verdacht geraten, dass sie ihrer Eitelkeit frönte, während die Herzogin noch im Schloss aufgebahrt lag.

Ohne eine Miene zu verziehen, blieb Anne auf ihre Arbeit konzentriert. »Wir legen einen dunklen Schleier über Euer Haar, um dem Anstand zu genügen. Es wird dennoch genug von der Frisur zu sehen sein, dass niemand Euch für nachlässig halten kann.«

Madam Howard atmete mit einem Seufzen aus. »Gut.«

Eine Weile schwieg die Dame, und ihr verschwimmender Blick verriet, dass sie in Gedanken versunken war.

Mit einem lauten Einatmen tauchte sie wieder auf und verfolgte erneut Annes Bewegungen im Spiegel. »Wirst du zu deiner Familie nach Madlock Country zurückkehren, wenn der Hof nach London zieht? Das ist in der Nähe von Glasgow, nicht wahr? Sicher ist es dort oben an der Westküste hübsch. Ich verbrachte meine Kindheit in Norfolk nahe der Ostküste und erinnere mich gern an unsere Besuche am Meer.«

Dem Hofgeflüster konnte niemand ausweichen, deshalb wusste Anne, dass die junge Henrietta mit ihrer Mutter das Familienanwesen hatte verlassen und nach London ziehen müssen, nachdem ihr Vater bei einem Duell zu Tode gekommen war. Gleich als Madam Schulenburg sie zu Henrietta geschickt hatte, war sie in Gedanken alle Einzelheiten durchgegangen, die ihr über ihre Landsmännin zu Ohren gekommen waren. Würde diese Frau ihr helfen, nach London mitgenommen zu werden? Durfte sie es wagen, an sie zu appellieren, oder gab sie damit zu viel von sich preis? Wenn Madam Howard nicht der Sinn danach stand, ihr zu helfen, konnte sie leicht mit ungnädigen Worten an der richtigen Stelle ihre Chancen zunichtemachen.

Anne beschloss, das Wagnis einzugehen.

»Mein größter Wunsch wäre es, den Hof nach London begleiten zu dürfen, Madam. Im Dienst der Damen von der Schulenburg zu stehen, ist mir eine große Ehre und Freude.«

Henrietta zuckte, als wolle sie sich ihr zuwenden, erstarrte jedoch wieder, um Anne nicht die Haarsträhnen aus der Hand zu ziehen, mit denen sie gerade beschäftigt war. »Haben deine Eltern denn nicht vor, dich bald zu verheiraten? Du bist doch in dem Alter, in dem dieser Schritt erwogen werden muss.«

Anne fühlte einen kleinen Stich, weil Henrietta nur eine höfliche Form wählte, um auszudrücken, dass es für sie höchste Zeit wurde zu heiraten. In den kommenden Jahren würde es mit solchen Anspielungen noch schlimmer werden. Alle würden sie mit zunehmendem Mitleid, Häme oder gar Misstrauen betrachten und sich fragen, warum sie noch nicht verheiratet war. Welcher unsichtbare Makel haftete ihr an? Aber eines Tages, wenn sie die Schwelle zwischen aufblühendem Weib und alter Jungfer endgültig überschritten hatte, würden sie damit auch wieder aufhören. Sie würden sich nicht länger wundern, sondern sie einfach zum leicht wurmstichigen Inventar zählen: ein weiteres vom Heiratsmarkt übersehenes altes Mädchen, das sich immerhin nützlich machte.

»Mein Vater hat mir nichts von solchen Absichten mitgeteilt. Auch er empfindet meine Dienste an diesem Hof als große Ehre und hat es nicht eilig, sie zu beenden.«

Sie spürte ein unangenehmes Zucken unter ihrem rechten Auge, als sie die Worte aussprach. In Wahrheit wusste sie nicht, was ihr Vater über ihren Dienst bei Hof gegenwärtig dachte. Seit er sie damals in Greenock aufs Schiff gebracht und in die Verbannung geschickt hatte, waren nur einige karge Nachrichten von ihrer Familie zu ihr gedrungen, die aus dem Briefwechsel zwischen ihrer Tante und ihrer Mutter stammten. Nach einem Dutzend unbeantworteter Briefe hatte Anne es ihrerseits aufgegeben zu schreiben, weil ihre Tante sich über die sinnlosen Kosten beschwert hatte.

Der einzige Mensch in England, mit dem Anne sich seitdem noch gelegentlich austauschte, war ihr gleichaltriger Freund William Wills. Nur er allein hatte sie nicht vergessen.

Henrietta spitzte mitleidig die Lippen. »Ich will dir deine Hoffnung nicht nehmen, aber ich fürchte, es ist unwahrscheinlich, dass man dich auch in London in Diensten behalten wird. Das hat nichts mit deinen Fähigkeiten oder deinem Charakter zu tun. Du musst verstehen, dass es die Engländer vor den Kopf stoßen würde, wenn der neue König viele eigene Bedienstete und Hofleute mitbrächte und für die verdienstvollen englischen Höflinge keine Posten und Ämter übrig blieben. Und die Kosten ... Gerade gestern führte mir die verehrte Frau von Kielmannsegg vor Augen, wie kostspielig und daher schwierig der Umzug für viele hier werden wird.«

Madam Howard meinte es gut, dennoch musste Anne tief durchatmen, damit ihre Hände nicht anfingen zu zittern. Es klang nicht so, als hätte die Dame Lust, ihren Einfluss zu nutzen, um einer kleinen Zofe einen Wunsch zu erfüllen. Anne fühlte ihre Entschlusskraft wanken, ehe sie den Kampf überhaupt begonnen hatte. Was bildete sie sich auch ein? Wie sollte ausgerechnet sie sich unentbehrlich machen? Nichts an ihr war einzigartig. Hier in Hannover mochten die Damen ihre geschickten Hände loben, doch in London warteten gewiss weit Geschicktere und Begabtere auf den neuen Hofstaat.

Anne sah in den Spiegel, um Henrietta zu antworten, und begegnete ihrem eigenen Anblick. Die fleckige Röte ihrer von Natur aus blassen Wangen verriet ihre Verlegenheit. Sie hätte sich jeden Morgen eine dicke Schicht Puder auflegen müssen, um ihr Erröten oder auch nur ihre Sommersprossen zu verbergen, doch die Zeit dafür nahm sie sich nie. Auch Puder und Farbe hätten ohnehin nicht geändert, dass ihre blauen Augen zu groß für das zu schmale Gesicht waren und sie deshalb immer hungrig aussah, obwohl sie genug aß. Immerhin hatten ihre dunklen Brauen eine feine Form – dem half sie nach. Und die weiße Spitzenhaube saß tadellos.

»Natürlich, Madam. Das ist mir bewusst. Verzeiht mir die Anmaßung. Es gibt gewiss viele, die solche Ehre mehr verdienen als ich. Ich würde mich nicht vordrängen wollen.«

»Warst du denn früher schon einmal in London?«

Anne steckte sorgfältig das Haarteil fest, an dem sie später den Schleier anbringen wollte. »Ja, ein Mal. Ich durfte meine Mutter und meine Schwester begleiten, als sie für die Hochzeitsvorbereitungen meiner Schwester in die Stadt gereist sind. Das war vor sechs Jahren. Wir haben drei Wochen dort verbracht.«

Henrietta hob die Brauen. »Um Kleider und Schmuck auszusuchen, nehme ich an? Und haben deine Eltern viele Bekannte in London, die ihr besucht habt?«

»Meine Mutter war vor ihrer Heirat ein Jahr lang Hofdame am Hof von King James, während mein deutscher Großvater als Abgesandter in London weilte. Einige Bekanntschaften waren ihr aus jener Zeit erhalten geblieben, und die besuchten wir. Allerdings muss ich zugeben, dass mir die Tuchhändler, Schneider und Putzmacher stärker in Erinnerung geblieben sind. In dem Alter erschien mir ein schönes neues Kleid als das höchste Glück des Lebens.«

Madam Howard lächelte sanft. »Ach ja, die Jugend. Ich war nicht anders. Schöne Kleider und verstohlene Blicke auf alle ungebundenen Herren, das war das Wichtigste. Die abenteuerlichsten Dinge habe ich mir für meine Zukunft ausgemalt – und hätte mir doch nicht vorstellen können, wie mein Schicksal dann tatsächlich verlief. Oft blicke ich zurück und wünsche mir, dass ich meinem jüngeren Ich ein paar hilfreiche Worte zurufen könnte.«

Anne sah ihr im Spiegel in die Augen und nahm all ihren Mut zusammen. »Verzeiht, wenn meine Frage zu keck sein sollte, Madam. Aber wäre es eher eine Warnung, die Ihr durch die Zeit rufen würdet, oder beruhigende Worte? Seid Ihr mit Eurem Schicksal zufrieden, so wie es verlaufen ist? Oder würdet Ihr Eurem jüngeren Ich raten, einen anderen Weg einzuschlagen?«

Nachdenklich tippte sich die Dame auf die Lippen und musterte Anne. Schließlich seufzte sie. »Madam Schulenburg lobte nicht nur deine Geschicklichkeit, sondern erwähnte auch, dass du verschwiegen und ehrlich bist. Du wirst meine Antwort also für dich behalten?«

Anne ließ die Hände sinken und nickte. »Schweigen fällt mir nicht schwer, seid unbesorgt.«

»Dann will ich es dir sagen. Ich bin zufrieden damit, dass mein Schicksal mich in meine gegenwärtige Position gebracht hat. Und da sich im Leben immer eines aus dem anderen ergibt, muss ich deshalb auch mit dem Weg zufrieden sein, der mich hierher führte. Doch dieser Weg war steinig, und daher wäre es eine Warnung, die ich mir zurufen würde. Und sei es nur, um mein junges Ich besser für das zu wappnen, was es zu überstehen hat. Dann würde die junge Henrietta vielleicht trotz aller Widerstände rechtzeitig eine Münze mehr beiseitelegen und ihrem Kind einen Kuss mehr geben, jeden Tag einige Minuten mehr mit ihm spielen. Und vielleicht würde sie …« Ihr Blick driftete in die Ferne, und ihre Augen glänzten verräterisch.

»Ich habe gehört, dass Ihr Euren Sohn in England zurücklassen musstet. Das ist gewiss schmerzhaft«, sagte Anne.

Madam Howard straffte die Schultern. »Ja, das ist es. Ganz ehrlich: Ich hätte weit lieber einen anderen dort zurückgelassen. Aber nun sprechen wir nicht mehr davon. Mir ist ein guter Rat für dich eingefallen, falls du es ernst damit meinst, dass du nach London mitgenommen werden willst.«

»Es ist mir auf jeden Fall ernst damit, Madam.«

»Ist dir bewusst, dass Madam Schulenburg und ihre Töchter dort möglicherweise nicht mit offenen Armen empfangen werden? Ich könnte mir vorstellen, dass die Engländer lieber eine richtige Königin an der Seite ihres neuen Königs hätten. Gehen wir davon aus, dass es so ist. Dann werden die Damen froh um jeden echten Freund sein müssen, auf den sie sich verlassen können. Und sie werden sich glücklich schätzen über eine Freundin, die sich in London gut auskennt und ihre Erledigungen übernehmen kann, ohne dass sie befürchten müssen, übervorteilt zu werden. Überzeug sie also davon, dass du diese Freundin für sie bist.«

Anne verstand nun, warum Madam Howard nicht nur dem Prinzen, sondern sogar dessen Gemahlin gefiel. »Aber das wäre nicht die Wahrheit. Ich bin in London auch fremd und wüsste nicht, wohin ich mich für diese Erledigungen wenden müsste.«

»Im Gegensatz zu ihnen fällt es dir jedoch gewiss nicht schwer, dich unauffällig und inkognito zu bewegen und die entsprechenden Erkundigungen einzuholen. Ein paar Pennys in die Hand eines gewitzten Blumenmädchens oder Schuhputzerjungen, und du findest dich in der Stadt schnell genug zurecht. Du sprichst doch ihre Sprache. Es ist deine Entscheidung, Miss. Aber an deiner Stelle wüsste ich, was ich täte.«

»Wenn die Lüge entlarvt würde, wären die Damen sehr enttäuscht von mir.«

»Dann tu alles, damit diese kleine Enttäuschung in der Begeisterung über deine Hilfe untergeht. Im Grunde ist es doch kaum eine Lüge, wenn du ihnen tatsächlich entschlossen zur Seite stehst. Dann wird es nicht zählen, ob du vielleicht vorher ein wenig dick aufgetragen hast. In London gewesen bist du schließlich wirklich.«

Annes Herz flatterte, als sie sich vorstellte, Madam Schulenburg und die jungen Damen zu belügen, noch mehr aber bei dem Gedanken, London alleine zu erkunden – bis ihr klar wurde, dass sie ohnehin Wagnisse eingehen musste, wenn es ihr ernst damit war, ihren Sohn zurückzufordern. Doch würde sie es über sich bringen, vor den Damen mit etwas zu prahlen, was keine Grundlage hatte?

»Wenn ich jetzt davon anfange, wie gut ich London kenne, werden sie sich wundern, warum ich das bisher nie erwähnt habe.«

»Haben sie dich denn schon danach gefragt? Tu einfach so, als wäre dir gerade erst aufgegangen, wie schwierig die erste Zeit in London für die Schulenburgs werden könnte. Zuvor hast du es nicht für nötig gehalten, deine Unterstützung anzubieten.«

Anmutig hob Madam Howard die Hand und deutete wedelnd auf ihre Frisur, um zu signalisieren, dass sie das Gespräch beenden wollte. Anne nickte hastig und nahm ihre Arbeit wieder auf.

Die hohen Herrschaften des hannoverschen Hofs erhielten ihre Post direkt in ihre Gemächer geliefert, sobald sie im Schloss ankam. Geringere Mitglieder der Gesellschaft schickten ihre Diener in die Stube des zuständigen Hofmeisters, um anzufragen. Die geringsten gingen selbst dorthin. Für Anne gehörte der Gang zu ihren täglichen Gewohnheiten. Sagen musste sie dabei schon lange nichts mehr, es genügte, die Tageszeit zu entbieten. Der Hofmeister hob dann kurz den Kopf, erwiderte den Gruß und schüttelte beinah an jedem Tag bedauernd den Kopf. An diesem Tag jedoch, nachdem Anne den Schleier zur vollen Zufriedenheit von Henrietta Howard auf deren Frisur befestigt hatte, nickte der Mann.

Ein rares Lächeln breitete sich auf Annes Gesicht aus, als sie ihm den Brief abnahm. Daraufhin schmunzelte er. »Ich wünschte, ich hätte jeden Tag einen für Euch, Miss Baynes. Es ist so schön zu sehen, wenn Ihr Euch mal freut.«

Sie dankte ihm mit einem scheuen Nicken und stolperte vor Eile, als sie seine Stube wieder verließ.

Der Absender ihres Briefs war keine Überraschung. Doch es waren Wochen vergangen, seit sie zuletzt von ihm gehört hatte, deshalb sog sie jedes Wort ein, noch während sie zu ihrer Kammer ging.

Greenock, 1. Juni 1714

Liebe Anne,
es ist nun schon eine Weile her, dass ich dir schrieb. Bitte verzeih mir mein langes Schweigen. Vaters Gesundheit lässt in letzter Zeit zu wünschen übrig, und er verlässt sich zunehmend darauf, dass ich Aufgaben für die Reederei übernehme. So lerne ich viel dazu und komme im Land herum, habe jedoch wenig Zeit für mich.

Ich kann mir vorstellen, dass nun, da Ihre Majestät Queen Anne immer häufiger krank darniederliegt, bei euch in Hannover viel über den Umzug nach London gesprochen wird. Hast du denn inzwischen erfahren, ob du zusammen mit den Herrschaften nach England zurückkehren wirst? Du weißt ja, wie sehr ich darauf hoffe, liebste Anne. Kein Tag vergeht, an dem ich mir nicht sehnsüchtig wünsche, dich endlich wiederzusehen.

Wenn der Tag gekommen ist, und seine Hoheit Georg Ludwig in London eintrifft, werde ich auf jeden Fall auch dort sein. Wenn das Glück mit mir ist, wirst du von einer der Fährbarken steigen und mich auf dem Kai begrüßen.

Wie ich oben bereits erwähnte, trete ich in Vaters Fußstapfen, was die Führung unserer Schifffahrtsunternehmungen betrifft. So wenig ich mir seinen Tod herbeiwünsche, so sehr sehe ich doch die Freiheit, die es mir brächte, unsere Geschäfte allein zu führen. Auch weil ich in anderen Entscheidungen, die mein Leben betreffen, keine Rücksicht mehr auf seine Anordnungen und Wünsche nehmen müsste. Du weißt sicher, dass ich dabei auch an dich denke. Meine Abhängigkeit von meinem Vater und der gewiss bevorstehende Widerspruch deiner Eltern hielten mich bisher davon ab, dir die Ehe anzutragen. Doch nun, da der Augenblick näher rückt, an dem du vielleicht mit dem Hof zurückkehrst oder aber allein in Deutschland zurückbleibst, drängt es mich, alle Widerstände zu überwinden und es dennoch zu wagen.

Liebste Anne, ich erwarte nicht, dass du mir gleich dein Jawort gibst. Aber schreib mir doch zumindest so viel: Ist es ganz unsinnig, wenn ich mir eine Ehe zwischen uns erträume? Würdest du mich abweisen, wenn ich dir den Hof machte? Wenn ich zurückdenke, glaube ich, dass wir beide immer Freunde waren und gut miteinander auskamen. Das ist mehr, als viele andere in ihrer Ehe finden. Was meine Gefühle für dich angeht, weißt du ja gewiss, dass sie noch weit über das hinausgehen. Würdest du sie auf gleiche Art erwidern, wäre ich der glücklichste Mensch. Doch ich erwarte nicht, dass es so ist, da kannst du unbesorgt sein.

Ich weiß, dass du noch immer an dein Kind denkst und darauf hoffst, den Knaben wieder zu dir nehmen zu können. Wie ich dir schon früher schrieb, halte ich das nicht für weise. Das Kind hat ja keine Erinnerung an dich und würde sich dir gegenüber vielleicht ganz fremd verhalten. Den Gedanken daran, wie dich das schmerzen könnte, kann ich kaum ertragen.

Doch lass mich dir versichern: Wenn du trotz allem entschlossen bist, den Knaben irgendwann zu dir zu nehmen und für ihn zu sorgen, würde ich dich als dein Ehemann dabei unterstützen. Sollte es sich als zweckdienlich erweisen, würde ich das Kind sogar als meines ausgeben und anerkennen.

Mit Neuigkeiten über den genauen Verbleib des Kleinen kann ich dir bedauerlicherweise nicht dienen. Ich halte es nach wie vor nicht für ratsam, deinen Vater offen danach zu fragen, bevor du selbst hier bist und entscheiden kannst, wie die Folgen zu tragen sind. Vorerst ist es besser, wenn er weiterhin glaubt, dass die ganze Angelegenheit sein Geheimnis ist und er mir gegenüber das Gesicht wahren kann.

Liebste Anne, ich muss nun bald schließen. Lass mich nur noch kurz ein paar Worte über die Unternehmungen der Reederei schreiben: Gerade vor einigen Tagen ist die Sirius aus den Kolonien nach Greenock zurückgekehrt, und ihr Kapitän ist voll des Lobes. Es macht mich stolz, unseren Anteil an diesem florierenden Handel zu sehen, der so viele wundersame und herrliche Waren ins Land bringt. Neben Tabak, Rum und Melasse erhielten wir einige duftende Öle und ungewöhnliche Pflanzen, die bezaubernde Blüten treiben sollen, wenn man sie warm aufstellt. Ich würde dir gern all diese Herrlichkeiten zu Füßen legen.

Wie stets voller Hoffnung
Dein Will Wills

Als Anne den Brief zu Ende gelesen hatte, stopfte sie ihn im Gehen so hastig in ihre Rocktasche, als dürfte niemand sie damit sehen. Ein Antrag! Gerade hatte sie noch darüber nachgedacht, wie es sein würde, eine alte Jungfer zu werden, und nun hatte Will ihr einen Antrag gemacht!

Sie wusste, dass er sich einredete, sie zu lieben. Doch sie hatten sich seit Jahren nicht gesehen, und sie hatte sich verändert. Nur wenig von dem, was ihr in dieser Zeit widerfahren war, hatte sie ihm geschrieben. Sie war nicht mehr dieselbe. Und obwohl er ihr oft geschrieben hatte, war sie nicht einmal sicher, ob sie ihn gleich erkennen würde, wenn sie sich wiederbegegneten. Er war damals noch nicht ganz achtzehn Jahre alt gewesen, mit einem spärlichen Bartansatz und schmalen Schultern. Nun war er zweiundzwanzig und damit vermutlich ein erwachsener

Mann. Wie sollte sie aus der Ferne wissen, ob sie ihn heiraten wollte? Wie konnte er überhaupt so zäh an seiner Liebe zu ihr festhalten, obwohl er wusste, dass sie keinen Gedanken mehr an ihn verschwendet hatte, als sie sich Hals über Kopf in einen anderen verliebte? So sehr, dass sie jede Heimlichkeit und Lüge in Kauf genommen und alles hingegeben hatte, was anständige Mädchen nicht vor der Ehe hingeben durften.

Wie eine böse Katze mit ausgefahrenen Krallen sprang sie der Schmerz an, der über die vergangenen vier Jahre allmählich eingeschlafen war. Sie sah ihn wieder vor sich, den lachenden jungen Kerl, an den sie ihr Herz und ihre Jungfernschaft verloren hatte. Ian Drummond. Er war nur ein Jahr älter gewesen als Will, aber seine Schultern waren breiter, seine Bewegungen geschmeidiger, sein Blick frecher, seine Stimme tiefer gewesen. Er hatte sie in einem Augenblick verspottet und ihr im nächsten ins Ohr geflüstert, wie klug und schön er sie fand. Ganz gewiss hatte er sie klug genannt, damit sie nicht bemerkte, wie dumm es war, was sie taten. Heimliche Treffen, tiefe Küsse, Flüstern, nackte Haut. Sein leises, tiefes Lachen, sein Seufzen, seine nimmermüden, zärtlichen Hände.

Sie blieb auf der Treppe zu ihrem Flur stehen und legte eine Hand aufs Geländer, um tief Luft zu holen, weil ihr schwindlig geworden war. *Das geschieht, wenn man das Atmen vergisst,* schalt sie sich. *Atme und komm wieder zu dir. Er ist tot. Du hast es verwunden. Dein Sohn lebt, sein Sohn. Was wird das Beste für das Kind sein?*

Auf keinen Fall konnte es das Beste sein, wenn sie darauf verzichtete, ihn wiederzusehen. John. So hatte sie ihn genannt, nach Ians schon lange verstorbenem Vater. Sie wusste nicht, ob außer ihr, ihrer Tante und dem Pastor, der die Geburt und die heimliche Taufe in sein Buch eingetragen hatte, jemand den Namen zur Kenntnis genommen hatte. Auch in ihren Briefen an Will hatte sie nur von dem »Kind« oder dem »Knaben« gesprochen. Konnte er sie wirklich so sehr lieben, dass er sie nicht nur heiraten, sondern den Sohn eines anderen als seinen eigenen anerkennen und ihn damit zu seinem Erben machen würde? Konnte irgendein Mann so selbstlos sein? Wie konnte sie ein solches Angebot ablehnen? Aber was, wenn er sich selbst überschätzte? Wenn er am Ende sie und Johnny nicht lieben, sondern verabscheuen würde?

Sie musste ihm ihre Antwort nicht schreiben. Die Entscheidung ließ sich verschieben. Bis sie Will auf dem Kai an der Themse gegenüberstand, würde sie sich wohl darüber klar geworden sein. Was aber, wenn Madam Schulenburg sie nicht mit nach London nahm? War Will dann nicht ihre einzige Hoffnung?

»Guten Tag, Anne. Fühlst du dich unwohl?«

Taub und blind für ihre Umgebung hatte sie auf den Stufen gestanden wie festgefroren und nicht wahrgenommen, dass Miss Gertrud auf dem Gang am Fuß der Treppe erschienen war.

Mühsam rang sie sich ein Lächeln ab und nickte dem jungen Fräulein zu. »Es ist alles in Ordnung, Miss Gertrud, danke. Ich war nur ein wenig außer Atem.«

»Wirst du heute Nachmittag auch in den Tanzsaal gehen, um unseren kleinen Prinzessinnen Geschenke zu bringen? Luise, Melusine und ich haben schöne Puppen für sie, mit einem ganzen Korb voll Kleider. Ich hatte mich darauf gefreut, sie ihnen zu geben. Aber jetzt habe ich gar keine Lust mehr darauf. Grandmère war sonst immer dabei. Sie wird so sehr fehlen. Nur ein falsches Wort, und wir fangen ganz gewiss alle an zu heulen. Man kann einfach keinen Geburtstag feiern, wenn gerade jemand gestorben ist, den man gern hatte.«

Anne sah Trudchen ins Gesicht und bemerkte die verräterisch geröteten Augen und das leise Zittern der Mundwinkel. Langsam ging sie die Treppenstufen wieder hinab, bis sie ihr gegenüberstand.

»Ich kann mir vorstellen, wie schwer Euch das fallen muss, Miss Gertrud. Eure Grandmère hinterlässt eine große Lücke an diesem Hof, und das wird noch lange schmerzhaft zu spüren sein. Aber ist es nicht auch schön und richtig, das Leben der Allerjüngsten zu feiern, wenn die Ältesten unsere Welt verlassen? Darin liegt doch Hoffnung. Dabei muss ja niemand so tun, als würde er nicht auch trauern. Manchmal kommen Freude und Kummer im Leben eben gleichzeitig. Und nicht selten verstärken sie sich dann gegenseitig. Ihr dürft ruhig weinen, das darf Euch niemand übel nehmen. Sogar den Kindern wird man das erklären können.«

Kaum hatte sie zu Ende gesprochen, brach die Dreizehnjährige in Tränen aus und ließ sich schluchzend von ihr in die Arme nehmen. »Aber … Aber ich habe das Gefühl, ich dürfte nicht. Weil … Weil sie doch nicht offi… offiziell meine Großmutter war, sondern nur … Wir müssen uns zusammenreißen, hat *Notre-tante* gesagt. Wir dürfen uns nicht in den Vordergrund drängen. Sonst reden die Leute schlecht über uns.«

Anne tätschelte ihr den Rücken. Noch konnte sie das, weil Trudchen gerade genauso groß war wie sie. Bald würde sie ihr über den Kopf gewachsen sein.

»An das, was Eure Mutter sagt, müsst Ihr Euch halten. Wenn sie nicht möchte, dass Ihr auffallt, dann wendet Euch im Notfall ab oder geht kurz hinaus. Aber verbieten müsst Ihr Euch die Trauer nicht. Herzogin Sophie war Eure Großmutter, und sie hat Euch geliebt, ganz gleich, ob Ihr und Eure Schwestern offiziell ihre Enkeltöchter seid oder nicht. Das konnte jeder sehen.«

Obwohl Anne nicht vorgehabt hatte, die Geburtstagsfeier der Prinzessinnen zu besuchen, entschied sie sich nach der Begegnung mit Trudchen anders. Ein eigenes Geschenk hatte sie nicht, doch sie hatte sich beteiligt, als die gehobene Dienerschaft zusammengelegt hatte, um ein Set Puppenmöbel für die dreijährige Amelia und eine schön bemalte Rassel für die einjährige Caroline-Elisabeth zu erstehen. Nun gesellte sie sich zu denen, die Geschenke überreichten und ihre guten Wünsche aussprachen. Die Feierlichkeit war kaum anders inszeniert als eine Audienz bei den erwachsenen Mitgliedern der Herzogsfamilie.

Caroline-die-Ältere, die Mutter der Geburtstagskinder, nahm würdevoll die Reverenzen und Geschenke entgegen, während die Kleinen im Hintergrund, umringt von ihren näheren Verwandten, bei ihren Kindermädchen auf dem Schoß saßen und das neue Spielzeug dargeboten bekamen.

Auch Gertrud gehörte zu denen, die bei den Kindern standen, und zu Annes Erleichterung schien die Freude über die süßen Kleinen dann doch die Trauer um die Großmutter für den Moment zu überdecken. Da es demnach so aussah, als würde ihre Unterstützung nicht gebraucht, überlegte Anne, ob sie gleich wieder gehen sollte. Da kreuzte sich ihr Blick mit dem von Henrietta Howard, die mit den beiden älteren Kindern des Prinzenpaars zusammenstand: dem siebenjährigen Friedrich und der fünfjährigen Anna. Gerade gab sie den beiden einen gefalteten Scherenschnitt, der zu einer Kette von sich an den Händen haltenden Männchen wurde, als sie ihn auseinanderzogen. Diese einfache Kleinigkeit aus Papier faszinierte die beiden mehr als die kostbaren Geschenke, die ihre kleinen Schwestern erhielten. Sie begannen sofort zu untersuchen, wie die Zauberei vonstattengegangen war, und Anne wollte wetten, dass noch im Laufe dieses Tages eine Heerschar kleiner Papiermännchen und -weibchen entstehen würde, die sich mehr oder weniger an den Händen hielten.

Henrietta nickte Anne mit ernster Miene zu – auch sie weiterhin im Zwiespalt zwischen der Heiterkeit des Kinderfests und Ehrfurcht vor der Verstorbenen.

Inzwischen hatten sich auch Madam Schulenburg, Miss Luise und Miss Melusine eingefunden, den Weg bereitend für die ranghöchsten Gratulanten, die ihnen auf den Fersen folgten: der Großvater Kurfürst Georg Ludwig und der Vater Kurprinz Georg August.

Wie alle anderen Anwesenden sank auch Anne in einen tiefen Hofknicks und verharrte lange darin, da sie zu den Rangniedrigsten im Raum gehörte. Als sie sich wieder aufrichtete und zusah, wie Georg August Caroline die Hände küsste, fiel ihr auf, dass die meisten der Versammelten zum Kreis derer gehörten, die auf jeden Fall nach England reisen würden: der Kurfürst als zukünftiger König, seine Mätresse mit ihren Töchtern, der Kronprinz samt Gemahlin, Kindern und bevorzugter Kammerfrau, sowie die Halbschwester des Kurfürsten, Madam Kielmannsegg, und deren Gemahl Johann Adolph. Auch Mustapha und Mehemet, Georg Ludwigs türkische Kammerherren, hatten sich als Gratulanten eingefunden. Sie waren aus den Gemächern ihres Herrn nicht wegzudenken.

Zum ersten Mal kam Anne der Gedanke daran, wie verwaist die Residenz Hannover dastehen würde, wenn die Herrschaften alle nach London zogen. Wie wollte Kurfürst Georg Ludwig es anstellen, dass seine hannoverschen Untertanen ihm treu blieben und ihn weiter als ihren Fürsten achteten, wenn weder er noch seine Familie im Lande lebten?

Der Kurfürst ergriff beide Hände seiner Schwiegertochter und küsste sie sichtlich gerührt auf die Wange. »Diesen Tag feierlich zu begehen ist mir ein großer Trost. Es erinnert mich daran, wie viele aufblühende junge Damen der kommenden Generation an meinem Hof bereits leben. Ich bin zuversichtlich, dass du dafür sorgen wirst, dass deine Töchter ihrer seligen Urgroßmutter alle Ehre machen, meine liebe Caroline.«

Caroline nickte mit Tränen in den Augen. »Unsere hochverehrte Grandmère Sophie war uns stets ein Vorbild und wird es auch in Zukunft bleiben, Eure Exzellenz.«

Der Kurfürst trat zurück, ließ jedoch nur eine ihrer Hände los. »Das zu hören tut mir wohl. Gerade gestern traf ich eine Entscheidung, die sicherstellen wird, dass auch Euer Sohn, unser lieber junger Prinz Friedrich, nach dem Vorbild unserer Vorfahren heranwachsen wird. Mein traditionsbewusster und gewissenhafter Bruder hat eingewilligt, seine Erziehung auch weiterhin hier in Hannover zu verantworten. So kann der Knabe die ungebrochene Verbundenheit mit seinem Stammland lernen und in Ruhe zu einer gefestigten Person heranwachsen, während wir – möglicherweise schon bald – auf den unruhigen Gewässern unserer neuen ehrenvollen Verpflichtungen navigieren müssen.«

Anne beobachtete, wie ein Ruck durch Caroline und ihren Gemahl Georg August ging. Sie wandten sich dem Kurfürsten zu und starrten ihn an. Georg August räusperte sich. »Sollten wir darüber nicht noch eingehend im kleineren Kreis sprechen, Euer Liebden? Es gibt dabei doch einiges zu bedenken.«

Caroline hatte sich weniger im Griff als ihr Gatte. Sie sog scharf die Luft ein und blickte sich zu ihrem Sohn um, der noch mit Henrietta und seiner Schwester beschäftigt war und offenbar die Worte seines Großvaters nicht gehört hatte. Mit gedämpfter Stimme wandte sie sich an den Kurfürsten. »Eure Exzellenz, Ihr könnt doch nicht meinen, dass Friedrich allein hier in Hannover bleiben soll, während wir Euch nach England begleiten?«

Kurfürst Georg Ludwig nickte energisch. »Eben das, meine Liebe. Eben das. Von ›allein‹ kann jedoch keine Rede sein, da, wie gesagt, mein Bruder sich ihm ganz widmen wird. Die beiden werden ein hervorragendes Repräsentantengespann abgeben und unseren Untertanen bestens vor Augen halten, dass sie nicht vergessen sind, sondern dass wir sie mit der Sorge für unseren kostbaren Thronfolger betrauen. Ich habe lange darüber nachgedacht und halte es für eine formidable Lösung.«

Sein Sohn, der eben noch die Augen vor Fassungslosigkeit weit aufgerissen hatte, verengte sie nun. Seine Kiefermuskulatur zuckte, seine Nasenlöcher bebten. »Dann bleiben Caroline, ich und die anderen Kinder ebenfalls hier. Wenn Friedrich hier darauf warten muss, dass er in England gebraucht wird, dann kann auch ich das.«

Der nächste König von England wedelte stirnrunzelnd mit der Hand, als wolle er einen unangenehmen Geruch vertreiben. »Sei nicht albern. Selbstverständlich werden Caroline und du mich begleiten. Was ihr mit den Mädchen tut, überlasse ich euch. Allerdings würde es mich erfreuen, die kleinen Engelchen in meiner Nähe zu wissen.«

Einen Augenblick lang wirkte es, als würde Georg August gleich explodieren wie ein Pulverfass. Dann legte Caroline ihre Hand auf seinen Arm. »Vielen Dank, Eure Exzellenz«, sagte sie. »Wir danken Euch für Eure Umsicht. Gewiss lässt sich alles zufriedenstellend ordnen.«

Woraufhin der Kurfürst freundlich nickte und zu den *kleinen Engelchen* hinüberging, die, von alldem unberührt, weiterspielten. Anne nahm wahr, wie die Anwesenden behutsam ausatmeten, als hätten sie alle die Luft angehalten. Sie vermutete, dass sie nicht die Einzige war, die sah, wie Caroline und ihr Gemahl einen langen Blick wechselten. Ein ganzes stilles Streitgespräch schien in diesem Blick stattzufinden, und es endete damit, dass Georg August sich abgehackt vor ihr verbeugte und mit strammen Schritten den Raum verließ.

Nach dem spannungsgeladenen Zusammentreffen wollte Anne an diesem Tag lieber nicht weiter nach einer Gelegenheit suchen, sich für die Liste der Mitreisenden zu empfehlen. Fast ein wenig erleichtert verschob sie das Vorhaben.

3. Kapitel

William Wills Tagebuch, 11. Juli 1714

Ich schreibe diese Zeilen nieder, weil mich Dinge beschäftigen, die ich nicht aussprechen darf, die mich jedoch zerreißen, wenn ich weiterhin dazu schweige. Ich habe den Menschen hintergangen, den ich am meisten auf der Welt liebe. Der erste Betrug führte zum zweiten und dritten, und so ging es weiter, so häufte ich Lüge auf Lüge, bis es unmöglich wurde, die Wahrheit wieder ans Licht zu holen.

Gerade fünfzehn Jahre war ich alt, als ich mich in Anne Baynes verliebte. Schon früher fühlte ich mich von ihr angezogen, als wir noch Kinder waren und ich gelegentlich mit ihr und ihren Geschwistern spielen durfte, wenn meine Eltern eine Einladung nach Madlock House erhielten. Anne war so klein und zart, ihr schmales weißes Gesicht so schön, wie ich mir die überirdischen Gesichter von Feen und Nymphen vorstelle. Als ich fünfzehn wurde, verwandelte sich meine Zuneigung in eine Flamme, die mit jedem Besuch, jeder Begegnung mehr zu einem Feuer anwuchs, das mich seitdem verzehrt.

Meine erste Lüge war, ihr das zu verschweigen. Niemand wäre mit meiner Liebe einverstanden gewesen: weder ihre Eltern noch meine noch sie selbst. Wenn ich meine Gefühle eingestanden hätte, hätte man mich einen dummen, verblendeten Knaben genannt und mich von ihr ferngehalten. Ich musste abwägen zwischen der Wahrheit und der einzigen Möglichkeit, ihr Freund zu bleiben. So blieb ich ihr Freund, wenn auch ein schlechter.

Als ihre Eltern sie für ein halbes Jahr nach Inveraray in

das Haus von John Campbell, dem Duke of Argyll, schickten, damit sie die Gepflogenheiten eines größeren Herrenhauses kennenlernte, glaubte ich, es könnte keine größere Verzweiflung für mich geben. Sie monatelang nicht sehen zu dürfen erschien mir, als werfe man mich in ein dunkles Verlies. Ich nutzte all meinen Erfindungsreichtum, um einen Grund für eine Reise nach Inveraray zu finden. Mein Herz zersprang mir fast, als ich nach meinem Empfang beim Duke in den alten Burggarten hinausging, wo sie beschäftigt sein sollte.

Ich entdeckte sie auf den ersten Blick zwischen den anderen Frauen, die sich an den Beeten im Kräutergarten zu schaffen machten. Doch es waren nicht nur Frauen dort, sondern auch Männer. Einer von ihnen stand bei Anne und hielt ihr einen Korb, in den sie ihre abgeschnittenen Gewächse legte. Er sah ihr unverschämt direkt in die Augen, während er mit ihr scherzte. Sie lachte, wie ich sie noch nie zuvor hatte lachen sehen – legte den Kopf in den Nacken, entblößte ihre Kehle. Ihr Lachen klang wie eine helle Melodie. Und sie erwiderte seinen Blick, konnte sich gar nicht von ihm losreißen.

Völlig stumpf hätte ich sein müssen, um nicht zu sehen, was zwischen den beiden vorging. Mein Magen hob sich, als müsste ich mich jeden Moment übergeben. Wer war dieser widerliche, diebische Mistkerl? Ich ließ mir meine Wut und Verstörung nicht anmerken und tat, als wäre es noch immer ein sonniger Tag, an dem ich mich freute, meiner liebsten Freundin zu begegnen. Den Mann neben ihr ignorierte ich. Jedes Wort, das wir sprachen, ist mir noch in Erinnerung.

»Will! Was machst du denn hier?« Ihre Wangen waren gerötet, als fühlte sie sich ertappt.

»Mein Vater hat mich geschickt, um Lord John ein Geschäft vorzuschlagen. Die Gelegenheit wollte ich nutzen, um nachzusehen, ob du dich vielleicht langweilst.«

Den Satz hatte ich mir lange überlegt und in Gedanken aufgesagt. Gelassen und munter hatte ich ihn vorbringen wollen. Nun klang meine Stimme hohl, und das änderte sich auch im folgenden, bedeutungslosen Gespräch nicht.

Bevor ich an jenem Tag Inveraray wieder verließ, fand ich den Namen des Mannes heraus: Ian Drummond, von seinem rebellischen Clan auf den Druck des Dukes hin als Geisel in dessen Dienste gestellt.

Ich hätte sie warnen sollen. Aber ich redete mir ein, dass die Tändelei der beiden nur ein harmloses Spiel war. So musste es sein, damit ich es ertragen konnte. Anne würde nach Hause zurückkehren, sagte ich mir, und Ian würde dann bereits wieder vergessen sein, während ich noch immer da wäre: ihr treuer, zuverlässiger Freund, der ihren Eltern jederzeit als Gast willkommen war. Meine Geduld musste mich am Ende zum Ziel führen.

Dann kam sie heim. Und sie empfing mich nicht mehr. Ihre Gesundheit hätte gelitten, ließ sie mir ausrichten. Zuerst glaubte ich es. Dann begriff ich, dass die Familie ein Geheimnis hatte. Doch gut im Hüten von Geheimnissen waren ihre Leute nicht. Statt zu schweigen, beschwerte sich Annes Vater bald beim Duke persönlich über das schändliche Benehmen des jungen Drummond seiner Tochter gegenüber und verlangte eine Strafe für ihn. Davon erfuhr Peter Mackay, die rechte Hand des Dukes. Er sagte es bei ein paar Dram Whisky seinem Bruder Duncan weiter, was Duncans Frau hörte – meine Cousine Maud. Maud, die mir nie etwas vorenthält, erzählte mir grinsend, welche Strafe für Ian Drummond beschlossen worden war, als wäre es ein Riesenspaß. Er sollte gezwungen werden, auf einem von Argylls Schiffen zu dienen, die nach Übersee fuhren.

Niemand wusste besser als ich, der Sohn eines Mannes, der

seine Geschäfte mit Schiffsreisen macht, wie oft solche Reisen in den Tod führen. Nicht umsonst ziehen in den Hafenstädten und küstennahen Dörfern Banden von Seeleuten herum, die Männer mit Schlägen und Erpressung dazu zwingen, die Lücken in ihren Mannschaften zu füllen. Freiwillige sind rar und ein eigener, seltsamer Schlag von Mensch. Seemann werden zu müssen war also eine gerechte Strafe für Drummond.

Aber Maud hatte noch nicht zu Ende erzählt. Ihr Schwager Peter fürchtete den Zorn des Drummond-Clans, wenn sie den jungen Mann nach Übersee schickten. Ein tödlicher Unfall wäre besser, sagte er. Dann wäre auch Annes Vater gewiss zufrieden. Ich hörte alles an, nickte, lachte wie über einen Scherz und sagte niemandem etwas davon. Ich sagte auch nichts, als sich herumsprach, dass Ian Drummond bei einer Schlägerei im Hafen von Greenock zu Tode gekommen war. Als ich herausfand, dass meine Freundin deshalb in Leid versank, tat ich, als hätte ich Mitgefühl, weil sie ihren Liebsten verloren hatte. Obwohl ihre Eltern ihr verboten hatten, davon zu sprechen, gestand sie mir daraufhin, dass sie ein Kind von ihm erwartete. Wieder heuchelte ich Mitgefühl, war dabei aber in Wahrheit so außer mir, dass ich Drummond gern eigenhändig ein zweites Mal umgebracht hätte.

Eine Weile darauf flüsterte Maud mir zu, dass Peter Mackay und seine Handlanger Drummonds Tod nur vorgetäuscht hätten, damit sein Clan keinen Ärger machte. Und nun beging ich meine übelste Tat: Ich sagte Anne auch davon nichts. Ich sah mit an, wie sie von ihrem Vater auf ein Schiff gebracht wurde, das nach Rotterdam fuhr, von wo aus sie nach Deutschland weiterreisen sollte. Ich beantwortete ihre traurigen, zornigen, verzweifelten Briefe, und ich sagte nichts. Bis heute weiß sie nicht, dass ihr Geliebter nicht in einer Hafenschenke in Greenock gestorben ist.

Doch vielleicht naht der Tag, an dem sie es erfahren wird. Denn gestern habe ich Ian Drummond mit eigenen Augen gesehen, als er in Greenock ein Schiff verließ.

Vier Wochen nach der Bestattung von Herzogin Sophie traf in Hannover ein anschwellender Strom von Nachrichten aus London ein, die von Queen Annes schlechtem Gesundheitszustand berichteten. Die englische Hofgesellschaft war seit langer Zeit daran gewöhnt, dass die Königin körperlich eingeschränkt war, viel zu Bett liegen musste und kaum noch allein gehen konnte. Doch dieses Mal schien ihre Schwäche lebensbedrohlich zu sein.

Anne hatte es wieder und wieder verschoben, den Damen von der Schulenburg das Märchen von ihren weitreichenden Erfahrungen mit der Stadt London aufzutischen. Jedes Mal, wenn in den Unterhaltungen der jungen Damen die Sprache auf England und den Umzug kam, fand sie es entweder unpassend, sich zu Wort zu melden, oder sie schaffte es vor Aufregung nicht, ihre Zunge in Bewegung zu setzen.

An diesem eigentlich alltäglichen Dienstag waren Miss Melusine und Miss Luise beim morgendlichen Ankleiden auffallend niedergeschlagen. Entgegen ihrer Gewohnheit beschloss Anne, nicht so zu tun, als merke sie nichts davon. Sie stand neben Miss Luise am offenen Fenster, weil das Licht dort am besten war, und nähte ihr den engen Ärmel ihres Kleids am Leib zu. Wenn ihre junge Dame das Kleid in einigen Stunden wechselte, würde sie die Naht behutsam wieder auftrennen.

»Die Hitze ist heute drückend. Im Garten ist es gewiss erträglicher. Soll ich vielleicht ein Picknick vorbereiten? Oder gibt es etwas anderes, womit sich Eure Stimmung heben ließe?«

Miss Luise winkte müde ab. »Reizend von dir. Aber unsere Trübsal hat nichts mit dem Wetter zu tun. Seine Liebden hat einen so unfreundlich formulierten Brief von einem englischen Minister erhalten, dass *Notre-tante* deshalb gestern Abend weinen musste, als er ihr davon erzählte. Es ging in dem Brief darum, ihm deutlich zu machen, dass das britische Parlament mitentscheidet, welche privaten Ausgaben aus seinem Etat finanziert werden und wie hoch sie ausfallen dürfen. Er schrieb ausdrücklich, dass einer Mätresse keine eigene Hofhaltung zustünde. Ich weiß gar nicht, mit welcher Behandlung *Notre-tante* in dieser Hinsicht gerechnet hatte, aber das spielt auch keine Rolle. Für sie ist der Brief nur ein weiteres Zeichen dafür, dass sie und wir in London nicht willkommen sind. Sie fürchtet, dass wir dort unglücklich werden.«

Annes Herz begann zu hämmern, als sich ihr erneut eine Gelegenheit bot, Henriettas Rat zu befolgen. Eine passendere würde es womöglich nicht mehr geben. Ihre Hände fingen an zu zittern. Ein Segen, dass die Naht fertig war. Tief atmete sie ein.

»Miss Luise, ich wollte darüber schon lange mit Euch und Miss Melusine sprechen. Es war nur … Die Umstände sind unerfreulich, und ich wollte Euch nicht zusätzlich beunruhigen. Aber auch ich glaube, dass Euch in der ersten Zeit in London viele Unannehmlichkeiten bevorstehen. Es wird anfangs schwierig sein, Freunde und Bedienstete zu finden, bei denen Ihr Euch sicher sein könnt, dass sie es gut mit Euch meinen. Das kann Euch leicht teuer zu stehen kommen. London ist groß und schwer zu durchschauen. Ihr kennt Euch in der Stadt nicht aus, werdet aber viele Dinge von dort beziehen müssen. Ich wünschte, ich könnte mitkommen und Euch dabei helfen, Euch einzuleben. Als Engländerin hätte ich es leichter, mit den Leuten umzugehen.«

Miss Melusine schniefte, als schössen ihr Tränen in die Augen. »Ich wünschte auch, du könntest mitkommen, Anne. Wir werden für jede freundliche Seele dort dankbar sein müssen. Ich will gar nicht mehr von hier fortgehen. Aber wir können ja *Notre-tante* nicht im Stich lassen. Und was sollten wir in Hannover auch ganz allein tun?«

Luise stieß die Luft aus. »Nun, mir würde schon einfallen, was ich täte. Aber es stimmt, auch ich fände es nicht richtig, *Notre-tante* gerade unter diesen Umständen allein gehen zu lassen. Wir müssen zusammenhalten. Ich wäre auch froh, wenn du dabei wärst, Anne. Wir müssen einen Plan schmieden, wie wir die Erlaubnis bekommen, dich mitzunehmen.«

»*Notre-tante* wird sicher auf unserer Seite stehen, wenn wir sie von Herzen bitten. Aber wie sollen wir Seine Liebden überzeugen?«, fragte Melusine mit brüchiger Stimme.

Ihre Schwester begann, im Raum auf und ab zu gehen und sich dabei die Stirn zu reiben. »Wie gut kennst du dich denn in London aus, Anne?«

Annes Herz übersprang einen Schlag und setzte dann noch schneller wieder ein als zuvor. Und auf einmal gingen ihr die Lügen leicht über die Lippen. »Ich will nicht sagen, so gut wie in meinem Nähkorb. Aber ich finde mich zurecht. Und da ich keine besonders auffällige Person bin, könnte ich leicht überall inkognito Erkundigungen einholen. So fänden wir nach und nach heraus, welche Lieferanten ehrlich und welche Anbieter und Waren gut sind. Und nach einiger Zeit hättet Ihr wieder ein vertrauenswürdiges Umfeld und bräuchtet mich nicht mehr. Wenn es so weit ist, und wenn es notwendig erscheint, meine Position einer anderen zu verleihen, könnte ich immer noch den Hof verlassen und zu meinen Eltern zurückkehren.«

Mit erhobenem Finger kam Luise auf sie zu und pikste sie sanft in die Schulter. »Das ist es! Du wirst unsere geheime Kundschafterin und bist als solche unentbehrlich. Ich werde das Seiner Liebden schon beizubringen wissen. Heute Abend essen wir mit ihm. Ich schlage vor, dass du dich bereithältst, um vorstellig zu werden, wenn wir dich rufen lassen, Kundschafterin Anne.«

Beinah wurde Anne schwarz vor Augen, weil sie schon wieder vergessen hatte zu atmen. »Gewiss, Miss Luise. Ich werde in der Nähe warten. Lasst Euch versichern, dass es mich sehr erleichtern würde, wenn Ihr Seine Durchlaucht überzeugen könntet. Und es wäre mir eine Ehre, ihm als neuem König von England in dieser kleinen Angelegenheit dienlich sein zu dürfen.«

Wie besprochen, stand Anne am Abend einige Schritte entfernt von den geschlossenen Flügeltüren des kurfürstlichen Speisesaals auf dem Flur und wartete. Sie war nicht allein, sondern in Gesellschaft einiger anderer eher unbedeutender Höflinge, die ebenfalls damit rechnen mussten, gerufen zu werden.

Immer spürbarer lag die Spannung der bevorstehenden großen Veränderungen über dem Hof. Für die meisten Hofleute galt es, schwerwiegende Entscheidungen über ihre Zukunft zu treffen, gerade wenn sie wenig oder keine Aussichten hatten, mit nach England zu ziehen. Es hatte sich herumgesprochen, dass der kleine Prinz Friedrich in der Obhut seines Onkels in der hannoverschen Residenz bleiben sollte. Die hiesige Hofhaltung wurde also nicht gänzlich aufgelöst, sondern nur verkleinert. Wenigstens für viele der altgedienten Bediensteten war diese Neuigkeit einer Erlösung gleichgekommen. Küche, Gärten, Räumlichkeiten und Ställe würden auch weiterhin mit hohem Anspruch in Ordnung gehalten werden müssen, sodass nur wenige ihre Stelle verlieren würden.

Anders sah es für die aus, die ähnliche Stellungen innehatten wie Anne. Viele der Herrschaften, denen sie dienten, würden Hannover verlassen und keine Verwendung mehr für sie haben. Etliche wünschten sich, dass der Kurfürst doch noch einen Grund fand, warum sie mit an den englischen Hof kommen sollten. Anne hoffte, dass sie nicht alle ebenso gerissene Ratgeber hatten, wie Henrietta Howard es war.

Trotz der draußen herrschenden sommerlichen Wärme waren ihre Hände und Füße während der Wartezeit auf dem Flur kalt geworden. Am liebsten wäre sie in den abendlich beleuchteten Garten hinausgeeilt und hätte sich ein warmes dunkles Plätzchen gesucht, um sich zu verstecken. Wie hatte sie sich bloß zu dieser Lüge verleiten lassen können? Was sollte sie tun, wenn jemand, der sich in London wirklich auskannte, ihr Wissen prüfte? Was würde sie antworten, wenn der Kurfürst ihr auf den Kopf zusagte, dass sie geschwindelt hatte?

Als sich die Tür öffnete und ein Lakai sie rief, hatte sie weiche Knie. Während sie am Eingang des Saals in einen Knicks sank, erinnerte sie sich daran, dass ihre letzten Schwindeleien und Heimlichkeiten sie in einen finsteren Abgrund geführt hatten. *Ich konnte nicht mehr schlafen und bin ein wenig im Garten spazieren gegangen.* Das hatte sie zu der erstaunten Milchmagd in Inveraray gesagt, als sie ihr am frühen Morgen nach ihrer ersten Liebesstunde mit Ian an der Seitentür des Herrenhauses begegnet war.

»Miss Baynes! Tretet näher, meine Liebe«, sagte Kurfürst Georg Ludwig. Mit gesenktem Haupt tat sie, wie befohlen, und knickste noch einmal, als sie vor ihrem zukünftigen König stand. Er nickte ihr zu, ohne dass seine Miene verriet, ob er ihr gewogen war.

»Fräulein Luise hielt mir eine flammende Rede, in der sie Eure treuen Dienste lobte und mir versicherte, dass Ihr auch in Zukunft unentbehrlich für meine hochgeschätzten Damen sein werdet. Sagt mir, was sind Eure Pläne für den Fall, dass wir keinen Platz für Euch in unserer neuen Hofhaltung finden, so bedauerlich das dann auch sein mag?«

Anne zwang sich dazu, ruhig zu atmen und zu sprechen, als würde es nur um Alltäglichkeiten gehen. »Ich würde zu meiner Tante nach Altehorst zurückgehen und dort auf die Anweisungen meines Vaters warten, Eure Hoheit.«

»Sir Baynes, Baronet of Madlock Country, ist Euer Vater, nicht wahr? Frau von der Schulenburg half meinem Gedächtnis freundlichst nach. Nun, Miss Baynes, in welcher Verbindung stand oder steht Euer Vater zum englischen Königshaus? Ist er ein Mitglied des Parlaments? Gehört er eher der Whig- oder der Tory-Partei an? Ich gebe mir Mühe, die Eigenheiten der englischen Regierung zu durchschauen, müsst Ihr wissen. Mir ist bewusst, dass ich in London auf Gegner treffen werde. Glaubt Ihr, dass Euer Vater einer davon sein wird?«

Unwillkürlich richtete sich Anne auf. Mit allen möglichen Wendungen des Gesprächs hatte sie gerechnet, aber diese Frage hatte sie nicht vorausgesehen. Ihr Verstand sagte ihr, dass es nur eine richtige Antwort auf die Frage gab, doch ihr Herz konnte in diesem Moment keine weitere Lüge verkraften. »Ich sehe keinen Hinweis darauf, dass er gegen Eure Thronfolge ist. Doch ich muss gestehen, dass mein Verhältnis zu ihm nicht vertraut genug ist, um es beschwören zu können. Zumindest kann ich aber sagen, dass mein Vater nur kurze Zeit in unbedeutender Stellung am Hof von King James gedient hat und seinen Abschied noch vor dessen Absetzung nahm, über die er zufrieden war. Später äußerte er oft, dass es unsere anglikanische Kirche, die Freiheit aller Engländer und letztlich den Wohlstand der Nation bedrohen würde, wenn wieder ein Papist auf den Thron käme. Ich nehme an, dass sich das nicht geändert hat.«

Der Kurfürst brummte wohlwollend. »Dann gehen wir davon aus, dass es so ist. Jedenfalls wird Euer Herr Vater Euch wohl nicht gegen mich vereinnahmen, will ich hoffen. Wir können uns nicht erlauben, unsere Gegner auch noch selbst von hier mitzubringen. Wollt Ihr mir einen Treueschwur leisten, mit dem Ihr Euch fest gegen meine englischen Feinde stellt? Das ist keine Sache, die Ihr leichtfertig tun solltet, wenn Ihr es für möglich haltet, dass Euer Vater Euch in Kürze mit einem Jakobiten verheiraten wird. Ihr müsst Euch im Klaren darüber sein, dass ich den Bruch eines solchen Eids als kapitales Verbrechen bestrafen würde.«

Jakobiten nannten sich die Anhänger von James Stuart, der auch Jakob genannt wurde. Annes Eltern waren keine Jakobiten, so viel wusste sie sicher. Außerdem war ihnen die rebellische Art der Schotten fremd. Der letzte Mensch, der ihr gegenüber jakobitische Ansichten geäußert hatte, war Ian Drummond gewesen. Und den hatte sie auch deshalb nicht heiraten dürfen. Da sie ohnehin nicht auf eine Heirat aus war, konnte sie zumindest diese Frage ohne Gewissensbisse beantworten.

»Ich werde ganz gewiss keinen Jakobiten heiraten.«

»Ihr schwört mir also die Treue?«, hakte der Kurfürst nach.

»Wenn Ihr es wünscht, schwöre ich auf die Bibel.«

Er winkte einem der Lakaien. »Eine Bibel, bitte.«

Das Buch lag schon bereit, was Anne vermuten ließ, dass sie an diesem Tag nicht die Einzige war, die einen Schwur ablegte. Der Diener brachte die Heilige Schrift auf einem Samtkissen herbei, und alle Blicke ruhten erwartungsvoll auf Anne. Die Feierlichkeit der Geste ließ sie innehalten.

Sie räusperte sich. »Heißt das, ich werde mit nach London reisen und in Euren Diensten bleiben, wenn ich den Eid leiste?«

Georg Ludwig zuckte mit den Schultern. »Noch steht es in den Sternen, ob und wann der Tag unserer Abreise kommen wird. Wer weiß schon zu sagen, was bis dahin noch alles geschehen wird? Ich kann Euch nichts versprechen. Doch ich kann Euch versichern, dass Ihr nicht in der engen Wahl sein werdet, wenn Ihr mir diesen Eid nicht leistet.«

Anne spürte, wie sie errötete. Es lag nur ein so dünner Grat zwischen Gunst und Ungnade eines Fürsten. Sie durfte jetzt keine Fehler mehr machen. »Ich bitte um Verzeihung, Eure Hoheit. Den Eid leiste ich Euch aus vollem Herzen. Es ist nur … Die Ungewissheit nagt an mir. Aber ich verstehe selbstverständlich, dass das in diesen Tagen für niemanden anders ist. Sagt mir nur, welche Worte ich sprechen soll.«

Zufrieden lächelnd bedeutete er seinem Sekretär, diese Aufgabe zu übernehmen. Der sprach Anne die Worte eines Treueschwurs vor, den sie wiederholte. In ihrer Aufregung war sie so bedacht darauf, jedes Wort richtig aufzusagen, dass sie über die Aussage kaum nachdachte. Am Ende hatte sie dem zukünftigen King George von England lebenslange Treue geschworen, so viel war ihr klar. Und immerhin hatte er ihr dafür eine Goldmünze geschenkt, wenn auch nicht das Versprechen, für das sie all die Mühe und Schwindelei auf sich genommen hatte.

Knapp vier Wochen später, am sechsten August, erhielt Kurfürst Georg Ludwig die erste inoffizielle Nachricht vom Tod Queen Annes. Drei Tage darauf traf die offizielle Bestätigung ein. Und Anne erfuhr, dass sie zu den Auserwählten gehörte, die mit Georg Ludwigs Reisegesellschaft nach London ziehen würden.

Am Morgen nach der offiziellen Verkündung von Queen Annes Ableben wachte Anne noch vor der Dämmerung schweißgebadet auf. Sie hatte wieder von ihrem Sohn geträumt, doch dieses Mal war er älter gewesen als sonst, ein Knabe im Alter von Prinz Friedrich, der ohne seine Eltern in Hannover bleiben musste. In ihrem Traum hatte sie Johnny in einer schmutzigen Bauernkate in Madlock Country gefunden. Sie hatte ihn in die Arme schließen wollen, aber er hatte sie nicht erkannt, sondern war davongestürmt und in den Wald gelaufen. Als sie ihn nach langem Herumirren ein zweites Mal fand, stand er mitten in einem Rudel von Wölfen, die sie anstarrten. Zu ihrem Entsetzen knurrte jedoch auch ihr Sohn sie an, als wäre er eines der Raubtiere. Ihr Herz überschlug sich, und sie wachte auf. Mit rasendem Puls blickte sie in der Dunkelheit an die Decke.

Sie hatte nie darüber nachdenken wollen, doch nachdem Will es in seinem Brief geschrieben hatte, ging es ihr nicht mehr aus dem Sinn: Was, wenn Johnny nichts mit ihr zu tun haben wollte? Was, wenn er im Haus seiner Amme glücklicher war, als seine fremde Mutter ihn machen konnte? Sie wusste nicht, was er liebte oder hasste. Ob er seinem Vater schon ähnlich sah? Was, wenn er sie verachtete? Sie hatte ihn durch ihre Leichtfertigkeit zu einem Leben als Bastard verdammt. Hatte versagt, als es darum gegangen war, ihn bei sich zu behalten und zu beschützen.

Sie griff unter ihr Kopfkissen und holte das Säuglingshäubchen hervor, das sie seit Jahren jeden Abend darunterlegte. Auch wenn sie ihre Nase tief darin vergrub, war der Duft ihres Säuglings nicht mehr aufzuspüren. Wäre es nach ihren Eltern gegangen, hätte Tante Irma ihr das Kind sofort nach der Geburt wegnehmen sollen. Nicht einmal für einen kurzen Augenblick hätte sie es halten dürfen. Doch als sie in den Wehen lag, hatte ihre Tante sich bis zur Bewusstlosigkeit betrunken, und als Johnny schließlich zum ersten Mal Luft holte, war Anne mit ihm und ihrer auf Stillschweigen eingeschworenen Geburtshelferin aus dem Dorf allein in der Kammer gewesen. Die Hebamme hatte getan, als wüsste sie nichts von den elterlichen Anweisungen, und ihr das Kind an die Brust gelegt, wie es ihrer Ansicht nach das einzig Richtige für die Gesundheit von Mutter und Neugeborenem war.

Anne hatte sich vorher nicht vorstellen können, wie gewaltig die Gefühle sein würden, die sie nach der Geburt überrollten. Sie hielt ihr Kind, küsste es und wollte es nie wieder loslassen. Tage- und wochenlang kämpfte sie mit Tränen, Geschrei und Fäusten gegen ihre betrunkene oder verkaterte Tante darum, dass Johnny bei ihr bleiben durfte. Sie kämpfte, bis sie verlor. Eines Morgens war er fort und ihre Tür von außen verschlossen.

Sie musste ihn wiedersehen. Sogar wenn er sie hasste, musste sie wenigstens ein einziges Mal sehen, ob es ihm gut ging, ob er gut versorgt und geliebt wurde. Auch wenn sie bei all ihrer Entschlossenheit nicht die geringste Ahnung hatte, wie sie es anstellen sollte, nach ihm zu suchen.

An diesem Tag hatte der Hofmeister wieder einen Brief von Will für sie.

Liebste Anne,
dieses Mal schreibe ich in aller Eile, damit mein Brief dich erreicht, wenn auch die traurige Nachricht vom Tod der Königin in Hannover eintrifft. Du hast auf mein letztes Schreiben nicht geantwortet, was mich beunruhigt. Ist der Brief verloren gegangen? Oder haben meine drängenden Worte dich so verstört, dass du nicht weißt, was du mir sagen sollst?

Für den Fall, dass du meinen Brief nicht erhalten hast, wiederhole ich dir hier flehentlich meine Bitte: Heirate mich, Anne! Wenn du mit den Deutschen nach London kommst, werde ich am Kai auf dich warten und ohne Umwege mit dir ins Fleet-Viertel fahren, wo die Leute ein Geschäft daraus machen, eilige Trauungen vorzunehmen. Sind wir erst einmal verheiratet, dann bist du frei von der Vormundschaft deines Vaters, und ich werde dir helfen, deinen Sohn zu finden. Sollte Seine zukünftige Majestät King George dich nicht hierherbringen, dann komm trotzdem nach Hause. Ich werde die Reisekosten aus meinen Ersparnissen aufbringen und dir zusenden. Auch hier gilt: Bist du erst einmal mein Eheweib, werden dein und mein Vater sich schon fügen und unser Unterhalt sich finden. Du weißt ja, dass ich mit beiden immer in gutem Einvernehmen stand. Das wird sich gewiss recht bald wiederherstellen lassen.

Wenn dein Schweigen bedeutet, dass du meinen Antrag ablehnen möchtest und die Worte dazu nicht findest, dann sei unbesorgt. Ich bin dein Freund und werde es bleiben, gleichgültig, wie du dich entscheidest. Schreib mir unbedingt, wann und wo du in England ankommst, sobald du es weißt. Ich werde alles tun, um da zu sein und dich willkommen zu heißen.

Dein treuer Freund William Wills

Tatsächlich hatte Anne ihm nicht geantwortet. Sein Antrag rief in ihr weiterhin heftig widerstreitende Gefühle wach. Sie hätte ihrem Freund zutiefst dankbar sein und sein großmütiges Angebot demütig annehmen sollen. Sogar die Reisekosten wollte er ihr bezahlen! Damit hätte er die Aufregung um ihre Rolle bei Hof ganz überflüssig gemacht. Sie hätte einfach allein nach England reisen, Will heiraten, Johnny suchen und sich ein unauffälliges, bescheidenes Leben mit beiden oder nur mit Will einrichten können.

Doch so vernünftig das auch klang, fühlte sie sich dennoch eher erleichtert, dass es dazu nun zu spät und ihr die Entscheidung vorerst abgenommen war. Sie hatte sich zumindest für die kommenden Monate dem König verpflichtet und würde zu ihrem Eid stehen. Was sie für ihn und die Damen von der Schulenburg tun konnte, das würde sie tun.

4. Kapitel

Auf nach London, September 1714

Am ersten August war Queen Anne verstorben, am dreiundzwanzigsten August wurde sie bestattet, doch das Gefolge des zukünftigen Königs hatte auch Anfang September noch nicht einmal die Reisevorbereitungen abgeschlossen. Als hätten nicht alle monatelang angespannt auf das große Ereignis gewartet, schien es, als wären viele Höflinge davon überrascht worden.

Anne hatte Ende August zum ersten Mal, seit sie in Hannover war, eine Nachricht von ihrer Tante erhalten. Irma erkundigte sich im Auftrag ihrer Eltern, ob sie in den Kreis der Auserwählten aufgenommen war. Falls es so sei, würde ihr Vater sie bald nach ihrer Ankunft in London bei Hof aufsuchen. Genaueres über dieses Treffen ging aus dem kurzen Brief ihrer Tante nicht hervor, was Anne Magendrücken verursachte. Wie würde ihr Vater ihr begegnen? Ein Teil von ihr sehnte sich nach einem herzlichen Wiedersehen mit ihren Eltern. Doch sie erinnerte sich zu gut daran, dass die letzten Wochen mit ihnen alles andere als herzlich verlaufen waren. Das Schweigen während ihrer Verbannung sprach ebenfalls nicht für eine Versöhnung. Was würde ihr Vater nun von ihr wollen?

Wie stets behielt Anne ihr Unbehagen für sich und sandte ihrer Tante nur eine knappe Antwort, in der sie sich gleichzeitig höflich von ihr verabschiedete. Ihrer Tante grollte sie im Grunde kaum noch für das, was sie getan hatte. Rückblickend hatte Anne verstanden, dass die alte Frau unter dem Auftrag ihrer Eltern ebenfalls gelitten hatte. Ihre Nichte am hannoverschen Hof unterzubringen war ihre Bemühung gewesen, etwas wiedergutzumachen.

Der kurze Brief, den sie schrieb, war beinah die einzige Reisevorbereitung, die Anne für sich selbst traf. Ihre Habseligkeiten passten in ihre beiden alten Korbtruhen und ließen sich auch am Vorabend der Reise noch rasch einpacken. Das war nichts im Vergleich zu dem, was die Damen von der Schulenburg durchmachten. Jedes Besitztum, vom Brettspiel bis zur Blumenvase, jedes Buch und Bild, jedes Kleidungsstück, alle Kästchen und Dosen, Lieblingsstühle, -kissen und -decken mussten begutachtet und eingeordnet werden. Was musste mit? Was durfte nicht mit in die neue königliche Haushaltung? Welche Dinge sollten vom ersten Tag an wieder zur Verfügung stehen, was konnte später nachgeliefert werden? Ganze Tage vergingen damit, dass Anne den jungen Damen Kleider, Schuhe und Accessoires vorzeigte und sie entsprechend der Anordnung in andere Räume brachte. Nur um am Ende der langwierigen Prozedur festzustellen, dass man die neuen Kleider vergessen hatte, die noch bei den Schneidern lagen. Um die Reisetruhen nicht zu überfüllen, musste erneut sortiert werden.

Noch größer war der Aufwand für diejenigen, die Gebäude, Ländereien oder Ämter zurückließen, die entweder verwaltet oder verkauft werden mussten. Madam Schulenburg verlor zwischen Anfang August und Anfang Oktober so stark an Gewicht, dass Georg Ludwig ihre Bediensteten persönlich bat, auf regelmäßige Mahlzeiten für sie zu achten. Seine Halbschwester Sophie Charlotte von Kielmannsegg hingegen nahm das gleiche an Gewicht zu, was Madam Schulenburg abnahm, und sie war dabei weit verzweifelter. Wie viele andere stand sie vor dem Problem, dass der Verkauf ihres Hauses die Reisekosten und die Kosten der neuen Einrichtung in London hätte decken sollen, das Interesse der Käufer jedoch weit schwächer war als erhofft.

Ausnahmsweise war Anne erleichtert, dass sie so wenig Verantwortung trug und ihre größte Sorge die Furcht vor der Seereise war. An Hannover würde sie vermutlich nichts vermissen, außer vielleicht die schönen Gärten von Herrenhausen. Und vieles ließ sie nur zu gern zurück, wie zum Beispiel den lästigen Freiherrn von Oldeshausen, der zu ihrer Erleichterung nicht mit nach England umziehen würde.

William Wills Tagebuch, 12. September 1714

Beunruhigende Nachrichten treiben mich erneut dazu, meine Nöte dem Papier anzuvertrauen. Die Königin ist tot, und der Deutsche wurde zum König erklärt. Das ganze Land erwartet seine Ankunft mit gemischten Gefühlen. Nur wenige sind bereit, dem Fremden bedingungslos das Land anzuvertrauen, wenngleich sie hinter der Idee einer protestantischen Thronfolge stehen.

Ich erwarte vor allem Annes Ankunft und fürchte sie zugleich. Auf keinen meiner beiden nachdrücklichen Briefe hat sie mir geantwortet, was mich schwer bedrückt. Doch von ihrem Vater erfuhr ich, dass sie die neue Hofgesellschaft tatsächlich begleiten wird.

Inzwischen hat sich herumgesprochen, dass die Deutschen Hannover am sechzehnten September verlassen werden, also in drei Tagen von heute an. In weniger als sechs Tagen ist die Reise für eine derartige Gesellschaft keinesfalls zu schaffen. Daher ist ab dem Zweiundzwanzigsten mit ihnen zu rechnen. Ich habe Vater davon überzeugt, dass es uns nützen kann, wenn ich mich nach London begebe, um den Empfang unseres neuen Monarchen mitzuerleben. Daher reise ich morgen ab, werde wohl am Zwanzigsten ankommen und in der Stadt verweilen, bis ich alles versucht habe, um Anne für mich zu gewinnen.

Wie weit ich dafür gehen werde, habe ich noch nicht entschieden. Doch die jüngsten Entwicklungen lassen mich befürchten, dass ich Opfer bringen muss, um mein Ziel zu erreichen. Leicht könnte ich in politische Gefechte hineingezogen werden, aus denen ich mich lieber fernhielte.

Um Anne zu schonen, ließ ich sie in dem Glauben, dass ihr Vater ihren Sohn nach England geholt und in einer Pflegefamilie untergebracht hat. Doch ich weiß schon seit langer Zeit, dass John Campbell, der Duke of Argyll, den Knaben als Geisel aus Deutschland entführt hat. Nun erzählte Maud mir gestern, dass Lord Archibald Campbell, der Bruder des Dukes, das Kind nach London mitgenommen hat. Offenbar sehen die Campbells Anzeichen dafür, dass die Jakobiten sich die Zeit der Verunsicherung nach Queen Annes Tod zunutze machen, um einen Aufstand gegen die Regierung vorzubereiten. Sie sind nach wie vor wild entschlossen, James Stuart aus Frankreich heimzuholen und ihn statt des Deutschen zu krönen. Natürlich hoffen sie auf militärische Hilfe von den Franzosen, die angeblich auf James' Seite stehen. Sollte es den Schotten aber gelingen, sich zu vereinen und eine ernst zu nehmende eigene Armee aufzustellen, würden sie nicht nur James auf den Thron setzen, sondern auch die schottische Unabhängigkeit wiederherstellen und neue Gesetze zum Vorteil Schottlands durchsetzen.

In meinen Augen ist es ungewiss, ob die Rückkehr der Unabhängigkeit zum Wohle Schottlands wäre. Ganz gewiss jedoch wäre sie zum Nachteil Englands, dem ich mich weit stärker verbunden fühle. Diese Ansicht teile ich mit John Campbell, der stets die Union befürwortet hat und den Ka-

tholiken James ablehnt. Der Duke hat sich längst fest auf die Seite des protestantischen Deutschen gestellt.

Ob es den Schotten gelingt, eine taugliche Armee aufzustellen, hängt vor allem von den Clan-Oberhäuptern der Highlands ab, zu denen auch Ian Drummonds Onkel Maxwell gehört. Wenn Männer wie er sich ganz für die jakobitische Sache einsetzen, könnten sie eine große Anzahl Männer anziehen und würden auch über die Fähigkeiten verfügen, sie zu guten Soldaten auszubilden und zu Truppen zu formieren.

Argyll handelt also weise, wenn er jedes Mittel nutzt, um sie zu kontrollieren. Maxwell Drummond hat keine leiblichen Verwandten mehr, die seine Nachfolge als Clan-Oberhaupt antreten könnten – außer Ian und nun dessen kleinen Sohn. Argyll schätzt Drummond wohl richtig ein, wenn er annimmt, dass der Alte das Leben und die Gesundheit des Kindes nicht leichtfertig aufs Spiel setzen würde.

Auch ich war davon überzeugt, solange Ian auf See und sein Überleben ungewiss war. Da sein Onkel nun aber weiß, dass er noch lebt und weitere Söhne zeugen könnte, verliert das illegitime Kind womöglich an Bedeutung. Mir ist nicht bekannt, ob der Duke of Argyll von Ians Heimkehr weiß, doch es erscheint mir wahrscheinlich. Er könnte hoffen, dass Ian selbst für das Kind genug empfindet, um es schützen zu wollen, und deshalb auf seinen Onkel Einfluss nimmt. An Argylls Stelle würde ich also dafür sorgen, dass Ian von seinem Sohn erfährt, falls er noch nichts von ihm weiß.

Mich beunruhigt die Frage, was Ian in der Sache zuerst unternehmen wird. Was wird er tun, wenn ihm etwas an dem Kind liegt? Was, wenn ihm außerdem noch etwas an Anne liegt? Auch wenn ich Letzteres für unwahrscheinlich halte. Es scheint nicht so, als hätte er je versucht, mit ihr in Verbindung zu treten. Davon hätte sie mir sicher geschrieben.

Wird Ian versuchen, das Kind aufzuspüren und zu befreien – was sein Onkel unterlassen hat? Wird Ian jetzt versuchen, Verbindung zu Anne aufzunehmen? Wenn ich mir vorstelle, dass noch Gefühle zwischen ihnen bestehen, die Anne zu neuen Unbedachtheiten verleiten könnten, zittert meine Hand.

Ich muss Ian zuvorkommen. Nur wenn Anne mein Eheweib ist, kann ich sie davor schützen, dass sie weitere schicksalsschwere Fehler begeht. Und wenn es mir gelingt, ihr ein ruhiges, sicheres und glückliches Heim zu schaffen, wird sie vielleicht auch ausreichend für den Fall gewappnet sein, dass sie ihr erstgeborenes Kind nicht wiedersieht. So Gott will, werden wir schließlich bald gemeinsame Kinder haben, die sie über den Verlust des ersten hinwegtrösten können.

Wenn ich nicht Sorge haben müsste, Vater misstrauisch zu machen, würde ich noch in dieser Stunde nach London aufbrechen. Weiter abwarten zu müssen macht mich halb rasend.

Am zwanzigsten September erreichte die kurfürstliche Reisekolonne auf ihrem Weg nach London die Hafenstadt Den Haag. Die Niederländer ließen sich von der enormen Anzahl von Wagen, Pferden und Menschen nicht erschüttern, sondern bereiteten dem zukünftigen König von Großbritannien einen prunkvollen Empfang. Obgleich das Herbstwetter auch hier mit Regen und Wind aufwartete, standen die Leute an den Straßen und jubelten dem königlichen Zug zu, bis auch die Wagen ganz am Ende, in denen die Bediensteten reisten, vorübergefahren waren. So fand sich Anne zum ersten Mal in ihrem erwachsenen Leben in der Rolle, fröhlichen Menschen aus einer Kutsche heraus zuzuwinken, wie sie es früher als Kind hatte tun dürfen, wenn ihr Vater sie ausnahmsweise mitgenommen hatte, um seine Pächter zu besuchen.

Ohnehin waren ihr auf der Reise in die Niederlande unaufhörlich Kindheitserlebnisse in Erinnerung gekommen, sodass sie sich schließlich wieder ganz fühlte wie ein aufgeregtes kleines Mädchen. Zu gern hätte sie ihre alte Nanny zur Seite gehabt, um sich an ihrer Hand festzuhalten. Bei Tageslicht gelang es ihr noch recht gut, ihre Ängste ins richtige Verhältnis zu setzen und sich damit zu beruhigen, dass ihr keine echte Gefahr drohte. Doch wenn sie nachts in einem der ungewohnten und meist schrecklichen Gasthausbetten lag, dann rasten ihr Herz und ihre Gedanken: Das Schiff würde in einen Sturm geraten und untergehen. Und wenn das nicht geschah, dann würde Will sie in London in Empfang nehmen und darauf bestehen, dass sie ihn heiratete. Und wenn das nicht geschah, dann würde ihr Vater sie zwingen, die Ehefrau von einem abscheulichen Unbekannten zu werden. Und wenn das nicht geschah, dann würde sie allein vor der Aufgabe stehen, ihren Sohn zu suchen, und daran scheitern. Oder sie wurde im dunklen London überfallen, ausgeraubt und umgebracht. Und wenn das nicht geschah, dann würden Seine Hoheit, King George oder die Damen Schulenburg Anstoß an ihrem Verhalten nehmen, ihr Geheimnis aufdecken und sie mit Schimpf und Schande davonjagen. Und wenn das nicht geschah, dann würde sie ihren Sohn finden, doch der würde sie nicht erkennen, sich vor ihr fürchten und sie hassen. Und wenn das nicht geschah, dann würde sie zwar glücklich wieder mit Johnny vereint werden, sich aber anschließend nicht zu helfen wissen und mit ihm an Armut zugrunde gehen …

Wenn sie sich auf diese Art eine Stunde lang zwischen schnarchenden Zimmergenossinnen, Wanzen und zerknäulten Bettdecken von einem schlimmen Gedanken zum nächsten gequält hatte, erschien ihr die Rückkehr zur ersten Möglichkeit schon beinah erholsam. Denn fast all die grässlichen Dinge würden ihr ja erspart bleiben, wenn vorher das Schiff unterging und sie ertrank.

Als sie Den Haag erreichten, war sie so zermürbt, dass sie die Seereise herbeisehnte, um sie endlich hinter sich bringen zu können. Doch sie musste sich noch gedulden, denn weder die Niederländer noch das niederländische Wetter hatten vor, Georg Ludwig so bald wieder gehen zu lassen. Empfänge, Konferenzen, Bankette und nächtliche Feierlichkeiten mit Feuerwerk demonstrierten, wie viel der niederländischen Regierung an einem festen Bündnis mit Georg und seinem alten und neuen Reich lag. Ob die Winde derweil für die Reise wirklich ungünstig standen oder dieser Grund nur vorgeschoben wurde, hinterfragte kaum jemand. Dazu wurde es den Hofleuten in Den Haag zu angenehm gemacht.

Doch am siebten Tag nach ihrer Ankunft brachten die Niederländer ihren hohen Gast schließlich mit großem Pomp auf die *Peregrine*, das Schiff, das ihn nach London bringen sollte. Nach einer von Seekrankheit geprägten Nacht fuhr das Schiff, auf dem Anne sich befand, am späten Nachmittag des nächsten Tages hinter der *Peregrine* in die Mündung der Themse ein. Kanoniere an Land und auf umliegenden Schiffen feuerten Ehrensalut, Freudenfeuer loderten auf, Fanfaren wurden geblasen, und die Menschen am Ufer hielten inne, um den Schiffen zuzuwinken. Bis nach Gravesend fuhren die Schiffe, dann gingen sie für die Nacht vor Anker. Erst am nächsten Morgen fuhren sie weiter die Themse hinauf bis nach Greenwich, wo festlich geschmückte Barken darauf warteten, sie von den Schiffen an Land zu bringen.

Als Georg Ludwig vor den Augen einer großen Menschenmenge zum ersten Mal als König den Fuß auf englischen Boden setzte, tat er es, ohne zu straucheln. Anne bewunderte ihn dafür, als sie selbst das feste Land betrat und glaubte, es würde sich unter ihren Füßen aufbäumen. Sie hatte vergessen, wie sehr nach einer Seereise fester Boden zu schwanken schien.

Das *Queen's House,* zu dem die königliche Hofgesellschaft nach der Ankunft in Greenwich geleitet wurde, ähnelte in Annes Augen dem kleinen Schloss von Herrenhausen. Leuchtend weiß war es und mit seiner geschwungenen Doppeltreppe schon vom Ufer der Themse aus sichtbar. Die weiträumige Parkanlage des Hauses war für feierliche Prozessionen vom Schiff zum Gebäude bestens geeignet. Auf den Wegen und Rasenflächen rechts und links der Hauptachse stand dicht gedrängt die Menschenmenge, die Georg Ludwig begrüßen wollte. Gestattet wurde das sichtlich nicht jedermann, denn Soldaten sicherten die Grenzen des Parks nach außen hin.

Zum ersten Mal ahnte Anne, wie es sich anfühlen würde, Teil eines Hofstaats zu sein, dessen Haupt im eigenen Reich viele Gegner hatte und deshalb bewacht und beschützt werden musste. Die hier Anwesenden schienen ihrem noch ungekrönten König allerdings wohlgesinnt zu sein, auch wenn sie kurzzeitig seinen Sohn Georg August mit ihm verwechselten. Mit lauten Jubelrufen und hingebungsvollen Ehrenbezeugungen begleiteten sie schließlich beider Georgs Marsch vom Flussufer ins Schloss.

Zum zweiten Mal fiel ein Abglanz der Huldigung auch auf Anne und die anderen ihres Ranges. Allerdings beobachtete sie, dass die Mienen vieler Schaulustiger sich zusehends verschlossen und ihr Beifall verhaltener wurde, je näher das Ende der Prozession rückte. Es wirkte so, als würden sie zwar ihren König und seine Familie willkommen heißen, weniger aber seinen sonstigen Anhang – und am allerwenigsten das Dienstgesinde am Ende des Zugs, das er unnötigerweise mitgeschleppt hatte, als gäbe es in England keine Köche und Kammerzofen, die ihr Handwerk verstanden.

Auch die Leute in Annes Nähe spürten die unterschwellige Abneigung, die ihnen aus der Menge entgegenwehte. Die meisten von Annes Reisegefährten reagierten darauf, indem sie das Kinn ein wenig anhoben und ihren Blick nur noch geradeaus richteten. Anne tat es aus schierer Verlegenheit ebenso. Sie befürchtete, über die eigenen Füße zu stolpern, wenn sie nicht nach vorne sah, sondern die Menge betrachtete und womöglich von jemandem direkt angesehen wurde. Doch als sie die halbe Wegstrecke zum Schlosstor hinter sich gebracht hatten, musste sie hinsehen. Von links aus den hinteren Reihen der Zuschauer rief ein Mann ihren Namen.

»Anne! Anne Baynes!«

Obwohl sie seine Stimme nicht erkannte, erriet sie, dass es Will war, und sie spürte, wie sie errötete. Sie hatte nicht damit gerechnet, ihm bereits hier zu begegnen, und fühlte sich unangenehm überrumpelt. Sie unter diesen Umständen laut zu rufen gehörte sich außerdem nicht, und auch Will wusste das gewiss gut. Er musste unbeherrscht damit herausgeplatzt sein. Die Köche, die ihren Platz ein Stück hinter ihr und den Gouvernanten hatten, lachten bereits. Hastig suchte sie Will und entdeckte ihn, wie er ihr mit hochgerecktem Arm winkte. Zurückzuwinken war ausgeschlossen – sie waren keine Kinder mehr. Daher nickte sie ihm nur mit ernster Miene zu, damit er begriff, dass sie ihn gesehen hatte und kein Geschrei mehr nötig war.

Hinter ihr ging der Küchenvorstand, mit dem sie sich auf der Reise mehrfach freundlich unterhalten hatte. »Ich wusste doch, dass so ein bezauberndes Fräulein in ihrer Heimat schon einen Verehrer haben muss. Oder ist das ein Verwandter, Miss Baynes?«

Unwillkürlich krallte sie die Hand, mit der sie ihre Röcke zum Gehen anhob, fester ins Gewebe. Sie warf einen kurzen Blick über die Schulter zurück. »Nur ein alter Freund, Herr Liebermann. Mit Verehrern kann ich auch gar nichts anfangen. Freunde sind mir lieber.«

»Wenn Ihr einen Freund braucht, kommt einfach in die Küche, da findet Ihr mehr als nur einen. Wir brühen Euch auch immer gern einen Pfefferminztee auf«, sagte der gutmütige Mann.

Woraufhin sie sich rasch noch einmal zu ihm umsah und ihm ein Lächeln schenkte. Und als hätte das Lächeln ihr die Augen geöffnet, fiel ihr auf, dass sie Will unrecht tat. Was wäre gewesen, wenn er ihr nicht davon geschrieben hätte, dass er sie unbedingt heiraten wollte? Was, wenn sie annehmen würde, dass er sich nur als ihr alter Freund von Herzen freute, sie wiederzusehen, und dafür einige Mühe auf sich genommen hatte? In dem Fall hätte sie sich in diesem Augenblick ebenfalls ungehemmt gefreut. Ein wenig peinlich wäre ihr sein Verhalten vielleicht gewesen, doch sie hätte es ihm nachgesehen.

Noch einmal suchte sie ihn in der Menge, wo er nun still stand und sie beobachtete. Möglichst würdevoll hob sie die Hand, um ihm nun doch zuzuwinken. Sie sah noch, wie die Besorgnis von seinem Gesicht verschwand, dann musste sie wieder auf ihre Füße achtgeben. Sobald die Begrüßungszermonie beendet war, würde sie wieder aus dem Schloss kommen, um Will zu treffen. Sie würde einen Botenjungen mit einer Nachricht zu ihm schicken, damit er wartete.

Ihre Angst vor der Begegnung war verflogen, denn sie wusste nun, wie sie mit ihm sprechen würde. Sie würde so tun, als hätte sie seine letzten beiden Briefe gar nicht erhalten.

5. Kapitel

London, September 1714

RUND ZWEI STUNDEN nach dem Einzug in Queen's House traf Anne Will in einem Nebengebäude des Greenwich Hospitals, dessen Anlage an Queen's House angrenzte. Er sprang von der Bank in dem kleinen Aufenthaltssaal auf und riss sich eilig den Hut vom Kopf, als sie eintrat. Sein festlicher dunkelblauer, mit goldenen Tressen besetzter Mantel stand in prachtvollem Kontrast zu den blendend weißen Strümpfen. So stürmisch kam er ihr entgegen, als wolle er sie in die Arme schließen, blieb dann aber abrupt vor ihr stehen und verbeugte sich. Er wusste sichtlich nicht, was er mit seiner freien Hand anfangen sollte, und schloss sie schließlich ebenfalls um die Krempe des Huts, den er beinah wie einen Schutzschild vor sich hielt.

»Anne! Ich bin so froh, dich zu sehen. Hattest du eine angenehme Reise?«

Sie erwiderte seine Reverenz, indem sie einen Knicks andeutete. »Eine schauderhafte Reise war es, aber nun bin ich hier. Ich freue mich auch, dich zu sehen, Will. Ich hoffe, es geht deinen Eltern gut? Du hast so lange nicht geschrieben, dass ich nicht erwartet habe, dir hier zu begegnen. Bist du nach London gekommen, weil du den Einzug Seiner Majestät erleben wolltest? Oder hast du etwas Geschäftliches zu erledigen?«

Er sah sie mit weit aufgerissenen Augen an und zögerte zu lange mit der Antwort, als dass es noch unbefangen hätte wirken können. »Etwas Geschäftliches. Ja, etwas Geschäftliches führte mich her. Ich habe es so eingerichtet, dass es mit dem feierlichen Anlass zusammenfällt. Ich schrieb dir in den vergangenen Wochen zwei Mal. Haben meine Briefe dich nicht erreicht? Wie bedauerlich. Es war nicht meine Absicht, dich plump zu überraschen. Du musst mich für tölpelhaft halten.«

Anne befürchtete, dass ihm die Tränen in die Augen schießen würden, wenn sie ihn noch stärker in Verlegenheit brachte. »Ach, Will! Ich bin jeden Tag nur von höflichen Leuten umgeben, die niemals Fehler machen. Und wie es aussieht, wird mir das noch für längere Zeit bevorstehen. Es ist schön, endlich wieder einmal einem Freund zu begegnen, für den die Etikette nicht das Wichtigste ist, wenn er mir gegenübersteht. Nun sag – wie geht es dir?«

Seine Augen verrieten weiterhin, dass er sich das Wiedersehen mit ihr anders vorgestellt hatte, doch seine Hände entspannten sich etwas, sodass sich die geknautschte Hutkrempe erholen konnte. »Gut«, stieß er hervor. »Mir geht es gut. Das Geschäft floriert, und Vater überlässt mir viele der wichtigsten Aufgaben, weil es um seine Gesundheit nicht zum Besten steht. Er hat zwar noch nicht vor, sich zur Ruhe zu setzen, doch gerade bevor ich nach London fuhr, sagte er, dass er mir zutrauen würde, ohne ihn zurechtzukommen. Wir stehen in gutem Einvernehmen. Mutter hingegen ist gesund, hält sich aber selbst für hinfällig. Sie spricht häufig davon, wie sie sich freuen würde, wenn sie ihre Enkelkinder noch erleben dürfte. Ich denke, sie würde die Haushaltspflichten gern mit einer Jüngeren teilen. Und darüber wollte ich gern mit dir …«

»Das ist wirklich unglaublich!«, fiel Anne ihm ins Wort. »Als ich dich das letzte Mal sah, warst du noch beinah ein Kind, und nun stehst du deinem Vater schon ebenbürtig zur Seite. Wie schön für dich und ihn! Ich kann nur hoffen, dass dich die Geschäfte oft nach London führen, damit wir uns gelegentlich sehen. Denn Ihre Durchlaucht Madam Schulenburg, zu deren Gefolge ich gehöre, wird dauerhaft mit dem König in London residieren. Das bedeutet, auch ich bin an die Stadt gebunden, denn ich habe mich auf unbestimmte Zeit verpflichtet, bei ihr und ihren Töchtern zu bleiben.«

Der verdutzte Blick, mit dem er sie jetzt musterte, ließ sie befürchten, dass sie zu plump vorgegangen war. Ahnte er, dass sie ihn wegen der Briefe belog und in Wahrheit wusste, was er sich von ihr erhoffte?

Er ließ die eine Hand mit dem Hut sinken und lockerte mit der anderen das warme Tuch, das er um den Hals trug. »Ich beglückwünsche dich zu deiner herausragenden Stellung. Es ist eine hohe Ehre, dass du sie auch unter den veränderten Umständen behältst. Viele ersehnen sich derzeit, in der Gunst unseres neuen Souveräns und seiner Angehörigen so hoch aufzusteigen. Aber was wird aus deinen anderen Plänen und Wünschen? Du weißt doch, wovon ich spreche?«

»An diesen Plänen halte ich fest, Will. Aber ich muss vorsichtig sein. Niemand bei Hof darf von meiner Vergangenheit erfahren – gerade jetzt nicht, wo die Leute jeden mit Argusaugen betrachten, den Georg Ludwig aus Deutschland mitgebracht hat. Hast du denn etwas Neues erfahren? Hast du in letzter Zeit mit meinem Vater gesprochen?«

Er sah über sie hinweg aus dem Fenster hinter ihr, als müsse er dort etwas beobachten. »Vor etwa drei Wochen habe ich deinen Vater getroffen. Deshalb wusste ich, dass du nach England kommst. Aber … nein, etwas Neues kann ich dir nicht berichten. Weißt du, ob er … oder ob dein Bruder … Wird jemand aus deiner Familie nach London kommen, um dich zu treffen?«

»Vater ließ mir ausrichten, dass er mich zu sehen wünscht, aber Genaueres weiß ich nicht.«

Sein Blick kehrte zu ihr zurück, und er lächelte sie an. »Das ist doch ein gutes Zeichen. Vielleicht hat er dir vergeben. Ich rate dir allerdings, ihn nicht so bald auf deinen … auf die Angelegenheit anzusprechen. Du solltest ihm reichlich Zeit geben, deine neue ehrenvolle Stellung zu begreifen. Er hat jetzt guten Grund, stolz auf dich zu sein, und das solltest du ihn einige Wochen … oder besser einige Monate lang auskosten lassen, bevor du ihn wieder auf die alte Sache stößt.«

Sein Lächeln war falsch. Gleichgültig, wie lange Anne ihn nicht gesehen hatte, so viel konnte sie noch immer erkennen. Und das Lächeln war nicht das Einzige, was an seiner Haltung falsch wirkte. Es klang nicht so, als glaubte er daran, dass ihr Vater ihr verziehen hatte. Warum warnte er sie sonst davor, ihn an ihr Vergehen zu erinnern?

»Wir werden sehen. Er wird schon deutlich machen, was er von mir erwartet. Ich erwarte jedoch von ihm, dass er mir früher oder später erklärt, was er mit meinem Sohn gemacht hat«, erwiderte sie.

Ein Muskel in Wills Gesicht zuckte eigensinnig. »Er wird darüber nicht mit dir sprechen. Überlass es lieber weiterhin mir, das herauszufinden. Wenn du an deinem Plan festhalten willst, werde ich dir helfen. Ich täte alles für dich, das musst du mir glauben. Dein Wohlergehen ist mir jeden Aufwand wert. Ich habe dich die ganze Zeit im Herzen behalten, Anne. Und nun, da du wieder vor mir stehst, bin ich mehr denn je … Ich bin entschlossen … Du bist noch hübscher geworden, weißt du das? Ich hätte es nicht für möglich gehalten. Und ich frage mich, ob … Würdest du einverstanden sein, wenn ich … Du hast gehört, was ich über Mutter sagte? Dass sie sich freuen würde, wenn …«

Annes Puls beschleunigte sich, als Will seinem eigentlichen Anliegen gefährlich nahe kam, und sie unterbrach ihn erneut. »Deine Freundschaft war mir in den vergangenen Jahren ein großer Trost. Ich wäre glücklich, wenn wir unser freundschaftliches Verhältnis fortsetzen könnten. Und wenn du mir darüber hinaus helfen würdest, mein Kind wiederzusehen, wäre ich dir sehr dankbar. Tatsächlich könnte ich schon jetzt deine Hilfe in einer anderen Sache gebrauchen. Wie gut kennst du dich in London aus?«

Er stieß die Luft aus und zuckte mit den Schultern. »Ich kenne die Docks und weiß, wer an welchen Kais welche Waren verlädt und wo sie umgeschlagen werden. Besser muss ich die Stadt nicht kennen. Ich nehme ohnehin einen Hackney Coach, eine Sänfte oder ein Boot, wenn ich irgendwohin will. Was möchtest du denn wissen?«

»Ich würde gern mehr über die verschiedenen Gegenden erfahren. Wo welche Art von Leuten lebt und arbeitet. Welche Waren man wo am besten kauft, welche Gegenden man meiden sollte und wo sie liegen. Wegen des Gesindels, du weißt schon. Ich werde den deutschen Hofdamen in nächster Zeit häufig in diesen Dingen zur Seite stehen müssen.«

»Ich habe bei einem Buchdrucker eine Karte von London gesehen. Die könnte ich für dich kaufen. Darauf sind die Namen aller Stadtteile, Straßen und umliegenden Dörfer eingetragen, sodass du dir schneller ein Bild machen kannst. Ich schenke sie dir, wenn ich darf. Wir könnten uns in den nächsten Tagen noch einmal treffen. Dann bringe ich sie mit und erzähle dir, was ich weiß. Vielleicht kann ich bis dahin auch noch ein paar gute Ratschläge dazu sammeln, wo man die Dinge ersteht, die vornehme Damen lieben. Ich werde mich umhören.«

Annes Gewissen pochte dumpf, weil er sich so großzügig zur Verfügung stellte, während sie ihm nur Enttäuschung zu bieten hatte. »Bitte nur, wenn es dir keine Mühe macht. Und die Karte musst du mir nicht schenken. Wenn sie nicht zu teuer ist, kann ich sie selbst …«

Dieses Mal fiel er ihr ins Wort. »Die Karte soll mein Willkommensgeschenk sein. Ich hätte dir etwas anderes besorgen sollen, aber ... Um ehrlich zu sein, wusste ich nicht, was dir gefallen würde. Du machst mir eine Freude, wenn du das Geschenk annimmst. Wann darf ich es dir bringen? Seine Hoheit wird übermorgen feierlich durch die Stadt zum St. James's Palast gebracht, und die Krönung wurde für den zwanzigsten Oktober angekündigt. Aber darüber weißt du sicher mehr als ich. Jedenfalls sollten wir eine Verabredung für einen Ort in der Nähe vom St. James's Palast treffen.«

»Wirst du denn bis zur Krönung in London bleiben?«

»Gewiss. Wo ich nun schon einmal hier bin, lasse ich mir das große Fest nicht entgehen. Ich wohne günstig in Holborn, bei einem alten Geschäftsfreund von Vater.«

»Holborn? Ich ahne nicht einmal, in welcher Himmelsrichtung das liegt. Du siehst also, wie wichtig es ist, dass ich schnellstens dazulerne.«

»Ich hoffe aber, du lernst es nur, um andere zu beraten, und kommst nicht auf den Gedanken, allein durch die Stadt zu wandern. Es ist gefährlich hier. In den Parks und Gassen wimmelt es von Räubern und Betrügern. Eine anständige Frau sollte sich stets nur in sicherer Begleitung bewegen.«

Sie nickte, als würde sie ihm von Herzen zustimmen. Dabei sah sie sich bereits allein in einer Sänfte sitzen, um die Stadt zu erkunden. »Da hast du selbstverständlich recht. Lieber Will, ich muss bald wieder hinein und mich nach dem Befinden der jungen Damen erkundigen. Erzähl mir doch noch rasch ein wenig über die Geschäfte, die dich hergeführt haben. Geht es um exotische Köstlichkeiten? Oder berichte von deinen Erlebnissen, seit du hier bist. Du bekommst sicher viel Wunderbares zu sehen, nicht wahr?«

Er stieß ein halb ersticktes Lachen aus. »Nun, wenigstens heute habe ich etwas Wunderbares zu sehen bekommen: unseren König und dich. An den Tagen zuvor habe ich mir nur alte Schiffe auf der Werft angesehen, deren Rümpfe mit Seepocken und Muscheln bedeckt sind. Vater träumt davon, dass Seine Majestät die Flotte vergrößern und erneuern wird und dass auch wir von den Aufträgen profitieren können. Ich glaube nicht daran. Dennoch sehe ich mir genau an, was die Londoner Schiffsbauer derzeit tun und lassen.«

»Warum glaubst du nicht daran?«, fragte Anne.

»Vielleicht ist der König großzügig und hat Lust auf neue Schiffe. Mit dem Parlament sieht es anders aus. Sie werden über jeden Penny ein Jahr lang beraten, bevor sie ihm die Ausgabe zugestehen. Vater versteht nicht, wie wenig Macht unser Souverän in diesen Fragen hat. Was glaubst du: Ist George darauf vorbereitet?«

Anne nickte. »Er erwartet nichts anderes. Ich hoffe allerdings, dass das Parlament einsehen wird, dass eine größere Hofhaltung finanziert werden muss als zu Queen Annes Zeit. Und was die Flotte angeht, frage ich mich, ob das Parlament es nicht ebenfalls ratsam finden wird, sie auszubauen. Was ist, wenn die Franzosen schließlich doch noch beschließen, James Stuart zu unterstützen, und ihre Armee nach England einschiffen?«

»Mit solchen Gedanken solltest du dich gar nicht beschäftigen. Lass uns über etwas Angenehmeres sprechen. Hast du schon einmal einen Wal gesehen?«

Anne verneinte, und Will erzählte ihr von erlegten Walen, die von den Walfängern zum Dock von Rotherhithe gebracht wurden, wo ihre Barten hohe Preise bei den Korsettmachern erzielten und das geheimnisvolle Ambergris an Parfumeure verkauft wurde.

Für eine kurze Weile fühlte es sich an, als wären sie wirklich weiterhin gute Freunde. Doch als Anne sich von Will verabschiedete, entging ihr sein leidender Blick nicht. Es konnte nicht lange dauern, bis er den nächsten Vorstoß unternehmen würde.

Ein Zug von zweihundert Wagen brachte die königliche Familie und ihren Tross am ersten Oktober zum St. James's Palast. Am Vortag war im Queen's House noch einmal genau besprochen worden, wo jeder seinen Platz in der prunkvollen Prozession hatte, die den König zu seiner Residenz begleiten würde. Die englischen Minister und Londoner Bürgermeister hatten vorgeschlagen, dem erwartungsvollen Volk zuliebe Umwege zu nehmen, um sich ihm zu zeigen. Georg Ludwig hatte das abgelehnt und sich erst nach gutem Zureden auf einen Kompromiss eingelassen. Die Prozession würde sich nun nicht auf dem allerkürzesten Weg zum St. James's Palast begeben, doch auch nicht ganz London bereisen.

Anne teilte den Wagen mit den jungen Damen von der Schulenburg. Als sie über die dicht mit Häusern bebaute London Bridge fuhren – die einzige Brücke, die den Norden und den Süden von London über die Themse hinweg verband –, kamen die Kutschen in der engen Fahrspur kaum voran. Die Leute aus den Brückenhäusern schrien und jubelten ohrenbetäubend. Ein wenig ängstlich zogen sich die Damen von den Fenstern zurück.

Miss Melusine griff nach Annes Hand. »Ich bin froh, dass du bei uns bist. Diese Londoner sprechen so schnell und undeutlich, dass ich nur wenig verstehe. Es ist unangenehm, nicht zu wissen, was die Leute uns zurufen.«

Anne drückte ihre Hand. »Es wird nicht lange dauern, dann werdet Ihr sie besser verstehen. Draußen auf der Straße klingen fremde Sprachen immer anders als im Salon. Aber heute solltet Ihr Euch ohnehin keine Gedanken darum machen, was die Leute rufen. Meistens sind es nur Abwandlungen von ›Lang lebe King George!‹.«

Melusine nickte, hielt Annes Hand aber weiterhin fest. »Dennoch ist mir unwohl auf dieser Fahrt. Ich fühle mich ausgeliefert.«

Luise seufzte. »Ja, es ist gut, dass wir dich mitgebracht haben, Anne. Aber das ändert nichts daran, dass alles ganz grauenhaft werden wird. Es ist viel schlimmer, als ich es mir vorgestellt hatte. Die Engländer wissen nichts mit uns anzufangen. Sie sehen, dass wir bevorzugt behandelt werden, und fragen sich, warum. Jedes Mal, wenn wir jemandem vorgestellt werden, sehe ich, wie es hinter seiner oder ihrer Stirn arbeitet. Die Mätresse? Geschmacklos genug! Aber die Nichten der Mätresse? Was haben sie hier zu suchen? Sie mögen uns nicht, und das wird sich so bald nicht ändern.«

Anne sah betroffen, dass sich um Luises Mundwinkel bereits Fältchen der Bitterkeit einnisteten. »Habt ein wenig Geduld mit den Leuten. In wenigen Monaten werden sich alle mit der neuen Lage abgefunden haben, und Ihr werdet sie davon überzeugen, dass sie mit Madam Schulenburg und Euch viel hinzugewonnen haben.«

Luise versuchte nicht einmal zu lächeln. »Schon ein einziger Monat kann lang werden, wenn man sich an einem Ort nicht zu Hause fühlt.«

Nun rückte auch noch die kleine Miss Gertrud näher zu ihnen. »Ich habe Angst vor dieser Stadt. Seht euch die ruppigen Männer an, die mit ihren Booten auf dem Fluss herumfahren! Sie sehen aus wie Räuber. Niemals möchte ich zu einem von ihnen einsteigen, um mich übersetzen zu lassen. Außerdem werde ich heute Nacht Albträume davon haben, dass die Löwen aus dem Tower ausbrechen und zu uns in den Palast kommen, um uns zu fressen. Und der Nebel … Das war so unheimlich gestern Abend, als der Nebel plötzlich aufkam und alles verhüllte. Ungeheuer könnten sich darin verstecken.«

Anne tätschelte mit der freien Hand ihren Arm. »Ihr habt ein lebhaftes Vorstellungsvermögen, Miss Gertrud. Die Watermen müssen in ihren Booten eine schwere und gefährliche Arbeit tun. Solche Leute sehen anders aus als die vornehmen Herren, die Ihr kennt. Das wisst Ihr doch eigentlich. Es bedeutet nicht, dass sie unehrlich sind. Zudem werdet Ihr vermutlich nie in die Verlegenheit kommen, ohne Begleitung mit ihnen fahren zu müssen. Und was die Löwen angeht, schlage ich vor, dass wir sie schnellstens zusammen besuchen, damit Ihr Eure Angst überwinden könnt. Ich war früher einmal mit meiner Mutter dort. Die jungen Tiere tollen oft im Tower herum. Sie lassen sich streicheln und sind verspielt wie Kätzchen. Auch die älteren Tiere werden Euch sicher nicht fressen wollen.«

Melusine ließ Annes Hand los und klatschte. »Was für ein hübscher Einfall. Das ist doch etwas, worauf wir uns freuen können: Wir besuchen den Tower und streicheln die Löwen. Und du solltest dich nicht so verschreckt stellen, Trudchen. In Wahrheit bist du immer die Erste von uns, die eine Schauergeschichte gern hören möchte. Du bist tapferer, als du sagst.«

Trudchen schüttelte den Kopf. »Dieses Mal nicht.«

Der St. James's Palast verdiente die Bezeichnung »Palast« kaum. Die Residenz war ein Stückwerk alter, verwinkelter Gebäude, die eher dem Inneren einer schäbigen Burg glichen als einem Königsschloss. Doch die Regierung hatte entschieden, dass es für den Anfang am zweckmäßigsten war, den König hier unterzubringen.

Anne teilte sich im ersten Stockwerk ein geräumiges Gemach mit Gräfin Johanna von Schaumburg-Lippe, der Hofdame und Freundin von Prinzessin Caroline. Die Gräfin stand durch ihre Stellung bei Hof im Rang ein wenig über Anne und bewohnte daher das größere Schlafzimmer, während Anne mit der kleineren Nebenkammer vorliebnehmen musste. Der Drawing Room in der Mitte stand ihnen jedoch beiden zur Verfügung. Anne kannte Gräfin Johanna zwar nicht näher, hatte aber bisher nichts Schlechtes über sie gehört – wenn man von den Gerüchten absah, die ihr unterstellten, dass sie mutwillig ihren Ehemann verlassen hatte.

Sobald Anne ihre Unterkunft gesehen hatte, bat sie den Hausdiener, der sie begleitete, um eine rasche Führung durch die wichtigsten Teile des Palasts. Er zog sich die himmelblau-goldene Weste gerade, bevor er antwortete.

»Es wäre mir eine Freude, behilflich zu sein, *verehrtes Fräulein.* Doch leider lassen meine Verpflichtungen es heute nicht zu. Ab morgen wird es für alle unsere deutschen Gäste Führungen durch die Gebäude geben. In französischer und deutscher Sprache. Ich bitte Euch, Euch bis dahin zu gedulden.«

Der Mann sprach Englisch, hatte das »verehrte Fräulein« aber auf Deutsch eingeflochten, was Anne amüsant gefunden hätte, wenn er insgesamt weniger abfällig geklungen hätte. Er war nicht älter als sie und hatte wohl auch sonst keinen Grund, sich ihr überlegen zu dünken, es sei denn durch seine Länge. Das würde sie sich nicht gefallen lassen. Obgleich ihr Herz dabei heftig schlug, richtete sie sich zu ihrer vollen Größe auf und sah ihm in die Augen. »Ich bin Anne Baynes, Tochter des Baronets of Madlock Country. Man spricht mich mit Miss Baynes an. Wie ist dein Name?«

Verspätet schien ihm aufzugehen, dass er sich im Ton vergriffen hatte. Auch er stand jetzt strammer. »Albert, Miss Baynes.

Verzeiht, wenn ich Euch heute nicht behilflich sein kann. Wir haben Anweisung …«

»Du hast eben eine Anweisung von mir erhalten. Sie zu befolgen wird dich nur wenig Zeit kosten und dir viel Ärger ersparen. Ich gebe dir den guten Rat, die Hofleute, denen du in den nächsten Tagen begegnest, weniger als unwillkommene Gäste zu behandeln – gleichgültig, welcher Nation sie sind. Sie stellen kein flüchtiges Beiwerk des Hofs dar. Sie *sind* der Hof.«

»Richtig, Miss Baynes, völlig richtig. Ich bitte um Verzeihung, wenn ich den Eindruck erweckte, es anders zu sehen. Ihr seid Engländerin, demnach, richtig?«

»Richtig. Doch das sollte keine Rolle spielen.«

»Gewiss. Das sollte es nicht. Und doch … Aber ich schweife ab. Ihr wünscht eine rasche Führung durch den Palast. Selbstverständlich. Darf ich Euch bitten, mir zu folgen?« Er unterstrich seine Aufforderung mit einer Geste und verbeugte sich dabei vor ihr.

Sie hatte den Verdacht, dass er sie noch immer nicht ernst nahm, doch für den Augenblick sollte es ihr genügen, wenn er tat, was sie verlangte. »Zuerst zu den Gemächern von Madam Schulenburg und denen ihrer Nichten, bitte«, wies sie ihn an.

»Gewiss. Die jungen Damen und ihre Tante wohnen ganz in der Nähe im Erdgeschoss, in dem angrenzenden Südflügel mit Fenstern zum Garten. Die Gemächer sind getrennt, doch durch Zwischentüren verbunden und über Hintertreppen zu erreichen. Benutzt Ihr die Dienstbotengänge oder die Vordertüren?«

»Beides, je nach Bedarf. Wo etwa sind die königlichen Gemächer? Sind sie weit entfernt?«

Er schritt ihr zügig voraus und antwortete, ohne sich zu ihr umzusehen: »Sie befinden sich im ersten Obergeschoss des Südflügels, allerdings ganz im östlichen Bereich. Doch auf Wunsch seiner Hoheit wurde dafür Sorge getragen, dass er ohne Aufwand jederzeit bequem das Apartment von Madam Schulenburg erreichen kann. Die Familie seiner prinzlichen Hoheit wohnt auf der gegenüberliegenden Seite des Palasts.«

Anne dachte daran, wie einfach es in Hannover für Madam Schulenburg und den Kurfürsten gewesen war, diskret und doch behaglich zusammenzuleben. Würden sie sich ihre Vertrautheit bewahren können? Alles, was sie bisher von dem alten Gemäuer gesehen hatte, wirkte eher unbequem – zwar größer, aber nicht schöner als das biedere Leineschloss, die Hannoversche Winterresidenz der Welfen.

Albert hatte sie eine Treppe hinabgeführt, um einige Ecken herum und einen Gang entlang, und hielt nun vor einer großen Tür inne. »Drei Räume für die jungen Damen von der Schulenburg. Ein Drawing Room und zwei Schlafzimmer mit Blick hinaus. Die Dienstbotentreppe in den Keller und nach oben findet Ihr hinter der Tapetentür im kleinen Schlafzimmer.«

»In welchen Flügeln liegen die Wäscherei, die Vorratsräume und die Küche? Gibt es Hofhandwerker, die ihre Werkstätten für eilige Arbeiten in den Palastgebäuden haben? Einen Schneider zum Beispiel?«

»Ich sehe, Ihr denkt zweckmäßig. Die Küche und die Vorratskammern liegen in einem eigenen Flügel im Innenhof. Essen wird jedoch nur zu den Mahlzeiten ausgegeben. Davon ausgenommen ist natürlich die königliche Familie, deren Wünsche jederzeit erfüllt werden. Ich nehme an, dass sich das auch unter der neuen Herrschaft nicht ändern wird. Handwerker gibt es in der Tat. Einen Schmied, einen Besticker, Wappenmaler, Uhrmacher, Schneider, Schreiber, Schuster, Sattler und Stellmacher – nennt, was Euch einfällt. Auch für sie gilt, dass Wünsche der königlichen Familie umgehend erfüllt werden. Alle anderen werden je nach ihren Privilegien bedient, wenn die Zeit ausreicht. Seine Hoheit wird die entsprechenden Anweisungen und Urkunden wohl in der nächsten Zeit verfassen.«

Was er sagen wollte, war, dass alle Bediensteten mit ihren Leistungen sparsam umgehen würden, bis der neue König die Stellung seiner Hofleute im Palastgefüge klargemacht hatte.

»Du kannst dir gewiss sein, dass Madam Schulenburg und ihre Nichten bei seiner Hoheit in allerhöchstem Ansehen stehen.«

Er war bis zur nächsten Treppe weiter- und zum Fenster des ersten Treppenabsatzes hinaufgegangen. Mit spitzem Zeigefinger zeigte er hinaus auf den Innenhof. »Dort seht Ihr die Küche. Und links die große Wachstube und die Waffenkammer, von der aus ein Gang zu den königlichen Gemächern führt, die Queen Anne bewohnte, wenn sie nicht in Kensington war. Der Herr segne ihre Seele. Sie war stets streng auf Dekorum bedacht und trotz ihrer Hinfälligkeit gerecht und gut. Ihr müsst verstehen, dass es für uns hier eine große Umstellung sein wird: von solch einer Königin hin zu einem König ganz ohne Gemahlin.«

Wieder schimmerte Verachtung durch seine Worte. Anne hätte gern gewusst, welche Gerüchte in London und hier im Palast bereits über den König, seine ehemalige Gemahlin und seine Mätresse kursierten, doch Albert konnte sie nicht danach fragen. Sie spürte, dass sie bei ihm in ihrem Kampf um Respekt keinen Augenblick nachlassen durfte.

»Wie gut, dass du noch kein Greis bist, der sich nicht mehr rasch umgewöhnen kann. Sonst müsstest du womöglich um deine Stellung fürchten. Seine Hoheit hat keine Königin mitgebracht, dafür etliche außergewöhnliche Ladys, denen ihr stattdessen eure Ehrerbietung erweisen dürft. Und bald trifft auch Prinzessin Caroline ein, die Gemahlin des Kronprinzen. Doch genug davon. Kannst du mir sagen, von wem ich erfahre, bei welchen Schneidern Queen Anne ihre Garderobe arbeiten ließ?

Und gibt es Niederschriften des hiesigen Zeremoniells, die ich mir ausleihen kann?«

Er marschierte die Treppe wieder hinab und weiter den Gang entlang. »Für die erste Frage wendet Ihr Euch am besten an eine ehemalige Lady of the Bedchamber, für die zweite an den Kämmerer. Wenn Ihr es wünscht, lasse ich beiden eine Nachricht zukommen. Hier entlang geht es zum Dienstbotentrakt, in dessen vorderem Bereich die Leinenzeugkammern liegen, während sich hinten die Wäscherei und eine eigene Küche anschließen. Durch die kleine Tür hier gelangt Ihr in den Innenhof, was der kürzeste Weg zwischen Madam Schulenburgs Gemach und der Küche sein dürfte. Sollte die Lady beschließen, einen eigenen Vorrat an Getränken und Ähnlichem anzulegen, werden ihr vermutlich die Kellergelasse zugewiesen, die man vom Hof aus durch die nächste Tür links erreicht. Wenn Ihr mich jetzt entschuldigt?«

Sie nickte hoheitsvoll. »Gewiss, Albert. Danke für die Hilfe. Ich werde mich gewiss bald wieder mit Fragen an dich wenden.«

Zu ihrer Zufriedenheit verbeugte er sich nun schon äußerst höflich vor ihr.

6. Kapitel

London, Oktober 1714

In den Tagen nach dem Einzug in den St. James's Palast trieb Anne mit Feuereifer alles voran, was den Damen von der Schulenburg dabei helfen konnte, sich zurechtzufinden. Sie fand heraus, wer die Schneider und sonstigen Putzmacher von Queen Anne gewesen waren, und arrangierte Treffen mit ihnen. Sie sorgte dafür, dass die besonderen Wünsche der Damen in der Küche jederzeit offene Ohren fanden, sammelte Kostproben von Konditoren, Brauern und Obsthändlern, die ihre Geschäfte in der Nähe des Palasts betrieben und ihr empfohlen wurden, und verglich Preise. Sie kaufte Almanache, in denen verzeichnet stand, wie viel es kosten durfte, einen Hackney Coach, eine Sänfte oder ein Boot für bestimmte Strecken zu mieten, von wo und wann in London Postkutschen wohin fuhren und welche wichtigen Persönlichkeiten Häuser in welchen Straßen besaßen. Abends studierte sie bei Kerzenlicht in ihrem Zimmer die schriftlichen Anweisungen zum höfischen Zeremoniell, um die Damen darin beraten zu können.

Außerdem bereitete sie den versprochenen Besuch in der Tower-Menagerie vor, überließ die Aufgabe jedoch fähigeren Händen, als seine Hoheit Georg Ludwig beschloss, ebenfalls daran teilzunehmen, und sich das Ganze daher zu einer großen Unternehmung auswuchs. Am Ende brachte es Anne sogar in Verlegenheit, dass sie die illustre Gesellschaft dennoch auf dem Ausflug begleiten sollte. Doch Madam Schulenburg und seine Hoheit bestanden darauf.

Da die Menagerie für die Dauer des königlichen Besuchs für

die Öffentlichkeit geschlossen wurde und die Herrschaften sich daher so entspannt benehmen durften, wie sie es in Hannover getan hatten, wurde es einfacher, als Anne befürchtet hatte. Sie konnte sogar lachen, als Miss Gertrud fragte, ob man nicht eins der zutraulichen Löwenjungen mit zurück in den St. James's Palast nehmen könne.

Am Ende des heiteren Ausflugs nickte Seine Majestät ihr zu, bevor er Madam Schulenburg in ihre Gemächer führte. »Glänzender Einfall, Miss Baynes«, sagte er. »Nun seht bloß zu, dass Ihr unserer Kleinen den zahmen Löwen wieder ausredet.«

Schmunzelnd begleitete Anne ihre Schützlinge zur Tür ihres Gemachs, wo die jungen Damen sie für den Rest des Abends entließen. Auf dem Weg in ihr eigenes Zimmer fing Albert sie ab.

»Mit Verlaub, Miss Baynes, ein Brief wurde für Euch abgegeben. Es war schon heute Mittag. Der Bote sollte auf Antwort warten, doch ich habe ihn fortgeschickt. Ihr sollt Eure Nachricht zum *Blue Boar* nach Holborn schicken. Der Brief liegt auf Eurem Tisch.«

»Der *Blue Boar?* Ist das da, wo die Postkutschen nach Glasgow abfahren?«

»Abfahren und ankommen. Ganz recht, Miss.«

Annes Heiterkeit verflog, und ihr Puls beschleunigte sich. Will würde sie nicht in der Poststation treffen wollen. Außer ihm fiel ihr nur ihre Familie ein, die aus Richtung Glasgow nach London gekommen sein könnte.

»Danke, Albert. Kannst du mir eine Sänfte bestellen, falls ich noch heute dorthin muss?«

»Ihr allein? Dann müsst Ihr auch einen Footman haben, es wird schon dunkel. Lässt es sich nicht verschieben?«

Man hätte seine Worte für unwillig halten können, doch ausnahmsweise klang er nicht mürrisch, was Anne ihm zugutehielt. »Vielleicht ist es ein Familienangehöriger, der nicht lange in London bleiben kann. Also?«

Er verbeugte sich. »Selbstverständlich. Ich werde einen *Sedan Chair* rufen und auch einen Footman beauftragen. Ihr werdet in guten Händen sein.«

»Das weiß ich zu schätzen. Selbstverständlich zahle ich selbst für die Dienste des Footmans und der Träger.«

Eilig öffnete sie in ihrem Zimmer den Brief und bemerkte, wie ihre Hände dabei zitterten.

Meine Tochter, ich erwarte, dich umgehend im Gasthaus Blue Boar zu treffen. Sende mir Antwort, falls es dir aus wichtigen Gründen unmöglich ist zu erscheinen. Dein Vater

Sie hatte Lust, das Papier zu zerknüllen und so zu tun, als habe sie den Befehl nicht erhalten. Doch so konnte sie es nicht mit jeder unliebsamen Nachricht machen. Diese hier würde ihr die ganze Nacht keine Ruhe lassen, wenn sie nicht darauf reagierte.

So machte sie sich kurz darauf zum ersten Mal in einem *Sedan Chair*, wie man die Sänften hier nannte, auf die Reise durchs abendliche London. Der Footman, ein hochgewachsener und gut aussehender Londoner namens Michael Lodge, lief in seiner himmelblau-goldenen Livree voraus, die beiden Sänftenträger oder *Chairmen* ihm nach – schneller, als Anne es je zuvor erlebt hatte. Sie wichen nicht von der geraden Linie ab und hielten für niemanden inne. Glücklicherweise war der Footman darauf eingestellt und sorgte dafür, dass der Weg vor ihnen frei war. *»With your leave, Sir!«*, hörte sie ihn immer wieder rufen. Und die Londoner wussten offensichtlich, dass es nicht höflich gemeint war, sondern als Warnung. Hastig wichen sie zur Seite, um nicht über den Haufen gerannt zu werden. Rechts und links an den Seiten der Sänfte waren Lampen angebracht, die in der Zugluft flackerten und Annes Sicht auf die dunkle Straße eher behinderten als erhellten. Viel sah sie daher nicht von der Gegend, doch der Weg führte sowohl an den prachtvollen Häusern der Reichen vorüber als auch durch eine äußerst ärmliche Gegend, in der sämtliche Gebäude baufällig wirkten.

Es dauerte eine halbe Stunde, bis die Träger vor dem *Blue Boar* anhielten. Der junge Footman ging auf ihre Anweisung hin zuerst hinein, um nach Sir Baynes zu fragen. Erst als sicher war, dass ihr Vater im Haus war, ließ sie sich von ihrem leichtfüßigen Begleiter aus der Sänfte helfen.

Damit ihre drei Bediensteten sich die Wartezeit angenehm vertreiben konnten, drückte sie Michael vier Pennys für Bier in die Hand und las schon an seiner Miene ab, dass sie ihm zu viel gegeben hatte.

»Danke, Miss. Aber damit Ihr es wisst: Davon könnten sechs Mann trinken.«

Die Aussicht, ihrem Vater zu begegnen, lag ihr zu schwer auf dem Herzen, um zu lächeln, obwohl sie sich über seine Offenheit freute. »Danke für deine Ehrlichkeit. Ich will euch das dennoch gönnen. Was wäre denn üblich?«

»Zweieinhalb Pennys genügen für den Anlass, wenn Ihr überhaupt etwas geben möchtet. Wir werden schließlich wohl nicht die ganze Nacht hier warten, nicht wahr?«

Mit einem Seufzen wandte Anne sich der Eingangstür zu. »Je kürzer, desto lieber wäre es mir. Wo finde ich Sir Baynes?«

»Der Wirt hat einen Tisch für Euch frei gemacht und erwartet Euch. Oder soll ich lieber mit hineingehen?«

Der ängstliche Teil von Annes Herz wollte unbedingt, dass er an ihrer Seite blieb und sie vor den anderen Schenkengästen abschirmte. Doch wenn sie es jemals schaffen wollte, sich freier als andere Hofdamen in der Stadt zu bewegen, musste sie lernen, sich derlei Umständen allein zu stellen. Entschlossen schüttelte sie den Kopf und betrat die Gaststube.

Der Wirt entdeckte sie gleich, deutete mit der Hand voller Henkelkrüge ein Winken an und schickte ihr eine seiner Mägde entgegen. Anne war dankbar für die Zuvorkommenheit, denn sie hatte das Gefühl, dass ihr eine Woge neugieriger Blicke aus der weitläufigen Stube entgegenschlug. Erst ein einziges Mal hatte sie allein abends ein Wirtshaus betreten – in Holland, auf dem Weg zu ihrer Tante. Das Haus war viel kleiner gewesen und sie so müde, dass sie ohne Umschweife zu Bett gegangen war.

Ihr Herz hämmerte. Wo war ihr Vater? War es möglich, dass sie ihn nicht erkannte? Sie konnte sich nicht mehr genau an sein Gesicht erinnern, wenn sie versuchte, es sich vor Augen zu rufen. Auf einmal hatte sie das Gefühl, dass die lange Reise, zu der er sie vier Jahre zuvor gezwungen hatte, erst an diesem Tag endete.

Die Magd führte sie an einen Tisch, der abgeschieden von den anderen in einer Nische stand. »Ich soll ausrichten, dass Sir Baynes gleich herunterkommen wird. Darf ich Euch etwas bringen, während Ihr wartet, Miss?«

Zuerst wollte Anne schüchtern verneinen. Doch dann fiel ihr ein, dass es Leute wie der Wirt und seine Mägde waren, mit denen sie in Zukunft sprechen musste, um Dinge in Erfahrung zu bringen, die ihr weiterhelfen würden.

»Kann ich vielleicht eine Tasse Tee bekommen? Oder empfiehlst du mir etwas anderes? Du weißt doch sicher, was hier im Haus besonders gut ist?«

Das Mädchen lachte. »Der Tee fiele mir da nicht als Erstes ein. Wenn Ihr eine Empfehlung haben möchtet, dann nehmt einen Krug Cider. Von dem schwärmen die Gäste. Ich wärme ihn gern für Euch auf, dann hilft er besser gegen die Herbstkälte als Tee.«

Anne rang sich ein Lächeln ab, obwohl die Anspannung es ihr weiterhin schwermachte. »Das klingt wunderbar. Weißt du vielleicht auch, wann Sir Baynes angekommen ist und wie lange er bleiben will?«

»Der Herr kam gestern Abend und hat sich bis nach der Krönung bei uns eingemietet. Allmählich werden die Schlafplätze in den Gasthäusern knapp, weil so viele Leute für den Anlass in die Stadt kommen. Unsereins wird ja nicht viel von dem Brimborium zu sehen bekommen, aber ich freue mich trotzdem darauf. Ich bin ja froh, wenn wir wieder einen protestantischen König auf dem Thron haben – egal, was manche Leute so reden.«

»Reden sie denn viel, die Leute?«, fragte Anne.

»Das kann man wohl sagen. So manches Mal musste der Wirt schon dazwischengehen, wenn sich welche darüber stritten, ob es besser ist, einen Ausländer oder einen Katholiken zum König zu haben. Aber nun hole ich mal lieber den Cider, Miss. Sonst schelten mich die anderen, weil ich trödle. Ach, seht mal, da kommt ja auch Sir Baynes.«

Das Mädchen lief davon und knickste auf ihrem Weg in die Küche flüchtig vor Sir Baynes, was der gar nicht zur Kenntnis nahm.

Er hatte sich überhaupt nicht verändert, und als Anne geglaubt hatte, sein Gesicht vergessen zu haben, hatte sie sich geirrt. Ein Blick genügte, und sie erinnerte sich an jeden Ausdruck, den sie als Kind in diesem Gesicht gesehen hatte: seine Zufriedenheit, wenn sie ihm brav Verse aufgesagt oder ein Lied vorgesungen hatte. Sein unterdrückter Ärger, wenn jemand sich verspätete. Seine offene Wut, wenn Menschen oder Tiere, die ihm untergeben waren, nicht gehorchten oder sich dumm anstellten. Seine Enttäuschung. Seine Verachtung.

Jetzt gerade stand nichts von alldem in seiner Miene. Er hatte eine Maske aufgesetzt, die nicht einmal Gleichgültigkeit verriet, sondern einfach überhaupt nichts. Als sei sie eine Fremde, der er nichts preisgeben wollte.

Sie erhob sich und knickste, er verbeugte sich wortlos, und sie nahmen einander gegenüber Platz. Zwei Fremde im Gasthaus. Erst der Schmerz in ihrer Brust verriet Anne, dass ein Teil ihres Herzens doch etwas anderes erhofft hatte. Ihre Kinderseele wäre gern noch einmal dem liebenswürdigen Vater begegnet, an den sie sich erinnerte. Das Kind in ihr wollte ihm um den Hals fallen und wissen, wie es der Mutter und ihren Geschwistern ging. In Gedanken strich Anne dem Kind über den Kopf.

»Guten Abend, Vater. Du wünschst, mich zu sprechen?«

Seine Augen waren vom gleichen Blau wie ihre eigenen. Sie fragte sich, ob auch ihr Blick auf andere so kühl wirkte.

»Ich rechnete früher am Tag mit dir, aber es ist gut, dass du nun da bist. Ich bin erfreut, dich bei so blühender Gesundheit anzutreffen. Der Aufenthalt im Ausland scheint dir gutgetan zu haben. Du bist erwachsen geworden. Schön, schön. Ich hoffe, seine Hoheit fand die Reise angenehm und ist zufrieden mit seinem Empfang in London?«

Zwei Atemzüge brauchte Anne, um ihre Fassungslosigkeit zu überwinden. Ihr Aufenthalt im Ausland hatte ihr gutgetan? Tatsächlich wollte er also so tun, als stünde kein Streit zwischen ihnen. Als hätte sie kein Unrecht begangen, als hätte er ihr kein Unrecht angetan. Zorn begann in ihr zu brodeln – wenn auch weniger deshalb, weil er das Geschehene verleugnete. Das hatte sie kaum anders erwartet. Doch schon seine ersten Sätze hatten ihr verraten, dass es ihm überhaupt nicht um sie ging. Er wollte nicht die Wahrheit über ihre Gesundheit wissen, von ihren Erlebnissen erfahren oder sie wieder in die Familie aufnehmen. Er wollte dem König näher rücken und hielt sie für ein Mittel dazu. Jede Wette hätte sie darauf abgeschlossen, dass er als Nächstes ausloten würde, wie nahe genau sie ihn an Seine Majestät heranbringen konnte. Was wünschte er sich? Einen Platz in der ersten Reihe der Krönungszuschauer? Eine Einladung zu einer Gesellschaft bei Hof? Gar eine Audienz bei einem Mitglied der königlichen Familie? Sie würde ihm nicht den Gefallen tun und ihm die Bitte vorwegnehmen.

»Seine Hoheit ist ein welterfahrener Mann, der sich nicht über die Unbequemlichkeit einer Reise beschweren würde. Ich hoffe, deine eigene Reise war angenehm? Wie geht es Mutter?«

»Im Gegensatz zu Seiner königlichen Hoheit findet Lady Baynes immer einen Grund zu klagen. Soweit ich es beurteilen kann, ist sie jedoch kerngesund.« Er verstummte, weil die Magd den Cider brachte und Anne ihr herzlich dankte. Selbst bestellte er nichts, obwohl er mit geblähten Nasenflügeln den fruchtig-zimtigen Duft des heißen Apfelweins einsog.

»Man gesteht dir ein Einkommen zu, nehme ich an? Wie hoch ist es?«, fragte er dann.

Ehe Anne ihre Zunge bremsen konnte, sprudelte die Entgegnung aus ihr heraus. »Hoch genug, dass ich meinen Cider selbst bezahlen kann, keine Sorge. Du musst nicht für mich aufkommen.«

»Muss ich das nicht? Wie erfreulich. Immerhin trage ich bereits unnötige Kosten, die du verursacht hast. Beantworte meine Frage! Wie viel zahlt man dir für dein Amt? Als dein Vormund habe ich nicht nur das Recht, es zu erfahren, sondern auch die Pflicht, dein Geld zu verwalten.«

Das Gespräch nahm eine Wendung, die Annes Zorn weiter erhitzte. Doch der strengen Miene ihres Vaters gegenüber fühlte sie sich auch verunsichert. Sie hatte sich in den vergangenen Monaten eingeredet, dass sie in gewissem Maß unabhängig war und ihrem eigenen Willen folgen konnte. Dabei hatte sie gewusst, dass das nicht der Wahrheit entsprach. Im Grunde konnte ihr Vater über sie verfügen. Das Gesetz gab ihm das Recht dazu, solange sie nicht verheiratet war.

Wills Antrag fiel ihr ein, und zum ersten Mal überlegte sie ernsthaft, ob es nicht klüger war, ihn eiligst zu heiraten, um sich der Macht ihres Vaters zu entziehen. Ihr Freund war gewiss das kleinere Übel.

Fest umschloss sie ihren Ciderbecher mit beiden Händen. »Mag sein, dass du ein Recht darauf hast. Doch meine Pflicht gilt zuerst dem König und Madam Schulenburg. Solange ich keine Erlaubnis von ihnen eingeholt habe, werde ich nicht über Regelungen sprechen, die den Hofhaushalt betreffen. Was die Kosten angeht, die ich verursacht habe, wäre ich nur zu glücklich, sie künftig von meinem eigenen Einkommen zu bestreiten. Du müsstest mir nur sagen, an wen ich sie zu zahlen hätte.«

Ihr Vater stieß empört die Luft aus. »Allein für die Kosten, die ich bisher getragen habe, steht mir dein Geld zu. Und ich werde nicht zulassen, dass du dich mit dieser peinlichen Angelegenheit befasst und unsere Familie am Ende nach all meiner Mühe doch noch in Verruf bringst. Wie stellst du dir das vor? Ein junges Ding wie du, das regelmäßig Geld nach Deutschland sendet? Wie wolltest du das einrichten, sodass niemand Fragen stellt? Lächerlich! Wir werden darüber kein Wort mehr verlieren. Was weißt du über die Vorbereitungen für die Krönung? Führt seine Hoheit bereits Gespräche darüber, wer die Hofämter besetzen wird? Weißt du, an wen du dich wenden musst, damit jemand zu den hohen Herrschaften vorgelassen wird?«

Anne hörte seine Frage kaum. Ihre Gedanken hingen fest und wiederholten nur die Worte: *nach Deutschland sendet.* Und plötzlich hielt sie die Heuchelei nicht länger aus. »Geld nach Deutschland senden? Was meinst du damit? Glaubst du, ich weiß nicht, dass mein Sohn schon lange nicht mehr dort ist? Du hast ihn nach England geholt. Wo hast du ihn untergebracht? Bei irgendwelchen Bauern? Oder …«

Entsetzt zischte ihr Vater sie an. »Pssst! Bist du wohl still? Wie kannst du es wagen! Und was redest du für einen Unsinn? Der Bastard ist in Deutschland, wo er war und wo er bleiben wird. Dafür solltest du mir und deiner Mutter auf Knien danken und schweigen, statt hier Lärm zu machen. Du hättest jetzt nicht deine vornehme Stellung inne, wenn ich nicht für alles gesorgt hätte. Es wird Zeit, dass du dich dafür erkenntlich zeigst. Andere Eltern wären nicht so gnädig gewesen. Es gibt genug Wege, ein unerwünschtes Kind loszuwerden. Die *Gypsies* nehmen gern Säuglinge.«

Anne überlief ein Kälteschauer. Er hatte recht und doch so unrecht. Ahnte er überhaupt, welchen Schmerz er ihr zugefügt hatte? »Ich hätte gern auf die vornehme Stellung verzichtet, um mein Kind zu behalten. Ein einfaches und zurückgezogenes Leben hätte mir genügt. Ich weiß, dass der Knabe hier in England ist, du musst mich nicht belügen. Ich fand damals den Müller, wo Tante Irma ihn untergebracht hatte, und erfuhr von ihm, dass der Kleine abgeholt wurde. Sie sagte mir dann, dass du es veranlasst hast. Warum nur? War deine Angst so groß, dass ich ihn mir zurückhole und du es von hier aus nicht verhindern kannst?«

Die Stirn ihres Vaters legte sich in Falten. »Was für einen verdrehten Unsinn du redest! Deshalb vertraut man Weibern nicht die alleinige Sorge für ihr Schicksal an – weil ihr Verstand irrsinnige Blüten treibt und sie sich von absurden Gefühlen leiten lassen. Was auch immer deine Tante dir eingeredet hat: Der Bastard ist noch in ihrer Obhut, und sie erhält von mir das Geld für seinen Unterhalt. Es sei denn, er ist gestorben, und sie betrügt uns alle.«

Annes Hände zitterten nun so stark, dass sie lieber den Becher abstellte. Log er noch immer? Und wenn nicht er – wer dann? »Ich weiß es nicht nur von Tante Irma. Es gibt noch jemanden, der mir berichtet hat, dass der Knabe hier in England ist. Wenn du ihn nicht hast holen lassen – wer war es dann?«

Kopfschüttelnd verschränkte er die Arme. »Ich denke, deine Tante wollte sich deine lästigen Fragen ersparen. Sie hat das Kind zu einer anderen Amme gegeben und dir weisgemacht, es wäre fort, damit du ihm nicht noch einmal hinterherschnüffelst. Vielleicht ist sie so weit gegangen, diesen anderen, von dem du sprichst, in ihren Plan einzuweihen, damit du ihr Glauben schenkst. Was haarsträubend unbedacht wäre. Aber da haben wir es wieder: der untaugliche Verstand der Weiber. Nun genug von diesem Geschwätz. Ich werde das aufklären, doch dich geht die Sache nichts mehr an. Kommen wir darauf zurück, was du deinem Vater und deiner Familie schuldig bist.«

Anne war zumute, als würde ihr Vater eine ganz andere Welt sehen als sie. Niemals würde sie ihm verständlich machen können, warum er auf ihre Empfindungen hätte Rücksicht nehmen sollen. Wenn er ihre Liebe zum eigenen Kind nicht gelten ließ, musste es auf ihn tatsächlich unvernünftig und sinnlos wirken, dass sie es wiedersehen wollte. Allerdings glaubte sie ihm nun, dass er Johnny nicht nach England geholt hatte. Was wiederum einen anderen als Lügner dastehen ließ: Will. Bei dem Gedanken krampfte sich ihr Magen zusammen, und sie wäre am liebsten an einen ruhigen Ort geflohen, um ungestört nachzudenken. Doch sie musste die Begegnung mit ihrem Vater so gut wie möglich zu Ende bringen.

»Du überschätzt meinen Einfluss bei Hof. Ich hatte Glück, dass die Herrschaften mich überhaupt ausgewählt haben, sie nach London zu begleiten. In den kommenden Monaten muss ich beweisen, dass ich ihnen hier nützlich bin. Es ist zu früh, um Gefälligkeiten zu erbitten, zumal die eigene Stellung der deutschen Hofleute noch ungefestigt ist. Für den Augenblick kann ich allenfalls eine seiner Hoheit nahestehende Person um ein Empfehlungsschreiben für dich bitten, das dir Einlass zum königlichen Drawing Room gewährt. Es ist nicht gesagt, dass du dort ein Mitglied der königlichen Familie antreffen wirst, doch vielleicht kannst du Verbindungen zu anderen bedeutsamen Personen knüpfen. Erhoffst du dir von Seiner Majestät eine bestimmte Gunst?«

Er beugte sich vor und legte seine Faust mit einem Pochen auf dem Tisch ab. »Sei nicht blöd! Das liegt doch auf der Hand. Dein Bruder und ich haben vor, unsere Bemühungen in den Dienst der Nation zu stellen und möglichst bald ins Parlament einzuziehen. Wann könnte der Zeitpunkt günstiger sein? Wir haben uns niemals gegen die deutsche Thronfolge ausgesprochen, sind brave Anhänger unserer englischen Kirche und vermögend genug.«

Anne fand es im Gegensatz zu ihm nicht sonderlich vielversprechend, sich gerade jetzt in diesen Wettstreit zu werfen, wo vermutlich sämtliche an Parlamentssitzen interessierten Lords des Landes auf denselben Gedanken kamen. Außerdem grauste es ihr vor der Aussicht, dass sich ihr Vater oder ihr Bruder in der kommenden Zeit in London und gar bei Hof aufhalten würden.

»Wenn ich seine Hoheit richtig einschätze, wird er vorerst mit der Einmischung in Parlamentsangelegenheiten äußerst zurückhaltend sein. Deine Chancen stünden in einigen Monaten wohl günstiger.«

Er starrte sie mit finster zusammengezogenen Brauen an, und sie fragte sich, ob sie ebenfalls so hässliche tiefe Falten auf dem Nasenrücken bekam, wenn sie grollte.

»Du willst dich meinem Auftrag entziehen«, sagte er. »Glaub

nicht, ich könnte das nicht erkennen. Ich habe dich und deine Geschwister immer durchschaut. Aber wenn du denkst, du könntest die Vorteile deiner Stellung für dich allein nutzen und dich darin sonnen, ohne sie auch deiner Familie zugutekommen zu lassen, irrst du dich. Wenn du dich so eigennützig verhältst, werde ich entsprechende Maßnahmen ergreifen. Mir fallen sogleich wenigstens zwei Witwer ein, die derzeit junge Gemahlinnen suchen und darüber hinwegsehen würden, ein leicht beschädigtes Gut zu erhalten. Das sind Männer mit strenger Hand, die dafür sorgen könnten, dass du nicht noch einmal einen Fehltritt begehst. Wenn du dich weigerst, deiner Familie dienlich zu sein, werde ich mir mit Freude auf diese Art die Verantwortung für dich vom Halse schaffen.«

Anne fühlte ihre Wangen heiß werden, als hätte er sie links und rechts geohrfeigt. Unwillkürlich erhob sie sich. »Dann wissen wir jetzt, wo wir stehen. Ich werde in den Palast zurückkehren und dienlich sein, so gut ich kann. Und du wirst die schwere Last der Verantwortung für mich weiter tragen. Hier …« Sie schob Krug und Becher auf seine Seite des Tisches. »Trink den Cider aus, er ist köstlich.«

Sie wollte an ihm vorüber zum Wirt gehen, um zu zahlen, doch Sir Baynes packte sie hart am Handgelenk. »Ich erwarte noch vor der Krönung das Empfehlungsschreiben. Sende es hierher!«

Annes Zorn hatte sich in ihrer Brust in einen Eisklotz verwandelt. Kühl betrachtete sie ihren Vater in seiner ganzen Erbärmlichkeit und wünschte nur, ihr inneres Kind würde aufhören zu weinen. »Du wirst es erhalten. Leb wohl.«

Ruhig, aber bestimmt entzog sie ihm ihren Arm und setzte ihren Weg fort. Als sie nach dem Abschied vom Wirt hinaustrat und der Footman Michael sie mit einem strahlenden Lächeln begrüßte, konnte sie sich gerade noch davon abhalten, den fast

Fremden zu umarmen, weil er ihr an diesem Abend schon weit mehr Freundlichkeit erwiesen hatte als ihr eigener Vater.

Gräfin Johanna von Schaumburg-Lippe erwies sich als umgängliche und ruhige Zimmernachbarin, die ebenso wie Anne nur wenig Zeit in ihrem Gemach verbrachte. Die vierzigjährige Dame war nicht nur Prinzessin Caroline eine mütterliche Freundin und Prinz Georg August eine jederzeit willkommene Tischgenossin, sondern auch auf den Gesellschaften Seiner Majestät gern gesehen. Daher begegnete Anne Gräfin Johanna häufiger zu formellen Anlässen als in ihrer Unterkunft. Zu vertraulichen Gesprächen hatten sie bisher kaum Gelegenheit gehabt.

Als Anne aber am Tag nach der Begegnung mit ihrem Vater vormittags vom Ankleiden ihrer jungen Damen kam und in ihr Zimmer ging, um sich selbst für ihr bevorstehendes Treffen mit Will vorzubereiten, hörte sie die Gräfin durch die Tür zu ihrem gemeinsamen Wohnzimmer hindurch melancholisch summen. Verwundert klopfte sie an die Zwischentür, trat ein und knickste.

»Ihr seid hier, Eure Wohlgeboren? Fühlt Ihr Euch nicht gut? Kann ich etwas für Euch tun?«

Die Gräfin wischte sich hastig mit dem Handrücken ein paar Tränen von den Wangen. »Ihr habt mich ertappt, Miss Baynes. Ich bin nicht krank, sondern wollte mich nur ein Weilchen verstecken. Es gibt solche Tage, da scheint es draußen nicht hell zu werden, und all die Schatten, die wir in den Winkeln unserer Seele mit uns herumtragen, kommen herausgekrochen. Da genügt eine Kleinigkeit, und man kann kein Licht mehr sehen. Kennt Ihr das auch?«

Anne hatte das Gefühl, dass ihre Schatten mittlerweile zu groß geworden waren, um sie in Winkel verbannen zu können. Sie konnte sich kaum vorstellen, je wieder unbeschwert zu sein. Ihre Gedanken kreisten unaufhörlich um ihren kleinen Sohn, und die Sorge drückte im Magen. Mitfühlend reichte sie der Gräfin ein Tüchlein, das sie eigentlich hatte besticken wollen. »Das kenne ich gut. Auf einmal erinnert man sich an jeden Kummer, an die Verstorbenen und alles andere, was man geliebt und verloren hat. Sei es ein schöner Garten oder die Zuneigung eines Menschen. Ich nehme an, es kostet die Seele viel Kraft, sich tagtäglich gegen die Türen zu stemmen, hinter denen wir unser Leid verbergen. Manchmal muss man wohl für eine Weile loslassen und die Schleusen öffnen.«

Die Gräfin mischte ein kleines Lachen mit einem Schluchzen. »Ganz recht. Die Schleusen öffnen sich, und das Wasser läuft. Aber, Kind, ich hoffe sehr für Euch, dass Ihr in Eurem Alter noch nicht so viele von diesen elenden Türen verschlossen halten müsst wie ich altes Weib.«

»Niemand bei Hof würde Euch alt nennen. Oder hat sich etwa jemand so dumm gegen Euch benommen?«

Gedankenverloren tupfte Gräfin Johanna sich mit Annes Tüchlein das Gesicht ab. »Nein, nein. Es gab eine hässliche Szene zwischen seiner Hoheit und Prinz Georg August. Nicht unüblich zwischen Vätern und Söhnen, nehme ich an. Doch solche Feindseligkeiten in einer Familie mitzuerleben, die eigentlich fest zusammenstehen muss, bestürzt mich. Ich musste an meine eigenen Söhne denken, die ich lange nicht gesehen habe. Und an ihren Vater, den ich nie wieder sehen möchte, und der mir einst doch so nahestand. Unfrieden in Familien ist eine unerschöpfliche Quelle des Leids, Miss Baynes. Ich hoffe, er bleibt Euch erspart, wenn Ihr eine eigene Familie gründet, wie es gewiss bald geschehen wird.«

Für einen Augenblick stockten Anne die Worte, weil sie in Gedanken die Stimme ihres Vaters hörte, der drohte, sie mit einem alten Witwer zu verheiraten. Dann dachte sie an Will, der vermutlich schon im Park auf sie wartete – nicht ahnend, welches Huhn sie mit ihm zu rupfen hatte.

»Wenn Eure Söhne so klug sind wie Ihr, dann haben sie sicher eine hohe Meinung von Euch. Ihr seid an diesem Hof überaus hoch geachtet. Ich wünschte, ich brächte es eines Tages so weit wie Ihr. Was seine Hoheit und den Prinzen angeht, so werden sie sich schon wieder vertragen.«

»Danke für das Kompliment, und Euer Wort in Gottes Ohr. Doch nun lasst Euch von mir nicht länger aufhalten. Ich nehme an, da Ihr zu dieser Zeit herkamt, habt Ihr etwas vor.«

Anne nickte. »Eine Verabredung mit einem alten Freund. Seid Ihr sicher, dass ich nichts weiter für Euch tun kann?«

Die Gräfin winkte ab. »Macht Euch um mich keine Sorgen. Ich atme durch, wasche mir das Gesicht und gehe dann unsere kleinen Prinzesschen besuchen. Das heitert mich immer auf. Meine Empfehlung an den alten Freund und viel Vergnügen.«

Anne hatte sich bereits am Tag vor dem Ausflug in den Tower schriftlich mit Will für diesen Samstag verabredet. Der St. James's Park war für ihr Treffen öffentlich genug, um den Anstand zu wahren, und bot dennoch Raum für Diskretion. Das Wetter lud zwar nicht zum Spazierengehen ein, doch Anne fand, dass der nasskalte Dunst zu dem bevorstehenden Gespräch passte.

Als sie aus dem Palasttor trat, wartete Will schon auf der anderen Straßenseite. Unter dem Arm trug er ein rollenförmiges Lederfutteral. Dieses Mal deutete Anne den gequälten Ausdruck in seinen Augen nicht als unerfüllte Sehnsucht, sondern als Zeichen von Gewissensbissen. Vor Ärger kniff sie die Lippen zusammen, rief sich jedoch gleich wieder zur Vernunft. Noch bestand die Möglichkeit, dass alles ein großer Irrtum war. Und auch wenn Will sie belogen hatte, wollte sie nicht gleich über ihn herfallen, sondern sich seine Gründe anhören.

»Was für ein grauenhaftes Wetter«, begrüßte er sie und nahm das Futteral auf die andere Seite, um ihr den rechten Arm darzubieten. »Ich gestehe, ich würde lieber mit dir vor einem schönen Kaminfeuer sitzen als draußen herumzulaufen. Macht dir die Kälte nichts aus?«

Sie konnte sich nicht dazu überwinden, freundschaftlich die Hand auf seinen Arm zu legen, um sich von ihm führen zu lassen. Deshalb wies sie auf das Futteral, als hätte ihre Neugier sie die Geste übersehen lassen.

»Guten Tag, Will. Steckt die Karte darin? Sollen wir sie hierlassen? Es ist doch etwas unbequem, sie tragen zu müssen.«

Hastig nickend nahm er die Lederröhre in beide Hände und öffnete sie. »Aber gewiss, du hast recht. Ich muss dir nicht viel zeigen, denn die Karte ist gut beschriftet. Warte, die Röhre … Kannst du das hier halten? Dann …«

Nach einigem Hantieren hielten sie die ausgerollte Karte gemeinsam und betrachteten sie. Will zeigte auf mehrere Orte. »Hier im Westen ist der St. James's Palast, und da stehen wir gerade. Oben im Norden liegt Holborn, wo ich wohne. Da mitten in der Stadt siehst du die St. Pauls' Cathedral. Und hier im Osten … Na ja, du siehst es selbst: die Docks.«

»Was für ein wunderbares Werk! Was hat sie nun gekostet?«

»Ich will sie dir doch schenken«, wehrte er ab.

»Ich bestehe darauf, sie zu bezahlen.«

»Aber Anne …« Er sah ihr in die Augen und schluckte, als er ihren unnachgiebigen Blick erkannte. »Nun gut. Sechs Pennys also.«

Anne schüttelte den Kopf. »Sie hat gewiss mehr gekostet. Aber ich will unsere Zeit nicht vergeuden. Hier sind sechs Pennys. Ärgere dich meinetwegen später darüber, was für ein schlechter Geschäftsmann du bist.«

Sie ließen die Karte bei der Wache und gingen wenig später den Weg entlang, der durch die weitläufigen Wiesen des Parks führte. Äsende Hirsche schienen in einer Nebelschwade zu schweben, und leise drang das Gebrüll freilaufender Milchkühe zu ihnen. Der Nebel lag wie ein dickes Kissen über dem Park und dämpfte alle Geräusche, die aus der Ferne kamen, während der gewalzte Kies unter ihren Füßen laut knirschte.

»Ich habe mich umgehört und einige Dinge erfahren, die deinen Damen vielleicht gefallen werden«, sagte Will. »Zum Beispiel leben in Spitalfields viele französische Seidenweber, bei denen einige Herrschaften direkt die feinste Ware kaufen, um sie von ihren eigenen Schneidern verarbeiten zu lassen. Und die jungen Hugenottinnen verstehen sich auf das unsichtbare Ausbessern von Seidenstrümpfen besser als jeder andere, sagt man. Dieselben Weber züchten Kanarienvögel, die besonders schön singen. Wie man mir versicherte, sollte man sich auch unbedingt an die Hugenotten wenden, wenn man schöne falsche Zähne braucht – sie machen die besten. Ich kann dir Namen der Korsettmacher nennen, die am meisten Walbein kaufen, und die von denen, die dabei am wählerischsten sind. Sollte deine Madam Schulenburg hingegen jemals den Wunsch nach einer Fischmahlzeit verspüren, muss man den Fisch morgens sehr früh in Billingsgate kaufen. Die Makrelenboote kommen zwischen drei und vier Uhr. Ab sechs Uhr wird schon billig verkauft, dann gilt die Ware nicht mehr als frisch. Will man häufig Fisch essen, sollte man sich mit einem Fischer einigen, der den besten Fang gleich beiseitestellt. Und …«

Anne verlor die Geduld. Sie hatte ihn um solche Ratschläge

gebeten, und er hatte sich offenbar bemüht, doch sie konnte ihm nicht länger zuhören. »Will?« Er hörte auf zu sprechen und sah sie fragend an. »Danke für deine Mühe. Aber ich muss dich jetzt etwas anderes fragen. Du hast mir damals geschrieben, dass mein Vater meinen Sohn nach England geholt hat. Woher genau weißt du das?«

Er wich ihrem Blick aus und sah auf die Nebelfetzen, die über die Wiese trieben. »Ich … Habe ich dir das nicht auch geschrieben? Meine Cousine Maud lernte die Amme kennen, die das Kind in den ersten Monaten genährt hat. Die Frau ging anschließend nach Deutschland zurück.«

Seine Miene und das nervöse Zucken seiner Hände verrieten, dass er log. Doch Anne wollte ihm noch eine Chance geben. »Und es ist kein Irrtum möglich? Kann es ein anderer Säugling gewesen sein?«

Er schüttelte so entschieden den Kopf, dass sie ihm beinah wieder glauben wollte. »Ich verstehe, dass du sichergehen willst, bevor wir den großen Aufwand betreiben, das Kind zu suchen. Vermutlich ist dir bewusst geworden, welch ein Wagnis das für dich bedeutet. Wenn du mich fragst: Ich halte es weiterhin für klüger, wenn du von dem Vorhaben Abstand nimmst. Ich bin sicher, dass das Kind gut versorgt wird, und du dir deshalb nichts vorwerfen musst.«

Sein Gesicht war gerötet, er schluckte schwer und ließ den Blick durch den Park schweifen, statt Anne anzusehen.

Sie hingegen wandte den Blick nicht von ihm ab. »Aber von wem wird mein Kind versorgt, Will? Wenn es wirklich hier in England ist, von wem wird es dann versorgt? Denn mein Vater ist es nicht. Kannst du dir nicht denken, wie ich darauf komme? Sag, hast du je ein Wort mit meiner Tante Irma gewechselt?«

Endlich sah er sie mit gequälter Miene an. »Ich kenne deine Tante nicht. Aber ich sehe nun … Hast du mit deinem Vater gesprochen? Du hast ihn nach dem Kind gefragt, nicht wahr? Ich hatte so sehr gehofft, dass du damit warten würdest. Verzeih mir, Anne. Ich wollte dir keinen Kummer machen. Im Gegenteil, ich wollte dich schonen. Weiß dein Vater, wer das Kind hat? Sicher hat er sich doch etwas zusammengereimt?«

Angst durchfuhr Anne mit solcher Macht, dass ihre Knie weich wurden und sie stehen bleiben musste. »Hör auf, in Rätseln zu sprechen, und sag mir endlich die Wahrheit! Was meinst du damit, dass du mich schonen wolltest?«

Er lockerte hastig den Binder um seinen Hemdkragen. »Das Kind lebt noch, soweit ich weiß. Aber … Versprich mir, dass du deswegen nichts unternehmen wirst! Lass die Sache ruhen. Bitte, Anne, vertrau mir! Ich schwöre, dass ich nur dein Bestes will. Ich liebe dich aus tiefster Seele, schon seit langer Zeit. Heirate mich, und ich werde alles tun, was in meiner Macht steht, damit du glücklich wirst.«

Wenn ihre Knie und Hände nicht so sehr gezittert hätten, hätte sie Will vor Zorn einen Stoß gegeben. »Heiraten? Ich werde nie wieder ein Wort mit dir sprechen, wenn du mir nicht sofort alles sagst, was du weißt!«

Er hielt die Luft an, als würde er nicht einmal mehr seinen Atem hervorbringen, geschweige denn die nötigen Worte. Doch dann platzte es aus ihm heraus.

»Argyll hat ihn. Der Duke of Argyll. Die Campbells. Sie haben ihn sich geholt.«

Für die Dauer einiger Wimpernschläge starrte sie ihn nur an. So lange brauchte sie, bis zu ihrem Verstand durchgedrungen war, was er ihr offenbart hatte. »Haben sie das getan, weil Johnny ein Drummond ist?«

Will schien so aufgewühlt, dass ein wenig Irrsinn in seinen Augen funkelte. »John? Ich wusste nicht, dass du ihm einen Namen gegeben hast. Aber der Name steht nirgends festgeschrieben, nicht wahr? Wir können ihn ändern. Das wäre sicherer. Wir sollten ihn nach meinem Vater benennen oder nach mir, falls du ihn zurückbekommst. Dann könnten wir überzeugender vorgeben, dass er von mir ist. Wir könnten auch den Campbells einreden, dass ich der Vater bin und nicht Ian. Das könnten wir versuchen, Anne! Wie sollten sie das Gegenteil beweisen, wenn wir uns einig sind? Das wäre der beste Weg. Heirate mich und lass mich für alles sorgen. Du musst nur stützen, was ich behaupte.«

Fassungslos trat sie zwei Schritte von ihm zurück, die er sogleich vortrat. Abwehrend streckte sie die Hand aus. »Wo hat Argyll ihn hingebracht? Nach Inveraray? Erpresst er Ians Onkel mit ihm? Wer sorgt für den Kleinen? Ich will die Wahrheit hören! Wie könnte ich dir noch vertrauen, wenn du sogar jetzt nicht ehrlich bist?«

Beschwichtigend hob er beide Hände. »Ich will doch nur, dass du nichts Unbedachtes tust. Es wird zu einem Unglück führen, wenn du das Kind suchst. Auf etwas mehr Zeit kommt es doch nicht an. Lass mich alles in die Wege leiten! In der Fleet gibt es in jedem dritten Haus jemanden, der Eheschließungen bezeugt, ohne Fragen zu stellen. Gleich morgen könnten wir hingehen. Eine Stunde genügt. Oder heute noch! Wir könnten jetzt gleich gehen. Und schon morgen schreibe ich dem Duke of Argyll einen Brief und erkläre ihm, dass der Knabe für ihn wertlos ist. Was meinst du? Sag ja, Anne!«

Anne schüttelte den Kopf. Wie er sich in die Vorstellung verrannt hatte, dass sie ihn heiraten würde! Dabei konnte sie sich in diesem Moment eine Ehe mit ihm weniger denn je vorstellen.

»Der Duke wird dir nicht glauben, Will. So wenig, wie ich es noch kann. Dein Angebot, mich zu heiraten, ist großzügig. Ich werde darüber nachdenken. Doch es ist ein unsinniger Gedanke, öffentlich vorzutäuschen, dass du Johnnys Vater bist. Ich will auf keinen Fall, dass du das behauptest. Solange ich bei Hof diene, darf nicht ans Licht kommen, dass ich ein Kind habe. Auch eine Ehe müsste heimlich bleiben, denn ich habe dem König Treue geschworen und brauche seine Einwilligung, um zu heiraten. Und wenn du dich ausgerechnet an John Campbell wendest, wird der womöglich bekannt machen, dass ich nicht nur mit Ian Drummond Unzucht getrieben habe, sondern angeblich auch noch mit dir, denn was ich mit Ian hatte, ist ihm bekannt. Die Schande wäre umso tiefer, und ich hätte das Gefühl, Ians Andenken zu beleidigen. Denn immerhin ist er wegen unserer Liebe gestorben.«

Er schloss die Hände und öffnete sie wieder, als hätte er vergeblich an der Angelschnur gezogen. Seine Stimme klang zunehmend verzweifelt. »Aber was willst du tun? Nehmen wir an, du findest heraus, wo sie deinen Sohn versteckt haben – was dann?«

Sie zuckte mit den Schultern. »Das überlege ich mir, wenn es so weit ist. Falls ich ihn befreien kann, verstecke ich ihn wahrscheinlich selbst an einem sicheren Ort, wo ich ihn heimlich besuchen kann, solange ich noch an den Hof gebunden bin. Anschließend werde ich hoffentlich genug gespart haben, um irgendwo ein einfaches Leben mit ihm führen zu können, wo man mich nicht kennt. Finden muss ich ihn unter allen Umständen.«

Ihm entfuhr ein Laut der Fassungslosigkeit. »Befreien? Wie willst du das Kind aus einem Haus befreien, das die Campbells bewachen? Wie willst du allein auch nur das Haus finden, in einer Stadt, die größer und verworrener ist, als du dir vorstellen kannst? Da wird dir die Karte wenig helfen! London ist nicht das bäuerische, kleine Hannover, Anne! Die Stadt ist gut zwanzigmal so groß.« Erschrocken hielt er inne, zu spät bemerkend, dass er ihr versehentlich etwas Entscheidendes preisgegeben hatte.

Anne fühlte ein neues Körnchen Hoffnung keimen. »London also? Haben sie ihn damals schon hierhergebracht?«

Will rieb sich die Stirn. »Nein, in London ist er erst seit kurzer Zeit. Der Duke of Argyll fürchtet, dass die Jakobiten bald rebellieren werden, nun, wo Queen Anne nicht mehr lebt. Er hat seinen Bruder Archibald nach London gesandt, um Verbindungen zum neuen Königshaus zu knüpfen. Deshalb haben sie auch den Knaben hier untergebracht, um ihn in der Nähe zu haben, falls Maxwell Drummond … Ich will dir keine Angst machen, aber du kannst dir wohl vorstellen, was geschieht, wenn Ians Onkel sich dennoch der Rebellion anschließt.«

Anne fror inzwischen so sehr, dass ihr beinahe die Zähne klapperten. »Wie kann man nur ein kleines Kind als Geisel missbrauchen? Das ist entsetzlich.«

Er nickte kummervoll. »Aber es muss ja nicht zum Schlimmsten kommen. Nimm doch Vernunft an. Ich kann dir helfen.«

Auch dass sie ihren Mantel enger um sich zog und den Kragen zuhielt, half nicht gegen die Kälte, die von ihr Besitz ergriffen hatte.

»Ich muss nachdenken, Will. Geh jetzt, und lass mich für eine Weile in Ruhe! Ich werde dir schreiben, wenn ich eine Entscheidung getroffen habe.«

7. Kapitel

Nach dem verstörenden Gespräch mit Will bewegte sich Anne trotz ihrer klappernden Zähne nur widerstrebend und auf Umwegen zurück in Richtung Palast. Die Stille des nebligen Parks passte besser zu ihren rasenden Gedanken als von Geplauder erfüllte Gemächer. Sie versuchte, darüber nachzudenken, ob es für sie wirklich infrage kam, Will zu heiraten, stellte jedoch fest, dass sie zu wütend auf ihn war, um vernünftig abzuwägen. So dachte sie stattdessen an den Duke of Argyll und seinen Bruder Lord Archibald.

Dem Duke war sie mehrfach begegnet und hatte ihn anfänglich für einen liebenswürdigen Mann gehalten, bis Ian ihr erklärt hatte, dass er nicht freiwillig in Inveraray lebte, sondern als Geisel. John Campbell hatte schon damals Maxwell Drummonds Nachfolger in seiner Gewalt haben wollen, um den Chieftain des Drummond-Clans unter Druck zu setzen. Dass der Duke auf den Gedanken gekommen war, das böse Spiel mit Ians Kind fortzusetzen, war glaubhaft. Möglicherweise hatte er es bereits geplant, als er von ihrer Schwangerschaft erfuhr und man ihm keine andere Wahl ließ, als Ian zur Strafe zu verbannen.

Zu der Tat bekennen würde er sich gewiss nicht, ebenso wenig wie sein Bruder. Anrüchige Unternehmungen ließen hohe Herren von Handlangern ausführen. Dennoch erwog Anne, Lord Archibald aufzusuchen, wenn ihr kein besserer Ansatz für ihre Suche einfiel. Leichtfertig würde sie diesen Schritt jedoch nicht tun. Möglicherweise kannte er ihren Namen und wusste alles über sie. Das war nicht nur eine peinliche Vorstellung, sondern Furcht einflößend. Sie würde sich ihm ausliefern, wenn sie seine Aufmerksamkeit darauf lenkte, welche Position sie bei Hof innehatte und wie angreifbar sie dadurch war. Zumindest eine Erkenntnis tröstete sie in allen ihren unbehaglichen Überlegungen: Solange die Campbells Johnny für nützlich hielten, würden sie ihn nicht leichtfertig zu Schaden kommen lassen.

Gedankenversunken verließ sie den Park, um bei einem Gewürzhändler gemischte kandierte Früchte zu kaufen, von denen eine der Küchenmägde geschwärmt hatte. Außerdem erstand sie ein Zeitungsblättchen, das ihre Damen vielleicht unterhalten würde. Nachdem sie den Einkauf getätigt hatte, konnte sie ihr Fernbleiben aus dem Palast nicht länger rechtfertigen und kehrte zurück.

Frauenstimmen drangen durch die halboffene Tür des Drawing Rooms an Annes Ohr, als sie zu ihrem Apartment kam. Gern hätte sie sich an den Damen vorbei in ihr Zimmer geschlichen, doch Gräfin Johanna erspähte sie.

»Miss Baynes! Kommt doch zu uns herein, meine Liebe. Madam Howard ist hier, um mir freundlicherweise ihre Aufwartung zu machen und sich nach meinem Befinden zu erkundigen. Ist das nicht reizend? Ich fürchte, meine kleine Flucht aus Prinzessin Carolines Salon hat mehr Aufmerksamkeit erregt, als mir lieb ist. Aber ich versichere Euch, Madam Howard: Mir fehlt nichts. Nur ein Anflug von Melancholie, dem Nebel geschuldet! Miss Baynes weiß, wovon ich rede, nicht wahr? Ist es Eurem alten Freund gelungen, Euch aufzuheitern? Oje, es sieht nicht so aus. Ihr seid ja ganz blass um die Nase.«

Die Gräfin hatte Madam Howard zuliebe nicht deutsch, sondern französisch gesprochen. Henrietta Howard allerdings sprach nur noch Englisch, seit sie in England waren. Es hieß, Prinz Georg August hätte sie darum gebeten, damit er und sein engerer Kreis die Sprache des Landes besser lernten.

Die beiden Damen hatten noch nicht Platz genommen, und nun wandte Henrietta sich Anne zu. »*Good gracious!* Die Gräfin hat recht: Ihr seht ganz durchgerüttelt aus, Miss Baynes. Das scheint kein sehr guter Freund zu sein, dass er Euch in einen solchen Zustand versetzt.«

Das Feuer in ihrem Kamin war höher geschürt als früher am Tag und der Raum gemütlich warm. Anne legte erleichtert ihren Mantel ab, behielt ihn allerdings im Arm, als könne sie sich daran festhalten. »Tatsächlich hatten wir eine Meinungsverschiedenheit. Aber das ist nicht der Rede wert. Mir ist wohl eher die Kälte in die Glieder gekrochen.«

Henrietta legte zweifelnd die Stirn in Falten. »Meiner Erfahrung nach handelt es sich bei den Meinungsverschiedenheiten, die junge Damen erwähnen, in Wahrheit oft um männliche Wutanfälle, die sie über sich ergehen lassen mussten. Ich hoffe, Ihr seid nicht gezwungen, diesen Mann wiederzutreffen, falls das zutrifft.«

Anne zwang sich ein Lächeln ab. »Ich versichere Euch, dass eher ich es war, die darum kämpfen musste, ihren Ärger im Zaum zu halten.«

Die beiden Damen lachten, und Gräfin Johanna deutete einladend auf die Stühle an ihrem runden Tisch. »Das ist nun allerdings schwer vorstellbar, Miss Baynes. So ein liebes Mädchen, wie Ihr es seid, ist doch zu einem Wutanfall gar nicht fähig. Setzen wir uns!«

Madam Howard schüttelte den Kopf. »Ich möchte mich nicht aufdrängen, Eure Wohlgeboren. Es ging mir nur darum, nach Euch zu sehen und zu fragen, ob ich etwas für Euch tun kann.«

Die Gräfin lachte wieder. »Auch Ihr seid ein liebes Mädchen. Wisst Ihr, ich hatte vor, die kleinen Prinzessinnen zu besuchen, doch sie schliefen gerade. Nun wäre mir etwas Gesellschaft recht. Ihr könnt also etwas für mich tun, indem Ihr mir mit Eurer Anwesenheit die Zeit versüßt. Ebenso wie Miss Baynes. Miss Baynes ist übrigens zu einer Kundschafterin im Dienste der höfischen Damenwelt geworden. Wusstet Ihr das?«

Als sie sich setzten, wechselte Henrietta mit Anne einen Blick, der auf einen Zuschauer nur höflich gewirkt hätte, ihnen beiden jedoch verriet, dass keine von ihnen sich selbst für ein liebes Mädchen hielt.

»Wie interessant«, sagte Henrietta. »Was habt Ihr denn schon für uns Damen herausgefunden?«

Anne holte die Spanschachtel mit den kandierten Früchten aus ihrer Manteltasche und stellte sie geöffnet auf den Tisch. »Es geht mit dem Kundschaften leider recht langsam voran. Bisher gab es noch viel anderes zu tun. Aber ich weiß schon, dass die besten Seidenweber von England in Spitalfields arbeiten. Es sind Franzosen, deren Ware sicher mit der aus Paris eingeführten mithalten kann. Ich werde sie mir bald ansehen und auch nachforschen, welche der geschickten Französinnen, von denen ich gehört habe, sich am besten auf das unsichtbare Ausbessern von Seidenstrümpfen versteht. Vielleicht möchten die Damen mir helfen und ein Urteil über diese Süßigkeiten abgeben?«

Die beiden Damen griffen lachend zu. »Was für ein Glück, Euch bei uns zu haben«, sagte Henrietta. »Falls Ihr glaubt, dass ich Euch bei Euren Erkundungen helfen kann, wendet Euch jederzeit gern an mich.«

Anne nahm sich ein Stück kandierte Ananas, hielt aber inne, bevor sie es zum Mund führte. »Um ehrlich zu sein, könnte ich schon heute Euren Rat in einer anderen Sache gebrauchen. Mein Vater wünscht sich einen Besuch bei Hof und bat mich um Vermittlung. Ich möchte ihm gern eine Empfehlung verschaffen, frage mich aber noch, an wen ich mich mit dem Anliegen wenden soll. Was würdet Ihr an meiner Stelle tun? Oder ratet Ihr mir ganz davon ab?«

Gräfin Johanna griff schon zum zweiten Mal zum Obst. »Aber nein! Warum denn? Ihr lebt schon so lange am hannoverschen Hof. Es ist doch ganz selbstverständlich, dass Euer Vater einmal einen Blick auf diese Gesellschaft werfen möchte. Wie wäre es, wenn Ihr Euch über Gräfin von Kielmannsegg an ihren Gatten wendet? Sie steht Madam Schulenburg doch nahe und kennt Euch, und ein Schreiben von Johann Adolph würde gewiss Eindruck machen.«

Henrietta räusperte sich. »Allerdings lauschte ich kürzlich einem Gespräch, in dem Madam Kielmannsegg darüber sinnierte, welches die angemessenen Summen wären, die man für derlei Gefälligkeiten erwarten dürfe.«

Gräfin Johanna seufzte. »Was bleibt ihr auch anderes übrig? Ich sehe uns alle über kurz oder lang mit Gefälligkeiten Handel treiben, wenn das Parlament dem König keinen angemessenen Etat zuweist. Da wird sich dann jeder glücklich schätzen dürfen, dessen Einfluss sich in die höheren Sphären erstreckt. Aber für unsere Miss Baynes wird Madam Kielmannsegg wohl eine Ausnahme machen, oder meint Ihr nicht? Ich würde ja selbst gern aushelfen, aber ein Schreiben von mir wäre nicht das Richtige.«

Henrietta nickte bedauernd. »Das geht mir ebenso. Mein eigener Name zählt nicht, und meinen griesgrämigen Gatten kann man auf so etwas nicht ansprechen.«

Anne hatte sich den tröstlich zuckrigen Ananasgeschmack auf der Zunge zergehen lassen. Nun schluckte sie das kleine Fruchtstück herunter und fragte sich, wie viel sie für das Schreiben bezahlen würde.

»Ich versuche mein Glück bei Gräfin von Kielmannsegg und hoffe auf ihre Nachsicht.«

»Oder Ihr tauscht«, sagte Henrietta und zwinkerte ihr zu.

Gräfin Johanna schlug lächelnd die Hände zusammen. »Aber natürlich! Auch Ihr habt ja auf diesem Markt etwas zu bieten. Ich denke, Madam Howard und ich wissen es sehr zu schätzen, dass Ihr uns heute einen Einblick in Euren Wissensschatz geschenkt habt, und werden strenge Geheimhaltung wahren.«

»Euch aber nur zu gern empfehlen, wenn eine Dame sich laut fragt, was London ihr zu bieten hat. Immerhin habt Ihr für Euren Geschmack und Euer Geschick im Frisieren und Arrangieren schon einen guten Namen. Arbeitet nur fleißig weiter an der Auskundschafterei, und Eure Währung wird bald einen hohen Wert haben.«

Das Gefühl, von den beiden Damen plötzlich so begeistert protegiert zu werden, verursachte Anne einen Kloß im Hals – vor Rührung, aber auch vor Furcht. Würde sie den Erwartungen entsprechen können oder am Ende als Schwindlerin dastehen?

Offenbar hatte Henrietta sie beobachtet, denn sie schnaubte belustigt. »Wenn Ihr Euch gerade fragt, ob Eure Bemühungen den hohen Ansprüchen der vornehmsten englischen Gesellschaft genügen werden, dann seid versichert, dass sich derzeit sehr viele Leute an diesem Hof dieselbe Frage stellen. Kronprinz und König eingeschlossen. Und noch eins solltet Ihr über den Handel mit Gefälligkeiten wissen: Er wird von allen Klassen betrieben. Es könnte daher sein, dass der Anbieter einer Ware, die Euch gefällt, es sich etwas kosten lässt, wenn Ihr ihn bei Hof empfehlt.«

Noch am Abend nach dem erhellenden Gespräch mit Henrietta Howard und Gräfin Johanna ersuchte Anne die Gräfin von

Kielmannsegg schriftlich um eine Audienz und wurde prompt für den nächsten Mittag einbestellt.

Sophie Charlotte von Kielmannsegg war allein und nahm soeben eine kleine Mahlzeit aus Austern zu sich. Anne auch nur einzuladen, sich zu setzen, hätte bereits ihrer Rangordnung widersprochen, und Georg Ludwigs rosig-mollige Halbschwester machte auch keine Anstalten dazu. Deshalb stand Anne ihr gegenüber vor dem Tisch, während die Dame es sich weiter schmecken ließ.

»Guten Tag, Miss Baynes. Wie geht es den Damen von der Schulenburg heute Morgen? Und hattet Ihr an diesem herrlichen Tag schon das Vergnügen, seine Hoheit zu sehen?«

Die deutschen Hofleute wussten alle, dass Georg Ludwig die meisten Nächte im Schlafgemach von Madam Schulenburg verbrachte. Dennoch wäre es eine Indiskretion gewesen, wenn Anne über diesen Umstand gesprochen hätte. Sie ging davon aus, dass Madam Kielmannsegg gar keine Antwort auf ihre Frage erwartete, sondern ihren Bruder nur hatte zur Sprache bringen wollen.

»Die jungen Damen waren heute Morgen sehr lebhaft, weil der schon in Hannover angefertigte Teil ihrer Garderobe für die Krönungstage gestern eingetroffen ist. Heute Nachmittag findet eine Anprobe statt, damit noch Änderungen vorgenommen werden können. Ein wenig unterscheidet sich ja die Arbeit der hannoverschen Schneider von dem, was hier in London gerade als *de rigeur* gilt.«

Madam Kielmannsegg seufzte und wedelte mit ihren feuchten Fingern. »Wem sagt Ihr das? Auch meine Truhen sind inzwischen angekommen. Dummerweise weiß niemand mehr so recht, was in der Eile wohin verpackt worden ist. Wenn die Roben endlich gefunden sind, die ich für den großen Tag vorgesehen habe, dann werden vermutlich alle Londoner Schneider, die geeignet wären, bereits ausgelastet sein. Ich kann nur hoffen, dass alles noch rechtzeitig fertig wird. Meine Freude auf das Ereignis wäre sonst getrübt. Es soll doch alles ganz vollkommen sein, damit die Engländer stolz auf ihren neuen Königshof sind. Nicht wahr?« Kaum hatte sie geendet, steckte sie nacheinander ihre Finger in den Mund, um sie abzulecken.

Anne freute sich still, dass die Dame ihr schon Gelegenheit für einen Handel anbot, bevor sie ihr eigenes Anliegen geäußert hatte. »Eine Dame in Eurer Position sollte nicht befürchten müssen, zu diesem Anlass keinen hervorragenden Schneider zur Hand zu haben. Wenn Ihr es wünscht, kann ich Euch gern behilflich sein und jemanden vermitteln.«

Ein herzliches Lächeln breitete sich auf Madams Gesicht aus. Sie schien so arglos erfreut über das Angebot, dass Anne sich für ihre eigennützigen Hintergedanken schämte.

»Das ist entzückend von Euch, liebe Miss Baynes. Ich gestehe, dass ich mich hier noch etwas hilflos fühle. Zwar sprechen unaufhörlich Leute vor, die etwas anzubieten haben, doch ich weiß nicht, wie ich diese Menschen beurteilen soll. Es ist viel einfacher, wenn man vertrauenswürdige Bekannte hat, nach deren Erfahrungen man sich richten kann.«

»Ihr werdet Euch gewiss bald eingelebt haben und dann mit diesen Angelegenheiten wieder in gewohnter Manier umgehen können«, sagte Anne.

Madam Kielmannsegg wischte sich die Finger an der Serviette trocken, nur um gleich zur nächsten Auster zu greifen. »Recht so, macht mir Mut. Ich hoffe so sehr, dass die Engländer uns lieben lernen, Miss Baynes. Ich weiß natürlich, dass sie es bisher nicht tun. Aber ich bin wild entschlossen, meinen Teil dazu beizutragen, dass Georgs Hof ein Ort wird, den die einfachen Menschen wieder bewundern und zu dem sie aufblicken können. Ich habe es mir zur Aufgabe bestimmt, die englische

Kunst zu pflegen, wie es an einem Königshof die Regel sein sollte. Falls Ihr also von Künstlern hört, die der Anerkennung würdig erscheinen, berichtet mir bitte von ihnen. Ich werde Möglichkeiten finden, sie zu fördern.«

Ihre Begeisterung klang so von Herzen kommend, dass Anne sich angesteckt fühlte. Wenn das Geld, das Madam Kielmannsegg als Gegenwert für ihre Gefälligkeiten eintrieb, anschließend in die Taschen von armen Malern, Musikern und Poeten floss, dann diente der Handel immerhin einem guten Zweck. Schlecht blieb er allerdings für Bittsteller, die den Preis nicht aufbringen konnten. Anne hatte sich gut überlegt, wie sie ihre Frage stellen wollte, doch nun wagte sie kaum, davon anzufangen.

»Das ist ein wundervolles Vorhaben. Seine Hoheit schätzt sich gewiss glücklich, in Euch über eine so fähige Botschafterin für die Kultur an seinem Hof zu verfügen«, sagte sie daher.

Madam strahlte auf diese Worte hin noch ein wenig heller. »Ach, ich weiß gar nicht, ob Seine Liebden einen Gedanken daran verschwendet. Er hat so viel Wichtigeres zu tun, nicht wahr? Aber es würde mich freuen, wenn er ein wenig Freude an meiner Tätigkeit hätte. Nun zu Euch, liebe Miss Baynes. Was führte Euch zu mir?«

Nun gab es kein Ausweichen mehr. Anne holte tief Luft. »Mein Vater, Sir Thomas Baynes, Baronet of Madlock Country, wünscht sich, den hohen Herrschaften bei Hof seine Aufwartung zu machen. Da er jedoch in der gehobenen Hofgesellschaft keine Bekannten hat, die ihn empfehlen könnten, bat er mich um die Vermittlung. Ich wollte mich höflichst bei Euch erkundigen, ob Ihr es für möglich haltet, dass Euer Herr Gemahl sich herablassen würde, mir ein Empfehlungsschreiben für meinen Vater auszustellen.«

Madam Kielmannsegg sah sie mitfühlend an. »Ein Baronet

ist Euer Vater, ja? Das ist interessant. Ich kenne mich mit den englischen Titeln nicht gut aus, aber ich bin sicher, dass Euer Vater bei Hof nicht deplatziert wäre. Zu meinem Bedauern muss ich Euch dennoch enttäuschen. Graf von Kielmannsegg gibt sich nur ungern mit solchen Angelegenheiten ab. Ich selbst würde Euch ein Schreiben ausstellen, bin aber angehalten worden, in dieser Hinsicht Vorsicht walten zu lassen. Man traut mir nicht zu, die politischen Verhältnisse hier gut genug zu durchschauen, um kein Unheil anzurichten. Nicht dass ich glauben würde, eine Empfehlung für Euren Vater würde zu Unheil führen, dennoch fällt sie derzeit nicht in meine Befugnis. Nun habt Ihr mir so freundlich und offen Eure Unterstützung angeboten, dass es mich schmerzen würde, Euch gar nicht weiterzuhelfen. Daher lege ich Euch ans Herz, Euch an Georgs Leibdiener Herrn Mehemet zu wenden. Er steht mit Seiner Liebden im ständigen Austausch und beschäftigt sich eingehend mit der Politik hierzulande. Seine Befugnisse reichen weiter als meine, obgleich er nach außen hin nicht wie eine bedeutende Persönlichkeit wirkt. Ein Schreiben von ihm wäre in der derzeitigen Lage das Beste, was Ihr Eurem Vater verschaffen könnt.«

Die kurfürstliche Hofgesellschaft von Hannover wunderte sich schon seit langer Zeit nicht mehr über Georg Ludwigs enges Verhältnis zu seinen »Kammertürken« Mehemet und Mustapha. Die beiden Osmanen mochten einst Kriegsgefangene gewesen sein, die man nur in Dienst genommen hatte, um die Glorie des Fürstenhofs zu erhöhen, doch als Anne nach Hannover gekommen war, waren die Herren längst zu geachteten Mitgliedern des Hofstaats geworden. Durch ihre Bildung und ihre medizinischen Kenntnisse hatten sie das Vertrauen des Kurfürsten gewonnen und sorgten nun für sein persönliches Wohlbefinden. Die beiden gehörten zu den wenigen Menschen, die jederzeit Zugang zu seinen privaten Gemächern hatten und ihm bei seinen intimsten Verrichtungen Hilfe leisteten.

Bei den Engländern stieß die besondere Stellung der Osmanen erst einmal auf Misstrauen und Neid, und zahlreiche Fabelgeschichten darüber machten die Runde, was zweifellos so bleiben würde, bis die Leute sich an die Rolle der beiden gewöhnt hatten.

Anne nahm an, dass es mehrere Tage dauern würde, bis sie von Herrn Mehemet zu einem Gespräch eingeladen wurde. Doch als sie am Abend nach ihrem Besuch bei Gräfin von Kielmannsegg Madam Schulenburg beim Frisieren fragte, mit wie viel Wartezeit sie zu rechnen hätte, winkte die ab. »Wenigstens dazu sollte meine Stellung doch gut sein, dass ich dir ein Gespräch mit Seiner Liebden Kammerdiener vermitteln kann. Gib mir mein Schreibzeug.«

Die Antwort auf Madams Billett kam umgehend und kündigte Mehemets Besuch für denselben Abend an. Deshalb beschäftigte Anne sich noch in den Gemächern der Mätresse, während Madam mit ihren Töchtern auf dem Empfang eines englischen Ministers weilte. Sie saß bei Kerzenlicht in Madams Drawing Room, besserte mit hauchfeinen Stichen die Spitze an einer Haube und die Naht eines Kleiderkragens aus und las anschließend die Ausgabe von *The Spectator*, die sie am Vortag zur Unterhaltung für die Dame gekauft hatte. Das Blättchen wandte sich eher an Bürger als an Adlige, doch die Damen hatten Anne darin zugestimmt, dass es nicht schaden konnte zu wissen, worüber die gewöhnlichen Londoner sprachen. Beinah hatte sie das Gedicht zu Ende gelesen, aus dem die gestrige Ausgabe bestand, als Mehemet eintrat.

Nach wie vor trug er die orientalische Kleidung seiner ursprünglichen Heimat, die viel komfortabler wirkte als die gewöhnliche Hofkleidung, und er wirkte entspannt. »Guten Abend, Miss Baynes. Leider habe ich nur einen Augenblick Zeit, aber wie kann ich Euch helfen?«

Erneut erklärte Anne mit klopfendem Herzen ihr Anliegen.

Mehemet nickte wohlwollend. »Es gibt bisher kein Gesetz, das Eurem Vater den Zutritt zu den königlichen Vorzimmern verwehren würde. Ein vornehmer Herr wie er, der sich angemessen zu benehmen weiß, könnte diesen Bereich des Hofs auch ohne besondere Empfehlung besuchen. Doch zweifellos wird es seinem Wohlbefinden dienen, wenn er über ein entsprechendes Schreiben verfügt. Ich werde Euch gern behilflich sein und Euren Vater auch begrüßen, wenn es sich so ergibt.«

Anne stieß erleichtert die Luft aus. »Das ist sehr gütig von Euch und genau das, was ich erhofft hatte. Sir Baynes wird sich geehrt fühlen und möglicherweise die eine oder andere Bekanntschaft schließen. Wer dürfte mehr erwarten?«

»Beabsichtigt er, für längere Zeit in London zu bleiben?«, fragte Mehemet.

»Bis nach der Krönung. Alles Weitere hängt davon ab, wie die Dinge sich hier für ihn entwickeln. Er sucht eine Möglichkeit, sich unter der neuen Regierung politisch zu betätigen.«

»Haltet Ihr ihn denn für geeignet, einen Posten im Parlament zu übernehmen?«

Wieder befand Anne sich im Zwiespalt. Wenn sie ihre Familie beim Aufstieg unterstützen wollte, musste sie ihren Vater und auch ihren Bruder anpreisen. In Wahrheit wusste sie jedoch nicht, was die beiden erreichen wollten und ob sie fähig waren, einen Parlamentsposten klug und dabei im Sinne des neuen Königshauses zu nutzen.

Mehemet hatte erkannt, dass sie nachdachte, und zog zweifellos schon daraus seine Schlüsse. Er schlenderte zu dem Tischchen, auf dem Madam Schulenburg ihre vergoldete Pendeluhr stehen hatte, und beugte sich vor, um das Uhrwerk zu beobachten.

Anne räusperte sich. »Ich weiß es nicht. Doch in einem bin ich sicher: Meine Familie lebt zwar in Schottland, zählt sich aber zu den Engländern, und sie hegt aus Angst vor dem Katholizismus keine Zuneigung zu den Jakobiten. In dieser Hinsicht würde ich sowohl meinem Vater als auch meinem Bruder völlig vertrauen.«

Mehemet nahm eins von Annes abgeschnittenen Fadenendchen auf und zwirbelte es zwischen den Fingern. »Das ist interessant. Ich nehme an, die Befürchtungen Eures Vaters spiegeln die allgemeine Einstellung derer, die sich für die protestantische Thronfolge aussprachen. Würdet Ihr mir darin zustimmen, dass es für diese Menschen ein bedeutsames Zeichen wäre, wenn ihr neuer Souverän regelmäßig anglikanische Gottesdienste besuchte?«

Anne nahm den *Spectator* in die Hand. »In der Tat. Er würde sie gleichzeitig davon überzeugen, dass er nichts vom Papismus hält und dass er ihre anglikanische Kirche über seine deutsche stellt. Allerdings kann das nur seine Wirkung entfalten, wenn die englische Bevölkerung auch davon erfährt. Seine Hoheit bräuchte ein paar Schreiber, die solche Blätter wie dieses drucken lassen.«

Er verneigte sich lächelnd. »Ich freue mich, dass Ihr meine Einschätzung teilt, und werde den Vorschlag mit seiner Hoheit besprechen. Welche Art Blatt habt Ihr da?«

Anne reichte es ihm. »In dieser Ausgabe präsentieren sie ein Gedicht, das nur von sehnsüchtiger Liebe handelt. Kaum vorstellbar, dass viele daran interessiert sind.«

Mehemet formte seinen Mund zu einem O. »Aber, Miss Baynes! Wenn Menschen sich für irgendetwas interessieren, dann ist es meiner Erfahrung nach die Liebe. Jeder hegt doch in einem Winkel seines Herzens die Sehnsucht danach.«

Da waren sie wieder, die Winkel des Herzens und der Seele, in denen also nicht nur Schatten und Sorgen Raum haben sollten, sondern auch noch Liebessehnsucht. Nein, mit solchen Kindereien hatte sie abgeschlossen. Ein Mal hatte sie geliebt, und der Preis war fast höher gewesen, als sie es verkraften konnte. Ein weiteres Mal würde sie sich darauf nicht einlassen.

»Verursacht derartige Liebe auf der Welt nicht mehr Schmerz als Glück? Ist es nicht erstrebenswerter, die Anerkennung der Menschen zu erringen, die uns umgeben?«, fragte sie.

»Und doch ist es eine kostbare Form der Liebe, die man erringt, ohne danach streben zu müssen. Ich wünsche Euch, dass Euch diese Art von Liebe in Eurem Leben zufällt.«

Sie dachte an Will, der wie besessen von seiner angeblichen Liebe zu ihr war, obwohl sie danach nie gestrebt hatte. »Auch solche Liebe kann unglücklich machen, wenn man sie nicht erwidern kann.«

»Wenn es eine wahre große Liebe ist, wird sie das nicht einfordern, sondern Opfer bringen, um Euer Glück zu ermöglichen.«

»Kann ich denn glücklich sein, wenn ein anderer dafür auf sein Glück verzichten muss?«

»Wir geraten in philosophische Gefilde, Miss Baynes. Das ist reizvoll, doch leider beginnt gleich eine weitere Konferenz der Küchen- und Kellervorsteher über die Tafelfreuden für die Krönungsfestlichkeiten. Ich muss dabei sein und unseren deutschen Köchen den Rücken stärken. Wenn Ihr also erlaubt?« Er verneigte sich, und Anne erwiderte seine Reverenz.

»Ich danke Euch herzlich für Eure Zeit und Mühe, Herr Mehemet. Ich hoffe, dass ich sie Euch eines Tages vergelten kann. Was den Brief für meinen Vater angeht …«

Mehemet hatte sich schon rückwärts zur Tür bewegt, blieb nun aber noch einmal stehen. »Richtig! Soll er direkt an Euren Herrn Vater gehen? Wo residiert er denn?«

»Er wohnt im *Blue Boar*, in der Postkutschenstation von Holborn. Er wäre gewiss hocherfreut, wenn der Brief direkt an ihn ginge. Lieber Herr Mehemet, darf ich Euch in aller Eile noch eine weitere Frage stellen?«

Er hatte die Klinke der Tür schon in der Hand, nickte aber dennoch.

Anne nahm sich vor, ihm ein Geschenk zu machen, sobald sie etwas Passendes für ihn fand. »Habt Ihr schon einmal den Namen Archibald Campbell gehört? Er ist der Bruder des Duke of Argyll.«

»Lord Archibald Campbell hat sich vorgestern seiner Hoheit und Prinz Georg August vorgestellt. Er scheint ein besonders glühender Befürworter der protestantischen Thronfolge zu sein.«

Annes Herz überschlug sich. So nah war ihr der Mann also, der ihren Sohn entführt hatte. Sie musste sich zusammenreißen, um sich noch einmal bei Mehemet zu bedanken und ihn zu verabschieden, bevor sie beide Hände auf ihr rasendes Herz presste.

8. Kapitel

Annes Stadtplan gab ihr nach gründlichem Studium den Mut, zu einer Erkundung der Stadt aufzubrechen. Am Dienstagmorgen nahm sie einen Hackney Coach nach Spitalfields, nachdem Albert zuvor missbilligend den Kopf geschüttelt und sie davor gewarnt hatte. Eine Sänfte würde sie angenehmer und schneller an jeden Ort der Stadt bringen, hatte er gemeint. Schließlich konnten die Chairmen Straßensperren, die durch Lastkarren, Kutschen, Viehtrieb und Reparaturarbeiten an Straßen und Wasserrohren entstanden, viel leichter umgehen, als ein Wagen es konnte. Doch Anne war entschlossen, die verschiedenen Londoner Transportmittel auszuprobieren, für den Fall, dass sie einmal darauf angewiesen sein würde.

Schon nach einer Viertelstunde in der Mietkutsche bereute sie ihren Einfall. Der ungefederte Wagen holperte so halsbrecherisch über die schadhaften Londoner Straßen, dass sie aufpassen musste, sich nicht auf die Zunge zu beißen. Notgedrungen hielt sie die knappe Stunde bis nach Spitalfields durch, fühlte sich aber so schmerzhaft durchgeschüttelt, dass sie den Kutscher gleich bezahlte und nicht zum Warten aufforderte. Wenn sie für den Rückweg keine Sänfte fand, wollte sie lieber zu Fuß zurückgehen, als sich wieder in so einen Rappelkasten zu setzen.

Der Hofschneider von Queen Anne hatte ihr die Namen von drei hervorragenden hugenottischen Seidenwebern verraten, und bald fand sie den Ersten von ihnen. Die nächste Stunde verbrachte sie damit, sich von den Webern deren vielfältig gemusterte Ware zeigen zu lassen. Sie sprach mit den ausgewanderten Franzosen auf Französisch über ihre Arbeit, darüber, wie sie sich über die neueste Pariser Mode informierten, über ihre Preise und das unsichtbare Ausbessern von Seide, und zu guter Letzt auch über Kanarienvögel. Am Ende schenkte ihr einer der Weber einen der singenden gelben Vögel samt Käfig. Sie ließ das Tierchen mit ihren ausgewählten Seidenproben nach St. James bringen, obwohl sie gar nicht wusste, was sie mit ihm anfangen sollte.

Bei Tageslicht wirkte die Gegend, in der die Weber lebten, zwar schlicht, aber nicht bedrohlich. Die kleinen Häuser hatten Vorgärten, in denen es im Sommer vermutlich hübsch blühte, und die Straße war sauberer als in vielen anderen Gegenden. Was nicht bedeutete, dass man sich nicht den Saum beschmutzte und die Schuhe ruinierte, doch Anne hatte vorgesorgt und trug ihr ältestes Paar. Sie beschloss, so lange zu Fuß zu gehen, bis sie eine Mietsänfte fand. Auf dem Hinweg hatte sie einige davon gesehen.

Die friedlichen Gassen von Spitalfields hatte sie bald hinter sich gelassen, und es wurde turbulenter. Eine Frau, die einen Korb voller Äpfel und Birnen auf dem Kopf trug, wollte Anne unbedingt Obst verkaufen und ließ sich erst nach einer Weile abschütteln; zwei junge Männer, die gerade dabei waren, das Ladenschild eines Schuhmachers aufzuhängen, pfiffen und riefen ihr die Einladung zu, mit ihnen einen »Diddle« zu nehmen, was immer das sein sollte; und ein Porter, der gerade eine schwere Kiepe schulterte, rempelte sie an, entschuldigte sich aber gleich dafür. Das war alles, was ihr zustieß, und nichts davon brachte sie besonders aus der Ruhe. Sie fand, dass sie sich ausgesprochen gut schlug, so allein auf den Straßen der großen Stadt.

Mit jedem Schritt fühlte sie sich sicherer. So sehr genoss sie das Hochgefühl, das sie angesichts ihres Wagemuts durchfloss, dass sie am ersten Sänftenstand vorübermarschierte, um es noch eine Weile auszukosten.

Nach einer weiteren halben Stunde stellte sie allerdings fest, dass sie sich an die Gegend, durch die sie nun ging, nicht erinnern konnte. Die Häuser waren hier ungepflegter, die Menschen wirkten ärmer und begegneten ihr anders. Sie waren schäbig gekleidet, manche zerlumpt und schmutzig, und sie starrten Anne berechnend an. Immer häufiger zupften Bettler an ihrem Mantel, hielten die Hand auf oder schüttelten ihre Bettelschalen vor Annes Nase. Viele von ihnen litten unter Gebrechen, alle litten unter mangelhafter Kleidung und trugen Lappen an den Füßen, die man kaum als Schuhe bezeichnen konnte.

In einiger Entfernung vor Anne hatte eine Frau vor einer Haustür eine Kuh gemolken und hängte gerade ihren Schemel, einen Eimer und einen Becher wieder ans Traggeschirr, um mit dem Tier weiterzugehen. Anne wollte nicht auf der engen Gasse an der Kuh vorbeigehen und wartete. Auf einmal stand ein Mädchen vor ihr, das etwas kleiner war als sie selbst und einen greinenden Säugling trug. Mit großen hungrigen Augen sah sie Anne an und hielt ihr die offene Hand hin.

»Bitte, Miss, habt ein Herz! Wir haben Hunger. Meine kleine Schwester braucht Milch. Bitte, Miss, ein Schilling würde uns eine Woche helfen, ein Penny einen Tag.«

Der Anblick des Säuglings traf Anne ins Herz, und sie griff in ihre Manteltasche, um ein paar Pence herauszuklauben. Im gleichen Augenblick sah sie, wie zwischen ihr und der Kuh eine Frau aus einem Hinterhof kam, die ein Joch mit zwei schweren Eimern daran schleppte. Die Frau lief der Kuh ein Stück nach, stellte dann ihre Eimer ab und hob aus dem Gassendreck einen Knüppel auf. Wütend schlug sie der langsam trottenden Kuh damit aufs Hinterteil.

»Aus dem Weg, verdammtes Biest! Scher dich wieder in deine Heimat zurück, du walisische Dreckskröte. Mir hier die Kundschaft stehlen, das hast du dir so gedacht!«

Die Kuh erschrak und machte einen kleinen Satz nach vorn, beruhigte sich aber für den Geschmack der Jochträgerin offenbar zu schnell, denn sie schlug noch einmal zu. Die junge Waliserin, die das Tier führte, drehte es nun eilig so, dass sie sich schützend davorstellen konnte. Sie sah im Vergleich zu der anderen sauberer und besser ernährt aus und ebenso kräftig.

Das Mädchen mit dem Säugling zupfte erneut an Annes Mantel. »Unsere Pennys, Miss? Bitte! Die beiden da hauen sich gleich, da solltet Ihr nicht näher herangehen.«

Tatsächlich hatte die Waliserin schon die Fäuste geballt, ohne dabei jedoch den langen Führstrick ihrer Kuh loszulassen. »Schlag du noch ein Mal meine Kuh, und ich boxe dein Gesicht blutig, du Schlampe! Wenn die Leute ihre Milch lieber bei mir kaufen, dann weiß ja wohl jeder, woran das liegt.«

Ihre Gegnerin stemmte die Hände in die Hüften und stellte sich breitbeinig hin. Hinter ihrem Rücken schlich sich ein magerer Straßenhund an einen ihrer Milcheimer und steckte die Schnauze hinein. Das Mädchen mit dem Kind kicherte und hielt sich jetzt mit zwei Fingern an Annes Mantel fest.

Die Jochträgerin spuckte vor der Waliserin auf den Boden. »Na, sicher weiß das jeder. Weil du vor den Kerlen mit deinem dicken Busen wackelst und beim Melken den Rock bis zum Arsch hochziehst. Darum! Du dumme Hure hast hier nichts verloren. Wir Londoner brauchen euch Waliserpack hier nicht. Die Preise macht ihr uns kaputt, das ist alles, was ihr könnt, außer Flöhe und Läuse züchten.«

Die Waliserin stieß ein bitteres Lachen aus. »Ich müsste keine Waliserin sein, um den Leuten bessere Milch anzubieten als dein gepanschtes, teures Dreckswasser.«

Inzwischen waren eine Menge Leute stehen geblieben, um den Streit zu verfolgen, und es kam Anne so vor, als würden sie sich in zwei Lager aufteilen. Die Londonerin trat auf die andere zu und zeigte ihr die Faust. »Sag noch ein Mal, dass meine Milch gepanscht ist, und du kannst was erleben, wovon du dich nicht so schnell erholst! Ihr stinkenden Waliser und Iren, ihr lebt im Mist von euren Schweinen und erbärmlichen Scheißkühen und seid nicht besser als sie! Ich muss schon würgen von deinem Gestank!«

Blitzartig ließ die Waliserin sich den Führstrick durch die Hände gleiten und schlug damit zu wie mit einer Peitsche. Die Londonerin kreischte auf, und plötzlich wurde die Straße zum Tollhaus.

Anne blieb starr vor Schreck stehen, während die anderen Zuschauer sich ins Gefecht stürzten, als hätten sie darauf gewartet. Frauen und Männer schrien und prügelten aufeinander ein. Eine Frau schüttete die Milch aus einem der Eimer über die Londoner Milchmagd aus und büßte umgehend mit einer blutigen Lippe dafür. Der zweite Eimer wurde im Gerangel umgestoßen, und die Milch rann zwischen den Pfoten des kläffenden Hunds hindurch über die Gasse, um sich mit den Fladen zu mischen, die die verängstigte Kuh fallenließ.

Als ein Mann auf dem Weg in die Schlacht Anne im Vorüberlaufen grob anrempelte, zog die kleine Bettlerin sie energisch an ihrem Mantel in eine Seitengasse. »Besser, wir gehen, Miss. Ihr seht nicht aus, als ob Ihr mitmischen wollt. Also wäre es dumm, Schläge zu riskieren. Folgt mir, ich bringe Euch hier weg. Das ist Euch doch sicher einen halben Schilling wert, oder nicht?«

Da Anne ihr ohnehin sechs Pence hatte geben wollen, nickte sie. »Geht das hier immer so zu? Zwei streiten sich, und gleich bricht ein Krieg aus?«

Das Mädchen wiegte im Gehen den nörgelnden Säugling und zuckte dabei mit den Schultern. »Der Krieg ist schon alt. Die Londoner ärgern sich über alle, die herkommen und billiger arbeiten als sie. Dadurch wird alles schwieriger. Aber bei der Milch ist es nur *Flubdub*. Molly panscht ihre Milch wirklich, wenn sie pleite ist. Bäh, widerlich ist das Zeug! Wer das zum zweiten Mal kauft, ist nicht ganz richtig im Kopf.«

Anne ging in der schmalen, voll Unrat liegenden Gasse hinter ihr. Während ihre Führerin wusste, wohin sie die Füße setzen durfte, musste Anne achtgeben, dass sie Schritt hielt, ohne zu stolpern oder in den übelsten Kot zu treten.

»Womit panscht sie denn die Milch? Wenn sie nur Wasser hineingießt, sieht man es doch«, fragte sie.

»Sie nimmt reichlich weiße Kreide. Die Sahne schöpft sie übrigens immer ab und verkauft sie gleich morgens als Erstes, wenn sie die Milch aus Whitechapel geholt hat. Aber das machen sie fast alle. Wenn Ihr also Sahne wollt, müsst Ihr früh aufstehen. Den Rat gebe ich Euch umsonst.«

»Du scheinst dich gut auszukennen. Wie alt bist du? Und darf ich deinen Namen erfahren?«

Die Kleine sah sich über die Schulter nach ihr um. »Oh ja, ich kenne mich aus. Mein Name ist May Darling, und ich bin ungefähr elf Jahre alt. Genau weiß man es nicht, weil niemand sagen konnte, wie alt ich war, als man mich fand.«

Kurz verschlug es Anne die Sprache, ehe sie sich fing. »May Darling ist ein schöner Name. Hast du ihn schon getragen, als man dich fand?«

»Nein. Man fand mich im Mai. Und wenn die Leute, die mich aufnahmen, etwas von mir wollten, sagten sie immer ›May, Darling, tu dies und das!‹ Als ich klein war, glaubte ich deshalb, Darling wäre mein zweiter Name, und ich hieße May Darling, wie meine Ziehmutter Bell Pike hieß. Später dachte ich dann, ich kann den Namen ebenso gut behalten, als Erinnerung an Mrs. und Mr. Pike. Die beiden waren gute Leute, auch wenn sie mir ihren Namen nicht gegeben haben. Ich bin immer noch traurig, dass sie nicht mehr da sind.«

Anne konnte Mays tragische Eröffnungen kaum so schnell aufnehmen, wie das Mädchen sie ausplauderte. »Das tut mir leid für dich. Mein Beileid. Wo lebst du denn jetzt? Und was ist mit deiner kleinen Schwester? Ist sie das Kind von den Pikes?«

May Darling warf einen Blick auf den Säugling, als würde ihr gerade erst auffallen, dass sie ihn im Arm hielt. »Ach … Wisst Ihr, das ist schwierig. Was ist mit Euch, Miss? Wo lebt Ihr denn, und wohin wollt Ihr?«

Anne entschied sich dafür, ihrer neuen Bekanntschaft gegenüber nicht ganz so offenherzig zu sein, wie die es umgekehrt war. »Mein Name ist Anne Baynes, und ich lebe in der Nähe vom St. James's Park. Weißt du, wo das ist?«

»Na, sicher weiß ich das. In der ganzen Stadt kenn ich mich aus. Ich war schon überall. Aber jeder weiß ja, wo der St. James's Palast ist! Und ein Bruder von einem Freund hat mal als Stallknecht in den Mews ausgeholfen. Der konnte von gar nichts anderem mehr reden als von königlichen Pferden. Glaub nicht, dass ihm das auf See viel geholfen hat, als sie ihn aufs Schiff gepresst haben. Obwohl es ja Seepferdchen geben soll. Aber von denen habe ich noch keins gesehen. Ihr vielleicht?«

Während sie Mays Geplauder lauschte, keimte ein Plan in Anne. Sie brauchte jemanden wie dieses Mädchen, der ihr half. Jemanden, der sich auf den Straßen und in den dunklen Ecken der Stadt zurechtfand, der wusste, wann etwas gefährlich wurde, und der viele andere ähnliche Leute kannte. Eine Elfjährige mit einem Säugling war nicht ganz das, was sie sich vorstellte, aber vielleicht konnte May ihr ja einen passenden Helfer vermitteln? Mittlerweile waren sie schon zweimal in weitere enge Gassen abgebogen – einige Häuser standen sich hier so nah gegenüber, dass die hervorkragenden Obergeschosse sich berührten. An diesen Stellen wurde die Gasse zum dunklen Tunnel, was Anne misstrauisch machte. Warum vertraute sie der kleinen Miss Darling eigentlich? Weil sie einen Säugling bei sich hatte?

»Wohin führst du mich, May? Ich dachte, dass du mich zu einer Hauptstraße bringst. Ich habe für heute genug von der Stadt gesehen und will eine Sänfte nach Hause nehmen.«

»Na, sicher. Ich bringe Euch zum Sänftenstand. Kenn ein paar von den Chairmen da, die geben mir noch einen Penny, wenn Ihr sie anheuert. Ich muss nur noch kurz was erledigen. Aber keine Sorge, es ist nicht weit.«

May sah sich zu Anne um und blieb plötzlich stehen. »Ach herrje! Ihr habt Angst, nicht wahr? Ihr kennt Euch nicht aus und könnt ja nicht wissen, ob ich Euch in die Falle locke. Aber das werde ich nicht tun, Miss, ganz ehrlich nicht. Ich schwöre!« Sie hielt den Säugling nur noch im einen Arm, während sie die Schwurfinger der anderen Hand gegen ihre Herzgegend schlug und dann in die Luft reckte. Das Kleine drohte ihr zu entgleiten, sodass sie hastig wieder mit beiden Armen zugriff. »Uff. Deshalb muss ich noch was erledigen. Meine Arme sind langsam lahm. Das Kind hier war früher mal leichter.«

Anne fühlte, wie Sehnsucht in ihr erwachte. »Soll ich sie eine Weile für dich tragen?«

May blickte mit gerunzelter Stirn von ihrer kleinen Fracht zu Anne und wieder zurück. »Warum eigentlich nicht?«

Einen Augenblick später hielt Anne den Säugling im Arm und konnte auf einmal keinen Schritt mehr gehen. Sie spürte den kleinen warmen Leib durch die Tücher und Decken hindurch und blickte in einer Mischung aus Verzückung und Schmerz auf das Gesichtchen. Das Gesichtchen allerdings schien von ihrem Anblick weniger angetan zu sein. Es verzog sich, und das Kind fing an zu schreien.

»Wir müssen weitergehen, Miss. Dann hört das Gequake auf. Kommt, wir sind gleich da. Was für eine himmlische Erleichterung das für die Arme ist! Mächtig nett von Euch, dass Ihr mir das Bündel abgenommen habt.«

Weiter schwatzend ging May voraus, während Anne noch behutsamer als zuvor folgte. Erleichtert stellte sie fest, dass das Geschrei tatsächlich zu einem leisen Nörgeln abebbte.

Nach einer Weile wandte May sich ihr zu und streckte die Arme nach dem Säugling aus. »Wir sind da. Wie war das mit dem Schilling, Miss? Kann ich den gleich bekommen? Ich verspreche auch, dass ich Euch hinbringe, wohin Ihr wollt.«

Anne brachte es kaum über sich, das Kleine wieder abzugeben. Wund, wie ihr Herz war, hätte sie den beiden Kindern gern weit mehr als einen Schilling gegeben. Doch ein Rest von Vernunft mahnte sie zur Vorsicht. Sie überreichte May das Kind und griff dann in ihre Manteltasche.

»Sixpence jetzt, und noch einmal Sixpence am Sänftenstand. Du kannst mir vielleicht mit noch einer anderen Sache helfen. Wohnt Ihr hier? Kannst du die Kleine hierlassen?«

Der Säugling fing wieder an zu schreien, als May ihn mit einem Arm an ihre Schulter drückte, um mit der anderen das erste Sixpencestück in Empfang zu nehmen. »Der Herrgott wird Euch das vergelten, Miss Baynes. Wartet hier einen Augenblick auf mich, ja?«

May ging zur nächsten Haustür, stieß sie mit dem Fuß auf und wollte hineingehen, doch eine Frau kam ihr auf dem dunklen Flur entgegen und verstellte ihr den Weg.

»So früh schon zurück, Darling?«, fragte die Hausbewohnerin. »Hat er dir Schwierigkeiten gemacht, mein kleiner Mops? Und wie lief das Geschäft?«

»Nein, Mrs. MacConnough, Schwierigkeiten hat er nicht gemacht. Aber schwer ist er geworden. Mir tun die Arme weh, als hätte ich Kohlen geschleppt. Mit dem Geschäft sah es nicht so rosig aus. Auf der Bell Alley gab's 'ne Schlägerei, da bin ich geflüchtet. Und ich habe eine Lady dabei, der ich noch ein Stück weiterhelfen soll. Also, hier ist erst mal dein Geld. Zwei Pence, wie abgemacht.«

Neugierig drängte sich die Frau an May vorbei und steckte den Kopf aus der Tür. »Was denn für eine Lady? Huch! Verzeihung, Mylady. Wie habt Ihr Euch denn hierher verlaufen? Ist nicht üblich, dass uns hier so feine Leute beehren. Und für eine Dame allein ist es auch nicht ganz ungefährlich. Man hört da ja immer wieder so Geschichten. Wollt Ihr vielleicht ein paar Talglichter kaufen? Ich habe gerade einen Korb voll fertig gemacht.«

Verwirrt betrachtete Anne die Frau, die nun eine ihrer Brüste freimachte, um den Säugling zu stillen. »Danke, aber ich brauche gerade nichts. Das ist also Euer Kind? Ein kleiner Junge? Ist es Euch nicht zu gewagt, ihn von May durch die Gassen tragen zu lassen? Sie ist doch selbst noch sehr jung.«

Mrs. MacConnough sah sie verblüfft an. »Noch sehr jung? Ich hatte mit vierzehn Jahren schon mein erstes eigenes Kleines. Und May ist ein cleveres Mädchen, sie kommt schon auf ihre Kosten, wenn sie sich mein Möpschen mal ausleiht. Ich könnte ihn auch an andere verleihen, aber bei ihr bin ich sicher, dass sie ihn zurückbringt, wisst Ihr?«

Anne nickte, noch immer fassungslos. »Dann wünsche ich noch einen gesegneten Tag. Lass uns gehen, May.«

Miss Darling nickte. »Ich komme. Augenblick nur, ich hole noch meinen Korb.«

Als sie einen Moment darauf herauskam, trug sie einen kleinen flachen Korb auf dem Kopf, in dem ein paar eher unscheinbare Herbstblumensträußchen vor sich hin welkten. »Los geht's. Wiedersehn, Mrs. MacConnaugh.«

»Wiedersehn, May. Grüß Mr. Pike von mir.«

Daraufhin sagte May nichts. Sie winkte nur und wich hartnäckig Annes Blick aus, bis sie außer Hörweite der Frau waren. Erst dann sah sie Anne wieder an.

»Wenn Ihr wüsstet, wie schwierig das Betteln ist, Miss, dann würdet Ihr verstehen, warum man dabei manchmal ein bisschen schwindelt. Es ist nicht bös gemeint. Und Mrs. Pike lebt wirklich nicht mehr. Und irgendwie gibt es den alten Mr. Pike auch nicht mehr. Der ist verschwunden, als Mrs. Pike gestorben ist. Und ob ich nun elf Jahre alt bin oder vierzehn, wo ist da der Unterschied? Hunger habe ich so oder so. Aber die Leute haben eher ein Herz für eine elfjährige Waise mit einer kleinen Schwester. So ist das nun mal. Ich habe ja keine Lust, mir ein Auge auszustechen, damit sie mir etwas geben.«

Anne fand es schwer, dem lebhaften Mädchen etwas übelzunehmen. Doch die Gewandtheit, mit der May ihre Lügengeschichten erzählte, stieß ihr sauer auf. »Aha, so machst du es dir also mit deinen Lügen bequem. Kannst du nichts anderes lernen als Betteln? Dann müsstest du vielleicht weniger die Wahrheit verdrehen.«

May zuckte mit den Schultern, ohne sich zu ihr umzusehen. »Was soll ich denn lernen? Ich könnte nur irgendwo in Dienst gehen. Und ich sage Euch, vom Schrubben und Waschen und Zeugs-Polieren verstehe ich nichts. Außerdem gibt es bei den meisten Stellen nur selten Geld, und man muss bei den Leuten im Haus wohnen. Dann wäre Mr. Pike allein. Und wovon soll er dann die Miete zahlen?«

»Also bettelst du auch für ihn?«

»Na, ich bettle doch nicht nur! Ich tu alles Mögliche. Blumen verkaufe ich auch. Aber es wird Winter, die Zeit für Blümchen ist vorbei. Ich habe ja nicht so ein Glashaus wie manche reichen Leute, mit einem Ofen darin, damit die Blumen es warm haben und glauben, es wär schon Frühling. Orangen würde ich gern verkaufen, die mögen die Leute, wenn sie süß sind. Aber sie sind teuer, und ich müsste erst sparen, damit ich sie kaufen kann.«

Anne überdachte kurz ihren früheren Einfall. Aus einer Elfjährigen mit Säugling war soeben eine Vierzehnjährige ohne Säugling geworden, die noch viel gerissener zu sein schien, als sie zuerst angenommen hatte. »Ich kann es nicht leiden, belogen zu werden, auch wenn du noch so gute Gründe haben magst. Aber ich verstehe, dass du es nicht leicht hast. Was würdest du davon halten, bei mir Geld damit zu verdienen, dass du mir bei meinen Erledigungen hilfst? Ich könnte eine Helferin gebrauchen, die sich nicht in den Gassen verläuft und die mir vorher verrät, ob einer Kreide in die Milch rührt. Verstehst du?«

May blieb stehen und drehte sich langsam zu ihr um. »Ihr seid ein wenig seltsam, Miss Baynes, wisst Ihr das? Ihr wollt doch nicht noch einmal allein in der Stadt herumlaufen, oder? So fein angezogen wie Ihr seid, wird Euch früher oder später jemand einen Sack über den Kopf stülpen, die Börse abnehmen und Euch nackt ausziehen. Oder habt Ihr da bei Euren Münzen auch eine kleine Pistole in der Manteltasche? Feine Ladys gehen nicht allein durch unsere Gassen. Das tun sie einfach nicht.«

Anne sah ihr an, dass die fremde Lady mit ihrem verlockenden Angebot bei ihr ebenso viel Misstrauen auslöste, wie Anne selbst angesichts der tunnelartigen Gassen verspürte.

»Du meinst, es wäre klüger, ein einfaches Kleid zu tragen, wenn ich allein meiner Wege gehen will?«

»Dann würde man zumindest nicht schon von Weitem sehen, dass Ihr Euch entweder verirrt habt oder eine Hure seid. Ich will Euch ja nicht kränken, und ich glaube schon, dass Ihr wirklich eine vornehme Frau seid. Aber die meisten Frauen, die so ein teures Kleid anhaben, sind entweder Huren, oder sie geben sich viel mehr Mühe als Ihr, nicht für eine gehalten zu werden. Warum wollt Ihr denn unbedingt allein herumlaufen? Habt Ihr keinen Ehemann oder Diener, die mit Euch gehen können?«

»Ich bin selbst bei einer vornehmen Lady angestellt und nicht so reich, dass ich eigene Diener habe. Meine Lady ist neu in der Stadt, und ich soll mich für sie umsehen, wo es alles gibt, was sie braucht. Außerdem suche ich eine Person, und davon soll nicht jeder wissen.«

May musterte sowohl Annes Kleid als auch ihr Gesicht so durchdringend, dass Anne sie förmlich beim Denken belauschen konnte.

»Ich weiß, wo Ihr ein einfaches Kleid kaufen könnt. In der Petticoat Lane. Ich kenn da 'ne Frau, die mit alten Kleidern handelt und Euch nicht betrügt, wenn ich sie drum bitte. Ist nicht weit von hier. Oder habt Ihr es jetzt eilig, Euch nach Hause tragen zu lassen?«

Anne betrachtete ihre Schuhe und wünschte, sie hätte ein paar gute Holzpantinen zum Überziehen. Ein noch längerer Fußmarsch würde ihre alten Schuhe zu einem Fall für den Kehrichthaufen machen. Aber wer wusste, ob sie Miss Darling wirklich wiedersehen würde, wenn sie jetzt direkt mit ihr zum Sänftenstand ging? Besser, sie nutzte die Gelegenheit und ließ sich von der kleinen Londonerin gleich noch etwas mehr zeigen.

»Gibt es vielleicht auch Holzpantinen oder andere Überschuhe zu kaufen, wo wir hingehen?«, fragte sie.

May betrachtete sie noch immer mit gerunzelter Stirn. »Gibt kein Kleidungsstück, das man da nicht kaufen könnte. Gehen wir also?«

Anne nickte. »Wir gehen. Und was meinst du: Haben wir eine Vereinbarung?«

May hatte schon losgehen wollen, hielt nun aber inne. »Ich hoffe nur, dass Ihr keinen Scherz mit mir macht, Miss. Ich würde schrecklich gern für eine Lady wie Euch arbeiten und Geld verdienen, wenn ich dafür nicht immer nur Böden schrubben müsste. Aber wenn ich mich jetzt freu, und Ihr mich dann vergesst und Euch nie wieder blicken lasst, dann wär ich sehr enttäuscht. Das wär, wie wenn mir jemand 'ne Melone schenkt, und dann schneide ich sie auf, und sie ist drinnen so faul, dass ich sie nicht mehr essen kann. Können wir nicht sagen, wir machen die Vereinbarung, wenn Ihr nächstes Mal wiederkommt? Dann kann ich glauben, dass Ihr es ernst meint.«

Anne musste lächeln. »Das klingt vernünftig. Aber wo finde ich dich denn, wenn ich wiederkomme?«

»Ihr geht zu dem Haus neben *Harper's Tavern* in der Mincing Lane und fragt Mr. Pike. Er geht nie aus und weiß meistens, wo ich bin.«

»Ist die Mincing Lane leicht zu finden? Ich habe eine Karte von der Stadt, aber …«

»Oh. So eine Karte habe ich mir mal angesehen, bei einem Buchdrucker, den ich kenn. Sah für mich aus, als wären Hühner übers Papier gelaufen. Aber Mr. Smith, der Buchdrucker, meinte, die Leute könnten London darin erkennen. Um die Mincing Lane zu finden, braucht ihr das Ding nicht. Sie ist in der Nähe vom Tower. Jeder Chairman findet die. Oder Ihr nehmt ein Boot und sagt dem Waterman, dass er Euch in Billingsgate absetzen soll. Dann seid Ihr schon fast da.«

»Billingsgate ist da, wo man morgens den Fisch kauft?«

Miss Darling grinste. »Ihr wisst ja doch schon was. Wisst Ihr auch, wer den besten Fisch verkauft?«

Anne schüttelte den Kopf. »Nein. Wer?«

May verzog das Gesicht. »Niemand. Fisch ist widerlich, bäh! Das schmeckt, wie ein alter Bettler stinkt, der sich noch nie im Leben gewaschen hat. Versteh nicht, wie irgendwer das essen will.«

Sie lachte fröhlich und marschierte dann so zügig los, dass Anne sich wieder Mühe geben musste, ihr zu folgen. Beratung in Fragen des Fischhandels durfte sie also von ihrer neuen Führerin nicht erwarten, dachte sie schmunzelnd. Was jede andere Frage anging, war sie zuversichtlich.

9. Kapitel

Braemar, Oktober 1714

Ian Drummond war nun seit drei Monaten wieder auf festem Land, und obwohl er keine Mahlzeit ausgelassen hatte, war er noch immer hager. Als er in Greenock das Schiff verlassen hatte, das ihm in den ersten Monaten so verhasst gewesen und dann doch zu einer Art von Heimat geworden war, hatte er vorgehabt, sich einen ganzen Monat lang nicht aus seinem Bett zu rühren und sich täglich nur mit gutem Essen vollzustopfen, nachdem er auf Drummond Castle angekommen war. Vermutlich hätte sein Onkel ihn vor lauter Wiedersehensfreude und Erleichterung sogar gewähren lassen. Doch Ian war schon beim ersten gemeinsamen Abendessen deutlich geworden, dass in den Highlands eine Unruhe summte, die so unausweichlich war wie die Schwärme der kleinen schwarzen Midgets – der einzigen heimischen Eigenheit, die er auf See nicht vermisst hatte. Daraufhin hatte auch er keine Muße mehr zum Ausruhen verspürt.

Die Schotten waren unzufrieden gewesen, bevor man ihn aufs Schiff verschleppt hatte, und sie waren es nun mehr denn je. Die verdammte Einheit mit England hatte ihnen nur Verdruss gebracht. Dem Parlament, das weit weg im stinkenden London saß, war das Wohl der Schotten gleichgültig. Die Lords und reichen Verräter, die da die Köpfe zusammensteckten und über Gesetze entschieden, sahen in den Schotten nur die Kohlenträger und Viehtreiber des Vereinten Königreichs.

Bei Ians Willkommensfeier hatten die Nachbarn und Gefolgsleute von Onkel Max um den Tisch gesessen und darüber spekuliert, was beim Tod von Queen Anne geschehen würde. Viele hofften, dass James Stuart, der »Pretender«, sofort mit seinen französischen Verbündeten kommen und den Thron gewaltsam für sich beanspruchen würde. Denn ein Schotte auf dem Thron würde helfen – Einheit hin oder her. Die Männer redeten sich in Rage. Sobald man Nachricht von James' Landung erhielte, müsse man zu den Waffen greifen und ihn unterstützen, sagten sie. Es ginge nicht an, dass ein dahergelaufener Ausländer die Krone geschenkt bekäme. Er würde nur willfähriger Handlanger der Regierung sein, die Schottland verachtete und ruinierte. So feuerten sich die erbosten Highlander gegenseitig an.

Nur Onkel Max war eigenartig still geblieben, obwohl Ian sich gut daran erinnerte, wie er früher auf die »Union« geschimpft und sein Glas auf den Königshof im französischen Exil erhoben hatte.

Später unter vier Augen hatte Ian ihn gefragt, was ihm durch den Sinn ging, doch Onkel Max hatte abgewunken. »Zu den Waffen greifen – bla-bla! Zu welchen Waffen wollen sie denn greifen? Zu Mistforken und unseren paar Jagdflinten? Sie versuchen mich mit ihren Reden anzustacheln, weil sie wissen, dass sie die Highlander bräuchten, die nicht auf sie, aber auf mich hören würden. Über mich kämen sie auch an erfahrene Kämpfer, die vorangehen und den anderen erklären, wie man einen Fuß vor den anderen setzt. Aber das muss ich dir wohl nicht sagen, dass unsere verehrten Nachbarn selbst kaum wissen, an welchem Ende die Pike spitz ist.«

»Aber du warst doch nicht immer so still, was den Pretender angeht«, wandte Ian ein.

Sein Onkel hatte ihm auf die Schulter geklopft. »Musste eben recht alt werden, um zu begreifen, dass ich etwas zu verlieren hätte, wenn ich in die Schlacht zöge. Es ist besser, einen kühlen Kopf zu bewahren, so gern ich auch James auf dem Thron sehen würde.«

Mittlerweile war Queen Anne tot und der Thronfolger aus Deutschland in London eingetroffen. Seine Krönung sollte in zwei Wochen stattfinden. James hatte bisher keine französische Armee ins Land geführt, obwohl die Gerüchte nicht abrissen, dass er drauf und dran war, es zu tun. Ian fand, dass der beste Zeitpunkt für die Invasion bereits verpasst war. Man hätte nicht warten sollen, bis sich der Deutsche mit seinem Hofstaat in Londons Palästen eingenistet hatte. Doch wenn schon nicht vor der Ankunft des Deutschen *Turnip-Heads* aus dem bäuerischen Hannover, dann doch wenigstens vor dessen Krönung hätte der Aufstand losbrechen müssen. Oder wartete James gerade diese Feierlichkeiten ab, um einen großen Auftritt zu inszenieren?

Ian verstand nicht, warum Onkel Max mit jedem Tag gereizter wurde, sogar eine Reise nach London zur Krönungsfeier angekündigt hatte, aber nichts tat, um Vorbereitungen für die Rebellion zu treffen. Darüber hinaus hatte sein Onkel ihn gebeten, in Schottland zu bleiben und allen Männern, die möglicherweise den Campbells nahestanden, aus dem Weg zu gehen. Eindeutig schwelte Zorn auf den Duke of Argyll und die Union in seinem Onkel, und doch hielt er sich zurück.

Erst kurz bevor sein Onkel nach London aufbrechen wollte, erfuhr Ian schließlich die Wahrheit. Und er war fassungsloser als an dem Tag, als er mit von einem Keulenschlag schmerzenden Schädel auf einem Schiff erwachte, das unter vollen Segeln den Firth of Clyde verließ, um Kurs auf Afrika zu nehmen. Nie war er so sprachlos gewesen wie jetzt, nachdem Onkel Max ihm eröffnet hatte, dass die Campbells etwas in der Hand hatten, womit sie ihn erpressten.

Ians Herz hämmerte so heftig, dass es ihm vorkam, als würde

seine Schädeldecke vibrieren. Sein Onkel beobachtete ihn mit sorgenvoll in Falten gelegter Stirn und schien bereit zu sein, jeden Moment die Fäuste hochzureißen, um sich gegen ihn zur Wehr zu setzen. Doch Ian war nicht mehr so unbeherrscht wie als Fünfzehnjähriger.

»Wie kannst du sicher sein, dass es wirklich mein Sohn ist? Argyll hat vielleicht nur das benutzt, was er über mich wusste, um eine Geschichte zu erfinden.«

Onkel Max entspannte sich ein wenig. »Ich habe nachgeforscht. Die Baynes haben kein Geheimnis daraus gemacht, dass sie ihre Tochter nach Deutschland zur Tante geschickt haben. Mein Kundschafter ist hingereist und hat sich beim Gesinde umgehört. Es besteht kein Zweifel, dass die junge Dame ein männliches Kind auf die Welt gebracht hat, das nach wenigen Monaten abgeholt und nach England gebracht worden ist. Auch Argyll hätte all diese Leute nicht manipulieren können, damit sie seine Geschichte stützen. Außerdem hat er mir das Kind von seinem Handlanger Mackay zeigen lassen, bevor der es versteckt hat. Und der Knabe sieht dir so ähnlich, dass ich mir beinah gar nicht die Mühe gemacht hätte nachzuforschen.«

Die pochenden Schläfen schmerzten Ian, und heiße Wut breitete sich in ihm aus. Argyll kannte Onkel Max wirklich gut. Wie vielen Männern wäre ein illegitimer Spross ihres Neffen im Kleinkindalter so wichtig gewesen, dass sie sich mit seinem Wohlergehen erpressen ließen? Dazu musste einer schon diese besondere Mischung aus Stolz auf die uralte männliche Erbfolge, innige Zuneigung zur eigenen Familie und Weichherzigkeit aufweisen, die seinen Onkel auszeichnete.

Was empfand er selbst für sein unbekanntes Kind? Zumindest genug, um es nicht durch einen Erpresser zu Schaden kommen zu lassen. Ob Anne sich aus freien Stücken dafür entschieden hatte, sich von dem Kleinen zu trennen?

»Was ist aus Anne geworden? Hat sie die Niederkunft überstanden? Ist sie nach England zurückgekehrt?«

Onkel Max zuckte mit den Schultern und wich seinem Blick aus. »Welche Bedeutung könnte die Antwort noch für dich haben? Hat dich die Begegnung mit ihr nicht genug gekostet? Offensichtlich sorgen weder sie noch ihre Familie für das Kind. Wir sind ihnen daher nichts schuldig. Und für Miss Baynes wird es besser sein, wenn sie niemals wieder mit dir in Verbindung gebracht wird. Wir denken uns eine Mutter für den Knaben aus, wenn wir ihn aus Argylls Klauen befreit haben.«

Natürlich, so musste es sein. Wo auch immer Anne Baynes jetzt war – sie würde vor allem hoffen, dass niemand von ihrem Fehltritt und dem Kind erfuhr. Vielleicht war sie sogar schon verheiratet. Immerhin war es drei Jahre her, dass das Kind auf die Welt gekommen war. Genug Zeit, einen Ehemann zu finden. Ja, wahrscheinlich war sie mit einem deutschen Landedelmann verheiratet und längst wieder guter Hoffnung mit dessen Kind.

Ian wandte sich dem Fenster zu und sah durch die matten Butzenscheiben hinaus in den herbstlichen Garten. Er war noch ebenso schön wie zu Lebzeiten seiner Tante, denn sein Onkel ließ die Beete zu ihrem Andenken sorgfältig pflegen.

Als Ian Anne in Inveraray begegnet war, hatte sie ihn so entzückt, dass er sich zum ersten Mal hatte vorstellen können, was einen Mann über viele Jahre hinweg mit derselben Frau verbinden konnte. Wäre sein Vorschlag, sie zu heiraten, von ihrem Vater, Argyll und ihr angenommen worden, hätte er es ohne Zögern getan. Obwohl er nicht einmal gewusst hatte, dass sie sein Kind erwartete. Nun allerdings tat es ihm von Herzen leid, dass er sich damals auf die Liebelei eingelassen hatte. Wenn er sich nicht von der Lebhaftigkeit der kleinen Fee hätte verführen lassen, dann wäre ihr gewiss ebenso wie ihm eine harte Zeit erspart geblieben. Und das Kind, das Onkel Max und ihn jetzt in diese ärgerliche Zwangslage brachte, wäre nie entstanden. Er ließ den Finger gegen die Fensterscheibe schnalzen, als könne er sich damit einen klareren Durchblick verschaffen.

»Was meinst du mit ›aus Argylls Klauen befreien‹? Hast du einen Plan?«, fragte er.

Onkel Max zog an seiner Pfeife und wiegte sein Haupt, als könne er sich nicht zwischen Ja und Nein entscheiden. »Deshalb wollte ich über diese Sache noch mit dir sprechen, bevor ich nach London aufbreche. Die Campbells haben Spitzel hier oben bei uns, das ist nicht neu. Wenn du oder ich etwas unternehmen, was ihnen nicht passt, erfahren sie davon. Komm also während meiner Abwesenheit nicht auf den Gedanken, ein Heer aufzustellen oder etwas in der Art. Ich glaube, dass Archibald Campbell das Kind nach London mitgenommen hat. Wenn ich dort bin, werde ich versuchen, mehr herauszufinden. Du stellst hier zu Hause solange meinen braven Nachfolger dar, verstanden? Nun weißt du ja, warum mir das so wichtig ist. Ich habe schon einmal geglaubt, dass ich dich verloren hätte. Es war ein niederschmetterndes Gefühl, mein Junge. Ich will das nicht wegen Lappalien wieder erleben, und du sollst es auch nicht.«

Überraschung, Verwirrung und Wut wandelten sich in Ian nun zu einem anderen Gefühl: Ungeduld. »Ich verstehe nicht, warum du es mir nicht früher erzählt hast. Warum musstest du bis zum Abend vor deiner Abreise warten? Wie oft habe ich dich gefragt, was mit dir los ist? Du bist immer ausgewichen. Findest du nicht, dass ich ein Recht darauf hatte, es zu erfahren?«

Sein Onkel schüttelte bedauernd den Kopf. »Ich war mir nicht sicher, ob du beherrscht genug bist, um keine Dummheiten zu machen. Du warst lange fort. Ich musste dich erst wieder kennenlernen.«

»Und nun kennst du mich gut genug, meinst du? Ich fürchte, da hast du dich geirrt. Würdest du mich kennen, dann wüsstest du, dass ich gewiss nicht hier hocken bleibe und den braven Schotten spiele, während du in London den neuen König begutachtest, nach der Rebellion Ausschau hältst und dabei meinen Sohn suchst. Ich begleite dich. Erspar dir den Widerspruch.«

Maxwell stieß gleichzeitig Tabakrauch und einen tiefen Seufzer aus. »Und ob ich dich kenne. Deshalb habe ich bis heute Abend gewartet. Unsere Männer stehen vor der Tür, um dich in dein Zimmer zu begleiten und dafür zu sorgen, dass du Drummond Castle nicht verlässt. Es tut mir leid, dass ich dir das antun muss, aber es war schwierig genug, dich vom Schiff freizukaufen. Wir wollen das jetzt nicht durch ein paar Tage des Zorns und der Unbedachtheit zunichtemachen. Ich hoffe, du wirst es mir irgendwann verzeihen.«

Ians Ungeduld erreichte ein Ausmaß, in dem er kurz den Drang verspürte, mit dem Kopf voran durch das geschlossene Fenster zu springen. Er stieß sich von der Wand ab und spazierte mit hinter dem Rücken verschränkten Händen durch den Raum.

»Du hast mich nicht richtig verstanden, Onkel. Ich habe nicht gefragt, ob du es erlaubst oder ob es dir gefällt. Ich werde morgen nach London reisen. Wir müssen es nicht gemeinsam tun, wenn du vorziehst, allein zu reiten. Obwohl es zusammen unterhaltsamer wäre, wenn du mich fragst. So oder so werde ich mich auf den Weg machen, ganz gleich, wen du draußen vor die Tür gestellt hast. Die Tage, in denen ich mich von dir in mein Zimmer sperren ließ, sind lange vorüber. Ich wähle meine Kämpfe selbst.«

Onkel Max musterte ihn mit zusammengekniffenen Augen. »Dieser Kampf wird kurz, und du wirst ihn verlieren. Ich habe meine Entscheidung getroffen.«

Ian lächelte und öffnete kurz seine Jacke, um seinem Onkel den Dolch zu zeigen, den er seit der ersten Woche auf dem Schiff stets darunter trug. »Du wirst sie überdenken. Stell dir Folgendes vor: Dein Neffe, der harmlos und fügsam wirken soll, zettelt einen Faust- und Dolchkampf mit jedem Mann an, der versucht, ihn davon abzuhalten, nach London zu reisen. Männer werden verwundet, womöglich kommt jemand zu Tode. Nicht dein Neffe, denn deine Männer haben vermutlich den Befehl, ihn nicht ernsthaft zu verletzen, nicht wahr? Jedenfalls tobe ich also wie ein Berserker, die Sache spricht sich herum, die Leute fragen sich, welcher Zwist zwischen uns beiden ausgebrochen ist, und ob es mit der Rebellion zu tun hat. Und so weiter – ich erspare dir den Rest. Was meinst du, wollen wir nicht morgen früh friedlich gemeinsam losreiten? Ich werde an deiner Seite ein Bild der Selbstbeherrschung und Harmlosigkeit sein. ›Hoch lebe King George‹, wenn es unbedingt sein muss.«

Nun trat Onkel Max ans Fenster und schnippte so heftig gegen die Scheibe, dass sie beunruhigend klirrte – der Kitt musste mürbe sein. »Warum bist du bloß so stur? Kannst du nicht einfach darauf vertrauen, dass ich in London alles unternehmen werde, was nötig und möglich ist? Siehst du nicht, wie weiß meine Haare geworden sind, weil ich vier Jahre lang jeden Tag gefürchtet habe, dein Schiff würde untergehen, eine Woge dich über Bord reißen oder eine Seuche dich töten? Kannst du nicht ein bisschen Rücksicht für mich aufbringen?«

Ian musste lachen, weil sein Onkel in den theatralischen Tonfall verfallen war, in dem er Scherze vorzubringen pflegte. Was bedeutete, dass Ian gewonnen hatte. »Aus lauter Rücksicht gelobe ich, mich im Gegensatz zu dir in der großen Stadt nie maßlos zu betrinken und keine Wetten abzuschließen. Ich werde ein mustergültiger Neffe sein, und du wirst mir am Ende dafür zu danken haben, dass ich dich jeden Abend aus der Schankstube wieder in dein Bett geschleift habe. Abgesehen davon wirst du weiter mit der Sorge leben müssen, dass mir etwas zustoßen könnte. Damit muss ich ja auch leben, was dich betrifft. Und sollte es doch noch zum Aufstand kommen, dann werden wir beide in die Schlacht ziehen. Bis dahin sollten wir besser geübt haben, uns nicht zu viele Sorgen um den jeweils anderen zu machen. Sind wir uns einig? Dann gehe ich und schnüre mein Bündel.«

Onkel Max fuhr sich mit beiden Händen unter die Perücke und massierte in einem Anfall von Verzweiflung wild seine Kopfhaut. »Dabei hast du gerade noch herumposaunt, wie froh du bist, wieder hier zu sein. Nun willst du unbedingt in das stinkende Otternnest unseres korrupten Parlaments. Wohl, damit du endlich mal wieder am Hafen spazieren gehen kannst, was? Vielleicht findet sich ja da am Themseufer ein Kerl, der dir eins mit dem Knüppel über den Schädel zieht, wie du es gewöhnt bist. So ein verdammter Unverstand!«

Ian öffnete schwungvoll die Tür und stand drei von ihren Männern gegenüber. Sie fühlten sich sichtlich unwohl in ihrer Haut und sahen ihn schuldbewusst an, bildeten aber eine Mauer, durch die für ihn ohne einen ernsthaften Kampf kein Durchkommen gewesen wäre.

»Ihr könnt euch entspannen«, sagte er. »Laird Drummond hat seine Meinung geändert. Ich reise mit ihm zusammen nach London.«

William Wills Tagebuch, 13. Oktober 1714

Seit unserem unglückseligen Gespräch im St. James's Park habe ich Anne nicht wiedergesehen. Sieben Tage sind ver-

gangen, und jede Stunde warte ich auf eine Nachricht von ihr. Ich bin damit gescheitert, sie zu einer schnellen Heirat zu überreden. Doch ich gebe die Hoffnung nicht auf. Ich habe ihren Vater im Blue Boar aufgesucht, um ihm meine Reverenz zu erweisen. Der Mann ist in seiner Selbstachtung erheblich angeschwollen, weil er eine persönliche Einladung an den Hof erhalten hat. Wer weiß, wen Anne für ihn um den Gefallen gebeten hat? Sir Baynes stellt es so dar, als wäre es sein Verdienst, und hat das inzwischen sicher so oft ausgesprochen, dass er es auch selbst glaubt. Seine Überheblichkeit stößt mich ab, doch ich werde mich weiterhin mit ihm gutstellen. Vielleicht werden wir eines Tages doch auf sein Wohlwollen angewiesen sein, wenn es mir gelingt, Anne für mich zu gewinnen. Es hat mich tief getroffen, wie enttäuscht sie von mir ist, weil ich sie wegen des Kindes belogen habe. Ich will mir nicht vorstellen, was sie von mir denkt, wenn sie erfährt, dass ich sie in dem falschen Glauben belassen habe, dass Ian Drummond tot ist. Gott möge mir vergeben, wenn ich ihr niemals gestehe, dass ich vom Gegenteil wusste. Für mich ist er tot, und so werde ich handeln. Denn ich bin nach reiflicher Überlegung zu dem Schluss gekommen, dass mich in Annes Augen nur eine einzige Tat rehabilitieren kann: Ich muss Peter Mackay dazu bringen, dass er sie unter dem Mantel der Verschwiegenheit etwas Zeit mit ihrem Kind verbringen lässt. Sollte es gelingen, besteht die Hoffnung, dass sie von der Begegnung ernüchtert ist und sich damit zufriedengibt, den Knaben in der Obhut der Campbells zu belassen. Er wäre schließlich nicht das erste Kind, das als Geisel in einem anderen Haus aufwächst und dabei dennoch gedeiht. Vermutlich wird der Duke einfach einen königstreuen Mann aus ihm machen. Und wer könnte sich daran stören? Gleichzeitig wird vielleicht Mackay eine größere Hemmung verspü-

ren, das Kind zu verletzen, wenn er die besorgte Mutter zu Gesicht bekommen hat.

Gleich morgen werde ich auf die Suche nach dem Mann gehen. Er wird nicht allzu schwer ausfindig zu machen sein, denn wie auch die Iren, Waliser oder Franzosen stehen die Schotten in London miteinander in Verbindung, als würden sie ein eigenes Dorf innerhalb der Stadt bewohnen.

10. Kapitel

Drei Tage waren vergangen, seit Anne May Darling begegnet war, und sie hatte das Mädchen bereits ein weiteres Mal getroffen, um sich von ihr einige empfehlenswerte Läden zeigen zu lassen, die sich in den kleineren Straßen und Hinterhöfen von *The Strand* und der *Fleet* verbargen. So hatte sie ein Geschäft für edles chinesisches Papier entdeckt, eines, das vorwiegend mit italienischen Lebensmitteln handelte, aber auch äußerst günstig hochwertige Saiten für Musikinstrumente anbot, und eine Näherei, die alle Arten von mit Eiderdaunen gefüllten Decken, Kissen und Fußwärmern anfertigte.

Madam Schulenburg und ihre Töchter waren begeistert von den sorgsam ausgewählten Mustern und Kostproben, die Anne ihnen brachte. Je schwieriger ein Geschäft zu finden war, desto mehr entzückte sie der Fund. Der kleine Einblick in die Geheimnisse der Stadt vermittelte ihnen offenbar das Gefühl, bereits zu den Eingeweihten zu gehören und sich bald als echte Londonerinnen betrachten zu dürfen. Madam Schulenburg hatte sogar bereits eine kleine Gesellschaft für die mit ihnen eingewanderten Deutschen gegeben und Anne dazu gebracht, einen Vortrag darüber zu halten, wie der englische Adel üblicherweise die Saisons gestaltete, und was das für das Londoner Dienstpersonal, die Lieferanten von Waren, die Schneider, Einrichter, Möbeltischler und Polsterer bedeutete.

Obgleich es auch in Deutschland Sitte war, dass die meisten Hofgesellschaften die Residenz je nach Jahreszeit wechselten, erfuhren viele erst jetzt, dass es in England beinah zwingend zum guten Ton gehörte, den Sommer auf dem Landgut, die Wintersaison aber in London zu verbringen. Sie verstanden, dass die guten Handwerker derzeit bis zur Überlastung beschäftigt waren, weil die reichen englischen Adelsfamilien sich und ihre Häuser für die neue Saison aufrüsten ließen. Die reicheren Familien besaßen in London Häuser, die den ganzen Sommer über höchstens von einigen zurückgelassenen Dienstboten bewohnt wurden und sonst leer standen. Jeden Herbst trafen dann von den Landsitzen aus zuerst Kompanien von Personal ein, die dafür sorgten, dass die muffigen Räume gelüftet, die Mäuse und Ratten verjagt, Kohle eingelagert und alles möglichst noch schöner hergerichtet wurde als im Vorjahr.

Annes Hände hatten gezittert, während sie zu den versammelten Herrschaften sprach, und als die Leute ihr am Ende applaudiert hatten, war sie errötet. Sie fing sich jedoch rasch wieder und beantwortete denen, die sich anschließend an sie wandten, ihre Fragen, so gut sie es vermochte, ohne die Geheimnisse preiszugeben, die die Damen von der Schulenburg lieber für sich behalten wollten. Denn auch untereinander konkurrierten die Deutschen weiterhin um das höchste Prestige und den besten Perückenmacher.

Später begegnete Anne in ihrem Apartment Gräfin Johanna wieder, die glücklich dem Kanarienvogel etwas vorzwitscherte, den Anne ihr geschenkt hatte. »Ihr werdet an diesem Hof bald eine Berühmtheit sein, wenn Ihr so weitermacht, Miss Baynes. Madam Howard hat recht. Man hat Euch ins Wasser geworfen, und Ihr schwimmt wie ein Fisch.«

Anne schüttelte den Kopf. »Ich fühle mich eher wie ein Entenküken, das vom Strom mitgerissen wird. Vor einigen Tagen habe ich mich von einem Waterman die Themse heraufbringen lassen. Eigentlich hatte ich vor, nie wieder ein Boot zu betreten, aber man hat mich dafür ausgelacht, und aus Trotz habe ich es gewagt. Seitdem habe ich noch stärker das Gefühl, nur sehr wenig selbst zu entscheiden.«

Gräfin Johanna hatte ihrem Kanari ein paar grüne Blättchen gereicht und schloss die Käfigtür nun wieder. »Es mag sein, dass Ihr Euch klein und schwach fühlt, Miss Baynes. Aber lasst Euch gesagt sein, dass Ihr nicht so wirkt. Gewiss werdet Ihr jetzt schon von vielen unserer Damen insgeheim dafür bewundert, dass Ihr Euch so unternehmungslustig in die Welt hinauswagt.«

Zwei Erkenntnisse entnahm Anne aus diesem kurzen Gespräch mit ihrer Zimmernachbarin: Falls sie tatsächlich bei Hof eine Berühmtheit wurde, würde es schwieriger werden, sich im Palast und seiner Umgebung unauffällig zu bewegen. Zum anderen war sie möglicherweise mutiger, als sie selbst glaubte.

Beide Erkenntnisse zusammen brachten sie zu ihrem nächsten Entschluss. Sie würde es nicht länger aufschieben, Lord Archibald aufzusuchen. Nach dem Haus der Campbells hatte sie sich schon erkundigt und leicht herausgefunden, dass dort kein kleines Kind untergebracht war. Nun war es Zeit, seiner Lordschaft einen Besuch abzustatten.

Der nächste Tag war ein Sonntag, und mittags nach der Gottesdienstzeit stand Anne in Begleitung des Footmans Michael vor der Tür des Campbell'schen Hauses und atmete gegen ihr ängstlich pochendes Herz an. Michael klopfte mit dem großen Messingring, der von einer grimmigen Löwenfratze im Maul gehalten wurde, und sofort wurde ihnen geöffnet. Der Butler verneigte sich tief, was Anne ihrem guten Hofkleid zuschrieb. Sie gab sich einen Ruck, noch bevor er etwas sagen konnte.

»Mir kam das Gerücht zu Ohren, dass der Duke of Argyll in

London weilt. Da ich als junges Mädchen das Vergnügen hatte, für längere Zeit Gast seines Hauses in Inveraray zu sein, wollte ich die Gelegenheit nicht versäumen, ihm meine Aufwartung zu machen. Ist er zu Hause?«

Mit dem Ausdruck tiefen Bedauerns schüttelte der Butler den Kopf. »Ich muss Euch leider enttäuschen, Mylady. Nicht Seine Gnaden Sir John weilt hier in London, sondern sein Bruder, Lord Archibald. Er nimmt soeben ein spätes Frühstück ein. Möchtet Ihr ihn sprechen? Oder darf ich sonst eine Nachricht überbringen?«

Anne gab sich Mühe, enttäuscht zu wirken. »*Oh, my dear!* So ist es mit den Gerüchten. Meine eigene Schuld, dass ich darauf höre. Nun, ich denke, Lord Archibald wird sich nicht an mich erinnern, aber es käme mir unhöflich vor, einfach wieder zu gehen, wo ich nun einmal hier bin. Selbstverständlich möchte ich dem Herrn nicht ungelegen kommen.«

Der Butler bat sie mit einer Geste einzutreten. »Wartet bitte einen Augenblick hier, Mylady. Ich frage bei seiner Lordschaft nach.«

Kurz darauf sah sich Anne Archibald Campbell gegenüber, der sich von seinem Platz am Frühstückstisch erhoben hatte und sich vor ihr verneigte.

»Hocherfreut, Mylady. Mein Butler richtete mir aus, dass Ihr mir ein schlechtes Gedächtnis unterstellt. Ich vermute, Ihr habt ihm Euren Namen verschwiegen, um mich auf die Probe zu stellen, und nun fühle ich mich tatsächlich ein wenig blamiert. Dabei ist es kaum vorstellbar, dass ich mich an eine so bezaubernde Person nicht erinnern würde. Seid Ihr sicher, dass wir uns in Inveraray begegnet sind?«

Anne zwang sich zu einem süßen Lächeln. »Ich war ein schüchternes junges Mädchen, das aus der Gesellschaft der anderen jungen Damen gewiss nicht herausstach. Ich erinnere mich, Euch dort in den Gärten und auf einem Ball begegnet zu sein. Doch zu Eurer Beruhigung: Wir haben nie miteinander gesprochen.«

Er lächelte charmant und schien sich dazu nicht anstrengen zu müssen. »Zweifellos eine schändliche Unterlassung meinerseits. Werdet Ihr dennoch Gnade mit mir walten lassen und mir Euren Namen nennen?«

Anne betrachtete den Mann, der das Leben ihres Kindes benutzte, um seinen politischen Gegner zu erpressen. Den Mann, dessen Clan verantwortlich für Ians Tod war. Elegant sah er aus, hier in seinem Drawing Room, seine Kleidung jedes Auftritts bei Hof würdig, sein Gesicht frisch rasiert, in der teuren Perücke kein ungezähmtes Haar. Nur die schwieligen Hände, der für einen über Dreißigjährigen schlanke Leib und ein paar Narben in seinem Gesicht verrieten, dass er noch etwas anderes war als ein adliger Nichtstuer, der seine Tage in höfischer Trägheit mit der Aneinanderreihung von Genüssen verbrachte. Er war Soldat. Anne kannte die Kriegsgeschichten über ihn und seinen Bruder. Beide hatten sich in Schlachten bewährt und schreckten nicht vor dem Töten zurück.

Sie stieß ein kleines Lachen aus. »Verzeiht mir. Wie unaufmerksam von mir. Ich wollte Euch nicht auf die Probe stellen. Mein Name ist Baynes, von den Baynes of Madlock Country.«

Sein Lächeln gefror. »Miss Baynes also«, sagte er, und aus seiner Stimme war der Charme verschwunden. Mit schärferem Blick als zuvor musterte er ihre Hofkleidung. »Anne Baynes, nehme ich an?«

Sie nickte, mit dem Lächeln auf den Lippen, das von Beginn an unecht gewesen war. »Richtig, Lord Archibald. Anne Baynes. Ihr erinnert Euch nun doch?«

Er verzog spöttisch den Mund. »Nicht an ein schüchternes junges Mädchen. Allerdings ist mir vom Hörensagen eine Lady dieses Namens bekannt, die vor einigen Jahren einige unglückliche Entscheidungen traf.«

Anne hielt die eine Hand mit der anderen fest, damit beide nicht zappelten. Ruhig atmen, befahl sie sich. »Meinem Empfinden nach waren einige Entscheidungen, die von anderen für diese Lady getroffen wurden, nicht weniger unglücklich. Bevor wir weitersprechen, möchte ich Euch versichern, dass ich gewiss kein Aufsehen erregen möchte. Doch ich habe erfahren, dass Ihr möglicherweise den Aufenthaltsort von etwas kennt, das mir verloren gegangen ist.«

Seine Antwort kam schnell und harsch. »Nein. Ich bedaure. Und ich bin erstaunt, dass eine junge Frau, der es trotz ihrer frühen kindischen Fehler gelungen ist, in eine Stellung aufzusteigen, wie Ihr sie offenbar innehabt, nichts Besseres zu tun hat, als ohne angemessene Begleitung unangemeldet fremde Herren mit Besuchen zu überfallen. Weder mein Bruder noch ich hatten jemals vor, Euch für Fehler, die Ihr in der Blödheit Eurer Jugend begangen habt, mit Eurem Ruin büßen zu lassen. Nur wenige kennen Euer Geheimnis, und alle sind bereit, es zu hüten. Es sei denn, Ihr gefährdet durch weitere unbedachte Taten nicht nur Euch, sondern auch andere. In dem Fall müsstet Ihr damit rechnen, dass Einzelheiten über Eure Vergangenheit ans Licht kämen, die Ihr lieber im Dunkeln belassen wollt.«

Anne gab das Lächeln auf und sah ihm in die Augen. Er mochte es abstreiten, doch gerade seine prompte Drohung verriet, dass er von Johnnys Entführung wusste. »Der Zweck heiligt nicht jedes Mittel, Mylord.«

Er zuckte mit den Schultern. »Ich bin vor allem Soldat, Miss. Eine Heiligsprechung strebe ich nicht an. Und Ihr wandelt auf gefährlich dünnem Eis. Euer jugendlicher Fehltritt ist eine Sache. Wer weiß, vielleicht wäre die eine oder andere Person bei

Hof darüber in Wahrheit gar nicht so schockiert? Aber wenn Ihr in Verdacht geratet, insgeheim mit Feinden des neuen Königshauses verbündet zu sein, dann steht Euch Schlimmeres bevor, als nur die Verbannung aus der guten Gesellschaft. Um keine Missverständnisse aufkommen zu lassen, werde ich es ganz klar aussprechen: Solltet Ihr in irgendeiner Weise an Eure alte Bekanntschaft mit Ian und Maxwell Drummond anknüpfen, oder Euch sogar wieder in ihre Gesellschaft herablassen, macht Ihr Euch verdächtig. Und ich würde mich verpflichtet fühlen, den König davon in Kenntnis zu setzen.«

Statt ruhig zu atmen, hatte Anne flach geatmet. Das wurde ihr nun bewusst, als es vor ihren Augen zu flimmern begann und sie nach der Lehne des nächsten Stuhls greifen musste. Trotz aller Feindseligkeit trat Archibald Campbell vor, um sie aufzufangen, falls sie zu fallen drohte. Hastig hob sie die Hand, um ihn sich vom Leibe zu halten. Alles, was sie brauchte, waren ein paar tiefe Atemzüge und ein Augenblick Zeit, um sich zu beruhigen. Doch sie konnte ihre Gedanken nicht ordnen, solange nicht eines geklärt war.

»Ian Drummond ist tot. Wie sollte ich mich in seine Gesellschaft begeben? Eure Formulierung ist äußerst geschmacklos.«

Lord Archibald hielt inne und legte sich die Hand auf die Augen. »Herrgott im Himmel! Sie weiß es noch nicht! Was für eine groteske Geschichte. Es sieht mir ähnlich, dass ich so etwas ausbaden muss. Miss Baynes, Ian Drummond ist keineswegs tot, sondern zu unser aller Erstaunen noch immer quicklebendig. Vor einigen Monaten ist es seinem Onkel ärgerlicherweise gelungen, ihn von Bord des Schiffes loszukaufen, auf dem er die vergangenen Jahre verbracht hat. Der junge Mann befindet sich nun in den gottverlassenen Highlands im Schoße seines Clans. Das ändert allerdings für Euch nicht das Geringste. Eure Verbindung zu ihm und zum gesamten Drummond-Clan ist beendet. Und Ihr solltet, verflucht noch mal, dankbar dafür sein. Seid ein braves Mädchen, und …«

Als Anne wieder zu sich kam, lag sie im Drawing Room von Lord Archibald in einem Sessel, und jemand hatte ihr die Schnürung ihres Korsetts gelockert. Seine Lordschaft befand sich nicht im Raum, dafür aber der Butler, der das benutzte Kaffeegeschirr auf ein Tablett räumte und ihr dabei gelegentlich einen Blick zuwarf.

»Ihr seid wieder wach, Mylady, ein Segen. Wie befindet Ihr Euch? Geht es besser?«

Anne nickte und rappelte sich in eine aufrechte Stellung auf. »Das ist mir noch nie zuvor passiert. Wie lange war ich …?«

Der Butler goss einen Schluck Wein in ein sauberes Glas und brachte es ihr. »Nur einige Minuten. Lord Archibald lässt sich entschuldigen. Er hatte keine Zeit zu bleiben, bis Ihr wieder zu Euch kommt. Ich soll eine Sänfte rufen, wenn Ihr erwacht. Euer Footman wartet auf mein Zeichen.«

Der Wein war für Annes Geschmack zu sauer und nicht das Richtige, um die Benommenheit zu vertreiben. »Vielen Dank für die Fürsorge. Aber ist vielleicht da in der Kanne noch Kaffee?«

Flink tauschte er ihr Glas gegen eine Tasse Kaffee aus. »Nicht mehr heiß, fürchte ich. Soll ich Euch einen frischen aufbrühen lassen, Mylady?«

Seine Zuvorkommenheit passte so wenig zu ihrem Disput mit dem Hausherrn, dass Anne sich fragte, ob sie das Gespräch nur geträumt hatte. Das war die beste Erklärung für alles. *Ian Drummond ist keineswegs tot. Quicklebendig. Vor Monaten von Bord seines Schiffes gegangen.* Auf einmal merkte sie, wie ihr Tränen über das Gesicht liefen und die Kaffeetasse in ihren Händen bebte.

Aus der Art, wie der Butler sich diskret abwandte und weiter das Tablett belud, schlussfolgerte sie, dass Lord Archibald ihn vor einem möglichen Gefühlsausbruch ihrerseits gewarnt hatte. Entschlossen stürzte sie in großen Schlucken den lauwarmen Kaffee herunter, stellte die Tasse auf ein Beistelltischchen und erhob sich. Zur Sicherheit legte sie die Hand auf die Sessellehne, doch sie stand fest genug auf den Beinen. Ihre Tränen konnte sie nicht zurückhalten, doch darüber hinaus würde in diesem Haus niemand mehr etwas von ihrer Schwäche zu sehen bekommen.

»Eine Sänfte ist unnötig. Der Spaziergang zum Palast wird mir guttun. Es ist nicht weit, und ich bin nicht allein.«

»Wie Ihr wünscht, Mylady. Dann begleite ich Euch hinaus.«

Michael bot ihr besorgt den Arm an, als sie die Stufen vor dem Haus hinabschritten, und sie nahm dankbar an. Unten ließ sie ihn los und ging zügig voran, um jedoch nach einer kurzen Strecke stehen zu bleiben und sich umzusehen. Flink ließ sie den Blick über die Fassade schweifen, und tatsächlich ertappte sie Lord Archibald dabei, wie er sie von einem der Fenster im oberen Stockwerk aus beobachtete. Als ihre Blicke sich trafen, deutete er mit ungerührter Miene eine Verbeugung an und zog sich vom Fenster zurück.

»Vielleicht hätte ich doch lieber eine Sänfte holen sollen, Miss?«, fragte Michael.

Anne wandte sich vom Haus ab und ging weiter. »Nein. Mir geht es gut. Sir Campbell hat mir eine überraschende Nachricht überbracht, und dafür war ich ein wenig zu fest geschnürt. Das ist alles.«

»Keine traurige Nachricht, hoffe ich.«

Energisch trocknete sie sich mit dem Tüchlein aus ihrem Ärmel die Tränen. »Nein. Im Grunde ist die Neuigkeit weder schlecht noch gut. Sie war einfach nur überraschend. Aber genug davon. Auf dem Herweg hast du erwähnt, dass du planst, in einigen Jahren mit einem Freund ein Geschäft zu gründen. Willst du mir mehr darüber erzählen? Die Sache interessiert mich.«

Der freundliche Michael kam der Aufforderung gern nach. Und während er ihr erklärte, wie er aus den Privilegien der höheren Hofbediensteten ein eigenes Geschäft zu machen gedachte, wie er die Kerzenreste, die leicht schadhafte Tisch- und Bettwäsche und all die anderen abgelegten Dinge der königlichen Familie in Zahlung nehmen würde, um sie aufgearbeitet weiterzuverkaufen, hörte sie nur mit einem Ohr zu und dachte an Ian Drummond in den gottverlassenen Highlands.

Konnte das wirklich wahr sein? Und wenn er lebte – hatte er dann gewusst, dass sie ihn für tot hielt? Hatte er je versucht, sie zu finden oder Verbindung zu ihr aufzunehmen? Wusste er von seinem Sohn? Selbstverständlich, er musste von ihm wissen. Schließlich musste sein Onkel ihn in die Erpressungsgeschichte eingeweiht haben, damit auch er sich Duke Argylls Forderungen beugte. Was empfand Ian dabei? Empfand er überhaupt etwas für das Kind, das er nie gesehen hatte? Warum war sie nur ohnmächtig geworden wie eine schwindsüchtige Greisin? Sie hätte Lord Archibald mehr Fragen stellen sollen. Wenigstens hätte sie herausfinden müssen, wie die Drummonds sich zu der Sache verhielten. Wie groß war die Gefahr für ihren Sohn in diesem Moment?

»Was glaubt Ihr, Miss: Haben wir mit diesem Plan eine Aussicht auf Erfolg? Es wäre mir sehr wichtig, wisst Ihr? Ein vernünftiger Mann muss doch vorausdenken. Wie lange wird man mich noch als Footman beschäftigen? In einigen Jahren bin ich doch zu alt dafür!«

Mit einem Ruck kehrte Anne in die Gegenwart zurück. »Ich denke, der Plan ist gut. Ihr müsstet euch Mühe geben, den Kunden die Waren besonders edel zu präsentieren. Sie müssten sich geehrt fühlen, dass sie die Gelegenheit erhalten, etwas zu erwerben, das sich einmal im Besitz der königlichen Familie befunden hat. Es müsste so aussehen, als wäre alles von höherer Qualität als die Waren, die sie in gewöhnlichen Läden kaufen können. Vor allem wäre es aber wichtig, dass ihr eine Art Siegel des Königs vorweisen könnt, das euch gestattet, diese Art Handel zu treiben.«

Michael seufzte. »Ihr habt es genau so verstanden, wie ich es meine. Aber was dieses Siegel angeht … Glaubt ihr, dass es eine Aussicht darauf gibt?«

»Warum nicht? Es kann seiner Hoheit nur recht sein, wenn seine Bediensteten Möglichkeiten finden, ihr Einkommen zu verbessern, ohne seine Kasse zu belasten. Dennoch wird es natürlich nicht einfach sein, sich das Privileg zu sichern. Ich werde darüber nachdenken, wie ihr vorgehen könnt und ob ich helfen kann.«

Er strahlte. »Das ist überaus großzügig von Euch. Ich wäre für jede Unterstützung dankbar.«

Nachdenklich sah sie ihm in die Augen. »Wenn ich ehrlich sein soll, könnte ich ebenfalls gerade etwas Unterstützung gebrauchen. Wie wäre es, wenn wir versuchen, uns gegenseitig zu helfen?«

»Ich werde alles für Euch tun, was in meiner Macht steht, Miss Baynes.«

Sie nickte. »Gut. Ich bräuchte einen verschwiegenen Beobachter, der unauffällig das Kommen und Gehen im Haus der Campbells im Auge behält.«

»Betrachtet die Sache als erledigt«, sagte er und zog sich die Jacke seiner Livree glatt, wie um damit seine Tatkraft zu unterstreichen.

Nachdem sie am Samstagabend in ihrer Herberge in der Tavistock Street nahe der schottischen Kirche angekommen waren, hatten Ian und Onkel Max den Sonntag genutzt, um beim Kirchgang und später bei Wirtshausbesuchen alte Bekanntschaften der Drummonds aufzufrischen und neue zu knüpfen. Ohne mit ihren eigenen Ansichten allzu sehr hervorzutreten, hatten sie doch genug gehört, um annehmen zu können, dass zur Krönungsfeier kein offener Aufstand geplant war. Während der Reise aus den Highlands in die Stadt hatten sie mehr Andeutungen gehört, dass Männer sich gegen den neuen König erheben wollten, als hier. Wenn man auch munkelte, dass die adligen Tories sich von King George bereits so missachtet fühlten, dass sie jeden anderen König vorgezogen hätten.

Während sie die Gespräche an den Schanktischen verfolgten, hatten sie sich hin und wieder nach Peter Mackay erkundigt, bis ihnen zumindest bestätigt wurde, dass er in London war.

Als Ian sich am Montagmittag gerade an einen der Tische im *Scot's Inn* gesetzt hatte, um sich mit seinem Onkel eine Portion Haggis zu teilen, kam Mackay von draußen in die Gaststube. Er nahm den Hut ab, stolzierte an ihren Tisch und setzte sich, ohne zu fragen. Er hatte sich kaum verändert, seit Ian ihn das letzte Mal gesehen hatte. Mackays in die Breite gebürsteter rötlicher Vollbart war grauer geworden, doch seine Augen waren so stechend blau, wie Ian sie in Erinnerung hatte.

»Einen gesegneten Tag, die Herren. Man brachte mir zu Gehör, dass ihr auf der Suche nach mir seid. Stellt euch meine Überraschung vor, als ich erfuhr, dass Laird Drummond mitsamt seinem Frischling in die Stadt gekommen ist. Ich nehme an, es ist euch wichtig, Seiner Majestät King George gleich nach der Krönung die Treue zu schwören. Was könnte es sonst für einen Grund geben, eure geliebten Rinderherden und steinigen Hügel zu verlassen?«

Onkel Max verzog angewidert das Gesicht. »Herrgott, Peter Mackay, bei uns haben die Rinder bessere Manieren als du. Ich erinnere mich nicht, dich an unseren Tisch eingeladen zu haben.«

Mackay lehnte sich auf der Bank neben ihm zurück und faltete die Hände über dem runden Bauch. »Warum hättet ihr sonst überall nach mir herumgefragt, wenn nicht, um mich einzuladen?«

Ian ballte unter dem Tisch seine Rechte zur Faust. Die Knöchel juckten ihm von der Sehnsucht, Argylls selbstgefälligem Handlanger unters Kinn zu schlagen. Auch damals, als man ihn aufs Schiff verschleppte, hatte Mackay die Finger im Spiel gehabt. Doch er hatte Onkel Max versprochen, ruhig zu bleiben und kein Aufsehen zu erregen.

Sein Onkel wirkte wie die Ruhe selbst, wenn auch missmutig. »Ich werde in diesem Leben nicht mehr mit dir trinken, Peter. Geschweige denn, dich einladen. Die Zeiten sind vorbei.«

Mit einem Schnauben wandte Mackay sich ihm zu. »Du tust, als wäre ich dein Feind. Was soll der Unsinn? Ich helfe nur dabei, euch Drummonds vor euch selbst zu beschützen. Argyll will nicht, dass ihr euch und die Dummköpfe, die euch folgen würden, dem Untergang weiht. Das ist doch nicht die Gesinnung eines Feindes.«

Trotz aller guten Vorsätze konnte Ian nicht an sich halten. »Ich kann gar nicht oft genug sagen, wie sehr ich eure Fürsorge schätze. Nur zu gern habe ich vier Jahre meines Lebens gegeben und wäre auch gar nicht böse gewesen, mit dem Tod dafür zu zahlen, dass ihr mich so großartig vor mir selbst beschützt. Und auch jetzt fühle ich mich zum Niederknien dankbar dafür, dass ihr droht, meinen Sohn zu ermorden, damit mein Onkel und ich uns nicht selbst schaden. Leider wird mir von all der Dankbarkeit gelegentlich übel. Also gib acht, dass ich dir nicht in den Schoß kotze, Mackay.«

Peter Mackay klatschte belustigt in die Hände. »So viele Jahre unter einem strengen Kapitän auf See, und noch immer nicht gelernt, die Schnauze zu halten! Hättest du keine Kindermädchen dabeigehabt, dann hättest du es wahrlich nicht überlebt, *Lad*. Und mit wie viel Überzeugung du das sagst: ›Mein Sohn!‹ Als hätte man den Spross deiner Lenden aus deinen treusorgenden Vaterarmen gestohlen und nicht davor gerettet, in einer deutschen Mahlstube Mehlstaub einzuatmen, bis er verreckt. Du müsstest uns in der Tat dankbar sein.«

»Das werde ich, wenn du mir das Kind übergibst und uns in Frieden ziehen lässt.«

Sein Onkel stieß einen tiefen Seufzer aus. »Ian! Spar dir den Atem. Was willst du von uns hören, Peter? Wir sind hier, um die Krönungsfeier zu erleben. Ich konnte das bisher nie, und in meinem Alter ist anzunehmen, dass ich die Gelegenheit nicht mehr oft erhalte. Ian war so freundlich, mich zu begleiten, obwohl er noch nicht lange wieder daheim ist und ihm gar nicht nach Reisen zumute war. Wir haben nicht im Sinn, Unruhe zu stiften oder den Campbells sonst wie in die Quere zu kommen. Hättest du allerdings Anstand im Leib, dann würdest du es meinem Neffen ermöglichen, seinen Sohn zu sehen. Es war nicht seine Wahl, dass es dazu bisher nicht kam.«

Röchelnd zog Peter Mackay die Nase hoch. Ian konnte ihn nicht länger ansehen, ohne um seine Selbstbeherrschung fürchten zu müssen. Mit zusammengebissenen Zähnen ließ er den Blick durch den Raum schweifen und bemerkte einen jungen Mann, der soeben hereingekommen sein musste. Mit dem Hut unter dem Arm sah er zu ihnen her, wich jedoch seinem Blick aus und drückte sich auf eine Bank in einer dunklen Nische. Es kam Ian so vor, als ob er das glattrasierte Gesicht früher schon einmal gesehen hatte, aber er konnte sich nicht an den Ort erinnern.

»Ein netter Versuch, Max, aber es genügt, dass du das Kind gesehen hast«, sagte Mackay. »Wenn ihr euch gut benehmt, werdet ihr eines Tages einen königstreuen, wohlerzogenen jungen Schotten zurückerhalten. Argyll wird für seine Ausbildung besser sorgen, als ihr es könntet.«

»Damit werde ich mich nicht abfinden«, platzte es aus Ian heraus. »Dazu habt ihr kein Recht. Und wie sollte jemand glauben, dass ihr gut für den Kleinen sorgt, wenn doch Argyll jederzeit den Befehl geben könnte, ihn zu töten? Das hier ist keine Vereinbarung zwischen uns, sondern ein Verbrechen. Es ist nicht das Gleiche wie damals, als ich nach Inveraray kam. Ich war älter als der Junge, und wir hatten zugestimmt.«

Mackay stieß ein spöttisches Lachen aus. »Da bitte ich tausendmal um Vergebung, dass ich vorher nicht um deine Zustimmung bat. Aber nun ist es geschehen, und du wirst dich damit abfinden müssen. Womit wir zu den Regeln des Spiels kommen. Ihr werdet in den kommenden Tagen selten unbeobachtet sein. Lord John und Lord Archibald ist sehr daran gelegen, dass während der Krönungsfeierlichkeiten keine Unruhe von Schotten ausgeht. Sie möchten ihr frisches Verhältnis zum König nicht damit beginnen, dass sie in seinem Namen ihre Landsleute abschlachten müssen. Verständlich, wenn ihr mich fragt. Deshalb …«

Onkel Max schlug die flache Hand auf den Tisch. »Nur weil mich die Campbells erpressen, erlaube ich dir keine Unverschämtheiten. Rede mit uns nicht wie mit Narren. Dir die Zähne einzuschlagen würde mir bei Argyll vielleicht weniger schaden, als du glaubst.«

Schulterzuckend setzte sich Mackay den Hut auf und ließ die vordere Spitze steiler nach oben zeigen, als es sich gehörte.

»Schlag ruhig zu, wenn es dir nichts ausmacht, dass ich später zum Dank dem kleinen Bastard ins Gesicht schlage. Er wird für den Duke nicht wertlos, nur weil er eine gebrochene Nase hat. Ich hatte nie viel für Kinder übrig, müsst ihr wissen. Ihr Geschrei, ihre Blödheit und der Gestank sind mir zuwider. Aber wenn du unbedingt willst, Maxwell, dann werde ich ohne Schnörkel weiterreden. Vom Tag der Krönung an wirst du jeden Tag bei Hof erscheinen, bis seine Hoheit Zeit hat, deine Huldigung entgegenzunehmen. Lord Archibald wird dafür sorgen, dass dir diese Gnade widerfährt. Und der Frischling bleibt so lange unter meiner Aufsicht. Am Krönungstag wirst du dich zur *Banqueting Hall* in Westminster begeben und dort gemeinsam mit Lord Archibald die Ankunft des frisch gekrönten King George erwarten. Während ich mit deinem Neffen jubelnd an der Straße stehe und die Prozession betrachte. Das war's. Gehabt euch wohl.«

Er stand auf und ging, ohne dass Ian oder sein Onkel den Abschiedsgruß erwiderten.

Ian blickte ihm nach, innerlich wie betäubt von ohnmächtiger Wut. Trotz seiner Aufgewühltheit entging ihm allerdings nicht, dass der junge Mann, der ihm vorher aufgefallen war, die Schankstube einen Augenblick nach Mackay verließ.

Onkel Max spuckte in Richtung Tür auf den sandbestreuten Boden. »Verdammter räudiger Köter. Allein seinetwegen könnte ich fast hoffen, diesen hannoverschen Speichelleckern bald auf dem Schlachtfeld gegenüberzustehen. Ich würde ihn vierteilen.« Er nahm einen tiefen Zug Dünnbier, nachdem er seinem Ärger derart Luft gemacht hatte.

Ian schlug mit beiden Fäusten auf den Tisch, dass sie schmerzten. »Du dürftest ihn vierteilen, nachdem ich ihn erwürgt habe. Was sollen wir jetzt tun? Wollen wir abreisen, damit du dem Rübenkopf nicht huldigen musst?«

»Nein. Ich wusste, was Argyll von mir erwartet. Das war auch ein Grund, warum ich dich nicht mitnehmen wollte. Deinem jungen Stolz macht so etwas mehr zu schaffen als meinem alten. Ich habe über die Sache nachgedacht und beschlossen, dass ich es mit meiner Würde vereinbaren kann, vor diesen falschen König zu treten.«

»Mit deiner Würde vereinbaren? Denkst du nicht daran, was für ein unheilvolles Zeichen du setzt, wenn du vor aller Augen den Deutschen als König anerkennst? Abgesehen davon, dass du deinen Leumund schädigst, wenn du einen falschen Treueschwur aussprichst. Und falls die Rebellion zustande kommt, bist du für die Gegenseite der schlimmste Hochverräter.«

»Du überschätzt meine Bedeutung, mein Junge. In den Kreisen, in denen ich Einfluss habe, wird sich bald herumsprechen, dass ich unter Zwang gehandelt habe. Ihre Wut auf den Rübenkopf George wird dadurch eher noch stärker. Dieselben Männer werden sich auch weiterhin auf mein Wort verlassen. Sie kennen mich lange genug. Was den Hochverrat angeht, sollte dir bewusst sein, dass wir für unsere Gegner ohnehin die schlimmsten Verräter sein werden, sobald wir uns einem Aufstand anschließen, der den gekrönten König stürzen soll. Vielleicht habe ich dir nicht deutlich genug erklärt, was uns blüht, wenn wir mitmachen und scheitern.«

»Wir werden nicht scheitern. Du hast die Leute unterwegs doch gehört. Sie hassen die Aussicht, von einem Deutschen regiert zu werden. Sogar die Hälfte aller Engländer wird sich unserer Sache anschließen, wenn James mit seinem Heer landet.«

Onkel Max schüttelte den Kopf. »In deinem Alter hätte ich das auch geglaubt. Doch die meisten Männer, die jetzt den Mund am weitesten aufreißen und laut den Aufstand herbeiwünschen, besinnen sich mit Musketendonner im Ohr darauf, dass sie doch am liebsten nur Schafhirten sind. Und das solltest du niemandem vorwerfen, Ian. Ich weiß, es ist schwer, sich mit den Zauderern abzufinden, wenn man jung und voller Saft und zu allem bereit ist. Aber bisweilen ist Zögern und Abwarten die bessere Wahl.«

»Aber wir bleiben doch nicht wirklich hier sitzen und tun alles so, wie Argyll verlangt? Glaubst du Mackay, dass wir beobachtet werden?«

»Er wusste, dass wir nach ihm gefragt haben. Hauptsächlich deshalb habe ich mich nach ihm erkundigt, um zu sehen, wie schnell man es ihm zuträgt. Wir müssen also vorsichtig sein. Ich habe einen Mann auf ihn angesetzt, der ihm folgen soll. Wir werden schon herausfinden, wo sie das Kind verstecken. Und wenn wir es wissen, wird uns auch einfallen, wie wir den Kleinen herausholen und nach Hause bringen.«

Er hatte es kaum ausgesprochen, da flog die Tür der Schankstube auf, als hätte sie jemand mit einem Tritt aufgestoßen, und Mackay polterte wieder herein. Er trieb einen Mann vor sich her, den er so heftig mit Fäusten traktierte, dass der aufschreiend vor Ians Stuhl zu Boden stürzte. Mackay trat ihm in die Seite und brüllte mit rotem Kopf so laut, dass ihn auch auf der Straße noch jeder hören musste:

»Ihr glaubt also, dass ihr mich bespitzeln könnt, ja? Dann lasst euch das hier die letzte Warnung sein! Wenn ich noch einmal einen erwische, der mich verfolgt, dann verliert jemand den ersten Finger, und ihr wisst, wer!« Er wartete nicht auf eine Antwort, sondern stürmte wieder hinaus und schlug die Tür hinter sich zu.

Ian sah von dem Mann auf dem Boden zu seinem Onkel, der bleicher geworden war, als er ihn je zuvor gesehen hatte. »Ist das der, von dem du gesprochen hast?«

Onkel Max schüttelte den Kopf. »Ich habe keine Ahnung, wer das ist.«

Der junge Mann mit dem glatt rasierten und nun geschwollenen und blutigen Gesicht rappelte sich mühsam in eine sitzende Stellung auf und hielt sich mit beiden Händen den Kopf. »Das hätte nicht schlechter laufen können«, murmelte er.

Ian schnaubte, goss seinen Becher voll Dünnbier und hielt ihn dem Jüngling hin. »Das kann man so sagen. Wer bist du? Ich habe das Gefühl, dass ich dich kenne.«

Stöhnend hievte sich der Geschlagene auf die Bank, nahm den Becher, stellte ihn vor sich hin und betastete vorsichtig sein Gesicht. »Wir sind uns ein Mal begegnet. Vor etwas mehr als vier Jahren. Mein Name ist William Wills. Ich bin ein … ein guter Freund von Miss Anne Baynes. Mehr als ein Freund, um es gleich klar heraus zu sagen. Ich werde sie heiraten. Deshalb …« Er stöhnte, als er seine Lippe berührte, die zusehends anschwoll und bereits seine Aussprache behinderte. »Deshalb habe ich versucht, Mr. Mackay … Nun, ursprünglich wollte ich mit ihm sprechen. Dann änderte ich meinen Plan und … Er nahm fälschlich an, dass ich mit dir und Mr. Drummond hier zusammenarbeite. Für eine Erklärung ließ er mir keine Zeit.«

Onkel Max sah William Wills mit finster zusammengezogenen Brauen von der Seite an. »Was zum Teufel wolltest du von Mackay, Junge? Mit dieser Kapriole hast du uns möglicherweise geschadet.«

Ians Puls summte in seinen Schläfen. Annes Freund William Wills. Natürlich. Er erinnerte sich an den Nachmittag in Argylls Garten in Inveraray, als Will dort aufgetaucht war. Sogar dieser unscheinbare Knabe hatte ihn eifersüchtig gemacht, so verliebt war er gewesen. Anne hatte gelacht und ihn beruhigt. Nur ihm wollte sie gehören, hatte sie geflüstert. Nun wollte sie ihren alten Freund also heiraten. Warum versetzte ihm das einen Stich? Er gab doch nichts mehr auf das törichte Gesäusel verliebter Kindsköpfe! Hatte er nicht angenommen, dass sie längst verheiratet war? Sein Herz stand eindeutig nicht im Einklang mit seiner Vernunft.

»Ist sie hier? Ist Anne in England? In London?«, fragte er.

Will warf ihm einen kalten Blick zu. »Anne ist in einer Lage, in der sie auf keinen Fall in Verdacht geraten darf, mit Jakobiten zu sympathisieren. Sie ist Hofdame in der gehobenen königlichen Gesellschaft. Weder du oder Ihr, Laird Drummond, oder jemand in Eurem Auftrag darf sich ihr nähern.«

Onkel Max stieß ungeduldig die Luft aus. »Was wolltest du von Mackay?«

Ian stöhnte gleichzeitig auf. »Hofdame bei dem Deutschen? Ausgerechnet!«

Will versuchte, einen Schluck zu trinken, stellte den Krug jedoch mit schmerzverzerrtem Gesicht wieder weg. »Anne zuliebe wollte ich Mr. Mackay darum bitten, ihr einen Moment mit dem Kind zu gewähren, welches sich in seiner Obhut befindet. Und die Respektlosigkeit gegen Seine Majestät verbitte ich mir. Abgesehen davon ist es gleichgültig, welche Stellung Anne innehat. Ihr Wunsch kann nicht sein, gewisse nachteilige alte Bekanntschaften wiederaufleben zu lassen. Es wäre unverzeihlich, sich ihr zu nähern und sie dadurch zu gefährden.«

Ian hätte Will vielleicht dafür respektiert, dass er versuchte, Anne zu beschützen. Doch Männer, die ihm nicht in die Augen sahen, machten ihn immer misstrauisch. Etwas stimmte nicht an Wills Auftritt. Aber es genügte auch schon, auf welch seltsame Art er das Kind zur Sprache gebracht hatte.

»Mackay hat unseren Sohn nicht in seiner Obhut. Er hält ihn gefangen und bedroht sein Leben. Wenn Anne tatsächlich noch den Wunsch verspürt, den Kleinen zu sehen, ist er ihr nicht gleichgültig, und sie kann sich unmöglich damit abfinden, dass die Campbells ihn nach Belieben verletzen oder töten werden. Du hast wohl selbst nicht begriffen, worum es hier geht.«

Trotz der Blutergüsse, die Wills Gesicht zierten, sah man noch, dass er errötete. »Ich weiß sehr wohl, worum es hier geht. Es geht um ein Missverständnis, das immensen Schaden anrichtet. Ich wollte mich bemühen, es diskret aufzuklären, doch offenbar bleibt mir keine Wahl. Das Kind ist nicht von dir, Drummond. Sobald ich Lord John und Lord Archibald davon in Kenntnis gesetzt habe, wird keine Gefahr mehr für den Knaben bestehen. Für Anne allerdings bleibt die Angelegenheit diffizil, wie wohl auf der Hand liegt.«

Ian entfuhr ein Lachen, obwohl ihm nicht heiter zumute war. Seine Anne war eine in erotischen Dingen völlig unerfahrene Jungfrau gewesen. Neugierig, aber scheu. Und verliebt. So wie er. »Von wem soll das Kind sonst sein? Ich kannte Anne damals gut, Mr. Wills. Und auch wenn mir unsere damalige Unbedarftheit heute leidtut, würde ich es nie verleugnen: Der Knabe ist ganz gewiss von mir.«

Will räusperte sich. »Das ist er nicht. Er ist von mir.«

Der Tag verlangte Ian schon an diesem Mittag so viel Selbstbeherrschung ab, dass er nicht daran denken mochte, was noch alles kommen würde. Zur Sicherheit verschränkte er fest die Arme. »Er ist von mir«, wiederholte er.

»Ist er nicht«, beharrte Will.

»Oh doch! Vielleicht habt ihr euch einen Plan ausgedacht, um ihn zu schützen, Anne und du. Aber behaupte vor mir nicht, dass sie damals noch einen anderen hatte. Damit beleidigst du sie. Und dann müsste ich dir auch den Rest von deinem Gesicht noch zu Brei schlagen.«

Nun funkelten Wills Augen zornig, und der schmalschultrige Wicht ballte allen Ernstes die Fäuste. »Wage nicht, von ihr zu sprechen, als hättest du noch irgendwelche Rechte, was sie angeht. Wo warst du in den letzten Jahren? Sie hat kein Wort von dir gehört. Tu nicht, als hätte es dich beschäftigt, was aus ihr geworden ist. Ich bin derjenige, der zu ihr stand, der ertragen musste, von den Dingen zu hören, die ihr zugestoßen sind. Behaupte nicht, dass du sie kennst! Du kennst sie nicht! Ich kenne sie. Und ich bin der Vater des Kindes.«

Will hatte sich so sehr in Rage geredet, dass ihm die Tränen in den Augen standen. Er hätte Ian leidtun sollen. Stattdessen fühlte er immer stärker den Drang, ihn zu packen und auf die Straße zu stoßen. Ihm vorzuwerfen, dass er keine Briefe an Anne geschrieben hatte, während er sich hart bemüht hatte, einfach nur am Leben zu bleiben, war ein Angriff, den er nur schwer ertragen konnte. Tief atmete er aus und trank einen Schluck, um sich weiter im Zaum zu halten. Ihm wurde bewusst, dass Onkel Max nicht mehr finster Will von der Seite anstarrte, sondern quer über den Tisch mit hochgezogenen Brauen auf ihn blickte. Nun stieß sein Onkel einen Laut hervor, der Erstaunen und Missfallen gleichzeitig ausdrückte.

»Ha. Was für ein Jammer! Ian, was das Jüngelchen hier vorschlägt, hätte die Lösung unseres Problems sein können. Also ärgere dich nicht über ihn, sondern erkenn seine guten Absichten an. Mr. Wills ist bereit, ein Opfer zu bringen, das nur wenige Männer zu bringen bereit wären. Zu meinem Bedauern ist es sinnlos. Die Campbells haben ihre Macht nicht errungen, weil sie von Leichtgläubigen und Weichherzigen angeführt werden. Sie werden dir nicht glauben, *Lad*. Und ich habe das Kind mit eigenen Augen gesehen: Er sieht aus, wie Ian als Dreikäsehoch aussah.«

Will schüttelte den Kopf. »Solche Ähnlichkeit täuscht. Alle kleinen Kinder sehen gleich aus. Es ist die einzige Möglichkeit, Anne und ihren Sohn aus eurem Zwist herauszuholen. Ich werde mich daher an Lord Archibald wenden. Alles, was ich von euch verlange, ist, dass ihr mir nicht widersprecht, wenn er an euch herantritt.«

Ian schnaubte abfällig. »Wenn er von deinem Hirngespinst gehört hat, wird er nicht an uns herantreten, sondern dich auslachen. Du hast es ohnehin schon verdorben, als du dich von Mackay hast überrumpeln lassen. Er bringt dich jetzt in Verbindung mit uns. Also erspar Anne und dir die Peinlichkeit.«

Sichtlich unter Schmerzen, doch voller Entschlossenheit erhob sich Will. »Wie sicher du dir in deiner Aufgeblasenheit bist, dass sie sich von dir hat verführen lassen, sich aber später nicht aus weit besseren Gründen für einen anderen entschieden hat. Was auch immer ihr Drummonds tut, bleibt ihr bloß fern! Sonst wirke ich mit Freude an eurem Verderben mit.« Nach diesen Worten humpelte er zur Tür hinaus, ohne sich noch einmal umzusehen.

»Herrgott, Ian. Musstest du ihn so vor den Kopf stoßen? Wir brauchen nicht noch mehr Feinde.«

»Ist nicht mein Fehler, dass er sich in ein närrisches Vorhaben verbissen hat. Für so einen aussichtslosen Unfug werde ich nicht mein Kind verleugnen. Der Hänfling hatte damals nichts mit Anne Baynes. Er ist ihr Kindheitsfreund, das ist alles. Mag sein, dass es für sie klüger ist, ihn jetzt zu heiraten. Aber wenn sie wirklich mein Kind für seins ausgeben will, dann soll sie mir das selber sagen.«

»Du bist in der Tat ein aufgeblasener Ganter. Ich gehe zwar davon aus, dass du der Vater bist, aber warum hältst du es für so ausgeschlossen, dass sie sich von diesem William Wills hat trösten lassen? Vielleicht hat sie damals schon gedacht, dass es klug wäre, dich möglichst schnell zu vergessen und darauf hinzuwirken, dass er sie heiratet.«

Auf einmal erinnerte Ian sich in solcher Farbigkeit daran, wie es gewesen war, Anne nackt im Arm zu halten, dass ihm heiß wurde und sein Körper auch sonst deutlich reagierte. »Das hat sie ganz sicher nicht.«

»Sie wusste, dass sie dich nicht haben kann.«

»Trotzdem. Ich weiß es einfach. Und jetzt hör auf damit. Was ist mit dem Mann, den du auf Mackay angesetzt hast: Glaubst du, er hat sich geschickter angestellt als Wills?«

»Da Mackay ihn uns noch nicht vor die Füße geworfen hat, nehme ich es an. Mag andererseits sein, dass er ihn gleich umgebracht hat, und man ihn morgen aus der Fleet fischt. Wir werden sehen.«

11. Kapitel

Obwohl bei den Vorbereitungen für die Krönung ein kolossaler Aufwand betrieben wurde, würde es für königliche Verhältnisse eine eher bescheidene Feier werden. Das hatten die langgedienten Hofbeamten Anne verraten. Viele von ihnen erinnerten sich noch an frühere Krönungsfeiern.

Ob bescheiden oder nicht – für Anne endete am Tag nach ihrem Gespräch mit Lord Archibald, fünf Tage vor dem Krönungstag, vorerst jede Freiheit. Ihre Tätigkeit als Kundschafterin war nun nicht länger gefragt. Stattdessen fiel sie in ihre alte Stellung als Zofe und Beraterin in Fragen der modischen Details und Frisuren zurück. Obendrein erwies Gräfin Johanna ihr die außergewöhnliche Ehre, sie für die Krönungsprozession in ihren Wagen einzuladen. Um ihr jede Ausrede unmöglich zu machen, schenkte sie Anne dazu eine dem Anlass angemessene Robe aus ihrem Bestand, die noch geändert werden musste. Allein die Gespräche mit dem Schneider, das Maßnehmen, die Anproben und das Zusammenstellen der zugehörigen Ausstattung kosteten Anne einen Tag.

Ausreichend Ablenkung und Beschäftigung hätte sie also gehabt. Doch kein noch so aufregendes höfisches Ereignis konnte den Gedanken an das vertreiben, was sie von Lord Archibald erfahren hatte. Ob sie wollte oder nicht, sie schlief mit Ian Drummond im Sinn ein und wachte mit ihm auf. Und wenn sie gerade nicht an ihn dachte und darüber nachgrübelte, was sie in den zurückliegenden Jahren alles anders gemacht hätte, wenn sie nicht geglaubt hätte, dass er tot war, dann dachte sie an ihren Sohn und sorgte sich schlimmer als je zuvor um ihn.

»Autsch! Pass doch auf, Anne! Nicht so fest.« Miss Melusine drückte sich mit schmerzverzerrtem Gesicht die Finger an die Schläfe, wo Anne ihr beim Kräuseln der Stirnlocken offenbar gerade wehgetan hatte.

»Verzeihung, Miss Melusine. Soll ich den Wickler wieder lösen? Wenn Ihr es aushalten könnt, ihn so zu lassen, werden die Löckchen allerdings zierlicher und halten länger. Die Färbung mit den Holunderbeeren hat dieses Mal ein besonders schönes Schwarz hervorgebracht.«

Melusine schnalzte missgelaunt. »Ts. Das sagst du jetzt schon zum zweiten Mal. Was ist denn nur los mit dir? Du scheinst nicht du selbst zu sein.«

Miss Luise, die am Tisch saß und eigenhändig mit einem feinen Tuch den Schmuck polierte, den sie am Krönungstag tragen wollte, seufzte. »Das ist die Aufregung. Alle sind so aufgeregt. Ich glaube, dass *Notre-tante* und Seine Majestät versuchen, uns zu schonen, indem sie über manche Dinge schweigen. Aber man kann kaum überhören, wie viel alle darüber tuscheln, dass für die Krönungstage ein Aufruhr in der Stadt erwartet wird. Stellt euch vor, wenn die Prozession von einem Mob überfallen wird! Ich bin froh, dass Seine Majestät geübt im Umgang mit Waffen ist und er sich zur Not auch selbst verteidigen kann.«

Trudchen, die es sich in einem Sessel bequem gemacht hatte und sich ganz der entspannenden Aufgabe widmete, ihrem neuen Schoßhündchen den Bauch zu kraulen, hob erschrocken den Kopf. »Sag doch nicht so etwas, Luise. *Notre-tante* meint, es gäbe mehr Menschen, die sich darüber freuen, dass Seine Majestät hier ist.«

Anne steckte die aufgewickelte Locke fest und wandte sich der jüngsten Schwester zu. »So ist es auch, Miss Gertrud. Dummerweise genügen wenige laute Leute, um einen *Riot* herbeizuführen. Vorsicht ist deshalb klug. Aber die ganze Prozession wird so gut von treuen Soldaten und Leibgardisten bewacht, dass seine Hoheit gewiss nicht selbst zu den Waffen greifen müsste, wenn etwas vorfallen würde.«

Melusine fingerte an ihren fest eingedrehten Haarsträhnen herum und verzog das Gesicht. »Mir ist trotzdem unwohl dabei, dass wir alle in der offenen Kutsche durch die Straßen fahren werden. Meinetwegen könnte ich auch hierbleiben und auf die Ankunft der Prozession warten. Wir werden in der Abbey ohnehin so weit weg vom Krönungsthron und der Zeremonie sitzen, dass wir nichts sehen. Und ehrlich gesagt würde ich so oder so kein Wort verstehen. Ich habe nun schon mit vielen hier Englisch gesprochen, aber entweder verstehen sie mich nicht oder ich sie nicht. Und zu allem Überfluss sprechen die meisten auch noch ein so erbärmliches Französisch, dass ich nicht einmal das verstehe. Am Latein will ich mich gar nicht erst versuchen.«

Luise stand auf, blickte stolz auf ihr glänzendes Werk und streckte sich. »Seid nicht so kleinmütig und ängstlich. Ich freue mich trotz allem auf die Prozession, werde den Leuten zuwinken und Pennys auf die Straße werfen. Denkt daran, dass wir auch unseren Beitrag dazu leisten müssen, dass sie uns mögen.«

Trudchen setzte ihren Hund auf den Boden, wo er zu ihrer aller Belustigung prompt unter ihre Röcke kroch und sich dort zum Schlafen zusammenrollte. »Georg August hat seiner Hoheit vorgeworfen, dass er sich nicht darum bemüht, mit den Engländern Englisch zu sprechen. Die Leute würden ihn für dumm halten, wenn er es nicht tut. Aber seine Hoheit meinte, die Leute würden ihn bald für noch dümmer halten, wenn sie unter den Missverständnissen leiden müssten, die daraus erwachsen, dass er sie nicht richtig versteht, und sie ihn nicht.

Da wäre es ihm lieber, mit einem vertrauenswürdigen Dolmetscher zusammenzuarbeiten. Warum hast du uns nie gesagt, wie anders die englische Sprache klingt, wenn die Leute sie hier sprechen, Anne?«

»Das hat sie getan, Trudchen«, warf Melusine ein. »Wir wollten es nur nicht wahrhaben.«

»Wir lernen es schon noch«, sagte Luise. »Übrigens hat Vater auch gesagt, dass wir bald einmal nach Kensington fahren werden, wo Queen Anne oft wohnte. Das ist, wo unsere Möbel aus Deutschland eingelagert wurden, wisst ihr? Sicher ist der Palast schöner als dieser hier, und wir werden in Zukunft wenigstens die Sommer dort verbringen. Es gibt viel, worauf wir uns freuen können. Ihr müsst nicht immer nur schwarzsehen.«

»Luise, du kannst dir mit Anne die Hand reichen. Du bist ebenfalls nicht du selbst«, sagte Melusine. »Vor einer Weile hätte ich noch darauf gewettet, dass du die Erste bist, die wieder nach Hause will.«

Trudchen seufzte tief. »Stimmt. Und nun bin ich die Erste. Ich habe Heimweh. Es kommt mir alles hier so eng und unfreundlich vor.«

Für gewöhnlich tat Anne ihr Bestes, um die jungen Damen aufzumuntern, wenn sie in Heimwehstimmung kamen. Doch an diesem Tag blockierten die Gedanken an Ian ihren Einfallsreichtum. Durfte sie es wagen, ihm einen Brief zu schreiben? Doch welche Worte konnte sie wählen, die sie nicht ins Verhängnis rissen, falls der Brief in falsche Hände geriet? Lord Archibald hatte sie deutlich gewarnt, und er hatte möglicherweise die Mittel, sie zu überwachen. Gedankenverloren legte sie alles bereit, um auch Luise zu frisieren. Melusine stand auf und überließ ihrer Schwester den Platz vor dem Spiegel.

Luise drehte ihren Kopf hin und her, um ihn von allen Seiten zu betrachten. »Auch wenn man nicht alles versteht, was sie sagen, fühle ich mich doch von einigen Herren hier recht gut unterhalten. Und stellt euch die Tage nach der Krönung vor, wenn wirklich jeder, der in England Rang und Namen hat, bei Hof erscheinen wird, um *King George* zu huldigen! Das wird grandios. Vielleicht lernt eine von euch beiden den Mann kennen, den sie später heiraten wird.«

»Das klingt, als würdest du bedauern, nicht selbst die Angel auswerfen zu können. Aber mir ist nicht danach zumute, einen Engländer zu heiraten, und Trudchen ist zu jung.«

Mit flinken Fingern drehte Anne erst eine, dann eine zweite Haarsträhne an Luises Schläfen ein und achtete darauf, nicht wieder zu fest zu ziehen.

»Wenn meine verdammte Ehe endlich geschieden ist, werde ich ganz gewiss niemals wieder heiraten«, sagte Luise.

»Wahrscheinlich habe ich deshalb so wenig Lust darauf, weil du uns vorgemacht hast, wie viel Ärger man mit so einer Ehe haben kann«, meinte Melusine.

»Ich möchte ganz gerne eines Tages heiraten. Einen hübschen jungen Mann, der freundlich ist und immer gern mit mir tanzt oder spazieren geht. Und niemand dürfte etwas Falsches dabei denken, weil wir ja verheiratet sind«, sagte Gertrud.

Luise seufzte. »Ja, ja, Schätzchen. Stell du dir das nur weiter so vor.«

Es klopfte an der Tür, und Anne ging, um zu öffnen. Zu ihrem Erstaunen war es Albert, der auf der Suche nach ihr war. Er winkte sie auf den Flur und senkte seine Stimme zu einem Flüstern.

»Eine Nachricht von Michael, dem Footman, wegen Eures Gesprächs vorgestern. Er sagt, er hätte etwas erfahren, was Euch interessieren könnte. Wenn Ihr Zeit habt, würde er gern mit Euch sprechen.«

Annes Puls beschleunigte sich. Am liebsten wäre sie sofort zu

Michael gelaufen. Konnte sein heimlicher Beobachtungsposten so schnell einen Hinweis auf Johnnys Versteck entdeckt haben?
»Danke, Albert. In einer halben Stunde sind die jungen Damen für den Abend angekleidet, dann habe ich Zeit. Wo kann ich Michael treffen?«

»Er wird vor der Küche auf Euch warten. Und noch etwas, Miss Baynes. Sir Mehemet lässt Euch ausrichten, dass er heute Nachmittag Euren Vater kennengelernt hat und seine Ambitionen durchaus nicht für aussichtslos hält. Er sagte, es würde Euch sicher freuen, das zu hören.«

Die Westminster Abbey mochte des bedeutsamen Anlasses einer Krönung würdig sein – die Umgebung der Kirche war es nicht. Wie in den engen Gassen von Cheapside oder rund um die Fleet bestimmten auch hier baufällige und armselige Häuser das Gesamtbild. Einige behelfsmäßige Unterkünfte, kaum besser als Ställe oder Schuppen, nutzten sogar die rückwärtigen Wände der Abbey, um sich anzulehnen. Und am Ufer der Themse prangten die verbrannten Ruinen des einst so prachtvollen alten Königspalasts Whitehall, die bezeugten, dass es für die Engländer dieser Tage bei Weitem nicht das Wichtigste war, ihren Monarchen mit Palästen auszustatten.

Immerhin boten die Höfe des ehemaligen Palasts viel Platz für die Schaulustigen und die Kutschen der Würdenträger und adligen Gäste, die der Zeremonie in der Kirche beiwohnten. Anne hatte reichlich Gesellschaft, während sie in Gräfin Johannas Wagen wartete. Auch solche, auf die sie gern verzichtet hätte. Denn mit ihr saß nicht nur Henrietta Howard in der Kutsche, mit der sie sich gern unterhielt, sondern auch deren Ehegatte Charles. Aus diesem Grund blieb das Gespräch oberflächlich und steif. Nicht nur wegen ihrer kalten Füße war Anne daher erleichtert, als Gräfin Johanna endlich an der Reihe war, die Kirche zu verlassen, und zu ihnen in die Kutsche stieg.

Der Kutscher reihte den Wagen in die Prozession ein, und kurz darauf fragte sich Anne vor allem, woher die unzähligen rot uniformierten Soldaten kamen, die auf der gesamten Strecke rechts und links die Straße säumten. Es kam ihr vor, als hätte man die gesamte englische Armee nach London zitiert, um den König und sein Gefolge auf der Krönungsprozession vor seinem Volk abzuschirmen. Außer flatternden Flaggen und Tüchern, die hoch über den Köpfen der Schaulustigen geschwenkt wurden, sah man kaum etwas von denen, die an der Straße standen. Wie auch die anderen in der Kutsche richtete sie ihre Aufmerksamkeit bald nur noch in die Höhe auf die Leute, die an den Fenstern standen und von dort aus dem Umzug zujubelten.

Trotz seines vollmundigen Versprechens hatte Ian sich am Vorabend des Krönungstages betrunken – wenn auch maßvoller als viele andere. Er hatte es noch geschafft, gemeinsam mit Onkel Max in ihre Unterkunft zurückzutaumeln, ohne dass einer von ihnen Schaden angerichtet hatte. Dafür litt Ian am Morgen unter hämmernden Kopfschmerzen und fühlte sich allgemein genau so, wie es seiner Ansicht nach dieser unglückseligen Krönung angemessen war. Selbst wenn er kein Schotte gewesen wäre, hätte er den deutschen König nicht mit Jubel begrüßt. Wie konnte sich nur irgendein Engländer oder Schotte für einen Monarchen begeistern, der auch nach seiner Krönung noch zu den wichtigsten Fürsten seines fremden Herkunftslandes gehören würde? Der Mann würde doch niemals eine Entscheidung zum Wohle seines neuen Königreichs fällen, die auch nur im Geringsten dem Vorteil seiner deutschen Heimat zuwiderlief! Er würde sich mit seinem großen, verschwenderischen Hofstaat an die Spitze derer setzen, die das Land aussaugten, um selbst in unnützem Prunk zu schwelgen und sich vollzufressen, während schottischen Bauern die Kinder verhungerten. Eher noch würde King George englischen Reichtum nach Hannover fließen lassen, als sich darum zu kümmern, dass für die Bürger und Bettler der Union gesorgt wurde.

Wie angekündigt, erschien am Vormittag Peter Mackay im *Scot's Inn* und setzte sich abermals zu ihnen an den Tisch, ohne dass sie ihn aufgefordert hätten. Woraufhin Onkel Max sich erhob, ohne Mackay zu beachten.

»Wir sehen uns später, mein Junge. Wahrscheinlich wird es Nacht. Ich hoffe, Archibald Campbell hat dafür gesorgt, dass ich am Bankett teilnehme. Auf keinen Fall werde ich den ganzen Tag mit leerem Magen unter den Gecken herumstehen.«

»Vielleicht ist ein leerer Magen besser als deutsche Küche«, sagte Ian. »Aber du wirst schon genug englische Pastetenverkäufer treffen, die ihre Körbe zwischen den Gecken herumtragen.«

»Ich bin in einem Alter, in dem ich nicht mehr gern im Stehen auf dem Schlachtfeld esse. Gib auf dich acht, Ian.«

Onkel Max ging, und Ian blieb allein dem durchdringenden Starren von Peter Mackay ausgesetzt. Betont gelassen löffelte er trotzdem seinen Porridge und kratzte auch noch die letzten Reste aus der Schüssel. Schließlich verlor Mackay die Geduld.

»Dieser Knabe, den ich neulich zurechtgetrimmt habe, weil er mir folgte, der hat Lord Archibald besucht. Der Dummkopf. Seine Lordschaft hat ihn nicht vorgelassen. Aber ich habe ihn da gesehen. Was wollte er?«

»Woher soll ich das wissen? Der Mann hat nichts mit uns zu

tun. Er ist ein Bekannter von Anne Baynes. Jedenfalls hat er das Onkel Max und mir erzählt.«

»Ich weiß, wer er ist. Fiel mir ein, dass ich ihn vorher schon einmal gesehen hatte, als er in Inveraray war. Er ist der Vetter meiner Schwägerin Maud, der junge Mr. Wills. Ist also ein Bekannter von Miss Baynes, ja? Soso. Miss Baynes war auch bei Lord Archibald. Sie weiß, dass wir das Kind haben. Wahrscheinlich weiß es Mr. Wills daher auch. Ich kann denen nur raten, sich nicht einzumischen. Eine Hofdame, die mit einem schottischen Jakobiten herumgehurt hat, dürfte wohl bald nur noch in einem Dorfgasthaus Nachttöpfe leeren, wenn es herauskommt. Falls sie keine Eltern hat, die sie noch rasch in ein Kloster sperren.«

Ian stand auf, streckte sich und zog seine Jacke über. »Von wo aus werden wir uns die Prozession ansehen?«

Mackay zuckte mit den Schultern und ließ das Thema fallen. »Lass dich überraschen.«

Einen halbstündigen Fußmarsch später standen sie mit etlichen anderen Schotten, die mit Mackay bekannt waren, auf einem Erntewagen, der in den grün-blauen Farben der Campbells geschmückt war. Alle trugen ihren Festtagsstaat, und auf dem Kutschbock blies unermüdlich ein begabter Sackpfeifer Stücke, die viele der wartenden Schaulustigen zu übermütigen Tänzen animierten. Unter anderen Umständen hätte Ian wohl mitgetanzt, denn immerhin feierte er noch immer seine Heimkehr, und tanzen konnte man nie genug. Doch die Krönung des falschen Königs, die Gesellschaft wenigstens eines falschen Mannes und die Schmerzen in seinem Schädel ließen ihn den Sackpfeifer gedanklich zum Teufel wünschen.

Es wurde nicht besser, als sich nach etlichen Kompanien marschierender Gardesoldaten und berittener Offiziere endlich die ersten Wagen der Prozession näherten. Er wusste nicht, wer die Menschen darin waren, obgleich die verzierten, glänzend polierten und von vielen kostbaren Rössern gezogenen Kutschen an ihrer Bedeutsamkeit keinen Zweifel ließen. Aus all dem Prunk stach die Karosse des Königs dennoch heraus. Sie war so lang, dass damit gewiss kaum eine Kurve zu nehmen war, und die üppig vergoldeten Verzierungen machten sie vermutlich so schwer, dass es guten Grund gab, sie von acht Pferden ziehen zu lassen. Da die vielen Pferde vom Kutschbock aus unmöglich zu beherrschen waren, ging neben jedem Tier ein Footman, der es jederzeit halten und lenken konnte.

King George, der nun von einem ohrenbetäubenden Chorus aus »Lang lebe der König! Gott schütze den König! Möge der König ewig leben!« begrüßt wurde, trug die Krone, mit der einst auch Queen Anne gekrönt worden war. Dass James die ältere Krone der Stuarts mit ins Exil genommen hatte, war immerhin ein kleiner Trost.

Schmerzhaft traf Ian der Ellbogen von Peter Mackay in die Rippen. »Juble gefälligst, Drummond! Das ist dein neuer Souverän. Uns gesandt durch Gottes Gnaden zu unser aller Wohl. Ich will deine Ehrerbietung sehen.«

Ian, der um eine halbe Haupteslänge größer war als Mackay, beugte sich ein wenig herab, um ihm ins Ohr sprechen zu können. »Du kannst mich mal. Wie du siehst, stehe ich friedlich hier und führe keinen Aufstand an. Damit hast du deinen Auftrag erfüllt. Jubelt ihr nur alle. Bald genug wird der Tag kommen, an dem ihr bereut, dass ihr keinem besseren König auf den Thron geholfen habt.«

Mackay warf seine Kappe in die Luft und schrie »Lang lebe King George!« Dann sah er Ian mit zynisch verzogenem Gesicht an. »Schert mich einen Dreck, wer auf dem Thron sitzt, solange es kein verfluchter Papist ist, der uns nach französischer

Manier vortanzen lassen will. Französische Maulaffen haben wir schon viel zu viele im Land. Das ist das Problem mit euch jakobitischem Gesindel: Ihr seid blind und begreift rein gar nichts. Mit James als König könnten wir nicht frei sein. Mit George dagegen werden die richtigen Männer regieren.«

Ian verschränkte die Arme. »Zu denen die Campbells natürlich gehören, nicht wahr? Ob George sich das gefallen lässt, wird sich zeigen. James täte es sicher nicht.«

Mackay verengte die Augen zu Schlitzen. »Du gehst mir auf die Nerven. Niemand sollte mir auf die Nerven gehen. Ich will dich jetzt jubeln sehen. Oder willst du wirklich schuld daran sein, wenn jemand deinem Bastard den kleinen Fuß bricht, damit er sein Leben lang ein lahmer Krüppel ist?«

Die lange Kutsche des Königs und einige nachfolgende Wagen waren inzwischen an ihnen vorbeigefahren. Kurz stellte Ian sich die Aufregung vor, die ausbrechen würde, wenn er Mackay packte und im Bogen vom Erntewagen hinab in die Reihe der Spalier stehenden Soldaten schleuderte. Doch er war nüchtern genug, um einzusehen, dass so eine Prügelei am Straßenrand ihm nicht einmal für kurze Zeit Genugtuung verschaffen würde. Außerdem bezweifelte er zwar, dass Mackay das Kind tatsächlich wegen einiger harmloser Widerworte seines Vaters quälen würde. Doch ein tätlicher Angriff war eine andere Sache, deshalb musste er sich verkneifen, Mackay zu verpassen, was ihm zugestanden hätte.

Da er die vornehmen Leute, die nun in ihren Wagen vor den Zuschauern paradierten, nicht kannte, schadete es seinem Stolz nur wenig, wenn er ihnen zuwinkte. Seinen Hut nahm er nicht ab, aber er winkte mit hoch erhobenem Arm. »Gott schütze die Gerechten!«, rief er. »Lang lebe der König, der seinem Volk dient! Möge das Königreich blühen und gedeihen!« Und dann, als hätte er nicht noch wenige Atemzüge zuvor die besten Absichten gehabt, überraschte er sich selbst damit, die Melodie von *A Begging we will go* gegen die Musik des Sackpfeifers anzusingen. Statt des Textes sang er nur *Lalala*, dafür umso lauter, und er war bekannt dafür, dass er eine Melodie gut halten konnte.

In kürzester Zeit wandten sich etliche Zuschauer nach ihm um und lächelten, was ihm verriet, dass sie den Scherz verstanden. Auf der Reise nach London hatten er und Onkel Max den neuen Text des Lieds von vielen Jakobiten gehört. Die Worte verspotteten den bäuerischen Rübenkönig aus dem fernen Hannover.

Eine Handvoll Leute stimmte ein, und schließlich gab der Sackpfeifer auf und spielte dieselbe Melodie – offenbar wusste er noch nichts von der neuen Bedeutung des Lieds. Ian musste lachen, was Mackay, der dem Anschein nach ebenfalls nicht gleich begriff, was hinter seinem Gesang steckte, endgültig zur Weißglut brachte.

Ian sah den Schlag zu spät kommen und wich nicht rechtzeitig aus, daher traf Mackay ihn in die Magengrube. Er krümmte sich ächzend zusammen und hob beschwichtigend die Hände. »Schon gut, schon gut. Das war ein dummer Scherz, nichts weiter! Ein bisschen Gesang, wem schadet das? Hast du nicht gesagt, unter King George werden wir frei sein? Ein König, der Freiheit gestattet, muss auch ein wenig Spott ertragen können.«

Doch die Leute, die Ian mit seinem Gesang angesteckt hatte, nahmen die Sache ernster als er selbst. Einige Strophen füllten sie mit ihrem *Lalala*, obwohl der Sackpfeifer inzwischen seinen Fehltritt erkannt hatte und wieder etwas anderes blies. Dann hörte einer der Sänger auf und rief einige Male laut: »Nieder mit den Deutschen! Raus mit den Fremden!«, ehe er, von zwei oder drei königstreuen Männern verfolgt, davonlief.

Ian stützte sich auf seine Knie und beobachtete, wie Leute

einen Korb mit *Turnips* durch die Menge reichten, die wie aus dem Nichts aufgetaucht war. Viele griffen hinein und warfen die kleinen Rüben über die Köpfe der Soldaten hinweg auf die Straße. Als Ian sich aufrichtete, sah er, wie einige davon tatsächlich einen Wagen trafen und zwei Damen darin einen erschrockenen Aufschrei entlockten.

Und dann entdeckte er Anne.

Sie hatte nicht geschrien, sah aber durchaus ängstlich aus, wie sie da in ihrem pompösen Krönungshofkleid und im pelzverbrämten Mantel bei den anderen hohen Herrschaften im Wagen saß. Der Anblick traf ihn beinah wie zuvor Mackays Faust. Er hatte sich nicht klargemacht, wie weit sie es tatsächlich gebracht hatte. Eine kleine Zofe hatte er sich vorgestellt, kaum anders, als sie früher ausgesehen hatte. Doch diese junge Lady, die an der Krönungsprozession teilnahm, war jemand ganz anderes. Sie lebte nicht nur mit diesen Leuten – sie gehörte zu ihnen, gehörte zur Seite seiner Gegner.

Eine überraschende Woge von Trauer und Zorn überrollte ihn. Wenn es ihr und ihrem zukünftigen Ehemann Will gelang, das Kind an sich zu bringen, würde er seinen Sohn vermutlich niemals zu sehen bekommen. Den Gedanken konnte er kaum ertragen. Beinah hätte er Annes Namen durch die Menge gebrüllt, während er der Kutsche hinterherstarrte.

Um ihn herum sprangen nun Schotten vom Erntewagen und griffen sich einige von den Rübenwerfern, um ihnen Prügel zu verabreichen. Mackay ließ sich nicht dazu verleiten.

»Verflucht! Ich wusste gleich, dass das schiefgehen wird, mit euch Drummond-Pack in der Stadt. Man hätte euch sofort am Kragen zurück in eure miesen Hochlandsümpfe schleifen sollen. Lord Archibald wird nicht gefallen, was hier passiert ist. Das werdet ihr zu spüren bekommen. Mach dich auf was gefasst!«

»Herrgott, Mackay! Glaubst du, ich hätte heimlich Körbe voller Rüben herschmuggeln lassen? Wenn ich nicht gesungen hätte, dann hätte es ein anderer getan. Du hast doch gesehen, dass die Leute darauf gewartet haben.«

»Du leugnest, dass ihr das eingefädelt habt – du und dein Onkel? Wir hatten euch zwar im Blick, aber verbissen wie ihr seid, habt ihr wohl doch die Gelegenheit gefunden, ein paar Leute aufzuwiegeln.«

»Du meinst, wir würden das Leben meines Sohns aufs Spiel setzen, um Leute dazu aufzustacheln, Rüben zu werfen?«

Wenn Ian die Unruhe in Betracht zog, die seit dem Anstimmen der Rübenballade unter den Zuschauern und Soldaten ausgebrochen war, fand er, dass der Plan gar nicht so schlecht gewesen wäre. Viele stritten, einige schlugen sich. Nur wenige blieben mit ihrer Aufmerksamkeit bei der Prozession.

»Ja, das meine ich. Alles, was du sagst und tust, beweist mir, dass du nicht begriffen hast, was ihre Lordschaften von dir und deinem Onkel erwarten. Und das werde ich Lord Archibald berichten. Darauf kannst du wetten.«

Ian seufzte und setzte sich auf den Rand des Wagenbodens. Sein Kopf schmerzte noch immer. »Sieh dich doch um! Sieht das aus, als hätte hier jemand einen echten Plan gehabt? Wenn du schon überzeugt davon bist, dass wir uns auflehnen werden, dann solltest du uns mehr zutrauen.«

Ein Grüppchen von vier jungen Frauen hatte sich auf dem Wagen in Sicherheit gebracht, der nebenan stand. Sie schwatzten und lachten aufgeregt, und als Ian ihnen einen Blick zuwarf, entdeckte er, dass zwei ihn ansahen. Er lächelte und grüßte sie mit einem kurzen Winken. Eine von ihnen war hübsch und adrett. Dem Aufzug nach waren sie keine feilen Weiber, eher Dienstmädchen, die den Krönungstag freibekommen hatten. Einen Tag zum Feiern. Er hätte mit ihnen schäkern können, die Adrette fragen, ob sie mit ihm nach der Prozession tanzen und trinken gehen wollte. Wahrscheinlich hätte er sie überzeugt – das war ihm nie schwergefallen. Und was konnten die Mädchen dafür, dass der falsche König gekrönt worden war? Sie durften sich ihren freien Tag sicher nicht aussuchen und mussten für jede Gelegenheit dankbar sein, zu der sie einmal feiern konnten.

Ihm selbst half es auch nicht, wegen Dingen Trübsal zu blasen, die er nicht mehr ändern konnte. Der Deutsche war König, Onkel Max würde ihm huldigen, Anne war eine deutsche Hofdame und sein Sohn eine Geisel. Wenn er es sich recht überlegte, dann war Feiern sogar das Beste, was er nun tun konnte. Mit einem eleganten Schwung stellte er sich wieder auf die Ladefläche, ging zu dem Ende, wo der Wagen mit den Mädchen stand, und verbeugte sich mit gezogenem Hut. Dabei spürte er Mackays Blicke im Nacken, doch das hielt ihn nicht davon ab. Er würde nur tun, was der Mann die ganze Zeit von ihm verlangt hatte: wahrlich gute Miene zum bösen Spiel machen.

»Ich wünsche den Schönheiten einen gesegneten Festtag und frage mich, ob eine von euch einen guten Rat für einen einsamen Mann hat, der London nicht gut kennt. Wohin geht man heute am besten, wenn man tanzen und fröhlich sein will? Und haben die Ladys vielleicht Lust, mich zu begleiten?«

Die Krönungsprozession wurde von der Westminster Abbey aus in einem weiten, fast kreisförmigen Bogen durch die Stadt geführt, um schließlich wieder in Whitehall anzukommen. In der Banqueting Hall, dem einzigen Gebäude des Palasts, das den großen Brand von 1698 überdauert hatte, fand das Krönungsbankett statt. Der zwei Etagen hohe Saal mit der umlaufenden Balustrade und den prachtvollen Rubensgemälden an der Decke hätte Raum für eine noch größere Gesellschaft geboten, doch die gedeckten Tafeln waren nur den etwa zweihundert Vornehmsten vorbehalten. Alle anderen mussten mit Plätzen auf der Balustrade oder den für den Anlass errichteten seitlichen Tribünen vorliebnehmen, wo von einem gedeckten Tisch nicht die Rede sein konnte.

Anne schätzte sich glücklich, dass sie zumindest zu den Eingeweihten gehörte, denen dieser Umstand bekannt gewesen war. Sie hatte nicht damit gerechnet, etwas zu essen zu bekommen, und vor dem Aufbruch zur Krönung vorgesorgt. Was sie nicht vorausgesehen hatte, war die beklemmende Enge auf den unbequemen Zuschauerbänken, die Reihe um Reihe übereinander dicht besetzt waren. Noch nie zuvor hatte sie eine solche summende Menge farbenprächtiger, vor Reichtum glänzender Menschen zusammen in einem Raum gesehen, und ganz gewiss niemals so viel Purpursamt, Hermelinpelz und Diamantschmuck. Auch deutsche Adlige waren reich, und am Kurfürstenhof hatte man bei besonderen Anlässen mit nichts gegeizt. Dennoch glaubte sie, dass das bei jenen Gelegenheiten ausgestellte Vermögen nur einen Bruchteil dessen betragen hatte, was die englischen Adligen an diesem Tag am Leib trugen. Es gab einzelne Ladys, die so viel höchst wertvollen Schmuck präsentierten, dass man vom Erlös wohl sämtliche gewöhnlichen Leute von London ein Jahr lang hätte ernähren können.

Während nach und nach auch die letzten Wagen hielten und sich die Plätze im Saal füllten, drehte sich das Gespräch weiter nur um die Unverschämtheiten, die sich der Pöbel entlang der Straße geleistet hatte. Offenbar war irgendein Gegner Seiner Majestät auf die absurde Idee gekommen, ihn mit Rüben und Ackerwirtschaft in Verbindung zu bringen, und der Gedanke war von vielen aufgenommen worden, sodass man George, obgleich man ihn noch kaum kannte, als dummen Bauern verspottete, der sein Königreich wie ein Feld beackern und abernten wollte. Es war Anne ein Rätsel, wie sich eine Feindseligkeit, die auf solchem Unsinn beruhte, so schnell verbreiten konnte. Es lag ihr fern, Georg heiligzusprechen, doch ihm ausgerechnet ausbeuterische Absichten und Verschwendungssucht zu unterstellen, zeugte davon, dass die Leute sich nicht die Mühe machten, nach der Wahrheit zu fragen. Doch so war es wohl mit den Menschen: Wenn sie beschlossen hatten, etwas oder jemanden zu hassen, hatte der Verstand nicht mehr mitzureden.

Annes Platz lag so weit vom Thron und der königlichen Familie entfernt, dass sie die hohen Herrschaften nicht sehen konnte, ohne sich vorzubeugen und sich den Hals zu verrenken. Freien Blick hatte sie allerdings auf Lord Archibald, der in Gesellschaft anderer Schotten einige Reihen unter ihr saß. Man erkannte sie leicht an ihren prächtigen Kilts und Plaids. Sein Bruder, der Duke of Argyll, schien nicht anwesend zu sein, doch Anne nahm an, dass Archibald ihn vor King George in jeder Hinsicht vertreten durfte.

Sie fragte sich, wer seine Begleiter waren. Wie viele Schotten waren dem gekrönten König treu, und wie viele würden die Jakobiten unterstützen, wenn es zum Aufstand kam? Wie viele Engländer würden sich auf die Seite der Jakobiten stellen? Wie unzufrieden auch viele Londoner waren, war ihr erst bewusst geworden, als die Kutsche von Rüben getroffen wurde, in der sie gesessen hatte. »Nieder mit den Deutschen«, hatte der Mob gebrüllt, und obgleich Henrietta, Charles und sie ebenfalls Ziele des Angriffs gewesen waren, hatte Anne sich vor allem deshalb bis ins Mark für ihre Landsleute geschämt, weil sie eine kluge und gütige Frau wie Gräfin Johanna mit Rüben bewarfen. Zu dumm und zu hasserfüllt waren sie, um erst einmal abzuwarten und dem neuen König die Chance zu geben, sich zu bewähren.

Sie hatte sich bei Gräfin Johanna für die Leute entschuldigt, doch die hatte – etwas blass um die Nase – abgewunken.

»Überall auf der Welt werden die freundlichsten Menschen zu Bestien, wenn sie sich gegen einen angeblichen gemeinsamen Feind zusammenrotten. Entschuldigt Euch nicht für diese fehlgeleiteten Schafe, Anne. Lasst uns alle aufrecht sitzen und jenen zuwinken, die nicht mittun. Denn von denen gibt es auch genug, seht nur hin!« Doch trotz ihrer Tapferkeit war Gräfin Johanna erleichtert gewesen, als ihr Wagen endlich vor der Banqueting Hall hielt.

Obgleich Annes Platz im Saal an bescheidener Stelle lag, durfte sie sich immerhin über ihren Sitznachbarn freuen. Herr Mehemet hatte sich gerade noch mit seinem Nachbarn zur anderen Seite unterhalten, nun wandte er sich Anne zu.

»Liebe Miss Baynes, ich hoffe, Ihr werdet mir verzeihen, dass ich das kleine bisschen Einfluss, das ich auf die heutige Sitzordnung nehmen konnte, eigennützig missbraucht habe, um uns beide nebeneinanderzusetzen. Ich dachte, dass ich sonst vielleicht nicht so bald die Gelegenheit erhalten werde, unser interessantes Gespräch fortzusetzen. Wobei ich sicher bin, dass auch jedes andere Gespräch mit Euch anregender ist als das mit vielen anderen, neben denen zu sitzen ich Gefahr lief. Ich hoffe, Ihr habt die Aufregung der Prozession gut verkraftet? Ich für meinen Teil bin schockiert über die Grobheit der Londoner.«

»Da gibt es nichts zu verzeihen, Herr Mehemet. Es ist mir eine Ehre. Und die Londoner mussten heute wohl jedem grob vorkommen. Dennoch muss ich eine Lanze für sie brechen. Ich bin schon vielen hilfsbereiten und freundlichen Leuten begegnet, seit wir hier sind. Der Unmut, den wir heute erlebten, beruht auf Missverständnissen. Seine Majestät wird das Volk nach einer Weile schon noch für sich einnehmen.«

Mehemet nickte. »Unglücklicherweise liegt es Seiner Majestät nicht, sich beim Volk beliebt zu machen. Die einfachen Mittel, derer sich ein Monarch dazu bedienen muss, erscheinen ihm als Zeitverschwendung. Ihr erinnert Euch an unser Gespräch über seine Besuche der anglikanischen Gottesdienste und Eure Anregung, eine eigene Zeitung zu verbreiten? Den Gottesdienstbesuchen hat unser Fürst zugestimmt, doch die Zeitung hält er für übertrieben. Allerdings lässt er mir freie Hand, also kann ich noch etwas helfen. Doch andere Unternehmungen, die ihm offenstünden, möchte er derzeit nicht diskutieren. Öffentliche Levers, Empfänge, festliche Gesellschaften, Konzerte, Bälle und Paraden zu veranstalten, bei denen er persönlich anwesend ist, und auserwählte Institutionen oder umliegende Städte mit seinem Besuch zu beehren – all das würde ihn den Leuten näherbringen. Doch seiner Ansicht nach würden ihm diese Anlässe ein Übermaß an oberflächlicher Plauderei aufzwingen, zu der er sich kaum fähig fühlt, und obendrein Geld vergeuden, das er an anderer Stelle benötigt. Allmählich gehen mir die Vorschläge aus, die ich ihm noch unterbreiten könnte. Es ist ein Jammer.« Er sprach leise, um die Diskretion zu wahren, sodass Anne ihm ihre ganze Aufmerksamkeit schenken musste, um im Gemurmel der Masse alles zu verstehen, während das Orchester die ersten Töne spielte, um die Instrumente ein letztes Mal aufeinander einzustimmen.

»Glaubt Ihr denn, dass er es wagen würde, auch Orte aufzusuchen, an denen er mit einfachen Leuten zusammentrifft? Ich weiß, dass er es in Hannover nie gescheut hat, sich unters Volk zu mischen, doch dort hatte er wohl auch weniger zu befürchten.«

Mehemet beobachtete gespannt, wie unten die ersten Platten mit Vorspeisen hereingetragen wurden. Auch er hatte gewiss ein wenig auf Vorrat gegessen. Dennoch fragte Anne sich, wie er sich dabei fühlte, nun die Speisenfolge nicht kosten zu können, die er doch selbst mit ersonnen hatte. Doch er lächelte nur zufrieden. »Ihr dürft nicht vergessen, dass Seine Majestät ein schlachterprobter Soldat ist. Ihn schüchtert so leicht nichts ein. Meist ist es die Vernunft, die ihn von etwas abhält. Er will auf keinen Fall mit einer unbedachten Unternehmung die politischen Gräben weiter aufreißen, die diesem Land den Frieden rauben.«

»In Hannover hat er die Oper und das Theater geschätzt. In London gibt es beliebte Theatersäle, die von Angehörigen aller Klassen besucht werden. Vielleicht würde es ihn unterhalten, sich die besten Vorführungen anzusehen? Ganz nebenbei könnte er sich so dem Volk zeigen und ausdrücken, dass er ihre Vergnügungen teilt.«

Mehemet lächelte und zwinkerte ihr zu. »Miss Baynes, was haltet Ihr davon, zur Beraterin des königlichen Leibdieners ernannt zu werden? Theaterbesuchen wird seine Hoheit kaum widerstehen können. Und die Damen dürfen ihn dorthin begleiten, was ihm ebenfalls gefallen wird. Warum bin ich nicht selbst darauf gekommen?«

Anne lächelte ebenfalls, um ihm zu zeigen, dass sie den Scherz verstanden hatte und nicht wirklich annahm, dass ihr ein neuer Posten angetragen wurde. Einer Antwort wurde sie allerdings enthoben, weil Lord Archibald aufstand und einen Hochruf auf den König vorbrachte, in den alle einstimmen mussten. Anne wusste, dass dieses Mittel noch viele nutzen würden, um sich ein wenig hervorzutun. Doch da er es geschafft hatte, der Erste seit Betreten der Banqueting Hall zu sein, bot sich ihr damit der passende Anknüpfungspunkt für ein paar neugierige Fragen.

Sie wartete, bis der Lärm wieder abklang, dann wandte sie sich an Mehemet. »Es ist mir ein wenig peinlich, aber ich frage mich schon die ganze Zeit, ob ich den einen oder anderen von den schottischen Herren in Lord Archibalds Gesellschaft von früher kennen müsste. Wie Ihr wohl wisst, lebt meine Familie in der Nähe von Glasgow, nicht weit von Inveraray. Es wäre also möglich … Aber ich war jung und habe mir Gesichter nie gut merken können. Und nun sehe ich sie nicht von vorne.«

Mehemet schmunzelte verständnisvoll und nannte ihr fünf unbekannte schottische Namen, bis er zu einem kam, der sie beinah hätte zusammenzucken lassen: *Laird Maxwell Drummond.* Sie fasste sich gerade schnell genug wieder, um zu nicken, als bedeutete der Name ihr nichts.

Schließlich bedankte sie sich bei Mehemet, und sie sprachen weiter über allgemeine Dinge, während das Orchester spielte und den Herrschaften unten das Essen serviert wurde.

Bald begannen die Huldigungen, und bei den würdevollen Ansprachen, dem Gespräch mit ihren Sitznachbarn, Toasts, Konzerteinlagen und dem Bewundern neu aufgetragener Speisen und dargebotener Tanzvorführungen verging die Zeit schneller als befürchtet. Anne reckte nicht den Hals, als Maxwell Drummond zum Thron schritt und vor King George niederkniete, doch sie beobachtete ihn auf dem Weg dorthin genau. Meinte er es ehrlich mit seiner Huldigung? Und wenn es so war – war dann die Gefahr für Johnny vorüber? Sie bedauerte, dass sie dem König nicht über die Schulter und in Laird Drummonds Gesicht sehen konnte. Auf dem Rückweg vom Thron verriet seine Haltung wie auf dem Hinweg weder Hingabe noch Trotz, und als er sich mit bemerkenswert ausdrucksloser Miene wieder auf seinen Platz setzte, schlussfolgerte sie daraus, dass die Huldigung nicht seine eigene Entscheidung gewesen war.

Auf Vermutungen konnte sie allerdings ihre weitere Vorgehensweise nicht aufbauen. Sie musste wissen, was in den Drummonds vorging. Möglichst unauffällig lauerte sie darauf, dass Drummond sich erhob, um zum Wasserlassen oder Tabakrauchen hinauszugehen. Als er es tat, war sie bereit und machte sich ebenfalls auf den Weg zu den Kammern, in denen Bedienstete schmale Gefäße bereithielten, die auch Damen erlaubten, ihre Angelegenheit im Stehen zu verrichten, ohne die sperrigen Kleider in Unordnung zu bringen.

Anne holte Maxwell Drummond auf der Treppe ins Untergeschoss ein, ehe er in das entsprechende Gemach verschwinden konnte. »Sir, darf ich Euch kurz aufhalten?«, sagte sie leise.

Verdutzt blieb er auf einer Stufe stehen und sah sie mit zusammengekniffenen Brauen an. »Sicher, Mylady. Kennen wir uns?«

»Nein. Und ich darf nicht, muss aber mit Euch sprechen. Wo wohnt Ihr?«

Zu ihrer Erleichterung begriff er sofort und ging weiter. »*Scot's Inn,* Tavistock Street. Vorsicht, ich stehe unter Beobachtung.«

»Ich lasse mir etwas einfallen«, sagte sie und wandte sich am Fuß der Treppe der für sie vorgesehenen Tür zu, ohne ihm einen weiteren Blick zu widmen.

Sie ließ sich Zeit in der Kammer, doch als sie wieder herauskam, stand Drummond immer noch auf dem Gang und unterhielt sich mit einem der anderen Schotten aus Lord Archibalds Gefolgschaft. Ians Onkel tat, als wäre er ihr vorher nicht begegnet, daher beachtete auch sie ihn und seinen Gesprächspartner nicht, sondern ging, äußerlich gelassen, zurück an ihren Platz. Dabei dankte sie dem Himmel dafür, dass sie das hinter dem Rücken von Lord Archibald tun konnte, dessen Aufmerksamkeit ganz auf das Geschehen vor ihm gerichtet war.

12. Kapitel

Obwohl der lange Krönungstag mit dem weit in die Nacht hineinreichenden Bankett anstrengend und ermüdend gewesen war, schlief Anne in den restlichen Nachtstunden nicht. Sie hatte den Bediensteten, die am Morgen zuerst aufstanden, den Auftrag gegeben, sie schon vor Sonnenaufgang zu wecken. Doch noch ehe das leise Klopfen an ihrer Tür ertönte, war sie bereits aufgestanden und hatte sich das einfache Kleid angezogen, das sie mit May zusammen in der Petticoat Lane gekauft hatte. Sie nahm an, dass an diesem Tag im Palast kaum jemand freiwillig früh aufstehen würde, dennoch plante sie ihren Ausflug mit aller Vorsicht. Mit den für den Dienst in diesen frühen Stunden ausgewählten Chairmen hatte sie einen Treffpunkt an einem Nebcneingang des Palastes vereinbart, den sie auf einem Weg erreichen konnte, auf dem die Wahrscheinlichkeit gering war, von höfischen Frühaufstehern gesehen zu werden.

Doch sogar wenn jemand sie gesehen hätte und sich später bei den Chairmen nach ihrem Tun erkundigen würde, hätten die Männer demjenigen nur sagen können, dass sie Miss Baynes im Morgennebel zur Old Church in Newgate gebracht hatten, in der angeblich ein empfehlenswerter Chor sang.

Tatsächlich betrat Anne besagte Kirche, nachdem sie die Chairmen dankend entlassen hatte, und suchte ihre junge Freundin May Darling, die hier regelmäßig der Frau des Priesters beim Putzen half. Mit verschränkten Armen und geschlossenen Augen lehnte das Mädchen in einer Nische des Seitenschiffs neben einer hölzernen Heiligenstatue an der Wand und schien zu schlafen, während langsam die Gläubigen in der Kirche eintrafen. Unter ihrer grauen Haube sahen ihre krausen Haare hervor. In ihrer immer etwas unordentlichen Art kam die zierliche Gestalt Anne vor wie ein kleiner Waldgeist.

»Guten Morgen«, sagte Anne leise. Zu leise, denn May rührte sich nicht. Erst als Anne sie sanft am Arm berührte und ihre Begrüßung wiederholte, zuckte die Kleine zusammen.

Verschlafen fröstelnd streckte sie sich wie ein erwachender Welpe. »Guten Morgen, Miss Baynes. Habt Ihr gestern auch so schön gefeiert wie ich? Mr. Pike hat uns Kuchen, Pudding und Wein spendiert. Wir haben geschlemmt. Und was habt Ihr heute vor? Warum müssen wir heimlich sein? Ihr hattet Glück, dass ich Eure Nachricht gestern noch bekommen habe. In *Harper's Tavern* waren alle schon ziemlich betrunken, als Euer Bote sie dem Wirt gegeben hat. Ein Wunder, dass er noch jemanden fand, den er zu mir herüberschicken konnte.«

Anne nickte. »Ich hatte befürchtet, dass es nicht gelingt, und bin nun doppelt froh, dass du hier bist. Können wir die Kirche unauffällig verlassen, ehe die Andacht beginnt? Eine Seitentür wäre gut.«

May grinste. »Doppelt froh? Das ist gut. Bedeutet das zwei Pence für jeden einzelnen, den ihr mir sonst zahlen würdet? Kommt mit, die Tür ist gleich hier. Wenn uns jemand anspricht, war Euch übel, und ich habe Euch den kürzesten Weg an die frische Luft gezeigt.«

Trotz der zurechtgelegten Ausrede achteten sie darauf, dass niemand sie beobachtete, als sie aus der kleinen Tür schlüpften. Und draußen führte May sie zügig um einige Ecken, bis sie von der Kirche aus nicht mehr zu sehen waren.

May blickte sich um und schauderte. »Ich hoffe, dass wir nichts Verbotenes tun, Miss. Ich möchte diese Häuser hier nie von innen sehen.«

Anne rümpfte die Nase über den schlechten Geruch der Gegend und betrachtete die Fassade. »Was sind das für Gebäude?«

»Sie gehören zum Gefängnis von Newgate. Wenn es nicht so früh wäre, würden da hinten am Gitter die Gefangenen stehen und betteln. Oder sie lassen oben aus den Fenstern Körbe herab und hoffen, dass gute Menschen Gaben hineinlegen. Wer da drin kein Geld hat, der muss sich etwas einfallen lassen, um nicht zu verhungern. Jedenfalls habe ich davon gehört.«

Den letzten Satz stieß sie hastig hervor, als fürchtete sie, dass Anne sie zu nahe mit den eingesperrten Verbrechern in Verbindung brachte.

»Verhungern sollte niemand müssen«, sagte Anne. »Aber es hat ja Gründe, dass die Leute da drin sind. Und es wäre wohl kaum gerecht, wenn sie ein leichteres Leben hätten als die Rechtschaffenen, die in Freiheit für sich selbst sorgen müssen.«

May errötete und wich ihrem Blick aus. »Gewiss, Miss. Aber … Aber manchmal soll es auch Irrtümer geben, und eins führt zum anderen, und ruckzuck sitzt man hinter Gittern und weiß kaum, wie einem geschieht. Und wieder herauszukommen ist auf keinen Fall leicht. Jedenfalls habe ich das so gehört. Wir sollten lieber schnell weitergehen. Wohin wollt Ihr denn nun?«

»Ich muss einen Mann treffen, der im *Scot's Inn* in der Tavistock Street wohnt. Weißt du, wo das ist?«

»Na, sicher! Das ist bei der Crown Court Church, wo die Schotten hingehen. In der Nähe vom Theater in der Drury Lane. Ist das der Mann, den Ihr gesucht habt, wovon niemand wissen darf? Oder habt Ihr einen Liebsten, wovon auch niemand wissen darf?«

Ihre unbefangene Frechheit überrumpelte Anne so, dass sie lachen musste. »Nein, es ist weder das eine noch das andere.

Aber der Mann kann mir auf meiner Suche weiterhelfen. Leider gibt es wichtige Leute, die mir böse wären, wenn sie mich mit ihm sehen würden.«

»Aha. Ist er ein Jakobit, der King George nicht leiden kann? Ihr seid aber keine Jakobitin, die nur so tut, als wäre sie eine Hofdame, oder?«

Anne blieb stehen, als wäre sie gegen eine unsichtbare Wand gelaufen. Sie hatte May bisher nicht verraten, dass sie am Hof lebte. »Wie kommst du darauf, dass ich eine Hofdame bin? Davon habe ich nie etwas gesagt.«

Mays Grinsen wurde noch breiter. »Ich habe schon so was geahnt. Und dann bin ich Euch zwei Mal gefolgt, und beide Male seid Ihr in den St. James's Palast gegangen. Und dann habe ich einen Footman gefragt, ob er Euch kennt. Und er sagte, Ihr seid eine Kammerjungfer bei der Mätresse des Königs und habt besondere Aufgaben. Aber keine Sorge, ich habe niemandem davon erzählt. Nicht mal Mr. Pike.«

Anne musterte ihre Gehilfin, als sähe sie sie zum ersten Mal. »Wie konntest du mir folgen? Ich habe dich nicht bemerkt.«

»Ihr versteht eben nicht viel vom Unsichtbarmachen. Ist auch schwieriger für anständige Frauen in guten Kleidern. Wollen wir jetzt weitergehen? Oder nehmt Ihr es mir übel, dass ich Euch gefolgt bin? Ich war ja nur neugierig, wisst Ihr?«

Kopfschüttelnd ging Anne weiter. »Möglicherweise bist du zu neugierig für dein eigenes Wohl. Und auch zu schlau. Aber ich sehe ein, dass ich dir ebenso gut die Wahrheit sagen kann. Der Mann, den ich treffen will, ist wahrscheinlich ein Jakobit. Ich bin allerdings gewiss keine Jakobitin. Trotzdem könnten Leute glauben, dass ich es bin, und das darf nicht geschehen. Deshalb möchte ich, dass du zu diesem Gasthaus gehst und eine Magd oder einen Knecht bittest, den Mann herauszuholen. Ich verstecke mich draußen und passe auf, dass niemand ihn beobachtet, während du ihn zu einem Ort schickst, den wir noch abmachen. Dort kann ich dann mit ihm sprechen.«

»Das klingt aufregend. Doppelt aufregend, wenn Ihr mich fragt. Was mich wieder auf die doppelten Pennys bringt. Wie sieht es damit aus?«

»Dreifache Pennys, wenn alles gut geht. Aber keine Heimlichkeiten mehr vor mir, verstanden? Du weißt jetzt, wer ich bin. Behalte das für dich! Ich will nicht, dass jeder Ladeninhaber gleich weiß, für wen ich arbeite, und glaubt, er kann die höchsten Preise verlangen. Oder mir Dinge billig gibt, aber erwartet, dass ihm das eine Audienz beim König verschafft.«

»Ich sage nichts, versprochen. Aber ich wüsste schon gern … Na, egal!«

Anne seufzte. »Na, sag schon. Was?«

»Wen sucht Ihr denn nun wirklich, wenn es nicht der schottische Jakobit ist? Vielleicht könnte ich schnell viel mehr für Euch herausfinden, wenn ich es wüsste.«

Womöglich hatte Miss Darling damit recht, dachte Anne. Doch konnte sie darauf vertrauen, dass dieses ungezwungene, halbwilde Geschöpf allein vorsichtig genug vorging? Was würden die Handlanger der Campbells mit May anstellen, wenn sie sie erwischten?

»Ich fürchte, das wäre zu gefährlich. Ich möchte nicht, dass du durch mich in Schwierigkeiten gerätst.«

»Das ist liebenswürdig von Euch. Aber solange Ihr mich bezahlt, könnte man auch sagen, dass ich durch Euch aus den Schwierigkeiten herausgerate. Macht Euch bloß keine Sorgen um mich. Oh, wenn wir einen klitzekleinen Umweg gehen, kann ich Euch das Theater zeigen, von dem ich Euch erzählt habe. Es gibt ein neues Stück, das sehr beliebt sein soll. Das habe ich von dem Jungen gehört, der manchmal dabei hilft, die Eintrittskarten zu verkaufen.«

Anne nahm den Themenwechsel dankbar an. »Wie heißt das Stück, und worum geht es darin?«

May, die offenbar ein recht langes Gespräch mit dem Kartenjungen geführt hatte, erzählte ihr die gesamte Handlung des Theaterstücks und noch einiges mehr, bis sie die Tavistock Street erreichten. Dort verbarg Anne sich im Durchgangstor zu einem Hof, von wo aus sie das *Scot's Inn* gerade noch sehen konnte, wenn sie um die Toreinfassung herumspähte.

May marschierte weiter und verschwand auf dem Weg zur Hintertür des Inns aus Annes Blickfeld. Schon kurz darauf tauchte sie jedoch wieder auf und setzte sich wartend auf die Bank vor dem Gasthaus. Nun musste sich jeden Augenblick zeigen, ob Laird Drummond herauskommen und ob ihn jemand verfolgen würde.

Das Herz schlug Anne bis zum Hals, und ihre Finger krallten sich in die spröden, moosbewachsenen Mauerfugen. Wo blieb Drummond? Wie lange brauchte so ein Mann, um sich eine Hose und eine Jacke anzuziehen? Spät erwachte Hähne krähten, und bald würden all die Menschen sich von ihren Schlafstätten aufrappeln, die auch sonntags morgendliche Aufgaben zu erledigen hatten. Tiere mussten gefüttert, Feuer geschürt, Wasserkessel aufgesetzt werden.

Endlich: Maxwell Drummond knöpfte sich noch seine Jacke zu, während er, ebenfalls von der Hintertür kommend, auf die Straße trat. Wachsam blickte er sich um, ehe er an die Bank trat, auf der May saß, und sich etwas zu ihr hinabneigte. Die beiden wechselten nur wenige Worte, dann ging Ians Onkel mit langen Schritten los in Richtung des Theaters, das May Anne zuvor gezeigt hatte.

Anne ließ ihm einen großen Vorsprung und beobachtete weiter die Straße, bevor sie ihm nachging. Zurückhaltend winkte May ihr, um zu signalisieren, dass alles nach Plan lief.

May würde als Wachtposten beim Inn bleiben und achtgeben, dass Anne nicht doch noch jemand von dort aus folgte.

Eilig, doch nicht gehetzt legte Anne die Strecke zum Theater zurück und schlüpfte durch eine unverschlossene Tür, die sie mit May zusammen in der Mauer entdeckt hatte.

Im Hinterhof unter einem Schuppendach stopfte Maxwell Drummond soeben seine Pfeife. »Mylady, Ihr seid um einiges abenteuerlustiger, als ich alter Mann es bin. Darf ich Euch darauf hinweisen, dass ich später unter Umständen unangenehme Leute davon überzeugen muss, dass ich nur einen harmlosen Morgenspaziergang gemacht habe? Was wünscht Ihr?«

Nun, da sie ihn zum ersten Mal in Ruhe aus der Nähe betrachten konnte, stellte sie fest, dass er Ähnlichkeit mit Ian hatte. Und je länger sie ihn und diese Ähnlichkeit vor Augen hatte, desto genauer erinnerte sie sich an Ians Gesicht. An seine Haltung, seine Hände, sein Lächeln. An Ian, der nicht tot war, wie alle es sie hatten glauben lassen. Ian, dessentwegen ihr kleiner Sohn zur Geisel geworden war. Sie fühlte den Zorn in sich brodeln, doch sie durfte jetzt nicht die Fassung verlieren.

»Wisst Ihr, wer ich bin?«, fragte sie und achtete darauf, dass ihre Stimme nicht zitterte.

»Ich bin recht gut im Raten. Trotzdem würde ich es lieber von Euch hören, um keinen Fauxpas zu begehen.« Er hielt die Pfeife mit den Lippen und wühlte eine Zunderbüchse und einen Kienspan aus seiner Gürteltasche.

»Ich bin Anne Baynes of Madlock Country. Vier Jahre habe ich in Deutschland in dem Glauben verbracht, dass Euer Neffe Ian tot ist, und drei Jahre in dem Glauben, dass unser Sohn sicher bei Pflegeeltern untergebracht wäre. Vor zwei Wochen habe ich die Wahrheit erfahren. Gestern sah ich, wie Ihr King George Treue geschworen habt. Das könnte mich zu dem Glauben verleiten, dass mein Sohn damit für die Bestien, die ihn gestohlen haben, nicht mehr von Bedeutung ist. Nun frage ich mich, ob ich mich auch mit dieser Annahme wieder irre.«

Es war ihm gelungen, an der Glut in der Dose den Kienspan zu entzünden, den er jetzt in den Pfeifenkopf hielt. »So jagt im Leben ein Irrtum den anderen«, sagte er mit der Pfeife zwischen den Zähnen. »Was mich angeht, so nahm ich an, dass eine junge Lady wie Ihr froh und dankbar sein muss, wenn nur der allerkleinste Kreis von guten Freunden von ihrem unehelichen Kind erfährt. Ist es für Euch nicht angeraten, alles zu vermeiden, was Euch mit dem Knaben in Verbindung bringt? Was bedeutet Euch dieses Kind, das Ihr kaum kennt?«

Der Tabak wollte nicht glühen, und Drummond kniff das Gesicht zusammen, während er an der Pfeife zog. Schließlich erlosch der Span, und er runzelte unzufrieden die Stirn. Anne fragte sich, ob ihm seine Pfeife wichtiger war als dieses Gespräch mit ihr. Anscheinend gab es viele Menschen, die annahmen, einer Mutter würde ein Kind nichts bedeuten, wenn sie es früh verlor.

»Ich habe meinen Sohn auf die Welt gebracht. Das ist Grund genug für meine Liebe zu ihm. Ich will Euch warnen: Solltet Ihr etwas tun, was ihn gefährdet, ich würde nicht zögern, zum König zu gehen und ihm von dieser unsäglichen Geiselnahme zu berichten. Wenn ich den Kleinen damit schützen könnte, würde ich dafür in Kauf nehmen, Euch und mich hinter Gitter zu bringen.«

Er hatte den restlichen Span wieder entzündet und an den Tabak gehalten. Das Flämmchen flackerte, der Luftzug war zu stark. Am liebsten hätte Anne ihm das Hölzchen abgenommen und ihm geholfen, damit es mit seiner Fummelei ein Ende hatte. Endlich stieg Tabakrauch auf, und er seufzte erleichtert.

»Kein Grund, so feindselig zu werden, Mylady. Ihr empfindet also etwas für das Kind, das habe ich nun verstanden. Ich versichere Euch, dass der Knabe auch mir wichtig ist und ich alles tue, um ihn zu schützen. Das ist der Grund, warum ich gestern vor George gekniet habe. Die Campbells haben es verlangt – ich habe es getan. Und ich werde mich ihnen weiterhin beugen, solange sie das Kind in ihrer Gewalt haben. Ian ist mein Nachfolger, wie Ihr sicher wisst. Und sein Sohn bisher der einzige Spross, der unsere Linie fortsetzt.«

»Ihr würdet John zu Eurem Nachfolger machen, obgleich er ein illegitimes Kind ist?«

Laird Drummond schmunzelte und stieß ein zufriedenes Grunzen aus. »Ihr habt den Knaben also John genannt, wie meinen seligen Bruder? Das wird auch Ian freuen, der ihn gewiss zu seinem Nachfolger machen würde. Aber lasst uns auf Euer Anliegen zurückkommen, denn wir sollten unsere Zusammenkunft kurz halten. Was wollt Ihr von mir?«

»Da Ihr King George nur unter Zwang gehuldigt habt, muss ich davon ausgehen, dass die Campbells meinen Sohn nicht freigeben werden und die Gefahr für ihn nicht vorüber ist. Das ist das Erste, was ich von Euch erfahren musste. Außerdem muss ich wissen, ob Ihr die Absicht habt, Johnny heimlich zu suchen und ihn zu befreien.«

Drummond paffte und sah sie mit zusammengekniffenen Augen an. »Wenn es so wäre, würde ich Euch dann meine Pläne verraten? Für mich seid Ihr vor allem eine Angehörige des hannoverschen Hofs und damit eher eine Verbündete der Campbells als ihre Gegnerin. Ihr mögt behaupten, dass Euch Euer Kind wichtiger ist als diese Umstände. Für meinen Geschmack habt Ihr jedoch zu viele Gründe, für meine Feinde zu arbeiten. Ihr balanciert auf einem hohen Seil, und Archibald Campbell steht vermutlich mit erhobener Axt auf der einen Seite und droht, es zu kappen. Daher müsst Ihr Euch mit folgender Auskunft zufriedengeben: Weder Ian noch ich werden den kleinen John mutwillig zu Schaden kommen lassen.«

»So leid es mir tut, aber mit dieser Antwort kann ich mich nicht zufriedengeben. Wäre Ian hier, dann würde er Euch versichern, dass ich Euch nicht betrüge. Ich bin keine Jakobitin und unterstütze Eure Sache nicht, aber ich würde auch nicht den Vater meines Kindes und seine Familie verraten. Ihr mögt es für töricht halten, aber ich habe Ian damals geliebt und jahrelang um ihn getrauert. Wie könnte ich mich gegen ihn wenden, nachdem ich gerade erst erfahren habe, dass er noch lebt? Ich gebe zu, dass ich wütend bin, weil ich derart getäuscht wurde. Doch ich nehme an, dass das nicht Ians und Euer Verschulden war. Wusstet Ihr überhaupt davon?«

Drummonds Blick auf sie war milder geworden, dennoch zuckte er gleichgültig mit den Schultern. »Ich wusste nicht einmal, dass du schwanger warst, Mädchen, sonst hätte ich vielleicht eingegriffen und dich nach Schottland geholt. Dennoch musst du verstehen, dass man vieles anders sieht als die heißblütige Jugend, wenn man in ein gewisses Alter gekommen ist. Ohne das Kind hätte ich es damals wohl gutgeheißen, dass dein Vater dich ins Ausland schickt und dir weismacht, Ian wäre tot. Dein Vater wollte keine Heirat, Argyll wollte keine Heirat, und ich konnte auch zu jener Zeit schon wenig gegen die Campbells ausrichten. Es wäre mir also als das Vernünftigste erschienen.«

Anne bemerkte sehr wohl, dass er zu einer neuen Vertraulichkeit übergegangen war. Sie schüttelte den Kopf. »Es kann nicht vernünftig sein, jemandem so sinnlosen Schmerz zuzufügen. Was ist mit Ian? Hat es ihn gleichgültig gelassen, dass ich ihn für tot halte?«

Drummond schien einen Atemzug lang darüber nachzudenken. »Hm. Schwer zu sagen. Unter anderen Umständen würde ich dir raten, ihn das selbst zu fragen. Doch so wie die

Dinge stehen, solltest du davon Abstand nehmen. Mr. Mackay, Lord Archibalds Gehilfe, ließ uns wissen, dass wir hier in London unter strenger Beobachtung stehen. Wenn du also nicht als Jakobitin verdächtigt werden willst, solltest du jede weitere Begegnung mit einem von uns vermeiden. Und sei nicht so dumm, jemandem dein Interesse an dem Kind zu offenbaren. Du bringst dich bloß in Schwierigkeiten und verursachst Unruhe, die uns in die Quere kommen könnte.«

Seine warnenden Worte hätte Anne nicht gebraucht. Was Lord Archibald betraf, kamen sie zu spät, in jeder anderen Hinsicht ermahnte sie sich ständig selbst zur Vorsicht. Dennoch gab es Dinge, die sie einfach tun musste.

»Habt Ihr gerade gesagt, dass Ian hier in London ist? Wohnt er mit Euch zusammen im *Scot's Inn?*«

Laird Drummond nahm die Pfeife aus dem Mund. »Hast du mir nicht zugehört, Mädchen? Du wirst auf keinen Fall in Ians Nähe kommen, verstanden? Ich werde vor Dankbarkeit der Kirche ein neues Altartuch spendieren, wenn ich meinen Neffen unbeschadet wieder aus der Stadt herausgebracht habe. Bleib uns vom Pelz!«

Entschlossen schüttelte sie den Kopf. »Ich will mit Ian sprechen. Nur ein einziges Mal, um die Dinge zu klären. Danach geht jeder seines Weges. Die Gelegenheit wird so bald nicht wieder so günstig sein, deshalb helft mir lieber. Ist er jetzt im Gasthaus?«

»Vermutlich. Aber …«

»Erspart Euch die Einwände. Ihr vergeudet nur Zeit. Könnt Ihr zurückgehen und ihn herschicken? Nein, es würde dem Gesinde zu sehr auffallen, wenn er nach Euch auch noch allein das Haus verlässt. Könnt Ihr mich ins Gasthaus und dort in einen geschlossenen Raum schmuggeln, wo Ian zu mir kommen könnte?«

»Für so eine blasse, kleine Engländerin verfügst du über ein erstaunlich großes Stück schottischer Sturheit, Lady. Du wirst nicht davon ablassen, gleichgültig, wie dumm und leichtfertig es ist, nicht wahr? Dieses eine einzige Mal werde ich dir helfen, wenn du versprichst, dass ich dich danach nie wiedersehe und du Ian in Ruhe lässt.«

»Wie könnte ich wissen, ob Ihr mich wiederseht? Aber ich verspreche, dass ich mich nicht noch einmal an Euch oder Ian wenden werde, solange daraus eine Gefahr für einen von uns entstehen könnte.«

»Darauf lasse ich mich ein. Ich gehe jetzt zurück ins Gasthaus und nehme die kleine *Lassie* mit hinein, die mich vorhin herausgerufen hat. Du kommst nach und wartest an der Hintertür, bis das Mädchen zu dir kommt und dir das Zimmer zeigt, in dem du Ian sprechen kannst. Ich hoffe nur, dass der Bengel tatsächlich da ist. Er hat gestern Abend ordentlich gefeiert und hatte über Nacht einen Gast.«

Anne verstand nicht. »Einen Gast?«

»Ein Weib im Bett, wenn ich es so deutlich sagen muss. Aber es ist ganz gut, wenn du es in klaren Worten hörst, damit sich alle romantischen Einfälle verflüchtigen. Ian ist kein Kind von Traurigkeit. Es geht hier nicht um eure alte Liebesgeschichte, verstanden? Nun warte hier und zähl bis zweihundert, falls du das kannst. Dann kommst du mir langsam nach.«

Sobald er gegangen war und Anne allein im Hinterhof des Theaters stand, kamen ihr Zweifel. Es war richtig, mit Ian zu sprechen. Er würde ihr auf ganz andere Weise vertrauen als sein Onkel und ihr erklären, was sie wegen Johnny zu unternehmen gedachten. Doch war sie dazu bereit, ihm gegenüberzutreten? Konnte sie es ertragen, ihn wiederzusehen – oder den Mann, der aus ihm geworden war? Verkatert nach einer Nacht mit einer anderen Frau, feiernd, während sie sich schlaflos den Kopf über ihre verzwickte Lage zerbrochen hatte, voller Angst um ihr Kind. Würde sie vernünftig mit diesem Mann sprechen können oder die Fassung verlieren?

Prompt kamen ihr die Tränen. Zählen sollte sie, rief sie sich ins Gedächtnis. Sie würde bei dreißig anfangen, um gutzumachen, dass sie in Gedanken abgeschweift war. Doch im Grunde spielte es keine Rolle. Laird Drummond hatte ohnehin nur eine Zahl aus der Luft gegriffen, um sie zum Warten anzuhalten und ihr einen kleinen Seitenhieb zu versetzen. Als könne sie sich nicht selbst ausrechnen, wann es Zeit war, ihm nachzugehen. Sie stellte sich vor, wie er den Weg zurücklegte, May ansprach, hineinging und einen geeigneten Ort suchte. Das konnte etwas länger dauern. In ihrer Vorstellung ging sie mit ihm durchs Gasthaus. Da, nun hatte er ihn gefunden. Sie brach auf.

Als Ian am Morgen nach dem Krönungstag erwachte, hatte er den schalen Geschmack von Reue auf der Zunge. Noch bevor er die Augen öffnete, fasste er mit ganzer Überzeugung den Entschluss, sich niemals wieder zu betrinken. Nicht nur, dass er sonst ewig damit beschäftigt sein würde, seine Kopfschmerzen und die peinlichen Erinnerungen an seine Auftritte als Bänkelsänger loszuwerden. Es durfte ihm nicht noch einmal passieren, dass sich morgens im Bett eine schlafende Frau an ihn schmiegte, die er bei nüchternem Verstand niemals dorthin mitgenommen hätte. Er musste sie schnellstens loswerden. Es war noch nicht hell, und außer ein paar Knechten und Mägden war gewiss noch niemand auf den Beinen. Was hatte ihn geweckt? Er wusste es nicht. Behutsam stand er auf und zog sich Hemd und Hose an, bevor er sich zu der Frau hinabbeugte und sie weckte. Megan hieß sie, daran erinnerte er sich. Sie lächelte ihn verklärt an, und er fluchte stumm. Was hatte er sich bloß dabei gedacht? Sie hatte nicht gewirkt, als würde sie mehr von ihm erwarten als eine lustige Nacht. Doch nun war er sich da nicht mehr so sicher.

»Guten Morgen. Es ist besser, wenn du jetzt gehst. Noch schlafen die meisten, und du kannst unbemerkt hinaus. Ich begleite dich ein Stück, wenn du das wünschst«, flüsterte er.

Sie rekelte sich wie eine müde Katze. »Es ist noch dunkel. Wohin soll ich gehen? Ich habe bei meiner Herrschaft behauptet, ich würde bei einer Freundin schlafen. Aber bei der kann ich doch um diese Zeit noch nicht klopfen. Außerdem dachte ich, du würdest mir ein Frühstück ausgeben.«

Zu anderen Zeiten hätte ihn das vielleicht amüsiert, doch an diesem Morgen wollte er nur, dass sie verschwand.

»Glaub mir, du willst heute nicht in diesem Haus mit mir frühstücken. Steh auf. Ich bringe dich, wohin du möchtest. Aber es muss jetzt sein.«

Schmollend schob sie die Unterlippe vor und richtete sich auf. Sie war nackt, und bei aller Ungeduld beschleunigte sich bei dem Anblick sein Puls.

»Du bist also nur an Feiertagen ein lustiger Kerl«, sagte sie. »Solche gibt es leider zu Genüge. Ich gehe ja schon. Kannst du mir meine Sachen reichen?«

Er gab ihr, was er fand, und fädelte die Schnur wieder in ihr Korsett, während sie selbst ihr Hemd zurechtrückte. »Meine Freundin wohnt nah bei St. Paul's. Du musst mich nicht den ganzen Weg begleiten, aber ein Stück wäre gut. Ich mag nicht allein durch den Nebel laufen.«

Er stimmte zu, und kurz darauf ließen sie bereits die Tavistock Street hinter sich. Megan schien ihm nicht länger zu grollen, sondern plauderte über dies und das. Höflich ging er darauf ein und bemerkte deshalb seinen Verfolger erst, als sie die St. Pauls' Cathedral mit ihrer großen Kuppel erreicht und Megan und er sich voneinander verabschiedet hatten.

Der Mann, der ihnen nachgeschlichen war, hatte sich zwischen zwei Häuser verdrückt. War der Kerl einer von Argylls Leuten? Oder hatte er es womöglich auf Megan abgesehen? Ian spazierte auf sein Versteck zu, als wäre es selbstverständlich, dass er wusste, wo sein Verfolger sich verbarg. Der junge Mann schlüpfte noch hinter einen Gänsestall, kam aber wieder heraus, als Ian ihn ansprach.

»He, gehörst du zu den Campbells? Ist schon gut, du kannst herauskommen. Ich will zurück zum Gasthaus. Wir können ebenso gut gemeinsam gehen.«

Der Mann war jünger als er, bartlos, mit hellblauen, verschlafen wirkenden Augen und unreiner Haut. Er war rot im Gesicht und schüttelte den Kopf. »O weh, das habe ich verbumfiedelt, nicht wahr? ›Folge ihnen unauffällig‹, hat Mister Mackay gesagt. Das ist gar nicht so einfach, wie es sich zuerst anhört.«

Ian musste schmunzeln. »Wahrscheinlich ist es einfacher, wenn dem Opfer vorher nicht angekündigt wurde, dass man es beobachten wird. Mach dir nichts draus, du hättest ohnehin kein Geheimnis zu sehen bekommen. Ich wollte nur dafür sorgen, dass die junge Schöne unbelästigt nach Hause gelangt. Nun habe ich allmählich Lust auf ein Frühstück. Was ist mit dir? Musstest du die ganze Nacht Wache stehen?«

Der Junge entspannte sich etwas und schüttelt den Kopf. »Ich habe geschlafen. Ein anderer hat mich geweckt, als er dich und die Frau im Zimmer hat sprechen hören. Schließlich haben wir alle gefeiert. Niemand hätte gedacht, dass du so früh aufstehen würdest.«

Wenn Lord Archibalds ganzes Netz von Spitzeln und Handlangern so harmlos wie dieser Knabe gewesen wäre, dann hätten Onkel Max und er nicht viel zu befürchten gehabt. Leider war davon nicht auszugehen.

»Tja, das hätte ich selbst nicht gedacht. Wenn ich es mir recht überlege, wäre es für dich wohl doch besser, wenn deine Auftraggeber uns nicht zusammen sehen. Ich werde auch nicht verraten, dass ich dich erwischt habe.«

Ein erleichtertes Lächeln breitete sich auf dem Gesicht seines Verfolgers aus, und Ian fühlte sich auf einmal steinalt.

»Das ist nett von dir. Es tut mir auch leid mit der Spitzelei, wenn ich ehrlich bin. Am Ende sind wir doch alle einfach nur Schotten und sollten zusammenhalten, oder nicht?«

Ian wünschte von Herzen, dass es so einfach wäre. Doch er lächelte bloß zurück. »Richtig. So ist es. Ich wünsche dir noch einen guten Tag.« Und mit einem Tippen an seine Hutkrempe ging er.

Ohne den Londoner Nebel, den Kohlenrauch und die graue Wolkendecke wäre es inzwischen vermutlich heller Morgen gewesen, doch diese Stadt schien nur bei strahlendem Sonnenschein jemals richtig hell zu werden. Er würde froh sein, wenn sie endlich zur klaren Luft der Highlands zurückkehrten. Er betrat die Schankstube des *Scot's Inn* durch die Vordertür und sah überrascht seinen Onkel allein mit der kalten Pfeife in der Hand am Tisch sitzen und zur Eingangstür starren. Nun stand er eilig auf und winkte Ian zu sich, damit er ihm aus der Schankstube und die Stiege hinauf folgte.

»Ich kann nur hoffen, dass du draußen keine Dummheiten gemacht hast. Hat dich jemand beobachtet?«, flüsterte er.

»Ja. Aber er ist arglos und isst vermutlich gerade irgendwo sein Frühstück. Was ist denn los?«, fragte Ian zurück.

»Wirst du gleich sehen. Du hast Besuch, und den darf niemand bemerken. Werd sie möglichst schnell wieder los.«

Onkel Max führte Ian zu einer Gesindekammer, vor der ein

junges Mädchen seltsam wirkungslos mit einem Besen hantierte. Unsanft schob sein Onkel ihn hinein und schloss die Tür hinter ihm, als wolle er ihn einsperren. Ian wollte protestieren, doch dann sah er seine Besucherin, und der Mund blieb ihm offen stehen.

Anne schien ähnlich fassungslos, und für einen Augenblick sahen sie einander nur an. Sie war noch ebenso zart, wie er sie in Erinnerung hatte, und an diesem Tag trug sie nicht die höfische Robe, sondern das Kleid einer einfachen Frau, was sie nahbarer erscheinen ließ. Klein, aber keineswegs so zerbrechlich, wie man hätte glauben können. Sehr aufrecht stand sie da, die Hände krampfhaft ineinander verschränkt. Ihre weißen Wangen waren in diesem Moment rosig angehaucht, und die Augen glänzten verräterisch. Dennoch fing sie sich zuerst.

»Bis vor einigen Tagen hat man mich glauben lassen, dass du im Hafen von Greenock erschlagen wurdest. Man hielt das wohl im Umgang mit mir für bequemer. Ich bin … Hast du …«

Ihre Stimme erstarb, und Ian begriff erst jetzt das Ausmaß dessen, was man ihr angetan hatte. Was hätte sie getan, wenn man sie nicht auch noch belogen hätte?

»Ich wusste davon nichts«, stieß er hervor. »Ich konnte erst im Juli zurückkehren und wusste nicht, wohin ich dir einen Brief schicken sollte. Deine Eltern hätten ihn dir ohnehin nicht gegeben. Ich wusste nur, dass du dich nicht bei meinem Onkel nach mir erkundigt hast. Deshalb dachte ich, es wäre dir lieber, nichts mehr mit mir zu tun zu haben. Aber als ich das dachte, wusste ich noch nichts von unserem Sohn. Sonst hätte ich … Aber ich saß auf der *Treasure* fest, man ließ mich so gut wie nie von Bord. Jedenfalls nie an Orten, wo ich vielleicht hätte fliehen und auf ein anderes Schiff wechseln können. Was hast du jetzt vor? Es ist gefährlich für dich, dass du hier bist.«

Anne musste gegen ihre Tränen kämpfen, während der quicklebendige Ian Drummond mit dem Hut in den Händen vor ihr stand. Er war noch breiter in den Schultern geworden und kantiger im Gesicht. Seine Haut war wettergegerbt, sodass die blauen Augen heller wirkten. Es war gut zu hören, dass er nichts von der Lüge gewusst hatte und dass er die Verbindung zu ihr nicht absichtlich abgebrochen hatte. Allerdings hatte ein Teil ihres Herzens sich doch mehr erhofft. Wider alle Vernunft und ohne dass sie es sich zuvor eingestanden hätte, hatte sie sich gewünscht, dass die Vertrautheit, die sie damals miteinander verbunden hatte, auf märchenhafte Weise wiederauferstehen würde. Dass sie sogleich ihre große Liebe wiedererkennen und alles ganz einfach werden würde. Tief atmete sie ein und aus, um nicht wieder in Ohnmacht zu fallen wie in Lord Archibalds Haus.

»Danke für deine Erklärung. Aber wir haben wenig Zeit und müssen uns kurz fassen. Ich will wissen, ob ihr etwas zu unternehmen gedenkt, um unseren Sohn zu befreien. Dein Onkel vertraut mir nicht genug, um mir seine Pläne offenzulegen. Aber von dir erwarte ich, dass du mich verstehst. Ich bin in einer schwierigen Lage. Niemand bei Hof darf erfahren, dass ich ein illegitimes Kind habe, geschweige denn, ein Kind von einem Jakobiten. Doch wenn ich mich entscheiden müsste, wäre mir Johnnys Wohl wichtiger als alles andere. Ich will ihn eines Tages wieder bei mir haben, Ian.«

Er hatte sich an die Tür gelehnt, während sie sprach, als wären ihm die Knie schwach geworden. In der einen Hand hielt er den Hut, die andere lag auf dem Türknauf. Noch immer sah er sie mit großen Augen an wie eine Spukgestalt. Dabei war doch eigentlich er das Gespenst.

Er räusperte sich. »Davon habe ich schon gehört. Du willst deinen alten Freund William Wills heiraten, und er will vorgeben, dass er Johnnys Vater ist. Das ist schwer zu ertragen. Dachtest du, ich und Onkel Max wären damit einverstanden?«

Es ärgerte Anne, dass ihm nichts Besseres einfiel, als ihr einen Vorwurf aus Wills Rettungsplan zu machen. »Das ist Wills Plan, und ich habe bisher nicht zugestimmt. Beantworte meine Fragen, Ian! Sucht ihr nach Johnny? Oder wisst ihr sogar schon, wo dieser Mackay ihn untergebracht hat? Habt ihr eine Möglichkeit, ihn den Campbells abzunehmen, ohne ihn in Gefahr zu bringen? Und werdet ihr Argylls Befehle strikt befolgen, solange Johnny nicht in Sicherheit ist? Ich muss all diese Dinge wissen, um mir zu überlegen, was ich selbst tun kann.«

»Du kennst Mackay? Hat Onkel Max dir von ihm erzählt?« Ians Miene wurde plötzlich ebenso misstrauisch wie die seines Onkels zuvor.

»Ich wusste schon vorher von ihm, denn ich habe Lord Archibalds Haus beobachten lassen. Meine Helfer haben herausgefunden, dass Mackay bei ihm ein und aus geht und Drecksarbeit für ihn erledigt. Offenbar verkehrt er häufig auch in Londons ärmeren Vierteln. Ihn verfolgen zu lassen war mir bisher aber zu gewagt. Solange ihr Drummonds hier in London seid, werden die Campbells besonders wachsam sein.«

Er stieß sich von der Tür ab und kam auf Anne zu, bis sie nur noch eine Armlänge voneinander trennte. »Du solltest gar nichts tun, sondern alles uns überlassen. Es war leichtsinnig, dass du dich eingemischt hast. Ich sage nicht, dass es mir gefällt, dich als hannoversche Hofdame zu sehen, aber solange du dich angemessen verhältst, bist du dort wenigstens in Sicherheit. Onkel Max lässt Mackay beobachten. Der Mann, den er darauf angesetzt hat, wird ihm heute noch einmal Bericht erstatten. Wenn es eine Möglichkeit gibt, werden wir John befreien und mit nach Braemar nehmen.«

Hoffnung erleichterte Anne das Atmen. »Falls euch das gelingt, muss ich davon erfahren. Schick mir unter falschem Namen einen Brief. Wenn alles gut ist, schreib, dass dein Neffe von seinem Fieber genesen ist. Einverstanden?«

»Auch falls es uns nicht gelingt, unternimm bitte nichts. Du würdest uns nur alle in Schwierigkeiten bringen.«

»Es wäre mir nur zu recht, wenn ich nichts unternehmen müsste. Aber ich glaube, dass meine Aussichten besser wären als eure, denn von mir erwartet wohl niemand einen Angriff. Auch du ja offenbar nicht.« Nun zitterte ihre Stimme doch ein wenig, und sie ärgerte sich, dass sie das gerade jetzt tatsächlich schwach erscheinen ließ.

»Wenn ich von dir nichts erwarten würde, dann würde ich mir nicht die Mühe machen, dich zu warnen. Aber ich habe gut in Erinnerung, wie viel zu wagen du bereit bist, wenn dir etwas wichtig ist. Und auch heute bist du mal wieder an einem Ort, an dem du nicht sein solltest. Ich hätte dich längst wegschicken sollen. Nur bin ich zu froh, dass du gekommen bist. Es ist vielleicht das einzige Mal, dass wir uns wiedersehen. Deshalb will ich dir wenigstens noch eines sagen: Du hast mein Kind auf die Welt gebracht und liebst es, obwohl das alles schwer für dich gewesen sein muss. Dafür danke ich dir. Und ich bitte dich um Verzeihung dafür, dass ich dir nicht beistehen konnte. Wenn ich gewusst hätte … Ich hätte alles versucht, um freizukommen. Nun ist es zu spät, uns trennt noch mehr als früher. Trotzdem hoffe ich, dass wir einander wohlgesinnt bleiben. Und dass du den Kleinen John genannt hast, das …«

Nun brach seine Stimme, und sie sahen sich wieder nur in die Augen. Schließlich nickte Anne und ging an ihm vorüber zur Tür, ohne ihn zu berühren. Erst als sie die Hand schon auf den Türknauf legte, wandte sie sich noch einmal um. »George wird kein schlechter König sein, Ian. Ich glaube, ihr seht ihn falsch. Wir könnten alle mit ihm zufrieden sein.«

Er schüttelte den Kopf, als wäre er von ihrem plötzlichen Themenwechsel verblüfft. »Und ich glaube, dass du es bist, die sich irrt. Warte nur ab, bis der Deutsche sein wahres Gesicht zeigt. Aber lassen wir das. Du musst gehen.«

Es lag Anne auf der Zunge, ihm zu erklären, was sie über Georg Ludwig wusste, doch die Zeit dazu fehlte wirklich. Daher nickte sie nur. »Leb wohl.«

Er blieb stehen, wo er war, kam ihr nicht einmal einen halben Schritt nach und sah sie nicht mehr an. »Leb wohl.«

Kurz darauf trat Anne mit May den Rückweg zur Old Church an, von wo aus Anne eine Sänfte zurück zum Palast nehmen wollte.

»Ein hübscher Jakobit«, flüsterte May, kaum dass sie das *Scot's Inn* hinter sich gelassen hatten.

Die Bemerkung sah Miss Darling ähnlich, doch sie wirkte nicht so fröhlich wie sonst. Das war für Anne ein guter Grund, ihren eigenen Kummer zu verbergen.

»Es wäre besser, wenn die Schönheit anderer keine Wirkung auf uns hätte. Dann würden wir vernünftigere Entscheidungen fällen«, sagte sie.

May schniefte. »Manchmal kann ich mir keinen Reim auf Euch machen. Ihr seht nicht aus wie eine leichtsinnige Frau. Andererseits spaziert Ihr in London herum, wo andere Ladys nicht herumspazieren, und Ihr schleicht heimlich in Gasthäuser, um Männer zu treffen, mit denen Ihr nichts zu tun haben dürft. Und … Miss Baynes, es tut mir leid, ich muss das jetzt sagen, weil ich Euch gern hab und sonst platze. Ich verspreche Euch, dass ich es danach für mich behalte, aber … Habt Ihr wirklich ein Kind von dem hübschen Jakobiten, das verloren gegangen ist?«

Anne blieb schockiert stehen und griff nach Mays Arm. »Das

darf doch nicht wahr sein! Du hast an der Tür gelauscht! Wie konntest du nur?«

May zog die Schultern hoch und sah Anne bedrückt an. »Ich kann es nicht aushalten, wenn Leute Geheimnisse haben. Es beißt mich wie Flöhe, und dann muss ich unbedingt die Wahrheit herausfinden. Ich weiß, meine Neugier ist die Geißel der Stadt. Das sagt Mr. Pike auch immer. Ich bitte um Verzeihung. Aber wo ich nun weiß, worum es geht, könnte ich Euch doch helfen. Ich finde es traurig, dass Euer kleines Kind bei Fremden sein muss, obwohl Ihr und der Vater das gar nicht wollt.«

Einen Augenblick früher hätte Anne sie vor Wut über die Lauscherei schütteln können, nun fühlte sie sich nur entwaffnet. Kopfschüttelnd ließ sie den kleinen Waldgeist los.

»Du wirst mir das vielleicht nicht glauben, aber manche Geheimnisse sind so gefährlich, dass sie auch den Lauschenden umbringen können. Und was du einmal erfahren hast, kannst du nie wieder nicht wissen. Es könnte ein Tag kommen, an dem du es bitter bereust, dass du so ein Geheimnis aufgeschnappt hast.«

May seufzte tief. »Ich weiß, Miss. Aber was ist nun mit Eurem kleinen Sohn? Werden wir ihn weiter zusammen suchen? Ich wüsste schon, wo ich anfangen würde, wenn man mir ungefähr die Gegend sagte, wo die … wo diese Leute ihn verstecken.«

Tatsächlich traute Anne ihr zu, in kürzester Zeit das zu erreichen, wofür sie selbst und die Drummonds umständlich herumschleichen mussten. Ein unbefangen wirkendes junges Mädchen von der Straße, das für seine Neugier bekannt war, durfte vieles fragen, ohne in Verdacht zu geraten. Und May konnte ausgezeichnet lügen. Doch Annes Bedenken blieben. Solange die Jakobiten keine Rebellion anfingen oder den König auf andere Art angriffen, wäre die Gefahr für May überschaubar. Sollte jedoch etwas dergleichen geschehen und jemand sie beschuldigen, für die Jakobiten gearbeitet zu haben, konnte ihr das zum Verhängnis werden. Aber würde Miss Darling sich überhaupt von der Sache abbringen lassen – nun, wo ihre Neugier geweckt war? War es nicht besser, ihr eine Aufgabe zu geben, bei der sie einigermaßen unter Kontrolle blieb?

»Wir müssen abwarten, ob die Männer etwas erreichen. Sie verlassen London bald. Falls sie Johnny dann nicht gefunden haben, werde ich selbst weitersuchen. Und ich werde froh über deine Hilfe sein. Aber bis dahin tust du nichts, verstanden?«

Nun strahlte May wieder. »Lustig, aber das ist doch genau das, was der junge Mann vorhin zu Euch gesagt hat.«

Anne rollte mit den Augen. »Neunmalklug nennt man Personen wie dich. Aber du siehst ja: Ich höre auf den jungen Mann. Und du hörst auf mich!«

»Versprochen. Aber Ihr könnt mir glauben: Ich wünsche mir sehr, dass Ihr Euren kleinen Jungen bald wiederseht. Auch wenn Ihr mir keinen Penny dafür gebt.«

Anne kämpfte mit den Tränen. »Das ist sehr freundlich von dir. Deine Pennys wirst du aber bekommen. Eine so ausgezeichnete Kundschafterin verdient schließlich ihren Lohn. Hättest du übermorgen Nachmittag Zeit, mir die Sattlerwerkstatt zu zeigen, wo man sich angeblich so gut auf das Punzieren und Bemalen versteht?«

May machte einen kleinen Hopser. »Aber sicher doch. Ich warte am Holborn Hill auf Euch.«

13. Kapitel

Nach dem Treffen mit den Drummonds traf Anne zu einer Zeit wieder im St. James's Palast ein, zu der sie auch von der Andacht hätte zurückkehren können. Doch ihre Vorsicht war unnötig, denn die hohen Herrschaften hatten sich noch nicht erhoben.

Sie spürte die Erschöpfung nach der schlaflosen Nacht und dem nervenaufreibenden Morgenausflug, war aber gleichzeitig aufgewühlt. Vielleicht würde es nur noch kurze Zeit dauern, bis die Drummonds Johnny fanden und aus der Stadt in die Highlands brachten. Vielleicht nur wenige Stunden. Den Kleinen bei Ian zu wissen war nicht dasselbe, wie selbst für ihn zu sorgen, doch es würde ihr ein großer Trost sein. Und gewiss ließe sich in nicht allzu ferner Zukunft arrangieren, dass sie ihrem Sohn heimlich begegnete. Sie überlegte gerade, was für ein Geschenk sie für Johnny kaufen würde, da klopfte es an ihrer Tür.

Der noch müde wirkende Albert stand draußen. »Miss Baynes, meine Hochachtung, dass Ihr an diesem besonderen Morgen schon so früh auf den Beinen seid. Ich vermute, Ihr erwartet die Nachricht von Herrn Wills? Er steht vor dem Westtor.«

Was wollte Will so früh? Anne war in Versuchung, ihn wegschicken zu lassen. Sie durfte ihm nicht erzählen, was sie gerade erlebt hatte, doch über etwas anderes wollte sie jetzt nicht sprechen.

Ihr Zögern brachte Albert dazu, die Brauen zu heben. »Ich verstehe. Der Herr ist nicht willkommen? Ich kann ihn für

Euch fortschicken. Sehr höflich, wenn Ihr wünscht, oder weniger höflich. Möglicherweise fühlt Ihr Euch zu unwohl, um Euer Gemach zu verlassen?«

»Sehr zuvorkommend, Albert, danke für dein Verständnis. Aber ich werde lieber zu ihm gehen. Leider wird kaum eine Angelegenheit durch Ausweichen aus der Welt geschafft.«

»Bewundernswerte Weisheit, Miss Baynes. Meine Hochachtung.«

Will wartete mit einem Sträußchen aus Astern und Strohblumen auf sie und blickte ihr so hoffnungsvoll entgegen, dass es ihr einen Stich versetzte. Offensichtlich glaubte er, es bestünden noch Aussichten, dass sie sich auf seine Pläne einließ.

»Ich wusste, dass du schon wach bist«, begrüßte er sie. »Du warst ja nie eine Langschläferin. Willst du zur Kirche?«

Sie schüttelte den Kopf. »Ich war heute schon in der Kirche. Hast du dir gestern die Prozession angesehen?«

»Gemeinsam mit deinem Vater, mit dem ich vorher zu Mittag aß. Wir standen an der Straße und haben auch dich vorüberfahren sehen.«

Die Eröffnung, dass Will stundenlang mit ihrem Vater zusammen gewesen war, ließ Anne schaudern. Was hatten die beiden zu besprechen gehabt? Sie konnte sich nicht vorstellen, dass es in ihrem Sinne gewesen war.

»Du warst hoffentlich nicht so unbedacht, mit ihm über meinen Sohn zu sprechen.«

»Nein. Aber ich habe ihn gefragt, wie er sich deine Zukunft vorstellt.«

»Was hat er gesagt?«

»Selbstverständlich wünscht er sich, dass du einen einflussreichen Mann heiratest. Die gute Nachricht ist, dass es kein Adliger sein muss. Materieller Reichtum sorgt seiner Ansicht nach ebenfalls für genügend Einfluss und Ansehen. Daraus schlussfolgere ich, dass er unserer Heirat nicht grundsätzlich widersprechen würde. Zur Zeit genüge ich seinen Ansprüchen vielleicht noch nicht, aber wenn ich unser Geschäft weiter so erfolgreich vorantreibe und spätestens, wenn ich Vater beerbt habe, wird er keinen Grund mehr für eine Ablehnung haben. Ich denke, dass ich ihn auch jetzt schon überzeugen könnte. Vielleicht gäbe er sogar kurzfristig sein Einverständnis, denn er ist bester Stimmung. Wärst du dann nicht erleichtert? In Wahrheit möchtest du doch gern wieder in gutem Einvernehmen mit deiner Familie stehen, oder nicht? Ich sage nicht, dass ich ihn vorher um Erlaubnis bitten will, aber wenn wir schnellstens heiraten, werde ich ihn ganz gewiss gnädig stimmen. Und das Beste ist: Wir können ihn als Verbündeten gewinnen. Wenn er meine Aussage, dass ich der Vater deines Kindes bin, unterstützt, wird Lord Archibald nicht daran zweifeln. Wie findest du das? Es fiel mir mitten in der Nacht ein, wie eine vom Sternenhimmel gefallene Erleuchtung.« Als würde ihm erst jetzt das Sträußchen wieder einfallen, hielt er Anne mit einer abrupten Bewegung die Blumen hin. »Heirate mich, Anne Baynes! Ich bitte dich von Herzen. Du würdest mich für immer zu einem glücklichen Mann machen.«

Anne machte keine Anstalten, ihm den Strauß abzunehmen. Will machte sie wütend und rührte sie gleichzeitig.

»Ich will dich wirklich nicht unglücklich machen, aber es geht so nicht, Will. Du kannst Ians Kind nicht beanspruchen, denn er beansprucht es selbst. Und mein Vater erwartet vor allem, dass ich ihm, und nach ihm meinem Bruder, einen Platz im Parlament verschaffe. Eine Heirat mit dir würde nicht zu diesem Ziel führen. Deshalb irrst du dich, wenn du glaubst, du könntest ihn vor vollendete Tatsachen stellen und dann beschwichtigen.«

»Drummond beansprucht das Kind? Woher weißt du das? Hast du ihn gesprochen?« Schärfe war in seine Stimme gekrochen und Misstrauen in seinen Blick.

Sie sah zu Boden. »Das ist nicht wichtig. Es genügt, dass ich es weiß. Ich spreche hier nicht von Ian und mir. Es geht nur um die Drummonds und Johnny. Wenn sie ihn in Sicherheit bringen und Ian ihn anerkennt, dann wird das eine große Erleichterung für mich sein. Doch wie es auch kommt: Ich werde dich nicht heimlich heiraten, Will. Das würde alles nur schwieriger machen.«

Als Will weitersprach, klang seine Stimme, als litte er körperliche Schmerzen. »Liebst du Ian Drummond noch? Hoffst du nach allem, was geschehen ist und allen Umständen zum Trotz darauf, dass er dich am Ende doch noch heiratet? Das kann nicht dein Ernst sein.«

»Natürlich hoffe ich das nicht. Ich habe doch gesagt, es geht nicht um ihn und mich. Können wir aufhören, darüber zu sprechen? Du selbst hast Ian gesagt, dass du seinen Sohn zu deinem erklären willst. Was hast du erwartet? Dass er sagt: ›Danke, Mr. Wills, Ihr nehmt mir eine Last ab. Je früher Ihr meinen Sohn zu einem königstreuen englischen Gentleman erzieht, desto besser‹? Es gibt jetzt nur zwei Möglichkeiten: Entweder nehmen die Drummonds Johnny mit nach Schottland. Dann atme ich auf und lebe mein Leben weiter, bis Seine Majestät mich vom Hof entlässt. Oder den Drummonds gelingt es nicht, Johnny mitzunehmen. Dann muss ich Schritte unternehmen, um ihn selbst zu befreien, wie ich es dir schon erklärt hatte.«

»Und was machst du, wenn dein Vater darauf besteht, dass du einen Fremden heiratest? Interessiert dich mein Angebot auch dann nicht?«

»Zum einen habe ich nicht das Gefühl, dich noch gut genug zu kennen, zum anderen bezweifle ich, dass Seine Majestät mir derzeit erlauben würde, dich zu heiraten. Im Grunde will ich jetzt überhaupt nicht heiraten. Du müsstest mir also noch länger Zeit lassen. Und selbst dann könnte ich am Ende vielleicht nicht zustimmen.«

Seine von dunklen Schatten unterlegten Augen wurden größer. »Das heißt, du schließt nicht aus, dass du eines Tages zustimmst? Und du willst an unserer Freundschaft festhalten?«

Sie nickte. »Auch wenn du mich belogen hast, bleibst du der einzige Freund, der immer zu mir stand.«

»Würdest du dann bitte diese Blumen annehmen, auch wenn sie nun nicht zu einem Hochzeitsstrauß werden? Ich weiß nicht, was ich sonst damit tun soll.«

Die Erleichterung über seine Einsichtigkeit machte es Anne dieses Mal leicht, ihm mit einem Lächeln zu danken. »Du hast sie schön ausgesucht, sie gefallen mir. Wie lange willst du noch in London bleiben? Hat mein Vater dir gesagt, wie lange er noch bleibt? Und wie hat er über seinen Besuch bei Hof gesprochen? Ist er zufrieden mit dem Ergebnis?«

Will tat ihr den Gefallen, auf ihren Themenwechsel einzugehen. »Ich habe mit Strattingham, einem der großen Londoner Reeder, eine Kooperation ausgehandelt. Wir werden Schwesternschiffe bauen und sie gemeinsam ausrüsten, wodurch sich erhebliche Kosten einsparen lassen. Dafür gibt es viele Einzelheiten zu besprechen, und er hat mich eingeladen, die ganze Wintersaison in seinem Haus zu verbringen. Das hatte ich bisher nicht zugesagt, doch wenn du mir die Hoffnung schenkst, dass wir uns in den kommenden Wochen noch einige Male sehen, bleibe ich. Was deinen Vater betrifft, wünscht er sich einen weiteren Besuch bei Hof, bevor er nach Madlock House zurückkehrt. Ich nehme an, er wird bald wieder im königlichen Drawing Room erscheinen. Zufrieden ist er jedenfalls. Er erzählt jedem, der lange genug stillhält, von seinen ausgezeichneten Aussichten und dem bevorstehenden Aufstieg seiner Familie.«

»Mag sein, dass sogar etwas Wahres daran ist. Herr Mehemet, der mir die Empfehlung für ihn schrieb, machte so eine Andeutung.«

»Nun, die Wahrheit ist sicher, dass er und dein Bruder absolut königstreue, wohlhabende Whigs sind und in dir eine brave und nun schon langjährige Dienerin des Hofs als Verwandte vorweisen können. Wäre ich ein König, ich würde auch in Erwägung ziehen, sie zu fördern.«

»Und ich werde mich bemühen, es ihnen zu gönnen. Dennoch wäre ich für den Moment froh, wenn mein Vater schnellstens aus London verschwände.«

Als Anne den Park verließ, blieb sie bei der Wache am Palasttor noch einmal stehen und blickte sich um. War die Gingerbreadverkäuferin, die nun eilig in die andere Richtung ging, ihr und Will auf dem Spaziergang gefolgt? Ließen die Campbells sie etwa doch schon beobachten? Hatte sie sich morgens wirklich oft genug vergewissert, dass niemand ihr auf den Fersen war? Sie musste noch vorsichtiger sein. Müde stieg sie zu ihrem Zimmer empor.

Kaum hatte sie die Tür hinter sich geschlossen, erklang Gräfin Johannas Stimme aus ihrem gemeinsamen Wohnraum. »Miss Baynes? Seid Ihr da? Ich muss Euch etwas berichten.«

Eilig tauschte sie ihren warmen Mantel gegen den Hausmantel, der ebenfalls den größten Teil ihres Petticoat-Lane-Kleides verdeckte. »Ich komme, Mylady. Nur einen Augenblick.«

Gräfin Johanna saß am Tisch, der mit einem verlockenden Frühstück gedeckt war. Es duftete nach Tee, Kaffee, Scones und

Orangengelee. »Ihr wart heute aber früh unterwegs! Was Ihr für eine unglaublich emsige Person seid, meine Liebe! Habt Ihr etwa auch schon gefrühstückt? Ich hoffe nicht, denn ich ließ alles für zwei kommen.«

Für diese Umsicht war ihr Anne von Herzen dankbar, denn sie hatte bereits vor einer Weile festgestellt, dass sie entsetzlich hungrig war. »Ihr seid ein Engel, liebste Gräfin. Ich bin seit Stunden auf den Beinen und kam nicht dazu, etwas zu mir zu nehmen. Darf ich aber zuerst fragen, ob es eine dringende Angelegenheit ist, von der Ihr mir berichten wollt?«

Johanna lächelte und goss ihr Tee ein. »Gewissermaßen dringend, aber kein Grund zur Sorge. Prinzessin Caroline gibt morgen einen Empfang. Und Ihr seid ganz ausdrücklich eingeladen. Ich brauche Euch wohl nicht zu erklären, dass das am Tag nach der Krönung ein ganz besonders schöner und bedeutsamer Gunstbeweis ist. Denn auch wenn wir beide wissen, dass Madam Schulenburg die heimliche Königin von England ist: Für den englischen Adel und das Volk ist Caroline als Gemahlin des Thronfolgers nun die Lady mit dem höchsten Rang im Land. Und ich glaube, sie hat etwas mit Euch vor.«

Zum wiederholten Male an diesem noch jungen Tag übersprang Annes Herz einen Schlag. Ihr wäre es lieber gewesen, nicht besonders herausgehoben zu werden. Andererseits konnte sie die liebenswürdigen Damen, denen ihr Wohl am Herzen lag, nicht brüskieren.

»Die Ehre verdanke ich gewiss auch Euch, liebe Gräfin. Ich danke Euch innigst. Gleich nach dem Frühstück muss ich überlegen, was ich anziehe. Sicher werde ich den Damen von der Schulenburg bei ihren Vorbereitungen für den Empfang behilflich sein müssen, sodass mir wenig Zeit für Anproben und Änderungen meiner eigenen Garderobe bleibt.«

Ihre mütterliche Freundin nickte. »Ich werde Euch mit der

Zofe und den Mägden beistehen, damit alles schnell geht. Darin habe ich viel Erfahrung.«

Prinzessin Carolines Leben hatte von ihrer Geburt als Tochter eines brandenburgischen Markgrafen bis zur Verleihung des Titels »Princess of Wales« zuerst einen betrüblichen Verlauf, dann jedoch eine erstaunliche Wendung genommen. Ihre früh verwitwete Mutter hatte einige Jahre lang mit ihr und ihrem jüngeren Bruder in ärmlichen Verhältnissen gelebt, war dann eine unglückliche zweite Ehe mit dem sächsischen Kurfürsten eingegangen, der zwei Jahre darauf ebenso an Pocken starb wie ihr erster Gemahl. Nach zwei weiteren Jahren auf dem Witwensitz der Kurfürstin starb auch Carolines Mutter, und die damals dreizehnjährige Waise wurde am Berliner Hof untergebracht, wo Herzogin Sophies Tochter Sophie Charlotte herrschte. Dort reifte Caroline zu einer gebildeten Dame heran und heiratete schließlich, angeblich aus eigener Entscheidung, Georg August. Schon damals hatte sie damit rechnen dürfen, eines Tages Königin von England zu werden, doch reines Kalkül unterstellte Anne ihr nicht. Dazu wirkte das prinzliche Paar meist zu liebevoll, obwohl Georg August nicht gerade ein Muster an Ausgeglichenheit und Friedfertigkeit war.

Am Tag von Carolines Empfang war der Kronprinz nicht anwesend. Er hatte sich mit einigen ausländischen Krönungsgästen, die sich nicht durch das graue Herbstwetter abschrecken ließen, auf einen Jagdausflug begeben. Die weniger wetterfesten jungen Gäste fanden sich bei Caroline ein, sodass Anne die hohe Ehre erlebte, gemeinsam mit etlichen Kronprinzessinnen des Kontinents und diamantenbeladenen Duchesses ältesten Adels zum selben Anlass eingeladen zu sein. Auch Gräfin Johanna, Madam Schulenburg und ihre Töchter waren zugegen. Die meisten anderen deutschen Höflinge fehlten hingegen zugunsten englischer Adliger. Ganz offensichtlich hatte Caroline eine Anstrengung unternommen, ihre neuen Landsleute zu bevorzugen und sie damit wohlgesinnt zu stimmen.

Anne war froh, dass Gräfin Johanna erneut für sie ihren Kleiderschrank geöffnet und ein angemessenes Gewand gefunden hatte, das nur geringfügig geändert werden musste. Hoch und heilig hatte sie versprochen, dass sie sich in Kürze darum kümmern würde, ihre eigene Garderobe ihrem schleichend angestiegenen Rang anzupassen, statt immer nur für andere Damen das Beste und Schönste ausfindig zu machen.

Während Madam Schulenburg sich mit dem ausländischen Adel ohne Scheu auf Französisch unterhielt, blieben Gertrud, Luise und Melusine zuerst schüchtern unter sich und schlossen Anne in ihren Kreis ein. Sehr bald jedoch begann ihre Mutter, sie den Gästen als ihre Nichten vorzustellen, und sie mussten sich in das Gewebe der vornehmen Konversation einflechten. Anne wurde ebenfalls einbezogen, doch nur am Rande. Die Herrschaften behandelten sie daher gerade aufmerksam genug, um sich nicht der Grobheit schuldig zu machen, erwarteten von ihr aber keine nennenswerten Beiträge zur Unterhaltung. Sie vermutete, dass sich schon bald niemand von ihnen mehr an ihren Namen erinnern würde. Ihr war es recht, denn auf diese Art fühlte sie sich hier gerade wohl genug.

Caroline allerdings wollte sie nicht in der Rolle des Mauerblümchens sehen, wie sich herausstellte. Nachdem die Gastgeberin sich pflichtgemäß zuerst mit ihren vornehmsten Gästen beschäftigt hatte, winkte sie Anne zu sich, um sie einem Kreis englischer Adliger vorzustellen.

»Myladys und Mylords, Lady Montagu, Sir Finch, Lady Herbert, Sir Powlett, darf ich vorstellen: Lady Anne Baynes,

Tochter von Sir Baynes of Madlock Country. Lady Baynes lebte einige Jahre an unserem Hof in Hannover, bevor sie uns hierher begleitete und zu unserer wertvollen Beraterin wurde. Sie hat ein feines Gespür dafür, wie sich unsere noch deutschen Bedürfnisse mit den englischen Gepflogenheiten vereinbaren lassen. Und ebenso feinfühlig vereint sie die persönlichen Bedürfnisse der einzelnen Dame mit ihrem eigenen exzellenten Geschmack zu harmonischen Kompromissen. Liebe Lady Baynes, ich hoffe, Ihr bleibt unserer Hofgesellschaft noch lange erhalten und werdet nicht zu bald von einem klugen Bräutigam geraubt. Ich sage nicht zu viel, wenn ich verrate, dass die Damen des Hofs sich bei Seiner Majestät dafür stark gemacht haben, dass Ihr ein offizielles Amt erhaltet, welches Eure Verdienste würdigt.«

Nun verstand Anne, warum Caroline sie nebenbei von der Miss zur Lady erhoben hatte. Sie wollte den Engländern plausibel machen, dass sie ihres neuen Ranges würdig war. Glücklicherweise verschaffte der tiefe Knicks, der nun angebracht war, Anne genug Zeit, ihre Sprache wiederzufinden. Unter normalen Umständen hätte sie sich über die Anerkennung ihrer Dienste herzlich gefreut. Doch nun war ihr erster Gedanke, dass jede Erhöhung ihres Ranges es nur umso schrecklicher machen würde, wenn sie den König hinterging und die Wahrheit über sie ans Licht kam.

Sie zwang sich gewaltsam zu einem möglichst frohen Lächeln. »Das ist sehr gütig, Eure Hoheit. Ich danke Euch vielmals.«

Caroline winkte ab. »Es ist Euer Verdienst und nicht meiner. Erzählt uns doch von den jüngsten Entdeckungen, die Ihr in London gemacht habt. Auf mich wirkt die Stadt ja noch immer wie ein großer Irrgarten. Ich bewundere Euch dafür, dass Ihr Euch zurechtfindet.«

Wie üblich entspann sich daraufhin ein Gespräch über die

schwierige Navigierbarkeit der Stadt und die schwer verständliche Aussprache ihrer Ureinwohner, sowie die Vielfalt der Londoner Tuchhändler, Seidenweber, Perücken- und Hutmacher, Besticker, Knopfmacher, Buchbinder, Papierschöpfer, Kalligrafen, Süßwarenhändler, Gold- und Silberschmiede und Juwelenhändler.

Caroline verabschiedete sich nach einer Weile, um ihre Aufmerksamkeit weiteren Gästen zuteilwerden zu lassen. Kurz darauf begannen die englischen Herrschaften Anne andere Fragen zu stellen. Auf einmal ging es um die besonderen Eigenheiten der Deutschen – vom hannoverschen Hofzeremoniell bis hin zu den Essgewohnheiten –, und schließlich kam man auf das, was eigentlich alle am brennendsten interessierte: Stimmte es, dass Seine Majestät King George nicht beabsichtigte, die althergebrachten Hofämter zu vergeben, die ihren Trägern Zutritt zu seinen privaten Gemächern gewährten? Und wenn es so war: Welche geheimnisvollen Gründe steckten dahinter? War er sich nicht bewusst, dass diese Abweichung von der Tradition für viele Irritationen sorgte und ihn schlimmstenfalls – man möge den Ausdruck verzeihen – verschroben wirken ließ? Schließlich wäre es doch unwahrscheinlich, dass der neue Souverän – lang möge er leben – etwas zu verbergen hatte. Oder etwa nicht?

Anne verwies wahrheitsgemäß darauf, dass Seine Majestät es gewöhnt war, sich völlig ungestört mit den für seine Regierungsgeschäfte notwendigen Dokumenten zu befassen und außerdem für den Erhalt seiner ausgezeichneten Gesundheit ausgedehnte Ruhezeiten einhielt. Auf keinen Fall jedoch würde Seine Majestät diese Ämter aus Misstrauen nicht vergeben oder weil er den englischen Adel zurückwiese. Sie verteidigte den König, so gut sie konnte, spürte jedoch, dass noch viel mehr nötig sein würde, um die Herrschaften von seiner Integrität zu überzeugen.

Trotz Annes Bemühungen wandte sich das Gespräch nur zögerlich wieder unverfänglichen Angelegenheiten zu, sodass sie erleichtert war, als ein Lakai sie bat, ihm aus dem Saal zu folgen. Ihre Erleichterung schlug jedoch in Anspannung um, als sie in der Vorhalle ihren Vater entdeckte, der in seinem neuen Hofgewand auf und ab ging, prunkvoller gekleidet, als sie ihn je zuvor gesehen hatte.

»Vater. Welche Überraschung.«

Er nickte ihr hoheitsvoll zu. »Anne. Ich kam, um mich zu verabschieden. Von dir, aber auch von Herrn Mehemet und meinen anderen Bekannten bei Hof. Nach einiger Wartezeit klärte man mich auf, dass Herr Mehemet sehr beschäftigt ist, viele andere Herren leider zur Jagd gefahren seien und du zu Prinzessin Carolines Empfang geladen seist. Wie bedauerlich, dass dir nicht in den Sinn kam, mich davon zu unterrichten. Ohne zu prahlen, darf ich behaupten, dass mein voriger Besuch bei Hof ein voller Erfolg war. Daher nehme ich an, dass Seine Majestät deine Einladung mit großer Selbstverständlichkeit auf mich erweitert hätte, wenn du angefragt hättest. Doch ich möchte mich nicht lange damit aufhalten, dich zu tadeln. Sicherlich lässt sich die Sache remedieren, wenn du unserer Kronprinzessin mitteilst, dass ich hier bin und mich überaus glücklich schätzen würde, ihr meine Reverenz erweisen zu dürfen.«

Er wies auf die Tür, als wäre Annes Zustimmung nicht nötig. Früher hätte sie sich einfach gefügt, nicht aber an diesem Tag. »Du verlässt London also bald? Wirst du dich aus der Entfernung weiter um einen Platz im Parlament bemühen?«

»Ich darf in aller Bescheidenheit behaupten, dass mir dieser Platz so gut wie sicher ist. Den wohlwollenden Äußerungen meiner neuen, hochangesehenen Bekanntschaften zufolge ist es nur eine Frage der Zeit. Dass ich den Austausch mit den Mitgliedern des Hofs pflege, liegt also im allgemeinen Interesse. Wenn du nun bitte …« Erneut zeigte er auf die Tür.

Er war in seiner Selbstverliebtheit so überzeugt davon, in die geladene Gesellschaft zu gehören, dass er es womöglich nicht einmal bemerken würde, wenn jemand Anstoß an seiner Gegenwart nahm. Flüchtig fragte Anne sich, ob ihr sein Verhalten zu peinlich war, um ihn Caroline vorzustellen. Doch ihn fortzuschicken war in dieser Situation für eine Tochter mit dem Mindestmaß an Achtung für ihren Vater kaum möglich.

»Da nur geladene Gäste von hohem Rang anwesend sind, hat die Prinzessin wenig Zeit. Falls sie einwilligt, dich zu empfangen, stelle ich dich kurz vor, doch anschließend musst du wieder gehen. Andernfalls entstünde womöglich ein Zweifel, ob deine Aufwartung tatsächlich ihr galt, wie es in diesem Falle angemessen wäre. Das würde sie beleidigen, was du dringend vermeiden musst.«

»Hältst du mich für einen dummen Bauern? Solche Verhaltensregeln sind nicht der Erwähnung wert.«

Anne nickte und ging wieder in den Empfangssaal. Caroline wandte sich ihr ein wenig erstaunt, doch freundlich zu.

»Ich bitte um Vergebung, Eure Hoheit, aber mein Vater ist überraschend erschienen, um sich von mir zu verabschieden. Er wartet draußen und möchte sich nicht der Unhöflichkeit schuldig machen, Euch nicht persönlich seine Verehrung auszudrücken. Möchtet Ihr ihm die Ehre erweisen, ihn zu empfangen? Es wäre für meine Mutter zu Hause gewiss eine große Freude, ihn von der Begegnung erzählen zu hören.«

Caroline lachte. »Dann wollen wir ihr diese Freude machen. Bittet ihn herein.«

Anne gab sich den Anschein von Gleichmut, während sie ihren Vater in den Empfangssaal führte, doch heimlich beobachtete sie ihn genau. Sir Baynes, der auf dem Flur noch so getan hatte, als hätte er den Anspruch auf einen Platz in der allerbesten Gesellschaft, schrumpfte, als er nun begriff, mit welcher Adelsklasse er es hier zu tun hatte. Etliche Male dienerte er vor ihm Unbekannten, wenn deren Blicke ihn streiften, bis sie vor der Prinzessin standen. Vor ihr verbeugte er sich tiefer und länger, sodass ihm das Blut zu Kopf gestiegen war, als er sich wieder aufrichtete. Anschließend sprach er Caroline in untertänigem Tonfall in einer Sprache an, die er vermutlich für Französisch hielt, die aber sogar für Anne unverständlich blieb. Dabei hatten ihre Eltern glücklicherweise darauf bestanden, dass Anne und ihre Geschwister die Sprache ordentlich erlernten.

Prinzessin Caroline ließ ihn geduldig ausreden, verstand ihrem Gesichtsausdruck nach allerdings ebenfalls wenig. Davon ließ sie sich jedoch nicht aus der Fassung bringen. Am Ende antwortete sie ihm in ausgezeichnetem Englisch.

»Ich bin erfreut, Eure Bekanntschaft zu machen, Sir Baynes. Es ist überaus freundlich von Euch, dem Hof und der Regierung Eure Dienste anzubieten. Wir werden uns an Euch erinnern. Zumal wir in Eurer Tochter bereits ein wertvolles Mitglied unseres Kreises sehen. Für Eure Heimreise wünsche ich Euch alles Gute. Gewiss wird Eure Tochter gern die Gelegenheit nutzen, Euch noch rasch den Damen vorzustellen, in deren unmittelbaren Diensten sie steht.«

Mit einer formvollendeten Geste entließ sie ihn, und er dienerte erneut. Schweigend ließ er sich anschließend von Anne zu Madam Schulenburg und ihren Töchtern führen. Auch bei ihnen setzte er wieder zu seiner französischen Rede an, doch Anne bremste ihn. »Verzeih die Unterbrechung, Vater, aber alle Damen von der Schulenburg sprechen sehr gut Englisch und erproben es gern.«

Daraufhin wechselte er ins Englische, doch die Unterbrechung schien ihm den Wind aus den Segeln genommen zu haben. Möglicherweise lag das Versiegen seiner Redefreude aber auch daran, dass er sich auf einmal vier Damen gegenübersah, die ihn gleichzeitig durchdringend musterten. Jedenfalls beschränkte er sich bei ihnen auf die üblichen knappen Höflichkeiten, fügte ein paar Komplimente bei und verabschiedete sich rasch. Anne wollte ihn hinausbegleiten, doch er winkte ab.

»Schon gut. Ich will dich nicht länger von deinen Pflichten fernhalten. Deine Mutter wird sicher mit Freude hören, wie gut du dich hier eingefügt hast. Auf Wiedersehen.«

Anne sah ihm an, dass er in Gedanken schon fort war und gar nicht mehr an sie dachte. »Auf Wiedersehen, Vater«, sagte sie und blickte ihm nach, wie er unter zahlreichen Verbeugungen nach rechts und links den Weg zur Tür hinausfand, ohne sich noch einmal nach ihr umzusehen.

Zwar unzeremoniell, doch offiziell erhielt Anne am Tag nach Carolines Empfang das Amt einer »Lady of the Bedchamber« der Princess of Wales verliehen. Madam Schulenburg las ihr die Urkunde vor und fügte gleich die notwendigen Erklärungen hinzu.

»Die damit verbundenen Dienstpflichten wirst du weitgehend ignorieren und weiterhin tun, was du bisher tatest. Nur wenn Caroline es wünscht, nimmst du zur Repräsentation des prinzlichen Hofs bei besonderen Anlässen deinen Platz in ihrem Gefolge ein. Ich bin froh, dass ich mich mit ihr auf dieses Arrangement einigen konnte. Einerseits besetzen wir auf die Art ein weiteres Hofamt mit einer Engländerin, ohne dafür eine Fremde auswählen zu müssen, andererseits verschafft das Amt dir eine höhere Legitimität. So kannst du möglicherweise uns allen von noch größerem Nutzen sein. Nicht zu vergessen ist natürlich das vom Parlament nicht anfechtbare Einkommen, das ein traditionelles Hofamt mit sich bringt. Wenn der königliche Etat besprochen wird, kann niemand leugnen, dass die Bezüge einer Lady of the Bedchamber der zukünftigen Königin eine notwendige Ausgabe sind. Alles, was meinen eigenen Haushalt betrifft, wird weit kritischer betrachtet werden. Also, wie steht es, Lady Anne Baynes? Freut Ihr Euch?«

So sehr Anne auch mit ihrer Lage haderte, fühlte sie sich doch gerührt von der Anerkennung, die ihr von Madam Schulenburg, Prinzessin Caroline, Gräfin Johanna und Henrietta Howard, die an ihrer Ernennung gewiss alle ihren Anteil hatten, entgegengebracht wurde. Ihren inneren Zwiespalt verschlimmerte das zwar, dennoch musste sie nicht lügen, als sie nun nickte. »Ich freue mich und hoffe, dass ich mich der hohen Ehre als würdig erweise.«

»Das werdet Ihr schon. Uns allen sind Euer Diensteifer, Eure Hilfsbereitschaft und Euer Gespür für angemessenes Benehmen bekannt. Macht einfach so weiter. Damit erweist Ihr Euch als würdig. Ob eine unbekannte englische Lady das ebenso tun würde, ist ungewiss. Bei Euch sind wir uns sicher.«

Madam Schulenburg strahlte sie so warmherzig an, dass Anne nun doch wieder flau wurde. Innig hoffte sie, dass sie ihre Gönnerinnen nicht tief enttäuschen würde. Stumm versprach sie dem Herrgott, dass sie alles vermeiden würde, was sie erneut in die Nähe der Jakobiten oder anderer Königsfeinde bringen konnte, wenn er nur dafür sorgte, dass die Drummonds Johnny sicher nach Schottland brachten und dass ihr Geheimnis gewahrt blieb.

»Das sind sehr freundliche Worte, Eure Wohlgeboren. Ich danke Euch. Darf ich fragen, ob Ihr schon mit Seiner Majestät über einen Theaterbesuch gesprochen habt? Ich hörte …«

Madam Schulenburg lachte. »Und da ist sie gleich wieder

fleißig, die frischgebackene Lady of the Bedchamber. Wollt Ihr denn nichts weiter über Euer Amt wissen? Mich an Eurer Stelle würde zum Beispiel die Höhe meines neuen Einkommens brennend interessieren. Ich weiß, Ihr seid bescheiden, doch wie ich hörte, bedarf Eure Garderobe einiger Ergänzungen, oder stimmt das nicht?«

Anne spürte, wie sie errötete. »Es kam mir aufdringlich vor, danach zu fragen, wenn ich ehrlich bin.«

Madam nickte mit mildem Lächeln. »Eine Schwäche von uns Frauen. Dabei sind solche Zahlen auf lange Sicht für uns womöglich wichtiger als für die Männer, die weit mehr Möglichkeiten haben, sich ein zusätzliches Einkommen zu verschaffen. Also, ich sage es Euch: Die Lady Anne of the Bedchamber erhält 500 Pfund per annum. Und angesichts der besonderen Umstände wird man Euch die Summe umgehend aushändigen und nicht erst zum Anfang des neuen Zahlungsjahres, wie es sonst üblich ist.«

Die Höhe der Summe raubte Anne den Atem. Sogar nachdem sie sich neu eingekleidet hatte, würde sie einen beträchtlichen Betrag übrig behalten. Miss Darling würde niemals um ihre Pennys fürchten müssen. Ausnahmsweise fiel ihr das Lächeln leicht. »Ich gestehe, dass ich mich nun mehr darauf freue, mir ein paar neue Kleider auszusuchen.«

Madam Schulenburg hielt ihr huldvoll die Ernennungsurkunde hin. »Ich bin neugierig auf Eure Wahl. Aber seht doch bitte noch bei meinen Mädchen vorbei, bevor Ihr zum Schneider eilt.«

War Anne schon durch Madam Schulenburgs Ansprache gerührt gewesen, traten ihr nun die Tränen in die Augen, als sie in die Gemächer der jungen Damen von der Schulenburg kam. Hastig stellten die drei sich nebeneinander auf und sangen ihr zu Ehren ein Lied, das sie ohne ihr Wissen einstudiert hatten.

Anschließend scharten sie sich lachend um sie, überreichten ihr Blumen und tätschelten ihr die Schultern.

»Was für ein Glück, dass wir uns schon so lange kennen«, sagte Melusine. »Sonst wüsste ich vor Ehrfurcht gar nicht, was ich noch zu Euch sagen darf.«

Luise rollte die Augen. »Was du gleich wieder für einen Unsinn redest, Schwesterherz. Früher bist du auch nicht verstummt, wenn du es mit einer von Carolines Kammerfrauen zu tun hattest. Mir wird es eher schwerfallen, stets daran zu denken, dass es nun ›Lady‹ und ›Ihr‹ und ›Euch‹ heißt, statt ›Miss‹ und ›du‹. Ich bitte im Voraus um Verzeihung, falls ich mich das eine oder andere Mal verplappere.«

Anne umfasste die Blumenstängel mit beiden Händen und hielt sich die Blüten an die Nase. »Das wird mir nichts ausmachen, Miss Luise. Ginge es nach mir, könnten wir auch bei den alten Formen bleiben.«

Melusine stieß einen Laut der Entrüstung aus. »Das ist ausgeschlossen. *Notre-tante* hat uns eingeschärft, dass wir die Formen unbedingt wahren müssen. Die Engländer sind noch an das strenge Hofregime von Queen Anne gewöhnt und würden uns nicht respektieren, wenn wir die Regeln nicht einhalten. Von nun an heißt es nur noch ›Lady Anne‹ oder ›Lady Baynes‹.«

Für den Tag nach Annes Ernennung hatte Gräfin Johanna voller Eifer für sie Mr. Morris bestellt, den Schneider, der früher gelegentlich auch für Queen Anne gearbeitet hatte. Während draußen ausdauernder Herbstregen fiel, saßen sie gemeinsam in ihrem Wohnzimmer und ließen sich Zeichnungen von Roben zeigen, die derzeit von den Damen am Pariser Hof getragen wurden. Keine davon kam noch ohne Reifrock aus, und die

Schmuckschleifen waren für Annes Geschmack zu groß, doch die Schönheit der Spitzenbesätze fand sie beeindruckend.

»Selbstverständlich kann ich auch die aus Frankreich eingeführten Stoffe und Spitzen besorgen«, sagte Mr. Morris.

»Besteht bei den Engländern danach große Nachfrage?«, erkundigte sich Gräfin Johanna.

»In der Tat. Französische Spitze und Seidenstoffe sind höchst begehrt. Der Einfallsreichtum der französischen Seidenweber bringt jede Saison eine Fülle neuer Muster hervor, die von den englischen Herrschaften stets mit Begeisterung begrüßt wird.«

Anne vertiefte sich in die Abbildung des Kleids, das sie schon beinah zu bestellen bereit war. »Auch ich bewundere die Franzosen für ihren Geschmack und ihre Schöpferkraft. Allerdings habe ich in den vergangenen Wochen bei meinen Reisen durch London viele einheimische Erzeugnisse entdeckt, deren Qualität der französischen in nichts nachsteht. Daher möchte ich meine Auswahl lieber unter diesen Waren treffen. Ich hätte da auch schon einige Vorschläge.«

Anne hatte gerade begonnen, Mr. Morris ihre Vorstellungen zu erläutern, da brachte Albert einen Brief für sie. Um nicht unhöflich zu Mr. Morris und Gräfin Johanna zu sein, legte Anne das mit einem Siegel verschlossene Schreiben ungelesen in ihr Zimmer. Doch die Freude am Schwelgen in Eitelkeiten war ihr vergangen. Sie bemühte sich, die Auswahlprozedur zu beschleunigen, ohne sich anmerken zu lassen, dass sie nicht mehr bei der Sache war. Zu ihrem Glück waren sowohl Mr. Morris als auch die Gräfin entzückt von der Entschlossenheit, mit der sie ihre Bestellungen machte.

Nachdem der Schneider gegangen war, umarmte Gräfin Johanna sie flüchtig. »Ich bin froh, dass Ihr Euch entschieden habt, Eure Bescheidenheit und Sparsamkeit abzulegen. Wartet nur ab, wir werden eine vollendete Hofschönheit aus Euch machen. Bald werdet Ihr Euch vor Heiratskandidaten nicht mehr retten können.«

»Ihr seid sehr gütig, liebe Gräfin. Aber ich fürchte, dass ich mich dazu gar nicht eigne. Mir ist es eine größere Freude, anderen Damen zu diesem Ruf zu verhelfen.«

Gräfin Johanna lachte und neigte sich zu ihrem Ohr. »Ganz im Vertrauen: So geht es mir auch. Wenn Ihr mir also eine Freude machen wollt, dann fügt Ihr Euch und lasst mir freie Hand.«

Sie verabschiedeten sich heiter und formlos, und Anne schloss die Zimmertür hinter sich. Hastig brach sie das Siegel des Briefs.

Liebe Miss Baynes,
unerwartet musste ich früher als geplant aus London abreisen und schreibe Euch nun, um mich auf diesem Weg zu verabschieden. Ich bedaure, dass es zu keiner weiteren Begegnung zwischen uns kam, bei der wir unser Gespräch hätten fortführen können. Gern wäre ich mit Euch spazieren gegangen, um die Gärten vor der Stadt zu betrachten, die jetzt im Herbst zwar nicht mehr so schön sind wie im Frühsommer, aber doch noch etliche Blüten aufweisen. Leider sollte es nicht sein – denn die Verpflichtungen meiner Familie gegenüber riefen mich nach Hause. Ihr hattet mich gebeten, Euch davon zu unterrichten, ob mein kranker Neffe, um den Ihr Euch freundlicherweise aus Mitgefühl mit mir sorgtet, von seiner Fieberkrankheit genesen ist. Zu meinem Kummer muss ich Euch mitteilen, dass dies nicht der Fall ist. Es war gerade die Verschlechterung seines Zustands, wegen der ich London so eilig verließ. Nach einem Besuch an seinem Krankenbett darf ich mittlerweile aber wieder hoffen, dass er mit der gnädigen Hilfe unseres allmächtigen Herrn überleben wird. Die

Genesung wird jedoch gewiss noch lange Zeit in Anspruch nehmen, und nach wie vor wissen die Herrn Doktoren nicht genau, wo das Übel seinen Sitz hat.

Ihr sagtet, das Schlimmste in solcher Lage wären das Gefühl der Machtlosigkeit und die aufgezwungene Untätigkeit. Ich versichere Euch, dass ich Euch darin gerade jetzt von Herzen zustimme. Dennoch müssen wir uns damit abfinden, nicht helfen zu können, und uns mit Gebeten begnügen.

Ich danke Euch noch einmal für die Zeit, die Ihr mir freundlicherweise geschenkt habt, und verbleibe Eure Freundin,

Mrs. Josefina Jenkins

Wenn der Brief ihr bessere Neuigkeiten übermittelt hätte, dann hätte Anne über die Wahl des Namens geschmunzelt. Josefina Jenkins. Wie war Ian darauf gekommen? Doch jede Heiterkeit erstickte angesichts der Lage. Nicht nur, dass die Drummonds Johnny nicht hatten mitnehmen können – sie hatten London auch verfrüht verlassen müssen. Anne konnte nur vermuten, dass es auf Druck Lord Archibalds hin geschehen war.

So erstarb also die Hoffnung darauf, dass ihre Sorgen sich ohne ihr Zutun auflösten. Bedrückt legte sie das Papier in den Kamin, hielt die Kerzenflamme daran und sah zu, wie es verbrannte und die Bruchstücke des Siegels schmolzen. Sie konnte nur hoffen, dass die Campbells nichts von ihrem Treffen mit den Drummonds wussten.

Doch gleichgültig, ob es so war: Sie musste endlich in Erfahrung bringen, wo und unter welchen Bedingungen man ihren Sohn festhielt. So bald wie möglich würde sie May Darling in die Fleet schicken, damit sie sich dort umhörte.

14. Kapitel

Annes Vorschlag, möglichst bald eine Theatervorstellung zu besuchen, war bei den Damen von der Schulenburg auf Beifall gestoßen. Da Seine Majestät zurückhaltend blieb, beschlossen sie, zuerst einmal ohne ihn einen Versuch zu unternehmen, und Anne begleitete sie.

Nach der Vorstellung hielt sie gemeinsam mit Michael Ausschau nach den Sänften, die am Rand des betriebsamen Theatervorplatzes warteten. Als sie sie gefunden hatten und durch die Menge wieder zu den Damen zurückkehrten, um sie abzuholen, entdeckte Anne neben der Tür des Theaters May. Das Mädchen sprang aufgeregt auf und ab und sah sich dabei um. Hastig wandte Anne sich Michael zu, der dicht hinter ihr ging.

»Tu mir einen Gefallen. Siehst du das aufgeregte Mädchen da? Das ist Miss Darling. Geh bitte zu ihr und frag sie, ob sie nach Miss Baynes sucht. Wenn es so ist, dann soll sie dort warten. Ich komme zu ihr, wenn die Ladys sicher in ihren Sänften sitzen.«

Michael kam zurück, als die anderen Footmen Annes gut gelaunten Schützlingen bereits beim Einsteigen in die Sänften halfen. Er wirkte erheitert, und sein Gesicht war gerötet. »Eine echte Londonerin, die Kleine. Nimmt kein Blatt vor den Mund. Sie wartet auf Euch.«

Anne runzelte die Stirn. »Was hat sie zu dir gesagt? Wenn sie sehr ungezogen war, muss ich ihr das erklären.«

Er grinste und winkte ab. »Sie hat mir einen Heiratsantrag

gemacht, weil ich so geschmackvoll angezogen bin. Die königliche Livree gefällt ihr offenbar.«

»Hat sie dich auch gleich über dein Leben ausgefragt und dir erzählt, dass der Freund eines ihrer Freunde auch ein königlicher Footman ist? Sie ist äußerst aufgeweckt.«

»Dann ist sie Euch sicher nützlich. Soll ich mit Euch hierbleiben oder die Ladys begleiten?«

»Geh mit den anderen und bleib bei Miss Melusine. Sie hat Angst, weil die Chairmen so schnell sind, und sagte mir vorhin, dass du ihr auf dem Herweg ein Trost warst. Ich werde ihr nahelegen, dich zu empfehlen. Das wird dir vielleicht später helfen, wenn es um dein Zertifikat geht.«

Seine Miene wurde ernst. »Es wäre mir unangenehm, wenn Ihr glaubtet, dass ich alles nur deshalb mache.«

Anne begriff ihren Fehler. »Das glaube ich wirklich nicht. Ich bin überzeugt, dass du die Empfehlung verdienst, und suche nur Anlässe dafür, das den Herrschaften bewusst zu machen.«

Nun lächelte er wieder. »Dann danke ich Euch und wünsche viel Vergnügen beim Gespräch mit Miss Darling.«

Anne war mit ihrer Aufmerksamkeit noch bei den Sänften und schrak daher zusammen, als May ihr auf den Rücken tippte. »Keine Sorge, das bin nur ich, Miss Baynes. Ich dachte, es ist Unsinn, dahinten zu warten, wo Ihr Euch wieder zu mir durchdrängen müsst. Es war leichter für mich, zu Euch zu kommen. Ich habe auch gewartet, bis Eure Ladys fort sind.«

Durchatmend wandte Anne sich May zu. »Sehr klug von dir. Und mein herzliches Beileid noch. Ich hörte, dass Mr. Lodge deinen Heiratsantrag abgelehnt hat.«

Mays Lachen klang wild und übermütig. »Das ist ein stattlicher Kerl, dieser Mr. Lodge! So einer begegnet mir nicht jeden Tag, da musste ich die Gelegenheit nutzen. Aber er war schüchtern, da kann man nichts machen.«

Anne blieb ernst. »So mit Männern zu schäkern ist eine gewagte Sache. Es gibt manche, die verstehen nicht, dass du nur scherzt. Sie nehmen dich beim Wort und glauben, dass du dich ihnen anbietest.«

Feixend zuckte May mit den Schultern. »Und dann werden sie darauf bestehen, dass ich sie heirate? Was könnte mir Besseres passieren, als wenn mich ein Bediensteter des Hofs heiratet?«

Streng hob Anne den Zeigefinger. »Ich denke, du weißt genau, was ich meine. Es geht hier nicht ums Heiraten. Und selbst wenn: Du willst doch nicht wirklich einen Mann heiraten, den du eigentlich gar nicht kennst! Wer weiß, als was er sich entpuppt?«

Nun ließ May den Kopf hängen. »Ach, Miss Baynes! Glaubt Ihr, Mädchen wie ich haben eine Chance, jemals zu heiraten, wenn sie erst jahrelang warten, bis sie einen Mann richtig kennen? Ich muss doch froh sein, wenn mich überhaupt einer nimmt. Außerdem glaube ich, dass sich viele Leute gar nicht wirklich kennen, wenn sie heiraten. Und etliche kennen sich danach auch nicht. Das ist jedenfalls, was Mr. Pike manchmal über Mrs. Pike sagt, wenn er sich an sie erinnert: Dass er sie nie verstanden hat.«

»Das klingt an der Oberfläche recht weise, Miss Darling. Trotzdem will ich nichts mehr davon hören, dass du den Erstbesten heiraten wirst. Sonst merkst du vielleicht zu spät, dass du an einen schlechten Kerl geraten bist, und steckst dann mit ihm fest. Ich werde heute noch anfangen, dir eine kleine Mitgift zusammenzusparen, wenn dich das leichter davon überzeugt, ein wenig wählerisch sein zu dürfen.«

May hob den Kopf und sah sie mit aufgerissenen Augen an. »Das würdet Ihr für mich tun?«

»Das werde ich tun. Ganz gewiss. Erwarte keine Reichtümer,

aber eine respektable kleine Summe bekommen wir schon zusammen.«

Mit kindlicher Miene drückte May ihre verschränkten Hände ans Herz. »Das wäre wirklich gut. Mr. Pike wollte auch für mich sparen. Aber dann passierte immer irgendwas, weshalb wir besonders schlecht über die Runden kamen, und der Strumpf wurde wieder leer.«

»Ich werde mir Mühe geben, damit mir das nicht so geht. Aber nun sag, warum du mich hier gesucht hast.«

»Oh, ach ja. Ich habe es vorhin erst herausgefunden und wollte Euch so schnell wie möglich eine Nachricht schicken. Aber dann fiel mir ein, dass Ihr mir erzählt habt, wie aufgeregt Eure jungen Ladys wegen Eurem Theaterbesuch heute sind. Und ich dachte, so geht es am schnellsten. Also: Ich weiß von einem Hochzeitshaus in der Fleet, wo vor ein paar Wochen eine schottische Frau mit einem dreijährigen Knaben zur Miete eingezogen ist. Das Kind ist nicht ihres, und es gehen zwei, drei Schotten und eine englische Magd ein und aus, die sie und das Kind zu bewachen scheinen.«

Anne war sofort überzeugt davon, dass May das richtige Haus gefunden hatte. Ihre Hände begannen zu zittern, und unwillkürlich ließ sie den Blick über die Menschen schweifen, die sich noch vor dem Theater tummelten. War jemand darunter, der sie beobachtete? Wenn einer von Lord Archibalds Leuten sie schon früher mit May zusammen gesehen hatte, wurde vielleicht auch das Mädchen verfolgt. Ein bärtiger Mann in einem schottischen Plaid fiel ihr auf. Doch er war in das Gespräch mit seinen Bekannten vertieft. Was war mit den Händlern, die ihre Körbe mit Essen über den Platz trugen? Einer mit Pasteten, eine Frau mit Brot und Käse, eine Frau mit Orangen, ein Mann mit geräucherten Fischhappen, die sie sogar aus der Entfernung roch. Alle waren mit dem Feilbieten und Verkaufen beschäftigt, keine sah zu ihr und May her. Anne zwang ihren Atem, sich zu beruhigen.

»May, du erinnerst dich daran, was ich gesagt habe, oder? Du passt auf wie ein Wachhund, ob dir jemand folgt. Und wenn du jemanden bemerkst, dann tust du sofort etwas anderes, was nicht mit unserer Sache zusammenhängt.«

May runzelte die Stirn. »Natürlich erinnere ich mich. Ich bin wirklich nicht dumm. Und lebensmüde auch nicht. Mir ist niemand gefolgt, das wüsste ich. Freut Ihr Euch denn gar nicht über die Neuigkeiten?«

Anne griff nach ihrer Hand. »Ich kann gar nicht beschreiben, wie sehr ich mich freue. Aber ich habe auch Angst. Ich könnte es nicht aushalten, wenn dir wegen mir etwas zustoßen würde.«

»Das verstehe ich ja. Aber ich glaube, es ist für mich gar nicht so gefährlich. So ein mickriges Straßenkind wie mich, das sehen die Leute gar nicht, wenn ich nicht vor ihnen auf- und abspringe. Soll ich Euch jetzt sagen, wo das Haus ist?«

Anne sah May vor dem inneren Auge, wie sie neben der Theatertür auf und ab gesprungen war, und kam zu dem Schluss, dass das Mädchen sich für unsichtbarer hielt, als sie es war. Andererseits hatte sie oft genug bewiesen, dass sie genau wusste, wie man sich in Londons Straßen, Gassen und Höfen bewegte, um sein Ziel zu erreichen. Sie nickte.

»Beschreib es mir.«

Sorgfältig erklärte May, wie sie das Haus finden und woran sie es erkennen konnte. Anschließend nahm sie lächelnd sechs Pence von Anne entgegen. »Was soll ich als Nächstes tun?«

Anne hatte noch immer Mühe, ihre Aufregung in den Griff zu bekommen. Beinah fielen ihr die Münzen aus der Hand, als sie sie überreichte. Ein Stück von Mays Unerschrockenheit hätte sie gut gebrauchen können.

»Als Nächstes tun wir beide wieder das Übliche. Wir gehen

zu dem Sattler und dem Papiermacher, über die wir letztens sprachen. Und wenn du noch mehr Leute kennst, die feines Papier oder gute Tinte machen, dann umso besser. Ich hatte einige Anfragen, was Schreibzeug angeht. Die Deutschen schreiben viele Briefe in ihre Heimat.«

May übte den vorschriftsmäßigen Hofknicks, den Anne ihr auf ihren Wunsch hin beigebracht hatte. »Wird gemacht. Wann und wo treffen wir uns?«

Anne deutete ebenfalls einen Knicks an, was May zum Lachen brachte. »Am Donnerstagnachmittag um drei Uhr vor dem Eingang zur *Royal Exchange,* wenn es genehm ist.«

»Ist genehm«, versicherte Miss Darling und lief mit einem fröhlichen Winken und einem Hopser davon.

Die Lobesworte, mit denen die Damen Seiner Majestät später am Abend in Madam Schulenburgs Gemach von ihrem Theaterbesuch berichteten, waren überschwänglich. »Ein herrliches Stück über die Römer und einen Krieg«, meinte Melusine. »Mit herzergreifenden Liebesgeschichten darin. Und dieses Theater müsst Ihr unbedingt sehen! Jedermann geht dorthin!«

Luise saß bei King George auf der Armlehne. »Es ist wie ein Schaukasten, in dem man alle Klassen von Londonern betrachten kann. Das ist ebenso aufregend und unterhaltsam wie das Schauspiel auf der Bühne.«

Georg Ludwig lauschte, dann wandte er sich an Madam Schulenburg. »Und das Volk ist Euch mit dem angebrachten Respekt begegnet? Es gab keine Schwierigkeiten unterwegs?«

Sie zuckte mit den Schultern. »Es gab neugierige Blicke, mehr nicht. Wir haben uns einfach so verhalten wie in Hannover. Dort hätten wir auch kein Aufhebens um einen Theaterbesuch gemacht. Und selbstverständlich waren wir nicht ohne Begleitung. Lady Anne hat uns Footmen empfohlen, die sich vorbildlich verhalten haben.«

Melusine setzte sich auf den Stuhl neben ihrer Mutter. »Besonders dieser Michael Lodge. Ich war auf dem Weg in der Sänfte ein wenig ängstlich, und er ist deshalb nicht von meinem Fenster gewichen, um jederzeit eingreifen zu können. Seine Anwesenheit war eine große Beruhigung für mich. Ein reizender Mensch, so zuvorkommend. Und dabei vollkommen korrekt.«

Schweigend hatte Seine Majestät seinen Töchtern zugehört. Nun wandte er sich Anne zu und sah sie durchdringend an. »Soso. Und was meint Ihr dazu, Lady Baynes? Soweit ich weiß, habt Ihr Mehemet den Floh ins Ohr gesetzt, dass ich das Theater besuchen soll, um mich dem Volk zu zeigen. Nun setzt Ihr auch noch meine liebsten Damen als Hebel ein, um mich dazu zu bewegen. Ich werde nicht gern manipuliert.«

Er wirkte nicht ernstlich verärgert, doch Anne vertraute nicht darauf. »Die Unverfrorenheit läge in dem Fall vor allem darin anzunehmen, dass Ihr Euch so leicht manipulieren *lasst,* Eure Majestät. Ich habe Herrn Mehemet den Gedanken mitgeteilt, weil ich glaube, dass Ihr Eure Freude am Londoner Theater hättet. Eine vorteilhafte Wirkung könntet Ihr gleichzeitig erzielen. Doch mir ist bewusst, dass mir nicht alle Gründe für Eure Entscheidungen bekannt sind und es mir nicht zusteht zu urteilen.«

King George stieß ein trockenes Lachen aus. »Wenn jemand zu mir sagt: ›Es steht mir nicht zu, über Eure Gründe zu urteilen‹, dann heißt das so viel wie: ›Jede Person mit gesundem Menschenverstand müsste eigentlich meiner Meinung sein – weiß der Teufel, warum Ihr nicht, Eure sture Majestät.‹ Doch lassen wir es gut sein, Lady Anne. Ihr handelt stets in bester Absicht, davon bin ich überzeugt. Und ehrlich gesagt gefällt mir die Sache mit dem Theater tatsächlich. Ich fühlte mich bisher nur zu beschäftigt mit wichtigeren Dingen. Doch nun werde ich der Verlockung bald einmal nachgeben und mit Herrn Mehemet besprechen, wie solche Theaterbesuche am besten einzurichten wären. Gewiss werdet Ihr ihm mit guten Ratschlägen zur Seite stehen?«

Anne sank vor Erleichterung in ihren tiefsten Knicks. »Jederzeit, Eure Majestät.«

Er nickte. »Dann dürft Ihr Euch jetzt entfernen. Wir wünschen Euch eine angenehme Nachtruhe, nicht wahr, meine Damen?«

Seine Damen stimmten gut gelaunt zu, und Anne verließ mit gesenktem Haupt rückwärts den Raum, wie es sich geziemte.

Auf leisen Sohlen schlich sie in ihr Zimmer, legte ihre Haube ab und schlüpfte aus Mantel und Schuhen. Fest entschlossen, keine Hilfe zu rufen, quälte sie sich mit den Haken und Bändern ihres Kleids ab. Auf keinen Fall wollte sie an diesem Abend noch eine Begegnung mit Gräfin Johanna oder sonst irgendjemandem durchstehen müssen.

Als sie es in ihr Bett geschafft und sich die Decke bis zur Nasenspitze hochgezogen hatte, schlugen wie üblich die Erinnerungen an den Tag über ihr zusammen. Die Begegnung mit Seiner Majestät, die ihr im Nachhinein, wie so oft, doch Sorgen bereitete. Jedes gewechselte Wort ging sie noch einmal durch. Hatte sie alles richtig gemacht? Hatte er seine Vergebung ernst gemeint? Wild kreisten ihre Gedanken um den König, die Damen von der Schulenburg und das Theater, bis sie sich eingestand, dass sie dem wichtigsten Ereignis des Tages auswich.

Sie sah Mays freudestrahlendes Gesicht vor sich, als sie sich noch einmal vorsagte, wie sie das Haus erkennen würde, wo die Campbells höchstwahrscheinlich ihren Sohn festhielten. Endlich wusste sie, wo er war. Endlich konnte sie etwas unternehmen, um … Doch sie konnte sich nicht selbst belügen. In Wahrheit wusste sie, warum ihre Freude sich schal anfühlte und die Furcht überwog. Es gab noch ein anderes »endlich« in ihrem Leben. *Endlich* hatte sie bei Hof eine Stellung errungen, in der man ihr Respekt und Freundlichkeit, ja sogar Bewunderung entgegenbrachte. Endlich war sie keine unsichtbare Gouvernante oder Zofe illegitimer Töchter mehr. Gerade jetzt, wo sie sich fast fühlte, als würde sie von der Hofgesellschaft geliebt, musste sie etwas tun, was ihr diese Zuneigung für immer rauben würde. Und was tauschte sie dafür ein? Wie sah ihr Leben aus, wenn sie ihr Kind befreite und mit ihm floh?

Die Wahrheit, die sie zu gern verdrängen wollte, pochte wie Zahnschmerz. Ihr Sohn kannte sie nicht. Es war möglich, dass er sie nicht liebte. Ihre unausgegorenen Zukunftspläne taugten möglicherweise nicht das Geringste. Sie wollte mit Johnny aufs Land fliehen, sich verstecken und mit ihm unter falschem Namen leben? Wie lange würde das gut gehen, bis neugierige Nachbarn ihr auf die Spur kamen? Wovon würde sie leben, wenn ihre, durch den unerwarteten Geldregen des neuen Hofamts zwar angewachsenen, doch keineswegs unerschöpflichen Ersparnisse verbraucht waren? Sollte sie Johnny nicht besser zu Ian nach Schottland bringen? Aber sie selbst konnte unmöglich dort bleiben. Die Campbells würden davon erfahren und sich rächen, indem sie dem König von ihrem Verrat berichteten. Das würde King George zu ihrem und zum Feind der Drummonds machen. Von Sicherheit konnte dann für sie alle keine Rede mehr sein.

Nein, sie musste mit Johnny spurlos verschwinden. Im besten Falle würden die Campbells ihre Schergen nach Braemar schicken, während sie in eine ganz andere Richtung reiste. Das bedeutete, dass der Verdacht nicht zu früh auf sie fallen durfte. Was jedoch gewiss passieren würde, wenn sie nun in eigener

Person zu dem Hochzeitshaus ging, um sich zu vergewissern, dass das Kind dort tatsächlich Johnny war. Sie musste entweder einen weiteren Mittelsmann beauftragen oder eine überzeugende Maske tragen.

Die erste Möglichkeit schloss sie aus. Sie wollte nicht noch jemanden ins Vertrauen ziehen und gefährden. Außerdem traute sie ohnehin nur sich selbst zu, Johnny zu erkennen. Sie erinnerte sich an ein Muttermal an seinem Hals, das er von Geburt an hatte, und sie kannte das Gesicht seines Vaters.

Sie brauchte eine Verkleidung. Eine Robe aus der Petticoat Lane, eine Perücke, Farbe für das Gesicht, Schuhe mit hohen Absätzen, die sie größer wirken ließen. Und einen Anlass, das Hochzeitshaus aufzusuchen. Konnte sie ihre Dienste anbieten? Doch in welcher Tätigkeit verfügte sie über ausreichende Fähigkeiten? Jeder, der einen Blick auf ihre Hände warf, konnte sehen, dass sie nicht an Arbeit gewöhnt war. Gewiss konnte sie mit einem Korb voller Orangen an die Tür gehen und vielleicht einen Blick ins Haus erhaschen, doch das brachte sie kaum weiter. Sie musste hinein, und da fiel ihr nur ein Grund ein, warum Leute Einlass in ein Hochzeitshaus begehrten.

So schwer es ihr auch fallen würde, aber gleich nach dem Aufstehen würde sie als Erstes eine Nachricht an Will schicken. Und dann musste sie hoffen und beten, dass seine Freundschaft zu ihr noch stark genug war.

Die Fleet gehörte zu den ältesten Teilen Londons und hatte ihren Namen von dem kleinen Fluss, der zwischen Bridewell und Blackfriars in die Themse mündete. Während die Stadt wuchs, war das Flüsschen mehr und mehr zu einem als Abfallgrube missbrauchten, stinkenden und zähfließenden Graben verkommen, der den Anwohnern im Weg war und den begehrten Baugrund einschränkte. Findige Londoner sprachen bereits darüber, den Fluss zu überbauen und so in den Untergrund zu verbannen.

Anne gab sich Mühe, in ihrer Kostümierung neben Will herzugehen, als würde sie einen Nachmittagsspaziergang mit ihrem Verlobten machen. Ihr Kopf juckte unter der blonden, von einer Wollhaube bedeckten Perücke, doch sie verbot es sich zu kratzen. Kleid und Mantel waren die abgelegte Sonntagskleidung einer Zimmermannstochter, die eine Näherin aus Whitechapel über Nacht für Anne geändert hatte. Die Stücke waren ansehnlicher als das alte Kleid aus der Petticoat Lane, das sie sonst trug, und Anne hätte sich darin wohlgefühlt, wenn das Jucken nicht gewesen wäre. Offenbar hatte sie sich mit dem gebrauchten Gewand mehr eingehandelt als erwünscht. Wenn sie sich später in dem Zimmerchen umzog, das Will für sie gemietet hatte, würde sie die Kleidung zu einer Wäscherin schicken lassen, die sie hoffentlich vom Ungeziefer befreite. Noch unangenehmer als das Kribbeln waren die falschen blonden Augenbrauen, die sie mit Mastix aufgeklebt hatte. Sie wagte kaum zu blinzeln, geschweige denn, die Stirn zu verziehen, weil sie so besorgt war, dass sie abfallen könnten. Die hohen Schuhe hingegen gefielen ihr. Sie machten sie eine Handbreit größer, was sie genoss.

Wie sich rasch herausgestellt hatte, kannte Will sich gut genug in der Fleet aus, um den Weg zu dem gesuchten Haus auch ohne ausführliche Beschreibung zu finden. Annes Kehle wurde eng, als sie daran dachte, wie gründlich er sich schon früher darauf vorbereitet haben musste, sie hierherzuführen. Dass sie ihn nun in ihren Plan hineingezogen hatte, verlangte ihm viel ab. Sie vermutete, dass er auch deshalb übernächtigt aussah und unter seinem falschen Bart noch blasser war als sonst. Trotzdem plauderte er auf dem Weg mit ihr, als hätte sie ihn nur um einen alltäglichen Gefallen gebeten. Allein mit dieser kleinen Ablenkung half er ihr mehr, als er vielleicht ahnte. Sie war so aufgeregt, dass ihr Herz raste.

Ihre Knie zitterten, als sie schließlich vor dem Hochzeitshaus standen. Es unterschied sich nicht auffallend von den Gebäuden, die es umgaben. Nur ein Schild mit einem bunt gemalten Paar, das sich die Hände reichte, wies auf das besondere Angebot der Bewohner hin. »Smith. Eheschließungen« stand darauf.

Einen Augenblick lang standen sie still und sahen zu dem Schild hoch, das im Herbstwind schwang und dabei quietschte. »Die Leute sollten die Ösen von ihren Schildern ölen. Ich verstehe nicht, wie sich alle mit diesem Geräusch abfinden können«, murmelte Will.

Annes Anspannung brach sich in einem Lachen Bahn. »Im Lärm dieser Stadt ist das doch nur eine einzelne Note. Die meisten Leute hören das Geräusch wohl gar nicht.«

Er seufzte tief. »Ich höre es. Vor allem nachts. Der Tabakhändler gegenüber hat eines, das quietscht dreistimmig.«

Anne lachte wieder, verstummte jedoch, als Will sie daraufhin mit wehmütiger Zärtlichkeit ansah. Noch einmal holte sie Luft und stellte zu ihrer Verwunderung fest, dass ihre Aufregung sich nun, da sie handeln musste, legte.

»Bist du bereit?«, fragte sie.

Er weitete sich mit den Fingern seinen Kragen und nickte.

Zwei Mal mussten sie anklopfen, und auch nach dem zweiten Mal dauerte es eine Weile, bis ihnen eine müde blinzelnde Frau öffnete, die rund zehn Jahre älter sein musste als Anne.

»Verzeihung, ich habe geschlafen. Gesegneten Tag wünsche ich. Wie kann ich Euch helfen?«

»Seid Ihr Mrs. Smith? Wir wollen heiraten«, sagte Will, und Anne zwang sich zu einem Lächeln, das glückselig wirken sollte.

»Jetzt gleich?«, fragte die Frau und warf mit gerunzelter Stirn einen Blick hinter sich ins Haus.

»Oh nein«, stieß Anne hervor. »Wir wollten uns erst einmal nach allem erkundigen.«

Will nickte würdevoll. »Ja, denn ein wenig feierlich soll die Angelegenheit schon vonstattengehen.«

Die Frau atmete auf. »Verstehe. Dann kommt ruhig herein. Ich bin Mrs. Smith, das ist richtig. Aber die Trauungen sind Sache meines Mannes, und der ist … der hat heute eine Arbeit auf den Docks zu erledigen. Außerdem, wenn Ihr's gern feierlich hättet, dann möchtet Ihr wohl einen Geistlichen, und dem müssen wir ein paar Stunden vorher Bescheid geben, damit er herkommt.«

»Das heißt, wir sollten uns im Voraus anmelden?«, fragte Will.

Mrs. Smith ließ sie von der Straße direkt in einen Eingangsraum, in dem offensichtlich auch Trauungen stattfanden. An einer Wand stand ein Tisch mit einem Leintuch, zwei Wachskerzen in Zinnleuchtern, Schreibzeug und einem mit Blüten bestickten Schal darauf. Die Leuchter rückte Mrs. Smith demonstrativ zurecht, den Schal streichelte sie liebevoll.

»Ich mache immer alles recht hübsch für die Paare. Im Sommer stelle ich Blumen auf den Tisch, aber das ist jetzt im Herbst nicht der Mühe wert. Das stört Euch wohl hoffentlich nicht? Der Preis für eine Trauung bei uns sind fünf Shilling. Das sage ich gleich. Billiger geht es nicht, aber wir sind auch nicht wie die, die erst die Leute ausfragen, was sie sich leisten können, und es dann so teuer wie möglich machen. Für unseren Preis gibt es zwei Zeugen, eine festliche kleine Ansprache, einen Eintrag in unser Buch und eine Urkunde aus gutem Papier für Euch. Mein Mann kann schön schreiben, alles gut leserlich, da macht Euch keine Sorgen. Hier seht Ihr ein Beispiel. Mehr bezahlen müsst Ihr für den Priester und für einen Umtrunk, falls Ihr den wollt. Außerdem können wir ein Zimmer in einem Nachbarhaus anbieten für die erste Nacht und feierliche Kleidung zum Ausleihen. Alles zu vernünftigen Preisen, hier wird nicht gewuchert. Setzt Euch doch und sagt, was Ihr wünscht.«

»Gern. Allerdings muss ich fragen, ob ich zuvor Euren Abort benutzen dürfte. Wir sind schon lange unterwegs.«

Irritiert ließ Mrs. Smith den Blick von Anne über Will zu den Zinnleuchtern und weiter zur Tür wandern. Ganz offensichtlich wog sie ab, ob es gefährlicher war, Will im Raum allein zu lassen oder Anne allein durchs Haus zu schicken. Schließlich ruckte sie mit dem Kopf, was ähnlich wirkte wie ihre Art, mit den Schultern zu zucken.

»Durch die Küche und zur Hintertür hinaus. Da seht Ihr's dann.«

Anne dankte und huschte aus der Tür, als hätte sie es wirklich eilig. Eine Treppe führte von einem schmalen Flur aus ins Obergeschoss, doch in der Dunkelheit war von unten aus nichts zu erkennen, und Anne wagte es nicht, zu verweilen oder gar hinaufzugehen. Fürs Erste musste es genügen, wenn sie sich unten umsah. Die Küche unterschied sich kaum vom Eingangsraum, nur dass hier der erste Blick auf den Herd fiel statt auf den Trauungstisch. Auf den zweiten Blick bemerkte Anne zwei Frauen, die an einem Tisch saßen und sie neugierig ansahen. Die eine schnitt Zwiebeln und weinte dabei. Die andere viertelte einen Apfel und entfernte das Kerngehäuse.

»Verzeihung«, sagte sie. »Ich wollte nur zum … Das sieht ja schlimm aus mit der Zwiebel. Ich kannte eine Köchin, die sagte immer, dass man weniger weinen muss, je schärfer das Messer ist. Aber ich glaube, es liegt an der Zwiebel. Manche sind eben beißender.«

Die Zwiebelschneiderin schniefte und setzte ihre Arbeit fort.

»Na ja. Dies Messer könnt schon schärfer sein. Aber das Schärfen geht hier keinem gut von der Hand, und 's war lang kein Messerschleifer mehr da. Zum Abort geht's dort hinaus.«

Anne lächelte und näherte sich der offen stehenden Hintertür. »Danke, ich find ihn schon. Was soll es denn Gutes geben? Nieren mit Zwiebeln und Äpfeln darauf oder etwas in der Art? Da läuft mir das Wasser im Munde zusammen. Oder kocht ihr was Schottisches?«

»Was Schottisches, Miss? Wie kommt Ihr denn darauf?«

»Ich dachte, Mrs. Smith hätte erwähnt, dass sie schottische Logiergäste hat. Aber ich kann sie missverstanden haben, sie nuschelte ein wenig.«

»Ach so«, sagte die Zwiebelschneiderin. »Ja, wir haben öfter mal schottische Gäste.«

Anne ging hinaus in den Hinterhof und verweilte eine angemessene Zeit im Aborthäuschen, bevor sie in die Küche zurückkehrte – im Kopf lauter Fragen, die sie noch unverfänglich bei den Frauen in der Küche oder Mrs. Smith anbringen konnte, um mehr herauszufinden. Doch all ihre Überlegungen waren wie weggefegt, als sie von der Türschwelle aus sah, wer sich zu den Mägden gesellt hatte. Ein dunkelhaariger Knirps von drei bis vier Jahren stand auf Zehenspitzen am Tisch und versuchte zu erspähen, was oben stand. Sein Kittel war kurz und die vielfach gestopften Strümpfe heruntergerutscht. Die schulterlangen Haare waren verfilzt. Auf Pflege legte man bei dem Kind offensichtlich wenig Wert. Dafür zeichnete sich unter dem Kittel das Korsett ab, in das man den Kleinen eingeschnürt hatte.

»Darf ich ein Stück Apfel?«, fragte er mit schottischem Akzent. Zumindest daran, wo der Knabe bisher aufgewachsen war, bestand damit für Anne kein Zweifel. Und ihr Herz verriet ihr deutlich, dass dieser kleine Schotte das Kind war, das sie seit dreieinhalb Jahren vermisste. Nun kam es darauf an, sich nicht zu verraten – dabei hätte sie gleichzeitig weinen und lachen können. Fest presste sie ihre Fingernägel in die Handballen.

Die Frau mit dem Apfel warf dem Kind einen ungerührten Blick zu. »Der ist nicht für dich.« Ihr Englisch klang eher nach London als nach Inveraray.

Noch höher reckte sich der Kleine und riss die Augen auf. »Ich habe Hunger.«

Es war eine Feststellung, keine Klage, dennoch trafen Anne die Worte schmerzhaft, denn für ein kleines Kind war der Knabe zu dünn. Ließ man ihn regelmäßig Hunger leiden?

»Für dich gibt es erst heute Abend wieder etwas. Und kein Geschrei, sonst sage ich es Mrs. Mac Gregor, und du weißt, was dann passiert«, sagte die Apfelmagd.

Er ließ die Tischkante los, steckte den linken Daumen in den Mund und hockte sich auf den Boden. Mit dem rechten Händchen spielte er in seinen zerzausten Haarsträhnen.

Anne wollte weitergehen und stand doch wie versteinert im Türrahmen. Alles in ihr verlangte danach, Johnny auf den Arm zu nehmen und mit ihm fortzulaufen. Doch ohne bessere Vorbereitungen würde sie nicht weit kommen.

Noch hatten die Frauen nicht bemerkt, dass sie ihnen lauschte. Die mit den Zwiebeln räusperte sich. »Ich will ja nicht reinreden, Miss Betty, aber ihr solltet ihm mehr zu essen geben.«

»Verschon mich mit Ratschlägen, Ethel. Ist nicht meine Entscheidung«, gab Miss Betty gelangweilt zurück.

Anne gab sich einen Ruck und marschierte lächelnd in die Küche, als wäre sie gerade erst gekommen. »So, nun geht es mir besser. Oh, wen haben wir denn da? Was für ein niedliches Kind. Ist das dein Sohn?«, wandte sie sich an Miss Betty. Der

Kleine sah unbeteiligt zu ihr auf, ohne den Daumen aus dem Mund zu nehmen. Anne hatte das Gefühl, ein kantiger Stein würde in ihrer Brust scheuern.

Misstrauisch musterte Miss Betty sie. »Nein. Die Eltern sind tot. Er lebt bei seiner Tante. Ich bin nur die Magd für alles.«

Es versetzte Anne einen weiteren Stich, dass man ihrem Sohn vormachte, sie sei tot. Doch gerade dieser Schmerz brachte sie auf eine Idee. »Oje, wie traurig. Aber wie gut, dass er eine Tante hat, die sich seiner annimmt. Das ist gewiss nicht einfach, daher gilt ihr meine Hochachtung. Sag mal, kann sie vielleicht noch etwas Kleidung für ihn gebrauchen? Ich erlitt vor einer Weile ebenfalls einen schmerzlichen Verlust, müsst ihr wissen. Meine Schwester und ihr kleiner Sohn starben. Ihre Habe fiel an mich. Bisher konnte ich mich nicht davon trennen, doch wenn ich jetzt den Knaben hier sehe …«

»Mein Beileid. Starben sie an einer Krankheit?«, erkundigte sich Miss Betty.

»Nein, bei einem Unglück. Ein Hausbrand«, erwiderte Anne, wohlwissend, dass eine Krankheit gegen die gebrauchte Kleidung gesprochen hätte.

Die zweite Frau war mit ihren geschnittenen Zwiebeln aufgestanden, hielt nun aber inne und sah sie so warmherzig an, dass Anne sich für ihre Lüge schämte. »Das ist schrecklich. Da habt Ihr mein Mitgefühl.«

Miss Bettys Herz schien wesentlich härter zu sein. In ihrer Miene regte sich nichts. »Seine Tante nimmt die Sachen sicher. Sollen wir sie bei Euch abholen?«

Annes Mundwinkel verkrampften allmählich von ihrem starren Lächeln. »Das ist nicht nötig. Ich komme bald wieder hier vorbei. Dann bringe ich sie mit.«

Sie trat an den Tisch und streckte die Hand nach den Apfelstücken aus. »Dürfte ich wohl?«

Miss Betty war zu verblüfft, um zu widersprechen. Anne nahm ein Stück, beugte sich zu Johnny hinunter und drückte es ihm rasch in die Hand. Er nahm es und schob es so eilig im Ganzen in den Mund, dass sie froh war, ihre Finger schnell genug weggezogen zu haben. Hastig kaute er mit übervollen Backen.

»Na, das schmeckt fein, du kleiner Schatz, nicht wahr?«, sagte sie und blieb gerade noch lange genug, um der sprachlosen Betty die Möglichkeit zu nehmen, dem Kind das Apfelstück wieder aus dem Mund zu klauben. »Dann Adieu. Ich komme bald wieder«, zwitscherte sie und eilte aus der Küche zurück in die Traustube.

»Verzeihung, dass ich länger brauchte. Nun habt ihr gewiss schon alles Wichtige besprochen, nicht wahr, Nicholas? Aber ich traf zwei reizende Frauen mit einem kleinen Kind in der Küche. Ganz entzückend.«

Wills Blässe war einer rosigeren Farbe gewichen. Anne konnte nur vermuten, dass das Gespräch über die Hochzeitsarrangements ihn ins Schwitzen gebracht hatte. »Das macht nichts, mein Liebling. Wir sind uns ja in allem schon einig gewesen, und ich konnte der guten Mrs. Smith alles Notwendige erklären. Ich habe uns für den Sonntag in vier Wochen angemeldet.«

Anne lächelte immer weiter. »Das ist ganz wunderbar.«

Mrs. Smith verschränkte die Hände. »Ich versichere Euch, Ihr werdet zufrieden sein. Euer zukünftiger Gemahl hat eine schöne Auswahl getroffen. Das wird schon beinah ein rauschendes Hochzeitsfest, Miss Plumtree.«

Anne stieß ein Lachen hervor. »Zum Glück nicht, Mrs. Smith. Wir sind ganz zufrieden damit, kein großes Fest feiern zu müssen. Solche Hochzeiten haben ja schon so manches Paar in den Ruin getrieben, bevor die Ehe richtig begann.«

Will war aufgestanden und legte ihr nun die Hand auf den Rücken. »Ganz richtig, Liebes. Wollen wir dann jetzt gehen?«

»Selbstverständlich. Euch noch einen geruhsamen und gesegneten Abend, gute Mrs. Smith. Ach, noch eins: Ich komme bald noch einmal vorbei, um ein paar Sachen für den kleinen Waisenknaben zu bringen.«

Es war Mrs. Smith anzusehen, dass ihr das nicht behagte. Doch ablehnen wollte sie Annes Angebot auch nicht, daher nickte sie. »Das ist sehr freundlich von Euch.«

»So ist sie immer. Dann auf Wiedersehen«, sagte Will und schob Anne beinah schon unsanft aus dem Haus. Auch draußen nahm er die Hand nicht von ihrem Rücken, sondern drängte sie weiter, bis sie um die nächste Straßenecke gegangen und damit außer Sichtweite aller Hausbewohner waren.

»Das Weib ist eine habgierige Vettel. Ich war in einem anderen Haus, da kostete alles nur halb so viel«, empörte er sich.

Anne seufzte und beschleunigte ihre Schritte, obwohl sie sich nicht von Johnny entfernen wollte. Doch all die verborgene Anspannung musste einen Ausgang finden. Am liebsten wäre sie gerannt wie ein Kind.

»Ihre Habgier kann mir noch nützlich werden, denn Habgierige weisen niemanden zurück, der Geschenke bringen will. So habe ich einen guten Anlass, dorthin zurückzukehren.«

Will schüttelte den Kopf. »Du glaubst also wirklich, dass du deinen Sohn gefunden hast? Was macht dich so sicher?«

»Ich habe ihn erkannt. Ich bin sicher, Will, das kannst du mir glauben.«

»Erkannt? Du hast ihn zuletzt gesehen, als er ein Wickelkind war. Wie kannst du ihn erkennen? Vielleicht spielt dir deine Hoffnung einen Streich. Du wünschst dir so sehr, dass er es ist, deshalb glaubst du es auch. Ich kenne mich wirklich damit aus, wie es ist, sich etwas vorzumachen, Anne.«

»Warum bist du auf einmal so überzeugt davon, dass ich unrecht habe? Hat Mrs. Smith irgendetwas zu dir gesagt?«

»Nein. Aber hat man dir nicht gesagt, das Kind würde von Argylls Männern bewacht? Wo waren diese Wachen?«

»Sicher im Obergeschoss, wo auch Johnnys falsche Tante gewesen sein muss.«

»Sie lassen das Kind mit zwei Mägden unten in der Küche und machen sich nicht einmal die Mühe, die Treppe hinabzusteigen, wenn Fremde ins Haus kommen? Was für eine Art Wache soll das sein? Zieh doch wenigstens in Betracht, dass es gar nicht dein John ist.«

»Gut, ich ziehe es in Betracht. Und nun? Ich werde trotzdem als Nächstes das tun, was ich vorhatte. Ein wenig Kinderkleidung wird sich rasch auftreiben lassen. Ich werde zwei oder drei Tage warten und dann wieder hingehen.«

Mit einer fahrigen Bewegung drückte er seinen falschen Bart, als müsste er ihn fester ankleben. »Soll ich dich begleiten?«

»Das musst du nicht.«

»Aber wenn du recht hast, ist es gefährlich.«

»Ich bin dir dankbar dafür, dass du mir heute geholfen hast. Es hätte nicht besser gehen können. Aber alles, was nun kommt, wird für mich nicht weniger gefährlich, wenn du dabei bist. Falls sie mich ertappen, ist es sogar besser, wenn du nicht weiter in alles hineingezogen wirst.«

Sein Kiefermuskel zuckte. »Das heißt, ich durfte heute ein Mal meinen Traum von unserer Trauung beschwören, und von nun an bin ich überflüssig? Wirst du mir wenigstens erklären, wie du weiter vorgehen willst?«

»Ich weiß es doch selbst noch nicht. Bevor ich etwas plane, muss ich genauer wissen, wie sie mit Johnny umgehen und wie sie ihn bewachen. Dann überlege ich, wie ich ihn heraushole und wohin ich mit ihm fliehe.«

»Sag nicht, du weißt noch nicht, wohin. Was für einen Sinn hat das Ganze denn? Wenn du mit dem Kleinen nicht schnell an einen sicheren Ort verschwindest, werden sie dich wiederfinden und ihn zurückholen.«

»Das weiß ich doch. Na gut … Ich habe schon darüber nachgedacht und bin zu dem Schluss gekommen, dass ich mit ihm nach Deutschland reisen werde. Ich glaube, dass ich meine Tante dazu bringen kann, uns heimlich wieder aufzunehmen. Sie hat ein schlechtes Gewissen wegen damals. Und ich glaube nicht, dass die Campbells mit diesem Schritt rechnen.«

Seine Miene wirkte fassungslos, aber er nickte. »Du brauchst also eine Schiffspassage. Versprich mir, dass du wenigstens darin noch einmal meine Hilfe in Anspruch nimmst. Ich verfüge über die richtigen Verbindungen, um dir eine Passage zu vermitteln, ohne dass es den Falschen zu Ohren kommt. Und auch wenn du glaubst, die Campbells würden dein Ziel nicht erraten, halte ich es für besser, nicht die übliche Route zu wählen. Du solltest über Dänemark reisen. Oder über Frankreich.«

Anne hatte ihn wirklich nicht weiter beanspruchen wollen, doch was er sagte, klang vernünftig. Und seine Entschlossenheit, ihr zu helfen, fühlte sich tröstlich an.

»Einverstanden. Sobald ich genug weiß, gebe ich dir Nachricht, wann es so weit sein könnte. Und du kümmerst dich um das Schiff. Ich werde dir ewig dankbar sein, Will.«

William Wills Tagebuch, Mittwoch, 31. Oktober 1714

Anne hat mir verziehen. Doch der Weg meiner Buße war und ist steinig. Ich weiß nicht, ob ihr bewusst ist, wie schmerzhaft die Dinge waren, die zu tun sie mich gebeten hat. Mit ihr ein Hochzeitshaus zu betreten, eine Hochzeit zu planen, die ich mir so sehr wünsche, und die in dieser Form doch niemals stattfinden wird!

Niemals wird sie mich heiraten, wenn es so verläuft, wie sie plant. Das Letzte, was ich von ihr sehen werde, ist, wie sie mit dem Kind eines anderen an Bord eines Schiffes geht, auf dem ich ihr eine Passage verschafft habe. Sie wird England und mir für immer den Rücken kehren. Alles für diesen Knaben, von dem sie gar wissen kann, ob es ihr eigener ist.

15. Kapitel

London, November 1714

May hopste vor dem ehrwürdigen Gebäude der Royal Exchange im Kreis wie bei einem Reigentanz. »Er ist es! Wir haben ihn gefunden!«

Anne hob beschwichtigend die Hände. »Ich glaube, dass er es ist, denn er sieht seinem Vater ähnlich. Aber der Beweis fehlt mir noch. Was ist mit diesen Schuhputzern, die du erwähnt hast? Können wir einen von ihnen darum bitten, das Haus zu beobachten und etwas über die Schotten herauszufinden?«

Abrupt blieb May stehen und wurde ernst. »Kann ich das nicht selbst machen? Die Schuhputzer lassen sich das teuer bezahlen, und es ist so schwierig, ihnen die Sache zu erklären. In letzter Zeit rufen sie mir dauernd nur Unsinn nach. Die meisten Jungs sind nicht gerade schlau, Miss.«

»Ist denn keiner dabei, den du für schlau genug hältst? Ich möchte nicht, dass du es selbst machst, weil du diesen Leuten nicht auffallen darfst. Wenn sie dein Gesicht erst einmal kennen, kannst du mir gar nicht mehr helfen.«

»Gut. Dann spreche ich mit dem, den ich am wenigsten dumm finde. Aber es ist nicht gewiss, dass einer mitmacht. Die meisten von ihnen haben feste Plätze und sind am liebsten jeden Tag da, damit kein anderer sich den Platz unter den Nagel reißt. Einige haben sich Banden angeschlossen und teilen sich die Straßen genau auf.«

Mays Widerwillen war so deutlich, dass Anne Zweifel an ihrem Plan kamen. »Wenn du wirklich so wenig von ihnen hältst, dann lassen wir uns etwas anderes einfallen. Aber wer sonst könnte in der Straße herumlungern, ohne dass jemand misstrauisch wird?«

Einen Augenblick schwieg May, dann schüttelte sie den Kopf. »Ein Schuhputzer wäre schon der Richtige.«

Vorerst ließen sie die Angelegenheit beiseite und widmeten sich ihrer gemeinsamen Lieblingsbeschäftigung. May führte Anne in die kleinen Gassen zwischen *The Strand* und der Themse, wo kürzlich ein Papierwarenhändler sein Geschäft eröffnet hatte. Sein Angebot entzückte sie beide, denn er führte nicht nur Tintenfässer und feinste Papiersorten, sondern auch aus Papier geformte Blumen und Tierchen. Dieses eine Mal konnte Anne nicht widerstehen und erwarb außer den Papiermustern für ihre Damen auch einige Dinge auf eigene Rechnung. Der Händler empfahl ihnen sodann einen Buchbinder, der aus erlesenem Papier Notizbücher nach Wunsch band. Auf dem Weg zu ihm begegneten sie einem Schuhputzerjungen, der ihnen prompt nachpfiff, was May zum Erröten brachte.

»Da seht Ihr's, Miss. Die sind eine Plage. Aber wartet, ich spreche mit ihm.«

Ehe Anne sie zurückhalten konnte, marschierte May schon zu dem Schuhputzer, der in alberner Eleganz sein Poliertuch über die Schulter legte und sich in die Brust warf. Dabei sah er aus, als wäre er nicht älter als zehn Jahre. Anne begriff Mays Abneigung gegen ihren Plan sogleich besser. Sie wollte sie schon zurückrufen, als sie sah, wie ein wesentlich älterer Knabe sich zu den beiden gesellte. Der Neuankömmling mochte vierzehn Jahre alt sein, so alt wie May also, war aber mehr als einen Kopf größer als sie. Drahtig und zäh sah er aus, als wäre er schon an Arbeit gewöhnt. Sein Gesicht war noch bartlos und wirkte sogar auf die Entfernung auffallend hübsch. Anne konnte nicht verstehen, was die drei sagten, aber sie erkannte, dass May rasch ihre ganze Aufmerksamkeit dem älteren Jungen zuwandte.

Um nicht aufzufallen, schlenderte Anne weiter zum Haus des Buchbinders. Erst als sie schon bei ihm vor der Tür stand, kam May ihr atemlos nachgehetzt. »Ich habe einen gefunden«, stieß sie hervor, bis über beide Ohren rot im Gesicht.

»Den Kleinen oder den Älteren?«, fragte Anne.

May beugte sich vor und stützte ihre Hände auf die Oberschenkel, um zu verschnaufen. »Den Älteren. Uff, meine Seiten stechen. Ich bin einen Umweg gelaufen, damit sie nicht gleich sehen, dass Ihr und ich zusammengehören. Dem Kleinen würde ich nicht vertrauen. Das ist ein Plappermaul. Aber der Ältere …«

»Hast du ihm schon alles erklärt?«

»Nein. Ich treffe ihn heute Abend noch einmal. Ryan heißt er, und er putzt eigentlich keine Schuhe mehr, sondern arbeitet am Hafen. Aber er hat seine Bürsten und das andere Zeug noch, und ich glaube, er hätte nichts dagegen, wieder ein paar Tage einen Schuhputzer zu spielen, wenn er dabei nicht weniger verdient als beim Säckeschleppen.«

»Und du glaubst, ihm können wir vertrauen?«

Offenbar war Mays Seitenstechen vergangen, sie konnte sich wieder aufrichten und verschränkte die Arme. »Das weiß ich nicht. Aber er hat ein ehrliches Gesicht.«

Anne musterte sie belustigt. »Ein ehrliches Gesicht oder ein hübsches?«

May grinste. »Jedenfalls mag ich es gern ansehen. Ich werde ihm später schon auf den Zahn fühlen. Aber was soll's? Er wird doch nicht so blöd sein und bei Mrs. Smith klopfen, um ihr zu erzählen, dass er ihr Haus beobachten soll. Da hätte er doch wenig Hoffnung, besser zu verdienen als bei uns, oder meint Ihr nicht?«

Anne nickte. »Erzähl ihm am besten nur, was nötig ist.«

Drei Tage nach ihrem ersten Besuch klopfte Anne erneut an die Tür des Hochzeitshauses von Mrs. und Mr. Smith. Auf dem Weg dorthin war sie an Ryan vorbeigegangen, der einige Häuser weiter mit seinem Schuhputzbänkchen auf den Stufen eines derzeit unbewohnten Gebäudes hockte und überzeugend genug auf Kunden lauerte. Wenn Anne nicht gewusst hätte, warum er wirklich da saß, wäre er ihr nicht aufgefallen.

Nicht Mrs. Smith öffnete ihr dieses Mal, sondern ein Mann, der sich unachtsam seine braune Zopfperücke übergestülpt hatte, ohne noch einmal in den Spiegel zu sehen. Seine zu langen, salz-und-pfeffer-grauen Haare sahen darunter hervor. Über eine Brille hinweg blickte er Anne an.

»Ja?«

Sie setzte zu ihrer eigenen blonden Perücke und den aufgeklebten Brauen eine dümmliche Miene auf. »Guten Tag. Seid Ihr Mr. Smith? Ich war vor ein paar Tagen mit meinem zukünftigen Gatten hier, und wir haben mit Mrs. Smith gesprochen. Da habe ich mit ihr abgemacht, dass ich noch einmal vorbeikomme und …«

Sein Lächeln wirkte so wenig echt, wie das ihre sich anfühlte. »Aber gewiss. Eine Eheschließung soll es sein, ja? Verzeiht meine anfängliche Grobheit, aber ich war beschäftigt und glaubte, Ihr wolltet mir etwas verkaufen.« Er sah sich über die Schulter um und rief ins Haus: »Mrs. Smith! Hier ist eine Kundin, die dich sprechen will!«

Mrs. Smith erschien mit einem Geschirrtuch in den Händen und löste ihren Gatten auf der Türschwelle ab, ohne Anne hereinzubitten. Auch ihr Lächeln war verkniffen. »Guten Tag, Mrs. Plumtree. Ihr bringt die Sachen für …?«

»So ist es«, flötete Anne. »Sagt nicht, dass das Kind nicht zu Hause ist. Ich wollte den kleinen Engel so gern noch einmal sehen. Mich schmerzt der Verlust meines Neffen sehr, und es ist ein Trost für mich, diesen Waisenknaben zu betrachten. Ich habe ihm sogar ein Spielzeug mitgebracht. Wollt Ihr es sehen? Aber wie dumm von mir! Ich brachte ja auch für Euch ein Geschenk mit. Wartet, ich zeige es Euch.«

Verblüfft riss Mrs. Smith die Augen auf, gab die Tür aber noch nicht frei. »Für mich? Aber …«

Anne winkte ab. »Kein ›Aber‹, meine Liebe. Seht mal hier, ist das nicht schön? Ich dachte an Euren Trautisch und an das, was ihr über die Blumen sagtet.« Mit einem unschuldigen Augenaufschlag holte sie drei naturgetreue Papierrosen aus ihrem Beutel und hielt sie Mrs. Smith hin.

Die griff mit beiden Händen zu und bestaunte die Blüten. »Das ist ja … Das ist ja ganz reizend von Euch. Die werden sich gewiss gut machen auf dem Tisch. Wie kann ich Euch dafür … Aber natürlich, kommt herein. Das Kind ist oben, aber ich lasse es herunterbringen. Ihr nehmt es mir nicht übel, wenn wir in die Küche gehen?«

»Das ist doch selbstverständlich. Ich will Euch auch gar nicht aufhalten. Lange will ich ja nicht bleiben.«

Mrs. Smith schickte Anne voraus in die Küche und stieg selbst die Treppe hinauf, um das Kind zu holen. Anne stellte ihren Beutel auf der Küchenbank ab und packte die kleinen Kleidungsstücke aus. Die polternden Schritte auf den Treppen teilten ihr mit, dass Johnny gebracht wurde, und sie atmete tief, um sich zu beruhigen.

Nicht Miss Betty oder Mrs. Smith betraten mit ihm die Küche, sondern eine ältere Frau, in der Anne seine angebliche Tante vermutete. »Tantchen« hatte ihm einen Strick um den Bauch gebunden, hielt ihn aber nicht nur daran fest, sondern auch noch an seinem linken Unterarm, als könne er ihr sonst jeden Moment davonlaufen – eine Maßnahme, die Anne bei noch kleineren Kindern schon häufig gesehen hatte, die für einen Dreijährigen jedoch übertrieben erschien. Zu gern hätte sie der Frau den Strick entrissen, doch sie beherrschte sich und bemühte sich, ihr unbedarftes Lächeln beizubehalten.

»Ihr müsst die Tante sein, meine Liebe, nicht wahr? Einen gesegneten Tag. Ich finde es so bewundernswert, dass Ihr Euch um Euren Neffen kümmert. Mein Name ist Agatha Plumtree, und ich bringe Euch hier einige Sachen, für die Ihr vielleicht Verwendung habt. Ihr würdet mir eine Freude machen, wenn Ihr sie annehmt. Möchtet Ihr sie einmal durchsehen? Ich gebe so lange auf den Knaben acht.«

Die Frau musterte sie misstrauisch unter dem stramm sitzenden Rand ihrer Spitzenhaube hervor, bevor sie mit überraschend tiefer Stimme sprach. »Eliza Mac Gregor, Miss Plumtree. Für die Sachen danke ich Euch, und mein Beileid zu Eurem Verlust. Meine Magd erzählte mir davon. Sag ›Danke‹ zu der Lady, Junge!«

Johnny sah mit unglücklich verzogenem Gesicht zuerst zu Anne, dann sehnsüchtig auf seinen linken Daumen, den Mrs. Mac Gregor unerbittlich in unerreichbarer Ferne hielt. Seine Augen, seine Lippen und sein Haar ähnelten Ians, als wäre er eine Miniatur seines Vaters. Von sich selbst konnte Anne nichts in ihm sehen, dennoch schrie alles in ihr, dass er zu ihr gehörte.

Die »Tante« schüttelte ungeduldig seinen Arm, sodass die kleine Gestalt durchgerüttelt wurde. »Mach schon! Sag ›danke‹!«

»Aber er weiß doch noch gar nicht, wofür«, sagte Anne schnell. Eilig ging sie zu ihrem Beutel, nahm eine Spandose mit Gebäck heraus und öffnete sie. Vorausschauend bot sie zuerst Mrs. Mac Gregor daraus an, die tatsächlich Johnnys Arm losließ, um zuzugreifen. Bevor das Kind die Chance nutzen und seinen Daumen in den Mund stecken konnte, drückte Anne ihm ebenfalls ein Gebäckstück in die frei gewordene Linke. »Da, siehst du, dafür kannst du nun ›danke‹ sagen. Aber du musst es nicht, ich verstehe dich schon. Hauptsache, es schmeckt dir. Mrs. Mac Gregor, was haltet Ihr von diesen Strümpfen? Werden sie passen?«

Wie erhofft ließ die strenge Kinderfrau sich von ihr zum Tisch führen und beschäftigte sich mit der dort gestapelten Kleidung, während Anne sich hinhockte und Johnny unauffällig ein zweites und drittes Gebäckstück gab, die ebenso rasch im Mund verschwanden wie das erste. Der unglückliche Ausdruck wich aus seinem Gesicht, und als sie ihm schließlich den Papierfrosch zeigte, den sie für ihn gekauft hatte, streckte er zutraulich die Hand danach aus.

»Wie niedlich der Kleine ist. Wart Ihr schon einmal mit ihm im Tower, um die Löwen anzusehen?«, fragte Anne.

»Da habe ich weiß Gott Besseres zu tun, Miss Plumtree. Wenn Ihr erst einmal eigene Kinder habt, werdet Ihr sehen, wie viel Scherereien sie machen, ohne dass man sie auch noch ausführt. Kaum lässt man sie vor die Tür, sind sie von oben bis unten schmutzig und tragen den Dreck und das Ungeziefer dann wieder ins Haus. Löwen? Wozu sollte das gut sein? Solche Biester gibt es hier in England glücklicherweise nicht in Freiheit. Falls der Knabe lange genug lebt, um für die Arbeit nützlich zu werden, soll er etwas über Rinder und Schweine lernen, vielleicht noch über Hühner. Das ist sinnvoller.«

Anne sah Johnny in die Augen, der nicht erkennen ließ, ob er irgendetwas von dem verstand, was Mrs. Mac Gregor über ihn sagte. Er musterte sie durchdringend, als versuchte er, sich einen Reim auf sie zu machen. Sie lächelte ihn mit all der Liebe an, die ihr Herz überquellen ließ. »Da habt Ihr recht, das ist sinnvoller. Aber ich muss sagen, dass ich mir die Löwen und all die anderen Kreaturen im Tower angesehen habe und es höchst unterhaltsam fand. Habt Ihr selbst denn gar keine Lust dazu?«

Mrs. Mac Gregors Mund wurde zu einem Strich. »Ich will

Euch nicht zu nahe treten, aber im Leben von anständigen einfachen Frauen geht es nur selten darum, ob sie Lust auf etwas haben. Es ist schön für Euch, wenn Ihr Euren Launen folgen dürft, aber meine Aufgabe ist derzeit, dieses Kind zu hüten und dabei mit unseren kargen Mitteln hauszuhalten. Wir verlassen das Haus deshalb in der Regel nicht.«

Anne griff in ihren Beutel und holte das vorletzte Ding heraus, das noch darin gewesen war. »Ich verstehe. Wenn Ihr möchtet, helfe ich Euch. Ich könnte mit dem Kleinen spazieren gehen, damit Ihr Euch ein wenig ausruhen könnt. Wie heißt er denn eigentlich?« Sie zeigte Johnny den Papierstelzvogel und ließ ihn spielerisch nach seinem kleinen Frosch picken. Er zog den Frosch schnell weg, lächelte und ließ ihn wieder auf Anne zuhüpfen. Wieder pickte der Vogel, wieder floh der Frosch, und Johnny kicherte.

»Das kann ich nicht verantworten. Er ist ein wildes Kind und wird Euch nur Ärger machen. Und wenn er Euch auskommt, wird er gewiss verunglücken. Ich danke Euch für das Angebot, aber, nein, ich kann es nicht annehmen«, erwiderte Mrs. Mac Gregor.

Anne stand auf und nahm den letzten Gegenstand aus dem Beutel. »Ihr seid so rührend besorgt um Euren Neffen! Da fällt mir ein, dass ich Euch als Dank für Eure wundervolle Aufopferung doch auch etwas mitgebracht habe. Seht mal, dieser hübsche Kamm hat meiner Schwester gehört. Falls es Euch nicht stört, dass er von einer Verstorbenen stammt, sollt Ihr ihn haben.«

Die grimmige Kinderfrau sah Anne verblüfft an. »Oh, das ist … Das ist freundlich von Euch. Es stört mich nicht, dass … Der ist aber wirklich schön. Danke.«

Sie bestaunte den Kamm und legte dafür endlich das Ende von dem Strick aus der Hand, an dessen anderem Ende Johnny festgebunden war. Wieder musste Anne gegen den Drang ankämpfen, das Kind an sich zu reißen und mit ihm wegzulaufen. »Liebe Mrs. Mac Gregor, leider muss ich nun gehen. Darf ich noch einmal wiederkommen, falls ich noch etwas unter dem Nachlass meiner Schwester finde, was Ihr vielleicht gebrauchen könnt? Ach, was sagtet Ihr doch gleich, wie der Knabe heißt?«

Zerstreut sah Mrs. Mac Gregor sie an. »John. Er heißt John, nach John Campbell, dem Duke of Argyll. Und gewiss dürft Ihr wiederkommen.«

Anne verbarg ihre Verblüffung darüber, dass die Campbells ihrem Sohn denselben Namen gegeben hatten wie sie, nahm noch ein Gebäckstück aus der Schachtel und reichte es Johnny. »Dann werde ich das tun. Gehabt Euch wohl, meine Liebe.«

Zügig verließ Anne die Küche und ging über den Flur in den Eingangsraum. Kurz zögerte sie und überlegte, ob sie Mrs. Smith einen Abschiedsgruß nach oben rufen sollte, da öffnete sich dort eine Tür, und ein Mann stürmte die Treppe herab. Er warf sich förmlich zwischen Anne und die Haustür und verstellte ihr den Weg. Hinter ihm kam Mrs. Smith, blieb jedoch mit angstvoll aufgerissenen Augen stehen. Ihre Lippen zitterten, als würde sie jeden Augenblick anfangen zu weinen. Der Mann trug einen mächtig in die Breite gebürsteten rötlichen Vollbart, der sein Mienenspiel weitgehend verbarg, doch an seinem Zorn bestand kein Zweifel. Er war grobschlächtig gebaut und an seiner Kleidung als Schotte zu erkennen. So hatten Annes Kundschafter ihr Peter Mackay beschrieben, der auch in Lord Archibalds Haus ein und aus ging.

»Wen haben wir denn da?« Er schrie sie mehr an, als dass er sie fragte.

Einen Wimpernschlag lang glaubte Anne, dass er sie kannte und ihr Spiel durchschaut hatte. Ihre Knie wurden schwach, und ein Teil von ihr wollte gleich aufgeben. Doch ein anderer Teil war wütend und entschlossen genug, um zu kämpfen. Und wenn der Kampf auch vorerst nur darin bestand, sich dumm zu stellen.

»Sir?«, fragte sie und rümpfte dabei die Nase, als wäre sie allein von seinem schlechten Benehmen irritiert.

»Wer bist du, und was hast du mit Mrs. Mac Gregor und dem Kind zu schaffen?«, fragte der Kerl, dieses Mal etwas leiser, doch keineswegs in angemessenem Tonfall.

»Mein Name ist Agatha Plumtree, und ich darf wohl um etwas Anstand bitten. Ich bin nicht in dieses Haus eingebrochen, sondern ich habe eine freundschaftliche Gabe für das Kind gebracht. Und nun entschuldigt mich, ich muss gehen.«

»Nun, mein Name ist Peter Mackay, und mit dem Gehen wartest du. Ich will sehen, was du gebracht hast. Woher wusstest du überhaupt, dass wir das Kind hier haben?«

»Lieber Himmel, was ist so geheimnisvoll an einem Kind? Ich habe es gesehen, als ich mit meinem zukünftigen Gatten hier war, um unsere Hochzeit zu besprechen. Und die Mägde sagten, es wäre eine Waise. Behandelt man so etwa jemanden, den das Mitgefühl zur Wohltätigkeit treibt?«

Mackay kam einen Schritt auf sie zu, und da sie nicht von ihm berührt werden wollte, wich sie zurück. So trieb er sie durch den Raum wieder in die Küche, die Mrs. Mac Gregor und Johnny noch nicht verlassen hatten. Die Kinderfrau hatte Johnnys Leine wieder in der Hand und klemmte sich gerade alles unter den Arm, was Anne mitgebracht hatte. Als Mackay die Küche betrat, huschte Johnny blitzschnell unter die Bank und kauerte sich dort zusammen.

»Was wollte dieses Weib hier? Zeig mir die Sachen«, maulte Mackay Mrs. Mac Gregor an.

Die Kinderfrau zog den Kopf ein und hielt ihm die Kinderkleidung hin, behielt ihren neuen Kamm jedoch in der Hand. Mackay warf die Sachen auf den Tisch und durchsuchte sie, als glaubte er, dass Anne darin eine Feile versteckt hätte, mit deren Hilfe der Dreijährige aus seinem Gefängnis ausbrechen könnte. Geflissentlich hielt Anne sich im dunkelsten Bereich neben der Tür auf, machte sich so groß, wie sie konnte, und schlug ihren Mantelkragen hoch, als würde sie sich schon für den Gang in die Herbstkälte wappnen.

Um überzeugend unschuldig zu wirken, hätte sie nun vermutlich eine weitere empörte Bemerkung machen sollen, doch ihre Angst hatte sie eingeholt. Peter Mackay strahlte Jähzorn aus und die Bereitschaft, seine Opfer ungeachtet des Geschlechts oder Alters mit der Faust zu schlagen. Dies war der Mann, der ihren Sohn verletzen oder sogar töten würde, wenn es den Campbells dienlich war. Ausnahmsweise zitterten ihre Hände nicht, sondern waren eiskalt. All ihre Gliedmaßen fühlten sich so starr an, dass sie nicht hätte weglaufen können, auch wenn sie es gewollt hätte.

Inzwischen war Mrs. Smith ihnen nachgekommen und rang die Hände, während sie das Geschehen beobachtete. »Ich versichere dir, dass die Frau harmlos ist, Mackay. Sie ist nur eine herzensgute Braut, die sich auf ihre baldige Eheschließung freut. Lass sie bitte gehen. Du willst doch nicht, dass sie ihre Wohltätigkeit bereut«, sagte sie. Sie klang so jämmerlich und flehend, dass sie Annes Eindruck von Mackays Härte damit verstärkte. Offenbar erlebten die Frauen ihn nicht zum ersten Mal als Bedrohung.

»Oh, ich lasse sie gehen«, erwiderte Mackay. »Ich bin sogar zuvorkommend wie der Teufel selbst und begleite die Lady bis nach Hause. Nicht wahr, Miss Plumtree, Ihr freut Euch doch über meine Gesellschaft? Ich bin mächtig gespannt, wo Ihr residiert.«

Die Art, wie er sie plötzlich als »Lady« ansprach, ließ Anne beinah ohnmächtig werden. Kurz hatte sie gehofft, dass er sie aus reinem Verfolgungswahn aufgehalten hatte. Nun klang es anders. Wusste er doch schon, wer sie war? Aber falls sie sich täuschte und er nur auf einen allgemeinen Verdacht hin so mit ihr umsprang: Wohin sollte sie dann draußen mit ihm gehen, damit er sie nicht entlarvte?

Sie räusperte sich. »Ich hatte nicht die Absicht, zu Fuß zu gehen, sondern wollte eine Sänfte nehmen. Außerdem habe ich noch Besorgungen zu erledigen. Eure Begleitung ist weder sinnvoll, noch wäre sie mir angenehm. Mein Verlobter wäre wohl kaum einverstanden, wenn ich mit einem wildfremden Mann durch die Straßen spazierte.«

Mackay stieß ein spöttisches Knurren aus. »Wir können ihn besuchen. Und dann werde ich ihm schon alles erklären.«

Mr. Smith tauchte hinter Mrs. Smith auf. »Nun ist es aber gut, Mackay, alter Freund. Das Mädchen ist ja schon ganz verängstigt. Du kannst ihr deine Begleitung nicht aufdrängen. Das tut man nicht. So wie du dich benimmst, würde sie auf der Straße um Hilfe schreien. Und das beinah mit Recht. Ich bitte um Verzeihung für meinen Mieter, Miss Plumtree. Er ist in letzter Zeit ein wenig gereizt. Es gibt so viele Betrüger in London, und er fürchtet immer, dass wir an Hochstapler geraten, die nur einen Weg auskundschaften, wie sie unsere Habe stehlen können.«

»Ich verstehe«, presste Anne heraus und betete stumm, dass Mr. Smith ausreichend Einfluss auf Mackay hatte.

Mackay wandte sich Mr. Smith zu. »Betrüger, Verräter und Diebe, in der Tat. Diese Stadt ist ein Höllenloch. Und ich muss mich fragen, ob ich mit meinem vertrauensseligen Hauswirt hier die richtige Wahl getroffen habe. Mir scheint, trotz aller Ermahnungen lasst ihr noch immer jeden beliebigen Fremden ein und aus spazieren. Wenn ich dieses Weib jetzt gehen lasse, dann nur, weil Gully nicht hier ist und ich befürchte, dass ihr während unserer beider Abwesenheit schlimmeres Gesindel einlassen könntet. Haut ab, Miss Plumtree! Und verbreitet Eure Wohltätigkeit von nun an anderswo.«

Anne ließ sich das nicht zweimal sagen, sondern floh auf die Straße. Als sie aus der Haustür lief, begegnete ihr die Küchenmagd Ethel an der Seite eines Mannes, der Mackay in Grobschlächtigkeit in nichts nachstand. Ethels Miene verriet Angst und Abneigung gegen ihren Begleiter, doch Anne nahm sich keine Zeit, genauer hinzusehen. Während die beiden hinter ihr in das Hochzeitshaus gingen, eilte sie die Straße entlang und um die nächste Ecke, um den ersten freien Hackney Coach heranzuwinken, den sie sah. Gehetzt stieg sie ein und befahl ihm, sie auf einem Umweg in die Nähe des von Will gemieteten Zimmers zu bringen. Erst als sie völlig sicher war, dass niemand ihr gefolgt war, ging sie hinein und zog sich um.

Verzweiflung schlug über ihr zusammen, als sie sich eingestand, wie naiv sie noch immer gewesen war. Ihren Sohn zu befreien war alles andere als ein Spiel, und gerade wusste sie weniger denn je, wie sie es zustande bringen konnte.

Zwei Tage nach ihrer unerfreulichen Begegnung mit Mackay traf Anne sich mit May und dem Schuhputzer Ryan in einer tabakverrauchten Schenke. Vor allzu aufdringlichen Blicken verborgen, saß sie mit den beiden an einem kleinen Tisch in einem dunklen Winkel, während Michael draußen an der Sänfte wartete. Sie fühlte sich hoffnungslos und dumm. Seit sie an jenem Abend in den Palast zurückgekehrt war, zermarterte sie sich den Kopf, wie sie weiter vorgehen sollte. Doch alles, was ihr einfiel, war zu gefährlich für Johnny, zu böse, oder sie hätte dafür mehr eingeweihte Helfer benötigt.

Obwohl sie sich alles anhören wollte, was Ryan in der Fleet rund um das Haus der Smiths beobachtet hatte, bezweifelte sie, dass etwas davon nützlich sein würde.

Ryan hatte für jeden von ihnen ein Getränk vom Wirt geholt und stellte die Becher auf den Tisch. »Cider für Mylady, Ale für dich und einen Kummertöter für *Mister Me*. Darfst gern mal nippen, Darling«, sagte er und zwinkerte May dabei auf anzügliche Weise zu.

Anne verkniff sich die Bemerkung, dass es nicht besonders klug war, sich schon am Nachmittag mit Gin zu berauschen. In ihrer noch verhältnismäßig kurzen Zeit in der Stadt hatte sie bereits reichlich Gelegenheit gehabt, die Auswirkungen der Liebe zum »Kummertöter«, »Diddle«, »Herzerleichterer« oder »Tritt-in-die-Gedärme« zu bestaunen. Ein großer Teil der ärmeren Bevölkerung sprach dem Gin zu jeder beliebigen Tages- oder Nachtzeit zu. Menschen jeden Alters hatten dieses innige Verhältnis zum Rausch. Mütter tauchten Zipfel von Tüchern in gezuckerten Gin, um sogar ihre Wickelkinder daran saugen zu lassen. Das beruhigte die Kleinen hervorragend, brachte sie gelegentlich jedoch auch um, wie Anne gehört hatte. So wenig wie sie den Gedanken daran mochte, hatte sie auch Gin und andere Betäubungsmittel für ihren Befreiungsplan in Erwägung gezogen, sie jedoch ebenso verworfen wie Feuer und Mord.

Zu ihrem Missfallen ging May auf Ryans Neckerei ein und nahm mit einem koketten Wimpernschlag einen Schluck aus seinem Becher. Sie verzog das Gesicht und schüttelte sich, stieß aber dennoch einen wohligen Seufzer aus. »Aah, gut.«

Kopfschüttelnd setzte Anne sich aufrecht hin, ohne ihren Cider anzurühren. »Ich habe wenig Zeit. Erzähl uns alles, was du beobachtet hast, Ryan«, sagte sie.

Ryan trank, schüttelte sich ebenfalls und grinste dabei. »Vier Frauen wohnen in dem Haus, das Kind und zwei Männer. Und dann ist da noch der eine Schotte, der oft kommt, aber nicht da wohnt.«

»Mackay«, sagte Anne, mehr zu sich selbst als zu ihren beiden jungen Tischgenossen.

Ryan nickte. »Wenn Mackay kommt, geht danach oft der andere Schotte aus dem Haus, entweder allein oder mit einer von den Frauen.«

Anne sah Gully und Ethel vor sich, wie sie ihr vor dem Hochzeitshaus begegnet waren. »Gehen die Frauen jemals allein aus dem Haus?«

»Nicht, soweit ich sehen konnte. Sie wurden immer begleitet.«

»Nehmen sie manchmal das Kind mit?«, fragte Anne, obwohl sie die Antwort eigentlich schon kannte.

»Hab ich nie gesehen.«

»Was ist mit Mr. Smith? Er hat langes graues Haar unter der Perücke, trägt keinen Bart, aber eine Brille.«

»Ja, ich weiß. Der geht auch mal allein aus. Zweimal die Woche betrinkt er sich im *King's Arms.* Die sagen da, dass er seit einer Weile mehr Geld hat als früher.«

Was zweifellos bedeutete, dass die Campbells gut für die Unterkunft im Hause Smith zahlten, dachte Anne. Was wiederum dafür sprach, dass die Smiths keine treuen Anhänger der Campbells waren, sondern das Spiel aus Gewinnstreben mitspielten. Anne rieb sich die Stirn. Die Campbells mit Bestechungsgeld zu überbieten würde sie sich vermutlich nicht leisten können.

»Sind viele Leute zum Heiraten ins Haus gekommen, solange du es beobachtet hast?«

Er zuckte mit den Schultern. »Jeden Tag kam wenigstens ein

Paar. An manchen zwei. Aber es ist nicht das beliebteste Hochzeitshaus. Bei anderen ist mehr los.«

»Hast du den Priester mal ins Haus gehen sehen?«

»Zweimal. Den meisten Leuten, die hier heiraten, ist ein Priester nicht wichtig. Viele von den Paaren waren schneller wieder draußen, als ich eine Fleischpastete essen kann.«

»War es beide Male derselbe Priester?«

Ryan nickte. »Gillingham heißt er. Ich kenne ihn. Er sitzt im Schuldgefängnis, aber die Leute rufen ihn, wenn sie einen verschwiegenen Geistlichen wollen. Die Nachbarin meiner Base hat ihn zur Jähtaufe dagehabt, für ein Kind, was es eigentlich nicht hätte geben dürfen, wenn Ihr versteht, was ich meine.«

Anne missfiel das spöttische Grinsen, das um seine Lippen spielte. »Offensichtlich blieb die Sache trotzdem nicht geheim, da du davon weißt und es weitererzählst. Aber das hat wohl nichts mit Mr. Gillingham zu tun. Würdest du ihm vertrauen?«

Er schlug die Beine übereinander, sodass der Fußknöchel des einen Beins auf dem anderen Oberschenkel zu liegen kam. Seinen rechten Arm hängte er über die Rückenlehne seines Stuhls. Der Knabe spielte den lässigen Mann, und zu Annes Sorge schmachtete May ihn auffällig an. Aber sie wollte nicht ungerecht sein, denn Ryan hatte immerhin die Aufgabe gut erfüllt, die sie ihm gestellt hatte.

»Meine Base meint, er wäre in Ordnung«, sagte er. »Man muss ihn nur bezahlen können, sonst kommt er nicht.«

May schüttelte sich erneut, obwohl sie nicht noch einmal vom Gin getrunken hatte. »Die Wächter lassen jemanden nur aus dem Gefängnis, wenn er sie bei der Rückkehr dafür bezahlt. Der Priester kann es sich also gar nicht leisten, etwas aus reiner Nächstenliebe zu machen.«

Ryan schnaubte. »Sich etwas leisten können oder nicht leisten können – mir ist es auch am liebsten, wenn mir meine

Nächstenliebe etwas einbringt. Wie steht es mit meiner Bezahlung, Mylady?«

Anne schob ihm ein Beutelchen über den Tisch, in das sie sein Geld bereits abgezählt hatte.

May grinste, als er sich den Beutel schnappte, ihn in seine Hand ausleerte und nachzählte. »Da siehst du es. Mylady hält immer ihr Wort. Obwohl du wahrhaftig nicht viel dafür tun musstest.«

Der vierzehnjährige Schuhputzer hatte rote Ohren bekommen. Anne vermutete, dass er sich mehr über das Geld freute, als er in seiner aufgesetzten Abgeklärtheit durchblicken lassen wollte. Er stand auf und klopfte auf den Tisch. »Na dann, auf Wiedersehen, Ladys. Falls Ihr mich wieder einmal braucht, werdet Ihr mich sicher finden.«

Erneut zwinkerte er May so plump zu, dass Anne ihm dafür gern einen Klaps auf den Hinterkopf gegeben hätte. Doch May schmolz dahin, als hätte sie in dem Bengel ihren Prinzen gefunden.

»Wir sehen uns ganz bestimmt wieder«, zwitscherte sie, während Anne mit den Augen rollte.

Sobald Ryan gegangen war und May nicht mehr damit zu tun hatte, ihm verträumt nachzublicken, räusperte Anne sich. »Dafür, dass du vor ein paar Tagen noch Michael heiraten wolltest, machst du Ryan auffallend schöne Augen.«

May lachte übermütig. »Wenn man keine Zeit vergeuden will, muss man mehrere Eisen im Feuer haben. Und ich kleines Hühnchen muss mich ohnehin doppelt anstrengen, sonst übersehen sie mich alle.«

Anne sah sie streng an. »Ich dachte, darüber hätten wir schon gesprochen und wären uns einig, dass du wählerischer sein darfst und solltest.«

»Aber um wählerisch sein zu können, muss man doch erst

einmal eine Reihe von Angeboten haben. Und Ryan gefällt mir eben. Er kennt sich aus mit der Welt, obwohl er noch nicht alt ist. Und er ist lustig. Und er ist hübsch. Und wenn ich ihn ansehe, schlägt mein Herz einen Purzelbaum. Das ist ganz kurios. Habt Ihr das schon mal erlebt? Außerdem kann es doch nichts schaden, wenn er mich mag. Vielleicht hilft er uns dann wieder.«

Gerade weil Anne sich gut an diese Art von Purzelbäumen erinnerte, beunruhigte Mays Geständnis sie. »Ich glaube, es würde genügen, dass er die kleinen Beutel mit den Münzen mag. Stell nur keine Dummheiten mit ihm an. Er mag sich geben, als wäre er schon ein ganzer Mann, aber er ist noch sehr jung.«

May sah sie liebevoll an. »Ich glaube, niemand sonst auf der Welt hat sich je so viele Sorgen um mich gemacht wie Ihr, Miss. Aber das müsst Ihr nicht. Ich komme schon zurecht. Habt Ihr nun einen Plan, wie Ihr den kleinen Johnny aus diesem Haus holen könnt?«

Anne runzelte die Stirn und trank nun doch von ihrem Cider. »Ich wünschte, ich hätte einen. Vielleicht kann der Priester mir eine Hilfe sein. Ob ich mit ihm sprechen sollte?«

Schon wieder schüttelte May sich. »Ihr wollt doch nicht ins Schuldgefängnis gehen! Das ist ein grässlicher Ort.«

»Offenbar kommt Gillingham ja oft heraus.«

»Aber er muss gleich wieder zurück, wenn er seinen Segen für Was-auch-immer verteilt hat. Wollt Ihr Euch etwa eine Taufe ausdenken, damit er zu Euch kommt?«

Anne seufzte und lehnte sich zurück. »Nein. Du hast recht. Also muss ich ihn wohl tatsächlich im Gefängnis besuchen.«

Mays Miene zeigte echte Empörung. »Nein, wirklich nicht! Ich mache ja schon viel mit, aber das ist kein Ort für eine Lady!«

»Ich habe gehört, dass sogar Lords und Ladys schon gelegentlich ins Schuldgefängnis gesteckt wurden«, widersprach Anne.

»Ja. Und denen vergeht dort sicher das Hören und Sehen. Warum braucht Ihr denn unbedingt den Priester? Wisst Ihr, was ich machen würde? Ich würde mich einfach über die anderen Häuser in den Hinterhof schleichen, mich da verstecken und warten, bis die Kinderfrau mit dem Kleinen zum *Privy* geht – denn er ist doch schon zu groß, um alles ins Nachtgeschirr zu machen –, und dann, wenn sie kommen, würde ich der Kinderfrau einen Schubs geben, das Kind schnappen und weglaufen.«

Anne nickte. »Und die Kinderfrau schreit laut, und einer von den Männern kommt und fängt dich«, ergänzte sie.

May schob die Unterlippe vor. »Dann würde ich eben das Kind schnappen und der Kinderfrau eine Pistole vorhalten, ihr sagen, dass sie nicht schreien darf, und sie mitnehmen, bis ich mit dem Kind in eine Kutsche springen und fliehen kann.«

Anne schnaubte belustigt. »Ich besitze keine Pistole. Und wenn ich eine hätte, wüsste ich gar nicht, wie man sie abfeuert.«

»Ihr könntet eine kaufen und es lernen. Es gibt ganz kleine, die sind für Ladys wie gemacht«, sagte May.

Allein der Gedanke, eine Schusswaffe auf einen Menschen zu richten, verursachte Anne ein flaues Gefühl im Magen. Andererseits standen ihr möglicherweise Notlagen bevor, in denen es sich als hilfreich erweisen würde, wenn sie Mays Rat befolgte. »Also gut. Insgesamt bin ich mit dem Plan noch nicht zufrieden. Aber eine Pistole zu kaufen ist kein schlechter Einfall. Wohin würdest du dafür gehen?«

»Das kommt darauf an, ob jeder wissen darf, dass Ihr sie gekauft habt. Oder ob es Euer Geheimnis sein soll.«

16. Kapitel

Ian hatte nicht die Geduld und Gelassenheit seines Onkels. Als Mackay sie beide am vierten Tag nach der Krönung aus der Stadt gejagt hatte, musste Onkel Max seine ganze Überredungskunst aufwenden, um ihn zu beruhigen. Nur ihm war es zu verdanken, dass Ian sich damit begnügte, Anne von unterwegs unter dem Namen Josefina Jenkins einen heimlichen Brief zu senden. Eigentlich hatte er bei der ersten Gelegenheit umkehren wollen, um sich nach London zurückzuschleichen und seinen Sohn im Handstreich aus den Klauen der Campbells zu befreien. Wenn er das richtige Haus auch erst hätte finden müssen, denn ihr Spion hatte es aus Angst vor Entdeckung nicht gewagt, Mackay auf den Fersen zu bleiben.

Onkel Max hatte zuerst versucht, ihm die Sache ganz auszureden, auf halber Strecke nach Hause dann jedoch eingelenkt. Statt Ian aufzuhalten, hatte er einen ordentlichen Plan mit ihm geschmiedet und den Sohn eines Freundes, bei dem sie auf der Rückreise haltmachten, als Komplizen gewonnen. Der junge Jacob sah Ian ähnlich genug, um in seiner Kleidung und auf seinem Pferd mit Onkel Max weiter nach Schottland zu reiten und auf diese Weise Ians Unternehmung einigermaßen zu verschleiern.

So war es gekommen, dass Ian zwei Wochen nach der Krönung in der abendlichen Herbstdunkelheit heimlich einer Sänfte nachlief, in der Anne Baynes saß. Nachdem er von einem Schuhputzer in der Fleet Street nicht nur erfahren hatte, in welchem Haus die »schottische Familie« mit dem dreijährigen

Kind wohnte, sondern auch von einer Lady, die sich ebenfalls für diese Leute interessierte, schlich er um den St. James's Palast herum. Anne eine Nachricht mit der Bitte um ein Treffen zu schicken wagte er auch unter dem Namen Josefina Jenkins nicht. Falls das Palastpersonal in der Post spionierte, würde ihnen zwar ein Brief, in dem es um einen kranken Neffen ging, nicht auffallen. Die Anbahnung einer Verabredung hingegen war für Spione sicher stets von Interesse.

In die Kellerschenke, vor der Annes Chairmen die Sänfte absetzten, ging zuerst der Footman. Erst als er wieder herauskam, verließ Anne die Sänfte und stieg die fünf Stufen zum Eingang hinab. Gleich darauf kam das Mädchen die Straße entlanggelaufen, das er schon im *Scot's Inn* mit Anne zusammen gesehen hatte. Die Kleine winkte dem Footman zu und huschte ebenfalls in die Schenke.

Der Footman blieb bei den Chairmen und unterhielt sich mit ihnen, beobachtete dabei jedoch aufmerksam jeden, der sich anschickte, das Gebäude zu betreten. Offensichtlich nahm er seine Rolle als Beschützer der Lady ernst. Bis zu diesem Moment hatte Ian sich vier Häuser weiter damit beschäftigt, zur Tarnung beide Stiefel und sogar die Strümpfe aus- und wieder anzuziehen, als müsste er Steine, Sand oder Dornen daraus entfernen. Bisher war der Blick des Footmans über ihn hinweggeglitten, doch lange würde das nicht so bleiben. Ian entschied, dass er weniger verdächtig wirkte, wenn er die Schenke einfach betrat. Seine Kleidung würde ihn nicht verraten, denn er hatte sorgfältig darauf geachtet, nichts zu tragen, was ihn als Schotten kenntlich machte. Außerdem beschatteten die geliehene Perücke und ein breitkrempiger Hut sein Gesicht.

Ohne noch einmal zur Sänfte hinzusehen, marschierte er zur Treppe und hinab in die Schankstube. Der Raum war düster, und die wenigen flackernden Talglichter verwirrten das Auge mehr, als schlichte Dunkelheit es getan hätte. Ian ging zum Wirt, ohne sich im Raum umzusehen, holte sich ein Bier und setzte sich in eine Ecke. Sobald sich seine Augen an das unruhige Licht gewöhnt hatten, entdeckte er Anne, das Mädchen und den Schuhputzer, den er aus der Fleet Street kannte.

Eine Weile sprachen die drei leise miteinander, dann verabschiedete der Knabe sich und ging. Ian gab sich einen Ruck, stand auf und setzte sich auf den freien Stuhl neben Anne.

»Guten Abend. Nicht erschrecken, ich bin harmlos«, sagte er.

Annes Herz raste, als wäre sie ein aufgeschreckter Hase. »Himmel und Hölle«, fluchte sie flüsternd. »So hier hereinzuplatzen ist gar nicht harmlos. Was machst du hier? Du solltest in Braemar sein.«

»Onkel Max tut sein Bestes, um es so aussehen zu lassen. Aber was ist mit dir? Du solltest eine brave Hofdame sein und dich weder für das Kind eines Jakobiten interessieren noch allein finstere Schenken aufsuchen.«

Er klang ebenso aufgebracht wie sie. Hatten er und sein Onkel etwa doch schon einen Plan, den sie gestört hatte? Dann war es dumm, dass sie ihr nicht wenigstens einen Hinweis darauf gegeben hatten. »Nach deinem Brief musste ich annehmen, dass ihr nichts unternehmen könnt. Ich kann Johnny aber nicht bei diesen Leuten lassen. Ich war dort. Auch wenn ihr euch nichts zuschulden kommen lasst, geht es ihm dort nicht gut. Ich werde mit ihm fliehen.«

Er sah sie mit einem sonderbaren Blick an. Sie konnte nicht beurteilen, ob er sie bestaunte wie ein zweiköpfiges Ungetüm, oder ob er selbst das Ungeheuer war und sie jeden Moment vor Wut verschlingen würde.

»Fliehen? Wohin? Und wie willst du für dich und den Kleinen sorgen?«, fragte er.

Anne kniff die Lippen zusammen. Ians plötzliche Nähe richtete heillose Verwirrung in ihren Gefühlen an. Sie hatte nach ihrer letzten Begegnung die Gedanken an ihn verdrängt, so wie sie es jahrelang getan hatte, als sie ihn noch tot glaubte. Nach ihrem letzten Abschied hatte sie sich eingeredet, dass er nichts mehr mit ihren Entscheidungen zu tun haben würde. Nun musste sie ihn wieder in Betracht ziehen, und zu ihrem Ärger hämmerte ihr Hasenherz weiter, als hätte der Schreck über sein Erscheinen nicht längst abklingen müssen.

»Verzeih, wenn ich dich nicht in alle Einzelheiten meiner Pläne einweihe. Es ist wohl sicherer, wenn du nicht zu viel weißt«, sagte sie.

Er wandte den Blick von ihr ab und starrte auf den Tisch. Seine Anspannung übertrug sich auf Anne, und sie ballte in ihrem Schoß die Hände zu Fäusten. »Was für ein unsägliches Feld voller Zwickmühlen mein Leben ist. Beinah wünschte ich schon, ich hätte das Schiff nicht verlassen. Ich wüsste noch nicht, dass ich einen Sohn habe, und nicht, dass du dabei bist, dich zu ruinieren. Ich würde einfach nur in die Takelage klettern, wenn man es mir befiehlt, und mir Mühe geben, heil wieder auf dem Deck anzukommen. Ich würde stumpfsinnig Planken schrubben oder Segel nähen und dabei sehnsüchtig an geliebte Menschen denken, die mir in meinen Tagträumen immer alles ganz leicht machen. Die kleine Anne von damals war auch immer dabei. Nun ist sie allerdings fort. Ich kann sie mir kaum noch vorstellen, nachdem ich gesehen habe, was aus dir geworden ist.«

May stürzte den Rest von ihrem Ale hinab, räusperte sich und stand auf. »Ich muss dann mal los, Mylady. Wann sehen wir uns wegen der Sache, über die wir gesprochen haben?«

»Übermorgen um vier Uhr an der Nordwestecke vom Tower«, sagte Anne.

May knickste und beeilte sich hinauszugehen. Anne hoffte, dass sie draußen nicht gleich Ryan nachlaufen würde. Da sollte sie lieber noch eine Weile freundschaftlich mit Michael scherzen.

Ian zog die Brauen hoch. »Die Auswahl deiner Helfer ist bemerkenswert. Glaubst du, dass man für die Befreiung eines Kindes weitere Kinder benötigt?«

Anne hätte gern darauf verzichtet, diesen wunden Punkt mit ihm zu besprechen. »Ich würde sie nicht in die Sache hineinziehen, wenn ich eine andere Möglichkeit sähe. May ist derzeit die beste Helferin, die ich habe. Aber ich bemühe mich, sie nicht in Gefahr zu bringen.«

»Was ist diese ›Sache‹, über die ihr gesprochen habt? Das klang verschwörerisch.«

»Ich werde mir eine kleine Pistole kaufen, und May weiß, wohin ich dafür gehen muss.«

»Das Mädchen, das ich kannte, konnte mit Schusswaffen nicht umgehen. Hast du es inzwischen gelernt?«

Anne zog unbehaglich die Schultern hoch. Seine kühle Haltung schmerzte. Dabei sollte es ihr gleichgültig sein, was er von ihr hielt. Er hatte kein Recht, über sie zu urteilen. »Ich werde es lernen«, stieß sie hervor.

»Und dann? Wirst du alle niederschießen, die sich dir in den Weg stellen? Bist du überzeugt davon, dass du den Abzug drücken kannst? Denn wenn du es nicht bist, solltest du die Pistole gar nicht erst anfassen. So hat Onkel Max es mich gelehrt, und er hatte verdammt recht damit.«

»Ich will die Pistole für den Fall, dass ich in eine bedrohliche Lage gerate. Wie soll ich jetzt schon wissen, ob ich dann fähig sein werde abzudrücken? Eines ist aber sicher: Wenn ich es nicht einmal wage, mir eine Pistole anzuschaffen, dann werde ich ganz gewiss nicht damit schießen.«

Er seufzte und rieb sich mit beiden Händen das Gesicht, als müsste er sich aufwecken. »Ich will nicht, dass du dich in Gefahr bringst. Ich will unseren Sohn genauso dringend befreien wie du, deshalb verstehe ich dich. Aber du bist nur eine Frau. Das wird furchtbar missglücken.«

Anne schnaubte. »Du bist nicht hilfreich. So wie ich es sehe, ist deine Anwesenheit hier die größte Gefahr. Was wird geschehen, wenn einer von den Campbells gerade in diesem Moment durchschaut, dass ihr ihn an der Nase herumgeführt habt und sie dich aus den Augen verloren haben? Sie werden sofort darauf kommen, dass du hier in London bist, wo du am Allerwenigsten sein solltest. Am Ende wirst du der Grund sein, warum meine Pläne scheitern.«

»Nun, ich habe einen eigenen Plan. Ich schleiche durch die Hintertür ins Haus, nehme den Kleinen, mache mir den Weg nach draußen mit vorgehaltener Waffe frei, steige mit ihm aufs Pferd und bin schneller aus der Stadt, als die Campbells es begreifen.«

Er sah ihr so durchdringend in die Augen, dass ihr Puls noch schneller raste. Wenn es so einfach war, warum war er nicht längst mit Johnny unterwegs nach Schottland? »Du glaubst selbst nicht, dass das gelingen kann, nicht wahr? Ich würde mich nur zu gern irren und dir raten, es schnellstens genauso zu machen. Aber sie würden dich wahrscheinlich schon in der Küche bemerken. Und falls du scheiterst und erkannt wirst, werden sie dich und Johnny dafür bestrafen, denn du und dein Onkel, ihr seid die Feinde, die sie hassen. Falls ich hingegen scheitere, kann ich sie immer noch davon überzeugen, dass ich nur die Mutter bin, die ihr Kind in Sicherheit bringen will, und dass ich nichts mit euch zu tun habe.«

Ians Blick kehrte sich nach innen. Gedankenversunken strich er über seine Bartstoppeln. »Also gut. Sag mir, wie du es machen willst. Wenn dein Plan gut ist, lasse ich dich in Ruhe und verschwinde aus der Stadt.«

Als hätte sie nur diese Aufforderung gebraucht, fügte sich in Annes Verstand auf einmal der Plan zusammen. »Ich werde den Priester der Smiths im Schuldgefängnis aufsuchen und ihm Geld für seine Hilfe anbieten. Dann suche ich ein Paar, das sich trauen lassen will, und treffe eine Verabredung mit ihnen. Am Tag der Trauung werde ich von der Hinterhofseite aus durch die Küchentür ins Haus gelangen, unter dem Vorwand, heimlich Geschenke für Johnny und die Frauen des Hauses zu bringen. Nachdem die Kinderfrau Johnny zu mir in die Küche gebracht hat, wird der Priester gemeinsam mit dem Paar eine Ablenkung inszenieren. In dem Durcheinander, das hoffentlich entstehen wird, nehme ich Johnny und laufe mit ihm über die Hinterhöfe zu einem Hackney Coach, der am Fleet Market auf mich wartet. Ich lasse mich in ein Versteck fahren, wo ich zuvor etwas Gepäck hinterlegt habe. Ein anderer Wagen bringt uns dann auf ein Schiff, mit dem ich das Land verlasse.«

Leicht vorgebeugt und angespannt hatte er ihr gelauscht. »Zurück nach Deutschland?«

Sie zuckte mit den Schultern. »Das musst du nicht wissen.«

»Warum zum Teufel muss ich das nicht wissen? Du nimmst meinen Sohn mit. Eines Tages will ich ihn wiedersehen. Außerdem … Was wäre, wenn ich mit euch gehen wollte? Bin ich dir so gleichgültig geworden, dass du mich zurückweisen würdest?«

Schon wieder überraschte er Anne. »Warum sollte ich darüber nachdenken? Du willst es doch nicht. Ich könnte nur mit dir zusammen fliehen, wenn es für dich keine Rolle spielte, wer auf dem englischen Thron sitzt und wer deinem Onkel als Chieftain nachfolgt. Es ist schlimm genug, dass ich meinen

König verrate, indem ich mein Kind verschweige und ohne Erlaubnis meinen Dienst abbreche. Mit einem Rebellen zusammenzuleben, der einen Aufstand gegen ihn unterstützt, wäre zu viel für mich.«

Verärgert kniff er die Augen zusammen. »Ich denke, du stehst dem Deutschen zu nahe. Manches kann man aus solcher Nähe nicht vernünftig beurteilen. Ich habe den ganzen Sommer damit verbracht, den Schotten dabei zuzuhören, wie sie über ihren Kummer sprechen. Es gibt viel Elend in Schottland und wenig Hoffnung auf Besserung, wenn sich die Mächtigen der Regierung nicht dafür starkmachen. Georges Heimat ist nicht einmal England, geschweige denn Schottland. Er kommt in dieses Land und wird nicht nur aus ihm heraussaugen, was er für seinen eigenen und seines Hofstaats Prunk und Prasserei haben will. Er wird auch noch bei jeder Gelegenheit so viel wie möglich seinem eigenen Land zuschieben. Die Schotten werden zahlen und zahlen, aber niemals Unterstützung erhalten. Wo Häfen gebaut und florierende Manufakturen angesiedelt und gefördert werden sollten, da werden auch weiterhin nur Schafe weiden. Und wenn die Schotten dem Parlament von schlimmen Wintern und hungrigen Kindern erzählen, werden die Lords in London sich schulterzuckend abwenden.«

Anne schüttelte den Kopf. »King George ist ein vernünftiger Mann, der sein Möglichstes tun wird, mit der Zeit alle Gegenden seines Reichs zu fördern. Davon bin ich überzeugt. Ich finde es ungerecht und unsinnig, wenn man ihm keine Gelegenheit gibt, sich zu beweisen. Wie kann man eine Rebellion herbeisehnen, die in vielerlei Hinsicht so viele Opfer fordern wird, ohne zuvor den friedlichen Weg versucht zu haben?«

»Wenn man den bösen Ausgang des friedlichen Wegs im Voraus schon kennt, ist es noch unsinniger, mit der Rebellion zu warten, bis die neue Regierung eingespielt ist und es sich so bequem gemacht hat wie die vorherige. Und sollte George wirklich gute Absichten hegen, würde er ohne die nötige Leidenschaft für die schottische Sache doch nicht das Geringste erreichen. Nur ein Mann mit schottischen Wurzeln brächte das Wissen und die Begeisterung mit, die ein König braucht, um die englischen Lords von ihren hohen Rössern zu holen, damit sie auf Augenhöhe mit uns Schotten umgehen. Und du weißt, welcher Mann das ist.«

Anne seufzte. »Reden die Männer im Norden wirklich alle so wie du? Sind nicht wenigstens die älteren besonnen?«

»Je älter ein Schotte ist, desto mehr Zeit hatte er, schlechte Erfahrungen mit den Engländern zu machen. Nein, wenn es losgeht, dann sind die Alten ebenso dabei wie die Jungen. Kurz vor der Krönung hatte Onkel Max eine Zusammenkunft mit dem Earl of Mar. Du hättest hören sollen, was der darüber zu berichten hatte, wie schändlich die Londoner Regierung mit ihm umspringt. Dann würdest du die Sache vielleicht besser verstehen.«

»Ich verstehe, dass die Schotten vieles erdulden mussten. Dennoch kann ich mir nicht vorstellen, dass kluge Verhandlungen keinen Erfolg bringen.«

Ian stieß resigniert die Luft aus. »Lass uns nicht länger davon sprechen. Du hast zu wenig von der Welt gesehen, um zu wissen, wie schlecht die ruhigen, vernünftigen Männer mit den guten Absichten darin sind, Gutes zu bewirken. Sie reden nur, und nichts ändert sich.«

»Und du, dein Onkel und die anderen Jakobiten, ihr seid entschlossen, mehr zu tun, als nur zu reden? Dann möchte ich dich noch einmal bitten, London so schnell wie möglich zu verlassen und mir nicht dabei im Weg zu stehen, wenn ich mein Kind befreie. So wie du dich anhörst, bleibt dazu nur noch wenig Zeit.«

Als würde seine Rage plötzlich verlöschen, veränderte sich sein Blick. Auf einmal sah er sie an, als würde er sie erst jetzt richtig bemerken. »Ich will wirklich nicht, dass dem Kleinen etwas zustößt. Das musst du mir glauben, Anne. Im Grunde kannst du mir kein größeres Geschenk machen, als dich mit ihm in Sicherheit zu bringen. Leider glaube ich nicht, dass die Sache gut ausgeht. Du bist so … Du bist so eine zarte Person. Du brauchst doch jemanden, der dich beschützt. Dich und unseren Sohn. Fast sähe ich es lieber, wenn du doch diesen Will heiratest. Die Vorstellung ärgert mich, aber wenigstens könnte er dich versorgen.«

Anne schnaubte spöttisch. »Von Tag zu Tag lerne ich besser, allein zurechtzukommen, vielen Dank für deine Sorge. Ich werde Will nicht heiraten.«

»Aber warum nicht? Er ist dein Freund und will dich schützen. Hat er üble Eigenschaften?«

»Ganz gewiss hat Will keine schlechteren Eigenschaften als die meisten Männer. Aber ich liebe ihn nicht. Wenn ich ihn dennoch heiraten würde, dann würde wahrscheinlich ich die üblen Eigenschaften entwickeln.«

»Du liebst ihn nicht.« Er wiederholte ihre Feststellung trocken, ohne eine Gefühlsregung zu zeigen. Verspottete er sie?

»Nein!«, bestätigte sie lauter als nötig.

In seinem Blick blitzte etwas auf, das sowohl Spott als auch Freude sein konnte, und er wollte zu einer Antwort ansetzen. Doch ein männliches Räuspern neben ihrem Tisch ließ sie beide zusammenzucken.

»Mylady? Vergebt mir, dass ich störe. Ist alles in Ordnung? Ich wunderte mich, dass Ihr noch nicht herausgekommen seid«, sagte Michael und ließ dem fremden Mann an ihrem Tisch nur eine angedeutete Verneigung zukommen, die dessen anscheinend geringerem Stand angemessen war.

»Danke, Michael. Es ist alles in Ordnung. Ich wollte mich gerade verabschieden. Also, Mr. Perkins, es war mir ein Vergnügen, mir Euer Angebot anzuhören, und ich werde gewiss in nächster Zeit einmal Euer Geschäft aufsuchen.«

Ian erhob sich und dienerte vor ihr. »Ihr seid großzügig, Mylady. Es wäre mir eine Ehre, Euch dienlich sein zu dürfen.«

Bevor Michael vortreten konnte, um ihr beim Aufstehen behilflich zu sein, ergriff Ian ihre Stuhllehne. Mit Eleganz bewies er, dass er in seiner Zeit auf See nicht verlernt hatte, wie ein Gentleman eine Lady behandeln musste. Nur die Art, wie er dabei die Hand auf ihren Rücken legte, war für eine Begegnung zwischen Fremden nicht ganz passend. Doch Anne wich nicht aus. Im Gegenteil musste sie sich zurückhalten, sich nicht in seine Hand hineinzuschmiegen, wie sie es früher getan hätte. Nicht zum ersten Mal erlebte sie ihren Leib als Verräter gegen ihre Vernunft.

Michaels Miene verriet nicht, ob er etwas an ihrem Verhältnis zu dem Fremden ungewöhnlich fand. Er ging voraus, und sie folgten. Ians Hand blieb auf ihrem Rücken liegen. Ehe sie den Ausgang erreichten, wo Michael ihnen die Tür aufhielt, neigte Ian sich näher zu ihr und flüsterte in ihr Ohr: »Ich verlasse London. Aber bitte finde einen Weg, mir eine Nachricht zu schicken. Sonst werde ich verrückt.«

Sie hob ihren Rocksaum an und richtete ihre Aufmerksamkeit scheinbar auf die abgewetzten Steinstufen vor ihr. »Ich werde mich selbstverständlich ankündigen, Mr. Perkins. Aber Ihr müsst Verständnis dafür haben, dass es noch eine Weile dauern kann. Ich habe vielerlei Aufgaben zu erledigen.«

»Es liegt mir fern, Euch bedrängen zu wollen, Mylady. Ich will nur sagen, dass ich mich äußerst glücklich schätzen würde, wenn Ihr Euch eines Tages an mich erinnert.«

Als sie in die Sänfte stieg, wollte Anne ihm zum Abschied

eigentlich nur kühl zunicken. Doch ihr Leib betrog sie schon wieder, und auf einmal sah sie ihm tief in die Augen. Ihr Herz überschlug sich so irr wie in den ersten Tagen ihrer Verliebtheit. Diesen inneren Tumult, diese wirre Mischung aus Sehnsucht, Glück, Angst, Verheißung und Schmerz hatte sie niemals wieder fühlen wollen. Ein bitteres Lachen blieb ihr in der Kehle stecken. Offenbar hatte sie doch nichts dazugelernt. Im Gegenteil schien die Unvernunft ihres Herzens keine Grenzen zu kennen. Doch dieses Mal würde sie es streng im Zaum halten. Sobald Ian ihr aus den Augen war, würde sie ihn in Gedanken wieder zurück zu den Toten verbannen.

Sie nickten sich zu, die Chairmen hoben die Sänfte an und liefen los, und sie sah Ian nicht mehr.

Sogleich versuchte Anne, ihre Gedanken auf das zu lenken, was vor ihr lag, doch sie scheiterte erbärmlich. Ihr Herz lachte sie aus, ihre Adern lachten sie aus, in denen das Blut rauschte, ihre Haut, die ihr zuschrie, wie gut es sich angefühlt hatte, von diesem Mann berührt zu werden. Sie gestand sich die Wahrheit ein: Der ältere Ian wirkte auf sie sogar noch anziehender als der junge, und nichts, was ihr Verstand dagegen einzuwenden hatte, zeigte eine abschreckende Wirkung. Dennoch würde ihre Vernunft dieses Mal siegen. Sie war stark genug geworden, ihre Gefühle nicht mehr über ihre Taten entscheiden zu lassen.

Erst drei Tage nach der Begegnung mit Ian konnte Anne den Besuch im Fleet Prison einrichten. In der nach Schweiß und altem Eintopf stinkenden Eingangshalle des nach dem großen Brand von London neu errichteten Schuldgefängnisses wurde sie von den Schließern so aufdringlich gemustert, dass sie gern gleich wieder die Flucht ergriffen hätte.

Sie räusperte sich. »Guten Tag, Gentlemen. Ich möchte zu Reverend Gillingham.«

Der an seiner Uniform als Vorsteher erkennbare Schließer grinste kopfschüttelnd. »Nehmt es uns nicht übel, Madam. Wir sehen uns jeden genau an, der durch unsere Tür gehen will. Wie sollen wir sonst wissen, wer die Gefangenen und wer die Gäste sind und wen wir wieder herauslassen dürfen? Bob, führ die Frau zu Gillingham. Das macht einen Schilling, Schätzchen.«

Anne gab ihm das Geld, ohne den Preis anzuzweifeln, und Bob führte sie durch ein schweres Holztor von der Eingangshalle ins Innere des Kerkers. Ein Schauder überlief sie, als sie hörte, wie hinter ihnen der Schlüssel von außen im Schloss gedreht wurde. Dann ging es ein paar Stufen hinab, durch ein offenes Eisentor, um eine Ecke und wieder hinauf. Die mit nur wenigen kleinen Fenstern versehenen Gänge waren eng, dunkel und schmutzig. Es stank wie in den schlimmsten Gassen, und sie mussten sich an zunehmend mehr Menschen in abgerissener Kleidung vorbeidrängen, die an den Wänden lehnten, plauderten, gelangweilt herumschlurften, Säuglinge in den Armen wiegten oder Tauschgeschäfte abschlossen. Die Gesichter waren schmal, die Augen hungrig und verschattet. Unaufhörlich war Husten zu hören – wenn der eine aufhörte, fing der nächste an. Kleinkinder und Säuglinge heulten, Kinder schrien, und Erwachsene grölten in Räumen, wo dem Klang nach gespielt und gezecht wurde.

Die Enge legte sich wie ein beklemmender Ring um Annes Brustkorb. Endlich blieben sie vor einer Tür stehen, und Bob bat sie zu warten.

Kurz darauf kam der Schließer mit Gillingham heraus. »Gottes Segen für dich, Kind. Du suchst mich?«

Anne knickste, wie man es vor einem Priester tat. »Ganz recht, Sir. Ich habe ein Anliegen.«

Sie hatte erwartet, dass Bob gehen würde, doch er blieb mit verschränkten Armen neben ihnen stehen. Sie verkniff sich einen Seufzer und fischte in ihrer Rocktasche nach einer geeigneten Münze. Kaum hatte Bob sie in der Hand, tippte er an den Rand seiner Kappe und ging.

»Ein Schuldgefängnis scheint mir ein völlig unsinniger Ort zu sein«, sagte sie.

»Das kann man so sagen. Ein Gläubiger, der seinen Schuldner ins Schuldgefängnis bringt, gibt alle Aussichten darauf auf, sein Geld je wiederzusehen. Es sei denn, er gehört zufällig zu den Eigentümern oder Angestellten selbiger Einrichtung. Womit kann ich nun dienlich sein? Muss ein Kindlein getauft werden?«

Sie schüttelte den Kopf und zuckte zusammen, weil ein vorübergehendes, laut disputierendes Paar sie anstieß. Mit einem Gefühl von Abscheu drückte sie sich enger an die modrige Steinwand. »Es geht um ein Kind, doch es muss nicht getauft werden. Ich möchte Euch ein Angebot machen. Wie hoch sind die Schulden, die Euch in diesen Kerker gebracht haben?«

Er ließ seinen Blick berechnend über ihre Kleidung schweifen und zuckte schließlich mit den Schultern. »Sechs Pfund schulde ich insgesamt. Dem Mann, der mich eingesperrt sehen wollte, vier davon.«

»Dürftet Ihr also heraus, wenn Ihr sechs Pfund hättet?«

»Ich habe sie bei Weitem nicht. Ich habe gar nichts. Und ich würde mich sehr täuschen, wenn du viel mehr hättest, meine Tochter. Du siehst nicht aus, als würdest du als Hure arbeiten.«

»Wenn Ihr mir helft, zahle ich Euch sechs Pfund. Ihr dürft mir glauben, dass ich sie habe.«

Mit finsterer Miene wandte er sich der Tür seines Schlafsaals zu. »Ich weiß nicht, woher das Geld stammt, aber vermutlich willst du mich für ein Verbrechen bezahlen. Wer hat dich zu mir geschickt? Ich bin auch in diesen Mauern noch ein Priester und kein Betrüger oder Räuber.«

»Das weiß ich. Deshalb wende ich mich an Euch. Ihr sollt mir mit einer List gegen ein paar Räuber beistehen. Man hat mir mein Kind gestohlen und hält es als Geisel fest. Helft mir, es zu befreien. Wenn wir es geschickt anstellen, werdet Ihr dabei nicht in Schwierigkeiten geraten und eine gute Tat getan haben. Und mit dem Geld könntet Ihr wieder frei sein und Euch ein besseres Leben einrichten.«

Er stieß ein trockenes Lachen aus. »Frei wäre ich, aber mittellos wie zuvor. Ein neuer Anfang lässt sich auf die Art kaum machen. Es sei denn … Wäre es möglich, mir noch zwei Pfund mehr zu zahlen?«

Anne zögerte, weil sie in den priesterlichen Augen unchristliche Habgier schimmern sah, während ihr Schicksal und das ihres Kindes ihn wenig zu interessieren schienen. Schließlich setzte sie eine kummervolle Miene auf. »Ich bedaure, aber noch weiter kann ich nicht gehen. Ihr seid nicht der Einzige, der Bezahlung für seine Hilfe erwartet. Ich brauche auch noch ein heiratswilliges Paar, das sich an der List beteiligt. Und meine Mittel sind begrenzt.«

Er rümpfte die Nase. »Ein Jammer, das mit den zwei Pfund. Doch wer wüsste besser als ich, wie hoch die Hürde ist, die zwei kleine Pfund errichten können. Zudem hast du mich neugierig gemacht. Soll das Paar in Wahrheit getraut werden, oder ist das nur eine Betrügerei?«

Anne triumphierte stumm. Er hatte seine Neugier eingestanden, und die Habsucht würde das Übrige erledigen. Mit all ihrer Überzeugungskraft erklärte sie ihm leise ihr Vorhaben.

Am Ende verließ sie das Gefängnis um eine Anzahlung von zwei Pfund leichter und fühlte sich so beschwingt wie seit Langem nicht. Sie hatte sich in die erste dunkle Höhle hineingewagt und war unbeschadet wieder herausgekommen. Endlich zu handeln, statt nur zu grübeln, fühlte sich weit besser an, als sie erwartet hatte.

17. Kapitel

Am nachmittag des 15. November, sechs Tage nach ihrem Gespräch mit Reverend Gillingham, näherte sich Anne in ihrer Verkleidung als Miss Plumtree dem Haus der Smiths über die Hinterhöfe der Nachbarhäuser. Das Tageslicht schwand bereits, der Himmel war bedeckt, der Wind kalt, und ein hartnäckiger Nieselregen machte jeden Aufenthalt im Freien ungemütlich. Über dem Arm trug Anne einen abgedeckten Korb mit Geschenken und in ihrer Rocktasche die neuerworbene, kleine Pistole. Sie hoffte innig, dass es keinen Grund geben würde, sie zu verwenden, doch sie fühlte sich bereit dazu. Jeden Augenblick der vergangenen Tage hatte sie der Ausführung ihres Plans gewidmet und war dabei durch so viele Phasen der Angst und Aufregung gegangen, dass sie sich im Vergleich dazu nun geradezu gelassen fühlte.

Sie drückte sich in die sichtgeschützten Winkel der Höfe, während sie sich an die Hintertür der Smiths heranschlich: hinter zwar winterlich kahle, doch dicht gewachsene Johannisbeersträucher, einen Hühnerstall, einen aus alten Bootsteilen gezimmerten Geräteschuppen und neben das »Privy« des Hochzeitshauses. Von hier aus sah sie die Tür, die an diesem Tag geschlossen war. Aufmerksam suchte sie die Fenster der Obergeschosse ab, bevor sie zum Haus huschte und durch das kleine Küchenfenster hineinspähte.

Mehr als den halben Raum konnte sie nicht überblicken, doch sie sah genug. Am Tisch saß Ethel und verlas getrocknete Erbsen. Die Magd war mit ungeteilter Aufmerksamkeit bei der

Sache, was Anne als sicheres Zeichen dafür nahm, dass sie allein in der Küche war. Leise klopfte sie an die Tür, öffnete sie rasch und legte den Finger an die Lippen.

Ethel starrte sie verblüfft an, blieb aber still. Anne stellte den Korb neben ihr ab. »Ist einer von den furchtbaren Männern in der Nähe? Mr. Mackay oder dieser Mr. Gully?«, flüsterte sie.

Ängstlich warf Ethel einen Blick zur Küchentür. »Mr. Gully ist oben. Ihr solltet nicht hier sein, Miss. Mr. Mackay will, dass wir niemanden mehr ins Haus lassen, der nicht mit einer Trauung zu tun hat oder von ihm genehmigt wurde.«

»Nachdem dieser Rüpel mich letztes Mal so unverschämt behandelt hat, lege ich in der Tat keinen Wert darauf, ihm wiederzubegegnen. Aber er kennt Agatha Plumtree nicht, wenn er glaubt, dass sie sich von seiner Pöbelei abschrecken lässt. Ich habe hier noch einige Dinge für den kleinen John. Und ich habe auch für dich etwas mitgebracht, für Miss Betty und Mrs. Mac Gregor. Als kleine Entschädigung für etwaige Unannehmlichkeiten, die ich euch bereite oder bereitet habe.«

Anne hielt Ethel ein kleines Päckchen hin. Die Magd nahm das Geschenk, öffnete es und betrachtete mit großen Augen die zwei Taschentüchlein mit Spitzensaum, das lange Samtband, das Schächtelchen mit Konfekt und die Münzen, die Anne für sie eingepackt hatte. »Das ist sehr liebenswürdig, Miss. Ich weiß aber nicht, womit ich das verdient habe.«

Anne winkte ab. »Ich bin so gerührt davon, wie alle hier sich um das arme Waisenkind kümmern. Außerdem müssen wir Frauen zusammenhalten, nicht wahr? Glaubst du, du kannst Mrs. Mac Gregor und Miss Betty herunterholen, ohne Mr. Gully aufzuscheuchen? Und ich würde mich sehr freuen, wenn sie das Kind mitbrächten. Es wärmt mein Herz, wie der Kleine sich freut, wenn er etwas geschenkt bekommt.«

Ethel zögerte, blickte sinnend zur Decke und nagte dabei an

ihrer Unterlippe. »Vielleicht kann ich eine von beiden mit dem Knaben herbringen. Beide wären zu auffällig.«

»Versuch es bitte. Ich warte auf dem Hof. Und falls der Mann mit herunterkommt, dann verstecke ich mich und laufe weg, bevor er mich bemerkt.«

Nach einem langen Blick auf ihr Geschenk wickelte Ethel es wieder ein, steckte es tief in ihre Rocktasche und nickte. »Bin gleich zurück.«

An der Haustür klopfte es laut – das mussten das glückliche Brautpaar und Reverend Gillingham sein, die vorgaben, sich gerade auf der Straße getroffen zu haben. Anne ging hinaus auf den Hof und stellte sich mit ihrem Korb nah genug an die Hauswand, um aus den oberen Fenstern nicht gleich gesehen zu werden. Sie malte sich aus, wie Ethel die Treppe hinaufging, während Mrs. Smith die Haustür öffnete. Die Hochzeiter kamen herein und gingen ebenfalls nach oben in das bessere Zimmer dort. Ethel sprach mit Mrs. Mac Gregor. Welchen Vorwand sie sich wohl ausgedacht hatte? Aber vielleicht hielt Gully sich nicht im selben Raum auf, und Ethel musste gar nicht lügen.

Der Nieselregen ließ nicht nach, und nun trieb ihr auch noch eine kalte Windböe die Nässe ins Gesicht. Anne schauderte und prüfte nervös, ob ihre falschen Augenbrauen noch an den richtigen Stellen klebten. Sie zwang sich, nicht an die lange Reise zu denken, die vor ihr lag, wenn ihnen die Flucht an diesem Tag gelang. Einen Schritt nach dem anderen musste sie gehen. Vor ihr lag immer nur der eine, nächste Schritt, und den zu bewältigen war möglich.

Nun mussten die Frauen mit Johnny die Treppen herabkommen und jeden Augenblick die Küche betreten. Anne lauschte angespannt. Erleichtert atmete sie auf, als sie Mrs. Mac Gregors Stimme hörte. Was sie sagte, war nicht zu verstehen, aber der Tonfall klang beruhigend.

Ethel steckte den Kopf aus der Tür. »Ihr könnt kurz wieder hereinkommen, Miss. Mr. Gully schläft, das ist gut. Aber wir müssen leise sein.«

Obgleich Anne diesen Moment hundertmal in Gedanken durchgespielt hatte, machte der Anblick ihres Sohns sie erneut fassungslos. Der Kleine hatte Ringe unter den Augen, sein Blick war glasig, und er bewegte sich ungeschickt, taumelte beinah. Einen Atemzug später verriet der Geruch Anne den Grund. Offenbar griff auch Mrs. Mac Gregor bei ihrem Schützling auf die beruhigende Wirkung von Gin zurück.

»Miss Plumtree, ich bin beeindruckt von Eurer Entschlossenheit und Großzügigkeit«, begrüßte die Kinderfrau Anne. »Allerdings muss ich Euch mitteilen, dass Ihr Euren Besuch nicht wiederholen dürft. Mr. Mackay und Mr. Gully sind jähzornige Männer, die eigene Vorstellungen von der Verwaltung ihrer Wohnstätten haben, und sie wünschen keine Gäste, gleichgültig, in wie guter Absicht sie kommen.«

»Gewiss, das habe ich schon verstanden, liebe Mrs. Mac Gregor. Doch dieses eine Mal wollte ich mir nicht nehmen lassen. Ihr und das Kind habt es nicht verdient, unter einem solch eigenwilligen Regiment zu leiden. Deshalb habe ich ein paar Gaben gebracht, die Euch hoffentlich erfreuen werden.«

Anne reichte Mrs. Mac Gregor das für sie bestimmte Päckchen. Mit Genugtuung sah sie die Gier in ihren Augen aufleuchten. Wie gewünscht ließ die Frau den Strick fallen, an dem sie Johnny eben noch festgehalten hatte, um das Geschenk auszuwickeln. Rasch hob Anne ihren betrunkenen Sohn auf den Arm und wandte sich mit ihm dem Korb zu. »Und nun komm du einmal her, mein Kleiner. Wir wollen sehen, was ich für dich habe.«

Sie zeigte ihm gerade ein Holzpferdchen, als aus dem Obergeschoss der markerschütternde Schrei einer Frau ertönte.

Gleich darauf rief ein Mann mit sich überschlagender Stimme um Hilfe. »Zu Hilfe! In Gottes Namen! Sie stirbt! Hilfe!«

Anne riss die Augen weit auf und wich mit Johnny in Richtung der Hoftür zurück, als hätte sie Angst, dass das Unheil zu ihnen in die Küche stürmen würde. »Ich bitte Euch, Mrs. Mac Gregor, seht nach, was der armen Frau geschieht!«, bat sie mit piepsiger Stimme.

Die Frau schrie weiter, ein zweiter Mann schloss sich den Hilferufen an. Anne erkannte die Stimme von Reverend Gillingham.

»Herr Jesus, die Frau ist schwanger. Wahrscheinlich kommt das Kind«, sagte Ethel.

Anne umklammerte Johnny und zog weiterhin ein entsetztes Gesicht. »Ich kann so etwas nicht ertragen. Ihr müsst der Ärmsten helfen! Bitte! Mrs. Mac Gregor, Ihr seid doch gewiss in allen Dingen erfahren und tatkräftig …«

Mrs. Mac Gregor stieß einen Seufzer aus. »Ich gehe ja schon. Ah, *Gadsbudlikins,* muss denn immer irgendetwas stören!«

Sie ging, während Ethel an der geöffneten Küchentür stehen blieb und nach oben lauschte.

»Mir wird ganz flau. Ich brauche einen Augenblick frische Luft«, sagte Anne leise, und Ethel nickte geistesabwesend.

Anne verließ die Küche, lehnte sacht die Tür hinter sich an und rannte los, so schnell das mit einem benommenen Dreijährigen in den Armen möglich war. Schon als sie die Hinterhöfe überquert hatte, schmerzten ihr die Muskeln von der ungewohnten Last.

»Wo gehen wir hin?«, murmelte ihr Sohn, als sie durch die Hintertür in ein Haus schlüpften, wo Anne die Dienstboten bestochen hatte, sie passieren zu lassen.

»Ich zeige dir, wo ich wohne. Da gibt es Leckereien und Spielzeug für dich.«

Sie begegneten niemandem im Haus. Wenn ihre Verbündeten sie überhaupt bemerkten, hielten sie sich einfach fern. Sie nahm Johnny von der einen Hüfte auf die andere, und er sträubte sich schläfrig. »Ich will laufen.«

Anne strich ihm über den Kopf und hüllte ihn gegen die Kälte mit in ihren weiten Mantel, bevor sie eilig auf die Straße trat. »Ich weiß. Aber wir müssen schnell sein wie der Wind, und du bist müde. Oder nicht?«

Ihr Sohn nickte und ließ sich wieder gegen sie sinken. Dass er sich nicht wehrte, machte es zwar einfacher, doch dank seiner Schlaffheit fühlte es sich an, als müsste sie einen Mehlsack schleppen. Würde sie bis zur Kutsche durchhalten? Warum konnte sie nicht größer und stärker sein? Sie biss die Zähne zusammen und lief nicht mehr, ging aber, so schnell sie konnte, die Gasse entlang. Inzwischen würden sie im Hochzeitshaus bemerkt haben, dass der Zustand der Braut die Aufregung nicht wert gewesen war. Mrs. Mac Gregor würde in die Küche zurückkommen und sofort bemerken, dass sie Johnny entführt hatte. Würde die Kinderfrau laut nach Mr. Gully rufen? Oder hinaufgehen und ihn diskreter alarmieren? Im schlimmsten Fall war er gleich mit ihr gemeinsam in die Küche gekommen. Dann war er ihnen bereits auf den Fersen. Anne fiel wieder in den Laufschritt, obwohl sie schon keuchte. Johnny wimmerte, hielt aber weiter still.

Nur noch zwei Dutzend Schritte trennten sie von der Straßenecke, wo der Hackney Coach wartete. Doch direkt vor ihr stand ein mit Tonkrügen beladener Karren in der Gasse, und den schmalen Durchgang, den er freiließ, versperrten zwei Weiber, die Anne sowohl in der Höhe als auch in der Breite übertrafen. Die Farben, Rüschen und Schleifen ihrer Kleider ließen keinen Zweifel daran, welchem Gewerbe sie nachgingen. Sie neckten den Karrenbesitzer, der offenbar ein alter Bekannter von ihnen war. Als die eine von ihnen Anne bemerkte, lachte sie laut.

»Mädchen, der Knabe ist alt genug, der sollte eigentlich bald dich tragen, und nicht umgekehrt. Warum lässt du ihn nicht selber laufen?«

Da die Frauen ihr nicht aus dem Weg gingen, blieb Anne notgedrungen stehen. Zum ersten Mal blickte sie sich nach hinten um. Jeden Augenblick mussten Mr. Gully, Mrs. Mac Gregor oder Betty dort aus einer Tür kommen, um sie zu verfolgen.

»Jemand hat ihn betrunken gemacht. Er kann nicht laufen, aber ich habe es eilig. Könnte ich bitte durch?«, stieß sie außer Atem hervor.

»Ts, ts, wohin musst du denn so schnell mit der kleinen Saufnase?«, fragte die zweite Hure.

»Frag nicht so dumm, Abigail. Ins Wirtshaus natürlich«, sagte die Erste, woraufhin alle beide samt dem Karrenbesitzer schallend lachten.

Anne blickte weiterhin den Weg zurück, den sie gekommen war. Sie zuckte zusammen, als Mr. Gully aus einer Tür rannte, obwohl sie damit gerechnet hatte. Er sah erst in die Gegenrichtung, dann zu ihr und lief los. Verzweiflung bohrte sich zwischen Annes Rippen wie Seitenstechen.

»Lasst mich durch! Bitte! Der Mann darf mich nicht erwischen«, flehte sie.

Die Frauen wechselten einen erschütterten Blick und machten ihr Platz. »Ach, so eine Geschichte ist das«, sagte Abigail. »Dann lauf, so schnell du kannst, Mädchen!«

»Moment mal«, wandte der Karrenbesitzer ein. »Woher wollt ihr wissen, dass sie nicht …«

Anne wartete nicht, bis er ausgeredet hatte. Sie hetzte die letzten Schritte bis zur Gassenecke, stolperte in der Kurve über einen vorstehenden Stein, konnte sich gerade noch vor einem Sturz bewahren und umklammerte Johnny dabei noch fester.

»Haltet sie!«, brüllte Mr. Gully. Doch als Anne sich noch einmal umsah, standen die beiden Huren wieder so am Karren, dass die Gasse versperrt war, und ließen ihn nicht durch. Abigail hatte den Karrenbesitzer in eine Umarmung gezogen, die andere Frau winkte Anne zu und formte mit ihren Lippen ein lautloses »Lauf!«.

Anne wandte den Blick wieder nach vorn zum Hackney Coach. Helle Kreise tanzten vor ihren Augen, während sie zur Kutsche hastete und sich die Trittleiter hinauf ins Wageninnere zog. »Fahr!«, rief sie und schlug die Tür hinter sich zu.

Der Kutscher war vorbereitet. Er ließ die Peitsche schnalzen und trieb sein Pferd in den Strom der vorüberfahrenden Kutschen, Frachtkarren und Reiter. Wirklich schnell kamen sie nicht voran, doch wenn ihr Verfolger nicht gesehen hatte, wie sie in den Wagen stieg, würde er vorerst nicht wissen, wo sie geblieben war. Und mit jeder Sekunde, die er verharrte und nach ihr Ausschau hielt, entfernten sie sich weiter von ihm.

Anne lockerte den Griff um ihr Kind und duckte sich tief, um nicht durchs Fenster gesehen zu werden. Angespannt lauschte sie auf Mr. Gullys Stimme, halb darauf gefasst, dass sein Gesicht plötzlich am Fenster erscheinen würde, weil er sie doch beim Einsteigen gesehen hatte und auf die Trittleiter gesprungen war. Doch es geschah nicht, und mit jedem Atemzug wurde ihr leichter ums Herz.

Das Wimmern ihres Sohnes hingegen wurde lauter. Besorgt hielt sie ihn ein wenig von sich ab und sah ihm ins Gesicht. »Geht es dir gut, mein Schatz? Hab keine Angst! Ich passe auf dich auf.«

Statt einer Antwort sah er sie mit weit aufgerissenen Augen an. Einen Wimpernschlag später erbrach er sich, halb auf seinen Kittel und den Boden, halb auf ihren Rocksaum, und weinte jämmerlich.

»Herr im Himmel«, seufzte Anne. »Das ist eben die Sache mit dem Gin. Es ist besser, die Finger davonzulassen, mein Kleiner. Merk dir das gleich.« Vorsichtig zog sie ihm den Kittel über den Kopf, reinigte ihm damit das Gesicht und wischte die Bescherung so gut wie möglich auf. Dann legte sie dem bibbernden Kind die Decke um, die für Fahrgäste im Wagen bereitlag. »Du musst nicht weinen. Das Kleid brauche ich nicht mehr. Und sicher geht es dir doch nun besser, oder?«

Johnny schluchzte noch zweimal, dann nickte er und wandte seine Aufmerksamkeit dem Holzpferdchen zu, das er noch immer fest in seiner kleinen Faust hielt. »Ich möchte das behalten«, sagte er.

Anne lächelte und nickte. »Es gehört dir.«

Er erwiderte ihr Lächeln nicht, sondern steckte den Daumen der freien Hand in den Mund, kuschelte sich auf dem Kutschenboden hockend in die raue Decke und beobachtete Anne den Rest der Fahrt mit argwöhnischer Miene.

Schließlich erreichten sie Annes Unterschlupf. Sie bezahlte den Kutscher großzügig und gab der auf der Straße wartenden May das vereinbarte Zeichen. Mays Aufgabe war es, zu Will zu laufen und ihn vom Gelingen des ersten Teils ihres Plans zu benachrichtigen. Freudestrahlend lief sie los.

Anne ging mit Johnny an der Hand in das gemietete Zimmer. Das Unterfangen, ihrem weiterhin misstrauisch schweigenden Sohn das schreckliche Korsett auszuziehen und ihn in saubere Kleidung zu stecken, stellte sich als schwierig heraus, weil er weder den Daumen aus dem Mund nehmen wollte noch das Pferd aus der Hand geben. Als Anne es endlich geschafft hatte, nicht nur ihn, sondern auch sich selbst umzuziehen und sich ihrer Maskerade zu entledigen, fühlte sie sich erschöpft.

Ihr Sohn kauerte inzwischen wieder daumenlutschend auf dem Boden und beschäftigte sich abwechselnd damit, sie zu beobachten und das Holzpferd über die Dielen hoppeln zu lassen.

»Gibst du dem Pferdchen einen Namen?«, fragte Anne ihn. Er schüttelte den Kopf, ohne sie anzusehen. »Als ich noch ein Kind war, habe ich meinen Puppen und Holztieren Namen gegeben. Wollen wir vielleicht zusammen einen für dein Pferd aussuchen?«

Er zuckte mit den Schultern und betrachtete das Spielzeug.

»Wie heißt du denn?«, fragte Anne ihn sanft.

Mit nachdenklich gefurchter Stirn sah er sie an. »Misses Mac Gregor hat gesagt John, weil Mausezahn ein Name nur für Windelkacker ist. Mummy hat Mausezahn gesagt.«

Anne fühlte einen schmerzhaften Stich. Es hatte also eine *Mummy* für ihn gegeben, die freundlich zu ihm gewesen war. Einerseits erleichterte es sie, das zu wissen, andererseits weckte es Eifersucht in ihr. Und dass die Campbells ihren Sohn ebenfalls John nannten, war wegen der Häufigkeit des Namens zwar nicht verwunderlich, dennoch ärgerte sie sich darüber, als hätten sie ihr auch den Namen gestohlen. Aber ihre Gefühle durften jetzt nicht zählen.

»Vermisst du deine Mummy?«, fragte sie.

Sein Gesicht verzog sich weinerlich, und er steckte schnell wieder den Daumen in den Mund. Anne nahm es als Bestätigung. Selbstverständlich vermisste er die Frau, die für ihn gesorgt haben musste, bis man ihn von ihr fortgerissen und Mrs. Mac Gregor übergeben hatte. Sie hätte nicht davon anfangen sollen. Schnell holte sie ein süßes Pastetchen aus ihrem Proviantkorb und hielt es Johnny hin.

»Ich werde dich Johnny nennen, denn das ist ein schöner Name, der zu dir passt. Hier, Johnny, möchtest du das essen?«

Ohne Zaudern nahm er ihr das Gebäck ab und biss hinein.

»Johnny heiße ich nicht. Du musst John sagen. Sonst ist Misses Mac Gregor böse.«

Ihm standen Tränen in den Augen, und Anne begriff, dass die Aufgabe, für ihr Kind zu sorgen, weit über das hinausging, was sie sich vorgestellt hatte. »Mrs. Mac Gregor darf nicht mehr mit dir böse sein. Ich verbiete es ihr. Aber heute werden wir sie gar nicht wiedersehen. Ich zeige dir, wo ich wohne. Gleich fahren wir dorthin. Ich wohne nämlich auf einem Schiff. Das wird dir gefallen.«

Der Gedanke schien ihn von seinen Sorgen abzulenken. »Ein großes Schiff?«

Anne nickte. »Oh ja. Ein sehr großes!« Zu ihrer Erleichterung klopfte es in dem Moment an der Zimmertür, und May kam herein. Umstandslos ging sie zu Johnny und herzte ihn. »Da ist ja der kleine Schatz. Guten Tag, Johnny.«

Das Kind schüttelte den Kopf. »John.«

May lachte. »Also gut, John. Der Wagen ist da, wir können das Gepäck einladen, und dann geht es los.« Mit bedauernder Miene wandte sie sich Anne zu. »Ich wünschte, ich könnte mitfahren. Aber Ihr wisst ja, ich kann Mr. Pike nicht allein lassen. Dazu ist er zu krank.«

Unten beim Wagen wartete Will und half ihnen, alles zu verstauen. Schließlich verabschiedete sich Anne mit einer innigen Umarmung von May. Alles Notwendige hatten sie schon vorher besprochen und erledigt, nun blieb nur noch das Lebewohl, was ihnen beiden Tränen in die Augen trieb.

Will fuhr anschließend mit Anne und Johnny, der ihr immerhin genug Vertrauen entgegenbrachte, um lieber auf ihrem Schoß zu sitzen als neben dem fremden Mann. Mehrere Male öffnete Will auf dem Weg zu den Docks den Mund, um etwas zu sagen, ließ es dann aber doch. Sein Blick wanderte unaufhörlich zwischen Annes Gesicht und dem ihres Sohns hin und her. Am Ende schüttelte er den Kopf und warf sich in seinen Sitz zurück.

»Herrgott, Anne! Der Knabe mag seinem Vater ähnlich sehen, aber hättest du mir das nicht gesagt, dann sähe ich in ihm vor allem dein Ebenbild. Wenn wir ihn als meinen Sohn ausgäben … Niemand würde wegen seines Äußeren zweifeln. Willst du es dir nicht noch einmal überlegen?«

Anne hielt sich den Finger an die Lippen. »Bitte, Will! Er ist nicht taub oder blöd.«

Woraufhin ihr Freund für den Rest der Fahrt schwieg.

Als sie an dem Dock ankamen, wo sie auf die Fährbarke zum Schiff steigen sollten, atmete Anne zuerst auf. Doch als Will ihr das Schiff zeigte, das sie mit ihrem Sohn in Sicherheit bringen sollte, überlief sie ein Schauder. Nicht nur, dass sie die Unbequemlichkeit von Seereisen hasste. Jede von ihnen hatte bisher ihr Schicksal umgekrempelt. Die erste zum Schlechteren, die zweite zum Besseren. Damit war, wenn sie ihrem abergläubischen Gefühl nachgab, nun wieder eine Veränderung zum Schlechteren an der Reihe.

18. Kapitel

DIE *DOLPHIN* WAR eine dreimastige niederländische Fleute mit bauchigem Laderaum und rundem Heck. Sie sollte vor ihrer Winterruhe auf der Londoner Reede noch eine letzte Reise nach Calais machen, um dort eine Ladung englischer Wollwaren gegen französischen Wein und Käse einzutauschen. Anne durfte eine winzige Kabine im vorderen Teil des Schiffes, unterhalb der Kapitänskajüte, für Johnny und sich allein beanspruchen.

Bei ihrer Ankunft auf dem Schiff hatte sie gehofft, dass sie umgehend auslaufen würden, doch vier Tage später lagen sie noch immer auf der Themse, weil Wind und Gezeiten ihnen nicht wohlgesinnt waren. Am ersten Tag war Johnny noch so schüchtern gewesen, dass er die Kabine trotz der Enge und Düsterkeit nicht verlassen wollte. Er vergnügte sich stattdessen damit, das Spielzeug zu erkunden, das Anne ihm gekauft hatte, und erbettelte sich stündlich etwas zu essen aus dem Korb. Sie hatte den Eindruck, dass er eigentlich gar nicht mehr hungrig war, sondern nur fragte, weil es ihn verblüffte und begeisterte, dass er damit Erfolg hatte.

Am zweiten Tag siegte die Neugier auf das große Schiff, und er ging an ihrer Hand die Decks erkunden, zu denen man ihnen Zugang gewährte. Etliche der vom Warten aufs richtige Wetter gelangweilten Seeleute bemühten sich gutmütig darum, Freundschaft mit Johnny zu schließen, so auch die vier sechs- bis zwölfjährigen Schiffsjungen, zu denen ein zehnjähriger Neffe des Kapitäns gehörte. Die Kinder hätten den Kleinen gern überzeugt, bei ihren Spielen mitzutun, doch so fasziniert Johnny auch von ihnen war, konnte er sich dazu trotzdem noch nicht überwinden. Insgeheim war Anne froh darüber, denn auch wenn die Erwachsenen an Bord stets ein wachsames Auge auf die jüngsten Besatzungsmitglieder hatten, drohten ihnen auf dem Schiff viele Gefahren. Nicht die geringste von diesen Gefahren für Johnny und sie war es, aus der Ferne von jemandem erkannt zu werden, der mit der Suche nach ihnen beauftragt war. Wenn Anne mit ihrem Sohn an Deck spazieren ging, hüllte sie ihn und sich in Schals und Wollhauben und beobachtete scharf die Boote, die in der Nähe der *Dolphin* vorbeifuhren oder kreuzten. Erspähte sie auf einem davon jemanden, der verdächtig wirkte, duckte sie sich unter einem Vorwand und ging unauffällig mit Johnny in Deckung.

Nach zwei Tagen und Nächten, in denen sie beinah all ihre Zeit damit verbrachte, mit ihrem Sohn zu spielen, ihn mit Mahlzeiten und Leckereien zu versorgen, ihm Geschichten zu erzählen, Lieder vorzusingen und ihm mit den Dingen zu helfen, die er noch nicht allein bewältigte, hatte er einen großen Teil seiner Scheu gegen sie abgelegt.

Um der Mannschaft der *Dolphin* zu erklären, warum sie als Frau von gehobenem Stand allein mit einem Kind reiste, das sie eindeutig nicht als Mutter betrachtete, hatten Will und sie in Absprache mit Kapitän Coontz die Lüge von Mrs. Mac Gregor übernommen. Der Kapitän wusste in groben Zügen, dass Anne auf der Flucht war, doch für die Seeleute war sie eine junge Witwe mit geringen Mitteln, die sich um ihren verwaisten Neffen kümmerte und mit ihm Zuflucht bei wohlhabenden französischen Verwandten suchen wollte.

Die meisten Männer brachten ihr und Johnny dafür so viel Mitgefühl entgegen, dass Anne sich für die Betrügerei schämte.

Eine Handvoll anderer jedoch betrachtete den Status »junge

Witwe« als Aufforderung, ihr Avancen zu machen. Bei zwei von ihnen befürchtete sie, dass jeder weitere Tag, den sie an Bord des Schiffes verbrachte, einen Streit wahrscheinlicher machte. Der glatzköpfige Mr. Doberman war die rechte Hand des Maats, und Mr. Beauclair ein Offizier mit französischen Wurzeln, der ihr in seinen freien Stunden dabei helfen wollte, ihr Französisch aufzubessern. Bei jeder Gelegenheit gesellte Mr. Beauclair sich zu ihr, sprach sie augenzwinkernd auf Französisch an und machte ihr Komplimente, die mit Anzüglichkeiten gespickt waren. Mr. Doberman erfand unaufhörlich Vorwände, um ihr seinen männlichen Prachtkörper zu präsentieren. Obwohl es inzwischen bitterkalt war, legte er gern vor ihren Augen seine Jacke ab, krempelte die Hemdsärmel hoch und turnte auf auffällige Weise an Deck und in den Wanten herum. Manchmal lauerte er ihr auch unter Deck auf und flüsterte ihr im Vorübergehen Dinge zu, die ihr die Schamesröte in die Wangen trieben. *Du bist zu jung für Keuschheit, Mädchen. Ein Wort von dir genügt.* In der Hoffnung, dass es ihm langweilig werden würde, tat Anne so, als sähe und hörte sie ihn nicht.

Wenn das Wetter günstig gewesen wäre, dann wären sie am Morgen des vierten Tages ihrer Flucht schon in Frankreich erwacht und hätten die Weiterreise nach Deutschland antreten können. Stattdessen klopfte Anne mit Johnny an der Hand vormittags an die Tür der Kapitänskajüte, um sich zu erkundigen, wie der Kapitän die Lage einschätzte. Zu ihrem Unbehagen war ihr eigener kleiner Proviantvorrat verbraucht, und auch wenn die Mahlzeiten der Schiffsküche ihren Hunger stillten, fürchtete sie, dass das noch zarte Band des Vertrauens zwischen ihrem Sohn und ihr Schaden nehmen würde, wenn sie ihn nicht mehr mit kleinen Köstlichkeiten versorgen konnte.

»Mrs. Jenkins, tretet ein«, begrüßte der Kapitän sie. »Ich kann mir denken, warum Ihr kommt, doch leider kann ich

Euch keine Auskunft geben, wann wir auslaufen. Gott allein weiß, wann der Elendswind sich drehen wird. Falls es Euch tröstet, kann ich Euch allerdings versichern, dass wir im Handumdrehen in Calais sein werden, wenn wir erst mit gutem Wind unterwegs sind.«

Anne spürte, wie ihr Sohn sich in ihre Rockfalten schmiegte, um sich vor dem Kapitän zu verstecken, und strich ihm unwillkürlich über den Kopf. Mr. Coontz quittierte das mit einem Lächeln, öffnete eine Konfektdose, die auf seinem Tisch stand, und hielt sie dem Kind hin.

»Hier, kleiner Mann, greif mal hinein! Diese Dattelhäppchen sind die besten Süßigkeiten, die ich kenne, und ich kenne so einige.«

Johnny wagte sich aus seiner Deckung, spähte erst in die Dose und warf dann Anne einen fragenden Blick zu. Auf ihr ermutigendes Nicken hin griff er zu und stopfte sich die Beute wie üblich eilig in den Mund.

Anne fing seinen Blick ein. »Wenn man etwas geschenkt bekommt, dann bedankt man sich, Johnny. Du weißt doch, wie das geht?«, sagte sie sanft.

Der Kleine kaute und schluckte. »Dankeschön. Darf ich noch eins?«

Der Kapitän lachte und hielt ihm die Dose erneut hin. »Wie eine junge Amsel, nicht wahr? Ich kenne das von meinen Kindern.«

Anne nickte. »Das ist auch ein Grund, warum ich zu Euch komme, Mr. Coontz. Falls heute einer von Euren Männern für Besorgungen an Land geht, dürfte ich ihm dann wohl einen kleinen Auftrag mitgeben? Wenn er mir zum Beispiel eine Schachtel von diesen Dattelhäppchen beschaffen könnte, wäre das ein Segen.«

»Aber gewiss. Ihr könntet auch ruhig selbst mitfahren, Madam. Ich weiß ja, wie langweilig solche Tage auf einem ankernden Schiff sein können, wenn man nicht daran gewöhnt ist.«

Allein die Vorstellung, an Land zu gehen, beschleunigte Annes Puls unangenehm. Ganz sicher würde sie das Risiko nicht für eine Handvoll Dattelhäppchen eingehen. »Vielen Dank, aber darauf möchte ich verzichten. Mein Neffe und ich hatten in letzter Zeit genug Aufregung.«

»Selbstverständlich. Meine Worte waren unbedacht. Aber was haltet Ihr von einer Einladung zum Dinner hier bei mir? Das würdet Ihr doch nicht ausschlagen? Meine Gemahlin ist gestern nach London gekommen und konnte es zu meiner Freude einrichten, mich heute Abend zu besuchen. Eure Gesellschaft wäre uns willkommen.«

Anne war unwohl dabei, doch eine so freundlich ausgesprochene Einladung konnte sie unmöglich ablehnen, daher sagte sie zu.

Es stellte sich heraus, dass Mrs. Coontz nicht älter war als sie selbst, und damit zwanzig Jahre jünger als ihr Gatte. Die Kapitänsgemahlin war von ihrem Landsitz nach London gekommen, um einen Teil der Saison bei Bekannten zu verbringen. Das Schiff ihres Gatten noch im Hafen vorzufinden hatte sie angenehm überrascht, wie sie sagte. Weniger angenehm überrascht schien sie von Annes Anwesenheit zu sein. Offenbar hatte ihr Gemahl seine Einladung nicht mit ihr abgestimmt. Mrs. Coontz' Lippen wirkten verkniffen, als Mr. Coontz sie einander vorstellte.

»Mein Beileid zu Euren Verlusten«, sagte sie, wirkte dabei jedoch eher feindselig als mitfühlend. »Und was für eine garstige Wendung des Schicksals, gleich auch noch die Heimat verlassen zu müssen. Mir würde es ja niemals einfallen, um diese Jahreszeit eine weite Reise anzutreten. Noch dazu mit einem kleinen Kind. Aber Ihr hattet natürlich keine Wahl, nicht wahr?

Grauenhaft. Ich bin schon froh, dass ich heute Nacht noch in ein festes Haus zurückkehren darf, und ich wünschte mir auch für meinen tapferen Mr. Coontz, dass er nicht im Winter auf See sein müsste. Woher stammt Ihr, Mrs. Jenkins, wenn ich fragen darf?«

Anne wusste, dass es sinnlos war, eine falsche Herkunft zu erfinden. Wenigstens ihr Akzent würde sie verraten. »Aus der Nähe von Glasgow, Mrs. Coontz. Doch ich habe mit meinem seligen Gatten dort ein zurückgezogenes Leben geführt, von dem es nichts zu berichten gibt, was eine weltgewandte Lady wie Euch unterhalten könnte. Und wenn Ihr erlaubt, würde ich das Gespräch gern von meiner Familie ablenken. Mein Neffe … Ihr versteht gewiss: Es ist alles noch sehr frisch. Darf ich Euch bitten, lieber etwas über Eure Pläne zu erzählen? Die Londoner Saison ist doch immer faszinierend, soweit ich weiß. Was liegt Euch besonders? Die Oper vielleicht? Oder das Theater?«

Ob Mrs. Coontz ihr Ablenkungsmanöver durchschaute, wusste Anne nicht, aber tatsächlich ließ sie sich dazu verleiten, von ihren Plänen in London zu sprechen, und das Gespräch drehte sich auch weiterhin um die Freuden der Londoner Saison, nachdem Mr. Beauclair zu ihnen gestoßen war und sie alle in der Messe an der Dinnertafel Platz genommen hatten.

Sie aßen noch, als einer der Matrosen anklopfte, die mit den Besorgungen beauftragt worden waren, und Mr. Coontz einen Brief übergab. Er öffnete das Kuvert und fand darin ein zweites. »Aha, der Brief ging nur zu meinen Händen. Gerichtet ist er an Euch, Mrs. Jenkins. Bitte sehr, Madam.«

Anne blieb beinah der Bissen im Hals stecken. Nur Will wusste, wo sie war, und mit ihm hatte sie abgemacht, dass er sich fernhalten würde.

Mr. Coontz war ihr Schreck nicht entgangen. »Geht ruhig,

lest in Ruhe Euren Brief und regelt Eure Angelegenheiten, Madam. Wir geben solange auf den jungen Mann acht und füllen ihm den Teller. Nicht wahr, Johnny? Du möchtest doch gewiss keinen Gang der Mahlzeit verpassen?«

Johnny schüttelte den Kopf, machte allerdings dennoch ein besorgtes Gesicht, als Anne sich dankend von der Tafel erhob und auf den Gang trat, um den Brief im sparsamen Licht einer Öllampe zu lesen.

Liebe Anne,
entgegen unserer Vereinbarung muss ich Dir schreiben, um dich zu warnen. Ich hatte heute Besuch von Mr. Mackay. Es ist uns leider entgangen, dass einer von seinen Spionen uns bei einem Treffen beobachtet hat. Mackay erinnerte sich an unseren früheren Zusammenstoß und verdächtigt mich nun, Dein Versteck zu kennen. Ich leugnete es, schwor ihm aber, dass Du – wo auch immer Du bist – nichts mit den Jakobiten zu schaffen hast. Glücklicherweise war ich in Gesellschaft, sodass Mackay davon absah, gewalttätig zu werden. Ich werde dafür sorgen, mich in nächster Zeit stets auf ähnliche Weise vor ihm und seinen Handlangern zu schützen. Dir muss ich raten, Dich möglichst nicht sehen zu lassen, denn Mackay lässt seine Leute an den Docks herumschnüffeln und nach Passagieren fragen. Genauso wie er die Poststationen patrouilliert.

Meine liebste Freundin, ich bete für günstigen Wind und sende dir noch einmal alle besten Wünsche.

Dein Will

Unwillkürlich schloss Anne die Augen und sandte ebenfalls ein Stoßgebet zum Himmel. *Herr, schick den richtigen Wind! Bitte erhör mich dieses Mal, wenn du auch sonst immer taub für meine*

Bitten warst. Wenn Mackay schon ahnte, dass sie auf einem Schiff war, dann war es nur eine Frage der Zeit, bis er sie fand.

Ihr wurde bewusst, wie leichtsinnig es gewesen war, ihre lächerlichen Besorgungen in Auftrag zu geben. Wie leicht konnten die Landgänger ganz unbedarft darüber geplaudert haben, dass sie Einkäufe für eine Lady erledigten, die mit einem Kind auf der *Dolphin* reiste!

Als sie wieder in die Kapitänskajüte kam, saß ihr Sohn nicht mehr auf seinem Platz, sondern versteckte sich hinter dem Fenstervorhang. Offenbar hatte auch die Verlockung eines vollen Tellers nicht genügt, ihn am Tisch festzuhalten. Anne warf Mr. Coontz einen entschuldigenden Blick zu.

»Ich bitte um Verzeihung. Für die guten Manieren brauchen wir noch etwas Übung.«

Mrs. Coontz musterte sie mit schmalen Augen und gespitzten Lippen, während ihr Gatte mit den Schultern zuckte. »Mrs. Coontz hat dem Knaben etwas zu sehr mit Fragen zugesetzt. Für ein solches Maß an weiblichem Interesse erwärmen sich die meisten Männer erst in etwas reiferem Alter, nicht wahr?«

Er lachte gutmütig, und alle stimmten ein, ohne überzeugt zu klingen. Anne zog den Vorhang beiseite und nahm ihren Sohn an die Hand. Was hatte Mrs. Coontz von ihm wissen wollen? Und hatte er etwas gesagt? Warum bloß hatte sie ihm noch nicht erklärt, über welche Dinge er nicht sprechen durfte? Sie seufzte. »Mr. Coontz, ich fürchte, dieser Abend steht für Johnny und mich unter keinem glücklichen Stern. Eure Einladung war so liebenswürdig, dass ich Euch von Herzen dafür danke. Doch es ist besser, wenn wir beide gehen. Vergebt Ihr uns?«

Bedauernd nickte er. »Ich sagte Euch ja schon, dass ich eigene Kinder habe. Ich weiß, dass das Leben durch die Kleinen manch eigenwillige Wendung nimmt.«

Mrs. Coontz stieß einen Schnalzlaut aus. »Man hätte auch Eure Kinder beizeiten anders erziehen können, Mr. Coontz. Ihr seid selten zu Haus und habt wenig mit ihnen zu schaffen. Ich hingegen … Ich bin dankbar, wenn ich Euren sogenannten eigenwilligen Wendungen für einige Tage entkommen kann. Wenn uns der Himmel eines Tages noch mit gemeinsamem Nachwuchs segnet, werde ich von Anfang an darauf achten, dass eine strengere Ordnung herrscht. Kinder müssen zu höflichem Verhalten angehalten werden. Das habe ich Euch schon oft erklärt. Doch Eure altgedienten Angestellten sind so …«

Anne hatte inzwischen mit Johnny an der Hand die Tür erreicht und verabschiedete sich mit einem Knicks vom Kapitän, der mit geduldiger Miene das Schimpfen seiner Gemahlin über sich ergehen ließ. Auch Mr. Beauclair, der enttäuscht die Mundwinkel hängen ließ und mehr Wein trank, nickte sie zum Abschied höflich zu.

Sobald die Tür geschlossen war, zog ihr Sohn sie vorwärts, den engen Gang entlang und die kurze Treppe hinauf an Deck. Erst draußen beruhigte er sich, ließ sie los und flitzte aufatmend zum Käfig der Schiffshühner, denen gerade eine Möwe das Futter zu stehlen versuchte. Mit wedelnden Armen scheuchte er den Räuber fort. Anne folgte ihm und hockte sich neben ihn, als er die Brotkrumen, die neben dem Käfig lagen, aufsammelte und durch die Gitterstäbe streute.

»Was wollte die Frau vom Kapitän denn von dir wissen?«, fragte sie.

»Von Tanten und Onkeln und Müttern und Vätern und wie sie alle heißen.«

»Und was hast du gesagt?«

»Ich habe all solche Leute nicht und weiß nicht, wie sie heißen. Ich hatte nur Mummy, aber die ist tot. Und Mrs. Mac Gregor, aber die ist immer böse.«

Anne streichelte ihm den Rücken. »Ich wusste nicht, dass deine Mummy tot ist. Das tut mir leid.«

Seine Unterlippe zitterte, dann sank er in sich zusammen und fing an zu weinen. »Mummy sollte nicht sterben«, schluchzte er.

Anne nahm ihn in die Arme. »Nein, das sollte sie nicht. Aber leider geschieht so etwas. War sie denn krank?«

»Die haben gesagt, sie war eine alte Großmutter, und die sterben alle. Aber …«

Haltloses Schluchzen raubte ihm die Sprache, und Anne wiegte sich mit ihm in ihren Armen, wie sie es gemacht hatte, als er noch ein Säugling gewesen war. »Das ist schlimm«, flüsterte sie und schmiegte ihr Gesicht an seinen Kopf. »Aber, Johnny, weißt du was? Wenn du möchtest, dann hast du nun eine Mutter. Ich will deine Mutter sein, und ich passe auf dich auf.«

Eine Antwort erhielt sie darauf nicht, doch er legte seine Ärmchen um ihren Nacken und drückte sein verheultes Gesicht in ihre Halsbeuge.

Später in der Nacht wachte sie auf, als die Wache wechselte. Die Geräusche des Schiffes klangen anders als in den vorangegangenen Nächten. Die Tonlage und der Rhythmus des Knarrens und Klapperns ergaben ein anderes Lied, und die Wachen sprachen beim Wechsel länger und angeregter miteinander. Eine aufgestörte Möwe schrie in der Dunkelheit. Auch wenn Anne nichts von der Seefahrt verstand, spürte sie, wie das Schiff sich dehnte und reckte, als wäre es ein Wesen, das aus einem Traum erwacht, und sie wusste, dass der Wind gedreht hatte. Erleichterung durchströmte sie. Ohne Zweifel würden sie auslaufen, sobald das Tageslicht dazu ausreichte.

Schon in der Morgendämmerung hörte sie die Rufe der Matrosen, die ebenfalls den Wetterwechsel gespürt hatten. Sie benötigten keinen Befehl, um mit den Vorbereitungen zu beginnen. Anne war bei der Aussicht auf gesetzte Segel glücklicher, als sie es je bei solch einem Anlass für möglich gehalten hätte. Fröhlich zog sie sich an und weckte ihren Sohn, um ihn gleichfalls anzukleiden. Nach einem schnellen Frühstück in der Messe gingen sie an Deck, um dem Trubel zuzusehen.

Sie waren so gebannt von dem Schauspiel, dass Anne die längsseits gehende Barke erst bemerkte, als Mr. Doberman schon ein lautes Streitgespräch mit deren Besatzung begann. Er wollte nicht, dass die Barke an der *Dolphin* festmachte, bevor der Schiffsführer einen guten Grund dafür genannt hatte. Doch sein Einspruch bewirkte nichts. Anne wartete nicht ab, bis die Lage geklärt war. Hastig nahm sie ihren Sohn auf den Arm, ging mit ihm in ihre Kabine und verriegelte die Tür. Da wenig Platz in dem winzigen Raum war, hatte sie kaum etwas ausgepackt, doch auch das Wenige verschnürte sie nun wieder.

Johnny schlug in der Koje einen Purzelbaum und stieß sich dabei den Kopf. Schmollend schob er die Lippen vor. »Ich möchte wieder hinaufgehen. Die Männer klettern doch in die Wanten.«

»Johnny, hör zu: Es könnte sein, dass gleich jemand kommt und uns zwingt, das Schiff zu verlassen. Und vielleicht bringen sie dich an einen anderen Ort als mich. Aber ich komme wieder zu dir und hole dich. Ich weiß nicht, wie schnell ich das schaffe, aber ich werde kommen.«

Er sah sie erschrocken an. »Muss ich wieder zu Misses Mac Gregor?«

»Ich weiß es nicht. Aber ich werde mir große Mühe geben, dich schnell wieder abzuholen.«

Schwere Schritte näherten sich, donnernd pochte jemand an ihre Tür.

»Ja?«, fragte sie. Immerhin zitterte ihre Stimme weniger als ihre Hände, stellte sie fest.

»Die suchen nach dir«, sagte Mr. Doberman. »Scheint, du bist doch nicht so eine feine Lady, wie du uns vorgespielt hast.«

»Diese Leute wollen mir mein Kind stehlen. Ich musste mich vor ihnen verstecken. Wenn du ein anständiger Mensch bist, dann liefere mich nicht an sie aus.«

Mr. Doberman lachte spöttisch. »Einer von denen sagt, das Kind wäre sein Sohn und du sein entlaufenes Weib. Und in dem England, in dem ich lebe, lässt man ein Weib nicht einfach dem Mann weglaufen und sein Kind stehlen. Von wegen Witwe! War mir gleich verdächtig, wie hoch du die Nase gehalten hast. Komm gefälligst heraus und marschier brav zu ihm zurück. Sonst kommen die anderen herunter, und wir schlagen die Tür ein. Dann hau ich dir noch persönlich eine herunter, weil du unserem Zimmermann unnötig Arbeit gemacht hast.«

Ein weiterer Mann näherte sich. Schon an seinem Räuspern erkannte Anne ihn als Mr. Coontz. »Mr. Doberman, was macht Ihr hier? Habe ich Euch etwa die Anweisung gegeben, die Lady zu belästigen? Packt Euch nach oben und passt auf, dass unsere ungebetenen Gäste bleiben, wo sie sind.«

»*Aye,* Sir.«

Mr. Doberman ging, und Anne öffnete die Tür. »Danke, Mr. Coontz. Ihr wisst, dass es unwahr ist, was diese Leute über mich sagen, oder? Ich bin keinem Ehemann fortgelaufen, und wer auch immer es gerade behauptet hat, ist nicht Johnnys Vater.«

Er nickte ernst. »Mr. Wills hat mich in groben Zügen davon unterrichtet, warum Ihr Euren Neffen in Sicherheit bringen wolltet, und ich glaube Euch. Nur leider kann ich Euch nicht gegen bewaffnete Männer des Duke of Argyll schützen, die bereit sind, das Kind mit Gewalt an sich zu bringen. Unter diesen Umständen ein Blutvergießen zu verschulden würde das Ende meiner beruflichen Laufbahn bedeuten. Ich habe Mr. Mackay, den Anführer der Herren, schwören lassen, dass sie Euch kein

Leid antun. Wenn Ihr wollt, dürft Ihr sogar Eure Passage wahrnehmen und mit uns fahren. Nur von dem Knaben müsst Ihr Euch trennen. Wenn doch nur der verdammte Wind früher gedreht hätte!«

Er sah so niedergeschlagen aus, dass Anne ihm auf keinen Fall weitere Scherereien machen wollte. Wegen ihr wurde seine Reise gerade noch länger verzögert. Außerdem sollte es auch um Johnnys willen nicht zu einem Kampf kommen. »Ich verstehe, Sir. Würdet Ihr mir dann bitte nur noch den Gefallen tun und mein Gepäck an Land schicken?«

Er verbeugte sich vor ihr. »Selbstverständlich, Madam.«

Entschlossen nahm Anne ihren Korb über den Arm und ihren Sohn an die Hand. Der Marsch über das Deck, wo die Seeleute sie nun mit weniger freundlichen Blicken bedachten als zuvor, verursachte ihr Schauder der Peinlichkeit. Ihr stieg die Hitze in die Wangen, als sie sich vorstellte, was diese Männer nun von ihr dachten. *Untreues Eheweib, das dem Mann sein Kind stiehlt. Pfui.* Sie hätte ihnen gern zugerufen, dass Mackay log. Das Schlimme war jedoch, dass die Wahrheit sie in den Augen dieser Menschen auch nicht besser hätte dastehen lassen.

Mit weichen Knien legte sie das letzte Stück zurück und trat Mackay gegenüber, der von acht schwer bewaffneten Männern in den Farben der Campbells umgeben war. Sie sah nicht hinab, aber sie spürte, wie Johnny sich hinter ihrem Rock versteckte. Ihr tat das Herz weh, weil sie so wenig Mittel hatte, ihn zu beschützen.

Mackay verzog das Gesicht zu einem falschen Grinsen, das sein ganzes Gebiss zeigte. »Da ist ja meine Lady mit den vielen Namen. Der Flug ist beendet, Täubchen. Es geht zurück in den Taubenschlag. Verbindlichen Dank, Mr. Coontz, und auf Wiedersehen. Schafft das Weib und den Knaben ins Boot!«

Doch ehe die Raubeine sie anfassen konnten, sprangen vier

von den Seeleuten der *Dolphin* vor. »Das ist unsere Aufgabe, Mister. Kommt, Madam. Wir helfen Euch und dem Kleinen ins Boot.«

An der behutsamen und höflichen Art, wie die vier sie behandelten und Mackay und seiner Bande dabei die kalte Schulter zeigten, erkannte Anne, dass Mr. Dobermans hässliche Worte sie dazu verleitet hatten, die Stimmung der Mannschaft zu missdeuten. Zwar machten die Männer finstere Mienen, doch bei den meisten schien die Missbilligung dem Geschehen zu gelten und nicht ihrer Person. Die beiden, die ihre Korbtruhe auf die Barke brachten, verbeugten sich sogar zum Abschied vor ihr, bevor sie die Strickleiter zum Deck der *Dolphin* wieder hinaufstiegen. »Alles Gute für Euch und den Knaben, Madam.«

Anne nickte mit Tränen in den Augen. »Vielen Dank. Und gute Reise!«

Mackay beobachtete sie mit verschränkten Armen, während die anderen sich an die Riemen setzten. »Ein rührender Abschied. Wie schnell Ihr die Kerle auf Eure Seite zieht, Miss Plumtree-Baynes. Aber damit hat es nun ein Ende, verlasst Euch darauf. Ihr hättet lieber mit Euren neuen Verehrern nach Frankreich segeln sollen und Euch dort in einer Höhle vergraben. Lord Archibald ist nicht erfreut, dass Ihr mit Euren Eskapaden unsere Zeit vergeudet habt. Ihr habt guten Grund, Euch vor Angst ins Hemd zu machen.«

Anne hatte Johnny auf den Schoß genommen und ihren Mantel so um ihn geschlagen, dass er sich darin verbergen und an sie anschmiegen konnte. Ihn so nah bei sich zu fühlen und ihm wenigstens ein klein wenig Geborgenheit bieten zu können, verlieh ihr etwas Mut. »Mr. Mackay, ich würde Euch gern dazu verfluchen, das gleiche Leid erdulden zu müssen, was Ihr uns antut. Doch nicht einmal Euch wünsche ich, dass Euch jemand ein Kind entreißt und sein Leben bedroht. Ich bin sicher, auch Ihr würdet alles aufs Spiel setzen, um es zu retten.«

Er stieß ein abstoßendes Lachen aus. »Ich muss Euch enttäuschen. Tatsächlich habe ich eine Handvoll Kinder. Und sie sind mir von Herzen gleichgültig, ebenso wie ihre Mütter. Sie sind so leicht gezeugt, wie sie leicht verrecken. Schiere Blödheit, ihnen nachzujammern.«

Anne schob unwillkürlich die Hand unter ihren Mantel und streichelte sanft Johnnys Arm. »Ich hoffe für Eure Seele, dass Ihr das nur so großmäulig daherredet. Ein Mensch, der nicht einmal seine eigenen Kinder lieben kann, ist bemitleidenswert.«

Schulterzuckend wandte er sich von ihr ab und blickte zum Ufer, dem sie sich zügig näherten. »Und doch gibt es viele von uns, und wenn Ihr mich fragt, sind wir besser dran als solche schwachen Kreaturen, wie Ihr und der Vater des Knaben.«

Die Männer ruderten ein gutes Stück flussaufwärts, ehe sie bei Billingsgate an Land gingen. Mackay ließ Anne bei seiner Truppe und ging, um einen Hackney Coach zu rufen. Anne stellte ihren Korb ab, umschloss fest mit ihrer Linken die Hand ihres Sohns und steckte ihre rechte Hand in ihre Manteltasche. Als Mackay mit der Kutsche kam, ging sie ihm entgegen, ohne dass die Männer sie aufhielten. Wo sollte sie auch hinlaufen?

Mackay kam zu ihr und bückte sich nach Johnny. »Ich nehme den Knaben mit in sein neues Heim. Euch bringen die Männer zu Lord Archibald.«

Gewandt wich Anne mit ihrem Sohn zurück, zog die rechte Hand aus der Tasche und zielte mit ihrer kleinen Pistole auf Mackays Brust. »Du wirst mein Kind nicht von mir trennen. Wohin Johnny geht, dahin gehe auch ich.«

Mackay sah ihre Pistole und prustete belustigt, nahm aber

die Hände hoch und hielt still. Rückwärts gehend zog Anne Johnny zu dem wartenden Hackney Coach. »Du begleitest uns, Mackay. Komm langsam herüber!«

Er tat es, grinste aber dabei. »Was geschieht wohl, nachdem du mit dem Spielzeug ein Löchlein in mich geschossen hast? Du kommst nicht davon. So dämlich, das zu glauben, kannst du nicht sein.«

Angst und Zorn wühlten in Annes Magen, und sie verspürte gute Lust abzudrücken. »Ich weiß zumindest eins, was geschieht: Du wirst schreien, weil es schmerzt. Und diese Vorstellung gefällt mir gerade äußerst gut.«

Ohne den Blick oder den Pistolenlauf von Mackay abzuwenden, hob sie mit dem freien Arm Johnny auf die Trittstufen des Wagens und ließ ihn einsteigen. Dann folgte sie ihm seitwärts, immer weiter auf ihren Gegner zielend. »Komm her und steig ein. Langsam!«

Mackay grinste nicht mehr. Langsam kam er zu ihr in den Wagen. Mit dem nächsten Atemzug schnellte er vor und warf sich auf sie. Anne drückte den Abzug, ohne es zu wollen, die Kugel traf ihn, und er schrie auf. Beim Knall des Schusses machte das Kutschpferd einen Satz nach vorn, sodass Johnny vom Sitz geschleudert wurde und auf den Wagenboden fiel.

Obwohl Mackay verletzt war, hielt er Anne lange genug fest, dass seine Männer die Kutsche stürmen konnten. Beide Wagentüren wurden aufgerissen, und einer der Kerle zerrte Johnny hinaus. Anne schrie vor Wut und Verzweiflung, ihr Sohn schrie ebenfalls. Auch der Kutscher brüllte nun wütend, dass er für solchen Mist nicht bezahlt würde, woraufhin die Männer draußen ihn anbrüllten, er solle die Fresse halten und fahren. Zwei von der Bande stiegen zu dem verletzten Mackay und Anne ein, die anderen blieben mit dem kreischenden Johnny zurück, während die Kutsche losrollte.

Noch einmal versuchte Anne, sich zu befreien und aus dem Wagen zu springen, doch eine heftige Ohrfeige schleuderte sie auf den Sitz. Der Mann, der sie geschlagen hatte, setzte sich neben sie, drehte ihr den Arm auf den Rücken und hielt sie fest.

»Kleine Bestie«, zischte Mackay und betrachtete mit schmerzverzerrtem Gesicht den sich ausbreitenden Blutfleck auf seiner Hemdfront.

»Ich wollte nicht abdrücken. Aber es geschieht dir recht«, stieß Anne hervor.

Er holte aus, um sie zu schlagen, doch der Schmerz schien übermächtig, sodass er die Hand wieder sinken ließ. »Wenn ich daran sterbe, ist es ein schlechter Witz des Teufels.«

Der dritte Mann half Mackay aus Jacke und Hemd, begutachtete die Wunde und machte aus dem Hemd einen notdürftigen Verband. »Die Kugel ist durchgegangen«, stellte er fest. »So schlecht stehen deine Chancen nicht. Das wird schon wieder.«

So abscheulich Anne Mackay fand, so hoffte sie doch, dass der Mann damit recht hatte. Zu all dem Übel, das sie sich aufgehalst hatte, musste nicht noch ein Totschlag kommen. Sie atmete tief durch. »Es tut mir leid. Ich wollte nur, dass du mich gemeinsam mit Johnny zu Lord Archibald bringst«, sagte sie.

»Dummer Plan eines dummes Weibes«, presste Mackay hervor.

Der Wagen hielt zu einer Stunde vor Lord Archibalds Haus, zu der die meisten adligen Herrschaften während der Londoner Wintersaison ihre Schlafgemächer noch nicht verließen. Lord Archibald hingegen saß angekleidet und Pfeife rauchend in seinem von einem großzügigen Kaminfeuer beheizten Salon, als einer von Mackays Männern Anne zu ihm brachte. Vor ihm auf dem Tisch lagen eine Pistole und ein Bajonett neben einem Whiskyglas, in dem trotz der frühen Stunde schon zwei Fingerbreit Whisky golden schimmerten.

»Habt Ihr nachgesehen, ob sie weitere Waffen am Leib trägt?«, fragte er.

»Jawohl, Sir. Selbstverständlich.«

Lord Archibald ließ ein verärgertes Knurren hören. »Selbstverständlich wäre es auch gewesen, ehe sie auf Mackay schoss. Lass sie los und warte vor der Tür.«

Der Mann tat, wie ihm geheißen, und Anne lockerte schweigend ihre schmerzende Schulter, während Lord Archibald sie eingehend musterte und dabei seine Pfeife schmauchte. Schließlich legte er die Pfeife in eine steinerne Schale.

»Ich dachte mir schon, dass Ihr Eure Reise nicht fortsetzen würdet, Mylady. Was mache ich nun mit Euch? Ich hatte Euch gewarnt, und es beschwichtigt mich nur wenig, dass Ihr nicht zu den Drummonds wolltet. Zumal Ihr möglicherweise nur einen Umweg gewählt habt, um mich und andere zu täuschen.«

Anne öffnete ihren Mantel und nahm ihre ohnehin längst schief sitzende Haube ab. »Ich war nicht unterwegs nach Schottland, auch nicht auf Umwegen. Die Drummonds haben mit meinem Plan nichts zu tun. Und ich bin keine Jakobitin. Ich bin lediglich die Mutter eines Kindes, dessen Leben Ihr bedroht und das darunter leiden muss, dass es von Euren Handlangern schlecht versorgt wird.«

Er rieb sich die Augen und gähnte hinter vorgehaltener Hand. »Natürlich. Ihr seid die reinste Unschuld. Eine Mutter Maria, die ihr Kindlein rettet. Verschont mich damit. Dem Knaben ging es bei seiner Pflegerin gut genug. Und ganz gewiss war er dort sicherer als auf einer winterlichen Seereise allein mit einer hilflosen Frau. Eure Unternehmung war in Wahrheit schiere Selbstsucht, Mylady. Ihr wolltet unbedingt Euer Kindchen haben, also habt Ihr es Euch geholt, ohne dabei wirklich an sein Wohl zu denken. Angenommen, Ihr würdet Euch mit dem Kind in der Fremde niederlassen: Was würde später aus ihm werden, wenn er erwachsen ist – ohne Vermögen und ohne Namen, auf den er sich berufen dürfte? Ein Bauer? Oder hättet Ihr nach einer Weile doch einen Brief an seinen Vater geschrieben, damit er den Knaben aufnimmt und einen Feind der Krone aus ihm macht? Was natürlich nur möglich gewesen wäre, wenn er nicht längst selbst als Verräter hingerichtet worden wäre. Ich sehe hier nur Eigensucht Eurerseits.«

Nun konnte Anne ein irres Auflachen nicht zurückhalten. »Wollt Ihr mir gerade einreden, ich hätte keinen Grund zur Sorge um meinen Sohn, wenn ich ihn in Euren Klauen lasse? Wollt Ihr mir jetzt auf die Bibel schwören, dass ihm in Eurer Obhut kein Leid geschieht? Dass Ihr ihn nicht quälen und töten lasst, wenn sein Vater oder dessen Angehörige gegen Eure politischen Gebote verstoßen?«

Er nahm einen Schluck von seinem Whisky und bewegte ihn ausgiebig im Mund, als würde er ihn genießen. Anne starrte ihn an, bis er endlich schluckte und antwortete. »Warum belastet Ihr Euer Köpfchen mit solchen Gedanken? Die Drummonds halten sich doch offenbar an unsere Regeln. Es besteht also kein Grund zur Sorge.«

Anne schüttelte den Kopf und schloss müde die Augen. »Eure Worte sind leere Hülsen, und das wisst Ihr. Entscheidet jetzt, was Ihr mir antun wollt, und habt wenigstens die Gnade, es bald zu tun.«

Mit einer ruckartigen Neigung des Kopfes stürzte er den Rest des Whiskys herunter. »Zumindest um diese Gnade bittet Ihr also. Ich hatte erwartet, dass Ihr Euch vor mir auf die Knie werft. Sind Euch Euer Ansehen und Eure Stellung so gleichgültig, oder habt Ihr schon mit dem Leben abgeschlossen? Was, wenn ich noch heute zu Seiner Majestät King George gehe und ihm erkläre, dass er seine geliebten Nichten einer Lady anvertraut hat, die in Wahrheit eine sittlich gefallene Frau ist, die ehemalige Hure eines Jakobiten und Mutter seines Bastards, der ihr Treueschwur zur Krone nichts wert ist, wenn es um ihren kleinlichen, gefühlsseligen Vorteil geht? Was geschieht dann wohl?«

Annes Hände zitterten, und Tränen des Zorns liefen ihr über die Wangen, was sie auch noch wütend auf sich selbst machte. Warum musste sie weinen, wenn sie zornig war, so als wäre sie schwach und eingeschüchtert? Nicht einmal ihrer Stimme konnte sie vertrauen. Wenn sie anfing, diesem überheblichen Erpresser alles zu sagen, was sie von ihm, seinesgleichen und der Ungerechtigkeit ihrer eigenen Lage hielt, würde sie einfach nur in haltloses Schluchzen ausbrechen und keinen zusammenhängenden Satz mehr herausbringen. Fest grub sie die Fingernägel in ihre Handballen und atmete tief durch.

»Ihr werdet nicht zum König gehen«, sagte sie. »Denn anschließend würde man mich befragen, und ich würde darlegen, dass er und seine Familie von mir niemals etwas zu befürchten hatten. Von Männern, denen jedes Mittel recht ist, um die eigene Macht auszuweiten, hingegen schon. Ihr solltet bedenken, dass Seine Majestät mich viel länger kennt als Euch. Ich würde gewiss meine Stellung verlieren und mein Ansehen bei Hof. Doch es macht mir nichts aus, mich zurückzuziehen, weil ich nie danach strebte aufzusteigen. Ihr und Euer Bruder habt jedoch viel zu verlieren, falls Seine Majestät beschließt, Euch zu misstrauen.«

Seine Augen verengten sich. »Ist es klug, mächtigen Männern zu drohen, denen jedes Mittel recht ist? Ich könnte Euch umbringen und verschwinden lassen. Es würde noch lange dauern, bis jemandem auffiele, dass Ihr nicht mehr aufzufinden seid.«

Sie hielt die Fäuste weiterhin geballt und nickte. »Mich umzubringen wäre für Euch viel bequemer, als Seine Majestät, der Ruhe und Ordnung liebt, mit einem Skandal um meine Person zu belästigen. Die Unannehmlichkeiten, die er damit hätte, würden in jedem Fall auch auf Euch zurückfallen. Das wisst Ihr, habt mich aber dennoch nicht umgebracht. Ich nehme daher an, dass Ihr es nicht vorhabt.«

»Und wenn ich Euch in einem geheimen Verlies einkerkere?«

Sie stieß einen Seufzer aus und senkte den Kopf. »Dann ist das mein Schicksal.«

»Hm. Es ist eine Mühsal, jemanden im Geheimen eingekerkert zu halten, Mylady. Ich schätze zwar auch dieses Mittel, doch nur in Fällen, die für mich wahrhaftig von großer Bedeutung sind. Ihr seid es nicht. Meinetwegen könnt Ihr gehen und Eure Stellung wieder einnehmen, bis mir etwas anderes nützlicher erscheint. Aber lasst Euch warnen: Wenn Ihr im Geringsten gegen mich oder meinen Clan intrigiert oder mein Missfallen auf andere Art erregt, dann verliert jemand ein Glied seines Leibes. Vielleicht wird es der Knabe sein. Vielleicht auch dieser Freund, der Euch half, oder das Straßenmädchen, mit dem Ihr Euch gemeingemacht habt. Habt Ihr das verstanden?«

Unwillkürlich trat Anne einen Schritt vor und hob beide Fäuste, während ihr ein neuer Schwall Tränen in die Augen schoss. »Wenn Ihr einem von diesen Menschen ein Haar krümmt, dann gehe ich zum König und erkläre ihm genau, was für mörderische und machtgierige Wölfe die Campbells seit jeher waren und sind. Das schwöre ich Euch. Ich habe keine Angst mehr vor meinem Untergang, das könnt Ihr mir glauben. Und wenn es dazu kommt, werde ich zumindest dafür sorgen, dass es mit Eurem Aufstieg ein Ende hat.«

Schon eine Stunde später kehrte sie samt Gepäck in den St. James's Palast zurück. Mühelos überzeugte sie alle davon, dass sie nur deshalb einige Tage früher vom Anwesen ihrer Eltern zurückgekehrt war, weil sie sich dort gelangweilt hatte.

Doch als sie abends in das Bett schlüpfte, von dem sie geglaubt hatte, dass sie es nie wiedersehen würde, erlebte sie in Gedanken den Tag noch einmal. Wieder stand sie mit Johnny an Deck der *Dolphin,* wieder zielte sie auf Mackay, wieder wurde sie niedergeschlagen, verlor ihren Sohn und stand schließlich Lord Archibald gegenüber. Was hätte sie anders machen können? Hätte sie die Möglichkeit gehabt, Mackay zu entkommen? Immer wieder ging sie alles durch, gab dann aber erschöpft auf. Es hatte nicht sein sollen. Wer über das Meer fliehen wollte, der lag in Gottes Hand. Der Wind ließ sich nicht planen. Bei ihrem nächsten Versuch würde sie nicht noch einmal darauf setzen, dass das Wetter auf ihrer Seite war. Und einen nächsten Versuch würde es geben, auch wenn sie dafür ganz von vorne anfangen musste. Jeder Gedanke an Johnny ließ seine Schreie in ihren Ohren widerhallen. Sie spürte seine Hand in der ihren und wäre am liebsten gleich wieder aufgestanden, um erneut auf die Suche nach ihm zu gehen.

19. Kapitel

Ian hatte London nach dem Abschied von Anne tatsächlich verlassen. Ihm war oft genug seine Sturheit vorgeworfen worden, und dieses Mal wollte er beweisen, dass er nicht zu verbohrt war, um dem guten Plan eines anderen zu weichen. Im Grunde konnte er sich nichts Besseres wünschen, als dass Anne ihren Sohn befreite und spurlos mit ihm verschwand. Für Onkel Max und ihn war es die bequemste Lösung. Er rastete auf dem Heimweg wenig und legte die Strecke in dreizehn Tagen zurück.

Als er nach einem Ritt über die dunkle Heide abends am Haus seines Onkels ankam, erfuhr er von einem vertrauenswürdigen Knecht im Stall über sich selbst, dass er angeblich seit drei Wochen mit einem ansteckenden Fieber in seiner Kammer im Bett lag und niemanden empfing.

»Da nehme ich mal an, dass ich morgen wieder gesund bin«, sagte er.

Der alte Pferdeknecht, der ihn schon seit seiner Kindheit kannte, hieb ihm freundschaftlich auf den Rücken. »Ein Segen, junger Herr. Dann werden wir Euren Onkel sicher ab morgen auch mal wieder lachen sehen.«

Außer von ihrem Wachmann ließ sich Ian auf dem Weg zu seinem Zimmer von niemandem mehr sehen. Er klopfte an und trat nach einem heiser gekrächzten »Ja?« ein.

Jacob lag mit bis zum Kinn hochgezogener Decke im Bett. Als er Ian erkannte, setzte er sich jedoch auf und schwang die Beine aus dem Bett.

»Dem Himmel sei Dank. Bei aller Freundschaft, Ian – lange hätte ich dieses Spiel nicht mehr mitspielen können. Auf dem Weg hierher war die Sache ja noch spaßig. Aber seither … Ich habe sogar neue Kartenspiele erfunden, die ich gegen mich selbst spielen kann, um … Aber warte. Du hast deinen Sohn nicht dabei? Warst du schon bei deinem Onkel?«

Ian setzte sich an einen kleinen runden Tisch, auf dem Spielkarten ausgebreitet lagen. »Zweimal Nein. Die Mutter meines Sohns hatte einen guten Plan, den ich gefährdet hätte, wenn ich geblieben wäre. Ich nehme an, sie hat das Kind inzwischen befreit.«

»Ach, du hast die Mutter getroffen? Und wie war das? Habt ihr eure Liebelei wieder aufleben lassen? Immerhin hat sie dir ja mal gut genug gefallen, um ein Kind mit ihr zu zeugen.«

Allein Jacobs Annahme, dass er ihm anzügliche Einzelheiten über sein Verhältnis mit Anne auftischen würde, versetzte Ian in gereizte Stimmung. »Was glaubst du denn? Denkst du, dass wir nicht wichtigere Dinge im Sinn hatten? Außerdem ist es Jahre her, dass wir zusammen waren. Sie hat sich verändert, und ich mich auch.«

Sein Doppelgänger grinste. »Ja, ja. Aber wo es einmal gefunkt hat, da kann es doch auch wieder funken.«

Ian spürte die Erschöpfung des langen Ritts und streckte sich. Jacob hatte recht. Anne war in seinen Augen keinen Deut weniger begehrenswert als früher. Wenn nicht all die Komplikationen zwischen ihnen gestanden hätten, wäre er nur zu gern wieder mit ihr durch Gärten geschlichen und ins Gras gesunken. Bei dem Gedanken allein schlug sein Herz heftiger, und Erregung breitete sich in ihm aus. Entnervt stieß er die Luft aus.

»Ach, *Hogwash!* Abgesehen davon geht dich das gar nichts an. Hat dir niemand beigebracht, dass ein Gentleman nicht in dieser Weise über eine Lady spricht?«

Lachend machte sich Jacob daran, seine Besitztümer einzusammeln. »Verzeih, wenn ich nicht wusste, dass du ein so perfekter Gentleman bist. Gerade machst du auf mich eher den Eindruck, als hätte ich den Finger in eine Wunde gelegt. Ich nehme an, du willst sie noch, aber sie will dich nicht mehr. Was nicht wundert, nach all dem Ärger, den sie wegen dir und dem Kind gehabt haben muss. Aber schon gut, wir sprechen nicht mehr davon. Es geht mich nichts an. Ich werde bei den Knechten im Stall schlafen und gleich morgen früh verschwinden, damit Argylls Argusaugen mich nicht bemerken. In Ordnung?«

Ian wurde bewusst, wie unfreundlich er sich verhalten hatte. »Du musst nicht im Stall schlafen. Wenn du früh gehst, kannst du das auch von hier aus. Und verzeih meine Grobheit. Ich habe allen Grund, dir zu danken. Du hast bei mir etwas gut.«

Jacob winkte ab. »Das war keine Heldentat, und zu Hause habe ich nichts verpasst. Keine Sorge, ich gehe nicht in den Stall, weil ich beleidigt bin, sondern weil es mir lieber ist. Ich war lange genug hier eingesperrt.«

Ian ließ ihn hinaus und setzte sich dann wieder. Mit hinter dem Kopf verschränkten Händen dachte er über Jacobs Stichelei nach. *Sie will dich nicht mehr.* Tatsächlich hätte Anne jedes Recht dazu gehabt, ihn nicht mehr zu mögen. Doch wenn er sich ihr letztes Gespräch ins Gedächtnis rief, was er seit der Stadtgrenze von London wohl hundertmal getan hatte, dann sah er wieder ihre Gesten, die zarten Bewegungen, die eine Frau bewusst oder unbewusst zeigte, wenn sie ihrem Gegenüber nicht abgeneigt war. Die Finger, die eine Haarsträhne zurückstrichen, flüchtig den Nacken oder das Dekolleté berührten. Und er sah etwas in ihren Blicken glühen, das ihn glauben ließ, dass gar kein neuer Funke nötig war. Er hätte nur ein wenig in die Glut blasen müssen, und sie wäre wieder für ihn entflammt. Und er hätte sich von ihrer Flamme verzehren lassen.

Vielleicht gaukelte er sich auch etwas vor. Doch mit jeder Stunde war in ihm der Zweifel gewachsen, ob er die ganze Sache nicht doch anders hätte angehen sollen. Wenn er Anne wieder für sich gewonnen hätte, dann wäre sie vielleicht in ihren falschen politischen Überzeugungen weich geworden und hätte sich dafür entschieden, mit dem Knaben zu ihm nach Braemar zu kommen. Mit Onkel Max' Hilfe hätten sie sich in den Highlands verstecken können, bis die Rachegelüste des deutschen Rübenkönigs verraucht waren.

Onkel Max kam herein, ohne eine Antwort auf sein Klopfen abzuwarten. Sie umarmten sich und setzten sich einander gegenüber. Ian berichtete, und sein Onkel goss Whisky ein. Während er sprach, wich die Freude aus Onkel Max' Gesicht und machte Missbilligung Platz.

Ian musterte ihn verwirrt. »Was? Was habe ich nun wieder falsch gemacht?«

Onkel Max schlug auf den Tisch. »*Gadzooks*, Ian! Falls ihr Plan geglückt ist, dann hast du eine Frau, für die du ein gewisses Maß an Verantwortung trägst, mit deinem kleinen Kind eine Seereise ins Ungewisse antreten lassen, ohne ihr auch nur eine hilfreiche Geldsumme anzubieten. Du hättest mindestens dafür sorgen müssen, dass wir sie und den Knaben wiederfinden können. Wahrhaft klug wäre allerdings gewesen, wenn du sie davon überzeugt hättest hierherzukommen. Sie zerstört ohnehin ihr Ansehen. Welchen Unterschied hätte es für sie gemacht?«

»Sie sagte, es würde King George provozieren, wenn sie zu uns flieht. Und damit hat sie vermutlich recht.«

»Ha! Welcher echte König lässt sich davon provozieren, dass ein liebestolles Mädchen zu ihrem Galan davonläuft? Nun ist sie wahrscheinlich fort, und ich sehe meinen Großneffen nie wieder. Und wer weiß, unter welchen Bedingungen die beiden leben werden? Ian, das war eine Eselei! Du hättest wenigstens sichergehen müssen, dass der Plan gelingt. Nun wissen wir nicht einmal das. Was ist, wenn etwas schiefging? Vielleicht steht die kleine Lady jetzt schon am Pranger, und der verfluchte Mackay bricht deinem Sohn die Finger.«

Ian fuhr sich mit beiden Händen ins Haar und hielt sich den Kopf. »Wenn einer von den Campbells mich in London gesehen hätte, wäre die Sache auf jeden Fall uns zugerechnet worden. Nun kann Anne immerhin behaupten, dass sie nichts mit uns zu tun hat, und wir können schwören, dass wir keinen Anteil an ihrem Plan hatten. Was hättest du denn an meiner Stelle getan?«

»Ausgeredet hätte ich ihr die ganze Sache. Unsere sichere Chance, uns den Kleinen zu holen, wäre schon noch gekommen.«

»Dieser Frau kannst du nicht ausreden, wovon sie überzeugt ist. Und wenn es mit dem Plan gut lief, dann sind sie beide in Sicherheit, und wir sind die Sorge los.«

»Wir hätten nur die eine Sorge gegen eine neue ausgetauscht. Ian, ich will, dass du wieder nach London reitest. Wenn deine Anne ihr Vorhaben noch nicht ausgeführt hat, mach ihr klar, dass sie und der Knabe zu dir gehören und sie mit ihm herkommen muss. Falls sie das Kind hat und abgereist ist, finde heraus, wohin. Falls sie gescheitert ist, klär die Lage und hilf, so gut du kannst. Ich würde gern jemand anders schicken, doch mit der Lady auf diese Weise verhandeln kannst nur du.«

Anne wartete nicht einmal einen einzigen Tag ab, ehe sie Botschaften an Will, May und Ian sandte. Alle drei Nachrichten gab sie heimlich Michael, der versprach, sie an verschwiegene

Boten weiterzuleiten, ohne dass sonst jemand davon erfuhr. Den Brief an Ian hatte sie mit Josefina Jenkins unterzeichnet und darin vom schlimmen gesundheitlichen Zustand ihres Neffen berichtet. Im Schreiben an Will beruhigte sie ihn, weil er vermutlich schon erfahren hatte, was an Bord der *Dolphin* vor sich gegangen war. An May schrieb sie überhaupt nicht, sondern ließ sie nur mündlich wissen, dass sie gescheitert war, es ihr aber gut ging.

Erst zwei Wochen später, als der Dezember anbrach und die Hofgesellschaft mit den ersten Weihnachtsvorbereitungen beschäftigt war, wagte sie es, sich erneut mit May zu verabreden. Sie bestellte sie an den Ort, wo sie sich zum ersten Mal begegnet waren.

Als Anne zur Mittagszeit in der Bell's Alley ankam, war May noch nicht da. Eine Muschelverkäuferin schob singend ihren durchdringend nach altem Fisch stinkenden, nur spärlich gefüllten Karren die Straße entlang. Die Luft war frostig, und vor dem Mund der erhitzten Sängerin stand weißer Atemhauch. Ein junger Mann wedelte den Passanten mit seiner Auswahl an Zeitungs- und Balladenblättchen unter der Nase herum, als würde er versuchen, mit dem Gezappel die Kälte aus seinen Gliedern zu vertreiben. Vor den Türen ihrer Unterkünfte standen müde Huren, nach der langen Arbeitsnacht gerade aus den Betten gekrochen, um für einen Moment frische Luft zu atmen und die Gesichter in den raren Sonnenstrahlen dieses beginnenden Winters zu baden. Noch wenige Wochen zuvor hätte Anne sie für gewöhnliche Frauen gehalten, doch dank May erkannte sie inzwischen nicht nur die für ihr Geschäft auffallend gekleideten »Mollys«, sondern auch die Diskreteren – meist allein schon an der Straße oder den Häusern, wo sie lebten. Sie hatte sich daran gewöhnt, dass es in Londons Straßen kaum einen Moment gab, in dem nicht mindestens eine Vertreterin des anrüchigen Gewerbes zu sehen war.

Der Eselskarren eines Lumpensammlers blieb ein Stück vor ihr stehen, und der Mann rief laut sein Begehr aus, während sein Esel noch lauter schrie. Doch niemand hatte an diesem Tag die richtige Art Abfall für ihn übrig. Eine Weile brauchte er, um sein Zugtier wieder in Bewegung zu setzen, und Anne wartete hinter ihm.

Ein Kaminkehrer kam ihr zwischen Karren und Hauswand hindurch entgegen, mit einer Hand einen verrußten Jungen vor sich herschiebend. Viele von diesen Kaminkehrerjungen starben früh, auch das wusste Anne von May. Daran zu denken löste in ihr eine neue Woge von Entschlossenheit aus. Sie musste sich ihren Sohn zurückholen und dafür sorgen, dass ihm jedes ähnlich üble Schicksal erspart blieb. Wo steckte nur May? Sonst kam sie selten später als vereinbart.

Der Eselskarren fuhr an, und Anne wollte weitergehen, stand jedoch jäh vor einem Mann, der hinter dem Kaminkehrer hergegangen war. Er wich ihr nicht aus, sondern blieb vor ihr stehen, sodass sie an ihm hoch in sein Gesicht sah. Schon bevor ihre Blicke sich trafen, erkannte sie ihn, sie hätte nicht sagen können, woran. War es nur seine Statur oder eher der ihm eigene Geruch – nach Leder und Orangen, Heu und der ersten Haut, die sie voller Leidenschaft berührt hatte?

»Ian? Was zum Teufel …?«, fragte sie leise.

Wortlos hakte er sie unter und zog sie in die enge Sackgasse zwischen zwei Häusern. Durch ein Hinterhoftor drängte er sie in ein winziges, winterkahles Gärtchen, wo vier magere Hühner scharrten. Außer ihnen war keine Menschenseele dort.

»Ich war in Braemar und bin zurückgekommen. Onkel Max hätte mich beinah dafür enterbt, dass ich mich nicht besser um dich gekümmert habe. Ich bin ein Trottel, Anne. Du hattest recht, mich fortzuschicken, aber ich hätte dir trotzdem helfen müssen. Was ist geschehen?«

Für einen Augenblick war Anne von dem tröstlichen Gefühl überwältigt, mit ihrer Sorge nicht länger allein zu sein. Ian sollte sie in die Arme nehmen. Sie wollte sich anlehnen, ihr Gesicht an seiner Brust vergraben und ihn bitten, ihr die Last abzunehmen, die sie trug. Wie gut es gewesen wäre, wenn ein anderer ihr Versagen wie von Zauberhand wettgemacht hätte!

Doch ihre Vernunft glaubte nicht daran, dass Ian dieser Zauberer war. Steif blieb sie stehen, verschränkte nur die Arme als Bollwerk gegen ihn. »Mein Plan ist fehlgeschlagen. Das Schiff konnte zu lange nicht auslaufen, und Mackay hat uns gefunden. Sie haben Johnny an einen anderen Ort gebracht, ich weiß noch nicht, wohin. Mich hat Lord Archibald zurück an den Hof geschickt. Ich bin seiner Gnade ausgeliefert. Aber ich werde nicht aufgeben.«

Eben war Ian ihr noch ganz nah gewesen, voller Wärme, Zerknirschtheit und Fürsorglichkeit. Nun zog er sich spürbar zurück. »Dass Archibald Campbell dich ungeschoren gelassen hat, grenzt an ein Wunder. Was erwartet er dafür von dir?«

»Vorerst nur, dass ich unserem Sohn und euch fernbleibe. Aber ich ahne, dass er es nicht dabei belassen wird. Ich nehme an, dass er mich meine Stellung bei Hof nur behalten lässt, weil er sich das früher oder später zunutze machen will. Meine Drohung, den König gegen ihn und Lord John zu beeinflussen, spielt vielleicht ebenfalls eine Rolle.«

Ian neigte sich ihr wieder zu, legte ihr die Hand auf die Schulter und zwang sie, ihm in die Augen zu sehen. »Du hast ihm offen gedroht? Wie kannst du so leichtsinnig sein? Du weißt, dass er keine Skrupel kennt. Und es ist Irrsinn, wenn du unter diesen Umständen erneut versuchst, Johnny zu befreien. Du hattest ein Mal Glück. Beim nächsten Mal wird Archibald dich umbringen, so nebenbei, wie er eine Fliege zerquetscht. Er lässt sich nicht mehrfach von dir ärgern. Ich bitte dich, es sein zu lassen.«

Sie schüttelte den Kopf. »Ich lasse mein Kind nicht im Stich. Gerade hatte ich sein Vertrauen gewonnen, Ian. Er fühlte sich von mir beschützt. Und dann haben sie ihn mir wieder entrissen. Ich warte keinen Tag mehr ab, ohne etwas zu tun. Ich werde ihn wiederfinden und noch einmal befreien. Und dieses Mal wird es mir glücken. Er hat geschrien, als sie ihn fortbrachten. Eben hatte ich noch seine Hand in meiner, und dann … Er sieht dir so ähnlich. Und er ist so ein kluger kleiner Junge. Du solltest ihn …«

Tränen erstickten ihre Worte, und nun nahm Ian sie in die Arme, ohne Rücksicht auf das Bollwerk ihrer verschränkten Arme. Sie gab ihren Widerstand auf und umarmte ihn ebenfalls.

»Es tut mir so leid, Anne. So dürfte es nicht sein. Unser Kind sollte bei uns sein, bei uns beiden. Wir sollten verheiratet sein, ein glückliches Leben führen. Wie konnte es so kommen? Wir werden Johnny befreien, ich verspreche es dir. Und dann kommt ihr beide mit nach Schottland. Wir gehen in die Highlands und verstecken uns. Irgendwann wird der Deutsche das Interesse verlieren, und dann …«

Anne ließ ihn los und wich zurück. »Wenn du das ernst meinst, wenn du wirklich mit uns zusammen sein willst, dann geh mit uns fort. Irgendwo in der Welt können wir neu anfangen, fern vom Streit um den richtigen König, fern von allen Erwartungen, die andere an uns haben. Wir würden vielleicht unsere Namen und unseren Rang verlieren, aber wir könnten uns etwas aufbauen. Auch andere Menschen schaffen das. Ich bin stärker, als ich aussehe, Ian. Ich brauche nicht viel.«

Er lächelte, zog sie wieder an sich und küsste sie aufs Haar.

»Ich weiß, wie stark du bist. Du bist wie eine schottische Distel. Ein wenig stachlig, doch dabei bezaubernd und offenbar unverwüstlich. Du würdest gut nach Braemar und in die Highlands passen, glaub mir. Und Onkel Max heißt dich mit offenen Armen willkommen. Er hat mich gescholten, weil ich dir deinen Plan nicht ausgeredet habe, doch in Wahrheit ist er tief beeindruckt, weil du so viel Tatkraft bewiesen hast. Er hätte dich gern auf unserer Seite.«

Nun machte Anne sich energischer von ihm los. Ihr Puls raste, noch immer standen ihr Tränen in den Augen, die Hände zitterten, die Knie waren weich. Nur ihre Vernunft hielt Ians Angriff auf ihr Herz stand.

»Wenn du von der jakobitischen Seite sprichst, dann werde ich niemals auf eurer Seite stehen. Ich habe es dir erklärt. Ihr wollt im eigenen Land Krieg führen, und das für einen Mann, den niemand richtig kennt. Niemand weiß, ob James als Herrscher gut für England und Schottland wäre. Ihr wollt es nur glauben. Ich aber weiß, dass George uns ein guter König sein kann, und ich verdanke ihm und seiner Familie viel. Meinen Treueschwur breche ich bereits, wenn ich unerlaubt das Land verlasse. Weiter werde ich darin nicht gehen. Euer Krieg ist nicht mein Krieg.«

Sanft umfasste er ihre Oberarme, zärtlich, doch fest genug, um sie am Fortlaufen hindern zu können. »Wenn du mit nach Schottland kämst und dir anhören würdest, was die Leute dort zu beklagen haben, dann würdest du deine Meinung ändern. Und weil wir schon bei Treue sind … Ich kann Onkel Max nicht im Stich lassen. Ich bin sein Nachfolger, und nach mir ist es Johnny. Er hat mich immer behandelt, als wäre ich sein Sohn. Und ich bin gerade erst zu ihm zurückgekehrt. Wie könnte ich ihn in dieser schwierigen und wichtigen Zeit gleich wieder allein lassen?«

Sie krallte ihrerseits fest beide Hände in die Falten seiner Jacke. »Wir drehen uns im Kreis. Und dabei vergisst du das Wichtigste: Wir müssen unseren Sohn erst einmal wiederfinden. Ich bin hier mit May verabredet, um sie wieder auf die Suche nach ihm zu schicken. Wenn du etwas Sinnvolles tun willst, dann nenn mir ein paar vertrauenswürdige Schotten in London, die mir helfen, ohne viele Fragen zu stellen. Und dann verschwindest du besser wieder.«

Sein Griff an ihren Schultern wurde fester. »Ich werde mich nicht noch einmal damit abfinden, dass du mich fortschickst.«

Sie ahnte, was er vorhatte, und hätte ausweichen können, doch ihre Sehnsucht siegte. Möglicherweise war es seine Absicht gewesen, sie mit dem Kuss zu überfallen, doch im letzten Augenblick hielt er inne. Langsam näherte er sich ihrem Mund, wich ihm aus, strich mit seinen Lippen über ihre Wange, ihr Ohr, sog die Luft ein, küsste zart ihren Hals und kehrte erst dann zu ihren Lippen zurück. Und auch das Spiel ihrer Lippen begann langsam, bis sie sich daran erinnerten, dass sie schon einmal viel weiter gegangen waren und sich öffneten, um das Spiel dort weiterzuspielen, wo sie es vor Jahren unterbrochen hatten.

Außer Atem waren sie beide, als Ian den Kuss beendete. »Du gehörst zu mir, Anne. Ich dachte, es wäre vorbei, aber es hat sich nichts geändert. Du musst mit mir kommen.«

Anne stieß die Luft aus. Sie fühlte sich, als hätte sie zu viel starken, heißen Punsch getrunken. Ihr Leib glühte, und unter ihren Füßen schwankte die Erde. »Schluss jetzt, Ian. Es gibt nur eins, was wir jetzt tun müssen. Denk nach! Wie kannst du mir dabei helfen, den Ort zu finden, an den seine Lordschaft Johnny gebracht hat?«

Er brauchte ein paar Atemzüge länger als sie, um wieder zu sich zu kommen. Endlich ließ er sie los und nickte.

»Du hast recht. Alles andere klären wir später. Es gibt nur zwei Männer in der Stadt, die ich ansprechen kann. Aber ich werde es tun, heute noch. Kann ich dir über die kleine May Nachricht geben?«

Auch sie löste ihre Hände von seiner Jacke. Mühsam musste sie ihre Finger davon überzeugen.

»Gib nur acht, dass du sie nicht in Gefahr bringst. Ich muss jetzt gehen, sonst glaubt sie noch, dass ich nicht komme.«

Als Anne am Nachmittag nach der Begegnung mit Ian und dem Treffen mit May in den St. James's Palast zurückkehrte, war ein großer Teil ihrer Tatkraft verraucht. Es war schon fast dunkel, und sie fühlte sich völlig erschöpft.

Die nun früh einsetzende Abenddämmerung verkürzte die Tage so sehr, dass sie kaum noch wusste, wie sie die Zeit für ihre geheimen Unternehmungen in der Stadt aufbringen sollte, ohne dass es jemandem auffiel. Außerdem war es so kalt geworden, dass sie nach jedem Ausflug bis ins Mark durchgefroren war.

Noch dazu war May zwar froh gewesen, sie wiederzusehen, aber auch tief betrübt, weil ihr Fluchtversuch gescheitert war und weil sich der Gesundheitszustand ihres Ziehvaters Mr. Pike nicht bessern wollte. Mays Kummer färbte auf Anne ab. Und dass Ian wieder aufgetaucht war und sie erneut verwirrte, hob ihre Stimmung keineswegs, sondern stürzte sie in Selbstvorwürfe. Hatte sie denn wirklich nichts dazugelernt?

Die Treppen zu ihrem Zimmer hinaufzusteigen und dabei an den langen Abend zu denken, den sie in Gesellschaft der Schulenburg'schen Damen und eines Kreises auserwählter Musikliebhaber verbringen sollte, raubte ihr die letzte Kraft.

Am liebsten wäre sie auf den Stufen sitzen geblieben und dort eingeschlafen. Wenn ihr der Winter schon bei ihrem letzten Fluchtversuch einen Strich durch die Rechnung gemacht hatte, obwohl er gerade erst anfing, wie sollte sie dann darauf hoffen, in den kommenden, noch dunkleren, kälteren Wochen mehr Glück zu haben?

Zum ersten Mal seit dem Gespräch mit Lord Archibald spürte sie mehr Zweifel als Wut und Entschlossenheit. Hatte er nicht auch ein wenig recht damit, dass sie leichtfertig mit Johnnys Zukunft umging, wenn sie allein mit ihm floh? Ihr wurde schwindlig, wenn sie sich vorstellte, in die Armut abzustürzen. Was würde mit ihrem Sohn geschehen, wenn ihr etwas zustieße? Schaudernd sah sie ihn als Kaminkehrerjungen vor sich und blieb prompt mit dem Fuß an der letzten Stufe hängen – nur ein Griff nach dem Handlauf bewahrte sie davor, auf die Knie zu fallen. Langsam und vorsichtig wie eine wankende Greisin ging sie daraufhin die Gänge entlang.

Gräfin Johanna stand plaudernd mit Henrietta Howard vor der Tür ihres Drawing Rooms, offenbar ebenfalls gerade von einem Ausflug heimgekehrt. Ihre Miene wurde ernst, als sie Anne sah, und auch Henrietta warf ihr einen verwunderten Blick zu. Mehr allerdings sah Anne nicht mehr, denn ihr wurde schwarz vor Augen.

Die beiden Damen standen über sie gebeugt da, als sie wieder zu sich kam. Eine Magd bettete soeben ihren Kopf auf ein Kissen. Als Henrietta ihr danach stinkendes Riechsalz unter die Nase hielt, schob Anne ihre Hand weg und rappelte sich so weit auf, dass die anderen ihr dabei helfen konnten, sich zu erheben.

»Danke, es geht wieder. Verzeiht mir. Ich weiß nicht, was mit mir los ist. Mir war auf der Treppe schon schwindlig.«

»Legt euch zu Bett und lasst Euch verwöhnen«, riet Henrietta. »Sicher habt Ihr Euch überanstrengt mit all Eurem Hin-

und Herreisen durch diese anstrengende Stadt. Wann habt Ihr zuletzt gegessen?«

Tatsächlich erinnerte Anne sich nicht, an diesem Tag überhaupt etwas gegessen zu haben. Dennoch verspürte sie keinen Appetit, was ungewöhnlich für sie war. Die Aufregung schien ihr ausnahmsweise auf den Magen zu schlagen.

»Oder Ihr werdet krank«, stellte Gräfin Johanna fest und legte ihr prüfend die Hand auf die Stirn. »Ich warte schon die ganze Zeit darauf, dass dieses ungesunde Klima die Ersten von uns niederwirft. Ja, ich glaube, Ihr fiebert. Nichts wie ins Bett mit Euch. Ihr braucht Ruhe und Pflege.«

Anne hatte nicht die Kraft zu widersprechen und lag wenig später erleichtert und gleichzeitig verzweifelt unter ihrer Decke. Sie durfte jetzt doch nicht auch noch krank sein. Andererseits war es eine Gnade des Himmels, dass sie nicht früher krank geworden war, als sie noch mit Johnny auf dem Schiff gewesen war. Und nicht auszudenken, wenn es ihr später auf der Flucht passiert wäre. Mit jedem Augenblick fühlte sie sich matter, und ihre Glieder schmerzten zunehmend.

Die nächsten zwei Tage verbrachte sie überwiegend schlafend. Auch am dritten und vierten Tag durfte sie ihr Bett auf Anweisung eines Arztes weder verlassen noch durfte sie Besuch empfangen. Am fünften durfte sie aufstehen, musste aber weiterhin allein in ihrem Zimmer bleiben. Immerhin erhielt sie zu ihrem Erstaunen einen Brief von May Darling.

Liebe Lady Baynes,
ich schreibe diesen Brief nicht selbst, weil ich nicht viel schreiben kann. Ein Freund schreibt ihn für mich. Michael hat mir gesagt, dass Ihr nun auch noch krank seid, was mir leidtut. Mr. Pike hat sich ein bisschen erholt, ist aber immer noch blass um die Nase und jammert den ganzen Tag.

Die besonderen Wollstoffe, die Ihr sucht, haben wir gefunden. Mrs. Jenkins und ihre Bekannten haben mir bei der Suche geholfen. Leider musste Mrs. Jenkins danach schnell wieder abreisen wegen ihrem Neffen. Sie lässt Euch aber herzlich grüßen. Alles andere können wir besprechen, wenn Ihr wieder gesund seid, was hoffentlich bald ist.

Mit hochachtungsvollen Grüßen

May Darling

Anne wusste, dass sie sich hätte freuen sollen, doch ihre Krankheit hatte sie so viel Kraft gekostet, dass ihr stattdessen Tränen über die Wangen liefen. Schon vom bloßen Empfang der Neuigkeit erschöpft setzte sie sich in einen Stuhl am Fenster und blickte hinaus. Als es an der Tür klopfte, wollte sie sich eilig mit dem Ärmel über das Gesicht wischen, doch Gräfin Johanna wartete nicht darauf, dass sie zum Eintreten aufgefordert wurde, sondern marschierte herein und ertappte sie.

»Herr Jesus, Ihr Ärmste. Ich habe dem Arzt gesagt, dass ich es für Unsinn halte, Euch hier ohne Gesellschaft einzusperren, aber er beharrte darauf. Glaubt mir, ich wäre sonst viel früher hereingekommen. Er sagte auch, Ihr wärt nun über den Berg. Fühlt Ihr Euch noch immer schlecht, oder woher rührt Euer Kummer?«

Anne zwang sich zu einem tränenverschleierten Lächeln und schüttelte den Kopf. »Nein, nein, ich fühle mich viel besser. Nur unglaublich müde bin ich, und das ist auch mein Kummer. Ich hätte so viel zu tun.«

Gräfin Johanna drohte mit dem Zeigefinger. »Eine Krankheit muss auskuriert werden. Da darf man nicht daran denken, was man alles lieber tun würde. Alle Eure Bekannten lassen Euch die herzlichsten Genesungswünsche ausrichten. Madam Schulenburg und die jungen Damen wollten Euch ebenfalls besuchen, durften es aber nicht. Sogar Seine Majestät hat sich besorgt nach Eurem Wohlbefinden erkundigt.«

»Das ist eine Ehre.« Anne wollte mehr sagen, doch ihr versagte die Stimme. Sie hustete und tat, als wäre sie zu heiser zum Sprechen, obwohl ihr in Wahrheit ein unterdrücktes Schluchzen die Kehle verschloss.

Gräfin Johanna zog die Brauen zusammen und setzte sich ihr gegenüber. »Meine Liebe, ich habe den Verdacht, dass Ihr nicht nur unter Eurer Schwäche leidet. Kann es sein, dass diese Krankheit Euch deshalb so niederwarf, weil sie auch dem Leiden Eurer Seele entsprang? Ich habe schon eine ganze Weile das Gefühl, dass Euch etwas quält. Wollt Ihr Euch mir nicht anvertrauen?«

Einen Augenblick lang hielt Anne noch stand, dann brach sie in Schluchzen aus. Wie sie sich danach sehnte, ihrer Freundin die Wahrheit preiszugeben! Doch sie durfte nicht, durfte nicht auch darin noch schwach werden. »Ich kann nicht«, stieß sie hervor.

Die Gräfin neigte sich vor und umfasste ihre Hände. »Mein liebes Kind, ich habe in meinem Leben so manches Geheimnis gehütet. Und immer dachte ich, die Welt würde stehen bleiben und der Himmel auf mein Haupt herabfallen, wenn ich jemanden ins Vertrauen zöge. Ich verstehe Euch. Aber ich schwöre Euch, dass Euer Geheimnis bei mir sicher ist. Vielleicht könnte ich Euch nicht helfen, Eure Sorgen loszuwerden, aber zumindest müsstet Ihr die Last nicht mehr ganz alleine tragen. Etwas auszusprechen hilft manchmal schon dabei, den eigenen Blick darauf zu verändern. Es würde Euch danach sicher besser gehen.«

Anne schüttelte den Kopf. »Was, wenn mein Geheimnis Euch empören würde? Wenn Ihr selbst daran schwer zu tragen hättet? Wie könnte ich Euch das aufbürden? Ihr würdet mich verachten.«

Beruhigend strich Gräfin Johanna mit den Daumen über Annes Hände. »Ich kenne Euch gut genug, um zu wissen, dass alle Fehler, die Ihr vielleicht gemacht habt, nicht aus Bosheit entsprungen sind und dass es nicht in Eurer Natur liegt, anderen zu schaden. Deshalb werde ich Euch nicht verachten. Und ich bin alt genug, um zu wissen, wie man auch die Bürde eines fremden Geheimnisses trägt. Sprecht Euch aus. Ich lausche und schweige. Und einen Rat gebe ich Euch später, wenn Ihr ihn wollt.«

Kurz zögerte Anne noch, dann gab sie auf. »Ich habe ein Kind. Und dieses Kind ist in Gefahr, weil sein Vater mächtige Feinde hat.«

Sie sah Gräfin Johanna lieber nicht an, während sie ihre Geschichte erzählte. Missbilligung oder gar Abneigung in der Miene ihrer Freundin zu entdecken, hätte sie nicht ertragen können, obwohl sie damit rechnete. So nüchtern wie möglich erklärte sie ihre Lage, ohne alle Namen zu nennen. Ihren gescheiterten Fluchtversuch und das letzte Wiedersehen mit Ian ließ sie aus.

»Ich könnte mich vielleicht damit abfinden, meinen Sohn nicht wiederzusehen, wenn ich wüsste, dass er in Sicherheit und gut versorgt ist. Aber ich kann es nicht ertragen, dass er schlecht behandelt wird und als bloße Spielfigur dauerhaft in Gefahr schwebt. Doch wie könnte ich auf Euer Verständnis hoffen? Mir ist bewusst, wie unverzeihlich es ist, dass ich all die Jahre gelogen habe«, schloss sie.

Gräfin Johanna seufzte und wich nun ihrerseits Annes Blick aus. »Ich gestehe, dass ich das von Euch nicht gedacht hätte. Doch will ich hinzufügen, dass ich es in den meisten Fällen für ein Versagen der Erzieher halte, wenn ein Mädchen fällt. Eine junge Frau, die nicht ausreichend darüber belehrt wurde, wie schwer beherrschbar Gefühle sein können, wird leicht zum

Opfer jugendlichen Überschwangs. Jede von uns weiß doch, wie sehr man sich in der Jugend danach sehnt, sich zu verlieben und zur angebeteten Herzensdame eines Mannes zu werden. Auch Frömmigkeit und Sittenstrenge bestehen oft nur mit großer Anstrengung gegen die Versuchung. Ich bedaure Euch dafür, dass Ihr für Euren Fehltritt so hart bestraft wurdet. Euch danach mit Lügen zu schützen, war unausweichlich. Denn darüber solltet Ihr Euch durch meine Nachsicht nicht hinwegtäuschen lassen: Die meisten Hofleute würden Euch in der Tat verurteilen. Und dass der Vater Eures Kindes ausgerechnet ein Feind Georgs ist, versetzt mich in heftige Sorge um Euch. Wie sehr Ihr Euch auch von ihm distanzieren mögt – man wird euch als Weib in der Sache wenig Glaubwürdigkeit zugestehen.«

Annes Tränen waren versiegt, doch beruhigt fühlte sie sich nicht. Gräfin Johannas Worte ließen sie noch klarer sehen, dass es keinen harmlosen Ausweg für sie gab. »Ich will mein Kind befreien und das Land verlassen. Das ist die einzige Lösung, die mir einfällt.«.

Die Gräfin schüttelte den Kopf. »Verzeiht, aber es muss etwas Besseres geben. Ich sehe Euch sonst unter entsetzlichen Umständen allein in der Fremde leben. Ich weiß nicht, wie weit diese Campbells gehen würden, um sich an Euch zu rächen, aber einfach bei Eurer Tante in Deutschland Unterschlupf zu suchen, würde es ihnen leicht machen, Euch wiederzufinden. Nein, ich denke, Ihr solltet Euch auf Eure Vorteile besinnen und überlegen, wie Ihr sie für Verhandlungen verwenden könnt. Ihr steht der königlichen Familie äußerst nah, und noch seid Ihr bei Hof allseits beliebt. Euer Vater hat sich als königstreu positioniert und ist bereit, Seiner Majestät politisch zu dienen. Ihr selbst habt Georg die Treue geschworen. Ich schlage vor, dass Ihr dem König mit dem Umweg über Madam Schulenburg ein Teilgeständnis ablegt, um Lord Archibald einen Teil seiner Macht über Euch zu nehmen. Gesteht, dass Ihr früher mit Leuten eng befreundet wart, die sich heute gegen die deutsche Thronfolge aussprechen, und distanziert Euch von ihnen. Euren Sohn erwähnt Ihr nur, wenn es nicht anders geht. Und dann stellt ihr ihn als das Kind einer verstorbenen Cousine dar, für das Ihr Euch verantwortlich fühlt.«

Anne ließ müde den Kopf gegen die Stuhllehne sinken. »So nehme ich Lord Archibald Macht über mich, aber nicht über meinen Sohn. Die Gefahr für ihn bleibt bestehen.«

»Aber möglicherweise lässt sich der Status des Knaben ändern. Kinder als Geiseln, das gab es schon immer, Anne. Familien tauschten Kinder aus, um sich gegenseitig ihrer Bündnisse zu versichern, aber auch, um durch die Erziehung des fremden Kindes dafür zu sorgen, dass es später nicht zum Feind wird. Den Kleinen geschah dabei nicht unbedingt ein Leid, außer dem, dass sie von ihren Familien getrennt wurden. Und die Eltern mussten sich zwar mit dem Kummer abfinden, das Kind nicht im eigenen Sinne erziehen zu können, aber nicht mehr als üblich um sein Leben fürchten.«

Noch fühlte Anne sich zu müde, um zu überlegen, welche Worte sie für derartige Verhandlungen wählen konnte. Doch zum ersten Mal spürte sie die Hoffnung, dass es tatsächlich einen Weg für sie gab, den sie bisher nicht gesehen hatte.

»Ich danke Euch. Für den Rat, aber mehr noch dafür, dass Ihr mir so viel Güte erweist.«

»Einander Güte zu erweisen ist das Beste, was wir auf der Welt tun können. Ich bin sicher, dass Ihr diesen Stab eines Tages an eine junge Frau weiterreichen werdet, die es dann ebenfalls nötig hat.«

20. Kapitel

London, Dezember 1714 bis Februar 1715

NACH IHRER GENESUNG bei Madam Schulenburg die Beichte voller Halbwahrheiten abzulegen war Anne schwerergefallen, als sich erneut auf den Weg zum Haus von Lord Archibald zu machen. Madam Schulenburg wusste nun von ihrer ehemals freundschaftlichen Verbindung zu einigen schottischen Jakobiten und von einem Kind, für das Anne sich verantwortlich fühlte. Lord Archibald oder den Duke of Argyll hatte Anne allerdings vorerst nicht erwähnt.

Dieses Mal hatte sie im Voraus bei Lord Archibald um eine Audienz gebeten, und er hatte sie für den Vormittag des dreizehnten Dezembertags in sein Haus zitiert. Sie erwartete, ihn wie beim letzten Mal an seinem Tisch sitzend vorzufinden, überlegen abwartend, womit die kleine Fliege ihn nun wieder belästigen wollte. Doch als der Hausdiener sie hinaufführte, stand die Tür zu Lord Archibalds Salon offen, und er lief mit einer Pferdepeitsche in der Hand hin und her, mal im Zimmer, mal auf dem Flur, so aufgebracht, dass er mit der Peitsche wahllos immer wieder auf Gegenstände einhieb, die an seinem Weg standen. Anne musste schlucken, und ihre Schritte verlangsamten sich. War ihr Besuch der Grund für seine Wut?

Doch Lord Archibald warf ihr bloß einen Blick zu und marschierte dann wieder in seinen Salon, wo ein anderer Besucher wartete. »Sagt dem Earl of Mar, dass ich ihm in seinen hochverehrten Hintern treten werde, wenn er mit dem Unsinn weitermacht. Es reicht mir schon lange mit diesem sturen, verblendeten Highland-Pack. Allmählich wünsche ich mir, sie würden endlich mit ihrer verfluchten Rebellion Ernst machen. Dann könnte ich mit meinen Soldaten über sie kommen und sie lehren, wem hier die Macht gebührt. Richtet ihm das ruhig aus. Richtet ihm aus, dass er sich die Campbells zu Feinden macht, wenn er weiter Unruhe stiftet. Er untergräbt meinen Stand beim König, und darüber werde ich nicht hinwegsehen. Seine Majestät hat bereits Bemerkungen gemacht, die mich schwach dastehen lassen. Diese ganze lächerliche Verehrung für James Stuart muss ein Ende nehmen. Er wird niemals König von England oder auch nur einer kahlen Insel in Schottland. Sagt Mar das! Und nun geht mir aus den Augen! Ihr habt schon zu viel von meiner Zeit verbraucht.«

Sein Besucher verneigte sich wortlos, verließ Lord Archibalds Salon und ging mit hochrotem Kopf an Anne vorüber, ohne sie zur Kenntnis zu nehmen.

Kurz lag Anne die Frage auf der Zunge, ob sie zu einer anderen Zeit wiederkommen sollte, doch sie verkniff sich die Ausflucht. Sie hatte sich fest vorgenommen, nicht als Bittstellerin aufzutreten, sondern als ebenbürtige Partei in einer Verhandlung. Deshalb schritt sie mit aufrechter Haltung durch die offene Tür und knickste gerade so respektvoll, wie der Unterschied ihres offiziellen Rangs es verlangte.

»Guten Tag, Eure Lordschaft. Ich hoffe, Ihr habt unsere Verabredung nicht vergessen.«

Er warf die Reitpeitsche auf den Boden vor seinem Kamin, dicht neben einen dort liegenden braunen Spaniel, der erschrocken aufsprang und sich mit eingezogenem Schwanz unter einen Sessel zurückzog.

»Tatsächlich hatte ich sie vergessen. Aber Ihr kommt gerade recht. Wahrscheinlich wollt Ihr mich auch ärgern, Lady Baynes. Dann macht Euch darauf gefasst, dass ich Euch zum zweiten Frühstück verspeise.«

Anne zuckte mit den Schultern. »Wenn Ihr jeden verspeist, der Grund hat, Euch zu ärgern, dann werdet Ihr ungeheuer fett werden.« Sie erschrak über sich selbst, kaum dass sie die Frechheit ausgesprochen hatte, und fühlte ihre Knie weich werden. Doch ein Zurück gab es nicht, also ging sie zum nächsten Stuhl und legte die Hand auf die Lehne, um sich Halt zu geben.

Lord Archibald warf ihr einen finsteren Blick zu und setzte sich auf seinen Platz am Tisch, nur um gleich wieder aufzustehen, zur Tür zu gehen und hinauszurufen: »Andrew! Bring Tee!« Erst als er erneut saß, wandte er sich Anne zu. »Oder wollt Ihr etwa keinen Tee? Jeder scheint doch inzwischen dauernd Tee zu wollen. Setzt Euch.«

Sie setzte sich mit größtmöglicher Gelassenheit. »Nun, Tee ist möglicherweise das ungefährlichste aller Getränke, und die Tasse zu halten gibt den Händen etwas zu tun. Meinetwegen also Tee. Aber lasst uns gleich zu unserem Gespräch kommen. Eure Zeit ist kostbar, und meine ist es auch. Ich habe über unsere gemeinsame Lage nachgedacht und bin zu dem Schluss gekommen …«

Er stieß ein höhnisches Schnauben aus. »Ihr habt zu lange unter den Deutschen gelebt. Mylady. Nur dieses eine Volk ist so plump, andere dadurch in Verlegenheit zu bringen, dauernd ohne Umschweife die unangenehmsten Dinge auszusprechen. Ich arbeite noch daran, mich an diese enervierende Unhöflichkeit zu gewöhnen. Jeder englische Bauer hat mehr Feingefühl.«

Anne erinnerte sich daran, dass sie in ihrem ersten Jahr am hannoverschen Hof etwas Ähnliches gedacht hatte. Mittlerweile kam es ihr jedoch weit sinnvoller vor, Wichtiges auszusprechen, ohne sich langwierig mit Bemerkungen über das Wetter aufzuhalten. Sie atmete durch. »Da Euch viel daran liegt, in gutem Einvernehmen mit der königlichen Familie und den anderen mächtigen Deutschen bei Hof zu stehen, betrachtet mich gern als jemanden, an dem Ihr den guten Umgang mit ihnen erproben dürft. Wenn Ihr nun gestattet: Ich bin zu dem Schluss gekommen, dass unser angespanntes, ja sogar feindseliges Verhältnis eine unnötige Belastung für uns beide ist. In der Hauptsache stehen wir auf derselben Seite. Wir dienen Seiner Majestät King George, und wir haben beide nicht vor, ihn oder seine Interessen zu verraten. Ist es nicht so?«

Er nickte und schien zu ihrem Erstaunen nun tatsächlich zuzuhören. »Wenn es auch bei Euch so ist, dann ist es so.«

»Der einzige Punkt, in dem wir daher nicht einig sein können, ist die Behandlung meines Kindes. Ich bin sicher, Ihr seid in Wahrheit einsichtig genug, um zu wissen, dass eine Mutter es nicht widerstandslos dulden kann, dass jemand ihr Kind mit Verkrüppelung und dem Tod bedroht. Gleichgültig, welche Gemeinsamkeiten wir haben oder von welchem Nutzen wir einander sein könnten: Ich kann Euch keinesfalls freundlich gesinnt sein, solange dieser Umstand nicht behoben ist. Ihr müsst dauerhaft damit rechnen, dass ich Euch bei jeder Gelegenheit schaden und meinen Sohn letztlich erneut aus Euren Händen befreien werde. Das bedeutet für alle Beteiligten Unannehmlichkeiten, Kosten und Gefahr. Mr. Mackay wird Euch gewiss bestätigen, dass auch der ungleichste Kampf mitunter schlimme Folgen für die stärkere Partei haben kann. Wobei ich mich an dieser Stelle noch einmal für das Missgeschick entschuldigen möchte. Glücklicherweise hörte ich bereits, dass Mr. Mackay auf dem Wege der Genesung ist. Bevor Ihr mir nun wieder damit droht, dass Ihr mein Leben ruinieren werdet, indem Ihr meine Geheimnisse vor dem Hof ausbreitet, möchte ich Euch davon unterrichten, dass ich sie inzwischen selbst an höchster Stelle offengelegt habe.«

Ob ihn das überraschte, konnte Anne nicht feststellen. Seine Miene verriet es ihr nicht, und er erwiderte vorerst nichts, denn

Andrew kam mit einem Tablett herein. Der Butler goss Tee ein, reichte Anne eine dampfende Tasse und ging wieder. Sie schwiegen, bis er die Tür hinter sich geschlossen hatte, dann räusperte sich Lord Archibald und sah Anne in die Augen.

»Ich werde Euren Sohn nicht freilassen«, sagte er.

»Das habe ich auch nicht erwartet. Ich wünsche nur, dass wir dieses unzumutbare Arrangement auf ein zivilisiertes Niveau bewegen. Ihr behaltet meinen Sohn in Eurer Obhut, gelobt mir aber, dass ihm kein Leid geschehen wird. Außerdem gebt Ihr mir die Erlaubnis, ihn jede Woche zu besuchen und mir die Gewissheit zu verschaffen, dass er gut behandelt und vernünftig aufgezogen wird. Im Gegenzug schwöre ich, dass ich keinen weiteren Befreiungsversuch unternehmen und Euch außerdem in Euren Bemühungen um die Gunst Seiner Majestät unterstützen werde. Ich erwähnte es bereits: Wir haben ähnliche Ziele. Auch mir liegt daran, eine Rebellion zu unterbinden. Wobei mir allerdings friedliche Mittel lieber wären.«

Er lachte trocken auf. »Und werdet Ihr auch die Drummonds von diesem neuen ›zivilisierten Niveau‹ überzeugen? Werden sie so brav stillhalten und den Knaben in meiner Obhut belassen wie Ihr? Und halten sie sich weiterhin an meine Regeln, obwohl sie wissen, dass ihr kleiner Nachfolger sich nicht mehr in Gefahr befindet? Glaubt Ihr wirklich, Euer Quäntchen Einfluss bei Hof ist mehr wert, als die Macht über Maxwell Drummond in der Hand zu behalten? Wisst Ihr, wie die schottischen Narren zu ihm aufblicken – jederzeit bereit, sich von ihm in die Schlacht führen zu lassen? Könnt Ihr mir garantieren, dass er nicht umgehend beginnt, Männer zu sammeln, sobald er erfährt, dass mein weiches Herz dem Betteln einer kleinen gefallenen Jungfer nicht standgehalten hat?«

»Ich weiß wenig über die Drummonds und darüber, was sie tun würden. Aber ich bin bereit, ein Schreiben an sie zu verfassen, in dem ich die neuen Umstände erkläre und deutlich mache, dass ich völlig auf Eurer Seite stehe.«

Zurückgelehnt und mit langem Arm rührte er in seiner Teetasse und ließ den Tee immer wieder vom Löffel zurück in die Tasse fließen. Er rührte und hob den Löffel, rührte und hob den Löffel und starrte dabei auf seine Hand. Vor Anspannung wäre Anne beinah aufgesprungen. Was gab es für ihn denn bloß noch so lange zu überlegen?

Endlich nickte er und hob den Blick. »Im Grunde bedauerlich, dass Ihr nicht mehr über die Drummonds und ihre Pläne wisst. Damit könntet Ihr mir wirklich nützlich sein. Was Euren Einfluss bei Hof betrifft … Nun, ich weiß nicht. Aber ich gestehe, dass ich keine Lust habe, mich mit dem Ärger auseinanderzusetzen, den Ihr mir machen könnt, indem Ihr Euren kleinen Einfluss in gehässiger Weise gegen mich einsetzt. Ich wäre also durchaus bereit, eine Art Waffenstillstand mit Euch zu schließen. Falls wir uns darauf einigen können, dass ich dauerhaft die Autorität über den kleinen John behalte, um seine Erziehung in die richtigen Bahnen zu lenken. Und dass Ihr Euch mir gefällig zeigt, so gut es eben in Eurer Macht steht.«

Er warf ihr unter halb gesenkten Lidern einen spöttischen Blick zu, der zeigte, dass ihm die Anzüglichkeit seiner letzten Forderung bewusst war.

Anne kniff die Lippen zusammen und sah ihn eisig an. »Ich bin nicht plötzlich Eure Freundin, nur weil wir verbündet sind. Gefälligkeiten erweise ich Euch nur, wenn es um die Politik und Euer gutes Einvernehmen mit King George geht. Wenn wir uns somit einig sind, dann muss ich nun gehen, denn ich war einige Tage unpässlich und habe viel aufzuholen. Gleich morgen werde ich allerdings meinen Sohn besuchen.«

Er erhob sich und verneigte sich vor ihr. »Was für ein unumwundenes und zielführendes Gespräch, Mylady. Meine

Hochachtung. Vielleicht werde ich mich doch noch an die Art der Deutschen gewöhnen. Für den Anfang unserer Vereinbarung hoffe ich darauf, dass Ihr mich Euren hohen Herrschaften wärmstens empfehlt.«

Sie knickste. »Selbstverständlich, Eure Lordschaft. Ich werde betonen, was für ein vernünftiger Mann Ihr im Vergleich zu vielen anderen seid.« Als hätte sie es wirklich eilig, marschierte sie zur Tür. Jeden Augenblick würde sie vor Anspannung zerbersten, wenn sie das Haus nicht schnellstens verließ.

»Wie liebenswürdig«, sagte er. »Aber habt Ihr nicht etwas vergessen?«

Mit hämmerndem Herzen wandte sie sich noch einmal zu ihm um? Hatte er sie etwa nur verspottet? Würde er jetzt einen Rückzieher machen? »Was?«

»Ihr wollt doch Euer Kind besuchen. Sollten wir nicht verabreden, dass Euch jemand zu seinem Versteck bringt?«, fragte er mit einer Miene wie ein Kater, der sich nach dem Mausen genüsslich die Pfote leckt.

Sie stieß ein kleines Lachen hervor. »Wie reizend fürsorglich von Euch. Aber macht Euch keine Mühe. Ich weiß längst, wo Ihr ihn hingebracht habt.«

Woraufhin ihm das überhebliche Schmunzeln verging.

Als Anne ihr Abkommen mit Lord Archibald geschlossen hatte, war im St. James's Palast bereits alles vom nahenden Weihnachtsfest bestimmt. Die Weihnachtssaison hatte Anfang Dezember mit den ersten Bällen begonnen, und sie endete am sechsten Januar mit der »Twelfth Night«, dem großen Abschlussfest, und bis dahin kam Anne nicht mehr zu Atem.

Sie besuchte jede Woche Johnny am anderen Ende der Stadt

in seinem neuen Versteck. In dem kleinen Haus in Spitalfields, in das man ihn gebracht hatte, stritt sie sich mit Mrs. Mac Gregor, bis die gekränkte strenge Kinderfrau kapitulierte und ihrem Schützling das Leben zumindest in einigen Belangen leichtermachte, ging Mackay aus dem Weg, der in einem eigenen Zimmer des Hauses seine Schusswunde auskurierte, und sah glücklich dabei zu, wie ihr Sohn mit dem Steckenpferd, das sie ihm geschenkt hatte, durch Haus und Hof galoppierte.

All das tat sie heimlich, ohne das Wissen ihrer Damen von der Schulenburg, die sich glücklicherweise daran gewöhnt hatten, dass sie nicht mehr ständig zu ihrer Verfügung stand. Dafür engagierte sie sich umso stärker, wenn sie die Damen bediente und ihnen half, sich für die Weihnachtsbälle, Festmahle und Gesellschaften vorzubereiten, von denen sie nicht wenige auch selbst besuchte. Sie half dabei, den Palast am Vorabend des Weihnachtstages mit Stechpalmenzweigen, Efeu, Mistelzweigen und Rosmarin zu schmücken, stand im Kreis der Höflinge, als das Julscheit in den Ballsaal getragen und unter viel Hallo angezündet wurde, sie aß ihren Teil von den weihnachtlichen Gänse- und Hirschbraten und war im Hintergrund anwesend, als King George den ersten Plumpudding seines Lebens genoss. Später notierte sie sich die Zutaten, für den Fall, dass ihr das Rezept einmal nützlich werden könnte. Ihrer inzwischen gesammelten Erfahrung nach konnte so etwas Simples, wie das Geheimnis der richtigen Zusammensetzung und Garzeit von Eiern, Schmalz, getrockneten Pflaumen, Korinthen, Brandy und Muskat für den Lieblingspudding des Königs zu einer wertvollen Tauschware werden.

Am zweiten Weihnachtstag, dem »Boxing Day«, verteilte auch sie Schachteln mit Geschenken an die Bediensteten, die sie ins Herz geschlossen hatte, und sie erhielt umgekehrt ein Vielfaches der Gaben früherer Jahre. Unter anderem schickte ihr Will, der sich vorerst nach Greenock zurückgezogen hatte, ein Paket mit bezaubernd geblümten Seidenschals, Süßigkeiten und kleinen Holztierchen für Johnny, über das sie sich in ihrem ihn betreffenden Gefühlszwiespalt nur halb freuen konnte.

Mit ähnlichen Gefühlen nahm sie das Geschenk von Mrs. Josefina Jenkins entgegen, das nur aus einer getrockneten Distel bestand, die einem Brief beigelegt war. Mrs. Jenkins teilte ihr mit, dass ihr Neffe zwar genesen wäre, doch zur tiefen Trauer aller Verwandten möglicherweise dauerhaft eine starke Schwächung seines Augenlichts von der Krankheit zurückbehalten würde. Offenbar waren also Ian und sein Onkel über die Vereinbarung, die Anne mit Lord Archibald über das Leben ihres Sohns geschlossen hatte, nicht zufrieden und betrachteten sie als Schaden für Johnny. Doch solange Anne sich jede Woche mit eigenen Augen davon überzeugen konnte, dass es ihrem Sohn gut ging, wollte sie sich nicht weiter mit der Schattenseite der Situation auseinandersetzen. Johnny musste nicht Maxwells und Ians Nachfolger werden. Ian war jung genug, um andere Söhne zu zeugen, und damit sollten die Drummonds sich besser abfinden.

Anne betrachtete die Distel, erinnerte sich mit einem Ziehen in der Brust an Dinge, die geschehen waren und nie wieder geschehen durften, und hielt die Blume schon über das Feuer, um sich im letzten Augenblick doch dafür zu entscheiden, sie zu behalten. Eine getrocknete Blüte, als Erinnerung an ein abgeschlossenes Kapitel des Lebens – welche Frau hob so etwas nicht auf?

Der Januar des Jahres 1715 hätte für sie eine entspanntere Zeit werden können, wenn die politische Lage ihr und vielen anderen Anhängern des Hauses Hannover nicht zunehmend Sorgen bereitet hätte. Die Gegner des Königs gewöhnten sich nicht etwa an die neue Lage, so wie sie es erhofft hatten. Im Gegenteil schienen viele der Tories, die der König auf Anraten seines Kabinetts aus ihren Ämtern entlassen und durch Whigs ersetzt hatte, allein schon aus gekränkter Eitelkeit auf die Seite der Jakobiten überzulaufen. Ihre Unzufriedenheit wurde noch weiter angestachelt, weil die neue Whig-Regierung mehrere Mitglieder der alten Tory-Regierung wegen finanzieller Unregelmäßigkeiten während ihrer Amtszeit vor Gericht brachte. Einige der zuvor sehr angesehenen Männer flohen daraufhin aus England und suchten Schutz in Frankreich am Exilhof der Stuarts. Noch dazu verbreitete sich das Gerücht, dass James Stuart Männer nach Schottland geschickt habe, die dort Geld verteilten, um beim Aufbau einer Rebellenarmee zu helfen.

Daher schlief Anne im Januar nicht ruhiger, obwohl ihr mehr Zeit blieb, um stillzusitzen und ihren Gedanken nachzuhängen.

Vollends den Schlaf raubte ihr schließlich Ende Februar, eine Woche nach Johnnys viertem Geburtstag, ein unerwarteter Brief von ihrem Vater. Außer einem nichtssagenden Weihnachtsgruß hatte sie von ihrer Familie seit Sir Baynes' Abschied aus London nichts mehr gehört. Nun unterrichtete ihr Vater sie von der großen Ehre, die seinem Hause damit widerfahren war, dass Lord Reginald Grey sein Haus besucht hatte. Den überaus wohlhabenden Inhaber eines Platzes im House of Lords hatte Sir Baynes bei seinem Aufenthalt bei Hof flüchtig kennengelernt und nun die Bekanntschaft mit ihm überglücklich vertieft. So gründlich vertieft, dass er ihm für seinen letzten noch unverheirateten Sohn gleich Anne als Braut angeboten hatte.

Obgleich Lord Grey sich dazu offenbar nicht eindeutig geäußert hatte, blieb Anne bei der Vorstellung beinah das Herz stehen. Gerade nun, da sie endlich ein fragiles Gleichgewicht in ihr Leben gebracht hatte, musste ihr Vater auf den Gedanken kommen, sich erneut einzumischen. Auf keinen Fall würde sie auf sein Geheiß hin einen Mann seiner Wahl heiraten. Sie war recht zuversichtlich, dass sie sich damit würde durchsetzen können, doch sie wollte diesen Kampf lieber nicht führen müssen. Deshalb schrieb sie ihrem Vater sofort zurück, dass eine Heirat aufgrund ihrer Verpflichtungen bei Hof derzeit ausgeschlossen war. Im Ernstfall würde das nicht helfen, doch zumindest machte sie damit ihre Position klar.

Zwei Wochen später begriff sie, dass sie mit ihrem Widerspruch möglicherweise das Gegenteil von dem erreicht hatte, was sie hatte erreichen wollen.

Liebe Tochter,
ohne Zweifel wird Seine Majestät keine Einwände haben, wenn Du den Sohn eines seiner angesehenen Freunde heiratest. Deine Dienstverpflichtungen werden sich entsprechend anpassen lassen, ohne die königliche Familie zu inkommodieren. Ich bin entschlossen, diesen überaus vorteilhaften Plan weiterzuverfolgen, und gehe davon aus, dass Du Dich angemessen verhalten wirst.
Dein Vater und Vormund, Sir Thomas Baynes

Da die ruhige Zeit inzwischen wieder vorüber war und Anne bis zur täglichen Erschöpfung an den Vorbereitungen für die großen Maskenbälle arbeitete, die sowohl im Palast als auch in mehreren anderen hochadligen Häusern stattfinden sollten, ließ sie den Brief unbeantwortet. Immerhin bestand noch die Chance, dass ihr Vater das Interesse Lord Greys an der Heirat wie üblich übertrieben hatte, und sich der Plan auch ohne ihr Zutun in Wohlgefallen auflöste.

»Erinnert ihr euch noch, wie wir vor einigen Monaten dachten, dass wir uns hier niemals eingewöhnen würden?«, fragte Miss Melusine. Sie drehte sich im Dressing Room der jungen Damen vor dem großen Spiegel und bewunderte ihr mit Juwelen und stilisierten Blättern aus Seide geschmücktes Kleid, das die Gewandung einer Inkaprinzessin darstellen sollte. »Heute denke ich, dass wir in Hannover niemals eine so prachtvolle Wintersaison erlebt hätten. Die himmlische Vielfalt von London ist unvergleichlich. Wir alle kommen hier doch auf Einfälle, die wir zu Hause nicht gehabt hätten, findet ihr nicht auch?«

»Und doch bleibt Deutschland mein Zuhause«, wandte Miss Luise ein. »Bei aller Begeisterung für Londons viele Zerstreuungen freue ich mich doch schon jetzt darauf, Hannover und unsere Wälder endlich wiederzusehen. Außerdem verstehe ich nicht, wie du nach den frechen Tumulten an Queen Annes Geburtstag so tun kannst, als wäre eine glänzende Saison das Wichtigste. Die Engländer akzeptieren uns noch immer nicht.« Sie war bereits fertig angekleidet und stellte eine griechische Göttin dar.

Auch Trudchen durfte mit auf den Ball und wartete darauf, dass Anne die letzten Knöpfchen ihres Colombinakostüms schloss. Obwohl die jüngste der Schwestern sich auf den Ball freute, erschien sie Anne schon seit Längerem nicht mehr so unbefangen, wie sie es in Hannover gewesen war. Doch das mochte nur daran liegen, dass sie ihrer Kindheit entwuchs.

»Ich habe gehört, wie Seine Liebden mit *Notre-tante* darüber gesprochen hat, wie er die Rebellion mit der Hilfe unserer deutschen und niederländischen Soldaten niederschlagen wird, wenn sie ausbricht. Ich weiß, dass es nicht recht ist, aber manchmal wünsche ich mir schon, dass es so kommt. Dann wäre endlich alles geklärt, und wir müssten nicht mehr bangen. Und wäre es am Ende nicht auch für die Schotten und die anderen Jakobiten besser, wenn sie wüssten, dass sie die dumme Hoffnung auf den Umsturz aufgeben müssen? Dann könnten alle ihre Kraft wieder auf andere, bessere Dinge verwenden.«

Auf einer einfachen Ebene hatte Gertrud zwar recht, dennoch war Anne entsetzt. »Sich das zu wünschen ist in der Tat nicht ganz recht. Es sagt sich so leicht dahin, dass ein Aufstand niedergeschlagen wird. In Wahrheit verlieren dabei Menschen beider Seiten ihr Leben oder zumindest ihre Gesundheit, und Familien stürzen ins Unglück. Ich hoffe weiterhin, dass sich die Jakobiten der Vernunft beugen und schließlich einsehen, dass sie in James Stuart keinen besseren Souverän hätten als in Seiner Majestät.«

Luise schüttelte mit ernster Miene den Kopf. »Wenn ich eins an dieser ganzen Angelegenheit begriffen habe, dann ist es, dass es nicht um Vernunft geht. So wie es bei den wenigsten Kriegen jemals um Vernunft gegangen ist.«

Anne seufzte. »Da stimme ich Euch zu. Dennoch hoffe ich.«

Melusine ließ von ihrem Spiegelbild ab, kam zu ihr und tätschelte ihr die Wange. »Ihr seid eben unsere liebe Anne, die sich das Beste für alle wünscht. Ehrlich gesagt, wenn es nach mir geht, dann sollen ruhig möglichst viele von diesen Jakobiten ums Leben kommen. Umso sicherer dürften wir uns in Zukunft fühlen.«

Später auf dem Maskenball verlor Anne die jungen Damen bald aus den Augen, doch das schadete nichts, denn die Rolle der Anstandsdame zu spielen gehörte nicht zu ihren Aufgaben. Die Gesellschaft war unüberschaubar: Wohl sechshunderfünfzig Menschen drängten sich im Haus und auf der Terrasse des Gebäudes, und beinah alle trugen Masken. Die Räume des Hauses und sogar die Außenbereiche waren nicht nur mit Tausenden von Kerzen und Fackeln beleuchtet, sondern auch beheizt. So konnten die erhitzten Herrschaften vom Tanz im Saal hinaus auf die Terrasse treten, ohne Mäntel anlegen zu müssen, und zwischen lodernden Feuern zwar frischere, doch nicht eisige Luft atmen.

Eine Weile hatte Anne Gräfin Johanna und Henrietta Howard Gesellschaft geleistet, dann hatten einige Herren sich ihnen angeschlossen und sie mit Fragen über ihre Erkundungsreisen durch London für ihren Geschmack ein wenig zu sehr bedrängt. Schließlich war sie in ihrem nach der Art amerikanischer Indianer geschmückten Kleid auf die Terrasse geflohen, von wo aus sie auf den außerhalb des Lichterglanzes in schwarzer Dunkelheit liegenden Fluss blickte.

Ein maskierter Mann trat neben sie, und wieder wusste sie, dass es Ian war, bevor er das erste Wort sprach.

»Guten Abend, Lady Baynes. Seit deiner Ankunft versuche ich schon, dich allein zu erwischen, aber du bist ja geradezu mit der vornehmen Gesellschaft verschmolzen. Bitte bleib jetzt ruhig und verrate mich nicht«, sagte er.

Starr sah sie weiter auf die Themse, ohne den Anblick noch wahrzunehmen. »Ich kann nicht fassen, was für ein Schafskopf du bist. Als wäre unsere Lage nicht gefährlich genug. Was willst du hier?«

»Ich möchte mit dir spazieren gehen und sprechen, ohne verfolgt oder gestört zu werden. Diese Art Ball scheint mir die beste Gelegenheit, um für eine Weile zu verschwinden, ohne dass jemand es bemerkt. Lass uns gehen und im Schatten untertauchen.«

»Mein Mantel ist in dem Wagen, mit dem wir gekommen sind. Und wo der Wagen ist, weiß ich nicht. Es ist zu kalt, um ohne Mantel spazieren zu gehen.« Anne hörte sich selbst über ihren Mantel sprechen und hätte beinah gelacht. Als wäre die Kälte das größte Problem an diesem Spaziergang!

»Du wirst staunen, aber ich habe vorgesorgt. Da hinter den Bootsschuppen wartet ein Laufjunge, der nicht nur meinen Mantel hält, sondern auch einen für dich. Na los, komm!«

Er reichte ihr seinen Arm, und sie sah ein, dass sie keine Wahl hatte. Gemächlich, als wären sie nur gute Bekannte, schlenderten sie zusammen die Treppe der Terrasse hinab und aus dem Lichtschein der Festbeleuchtung hinaus. Kurz ließ Ian Anne dann in der Dunkelheit allein, um die Mäntel zu holen, war aber zurück und hüllte sie ein, ehe sie die Kälte richtig spürte.

Schweigend entfernten sie sich weiter vom Schauplatz des Balls, immer wieder Blicke über die Schulter zurückwerfend, bis sie ganz sicher waren, dass niemand ihnen folgte. Anne hatte zuerst nur die Hand in Ians höflich angebotene Armbeuge geschoben, doch nun legte er den Arm um sie und zog sie näher an sich, was sie sich gefallen ließ.

»Ich habe deinen Brief wohl zehnmal gelesen und wusste danach noch immer nicht, wie ich mich fühle. Onkel Max hingegen war wütend, weil du über das Leben unseres Sohns in dieser Weise verfügt hast, ohne mich um Erlaubnis zu fragen. Auch mir gefällt nicht, dass du den Kleinen den Campbells überlassen hast, aber ich verstehe dich. Ich weiß, dass du alles tun würdest, um ihn zu beschützen.«

Anne legte ihre weiß behandschuhte Hand auf seine, als Dank dafür, dass er ihre Entscheidung zumindest nicht von vornherein verdammte. »Den Rat, es auf diese Art zu regeln, bekam ich von einer vertrauenswürdigen Lady, der ich meine Lage erklären musste. Wenn es dich beruhigt, dann lass dir von mir sagen, dass ich selbst nicht glücklich damit bin, Johnny bei den Campbells zu lassen. Sobald die Umstände sich zu meinen Gunsten ändern, nehme ich ihn zu mir. Doch für den Moment achte ich das Abkommen und werde nicht noch einmal versuchen, mit ihm zu fliehen. Ich bin inzwischen überzeugt davon, dass es für den Kleinen und seine Zukunft so sicherer ist. Und auch wenn du es in diesem Moment nicht zu schätzen weißt, ist es vielleicht auch für dich und deinen Onkel besser, wenn ihr euch nicht fragen müsst, wohin ich mit ihm verschwunden bin.«

Er hielt an und drehte sie so, dass er ihr in die Augen sehen konnte. »Ich verstehe nicht mehr, wie ich glauben konnte, dass ich es ertrage, euch beide allein in der Fremde zu wissen. Weißt du, was ich mir in diesem Augenblick am meisten wünsche?«

Anne hielt seinem Blick stand, fühlte sich wie bei ihrem ersten heimlichen Beisammensein in Inveraray und hoffte, ihr Zittern würde ihm nicht verraten, wie machtlos sie gegen ihre Gefühle war. »Was?«

»Ich möchte ihn sehen. Ich möchte meinen Sohn endlich sehen. Wenigstens ein einziges Mal. Nur kurz, nur aus der Ferne, wenn es nicht anders geht. Aber wenigstens ein Blick … Ich weiß, ich bin ein Narr.«

So sehr sie sich von seinem Anliegen gerührt fühlte, so enttäuscht war sie auch. Seinen Sohn wollte er sehen – natürlich wollte er das. Wozu hätte er ihr auch weitere Liebesgeständnisse und Anträge machen sollen, da sie ihn doch zurückgewiesen hatte? Ihre Vernunft wusste, dass sie sich keine Hoffnungen darauf machen durfte, dass zwischen ihnen doch noch eine Liebe aufflammte, die über alle Hindernisse triumphierte. Ihr Herz allerdings verlangte genau das.

Sie nickte, ohne ihren Blick von seinen Augen abzuwenden. »Du bist in der Tat ein Narr. Dich mit Johnny zusammenzubringen verstößt gegen meine Abmachung mit Lord Archibald. Trotzdem werde ich dir helfen, weil auch ich mir wünsche, dass du unseren Sohn siehst. Versprich mir nur, dass du nicht versuchst, ihn zu entführen.«

Ihre Blicke versanken so tief ineinander, dass sie nun doch einen Funken Hoffnung fühlte. Er nickte. »Ich verspreche es. Können wir dann für ein paar Tage so tun, als stünde keine Politik zwischen uns? Lass uns tun, als wären wir beide wie früher.«

»Dumm?«, fragte sie spöttisch.

»Wenn du es so nennen willst, dann nenn es dumm. Oder jung. Und ein bisschen wild und mutig. Das warst du nämlich. Und du bist es noch immer.«

Sie schüttelte den Kopf. »Ich bin überhaupt nicht mutig, Ian. Seit ich wieder in England bin, lebe ich in ständiger Angst. Unsere Dummheit oder Wildheit von damals hat mich zu viel gekostet. Wie könnte ich heute noch solche Spiele mit dir spielen?«

»Ich weiß, dass fast alles gegen uns spricht. Bis auf eins.«

Sie stieß die Luft aus. »Was sollte das sein?«

Er zog sie näher in seine Umarmung und drückte sie an sich, sodass sie ihn am ganzen Leib spüren konnte. »Du zitterst, wenn wir uns nah sind. Dein Herz rast wie meins. Zumindest deine Haut erinnert sich daran, wie gut es mit uns war. Wir wollen beide mehr davon, und wenn wir uns auch tausendmal sagen, dass wir es nicht haben dürfen. Küss mich, Anne.«

Und als wäre niemals ein Wort über Vernunft verloren worden, stellte Anne sich auf die Zehenspitzen, legte den Kopf in den Nacken und küsste ihn. Nie hatte sie etwas Süßeres gekostet als den Gegensatz zwischen ihren von der Winterluft kühlen Lippen und den heißen Zungen. Wie im Fieber öffneten sie mit flinken Fingern ihre Mäntel, um sich näher aneinanderschmiegen zu können, suchten mit den Händen die Lücken ihrer Kleidung, wo es Hoffnung gab, auf nackte Haut zu stoßen. Wenn es Sommer gewesen wäre und das schmutzige, unbehagliche Themseufer ein idyllischer Garten, dann hätte Anne sich möglicherweise ihrem Geliebten hingegeben, als wären die vergangenen Jahre nur ein schlechter Traum gewesen.

Doch das Gezänk aufgescheuchter Möwen in der Nähe, verbunden mit jähem Katzengeschrei, ließ Anne zu sich kommen, und sie machte sich los. »Nachdem ich von deinem Tod erfahren hatte, habe ich eine Weile keinen Sinn mehr im Leben gesehen. Wäre das Kind in meinem Leib nicht gewesen, hätte ich nicht weiterleben wollen. Nun kommst du zurück in mein Leben. Doch statt mir zu versprechen, dass du alles daransetzen wirst, am Leben zu bleiben und friedlich mit mir und unserem Kind zusammen zu sein, bist du Feuer und Flamme dafür, einen Krieg zu beginnen und in die Schlacht zu ziehen. Ich hasse dich, Ian!«

Sie schlug ihm kräftig genug die Faust gegen die Brust, dass er zusammenzuckte. Eilig umfasst er ihre Handgelenke und hielt sie davon ab, noch einmal zuzuschlagen. Seinem Gesichtsausdruck nach verblüffte ihr Vorwurf ihn.

»Was erwartest du von mir? Es gibt nur zwei Dinge, die ich kann: Ich weiß, was zu tun ist, um in die Fußstapfen meines Onkels zu treten und Chieftain der Drummonds zu werden. Und ich bin ein leidlich guter Seemann. Sollte ich wieder zur See fahren, um euch zu versorgen? Eine Schlacht wäre vielleicht gefährlicher, aber auch kürzer. Und ich habe dir schon erklärt, dass ich Onkel Max nicht im Stich lassen kann. Ich bin an Braemar gebunden.«

»Und ich verrate King George nicht.«

»Das habe ich begriffen, auch wenn ich noch Hoffnung habe, dass du deinen Irrtum einsiehst. Du fühlst dich deinen Ladys verbunden, das verstehe ich. Aber George ist deiner Treue nicht wert.«

»Und James Stuart nicht der deinen, da bin ich sicher.«

»Vielleicht hast du damit sogar recht. Aber es geht mir nicht nur um ihn. Es geht darum, dass James die richtige Seite verkörpert. Die Männer, die mit ihm die Regierung bilden würden, können Schottland zu dem Wohlstand führen, der unserem Land unter George verwehrt bleiben wird. Gestehe mir doch wenigstens zu, in dieser Sache nicht völlig blind und ohne Verstand zu sein.«

Einige Atemzüge lang starrten sie einander in die Augen wie kämpfende Katzen, dann seufzte Anne tief. »Ich gestehe dir zu, dass dein Entwurf der Zukunft vielleicht nicht schlechter wäre. Doch da er nur gewaltsam umzusetzen ist, nenne ich ihn dennoch falsch. Außerdem unterschätzt du George auch in der Kriegsführung. Er ist Soldat und hat Männer furchtlos und erfolgreich in Schlachten geführt. Schon jetzt plant er, wie er im Falle einer Rebellion Verstärkung aus Deutschland und den Niederlanden einsetzen würde. Nicht einmal, wenn der Pretender also mit einem Franzosenheer nach England kommt, ist euer Sieg wahrscheinlich. Und willst du das alles wirklich? Heere von französischen, deutschen und niederländischen Söldnern, die unser Land verwüsten?«

Tatsächlich brachte das, wenn nicht Zweifel, so doch wenigstens einen Hauch von Nachdenklichkeit in seine Miene. »Große Ziele erfordern Opfer«, sagte er dann. »Doch gestehe ich dir zu, dass auch du gute Gründe für deine Ansicht hast. Können wir es nicht für den Moment dabei belassen?«

Anne ließ erschöpft die Schultern sinken und nickte. »Belassen wir es dabei. Wir wollen lieber darüber sprechen, wie ich dir Johnny zeigen kann. Übermorgen Vormittag fahre ich wieder nach Spitalfields. Lord Archibald überlässt mir dazu seine Kalesche, sodass sein Kutscher und seine Footmen mich begleiten. Deshalb kann ich dich nicht einfach mitnehmen. Aber ich werde an dem Tag durchsetzen, dass ich mit Johnny einen Besuch im Tower machen darf, um die Tiere anzusehen. Wenn du vielleicht von zehn Uhr an im Tower auf uns wartest, dann wird sich wohl für dich eine Gelegenheit ergeben, ihn zu sehen.«

Unverhofft zog er sie wieder an sich und drückte sie. »Du ahnst nicht, wie dankbar ich dir dafür bin, dass du mich heute nicht gleich zum Teufel geschickt hast. Den Kleinen zu sehen bedeutet mir mehr, als ich je gedacht hätte.«

Sanft strich sie ihm über die Wange. »Ich wünschte, wir würden nicht …«

Er legte ihr den Finger auf die Lippen und brachte sie damit zum Schweigen. »Nicht mehr darüber sprechen, Anne! Sonst sagst du wieder, dass du mich hasst, und damit muss ich dann schlafen gehen. Ich möchte mich lieber an unseren Kuss erinnern.«

Woraufhin sie seinen Finger fortschob, sich erneut auf die Zehenspitzen erhob und ihm einen Kuss anbot, den er willig annahm.

21. Kapitel

London, März 1715

Lord archibalds kutscher pflegte vor dem Haus in Spitalfields zu warten, wenn Anne ihren Sohn besuchte. Bereits einmal zuvor hatte sie mit Johnny eine Ausfahrt machen dürfen, um ihm vom Wagen aus den St. James's Palast und die Hirsche im Park zu zeigen. Sie hatte sogar erreicht, dass Mrs. Mac Gregor sie dabei nicht begleiten musste. Mackay allerdings hatte sie nicht abschütteln können. Er war auf dem Kutschbock mitgefahren und hatte die Umgebung beobachtet, für den Fall, dass die Drummonds oder sonstige Fluchthelfer aus den Büschen sprangen.

Anne hatte sich erneut bei ihm dafür entschuldigt, dass sie ihn angeschossen hatte. Ebenso hatte sie bei Mrs. Mac Gregor und Betty um Verzeihung und Verständnis für ihren früheren Betrug gebeten. Hoch und heilig hatte sie ihnen versprochen, dass sie nicht noch einmal etwas Ähnliches unternehmen würde. Vor allem mit weiteren Geschenken hatte sie die Frauen beschwichtigen können, während Mackay ihr den Schuss zwar erstaunlich wenig nachtrug, allgemein aber misstrauisch blieb. Immerhin hatten sie sich stillschweigend darauf geeinigt, zu einem höflichen Umgangston zurückzukehren.

Als sie an diesem Tag an die Tür des Hauses klopfte, wo ein ehemals in Inveraray ansässiger Gehstockmacher Johnny und seine Bewacher beherbergte, wusste Anne noch nicht, wie sie es anstellen sollte, Mackays argwöhnischer Aufsicht zu entgehen. Zunächst einmal lächelte sie mit größtmöglichem Liebreiz, als er ihr die Tür öffnete. »Guten Tag, Mr. Mackay. Macht

Euch für eine Vergnügungsausfahrt bereit. Das Wetter ist heute erträglich, und ich will unbedingt Johnny die Tiere im Tower zeigen. Etwas Abwechslung macht Euch doch sicher nichts aus, nicht wahr? Die Löwen sind eindrucksvoll und immer wieder aufregend zu betrachten. Wart Ihr schon einmal dort?«

Er schüttelte den Kopf. »Es ist unsinnig, gefährliche Bestien in Käfige zu sperren und durchzufüttern. Wenn man sie den Leuten unbedingt zeigen will, kann man sie töten und ausstopfen. Ich könnte also gern darauf verzichten, Euch zu begleiten, Mylady. Bloß machen Euch Eure gute Laune und dieses übersüße Lächeln noch verdächtiger als sonst. Wenn Ihr den Knaben also unbedingt in den Tower schleppen wollt, dann werde ich dabei sein.«

Anne schob ihn sanft beiseite und ging an ihm vorbei ins Haus. »Schön. Dann wäre das geklärt. Wo ist Johnny denn?«

»Oben. Mrs. Mac Gregor kürzt Kittel für ihn.«

Mackay stapfte hinter ihr die Treppe hinauf, als müsste er auch hier überwachen, was sie tat. Johnny sprang von dem Stuhl, auf den Mrs. Mac Gregor ihn zum Maßnehmen gestellt hatte, und kam Anne entgegengelaufen.

»Anne! Gehen wir heute nach draußen? Hast du mir etwas mitgebracht?«

Das Lächeln, das Anne für Mackay nur aufgesetzt hatte, verwandelte sich in echte Freude. »Beides, mein Schatz. Aber erst musst du Mrs. Mac Gregor ihre Arbeit tun lassen.«

Mit vorgeschobener Unterlippe kletterte er wieder auf den Stuhl. Anne holte die Mitbringsel des Tages aus ihrem Korb und legte sie auf den Tisch. Mrs. Mac Gregor, die sich Nadeln zwischen die Lippen geklemmt hatte und Anne deshalb nur mit einem Nicken begrüßte, steckte den Saum von Johnnys neuem Kittel fertig um. Schließlich nahm sie die letzte Nadel aus dem Mund und stieß missmutig die Luft aus.

»Ein schwerer Fehler, dass wir ihn kein Korsett tragen lassen. Wo nun auch noch etwas Besseres aus ihm werden soll. Der Duke will gewiss nur junge Männer in seinem Gefolge, die gerade gewachsen sind und sich aufrecht halten.«

Anne sah, wie Johnny prompt den kleinen Hals reckte und sich aufrechter hinstellte, und es versetzte ihr einen Stich, wie gern ihr Sohn noch immer seiner groben Kerkermeisterin gefallen wollte.

»Der Duke wünscht aber gewiss auch nur junge Männer in seinem Gefolge, die eine gesunde Lunge haben und sich geschmeidig bewegen können«, sagte sie.

Mackay ließ ein höhnisches Lachen hören. »Da hat Lady Anne nicht unrecht, Mrs. Mac Gregor. Der Duke braucht bewegliche Soldaten. Das Geradestehen wird der Knabe dann schon lernen.«

Ein Schauder überlief Anne, als sie begriff, worüber sie sich bisher keine Gedanken gemacht hatte. Wenn ihr Sohn bei den Campbells blieb, würden sie selbstverständlich einen Soldaten aus ihm formen, der eines Tages auf ihrer Seite in die Schlacht zog. Nötigenfalls auch gegen seinen eigenen Vater. Doch selbst wenn es nicht zu einer so besonders tragischen Wendung käme, wünschte sie Johnny nicht das Dasein eines Soldaten. Er war ein Knabe, der einem auf dem Rücken liegenden Käfer wieder auf die Füße half und ihm gute Reise wünschte. Ihm beizubringen, Menschen zu töten und dafür sein eigenes Leben zu riskieren, erschien ihr völlig absurd. Gab es auf der Welt überhaupt Mütter, die sich das für ihre Söhne wünschten?

»In meinen Augen ist es wünschenswert, jeden Krieg zu vermeiden und aufrechten jungen Männern sinnvollere Aufgaben zu geben als die eines Soldaten«, sagte sie.

»Sinnvollere Aufgaben?«, rief Mackay belustigt aus. »Was für eine einfältige Maus Ihr seid! Krieg und Sieg sind das Fundament für alles Sinnvolle. Die meisten Feinde geben erst Ruhe, wenn sie unterjocht oder vernichtet sind. Erst dann können wir in Frieden leben und tun, was Ihr Euch wohl vorstellt.«

Anne schüttelte energisch den Kopf. »Es muss nicht immer Blut fließen. Schon oft in der Geschichte haben Menschen sich durch vernünftige Gespräche geeinigt. Unaufhörlich einigen Menschen sich in Verhandlungen!«

Er grinste wölfisch. »Ha! Zahme Menschen vielleicht. Aber nicht Highland-Schotten.«

Woraufhin Anne lieber nichts mehr erwiderte, sondern Johnny ihre Hand hinstreckte, die er ergriff, um daran in hohem Bogen vom Stuhl zu springen. Kurz darauf traten sie in Begleitung von Mackay auf die Straße und gingen zur Kutsche, wo May auf sie wartete.

»Was will die kleine Herumtreiberin schon wieder?«, fragte Mackay mit mürrisch zusammengezogenen Brauen.

»Miss Darling begleitet uns in den Tower. Sie ist noch nie darin gewesen. Ist das vorstellbar? Dabei ist sie eine geborene Londonerin. Jedenfalls habe ich ihr erlaubt, uns zu begleiten.«

Johnny, der May inzwischen schon mehrfach begegnet war und sie mochte, erwiderte ihr freudiges Winken. May hob ihn auf den Arm und drehte sich mit ihm im Kreis, bis er juchzte. »Da ist ja der kleine Goldschatz. Wir gehen uns die Löwen und Raben ansehen. Ist das nicht großartig?«

Obwohl May so froh wie üblich tat, kam sie Anne bedrückt vor. Wahrscheinlich ging es Mr. Pike wieder schlechter. Sie würde ihre junge Freundin später danach fragen. Für den Augenblick brauchte sie ihre ganze Aufmerksamkeit für Mackay.

»Wollt Ihr wirklich auf den zugigen Kutschbock, Mr. Mackay? Ihr könnt doch bei uns hier drin mitfahren. Der Kutscher oder der Footman werden uns schon warnen, wenn etwas verdächtig ist.«

Drohend und voller Argwohn sah er sie an, zog dann demonstrativ seine schwere Pistole aus dem Gurt und hielt sie vor ihre Augen. »Danke, nein. Von da vorne kann ich besser zielen.«

Anne zuckte mit den Schultern, half Johnny und May beim Einsteigen und ließ sich schließlich selbst vom Footman helfen. Erst als der Mann die Tür hinter ihr schloss, stieg auch Mackay auf den Wagen, und der Kutscher trieb die Pferde an.

»Gut, dass du kommen konntest, May«, sagte sie leise.

May nickte. »Worum geht es denn?«

Anne überlegte, wie sie es ausdrücken konnte, ohne Johnny neugierig zu machen. »Ein Schotte geht heute in den Tower, um seinen Sohn zu sehen. Ein anderer Mann soll das nicht merken.«

Wie üblich begriff May schnell. Mit großen Augen starrte sie Anne an. »Jemand muss den anderen Mann ablenken.«

»Das werde ich versuchen«, sagte Anne.

»Dann achte ich auf den Sohn?«

»Ja. Und darauf, dass es beim Ansehen bleibt. Wenn du den Verdacht hast, dass eine Flucht daraus werden soll, dann schlägst du Alarm.«

May runzelte die Stirn. »Ihr vertraut dem Schotten nicht?«

Anne blickte aus dem Fenster auf die Straße, wo Leute, die der Kalesche aus dem Weg gegangen waren, sich an die Hauswände drückten. Vertraute sie Ian? In einigen Belangen mehr als jedem anderen. Doch sie blieben nun einmal in grundlegenden Fragen uneinig. »Nein. Leider nicht«, sagte sie.

Sobald Sie den Hof der Tower-Menagerie betreten hatten, hüpfte Johnny an Mays Hand vor Aufregung. »Darf ich zu dem Elefanten gehen?«

Anne nickte. »Nur zu.«

Die beiden liefen los, und Anne achtete darauf, gelassen weiter an Mackays Seite zu schreiten. Als wäre er ein Gast, den sie herumführte, erzählte sie ihm, dass die Raben des Towers als Glückssymbol für das Königreich galten, und machte ihn danach auf andere Tiere aufmerksam, während May vorgeblich Johnnys Wünschen folgte, die sie stetig weiter von ihnen entfernten. Sich nach Ian umzusehen, wagte Anne zuerst nicht.

Doch schließlich sah sie einen alten Mann mit weißer Perücke, Dreispitz und gebeugtem Rücken, der sich auf einer Sitzbank gegenüber der Grotte der Elefanten niedergelassen hatte und auf zerstreut wirkende Weise zu Johnny und May hinsah. Daraus, wie May sich ihm langsam mit Johnny näherte, entnahm Anne, dass auch sie ihn erkannt hatte. Rasch wandte sie den Blick von den dreien ab und schritt in die andere Richtung, auf die Löwenkäfige zu.

»Als ich mit dem König und den Ladys von der Schulenburg hier war, gefiel Seiner Majestät der Gedanke, das Löwenrudel zu vergrößern, da er den Löwen ja auch im Wappen führt«, plapperte sie drauflos, stellte aber fest, dass Mackay sich wiederholt über die Schulter zu ihrem Sohn umblickte. Schließlich blieb er stehen.

»Macht Euch keine Sorgen um Johnny. May gibt schon auf ihn acht«, sagte sie.

Kopfschüttelnd sah er sie an. »Vor Eurem Handel mit Lord Archibald war der Knabe für mich eine leichtere Last. Ich hielt es für wahrscheinlich, dass er ohnehin nicht lange lebt. Jetzt ist er eine Art Mündel des Dukes, und wenn ihm etwas zustößt, wird es eine Menge dummer Fragen geben. Und wenn Ihr den Knirps tatsächlich so mütterlich liebt, dann versteh ich nicht, wie Ihr ihn so einer kleinen Straßenhure anvertrauen könnt.«

Vor Empörung blieb ihr der Mund offen stehen. »May ist keine Hure. Sie mag einem niedrigen Stand angehören, aber sie ist achtbar. Wagt es nicht, sie noch einmal zu beleidigen.«

Er verzog verächtlich den Mund und spuckte auf den Boden. »Glaubt, was Ihr wollt. Aber ich weiß, dass in London von den Weibern dieser Klasse die meisten käuflich sind. Wie sollten sie auch nicht? Auf keine andere Weise können Sie so viel Geld verdienen. Wenn Miss Darling das bisher noch nicht herausgefunden hat, dann nur, weil sie von Euch mehr Geld zugesteckt bekommt, als sie braucht, und sich deshalb noch nicht von einer Kupplerin hat anlocken lassen. Aber der Tag wird schon kommen.«

»Das ist eine perfide Unterstellung. Aber sollte es tatsächlich mein Geld sein, das sie vor diesem widerwärtigen Schicksal schützt, dann werde ich eben dafür sorgen, dass es so bleibt.«

Hinter ihr rief Johnny fröhlich ihren Namen. Als sie sich zu ihm umdrehte, schlug er der Länge nach hin und schrie auf. Besorgt beobachtete sie, wie May ihn aufhob, doch es schien nichts Schlimmes zu sein. Er weinte nicht, sondern wischte sich nur die Hände an seinem Kittel ab, obwohl ein Knie ein wenig blutete. »Ich will dir die Elefanten zeigen, Anne!«, rief er.

»Ich gehe kurz zu ihm. Seht Ihr Euch nur die Löwen an«, sagte Anne zu Mackay. Er zuckte mit den Schultern, wandte aber wirklich seine Aufmerksamkeit den Löwen zu.

Eilig ging sie zu Johnny und mit ihm an der Hand zu Ian. »Guten Tag«, sagte sie und nickte ihm zu wie einem Fremden.

Er zog eine Schachtel aus der Tasche, öffnete sie und hielt sie Johnny hin. »Guten Tag, Mylady. Was für einen Prachtjungen Ihr da habt. Magst du etwas Süßes, mein Kleiner?«

Johnny holte sich mit einem Blick Annes Erlaubnis und griff strahlend zu. »Dankeschön«, nuschelte er dann mit vollem Mund, aber dafür umso fröhlicher.

Ian lachte, und Anne lief beim Anblick seines jungen Gesichts unter der Hutkrempe das Herz über. »Gern geschehen«, sagte er. »Leider muss ich nun gehen und habe gar keine Zeit mehr, meine Gelee-Pastetchen und Fudge-Häppchen aufzuessen. Du darfst die ganze Schachtel haben, wenn es deiner Mutter recht ist.«

Johnny sah verwirrt zwischen ihm und Anne hin und her. »Aber das ist doch nicht meine Mutter. Das ist Anne. Darf ich, Anne?«

Anne verbarg ihren Schmerz über dem kleinen Stich und nickte lächelnd.

Ians Miene verriet, dass er betroffener war als sie. Doch er sagte nichts dazu, sondern stand auf, gebeugt wie der alte Mann, den er spielte, und verneigte sich. »Dann auf Wiedersehen, Mylady. Und Mylord.« Scherzhaft verneigte er sich auch vor Johnny, und der kicherte.

»Auf Wiedersehen«, sagte Anne und hoffte erneut gegen jede Vernunft, dass es ein Wiedersehen geben würde. Dennoch zwang sie sich, ihm nicht nachzublicken, sondern schlenderte mit May und dem glückseligen Johnny samt seiner Schachtel an der Elefantengrotte entlang und freute sich an der Begeisterung des Kleinen über die riesigen, seltsamen Tiere.

»Ein Schotte hat sich ganz vernünftig verhalten«, sagte May nach einer Weile.

Anne seufzte. »Ach, könnte man das bloß immer von ihm behaupten!«

May feixte. »Oder von uns.«

Ein Blick über die Schulter verriet Anne, dass Ian den Hof verlassen hatte, während Mackay seelenruhig mit verschränkten Armen vor den Löwen stand und ihnen dabei zusah, wie sie an Knochen nagten. Erleichtert nickte sie. »Oder von uns.«

Noch am selben Tag erhielt Anne abends eine Nachricht von Mrs. Jenkins.

Liebe Lady Baynes,
Euer liebevoller Rat, was die Gesundheit meines Neffen betrifft, hat zwar ihn nicht geheilt, mich aber getröstet. Ich danke Euch dafür. Nun zu meiner Bitte: Falls Eure vormittäglichen Besorgungen Euch morgen wieder in die Fleet Street führen, wo wir so unterhaltsame Stunden zusammen verbrachten, ob ihr dann wohl für mich zu dem Hutmacher dort gehen und um sechs von den Federn anfragen könntet, die er damals für meinen Hut verwendet hat? Ihr erinnert Euch gewiss besser an die Art als ich, und ich wäre Euch für diese Liebenswürdigkeit äußerst verbunden. Selbstverständlich werde ich Euch für die Kosten und Euren Aufwand entschädigen.
Herzlichst, Eure Freundin

Anne hatte sich von der Aufregung des Tages noch nicht beruhigt, da brachte Ians versteckte Botschaft ihren Puls erneut zum Rasen. Warum wollte er sie beim Hutmacher treffen? Sie konnte nur hoffen, dass niemand den Brief abgefangen und die Nachricht ebenso leicht entschlüsselt hatte wie sie.

Am folgenden Vormittag ließ sie ihre Chairmen unter einem Vorwand einen Umweg zu ihrem Ziel nehmen und hielt auch sonst alle Vorsichtsmaßnahmen ein – wohl wissend, dass ihr das nichts half, wenn jemand dem Brief den Treffpunkt entnommen hatte. Das Haus des Hutmachers lag am entgegengesetzten Ende der Straße, doch sie ließ die Träger gleich am ersten Geschäft halten, das ihr passend erschien. Sie vereinbarte mit den Männern einen Treffpunkt für später und schlüpfte eilig in den Ladenraum eines Kurzwarenhändlers.

Die Verkäuferin räumte gerade ihre Kästen mit Bänderspulen auf. Erschrocken blickte sie auf, als hätte sie überhaupt nicht mit Kundschaft gerechnet. Gleich darauf sank sie in einen tiefen Knicks. »Mylady! Was für eine Ehre.«

Anne trat an den vor dem Fenster aufgestellten Tisch voller Knopfschachteln, Tüchlein, Bänder, Gurte, Schnallen, Garnrollen, vorgefertigter Schleifchen, Troddeln und glitzerndem Tand und tat, als würde sie alles betrachten, während sie in Wahrheit hinaus auf die Straße sah. »Einen gesegneten Tag wünsche ich. Ich bin auf der Suche nach Waren besonderer Qualität. Sag, was verkaufst du am häufigsten?«

Auf der Straße fuhr ein Kohlenfuhrwerk, ein junger Mann marschierte vorbei, der aussah, als würde er im Büro einer Werft arbeiten, und dann zwei »Mollys«. Warum antwortete die Kurzwarenhändlerin nicht? Anne blickte sich nach ihr um und bemerkte, dass die Frau sie mit feuerrotem Gesicht anstarrte und sich auf die Lippen biss. »Das kann ich Euch unmöglich sagen, Mylady«, platzte sie endlich heraus.

Anne wandte ihren Blick wieder dem Fenster zu und nahm ein paar von den bunten Seidenschleifchen in die Hand. »Nun hast du mich neugierig gemacht. Bitte verrat es mir.«

Draußen lief ein Botenjunge vorbei, ein Mädchen mit einem Orangenkorb ging gemächlicher. Ihr folgte Ian, mit einem neuen Hut, seine Schritte lang, aber ganz ruhig, als wäre er völlig gelassen. Erst als er vorübergegangen war, wurde Anne bewusst, dass sie den Atem angehalten hatte.

»Aber eine anständige Lady wie Ihr … Andererseits waren auch schon hochrangige Ladys und Gentlemen bei uns. Es hat sich herumgesprochen, dass diese … Dinger nicht nur der Gesundheit förderlich sind, wenn Ihr wisst, was ich meine, sondern eine Frau damit auch etwas seltener in andere Umstände kommt.«

Anne begriff gar nichts, bis ihr Verstand schließlich den Sprung von den Seidenschleifchen und Messingknöpfen zum Zeugungsakt geschafft hatte. *Rüstung,* so hatte sie bereits den einen oder anderen der hohen Herren hinter vorgehaltener Hand das nennen hören, worum es hier ging. Sie ließ die Schleifchen aus der Hand gleiten, griff nach einem beliebigen Spitzenband, atmete durch und räusperte sich. »Und ihr führt, wie es scheint, eine gute Qualität dieser Schutzmäntelchen, da sie eure beliebteste Ware sind?«

Die Frau war immer noch rot, wurde nun aber lebhafter. »Oh ja. Wisst Ihr, verzeiht, wenn ich Eure Ohren damit beleidige, aber es ist ja eben, wie es ist, auch wenn es uns nicht gefällt … Es gibt sehr viele Huren hier in der Gegend, und die kaufen die Überzieher schon lange bei uns. Und weil diese Weiber so viel Erfahrungen damit machen und uns davon berichteten, haben wir immer wieder versucht, noch bessere Lieferanten zu finden, und nun … Nun stehen wir bei den Mollys im Ruf, die zuverlässigste und angenehmste Ware zu verkaufen. Schafsblasen sind es. Und das zu einem guten Preis. Zwei Pence übrigens für einen Fuß von dem Spitzenband, das Ihr Euch da ausgesucht habt. Bewundernswert, Euer Geschmack. Wie viel darf es sein?« Sie lächelte breit und streckte Anne die Hand entgegen, um ihr die Rolle Band abzunehmen.

»Ich nehme alles. Und eine Handvoll von den Schleifchen. Und fünf von euren … Dingern. Möglicherweise finde ich Interessenten dafür. Und falls sie zufrieden mit der Ware sind, werde ich Ihnen den Weg hierher weisen.«

Die Frau strahlte. »Das wäre eine große Gnade, Mylady. Ich bin sicher, sie werden zufrieden sein. Und Ihr könnt ihnen sagen, dass wir ganz verschwiegen sind. Wenn Ihr erlaubt, möchte ich Euch dafür das Band und die Schleifchen schenken. Aber lasst mich die Schleifchen aussuchen. Ich gestehe, sie sind nicht alle gleich gut gemacht, und Ihr sollt die besten haben. Ich würde Euch auch die Überzieher schenken, als Muster sozusagen, aber damit wäre mein Gatte nicht einverstanden, fürchte ich. Diese Angelegenheit fällt in seine Buchführung, und …«

»Schon gut, mir ist es so recht«, unterbrach Anne ihren Redefluss. »Und leider bin ich in Eile. Wie viel macht es denn?«

Die Kurzwarenhändlerin nannte den Preis und beeilte sich, alles einzupacken, sodass Anne kurz darauf aufatmend das Geschäft verlassen konnte. Wieder sah sie sich nach möglichen Beobachtern um, musste dieses Mal jedoch beinah laut lachen, weil sie sich von allen Geschäften der Straße ausgerechnet dieses ausgesucht hatte, um sich zu verstecken.

So gern Ian seinen Sohn auch hatte sehen wollen, so unsicher war er sich seiner Gefühle gewesen. Er hatte sich nicht vorstellen können, wie der Knabe aussah. Wie groß war er? Was konnte er schon? Würde er für das Kind mehr empfinden als eine Verpflichtung? Dann sah er den Kleinen über das Steinpflaster der Tower-Menagerie laufen, in Kittel, Mantel, Wollstrümpfen und Stiefelchen, und verspürte plötzlich den durchdringenden Wunsch, der Mann zu sein, der diesem Knaben seine ersten Hosen anzog. Er wollte ihm eigenhändig zeigen, wie ein Mann sich ankleidete, und den Stolz auf diesen wichtigen Moment erleben. Viel zu kurz war die Zeit gewesen, die er Johnny hatte beobachten dürfen, doch er hatte jede Kleinigkeit aufgesogen.

Aufgewühlt hatte er den Tower verlassen, und ebenso aufgewühlt, aber voller Entschlossenheit ging er nun die Fleet Street entlang, um Anne zu treffen. Sie würde erscheinen, da war er sich sicher, denn sie hatte seine Nachrichten immer verstanden. Und nach ihren letzten Küssen zweifelte er nicht mehr daran, dass er ihr noch etwas bedeutete. Dieses Mal würde er ihr den einzig richtigen Vorschlag machen.

Anne betrat den Laden des Hutmachers mit einem erdachten Vorwand im Sinn, doch der Mann winkte sie gleich ins Hinterzimmer. »Lady Baynes? Ihr werdet bereits erwartet. Dort hinein, bitte.«

Ian verneigte sich tief, als sie aus dem Flur ins Hinterzimmer trat. »Lady Baynes, ich bin entzückt, dass Ihr meinem Hilferuf gefolgt seid. Ich weiß, es ist eine Schande, dass ich über so wenig Urteilsvermögen verfüge, was den weiblichen Geschmack betrifft. Ihr kennt ja meine Schwierigkeit. Darf ich Euch zuerst Einzelheiten über meine Verlobte erzählen, damit Ihr mich anschließend zu dem Geschenk beraten könnt?« Er warf dem Hutmacher einen verständnisheischenden Blick zu. Der verstand und ließ sie allein.

Ian schloss sie kurz in die Arme, nahm aber sogleich wieder einen förmlichen Abstand ein. »Verzeih das Schauspiel. Wir haben wenig Zeit. Dir ist niemand gefolgt?« Sie verneinte mit einem Kopfschütteln, und er fuhr hastig fort. »Als ich Johnny gestern sah, habe ich eine Entscheidung getroffen. Unser Sohn darf sein Leben nicht als Bastard verbringen. Es wäre immer ein Nachteil für ihn. Ich lasse das nicht zu. Ich will meinen Sohn anerkennen, und ich will, dass er verheiratete Eltern hat. Wie auch immer er aufwächst, er soll eines Tages seine Eltern nennen können. Es wäre ein Unrecht, ihm das zu verwehren. Wir müssen heiraten, Anne, heute noch. Und ich unterzeichne vor Zeugen ein Papier, mit dem ich unseren Sohn anerkenne. Wir gehen hier in der Fleet in ein Hochzeitshaus, ich habe schon eins ausgesucht.«

Er wirkte so überzeugend, dass sie beinahe ohne Einwand zugestimmt hätte. Er hatte recht. Ein Leben als Bastard brachte viele Kränkungen mit sich. Ihr Sohn würde niemals das gleiche Ansehen genießen wie auch nur die geringsten seiner legitimen Altersgefährten. Doch Ian jetzt zu heiraten würde sie in den Augen des Königs endgültig zur Schwurbrecherin und Verräterin machen. Sie atmete tief durch.

»An unserer Lage ändert sich dadurch nichts. Wir können nicht zusammenleben, und wir dürfen unsere Heirat nicht bekannt geben. Der König darf auf keinen Fall davon erfahren. Er kann mich dafür vor Gericht bringen. Und leider könnten sich Umstände ergeben, unter denen ich gezwungen wäre, die Wahrheit zu sagen. Gerade schrieb mein Vater, dass er einen Ehekandidaten für mich hat. Falls er darauf besteht, mich zu verheiraten, und keine Ausflucht zulässt, würde ich ihm vielleicht die Wahrheit gestehen müssen. Was er in seiner Wut dann tun wird, ist unberechenbar.«

»Zerbrich dir jetzt nicht den Kopf über Dinge, die vielleicht nie geschehen. Heirate mich, Anne! Wenigstens werden wir unserem Sohn einen ehrlichen Namen geben. Und ich gelobe dir: Sollte der Himmel es einrichten, dass wir eines Tages doch zusammenleben, dann werde ich mein Bestes tun, um dir der Ehemann zu sein, den du dir wünschst.«

Einen Atemzug lang zögerte sie noch, dann stimmte sie zu.

Wenig später hatten sie einen Hut gekauft, um den Hutmacher nicht misstrauisch zu machen, und waren – aller Vorsicht zum Trotz – gemeinsam auf dem Weg zum Hochzeitshaus. Sie gingen Arm in Arm und waren beide still. Anne versuchte noch, über ihre Entscheidung nachzudenken, kam jedoch vor lauter Herzklopfen nicht weit. Im Grunde holten sie jetzt nach, was sie damals schon hätten tun können: Sie trotzten ihren Vormündern und den Umständen. Wenn sie es damals getan hätten, dann hätten sie wahrscheinlich seitdem zusammen in Schottland ein bescheidenes Leben geführt, Johnny hätte bereits Geschwister, sie wäre King George nie begegnet, und Ian … Ian wäre trotzdem ein Jakobit und bereit, sein Leben in einer Rebellion aufs Spiel zu setzen. Sie schluckte und verdrängte den bitteren Gedanken.

Ihre Eheschließung wurde bezeugt von einem Schenkenwirt, der zu diesem Zweck häufig bemüht wurde, und von Abraham Dunn, einem von Maxwell Drummonds Londoner Freunden. Anne staunte, wie entschlossen Ian alles vorbereitet hatte. Nur einmal geriet ihr Entschluss noch ins Wanken. Als der Inhaber des Hochzeitshauses sie freundlich nach ihrer Einwilligung in die Ehe fragte, wurde ihr mit einem Schlag der Ernst des Gelübdes bewusst. Als ihr Ehemann hatte Ian Rechte über sie, von denen sie nur hoffen konnte, dass er sie nie ausüben würde. Ihre Hände zitterten, und sie zögerte mit ihrer Antwort zu lange, doch schließlich sagte sie »Ja«.

Die Zeugen beglückwünschten sie, Ian gab ihr einen Kuss und einen einfachen Ring, sie unterzeichneten alle Dokumente, und Anne sah sich schon allein wieder zu ihrer wartenden Sänfte gehen – als verheiratete Frau mit einem Körbchen voll Spitzenband, Schleifchen und Überziehern aus Schafsblase. Doch Ian hatte noch eine weitere Überraschung vorbereitet und führte sie in ein anderes Zimmer, wo ein Imbiss und eine Flasche Wein bereitstanden. Sie tranken einen Schluck und küssten sich erneut lange, bis Ian sie schwer atmend losließ.

»Wir müssen vernünftig sein«, sagte er heiser. »Ich muss nach Braemar zurück. Aber ich schreibe dir. Die Briefe sende ich an Mr. Dunn. Alles kann ich dir darin trotzdem nicht offen mitteilen, aber ich werde nicht mehr die gute Mrs. Jenkins bemühen. Und deine Antworten kannst du ebenfalls Mr. Dunn anvertrauen. Das heißt …« Er sah sie an, als wäre er seiner selbst auf einmal nicht mehr sicher. »… falls du mir antworten möchtest. Ich würde gern dann und wann erfahren, wie es Johnny geht. Und dir. Und wenn du in Schwierigkeiten bist, dann gib mir Nachricht, und ich werde versuchen … Ach, fast hätte ich es vergessen!«

Er schlug sich gegen die Stirn und holte einen Geldbeutel aus seiner Tasche. »Für unseren Sohn. Natürlich auch für dich, falls du etwas brauchst. Und wenn du in Not gerätst und es verbraucht ist, dann treibe ich mehr auf und sende es dir.«

Anne hatte kein Geld von ihm erwartet und nichts verlangt. Doch als er ihr den schweren Beutel in die Hand drückte, verspürte sie Erleichterung. In den zurückliegenden Monaten hatte sie unaufhörlich gewissenhaft rechnen müssen, um ihr Doppelleben zu finanzieren, ohne bei Hof durch eine Knausrigkeit aufzufallen, die sie unter gewöhnlichen Umständen nicht nötig gehabt hätte. Vor allem seit sie Will das Geld zurückgezahlt hatte, das ihre missglückte Flucht gekostet hatte. Über den Stolz, der sie einige Monate zuvor möglicherweise dazu gebracht hätte, kein Geld von Ian anzunehmen, konnte sie nur noch müde lächeln.

»Dafür bin ich dir dankbar. All die Süßigkeiten für Johnny heranzuschaffen ist tatsächlich kostspielig. Einige Zuckerbäcker arbeiten bereits nur noch für mich.«

Er grinste und zeigte dabei auf seine gesunden Zähne. »Wenn man meiner alten Kinderfrau Glauben schenkt, sind Süßigkeiten des Teufels. Zu viel davon verdirbt die Seele, und dadurch verfallen auch die Zähne. Vielleicht solltest du es zur Sicherheit damit also nicht übertreiben.«

Sie nickte. »Mrs. Mac Gregor sagt das auch. Trotzdem vermute ich, dass sie selbst den größten Teil der Naschereien verzehrt, die ich für Johnny dalasse.«

Er lachte und zog sie wieder an sich. »Schreibst du mir?«

Sie legte ihre Arme um ihn und sah ihm in die Augen. »Ich werde dir alles Wichtige über unseren Sohn schreiben. Doch erwarte kein Wort über die Politik oder das Hofleben von mir. Ich werde dir ganz gewiss nichts berichten, was mir später von Seiner Majestät als Verrat ausgelegt werden könnte.«

Er gab ihr einen zarten Kuss. »Es ist mir sogar sehr recht, wenn du dich nicht auf solche Art in Gefahr bringst. Jeder von uns wird weiter in seiner eigenen Welt leben und tun, was er tun muss. Aber erlaubst du mir wenigstens die Hoffnung darauf, dass sich die Zeiten und Umstände verändern? Würdest du dann in Erwägung ziehen, mit unserem Sohn zu mir nach Schottland zu kommen? Wenn du es nicht mehr als Verrat betrachten müsstest und euch beiden keine Gefahr mehr droht?«

Sie wandte den Blick von ihm ab und ließ ihn durch den Raum schweifen. »Gerade jetzt kann ich mir nicht vorstellen, dass sich die Umstände derart verändern. Aber ich verspreche dir, dass ich es gegebenenfalls in Erwägung ziehen werde. Und …« Sie zögerte, weil sich in Gedanken all die Dinge überschlugen, die sie Ian gern fragen und noch mit ihm besprechen wollte, während ihre Vernunft ihr vor allem sagte, dass sie schnellstens auseinandergehen sollten.

»Was? Sag es ruhig«, drängte er sanft.

Und so brach eine Frage aus ihr heraus, die sie ihm eigentlich nicht hatte stellen wollen. »Liebst du mich, Ian?«

Bestürzt starrte er sie an. »Ich dachte, das müsstest du jetzt wissen. Nach all dem … Seit Monaten kann ich kaum an etwas anderes denken als an dich. Ich sehe dich ständig vor mir. Es ist genau, wie es damals war, nachdem sie mich aufs Schiff gebracht hatten. Aber ein Mann darf nun mal nicht immer seinem Herzen folgen. Darüber haben wir doch schon gesprochen.«

Sie spürte, wie ihr die Tränen kamen, nickte aber tapfer. »Und wir werden darüber nicht noch einmal sprechen.«

22. Kapitel

London, Frühsommer 1715

Wie schon am Geburtstag der verstorbenen Queen Anne, brachen auch am 23. April, dem Jahrestag ihrer Krönung, im ganzen Land Unruhen aus. Die aufsässigen Engländer behaupteten, Queen Anne hätte den deutschen Nachfolger nie wirklich befürwortet, und feierten den Jahrestag, um King George zu verhöhnen. In London zog ein jakobitischer Mob zum Snow Hill, um auf King James zu trinken, und belästigte Passanten, die sich nicht freiwillig anschlossen. In Holborn zerschlugen die Wütenden Fenster, die nicht zur Feier des Tages festlich beleuchtet waren. Große Trupps tobender Rebellen drohten lautstark damit, die Versammlungshäuser religiöser Abweichler anzuzünden, die von der Whig-Regierung und George unterstützt, von ihren Gegnern jedoch als Gefahr für die englische Kirche betrachtet wurden.

Bis zum Ende des Monats breitete sich die gewaltbereite Stimmung über ganz London aus. In der Drury Lane und im Westen Londons feierte man wild und grob den Geburtstag des Duke of Ormonde, eines Torys und Jakobiten, der von der einen Seite als Held verehrt, von der anderen als Hochverräter bezeichnet wurde.

Im Mai beruhigte sich das Volk von London kurzfristig, doch schienen die ansässigen Jakobiten nur ihre Kräfte gesammelt zu haben, um sich rechtzeitig zu King Georges Geburtstag am 28. Mai erneut in Demonstrationen, Tumulte und Schlägereien zu stürzen. Dieses Mal griffen die Aufständischen tatsächlich eine Kapelle der Dissenter an, warfen die Fenster von Whig-Unterstützern ein und schrien Parolen gegen das Haus Hannover und für James Stuart oder Ormonde als dessen Vertreter. Wer sich auf offener Straße laut zu King George bekannte, musste damit rechnen, beschimpft oder sogar zusammengeschlagen zu werden.

Aus Angst vor dem Mob reiste Anne nicht mehr mit Lord Archibalds Kalesche nach Spitalfields, sondern in einer neutralen Sänfte. Als Zugeständnis an ihr Abkommen mit den Campbells nahm sie nur einen von Lord Archibalds Footmen mit, der auf ihre Bitte hin keine Livree trug. Auch sie selbst kleidete sich nun wieder in das bescheidene Kleid, das ihren Stand verleugnete, um nicht als Angehörige des Hofs erkannt zu werden. Ausfahrten oder Spaziergänge mit Johnny hatte Lord Archibald auf ungewisse Zeit verboten, doch auch ohne das Verbot hätte sie darauf verzichtet, um ihren Sohn nicht in Gefahr zu bringen.

Am Samstag, dem ersten Juni, stieg sie vor Lord Archibalds Haus aus ihrer Sänfte, um wie stets ihren geplanten Besuch bei ihrem Sohn anzumelden und den Footman abzuholen, bevor sie zu dem kleinen Haus in Spitalfields aufbrach. Wie üblich hatte sie einen Korb voll Mitbringsel in der Hand, und sie freute sich auf den Besuch, trotz aller Sorge, die der lange Weg durch die Stadt ihr machte. Doch schon als der Butler sie einließ, beschlich sie ein ungutes Gefühl. Sah der Mann sie kühler an als sonst? Er bat sie, in der Halle zu warten, und ging. Unruhig wanderte sie in dem großen Raum umher und betrachtete die Gemälde, die in ihren vergoldeten Rahmen mehr den Reichtum des Lords ausstellten, als sie für seinen Geschmack sprachen.

Nach einigen Minuten erschien nicht der Butler, sondern Mackay. Er kam aus Richtung Küche und war sichtlich überrascht, Anne in der Halle anzutreffen, durch die er offenbar gerade das Haus verlassen wollte.

»*Gadzooks!* Was wollt Ihr denn hier? Wenn Ihr glaubt, Ihr könntet seine Lordschaft noch einmal beschwatzen, dann irrt Ihr Euch. Er hat jetzt Wichtigeres zu tun. Findet Euch einfach damit ab!«

Verwirrt sah Anne ihn an. Sie kannte ihn inzwischen gut genug, um zu erkennen, dass er an diesem Tag unter seiner Ruppigkeit verlegen wirkte. Als wäre es ihm wirklich unangenehm, ihr zu begegnen.

»Guten Tag, Mr. Mackay. Womit soll ich mich abfinden?«, fragte sie.

»Damit, dass Ihr den Knaben so bald nicht wiedersehen werdet. Ich dachte, man hätte Euch schon Nachricht geschickt. Lord Archibald hat Euer Besuchsrecht aufgehoben.«

Anne rang um Atem. »Aber warum? Wir waren uns doch einig. Und ich habe mir nichts zuschulden kommen lassen.«

Er zuckte mürrisch mit den Schultern. »Ihr vielleicht nicht. Aber Ihr müsst doch begriffen haben, was derzeit im Land vor sich geht. Die Jakobiten breiten sich aus wie die Pest, und sie werden von Tag zu Tag frecher. Die Campbells haben dem König versprochen, dass sie alles tun, um die Schotten im Griff zu behalten. Der Earl of Mar legt es aber auf einen offenen Streit mit Argyll an. Er hat begonnen, Männer zu sammeln, um sie militärisch zu drillen. Und die Drummonds stehen mit ihm im Bunde. Ich nehme an, Lord Archibald will jetzt herausfinden, ob Euer Söhnchen in dieser Sache noch einen Wert für ihn hat.«

Fassungslos streckte Anne die Hand nach der Wand aus, um das Gleichgewicht nicht zu verlieren. »Aber wir hatten eine Vereinbarung!«

»Ganz sicher keine, die seiner Lordschaft wichtiger wäre als das Wort, das er dem König gegeben hat.«

Er deutete eine Verneigung an und wollte gehen, doch Anne eilte zu ihm und hielt ihn am Ärmel fest. »Was habt ihr mit meinem Kind gemacht? Ich schwöre, ich verfluche dich und alle, die den Campbells angehören, bis in alle Ewigkeit, wenn ihr Johnny etwas angetan habt. Wir hatten eine Vereinbarung.«

Ihr Griff war nicht so stark, dass er hätte innehalten müssen, doch er tat es. Mit gerunzelter Stirn blickte er auf ihre Hand und entfernte sie dann von seinem Arm, wie jemand ein Insekt entfernt hätte. »Ihr sprecht mit dem falschen Mann. Ich führe Aufträge aus. Und mit diesem habe ich nichts zu tun. Seine Lordschaft hielt es für angeraten, alle Leute auszutauschen, die bisher mit dem Knaben zu tun hatten.«

»Ihr wisst also nicht, wo Johnny jetzt ist?« Anne fing sich nur mühsam wieder. Sie hörte, wie ihre Stimme schwankte, und fühlte sich, als würde die Welt sich unter ihren Füßen bewegen wie ein Schiff auf See.

Mackay schüttelte den Kopf und ging. Er schloss gerade die Tür hinter sich, als der Butler zurückkehrte.

»Ich bedaure, Mylady, aber Lord Archibald ist heute höchst beschäftigt und nicht für Euch zu sprechen. Mir wurde aufgetragen, Euch auszurichten, dass er die vorübergehende Vereinbarung mit Euch für beendet erklärt. Sollten die Umstände sich verändern, wird er Euch benachrichtigen. Ihr mögt bitte davon absehen, an ihn heranzutreten.«

Annes Gedanken rasten. Konnte es ihr gelingen, zu Lord Archibald vorzudringen? Der Butler schien damit zu rechnen, dass sie es versuchte, und würde sie gewiss aufhalten. Und selbst wenn sie den Lord zur Rede stellte, was erreichte sie damit? Schwach, wie sie sich fühlte, wurde sie womöglich nur erneut in seinem Zimmer ohnmächtig, wenn sie anhören musste, was er mit ihrem Sohn vorhatte. Hatte sie eine Chance, Johnny auf eigene Faust wiederzufinden? Zweimal war es ihr immerhin schon gelungen. Statt ihre Kraft in einem Streit zu vergeuden, musste sie sich sammeln und einen neuen Plan schmieden.

»Schwör mir nur eins«, forderte sie Archibalds Butler auf und zeigte mit dem Zeigefinger auf ihn wie mit einer Waffe. »Schwör mir, dass sich kein Kind in diesem Haus befindet. Erführe ich später, dass Johnny Drummond in dem Moment in diesem Haus war, in dem ich hier stand, dann träfe mein Fluch auch dich!«

Verblüfft wich er vor ihrem Finger zurück. »Ich bitte um Vergebung, Mylady. Aber ich weiß nicht, wovon Ihr sprecht. In diesem Haus gibt es keine Kinder. Seine Lordschaft hat für sie nichts übrig, sie würden ihn nur stören.«

Noch einen Augenblick zuvor hatte Anne fest vorgehabt, einfach zu gehen, doch die schlichte Feststellung, dass Lord Archibald nichts für Kinder übrig hatte, löste eine Welle von Angst und Zorn in ihr aus, der ihre Vernunft nicht gewachsen war. Unwillkürlich lief sie los und stürmte die Treppe hinauf. Bis zum Absatz auf halber Höhe schaffte sie es, dann hatte der Butler sie eingeholt und hielt sie an ihrem Rock fest.

»Aber Mylady, ich muss doch bitten!«, keuchte er.

»Nein, *ich* muss doch bitten«, stieß sie hervor. »Wenn seine Lordschaft so feige ist, dass er es nicht wagt, sich mir zum Gespräch zu stellen, so feige, dass er erneut versucht, ein Kind als Schutzschild zu missbrauchen, dann wird er gegen die schottischen Jakobiten ohnehin verlieren. Ich verlange, dass er das Wort hält, das er mir gegeben hat.« Sie wandte sich dem oberen, für sie nun unerreichbaren Treppenende zu und rief laut: »Hört Ihr das, Archibald? Ihr seid ein Feigling und Lügner, wenn Ihr Euch nicht an das haltet, was wir abgemacht haben. Und ich werde dafür sorgen, dass Ihr das zu spüren bekommt!«

Der Butler schüttelte mit hochroten Wangen den Kopf. »Ich bitte Euch, Mylady, bitte schweigt. Das hat doch keinen Sinn, und seine Lordschaft ist nicht allein. Er wird Euch jetzt auf gar keinen Fall vorlassen. Ihr macht gewiss alles nur schlimmer. Bitte, geht!«

Zu ihrem Ärger kamen ihr nun die Tränen, und ihr Atem wurde zum Schluchzen. Mit verschleiertem Blick nickte sie und gab auf.

Bis auf die Straße zu ihrer Sänfte begleitete der Butler sie und befahl, sie nach St. James zurückzubringen. Wortlos ließ sie alles geschehen und stand wenig später wieder vor dem Tor des Palasts.

In das Gebäude zurückgehen zu müssen kam ihr auf einmal unerträglich vor. Sie fühlte sich so betrogen, dass ihre Wut sich auf alle ausdehnte, von denen sie tagtäglich umgeben war. Auf die Damen von der Schulenburg, weil ihnen die Gründe für den jakobitischen Aufstand gleichgültig waren, solange er nur schnell niedergeschlagen wurde, damit sie wieder in Ruhe so tun konnten, als würden sie eines Tages dazugehören, zu diesem Land und dieser Stadt, wo sie in Wahrheit immer Fremde bleiben würden. Auf den König, weil er nicht den richtigen Weg fand, das Volk zu vereinen und von sich zu überzeugen. Auf all die Höflinge, ob deutsch oder englisch, die nur ihre tausend kleinen Eitelkeiten im Sinn hatten, während irgendwo in London oder vielleicht schon weiter fort ein kleines Kind verängstigt leiden musste. Sogar für Gräfin Johanna hatte Anne in diesem Moment nur Abscheu übrig, weil sie ihr geraten hatte, Lord Archibald zu vertrauen. So viele Gelegenheiten hätte sie gehabt, mit Johnny erneut zu fliehen! Wenn sie es gewollt hätte, dann hätte sie längst viel besser darauf vorbereitet sein können als beim ersten Mal. Was Ian anging, wäre sie ihm an die Gurgel gegangen, wenn er in diesem Augenblick vor ihr gestanden hätte. Alle drei Wochen hatte sie einen kurzen Brief von ihm erhalten, fünf insgesamt, doch in keinem hatte die kleinste Andeutung darüber gestanden, dass die Drummonds Kriegsvorbereitungen trafen. Wenn sie einen solchen Hinweis erhalten hätte, wäre sie auf der Hut gewesen und hätte vielleicht rechtzeitig handeln können, bevor ... Sie schluchzte und rieb sich mit dem Ärmel die Tränen aus dem Gesicht. Warum hatte sie keine Vorsichtsmaßnahmen getroffen? Vielleicht hätte sie verhindern können, dass man Johnny fortbrachte. Sie hätte ahnen müssen, dass auf das Wort eines Campbell kein Verlass war!

Sie musste sich zusammennehmen, die Wachen sahen sie bereits merkwürdig an. Wollte sie hineingehen, oder wollte sie die Reise durch die Stadt antreten, um May zu suchen und sie erneut um Hilfe zu bitten?

Die Entscheidung wurde ihr abgenommen, als Albert aus dem Tor kam. Den Diener außerhalb des Palasts zu sehen war ein seltener Anblick, denn wie die meisten Mitglieder des knapp bemessenen Palastpersonals hatte er kaum freie Zeit, und seine persönlichen Besorgungen erledigten meist andere für ihn.

Albert bemerkte ihren aufgelösten Zustand und blieb erstaunt stehen. »Ist Euch etwas zugestoßen, Lady Anne? Fühlt Ihr Euch nicht wohl? Soll ich Euch hineinbegleiten?«

Anne versuchte durchzuatmen, blieb aber wieder an einem Schluchzer hängen. Wütend wischte sie sich erneut über das Gesicht. Albert verhielt sich ihr gegenüber inzwischen stets tadellos, doch sie vertraute ihm nicht genug, um ihn in ihre Sorgen einzuweihen. »Es sind diese grässlichen Unruhen, Albert. Mir scheint, die Engländer werden es nicht müde, gegeneinander in den Krieg zu ziehen – Bruder gegen Bruder und Vater gegen Sohn.«

Er nickte mit ernster Miene. »Es ist eine Schande. Seine Majestät sollte mit aller Härte gegen das Jakobiten-Pack durchgreifen, wenn Ihr mich fragt, Mylady. Habt Ihr gehört, dass sie ein Bildnis unserer seligen Queen Anne verbrannt haben? Was für ein widerliches Sakrileg! Dafür würde ich diese Kerle nur zu gern mit eigenen Augen gevierteilt sehen.«

Nun wünschte Anne, sie hätte gar nichts gesagt und stattdessen so getan, als hätte sie bloß eine Fliege im Auge. Wortlos nickte sie, wedelte mit der Hand, um ihn zu entlassen, und ging eilig an den ungerührt dastehenden Wachen vorbei in den Palast.

Gab es noch Angehörige der Hofgesellschaft, die nicht dafür waren, alle Jakobiten auf blutige Weise auszurotten? Was dachten Lord Archibald und der Duke of Argyll selbst darüber? Was hatte Mackay gesagt? Sie hatten George gelobt, die schottischen Jakobiten im Griff zu behalten. Die gegenwärtige Lage dürfte sie allerdings bereits Lügen gestraft haben. Sie musste einen Weg finden, das gegen sie auszunutzen.

Gräfin Johanna war nicht in ihren Gemächern, sondern an diesem Tag früh aufgestanden, um Zeit mit Prinzessin Caroline und den kleinen Prinzessinnen zu verbringen. Anne beschloss, den Stier bei den Hörnern zu packen, und trug dem nächsten vorübergehenden Diener auf, ihr eine Magd zu schicken, die ihr beim Umkleiden helfen konnte.

Etwa eine Stunde nach ihrer Rückkehr in den Palast begab sich Anne in einem Kleid, das der Gegenwart der Prinzessin von Wales würdig war, zu deren Apartment. Die Töchter des Prinzenpaars befanden sich bereits wieder in ihren eigenen Gemächern, wo ihnen Unterricht erteilt wurde. Der Prinz von Wales, Georg August, verabschiedete sich soeben von seiner Gemahlin.

Im Laufe der vergangenen Monate hatten sich gewisse Muster gebildet, was die höfische Geselligkeit anging. Caroline und Georg August hielten sich trotz aller Tumulte für beliebt beim englischen Volk, beliebter jedenfalls, als der König selbst es war. Sie scheuten öffentliche Auftritte nicht, umgaben sich hauptsächlich mit Engländern, und zumindest Georg August schreckte nicht davor zurück, die Art seines Vaters gelegentlich milde zu verspotten, wenn er glaubte, sich damit bei seiner Umgebung beliebter machen zu können.

Gräfin Johanna und Prinzessin Caroline begrüßten Anne heiter lächelnd, nachdem sie ihnen ihre Reverenz erwiesen hatte. Doch Anne verbarg ihren Kummer dieses Mal nicht. Mit gefalteten Händen und gesenktem Haupt kniete sie vor Caroline nieder.

»Nanu? Was treibt Euch um?«, fragte die Prinzessin verblüfft.

Gräfin Johannas Ausruf hingegen klang erschrocken und angstvoll. »Lady Anne! Was ist geschehen?«

»Ich flehe um Eure Gnade, Eure Hoheit. Ihr seid eine Mutter und habt ein fürsorgliches Herz, deshalb appelliere ich an Eure Güte und Großzügigkeit und bitte um Eure Hilfe, um ein Kind vor dem Tode zu beschützen. Es ist der kleine Sohn eines Mannes, der sich in dieser schwierigen Zeit auf die falsche Seite gestellt und sich den Gegnern Seiner Majestät angeschlossen hat. Ich ergreife nicht Partei für ihn, nur für das unschuldige Kind, das mir am Herzen liegt, weil ich mit ihm verwandt bin. Man hat es von seiner Familie getrennt, um seinen jakobitischen Vater zu erpressen. Das Leben des Kindes soll Pfand für das Wohlverhalten des Vaters sein. Und nun drang das Gerücht zu mir, dass wegen der jüngsten Tumulte ein Exempel an dem Knaben statuiert werden soll. Der Kleine ist erst vier Jahre alt, Eure Hoheit. Ihm ein Leid zuzufügen ist unchristlich und brutal. Und, wenn Ihr auch noch diese Bemerkung erlaubt, würden das gewiss auch viele andere so empfinden, falls die Untat bekannt würde. Ich bitte euch daher: Rettet dieses Kind. Befreit den Knaben, und ich werde mich gewissenhaft um ihn kümmern und dafür sorgen, dass aus ihm ein königstreuer, aufrechter Engländer wird.«

Sie ließ das Haupt demütig gesenkt, spähte aber doch hoch zum Gesicht der Prinzessin, um ihre Reaktion zu deuten.

Caroline starrte sie ungläubig an. »*Good gracious.* Was sagt man dazu? Ich glaube, das ist eine Angelegenheit, die ich bedenken muss. Lasst uns einen Augenblick in mein Schlafgemach gehen. Johanna, mir scheint es, als wüsstet Ihr etwas über diese Sache? Dann begleitet uns.«

Unter sich waren sie im Schlafgemach nicht, doch in Carolines vertrautestem Kreis. Nur zwei ihrer Kammerfrauen waren sonst noch anwesend und ein Sekretär. Sobald die Tür geschlossen war, wandte die Prinzessin sich Anne zu.

»In welchem Verhältnis steht Ihr zu dem Knaben, und wer hält ihn gefangen?«, fragte sie scharf.

Auch der Mut der Verzweiflung schützte Anne nicht davor, zu erröten und erneut Tränen in den Augen zu fühlen. »Er ist mein …«

»Er ist ihr Neffe«, fiel Gräfin Johanna ihr ins Wort. »Die Angelegenheit ist delikat. Erlaubt, dass ich Lady Anne beistehe. Ich weiß, wie unangenehm ihr das alles ist. Der Knabe ist ein illegitimes Kind ihrer verstorbenen Cousine. Die Heirat war geplant, verzögerte sich jedoch, und die Mutter starb bei der Geburt.«

Anne musste nicht vorspielen, beschämt zu sein. Zu ihrer Erleichterung hatte Gräfin Johanna ihr die große Lüge abgenommen. Mit dem Rest konnte sie sich beinah an die Wahrheit halten. »Der Vater hat das Kind anerkannt. Es wuchs vorerst jedoch bei Pflegeeltern auf. Der Duke of Argyll erfuhr davon und brachte den Knaben in seine Gewalt. Lord Archibald quartierte ihn hier in London ein, was mir durch einen alten Freund bekannt wurde.«

Überrascht legte Caroline eine Hand auf ihr Herz. »Argyll also! Was für ein gerissener Teufel dieser Mann ist. Er und sein Bruder Archibald – die beiden möchte man nicht zu Gegnern haben. Glücklicherweise haben wir sie auf unserer Seite. Mein Gemahl beabsichtigt sogar, dem Duke einen besonders hohen Posten an seinem Hof einzuräumen. Wusstet Ihr das? John Campbell, der Duke of Argyll, soll prinzlicher ›Groom of the Stole‹ werden. Und er will diese Stellung unbedingt, da könnt Ihr Euch sicher sein. Georg August versteht sich gut mit ihm. Ganz sicher kann er sich ausbedingen, dass das Kind aus dem Spiel genommen wird. Zumal es auf der Hand liegt, dass der Einfluss auf die Jakobiten in Schottland, den er und Lord Archibald zu haben vorgaben, ohnehin ungenügend ist. Meiner Ansicht nach werden sie den Aufstand nicht verhindern können. Doch was habt Ihr anschließend mit dem Knaben vor, Lady Anne? Bei seinem Vater wäre er schlecht aufgehoben. Man muss verhindern, dass er wieder in seine Hände gerät. Und Ihr könnt Euch nicht eigenhändig um ein Kind kümmern, solange Ihr am Hof lebt. Wie sähe das aus?«

Anne blickte auf ihre Hände, die sie verschränkt hatte, damit man das Zittern nicht sah. Die Fingerknöchel waren weiß, weil sie die Hände so fest verkrampfte. »Falls es mir gestattet würde, könnte ich mich vom Hof zurückziehen, um das Kind zu versorgen.«

»Nein.« Carolines Stimme ließ keinen Zweifel an ihrer Bestimmtheit. »Es ehrt Euch, dass Ihr ein derartiges Opfer bringen wollt, aber die Umstände scheinen mir derzeit nicht danach. Ihr habt Euch als fleißige Vermittlerin zwischen der englischen und deutschen Kultur erwiesen und werdet als solche weiterhin gebraucht. Selbstverständlich will ich einer Entscheidung des

Königs nicht vorgreifen, aber in meinen Augen kommt eine Entlassung derzeit nicht infrage.«

Gräfin Johanna bot der Prinzessin auf einem kleinen Silbertablett ein Glas Likör an. »Darf ich einen Vorschlag machen, Eure Hoheit? Könntet Ihr Euch vorstellen, den Knaben an den Hof zu holen und ihn in Eure Obhut zu nehmen, bis er durch die politische Lage nicht mehr gefährdet ist? Er könnte hier eine grundlegende Erziehung erhalten, bis die Rebellion niedergeschlagen ist. Anschließend wird sich gewiss eine Pflegestelle für ihn finden, die seine Ausbildung gewissenhaft weiterführt. Auf die Art könntet Ihr auch dem Duke of Argyll entgegenkommen, der dann sähe, dass Ihr dieselben Männer als Gegner ernst nehmt wie er.«

Caroline nahm das Glas in beide Hände, ging zum Fenster und blickte nachdenklich hinaus. »Ich würde damit ausdrücken, dass ich die Wahl seiner Mittel missbillige, aber nicht ihren Zweck. Das ist treffend. Und was schadet ein kleiner Junge mehr unserer Gesellschaft? Er kann mit den anderen zusammen unterrichtet werden. Und die Kosten … Was ist mit den Kosten, Lady Anne? Gewiss würdet Ihr Euch daran beteiligen, sie zu tragen?«

Anne knickste, noch immer demütig das Haupt gesenkt. Ihr war schwindlig, weil die neue Wendung so plötzlich über sie hereinbrach und sie die Folgen nicht ermessen konnte. »Selbstverständlich, Eure Hoheit. Für die Gnade, den Knaben hier aufzunehmen, wäre ich unendlich dankbar. Ich würde für alle Kosten aufkommen.«

Zu spät sah sie, dass Gräfin Johanna ihr einen warnenden Blick zuwarf. Prinzessin Caroline lächelte breit. »Das ist wunderbar. Wir können den Unterhalt für den Knaben gleich von der Bezahlung für Euer Hofamt abziehen. Ihr wisst ja, dass Ausgaben hier genauestens kalkuliert werden müssen. Es ist also abgemacht. Nun müssen wir den Plan nur noch in die Tat umsetzen. Ich spreche so bald wie möglich mit seiner Hoheit dem Prinzen, und er wird die Sache mit Argyll oder Lord Archibald klären. Es dürfte nur wenige Tage dauern, bis wir den Knaben in Sicherheit gebracht haben.«

Anne knickste erneut tief und verbot sich jedes Widerwort. Auch wenige Tage waren möglicherweise zu viele. Doch vielleicht ging es schneller, als Caroline glaubte. Sie hatte die Prinzessin an diesem Tag um genug gebeten. Zu drängen stand ihr nicht zu.

»Damit stehe ich tief in Eurer Schuld, Eure Hoheit. Ich danke Euch vielmals.«

Vier Tage lang bangte Anne um das Ergebnis von Carolines Unterredung mit dem Prinzen. Gräfin Johanna versuchte, sie zu beruhigen, und vertröstete sie jeden Abend auf den nächsten Tag, doch als Anne auch am Mittwochmorgen noch keine Nachricht erhalten hatte, befürchtete sie endgültig das Allerschlimmste. Die ganze Nacht hatte sie wach gelegen und darüber nachgedacht, wo ihr Sohn sein konnte und ob er noch lebte. Jede Stunde, die sie hatte vergehen lassen, ohne zu handeln, fühlte sich an wie eine gewaltige Last. Hätte sie Johnny doch auf eigene Faust suchen sollen?

Am Vormittag traf sie May in der Stadt und machte mit ihr die üblichen Einkäufe, die sie an diesem Tag beide nicht aufheitern konnten. May war besorgt um Mr. Pike, der nun schon seit zwei Wochen kaum noch aus dem Bett kam. Außerdem hatte sie ein paar Schrammen im Gesicht, deren Anblick Anne zu einem erschrockenen Ausruf verleitet hatte. Mit einem Schulterzucken hatte May abgewunken.

»Ist nichts. Bin gefallen. Ungeschickter Esel, der ich bin.« Doch nicht einmal ein vorgespieltes Lächeln hatte sie dabei zustande gebracht, geschweige denn ihre alte Fröhlichkeit.

Von ihrem unguten Gefühl getrieben, hakte Anne nach. »Du sagst es mir doch, wenn du Sorgen hast, oder? Ich kann zwar nicht Mr. Pike gesund machen, aber mit anderen Dingen könnte ich dir vielleicht helfen.«

Wieder zwang May sich ein verkniffenes Lächeln ab. »Ja, danke. Aber Ihr habt ja auch ohne meine Angelegenheiten schon genug auszustehen. Macht Euch um mich mal keine Gedanken. Ich komm zurecht.«

Überzeugend klang sie nicht. »Siehst du diesen Ryan noch? Macht er dir Kummer?«, fragte Anne.

Noch mürrischer wurde Mays Miene. »Er ist ein Schwachkopf. Ich habe ihm gesagt, dass ich ihn nicht mehr sehen will.«

Das hätte Anne beruhigen sollen, doch auch diese Worte klangen nicht ganz echt. Dennoch ließ sie ihre junge Freundin damit in Ruhe und hoffte, dass sie von allein zu ihr kommen würde, ehe sie in Not geriet.

Zermürbt kam sie zur Mittagszeit zurück in den Palast. In ihren Gemächern erwartete die aufgeregte Gräfin Johanna sie und ließ ihr keine Zeit, sich umzukleiden.

»Er ist da. Ihr werdet gebeten, in die Küche zu kommen, wenn Ihr so weit seid. Offenbar hielt man es für nötig, den Kleinen erst einmal im Dienstbotenflügel zu waschen und einzukleiden. Wenn sein Äußeres Gnade vor Euren Augen findet, könnt Ihr ihn Prinzessin Caroline vorstellen. Liebe Güte, Lady Anne, ich bin so aufgeregt! Wie geht es Euch? Seid Ihr der Sache gewachsen? Würdet Ihr mir gestatten, Euch zu begleiten?«

Anne konnte nur nicken. Ihr Sohn war im Palast. Wie sehr sie sich auch danach gesehnt hatte, empfand sie die Lage doch gleichzeitig als Furcht einflößend. Wie erleichtert sie nun darüber war, dass er sie nicht als seine Mutter kannte! Dennoch gab es noch einiges, von dem sie nur hoffen konnte, dass er es nicht ausplauderte. Falls Argyll oder Lord Archibald im Gespräch mit Prinz Georg August nicht bereits alles verraten hatten. Dem Verhalten von Prinzessin Caroline hatte sie in den vergangenen Tagen keine Änderung anmerken können. Doch möglicherweise hatten die Herren sie nicht eingeweiht.

Für den Moment allerdings zählte das alles nicht. Das Wichtigste war nun Johnny.

Als sie mit Gräfin Johanna die Küche betrat, wo ihr Sohn auf einer Bank in der Ecke saß, stieß ihre Freundin einen entsetzten Schrei aus, noch ehe Anne selbst begriffen hatte, was sie sah.

Johnny kauerte reglos auf seinem Platz. Sein kleines Gesicht war von Blutergüssen bedeckt, ein Auge zugeschwollen, die Lippe dick und aufgeplatzt. Um das linke Händchen war ein Verband gewickelt. Anne wollte sich nicht vorstellen, wie er unter seiner Kleidung aussah. Und das alles war ihre Schuld! Warum hatte sie nicht schneller gehandelt? Warum war sie nicht klüger gewesen?

Ihr Sohn richtete sich ein wenig auf, als er sie sah, wagte jedoch sichtlich nicht, sich zu rühren. Wie in Trance ging sie zu ihm und streckte die Arme nach ihm aus. Aufwimmernd stellte er sich unbeholfen auf die Bank, ließ sich von ihr hochheben und begann an ihre Schulter gekuschelt zu schluchzen.

Gräfin Johanna kam heran und strich ihm behutsam über den Rücken. »Der Herrgott möge die Leute büßen lassen, die das getan haben.«

Die Vorsteherin des weiblichen Küchenpersonals näherte sich und knickste tief.

»Ich hoffe, Ihr glaubt nicht, dass wir damit etwas zu tun hatten, Mylady. Er kam schon so zerschlagen hier an. Wir haben ihn gewaschen und ordentlich hergerichtet, so gut es ging. Den Verband durften wir allerdings nicht wechseln. Und er sagt kein Wort, will auch nicht essen.«

Anne nickte. »Danke. Ich nehme ihn mit in mein Zimmer. Könnt ihr mir etwas zu essen für ihn einpacken?«

»Verzeihung, Mylady, aber wir haben die Anweisung, dass niemand den Kleinen mitnehmen darf, wenn wir nicht vorher die Erlaubnis dazu einholen«, erwiderte die Vorsteherin.

»Bei wem?«, fragte Anne. Johnny wurde in ihren Armen bereits schwer, doch sie wollte ihn um keinen Preis wieder absetzen, bevor sie ihn in die sicheren vier Wände ihres Gemachs gebracht hatte.

»Beim Duke of Argyll. Seine Hoheit, der Prinz, hat ihn zum Vormund des Kindes bestimmt, und wir sind angehalten, uns an den Duke zu wenden, solange er hier bei Hof weilt. Später wird Prinzessin Caroline ihn vertreten.«

»Der Duke of Argyll ist hier? John Campbell?«, fragte Anne.

Gräfin Johanna stieß empört die Luft aus. »Das mag ja alles sein, dennoch ist es Unsinn. Hat denn niemand erwähnt, dass Lady Anne eine Verwandte des Kindes ist? Und ganz gewiss ist sie derzeit diejenige, die sich am besten um den Kleinen kümmern kann. Selbstverständlich nehmen wir ihn mit nach oben. Samt einem Korb voller Leckereien, wenn ich bitten darf. Und wenn es Beschwerden darüber gibt, schiebt es auf mich. Ihre Hoheiten, der Prinz und die Prinzessin von Wales, werden mir diese Eigenmächtigkeit vergeben. Und ich gebe mein Wort, dass der kleine Johnny bei Lady Anne und mir sicher aufgehoben ist.«

Ihr Tonfall ließ keinen Raum für Widerspruch, und wenig später setzte Anne ihren Sohn auf ihr Bett, während die Gräfin einen gut gefüllten Korb mit Speisen auf den Tisch stellte. »Was kam seiner Hoheit bloß in den Sinn, dass er ausgerechnet

Argyll sogar noch zum Vormund bestimmt?«, sagte sie mit verkniffenen Lippen.

Anne zuckte mit den Schultern und zog Johnny die Schuhe aus. »Wahrscheinlich haben der Duke und Lord Archibald es zur Bedingung dafür gemacht, dass sie Johnny herbringen. Damit zeigen sie mir, dass ich machtlos bin. Johnny ist hier also hoffentlich sicherer als zuvor, doch ich werde nicht über ihn bestimmen dürfen. Wenn ich bloß wüsste, was sie über mich und mein Verhältnis zu Johnny und seinem Vater preisgegeben haben!«

Tonlos schluchzend und mit tränenverschmiertem Gesicht hielt Johnny ihr seine verbundene Hand entgegen. Ihr grauste bei dem Gedanken, was sie unter dem Verband vorfinden würde. Sah sie Blut durch das Leinentuch schimmern?

»Zumindest darin kann ich Euch noch helfen, dass ich versuche, es für Euch herauszufinden. Was den Kleinen angeht, lasse ich Euch nun besser allein. Er braucht gewiss eine Weile, um sich einzugewöhnen.«

Anne hatte bereits den Verband gelöst, während Johanna sprach. Ihr wurde schwarz vor Augen, als Johnnys Hand zum Vorschein kam. Einen Augenblick dauerte es, bis sie sich dessen, was sie sah, sicher war. Doch dann wurde sie von Erleichterung durchströmt. Ihr Schwindelgefühl wurde so stark, dass sie sich auf den Boden setzen musste. Alle Finger waren noch da, die Hand unverletzt bis auf einen Schnitt im Handballen, aus dem das Blut ausgetreten war. In der Handfläche lag ein gefalteter Zettel. Ihr Puls hämmerte hinter ihren Schläfen, als sie ihn las, nur aus dem Augenwinkel nahm sie wahr, dass die Gräfin ihr zusah.

Kein schlechtes Wort über uns, kein schlechtes Wort über Euch.
Sonst können auch Palastmauern dieses Leben nicht schützen.

»Ich glaube, Ihr müsst nicht nachforschen«, flüsterte Anne. »Wenn dieser Nachricht zu trauen ist, dann haben die Campbells mein Geheimnis bisher bewahrt.«

Gräfin Johanna atmete auf. »Dann möge es so bleiben. Ich werde mich trotzdem umhören und Euch sagen, welche Geschichte sie seiner Hoheit aufgetischt haben. Und nun vergesst auch selbst das Essen nicht. Ihr seid ja bald nur noch Haut und Knochen.«

Anne nickte, ohne ihren Blick von Johnny zu lösen, der gramerfüllt den Schnitt in seiner Hand betrachtete, obwohl diese Verletzung weniger schlimm war als der Zustand seines Gesichts.

»Ich weiß nicht, wie ich Euch danken kann, liebste Gräfin.«

»Ihr müsst mir nicht danken. Hier geht es um ein Kind, und glaubt mir, in dieser Hinsicht war ich schon immer eigen. Wir dürfen Kinder nicht für unsere Zwistigkeiten leiden lassen.« Damit ging sie, und Anne atmete so tief aus, als hätte sie wieder einmal zu lange die Luft angehalten.

»Ich glaube, wir sind in Sicherheit, mein Schatz«, sagte sie leise.

Doch statt einer Antwort wandte ihr Sohn sich ab und krabbelte zum Kopfende ihres Bettes, um sich dort unter der Decke zu verstecken. Anne ließ ihn einfach gewähren und blieb noch lange auf dem Boden sitzen.

23. Kapitel

London, August 1715

Wisst ihr, was hier in England die offizielle Strafe für Rebellen ist?«

King George ging vor den Fenstern in Madam Schulenburgs Gemach auf und ab, so wütend, wie Anne ihn noch nie zuvor erlebt hatte. Die jungen Damen, die um den Tisch saßen und eigentlich Karten spielen wollten, schüttelten betreten die Köpfe. Doch George achtete gar nicht auf sie.

»Man hängt sie, bis sie ohnmächtig werden. Dann nimmt man sie ab und belebt sie wieder, um sie bei Bewusstsein aufzuschlitzen und auszuweiden. Den Leichnam zerstückelt man anschließend und stellt die Überreste schmählich zur Schau, bis sie verrotten.« Er machte wieder kehrt und marschierte in die Gegenrichtung.

Madam Schulenburg seufzte. »Ach, Euer Liebden, ich verstehe Euch ja. Aber wollt Ihr Euch nicht setzen und die Angelegenheit für eine Stunde vergessen? Wir können doch ohnehin gerade nichts ändern. Ihr tut schon, was in Eurer Macht steht, um diese unverschämten Narren zur Räson zu bringen.«

Er ließ sich nicht beschwichtigen. »Ihr wisst, wie gleichgültig es mir früher stets war, ob ein Mensch ein Protestant oder ein Katholik ist. Ich war der Auffassung, dass die Anhänger verschiedener Konfessionen ohne viel Aufhebens zusammenleben können. Doch nun beginne ich, alle Katholiken zu hassen. Es scheint mir doch wahr zu sein, wenn meine Whigs behaupten, James und seine Anhänger wären dumm, weil man dumm sein muss, um dem Katholizismus anzugehören. Warum wollen diese Leute nicht sehen, wie gut sie es hier unter meiner Regierung eigentlich haben? Was glauben sie denn bloß, was dieser verfluchte Stuart ihnen für Vorteile verschaffen würde? Ich regiere bald ein Jahr, und die englische Kirche hat keinen Schaden davongetragen. Wenn ich noch einmal höre, dass irgendein Tory-Freund dieser Kirche den Untergang durch das Haus Hannover prophezeit, dann werde ich vielleicht gehen und wirklich die nächstbeste Kirche anzünden.«

Anne war nur zufällig noch anwesend, weil Seine Majestät früher als erwartet erschienen war und sie mit den Damen noch Einzelheiten ihrer Garderobe für einen sommerlichen Aufenthalt in Kensington besprochen hatte. Der Palast dort wurde umgestaltet, war in Teilen aber wieder bewohnbar und bot somit ein willkommenes Ziel für eine kurze Flucht in eine etwas angenehmere Atmosphäre. Früher hätte Anne sich nach dem Eintreffen des Königs rasch verabschiedet, doch da alle Gerüchte dafür sprachen, dass die Rebellion nun jeden Moment ausbrechen würde, sog sie jeden Hinweis auf den Stand der Dinge auf.

»Ich sorge mich um Eure Gesundheit, mein Liebster. Diese ständige Aufregung tut Euch nicht gut«, sagte Madam Schulenburg.

»Und ich wünschte, dass sämtlichen Angehörigen meines Hauses daran gelegen wäre, mir unnötige Aufregung zu ersparen. Mein ungehöriger Sohn jedoch kann es nicht lassen, mir in aller Öffentlichkeit zu widersprechen. Und wie er seinen Kreis um sich schart und so tut, als wäre sein zweitrangiger Hofstaat bedeutender als meiner! Bei Gott, ich wünschte schon, ich hätte ihn in Hannover gelassen und stattdessen den kleinen Fritz mit hierhergenommen. Diese verfahrene Lage ist schon schlimm genug, wenn man keine Gegner unter dem eigenen Dach hat.«

Madam Schulenburg warf einen Blick in Annes Richtung

und gab ihr damit zu verstehen, dass sie gehen sollte. Über die Querelen zwischen Vater und Sohn wollte sie offenbar nur im kleinsten Kreis sprechen. Anne beeilte sich, die geziemende Reverenz zu erweisen und den Raum zu verlassen. Immerhin kam sie so schneller zu Johnny, der in Carolines und Georg Augusts Apartment zusammen mit den prinzlichen Kindern unterrichtet wurde.

Seit gut zwei Monaten lebte ihr Sohn nun in diesen neuen Verhältnissen. Drei Tage hatte es nach seiner Ankunft gedauert, bis er wieder mit ihr sprach. Der Hofgesellschaft gegenüber hatte sie in dieser Zeit eine Krankheit vorgeschützt, um bei ihm bleiben zu können. Ab dem vierten Tag hatte Gräfin Johanna sie täglich für eine Weile abgelöst, und nach einer Woche war Johnnys Gesicht so weit verheilt, dass sie ihn Prinzessin Caroline präsentieren konnte und musste. Die Prinzessin kommentierte die Spuren der Misshandlung an ihm nicht, gewährte Anne aber noch eine weitere Woche, bevor sie darauf bestand, dass er aus ihrem Gemach in die Räumlichkeiten umzog, wo auch noch andere Kinder des Hofs untergebracht waren und von Kinderfrauen, Gouvernanten und Lehrern betreut wurden. Noch einige weitere Tage hatte Anne viel Zeit dort verbringen dürfen, um dem Kleinen den Übergang zu erleichtern. Seitdem jedoch erwartete man von ihr, dass sie sich auf einen kurzen täglichen Besuch beschränkte, wie es für eine Tante angemessen war.

Als sie an diesem Tag ins Kinderzimmer kam, stand Johnny neben Henrietta Howards achtjährigem Sohn Henry vor einem Mann, der ihr den Rücken zuwandte. Sie erkannte ihn dennoch gleich – womöglich, weil sie seit Wochen so sehr darauf bedacht war, ihm aus dem Weg zu gehen. Es war John Campbell, der Duke of Argyll.

»Und welche Kirche ist daher nun die bessere Kirche für unser Land?«, fragte er die Jungen.

»Die anglikanische Kirche«, sagte Henry.

»Und was für einen König oder eine Königin wollen wir auf keinen Fall?«, fragte der Duke.

»Einen katholischen«, erwiderte Henry.

»Wenn also ein Katholik daherkommt und sich auf den englischen Thron setzen will, was machen wir dann?«

»Wir verjagen ihn!«, rief Henry inbrünstig.

»Sehr brav. Und wenn der Katholik seine Freunde mitbringt, die uns zwingen wollen, ihn auf den Thron zu setzen? Was machen wir dann?« John Campbells Stimme war nun trügerisch sanft geworden.

Während des ganzen Wortwechsels stand Johnny in seinem Kinderkittel stramm und aufrecht da wie eine kleinere, stumme Ausgabe des bereits hosentragenden Henry und blickte mit großen Augen zum Duke auf.

»Wir müssen sie alle verjagen«, sagte Henry.

Der Duke nickte. »Aber wohin sollen wir sie jagen, wenn es doch Engländer und Schotten sind wie wir selbst? Sollen wir sie alle nach Frankreich treiben oder nach Amerika? Wer bestellt dann ihre Felder und führt die Geschäfte weiter, die uns nützlich sind?«

Nun überlegte Henry länger, und Anne stand so mäuschenstill da wie ihr Sohn, als käme es auf Henrys Antwort an.

»Wir besiegen sie erst«, sagte der Knabe schließlich. »Dann bestrafen wir sie und verbieten ihnen, so etwas noch einmal zu tun. Und die, die gar nicht hören wollen, die hängen wir auf.«

John Campbell stieß ein trockenes Lachen aus. »Ein guter Plan. An erster Stelle steht, dass wir sie besiegen. Dafür brauchen wir tapfere Soldaten. Werdet ihr beide tapfere Soldaten sein?«

»Jawohl!«, schrie Henry begeistert. Und zu Annes Entsetzen

nickte auch Johnny, noch immer mit ehrfürchtig großen Augen und verzückter Miene.

Anne entfuhr ein empörtes »Oh!«, und ihre Erstarrung löste sich. Sie eilte zu den Jungen und trat John Campbell gegenüber.

»Bis diese beiden alt genug sind, um in einen Krieg zu ziehen, werden alle Streitigkeiten um falsche Thronfolger gewiss längst beigelegt sein.«

Der Duke verneigte sich höflich. »Miss Baynes! Verzeihung: Lady Anne Baynes. Einen guten Tag wünsche ich Euch. Wie reizend, Euch nach all den Jahren wieder einmal so unmittelbar zu begegnen. Seit Wochen weile ich bei Hof und habe Euch doch nur aus der Ferne gesehen. Man könnte meinen, Ihr wärt mir ausgewichen. Was die beiden jungen Soldaten hier angeht, bin ich der Ansicht, dass sie zur Wachsamkeit erzogen und auf den Kampf vorbereitet werden müssen. Wie nennen sich unsere Feinde, Henry?«

»Jakobiten. Weil James auf Latein Jakob heißt. Und sie wollen, dass James Stuart König wird.«

John Campbell beugte sich zu Johnny herab und machte seine Stimme noch sanfter, fast schmeichelnd weich. »Und du, kleiner John, willst du auch, dass wir unsere Feinde, die Jakobiten, in die Flucht schlagen oder aufhängen, damit wir alle hier im Palast in Sicherheit sind und die Ladys und Kinder keine Angst haben müssen?«

Johnny nickte so heftig, dass ihm die Zähne aufeinanderschlugen. Anne legte ihm die Hand auf die Schulter.

»Findet Ihr nicht, dass es nun genügt? Sie sind noch sehr jung und sollten vor allem wissen, dass sie hier im Palast ohnehin keine Angst haben müssen. Man wird sie beschützen, nicht wahr?«

Der Duke lächelte spöttisch. »Ganz recht. Sie und die Ladys werden beschützt – von Männern, die wissen, wer der Feind ist und auf welcher Seite sie selber stehen. Ich wollte diesen Krieg vermeiden, Mylady, daran solltet Ihr Euch immer erinnern. Aber wenn man ihn mir aufzwingt, dann werde ich ihn siegreich führen. Mein Bruder und ich wurden schon zu Soldaten erzogen, da waren wir auch nicht älter als dieser Wicht. Wir mussten manche Tracht Hiebe einstecken, aber am Ende hatten wir die notwendige Disziplin gelernt. Auf die gleiche Art wird auch aus Johnny ein Mann werden, auf den wir uns verlassen können. Nicht wahr, Johnny, du wirst ein aufrechter Campbell-Krieger, auf den wir stolz sein können?«

»Ja!«, stieß Johnny hervor.

»Und du wirst uns helfen, die Jakobiten zu jagen?«

»Ja!«

Der Duke lachte. »Braver Junge. Und nun geht spielen oder erledigt die Aufgaben, die euer Lehrer euch gegeben hat.«

So sehr stand Johnny im Bann des Dukes, dass er seinem älteren Spielgefährten Henry nachlief, ohne Anne auch nur einen Blick zu widmen. Der Schmerz darüber raubte ihr für einen Augenblick den Atem. Sie wollte ihre Wut herausschreien, John Campbell beschimpfen, ihm erklären, was für niedrige Kreaturen er und sein Anhang waren. Doch er war ihr in jeder Hinsicht überlegen. Schwer schluckte sie, um die Worte zurückzudrängen.

Der Duke beobachtete sie aufmerksam. »Wisst Ihr, diese Sache mit der Erpressung, die Euch vermutlich schwer im Magen liegt, war nicht mein Einfall. Ich habe von Anfang an nicht daran geglaubt, dass der Aufwand sich lohnt. Archibald war ebenfalls nicht überzeugt, wollte aber Konsequenz zeigen und beweisen, dass wir niemals leer drohen. Ich für meinen Teil finde die gegenwärtige Lösung geschickter. Man muss die Nachkommenschaft dem bösen Einfluss der Familien entziehen, dann ändert man die Zukunft. Ihr dürft mir glauben, dass ich meine Vormundschaft über den Knaben ernst nehme. Ich werde ihn von nun an vor sämtlichen schädlichen Einflüssen bewahren. Überlegt Euch also gut, welche Art von Einfluss Ihr auf den Kleinen ausübt.«

Eine Woche nach dem unerfreulichen Zusammenstoß mit John Campbell wartete Anne vor der St. Paul's Kathedrale auf May. Ihre Chairmen waren bereits weitergegangen, doch Michael war an ihrer Seite. Seit die Unruhen in der Stadt ein so gefährliches Ausmaß angenommen hatten und sie auf ihren Ausflügen weniger Geheimnisse zu hüten hatte, bat sie ihn oft, May und sie zu begleiten.

Sie standen schon eine ganze Weile vor der Kirche, länger, als May sie üblicherweise warten ließ. Auf den Straßen herrschte der gleiche lebhafte Betrieb wie immer. Kaum etwas brachte die Londoner für längere Zeit ernstlich aus dem energischen Tritt, mit dem sie die Tretmühlen antrieben, die den Puls der Stadt pochen ließen. Ob Nebel, Eis, Seuche, die Krönung eines Königs, Aufstand oder Krieg – die Londoner hielten nur kurz inne und gingen dann weiter ihren Geschäften nach.

»Wo bleibt sie denn nur?«, fragte Anne, mehr sich selbst als Michael.

»Sieht ihr nicht ähnlich, so spät zu kommen«, sagte er.

Zunehmend besorgt verharrten sie noch eine Viertelstunde, dann hielt Anne es nicht länger aus. »Wir werden besser in die Mincing Lane gehen und uns nach ihr erkundigen.«

Michael war sichtlich froh über ihre Entscheidung, und eine halbe Stunde später stieg Anne vor Mr. Pikes Haus aus der Sänfte. Obwohl May und sie sich nun schon fast ein Jahr kannten, war es seit langer Zeit das erste Mal, dass Anne ihr

Heim aufsuchte. May hatte es zwar nie deutlich gesagt, aber doch durchblicken lassen, dass es ihr so lieber war. In diesem Fall verschwendete Anne jedoch keinen Gedanken an derartige Rücksichtnahme. Wenn ihrer Freundin etwas zugestoßen war, benötigte sie möglicherweise rasch Hilfe.

Als auf Michaels Klopfen hin niemand erschien, öffnete er die Tür selbst, steckte den Kopf ins Haus und rief laut – wovor Anne zurückgeschreckt wäre. Eine leise Stimme antwortete, und Michael ging ein paar Schritte hinein, um dann umzukehren und auch Anne hineinzuwinken. Sie durchquerte eine spärlich eingerichtete Wohnstube mit einem kleinen Herd und folgte Michael in die dahinter liegende dunkle Schlafkammer. May lag zusammengekrümmt und schluchzend auf dem Bett neben der reglosen Gestalt eines alten Mannes.

Michael war bei dem Anblick abrupt stehen geblieben und hatte den Hut abgenommen. »Ich fürchte, Mr. Pike ist gestorben«, sagte er.

Anne trat näher und warf einen Blick auf den alten Mann. Trotz des schlechten Lichts erkannte sie sofort, dass Michael recht hatte. Mr. Pike atmete nicht mehr. Betroffen legte sie May die Hand auf den Rücken. »Das tut mir so leid, May. Wann ist es geschehen?«

May rappelte sich hoch und stand auf. »Es tut mir leid, dass ich unsere Verabredung vergessen habe, Mylady. Mr. Pike ist in der Nacht gestorben. Auf einmal wollte er einen Priester sehen. Ich wusste nicht, wo ich mitten in der Nacht einen hernehmen sollte, aber ich bin raus und habe darüber nachgedacht, wen ich fragen kann. Aber die Nachbarn haben mein Klopfen nicht gehört. Bestimmt waren sie betrunken. Also bin ich wieder rein, und da war er schon tot. Jetzt muss ich ihn beerdigen und alles, aber ich war zu traurig und zu müde, um aufzustehen. Ich habe das Geld schon dafür gespart, das ist es nicht. Aber es ist so viel zu tun. Ich weiß nicht, ob ich das alles schaffe. Seid Ihr böse, wenn ich ein paar Tage nicht für Euch arbeiten kann?«

Anne fragte sich, ob sie ihrer jungen Freundin tatsächlich das Gefühl gegeben hatte, eine so strenge Dienstherrin zu sein. »Wie könnte ich dir böse sein? Ich möchte dir doch gern helfen, damit es etwas leichter für dich wird. Was kann ich tun?«

May wischte sich mit dem Ärmel das Gesicht ab. »Ihr habt ja schon etwas getan. Dass ich eine anständige Bestattung für den armen alten Mr. Pike bezahlen kann, das verdanke ich Euch. Und dass ich nicht gleich hier ausziehen muss, ebenfalls. Ich kann ja die Miete bezahlen. Das heißt, wenn ich weiter für Euch arbeiten darf.«

»Ich wäre traurig, wenn du es nicht mehr tätest. Aber möchtest du denn allein weiter hier wohnen? Wir könnten dir auch eine andere Unterkunft suchen – näher an St. James«, sagte Anne.

May schüttelte den Kopf. »Hier kenne ich die Leute und weiß, mit wem ich es zu tun habe, wenn ich meine Miete zahle. Die Gegend hier war so lange mein Zuhause, dass ich lieber bleiben will.«

Michael ging an ihnen vorüber in die Wohnstube und kehrte gleich darauf mit einem nassen Tuch zurück, das er May reichte. »Darf ich einen Vorschlag machen, Myladys? Da Ihr wie üblich zum Hof zurückkehren müsst, Lady Anne, könntet Ihr mich vielleicht damit beauftragen, Miss Darling bei den Vorbereitungen für die Bestattung behilflich zu sein? Ich habe das schon einige Male mitgemacht und weiß, was zu tun ist.«

Anne sah May fragend an. Die zuckte mit den Schultern und rubbelte sich das Gesicht mit dem Tuch ab. »Es gibt hier ein paar Nachbarinnen, die mir auch helfen würden. Aber ich wäre schon froh, wenn Ihr noch eine Weile bleibt, Mr. Lodge. Dann müsste ich Mr. Pike nicht allein lassen, wenn ich gehe und es den Nachbarn …«

Sie verstummte, als würde ihr erst jetzt wieder einfallen, was eigentlich geschehen war.

»Dann machen wir es so«, sagte Anne. »Michael, falls später jemand fragt, habe ich dir den Auftrag gegeben, Besorgungen für mich zu machen. Selbst muss ich in der Tat zurück in den Palast. Madam Schulenburg veranstaltet mit Gräfin von Kielmannsegg eine Versammlung zur Förderung der Künste und hat meine Anwesenheit befohlen. Aber wir sehen uns bald wieder, May. Ich würde auch gern der Beisetzung von Mr. Pike beiwohnen, wenn du es wünschst.«

Schniefend zerknäulte May das Tuch. »Das ist nett. Aber wie's in der Stadt zurzeit aussieht, finde ich es besser, wenn Ihr nicht kommt. Täte mir leid, wenn jemand dumme Bemerkungen zu Euch macht oder so. Wir treffen uns lieber so wie üblich, wenn's Euch recht ist.«

Anne stimmte zu und verabschiedete sich mit einer kurzen Umarmung von ihr. Dann brachte Michael sie auf die Straße, wo die Sänfte noch wartete. Als er ihr beim Einsteigen half, wandte sie sich noch einmal an ihn. »Ich möchte die Bestattung bezahlen, Michael. Kannst du das bitte bei ihr durchsetzen? Sie soll ihr Erspartes für sich behalten. Ich wollte darüber nur gerade jetzt nicht mit ihr streiten.«

Michael verneigte sich. »Das ist anständig, Mylady. Ich hatte schon überlegt, wie ich selber etwas beisteuern kann, ohne dass es seltsam wirkt. Die Kleine ist so tapfer, das berührt einen doch.«

Eine Gruppe von vier jungen Männern kam die Straße entlanggeschlendert. In dem, der den anderen ein wenig vorausging, erkannte Anne den erstaunlich herausgeputzten Ryan. Als die vier die Sänfte entdeckten, sagte der ehemalige Schuhputzer etwas zu den anderen, und die fingen daraufhin an, zu rufen und schrill zu pfeifen. »Weg mit dem Deutschen! Hoch lebe James!«

»Besser, du gehst ins Haus, und ihr lasst diese Rüpel nicht herein«, warnte Anne Michael.

»Besser, Ihr beeilt Euch ebenfalls, Mylady. Auf dem kürzesten Weg zum St. James's Palast«, wies er die Chairmen an und stellte sich dann rasch in den Hauseingang – bereit, die Tür zuzuschlagen.

Anne beugte sich aus dem Fenster und behielt das Geschehen im Blick, während die Chairmen die Sänfte anhoben und losliefen.

»Was willst du denn hier?«, rief Ryan Michael zu. »Hau ab von der Tür und lauf zu deinen deutschen Herren. Ich will zu May.«

Gleichzeitig erleichtert darüber, dass May nicht ganz allein war, und besorgt um ihre beiden Freunde, überlegte Anne, die Sänfte wieder anhalten zu lassen. Musste sie nicht bleiben, um die beiden zu unterstützen? Doch Michael ahnte ihren Zwiespalt und winkte ihr energisch zu, damit sie ging. Und möglicherweise hätte ihre Anwesenheit den Streit tatsächlich nur angeheizt. Mit schwerem Herzen ließ sie sich daher weitertragen. Das Letzte, was sie sah, war, wie Michael etwas zu Ryan sagte und ihm anschließend die Tür vor der Nase zumachte.

Wahrscheinlich lag es an Mr. Pikes Tod, dass Anne in der darauffolgenden Nacht von einem Albtraum heimgesucht wurde, in dem King George eigenhändig Ian die Schlinge um den Hals legte. »Geschieht dir recht, du Verräter«, sagte er auf Deutsch, und Ian erwiderte auf Englisch mit seinem schottischen Akzent den unsinnigen Satz, dass ein Mann nun einmal nicht nur seinem Herzen folgen durfte. Machtlos musste Anne in ihrem Traum mitansehen, wie Ian am Seil hin und her schwang wie eine makabre große Kirchenglocke. »Nehmt ihn ab! Er ist der Vater meines Sohnes«, rief sie. Woraufhin sich alle Blicke auf sie richteten und sie mit einem eiskalten Schauder begriff, dass sie verloren war. »Was soll das heißen?«, fragte der König sie und wurde zu einer übergroßen Bulldogge mit gefletschten Zähnen.

Mit rasendem Herzen schreckte Anne aus dem Schlaf auf und lag für den Rest der Nacht schweißgebadet da, ohne wieder einschlafen zu können. Sie musste Ian schreiben, noch ein letztes Mal versuchen, ihn umzustimmen, bevor der Krieg ausbrach. Denn die Zeit, in der das Übel nur am Horizont stand, war vorüber. Mr. Pike war lange krank gewesen – so lange, dass sie vergessen hatte, mit seinem Tod zu rechnen. Ebenso lange hing die Rebellion in der Luft, und auch sie würde nun bald zur bitteren Wahrheit werden.

Sobald es hell genug war, setzte sie sich an den Tisch und schrieb einen Brief, in dem sie Ian aus tiefster Seele anflehte, sich nicht am Aufstand zu beteiligen. Sie beschrieb ihm, wie sie ihn all die Jahre geliebt hatte, wie ihre Liebe zu ihm sogar seinen vermeintlichen Tod überdauert hatte. Wie sehr sie sich wünschte, mit ihm, ihrem Sohn und weiteren Kindern in Frieden zusammenleben zu dürfen. Sie bot ihm an, sich gemeinsam mit ihm dem König zu Füßen zu werfen und darum zu bitten, dass Braemar und der Drummond-Clan von der Vergeltung verschont würden, wenn er der Rebellion und ihren Zielen abschwor.

Es wurde ein langer Brief, und als sie ihn endlich versiegelt hatte, konnte sie es kaum abwarten, ihn abzusenden. Nur für eine Erkundigung nach Michaels Wohl nahm sie sich am Vormittag noch Zeit, bevor sie sich auf den Weg zu Mr. Dunn machte. Albert richtete ihr aus, dass Michael gesund und munter war und schon seit dem frühen Morgen unterwegs, um ihre restlichen Aufträge zu erledigen.

Mit der üblichen Vorsicht suchte sie das Haus von Mr. Dunn auf. Noch bevor sie ihm ihren eigenen Brief geben konnte, händigte er ihr ein Schreiben von Ian aus, und sie setzte sich gleich vor Ort in einen Winkel, um es zu lesen.

Braemar, 10. August 1715

Liebste Anne,
es schmerzt mich, dass Du den Grund für meine Begeisterung nicht gutheißen wirst, doch umso stärker fühle ich mich verpflichtet, Dir davon zu schreiben, damit Du es auch von mir erfährst und nicht nur von anderen: Es ist so weit. Die Geheimnistuerei hat ein Ende. John Erskine, der Earl of Mar, und der Earl of Linlithgow sind fest entschlossen, in den nächsten Tagen den Aufstand auszurufen. Onkel Max hat nach langer Überlegung seinen Einfluss geltend gemacht und den waffenfähigen Männern des Clans geraten, sich an den Kämpfen zu beteiligen. Ich weiß, dass Du nicht auf unserer Seite stehst und Dir unseren Sieg nicht wünschen kannst. Die Kluft, die sich dadurch zwischen uns aufgetan hat, ist entsetzlich, und ich bedaure das zutiefst. Da von nun an Krieg herrscht und ich mein Schicksal nicht voraussehen kann, muss ich damit rechnen, dass wir uns niemals wiedersehen. Deshalb will ich Dir hier noch einmal versichern, wie dankbar ich Dir dafür bin, dass Du einen Weg gefunden hast, meinen Sohn zu beschützen. In Absprache mit Onkel Max habe ich einen kleinen Teil unseres Vermögens abgezweigt und für Johnny so hinterlegt, dass es vor dem Krieg sicher sein sollte. Sollten wir beide ums Leben kommen, wird Dir unser

Vertrauensmann den Namen eines Advokaten nennen, der Dir erklärt, wie Du darauf zugreifen kannst.

Sollte unsere Anstrengung allerdings die glückliche Wendung für unser Land bringen, die wir Jakobiten uns zuversichtlich erhoffen, und ich kehre siegreich und gesund aus den Schlachten heim, dann werde ich nichts unversucht lassen, um Dich und unseren Sohn zu mir zu holen. Unter James wird Schottland aufblühen, und wenn Du einwilligst, werden wir uns eine glückliche Zukunft aufbauen. Davon zu träumen wird mich in den bevorstehenden kalten und grausamen Zeiten wärmen.

Jedenfalls bitte ich Dich aber um eins: Sollte ich dazu keine Gelegenheit bekommen, sag unserem Sohn eines Tages, dass ich ihn liebe und stolz auf ihn bin, obwohl ich ihn zu meinem Kummer kaum kannte.

Pass in der kommenden Zeit gut auf Dich und den Kleinen auf. Wenn die Dinge sich zu James' und unseren Gunsten entwickeln, George und sein Gefolge unter Druck geraten und Du Dich in Gefahr fühlst, dann enthülle, dass Du meine Gemahlin bist, und beanspruche den Schutz der jakobitischen Armee.

In der Hoffnung, Dich wiederzusehen, doch auf alles gefasst,

Dein Ian

Als würde die Luft aus einer aufgeblasenen Schweineblase entweichen, wich die Spannung aus Anne. Die wilde Verzweiflung, die sie dazu gebracht hatte, Ian ihren flammenden Brief zu schreiben, löste sich in Resignation auf. Sie sank in sich zusammen, und ohne dass sie es wollte, zerdrückte ihre Hand das Papier, auf dem seine Worte ihre letzte kleine, törichte Hoffnung zunichtemachten. Wie hatte sie nur einen Augenblick glauben können, dass er sich umstimmen lassen würde? Kurz war sie versucht, gleich beide Briefe zu zerreißen und in Mr. Dunns Küchenfeuer zu verbrennen wie Ians vorherige. Dann besann sie sich eines Besseren und steckte Ians Brief zu ihrem eigenen in die Tasche. Wer wusste, ob sie in naher Zukunft nicht noch über einen Nachweis darüber froh sein würde, dass sie nicht auf derselben Seite stand wie ihr Gatte?

24. Kapitel

Sheriffmuir, Schottland, Spätsommer und Herbst 1715

Ian war dabei, als am 27. August Schotten von weither in Braemar zusammenströmten, vorgeblich, um sich zum »Tinchal« zu treffen, einer traditionellen Highland-Jagd. Unermüdlich leisteten John Erskine und der Earl of Linlithgow Überzeugungsarbeit bei den Zaudernden, leise unterstützt von Männern wie Maxwell Drummond, der seinem Clan nickend bestätigte, dass er den Reden der Anführer zustimmte.

Die Versammelten entschieden sich für den Aufstand, und am 6. September hisste Erskine die Fahne der Stuarts, um James Stuart zum König von Großbritannien zu erklären. Ian jubelte mit der Menge. Auch als man erfuhr, dass Louis XIV. am 1. September gestorben war, änderte das nichts an der Entschlossenheit der Rebellen. Zwar sagten einige, dass die jakobitische Sache nun nicht mehr auf französische Unterstützung zählen durfte. Doch stärker waren die Stimmen derer, die das Gegenteil behaupteten.

Später auf den Tag zurückblickend schüttelte Ian den Kopf darüber, wie überzeugt er davon gewesen war, kriegserfahrenen, klugen Köpfen zu folgen, die eine hervorragende Strategie für den Feldzug hatten und wussten, wie man eine Armee organisiert. Sogar als Anfang September der Angriff auf die Burg Edinburgh wegen unzureichender Planung misslungen war, wovon Ian nur hörte, schmunzelte er noch über das vermeintliche Missgeschick und hielt es für eine Ausnahme. Bald darauf begriff er jedoch, was Onkel Max gemeint hatte, als er ihm insgeheim verraten hatte, dass er die Zeit für den Feldzug saublöd gewählt fand. Erskine war der Ansicht gewesen, dass King James und sein Heer jeden Tag aus Frankreich eintreffen konnten, und dass man bis dahin schon den Boden für einen triumphalen Sieg bereitet haben sollte. Und tatsächlich hatte die auf James' Ankunft hoffende Jakobitenarmee gehörigen Schwung und feierte erste Erfolge. Doch leider wuchs sie nicht annähernd in dem Maße, wie beim Tinchal-Kriegsrat von Braemar vorausgesetzt worden war. Was zu einem großen Teil daran lag, dass die Rebellion mitten in der Erntezeit begann.

Bei aller Begeisterung für die Sache sorgten sich die Bauern und Bauernsöhne, die anderenfalls willig zu den Waffen gegriffen hätten, um diese Zeit vor allem um die hart erarbeitete Frucht ihrer Felder. Viele von ihnen folgten dem Heer nur für eine Weile und kehrten dann nach Hause zurück oder versprachen später nachzukommen. Bei all dieser Halbherzigkeit erschien es Ian wie ein Wunder, dass sich Ende September in der Nähe von Perth dann doch eine zentrale Armee zusammengefunden hatte, die aus rund achttausend Männern bestand, von denen sogar einige gewusst hätten, wo bei einer Büchse vorne und hinten war – wenn sie denn eine besessen hätten. Denn was der Armee noch deutlicher fehlte als zuverlässige Soldaten oder gar fähige Offiziere, waren gute Waffen und Schießpulver. Ian vermutete, dass er seine rasche Ernennung zum Offizier angesichts seiner Unerfahrenheit allein der Tatsache zuschreiben musste, dass er über zwei Schusswaffen, zwei Pferde und einen gewissen Pulvervorrat verfügte.

Immerhin schien die englische Armee, die George von London aus unter dem Kommando des Duke of Argyll gegen sie geschickt hatte, kaum besser aufgestellt zu sein. Argyll stationierte seine mäßig ausgestatteten Truppen bei Stirling und zeigte vorerst keine Absichten, die jakobitische Armee zur Schlacht herauszufordern.

Inzwischen war es November geworden, und nach der zähen, nur von Scharmützeln unterbrochenen Zeit des Wartens und Vorbereitens sah Ian sich endlich inmitten der Rebellenarmee dem Beginn einer echten Schlacht gegenüber. Kampfbereit warteten sie in der Nähe von Sheriffmuir auf den Marschbefehl. Das vor ihnen liegende Moor, an dessen Rand sie seit dem Vorabend kampiert hatten, war über Nacht gefroren. So vorteilhaft der gefrorene Boden für die Fortbewegung der Kavallerie war, so sehr machte die eisige Kälte den Highlandern zu schaffen, die vor dem Kampf ihre Plaids wie üblich abgeworfen und ihre Schuhe ausgezogen hatten. Auch Ian saß ohne wärmenden Plaid, aber in Reithosen und Stiefeln auf dem Pferd. Sein Onkel hingegen stand barfuß bei den Männern seines Clans, die er als Chieftain anführte. Wie die meisten Highlander waren sie von einem ganz eigenen Schlag. Viele sprachen nur Gälisch und gehorchten nur ihrem eigenen Anführer, und die Hälfte von ihnen würde nach der Schlacht verschwinden, in dem berechtigten Gefühl, dass sie ihre Pflicht getan hatten.

Ian hatte seinen Onkel gefragt, ob die Clansleute nicht auch von ihm erwarteten, dass er Seite an Seite mit ihnen kämpfte, doch sein Onkel hatte verneint. Im Gegenteil wären die Männer stolz darauf zu sehen, wie er als Offizier zu Pferd eine Truppe von Lowlandern anführte. Ian konnte sich nicht entscheiden, ob diese Ehre ihn eher ermutigte oder in Schrecken versetzte. In Schlägereien und kleinen Gefechten hatte er sich bisher gut behaupten können, doch was heute vor ihm lag, überstieg alles, was er schon erlebt hatte.

General Hamilton hatte die Armee in zwei Linien aufgestellt, und Ian befand sich mit seinen Männern in der zweiten davon, neben seinem Onkel. Ihr Vorteil war, dass sie sich gut genug kannten und sich deshalb zur Not auch wortlos verständigen konnten, um die unterschiedlichen Kampfweisen der

High- und Lowlander aufeinander abzustimmen. Während Ians Lowlander durch einen wenigstens grundlegenden Drill gelernt hatten, sich wie eine englische Kompanie zu verhalten und alles nach Kommando im Gleichklang zu tun, hielten die Highlander an ihrer althergebrachten, kaum geordneten Sturmtaktik fest. Sie rannten auf den Feind zu wie eine Herde wilder Stiere, schossen, was die alten Rohre hielten, bis die Kammern leer waren, warfen sich nach Gutdünken auf den Boden, wenn der Gegner mit einer Salve antwortete, sprangen mit gezückten Schwertern wieder auf und stürmten schlagend und hackend weiter. Jedem, der seine Männer geordneter ins Feld führen wollte, blieb nichts anderes übrig, als sich auf dieses schwer berechenbare Verhalten seiner Verbündeten einzustellen. Ian vermutete, dass der Duke of Argyll auf mehr Ordnung in seinen Reihen zählen konnte.

Gerade beendeten die höchsten Offiziere eine letzte Besprechung, und ihre Botschaft verbreitete sich. Die Formation wurde zu einer neuen Marschordnung geändert, und sie setzten sich in Bewegung. Nach einer Weile entdeckten sie auf der Anhöhe zu ihrer Linken in einiger Entfernung einen von Argylls Spähtrupps, und Mar schickte ihm vier Squadrone Reiter und siebenhundert MacDonalds auf den Hals, um ihn zu vertreiben.

Kurz nachdem die ersten Reiter die Kuppe der Anhöhe erreicht hatten, kam einer von ihnen in rasendem Galopp zurück zu Mar. Ian musste die Botschaft nicht hören, um zu ahnen, was sich auf der anderen Seite der Anhöhe tat. Fluchend bereitete er seine Männer darauf vor, dass sie sich in Kürze erneut umformieren würden. Doch als Mar die entsprechenden Befehle ausgab, rettete die Voraussicht Ian und seine Truppen nicht davor, in das Chaos zu geraten, das dadurch entstand. So gut wie jeder Teil der Armee schlug erst einmal eine falsche

Richtung ein, bis niemand mehr so recht wusste, wo er eigentlich hingehörte.

Ungeachtet der Tatsache, dass sich nun viele jakobitische Truppenteile in denkbar ungünstigen Positionen befanden, begann die Schlacht. Binnen kürzester Zeit hatte sich jede Planung aufgelöst, und Ian fand sich mit seinen Lowlandern einem Angriff von Argylls Kavallerie ausgesetzt. Entschlossen ließ er die Männer ausführen, was sie gelernt hatten, und sie schossen, tapfer in Reihen stehend, abwechselnd auf die heranjagenden Reiter. Doch als die Attacke sie erreichte, half Ians eigene Entschlossenheit keinen Deut. Die Lowlander nahmen die Beine in die Hand und flohen ungeordnet – direkt in Maxwell Drummonds Highlander hinein, die dadurch in ihrem Angriff behindert wurden.

Einer von Argylls Reitern ging auf Ian los, ehe er entscheiden konnte, ob seine Befehlsgewalt hier noch etwas wert war. Von da an sah Ian keine Spur mehr von seinen Männern und war völlig damit ausgelastet, seine Haut zu verteidigen. Bald entledigte er sich seiner Flinte, die er ohnehin nicht nachladen konnte, dann wurde sein Pferd von einem Schuss getroffen, während er einen von Argylls hohen Offizieren angriff, der ähnlich isoliert zu sein schien wie er. Beim Sturz seines Pferdes riss er den Mann mit zu Boden und geriet gemeinsam mit ihm unter die Hufe. Ians Schutzengel stellte sich zu seinem Glück ein wenig gewandter an und bewahrte ihn besser vor den Tritten. Sein Gegner brauchte länger, um sich aufzurappeln, und Ian nutzte seinen Vorteil. Einen Hieb und einen Stich konnte er landen, dann rannten mehr von Argylls Leuten auf sie zu.

»Haltet aus, Lord Archibald!«, schrie einer von ihnen.

Verblüfft sah Ian seinem Gegner ins Gesicht und erkannte ihn nun. Gleichzeitig hörte er die Stimme seines Onkels wie

Donnerhall über das Schlachtfeld dröhnen: »Ian Drummond, hierher zu mir!«

Lord Archibalds Hieb wehrte er noch ab, dann floh er, so schnell seine Beine ihn trugen, vor dessen Verstärkung in Richtung Drummond-Clan.

Bei den eigenen Männern angekommen schüttelte er die Stiefel von den Füßen und wurde zum einfachen Highlander. Mit seinem Clan schlug er sich bis zu Gordon Auchintoul durch, der mehrere andere Highland-Regimenter befehligte und sie soeben zu einem Angriff auf die Infanterie am Ende des Argyllschen Heerzugs hetzte. Von der Welle mitgerissen stürzten sich auch die Drummonds auf den Gegner, und Ian gab sich wie die anderen dem Blutrausch hin.

Nun flohen Argylls Regimenter. Jubelnd hoben die Highlander ihre Waffen, als feststand, dass sie das hintere Ende der feindlichen Armee weggefegt hatten. Auch Ian jubelte, ließ jedoch den Arm mit seinem Schwert sinken, als er seinen Onkel taumeln sah. Wohl vierzig Schritte trennten sie voneinander, und als Ian bei ihm ankam, war er schon, von seinen Clansmännern gestützt, zu Boden gesunken. Ian erkannte, wie stark er blutete, und wusste, dass niemand Maxwell Drummond noch retten konnte.

»Wir haben gesiegt, Ian«, begrüßte sein Onkel ihn und sah mit bereits verschleiertem Blick zu ihm auf.

Mit Tränen in den Augen kniete Ian sich neben ihn. »Ja, Onkel Max. Wir haben gesiegt. Der Tag gehört uns«, sagte er, und niemand widersprach ihm, obwohl in dem Höllenkessel der tobenden Schlacht kein Sieger feststand.

Sein Onkel aber starb nach wenigen Atemzügen im Abglanz des Triumphgefühls, dem sie sich alle für einen Augenblick hingegeben hatten. Ein paar Minuten lang zollten die Clansleute ihrem gefallenen Chieftain schweigend Respekt. Dann zog einer von ihnen Ian auf die Füße, und etliche von den anderen klopften ihm weinend auf die Schulter.

»Nun folgen wir dir, wenn du weißt, wo es langgeht, Chieftain«, sagte einer auf Gälisch.

Und zu Ians Erstaunen taten sie es wirklich. Sie kämpften, wohin er sie auch führte, den Nachmittag hindurch bis in die über Heide und Moor herabsinkende Dämmerung hinein. Und dann, als die Heere sich ein letztes Mal gesammelt hatten und sich im Halbdunkel gegenüberstanden, sprach Ian aus, was seine und viele andere der ausgehungerten und erschöpften jakobitischen Recken schon lange dachten.

»Nun ist es genug. Wenn Argyll nicht noch einmal angreift, lassen wir es für heute gut sein«, sagte er.

Woraufhin ein Seufzen und Stöhnen der Erleichterung nicht nur durch die Reihen seiner Männer ging. Ein Mal versuchte Mar noch, sie zum Angriff zu bewegen, doch sie verharrten und sahen einfach zu, wie Argyll sich zurückzog.

Anschließend wählte Ian diejenigen seiner Clansmänner aus, die noch am sichersten auf den Beinen waren. Die meisten von ihnen schickte er los, um Waffen, Pferde, Stiefel und alles andere einzusammeln, was im Laufe der Schlacht verloren gegangen war. Mit den anderen ging er, um den Leichnam seines Onkels zu bergen. In der Dunkelheit war es schwerer, durch das nur noch zum Teil gefrorene Moor den Weg dorthin zurückzufinden. Weil sie mit dem Blick auf ihren Füßen voranstolperten, traf sie der Angriff aus der Finsternis heraus überraschend.

Bevor Ian sein Schwert auch nur ziehen konnte, spürte er einen Schlag gegen den Schädel und stürzte auf den gleichen blutgetränkten Boden, auf dem sein Onkel nur wenig entfernt lag.

Am 19. November war Anne mit den Damen von der Schulenburg zum Abendessen bei Prinzessin Caroline und Prinz Georg August eingeladen. Ein großer Teil der seit Anfang des Kriegs verbliebenen Herren befand sich mit dem König auf einem Jagdausflug, dennoch hatte Anne einen Tischherrn. Sir Robert Grey, der ihr zur Rechten saß, war nach einer langen Reise erst an diesem Nachmittag in London eingetroffen, aber bereits vorsorglich von seinem Vater Sir Reginald Grey mit einer Einladung versorgt worden.

Annes Vater hatte den Heiratsplan nicht noch einmal erwähnt. Sie konnte nur vermuten, dass der ältere Sir Grey nicht die Absicht hatte, eine Ehe für seinen Sohn zu forcieren. Und der hatte eben in den vergangenen Monaten Dinge zu tun gehabt, die er für wichtiger hielt, und sich erst an diesem Tag eingefunden, um neben der Hofgesellschaft auch seine mögliche Braut in Augenschein zu nehmen. Eine Viertelstunde hatten sie nun nebeneinandergesessen, und Anne fand den etwa dreißigjährigen Sir Robert sowohl unterhaltsam, als auch angenehm anzusehen. In einem anderen Leben, in dem sie Ian nie begegnet und die brave Tochter gewesen wäre, die ihre Eltern sich gewünscht hatten, hätte sie gegen ihn als Heiratskandidaten vermutlich nicht protestiert. Im jetzigen Leben war sie ihm immerhin dankbar, dass er sie mit seiner Plauderei ein wenig von ihren Sorgen ablenkte.

»Sie sind ein seltsamer Anblick, diese bemalten Wilden in ihrem groben, farbenprächtigen Zeug«, sagte Sir Robert. »Wenn so ein Stamm zum nächsten Lagerort zieht, schleppen ihre Pferde, Hunde und Weiber die Zelte und den Hausstand auf Stangen hinter sich her. Die Weiber, die keine Last ziehen, sind mit ihren Kleinkindern und anderem Gepäck beladen wie Esel, und die Männer haben jederzeit Pfeil und Bogen zur Hand, um Wild zu erlegen. Viele von den Europäern fürchten dieses Volk wie den Teufel persönlich – nicht ganz ohne Grund, wie ich hörte. Dennoch finde ich für meinen Teil die Indianer höchst interessant.«

Anne zerschnitt eine kleine Geflügelpastete, die er ihr höflich gereicht hatte. »Ihr erzählt so herrlich bildhaft von den Wundern der neuen Welt, dass ich nun gern auch einmal mit eigenen Augen eine Indianersippe sehen würde.«

Er prostete ihr lächelnd zu. »Wer weiß, vielleicht werdet Ihr ja eines Tages dorthin reisen? In den kommenden Jahren werden in den Kolonien blühende Städte entstehen, in denen sich gewiss auch eine Lady Eures Standes wohlfühlt.«

Wollte er sie darauf prüfen, ob sie als seine Ehefrau mit ihm in die Kolonien reisen würde? Da musste sie ihn enttäuschen. »Ich könnte vermutlich auch ohne eine blühende Stadt auskommen. Leider werde ich die Kolonien wohl dennoch nie sehen, denn ich stehe auf Kriegsfuß mit der Seefahrt. Über den Kanal nach Holland zu reisen, lasse ich mir gerade noch gefallen. Über den weiten Ozean nach Amerika zu segeln, werde ich nicht wagen.«

Er zuckte mit den Schultern. »Das verstehe ich durchaus. Doch auch die Schiffe sind in den letzten Jahren komfortabler geworden, und die Kapitäne erforschen stetig die Seewege, um schnellere Routen zu finden. Ihr könntet also …« Ein Offizier marschierte beinah im Laufschritt in den Saal und verneigte sich vor dem Prinzenpaar, und Sir Robert verstummte.

»Ah! Ihr seid Leutnant Fenton? Neuigkeiten von den Schlachtfeldern des Nordens?«, fragte Prinz Georg August. »Brillant! Wir alle warten schon sehnlichst darauf. Redet, Mann!«

»Zwei große Schlachten, Eure Hoheit. General Wills hat die Belagerung von Preston siegreich abgeschlossen. Und bei Sheriffmuir ist der Duke of Argyll gegen eine zahlenmäßig weit überlegene Streitmacht der Rebellen unter dem Earl of Mar angetreten, hat sie dezimiert und zum Rückzug gezwungen. Es sieht aus, als hätten die Rebellen Argyll eine gewisse Verhandlungsbereitschaft signalisiert. Möglicherweise ist also das Ende des Kriegs bereits in Sicht.«

Der Prinz stieß ein trockenes Lachen aus. »Wie ich Seine Majestät kenne, liegt ihm nichts daran, mit Aufständischen zu verhandeln. Er hätte den Krieg gern vermieden, aber da es nun einmal dazu gekommen ist, wird er eine völlige Niederlage der Rebellen fordern. Und wenn Argyll so erfolgreich war, sollte das ja möglich sein.«

Der Leutnant, dessen Kleidung verriet, dass er einen langen Ritt hinter sich hatte, schwankte ein wenig. »Nun ja, Eure Hoheit, die Sache ist, dass unser Heer sich zwar bei Sheriffmuir tapfer geschlagen hat, unsere Verluste jedoch erheblich waren. Wir verloren rund ein Viertel unserer Männer. Lord Archibald hat eine schwere Verwundung davongetragen und wird für Monate nicht ins Feld ziehen können. Argyll sagt, dass er dringend auf Verstärkung und Nachschub angewiesen ist. Vor allem, falls James Stuart tatsächlich mit einem französischen Heer eintrifft, könnte die Lage sich sonst leicht zu unseren Ungunsten verändern.«

»Sir Archibald verwundet? Alle Wetter, das sind schlechte Nachrichten. Wird er es überleben?«, erwiderte Prinz Georg August.

»Danach sieht es aus. Glücklicherweise eilten unsere Männer ihm zu Hilfe. Der Mann, der ihn verletzt hat, konnte zuerst fliehen, fiel aber offenbar später. Er gehörte zum Drummond-Clan, und die fielen fast alle. Auch ihr Chieftain und sein Nachfolger sind tot.«

Anne fiel das Messer aus der Hand. Mit einem hässlich lauten Klirren prallte es auf ihren Teller.

»Na wunderbar, dann wäre in dieser Angelegenheit ja schon Vergeltung geübt. Bravo, guter Mann. Und nun dürft Ihr Euch an einen schönen Platz am warmen Feuer zurückziehen und Euch erholen. Wir sprechen später weiter über die Einzelheiten. Habt Dank für die frohe Botschaft unseres Sieges.«

Der Prinz musste etwas anderes gehört haben als sie, dachte Anne. Kein Satz des Offiziers hatte für sie wie eine frohe Botschaft geklungen. Die Verluste waren grauenhaft. *Und der Chieftain der Drummonds und sein Nachfolger waren tot.* Ein Teil von ihr verstand die Nachrichten so gut, dass sie sich vor Entsetzen erstarrt fühlte. Ein anderer Teil weigerte sich zu glauben, was sie gehört hatte. Ihre angespannten Nerven mussten ihr einen bösen Streich gespielt haben. Gewiss hatte sie einfach das gehört, was sie am meisten zu hören fürchtete. Es war doch auch zu unwahrscheinlich, dass ausgerechnet die Drummonds gleich bei der ersten maßgeblichen Schlacht starben, von der man bei Hof erfuhr. Oder war es das nicht? Viele Männer waren gestorben. Dachten ihre Ehefrauen, Geliebten, Kinder und Freunde dasselbe wie sie? Und hatte sie tief im Inneren nicht immer gewusst, dass Ian in diesem Krieg sterben würde? Vielleicht war er nur deshalb von den Toten zu ihr zurückgekehrt, damit sie heiraten und ihren Sohn dadurch zu einem legitimen Kind machen konnten.

»Ist Euch nicht wohl, Lady Anne?«, fragte Sir Robert.

Sie nickte. »Ich finde den Krieg schrecklich. All das Leid … Mir ist recht übel, Sir Robert. Es ist wohl besser, wenn ich mich zurückziehe.«

Er lächelte ihr aufmunternd zu. »Einer jungen Lady steht ein weiches Herz gut. Und Ihr habt ja recht. Die Verluste, die Argyll erlitten hat, sind eine Schande. Ein Viertel seiner Kräfte! Da fragt man sich, ob er wirklich ein so fähiger Feldherr ist, wie er glaubt. Ich habe ihn einmal kennengelernt. Er ist ungeheuer von sich selbst überzeugt. Und er ist ein Schotte. Ich hege meine Zweifel, ob er bereit ist, so hart wie nötig gegen seine Landsleute vorzugehen. Soll ich Euch hinausbegleiten? Ein kurzer Spaziergang an der frischen Luft vielleicht?«

Anne musste all ihre Selbstbeherrschung aufbringen, um nicht einfach aufzustehen und zu gehen.

»Danke. Aber ich ziehe mich lieber in mein Gemach zurück«, sagte sie, winkte einem der Lakaien und beauftragte ihn damit, der Prinzessin ihren Wunsch auszurichten.

Als sie zu Caroline blickte, um zu sehen, ob sie ihre Erlaubnis gab, stellte sie fest, dass die Prinzessin sie bereits beobachtete. Ihre Blicke trafen sich, und Anne hatte das Gefühl, dass Caroline genau im Bilde darüber war, weshalb sie ihr Messer hatte fallen lassen. Hatten Argyll oder Lord Archibald doch mehr über Johnnys Herkunft verraten, als Anne angenommen hatte? Der Lakai trat zum Hofmeister, nannte ihr Anliegen, und erst der Hofmeister wandte sich an Caroline.

Mit einem Nicken und einer Geste erteilte die Prinzessin ihre Erlaubnis. Anne erhob sich, knickste, ging zur Tür, knickste erneut und entfernte sich rückwärts – erleichtert darüber, dass sie zu unbedeutend war, um in der Aufregung um die Kriegsneuigkeiten viel Aufmerksamkeit auf sich zu ziehen. Wenn auch Gräfin Johanna und Henrietta Howard ihren Abgang mit mitleidiger Miene verfolgten.

Anne fühlte sich so schwach auf den Beinen, dass sie daran zweifelte, ob sie den Weg in ihr Zimmer bewältigen konnte. Als sie jedoch Argylls Leutnant sah, der kurz vor ihr den Saal verlassen hatte und sich nun auf dem Treppenabsatz mit einem Offizier der Palastwache unterhielt, trugen ihre Füße sie mit Leichtigkeit die Stufen bis zu ihm hinab. Die beiden verneigten sich vor ihr.

»Leutnant, ich war eben anwesend, als Ihr seiner Hoheit,

dem Prinzen von Wales, die Nachrichten überbrachtet. Darf ich fragen, ob Ihr selbst in der Schlacht von Sheriffmuir gekämpft habt?«

»In der Tat, Mylady. Mein Bericht entspringt erster Hand. Wünscht Ihr, etwas Bestimmtes in Erfahrung zu bringen?«

»Wisst Ihr, wohin man Lord Archibald brachte? Wird er in Schottland bleiben, um sich auszukurieren? Und der Duke of Argyll wird ja seine Truppen jetzt gewiss nicht verlassen, nicht wahr?«

Er nickte. »Beide blieben in Stirling. Für Lord Archibald wäre die Reise in dieser Jahreszeit bei seinem Zustand lebensgefährlich. Man hat für ihn eine gute Unterkunft gefunden. Es wird ihm gewiss an nichts fehlen, Mylady. Was man unseren Soldaten nur wünschen kann. Es wird ein harter Winter, wenn Ihr mich fragt. Ihn dort oben im Zeltlager zu verbringen wird nicht angenehm und könnte sogar weitere Männer das Leben kosten. Ich erklärte meinem Freund hier gerade, dass Argyll völlig recht hat, wenn er auf Verhandlungen mit den Rebellen setzt. Jede weitere Schlacht könnte derzeit leicht zu unseren Ungunsten ausgehen. Ich hoffe, Seine Majestät wird dem Duke die nötigen Befugnisse erteilen.«

Anne verschränkte ihre Finger und bemühte sich, keine Ungeduld zu zeigen. »Ich bin überzeugt davon, dass der Duke weiß, was er tut. Und Seine Majestät wird die Angelegenheit nach einer vernünftigen Darlegung der Lage sicher gewissenhaft bedenken. Aber noch eine Frage, Sir: Woher wisst Ihr, wer Lord Archibald die Verwundung zugefügt hat und was mit dem Mann geschehen ist? Seid Ihr auch bei diesem Zweikampf Zeuge gewesen?«

»Nein, Mylady. Zu meinem Bedauern war ich das nicht. Ich hätte seiner Lordschaft gern beigestanden und diesen Drummond gleich unschädlich gemacht. So konnte er mit seinem

Clan anschließend noch viel Unheil anrichten. Wie alles ablief, hörte ich von Mr. Mackay, einem der Männer, die Lord Archibalds Leben retteten. Er war auch dabei, als man den Drummond-Clan am Ende des Tages schließlich vernichtend schlug. Falls Ihr die Geschichte von ihm selbst hören möchtet, wäre das möglich, denn er hat mich nach London begleitet, um hier einige geschäftliche Dinge für seine Lordschaft zu regeln. Soll ich ihn bitten, Euch einen Besuch abzustatten?«

»Das wäre sehr freundlich, aber ich möchte Mr. Mackay nicht hierherbemühen. Wisst Ihr, ob er im Haus seiner Lordschaft untergekommen ist?«

»So sagte er.«

»Dann werde ich ihn dort zu finden wissen. Ich danke Euch vielmals für Eure Geduld, Sir. Und dafür, dass Ihr den weiten Weg auf Euch genommen habt, um uns die Neuigkeiten zu bringen.«

Dunkelheit und Winterkälte hielten Anne nicht davon ab, sich sofort nach dem Gespräch mit Argylls Offizier auf den Weg zu Lord Archibalds Haus zu machen. Nur Mantel, Pelzhaube und Stiefel holte sie, dann ging sie zum Gesinderaum bei der Küche, wo sie erwartungsgemäß Michael vorfand. Er rief eine Sänfte, ohne Fragen zu stellen, doch als er ihr beim Einsteigen half, zögerte er, bevor er die Tür schloss.

»Verzeiht meine Aufdringlichkeit, Mylady. Aber ist etwas Schlimmes geschehen? Ihr wirkt angegriffen. Es ist doch nichts mit Miss Darling?«

Auch wenn Anne von Ian hätte sprechen dürfen, hätte sie es in diesem Moment nicht fertiggebracht. Sie hätte nicht aussprechen können, was sie nicht glauben wollte. Beim ersten

Mal war es ihre Mutter gewesen, die ihr schroff und wütend die Nachricht von seinem Tod brachte. Anne hatte ihr nicht geglaubt und sie angeschrien, ihre Mutter hatte zurückgeschrien und sie anschließend allein im Zimmer eingeschlossen. Bis heute verstand Anne nicht, wie ihre Mutter, die ihr bis dahin immer als liebenswürdige Person erschienen war, sie so kalt hatte verstoßen können. Später hatte ihr Vater Ians Tod bestätigt, dann sogar ihre Geschwister, bis Anne es schließlich geglaubt hatte. Doch es war eine Lüge gewesen, sie hatte mit ihrem Zweifel recht gehabt. Was, wenn es dieses Mal genauso war? Mit Michael konnte sie nichts davon teilen, daher riss sie sich zusammen.

»Ich habe Nachrichten vom Krieg gehört, das nimmt mich mit. Warum denkst du, es wäre etwas mit May? Gibt dir etwas Grund zu der Annahme?«

»Wenn Ihr meine ehrliche Meinung hören wollt: Ich finde, ein Mädchen wie sie sollte nicht allein leben. Miss Darling ist zwar gewitzt, aber London ist gefährlich, besonders für schutzlose ehrbare Frauen. Es beruhigt mich auch nicht, wenn sie sagt, sie hätte nun Untermieter. Wie sollte sie sich zur Wehr setzen, wenn das keine ehrlichen Leute sind? Ich würde ja zu ihr gehen und nach dem Rechten sehen, aber das hat sie sich verbeten.«

Auch wenn er recht hatte, fiel es Anne gerade schwer, an Mays Sorgen zu denken. »Ich weiß, es ist nicht leicht, ihr zu helfen. Gewiss zehnmal habe ich sie in den letzten drei Monaten gefragt, ob sie ihre Meinung geändert hat und doch lieber hier in der Nähe wohnen möchte. Aber sie will nicht. Wir müssen akzeptieren, dass sie uns nicht noch stärker mit ihrem Leben verknüpfen möchte.«

»Aber sie ist fast noch ein Kind. Wie soll sie wissen, was gut für sie ist? Wenn ich mein Geschäft schon eröffnet hätte, würde ich ihr anbieten, für mich zu arbeiten. Dann käme sie aus der schäbigen Gegend fort und wäre nicht dauerhaft unter den Augen der ekelhaften Kupplerinnen, die da hausen.«

»Das ist ein guter Gedanke. Das Haus, das du gefunden hast, wäre groß genug, um ein paar Angestellte unterzubringen. Und eröffnen wirst du ja bald, nicht wahr? Wenn der Krieg vorüber ist.«

Er nickte. »Wer hätte gedacht, dass ich die Erlaubnis Seiner Majestät so schnell erhalte, dafür aber monatelang an den Rebellen hängen bleibe? Aber so mutig bin ich eben nicht, ein Geschäft für Verehrer des Königs aufzumachen, wenn die Stadt gerade mehr oder weniger von seinen Feinden beherrscht wird.«

»Ich nenne das nicht mangelnden Mut, sondern Vernunft. Aber nun müssen wir los, es wird sonst zu spät.«

Hastig schloss er die Tür, trat zurück und verneigte sich, bevor er die Fackel aufnahm und der Sänfte vorausging.

Die Miene von Lord Archibalds Butler kühlte sichtlich ab, als er Anne sah. »Lord Archibald ist nicht anwesend und wird es zu meinem Bedauern auch noch etliche Monate nicht sein. Was auch immer Ihr wünscht, Mylady, es wird warten müssen.«

»Ich suche nicht seine Lordschaft, sondern Mr. Mackay.«

Misstrauisch warf er einen Blick auf Michael, der mit der Fackel neben ihr stand. »Sehr wohl. Ich werde nachsehen, ob er zu sprechen ist. Wenn Mylady bitte hier warten möchten.« Er schloss eilig die Tür vor ihrer Nase, als befürchtete er, dass sie hineindrängen würde.

Nur einige Atemzüge später öffnete er wieder. »Es tut mir leid. Mister Mackay ist nicht zu sprechen.«

Wenn er das so schnell in Erfahrung hatte bringen können, musste Mackay hinter ihm stehen.

»Lasst ihn das doch einfach selbst sagen«, entfuhr es ihr. Ehe sie sich auf die Zunge beißen konnte, fuhr sie fort. »Lasst ihn zu Tür kommen und mir sagen, dass er nicht den Anstand hat, mir Rede und Antwort über die Schlacht von Sheriffmuir zu stehen.«

Die Miene des Butlers gefror zu Verbissenheit. »Er ist nicht zu sprechen. Ich wünsche Euch noch einen gesegneten Abend, Mylady.«

Energisch schloss er die Tür, und Anne stellte fassungslos fest, dass ihr das zum ersten Mal geschah. Sie trat vor, nahm den schweren Eisenring des Türklopfers in die Hand und begann zu klopfen. Gleichmäßig und nicht übermäßig heftig klopfte sie, in einem Takt, der deutlich machte, dass sie damit nicht so bald aufhören würde.

Aus dem Augenwinkel sah sie, wie Michael von einem Bein aufs andere wechselte. »Sagt, wenn ich das für Euch übernehmen soll, Mylady. Man hat mich schon als Kind die Trommel schlagen lassen, weil ich den Takt so gut halten kann.«

»Mag sein, dass ich im Laufe der nächsten Stunden auf das Angebot zurückkomme, danke«, sagte sie zwischen zusammengebissenen Zähnen hindurch.

Michael hatte bereits mehrere Male die rußende Tranfackel von der einen in die andere Hand genommen und sein Standbein gewechselt, und auch Anne hatte ihre ermüdenden Arme mehrfach abgewechselt, als die Tür geöffnet wurde. So weit und schnell wurde sie aufgerissen, dass Anne zusammenschrak, obwohl sie doch genau das hatte erreichen wollen.

»Verdammtes Weibsbild! Du treibst uns noch alle in den Wahnsinn!«, fuhr Mackay sie an.

Anne drückte die Hand aufs Herz, um den Schreck zu überwinden. »Mr. Mackay, lasst uns nicht zu der Grobheit zurückkehren, die wir schon einmal überwunden hatten. Ihr seid hier, das ist gut. Warum wollt Ihr nicht mit mir sprechen? Ich habe einige Fragen, wie Ihr Euch denken könnt. Gebt mir die Antworten, und ich belästige Euch nicht weiter.«

»Kommt eben in Gottes Namen herein, samt Eurem Lampenhalter. Ich hatte in den letzten Wochen genug Kälte und will nicht hier draußen stehen.«

Sie folgten ihm durch die Halle bis in die warme Küche, wo im offenen Herd ein Kohlenfeuer brannte. Auf dem Tisch stand Whisky. Mackay hatte nicht allein getrunken, sondern mit dem Teil des Gesindes, der während der Abwesenheit des Lords das Haus weiter versorgte. Drei Frauen und drei Männer saßen um den Tisch, den Butler eingerechnet. Mackay setzte sich mit wohligem Aufstöhnen, Anne blieb stehen, ebenso Michael, der die Fackel draußen vor der Tür gelassen hatte.

»Was wollt Ihr wissen?«, fragte Mackay.

»Ich würde lieber unter vier Augen mit Euch sprechen«, sagte sie.

»Daran liegt mir aber nichts. Bin froh, dass ich hier im Warmen sitze, und werde wegen Euch niemanden hinausschicken.«

Michael stieß erbost die Luft aus. »Weißt du ungehobelter Brocken nicht, wie man mit einer Lady spricht? Es reicht jetzt mit den Unverschämtheiten. Wenn Lady Anne allein mit dir sprechen möchte, dann sei gefälligst so anständig und komm ihrem Wunsch nach.«

Die Anwesenden gaben belustigte, aber durchaus zustimmende Laute von sich, doch Mackay schlug mit der Faust auf den Tisch. »Ich weiß schon, was die Lady fragen will, und die Antwort dürfen ruhig alle hören. Also heraus damit, Mylady!«

Anne ballte ihre Fäuste. »Was ist mit den Drummonds geschehen? Erzählt es mir genau, damit ich es auch glauben kann!«

Mackay stürzte den Rest Whisky aus seinem Glas herunter und lehnte sich auf der Küchenbank zurück. Gespannt wandten ihm alle ihre Blicke zu.

»Der alte Aufrührer Max Drummond und sein Neffe sind tot. Ich selbst habe ihre Leichen gesehen. Ian Drummond traf in der Schlacht auf Lord Archibald. Er brachte das Pferd seiner Lordschaft zu Fall und nutzte die ungünstige Lage, in der unser guter Lord sich nach dem Sturz befand, um ihm einen Schwerthieb in die Schulter zu versetzen. Lord Archibald sprang trotz der Wunde auf und stellte sich zum Zweikampf. Obwohl der junge Drummond ihm noch eine Bauchwunde stach, die nur durch Gottes Gnade nicht tödlich war, hielt seine Lordschaft sich noch auf den Beinen, als ich mit meinen Männern zu ihm stieß, um ihn zu schützen. Drummond ergriff die Flucht und schloss sich den Männern seines Onkels an, die wir vorerst ziehen lassen mussten, weil wir seine Lordschaft zur Versorgung seiner Wunden vom Schlachtfeld bringen wollten. Er widersprach zuerst und verlangte, dass wir den Drummond-Clan sofort vernichten, ließ sich aber überzeugen. Sobald wir ihn in Sicherheit wussten, zogen wir wieder los, um die Drummonds zu suchen. Erst in der Dämmerung fanden wir den Leichnam des alten Maxwell mit denen etlicher seiner Männer. Es ging bereits das Gerücht um, dass die Schlacht beendet sei, und wir zählten die Toten und nahmen ihre Waffen an uns. Doch dann tauchte der junge Drummond mit dem Rest des Clans auf. Wir zögerten nicht, griffen an und machten sie bis zum letzten Mann nieder. Den verdammten Rebellenclan gibt es nicht mehr.«

Trotzig starrte er Anne in die Augen, als wolle er sie dazu herausfordern, seine Worte in Zweifel zu ziehen oder ihn für seine Erbarmungslosigkeit zu tadeln, womit sie sich als Rebellenfreundin offenbart hätte. Doch sie fühlte sich zu Eis erstarrt und hätte gar keine Kraft gehabt, mit ihm zu streiten, selbst wenn sie die Gefahr nicht gefürchtet hätte.

»Dann ist es also wahr«, sagte sie leise. »Es ist vorbei. Was ist mit den Toten geschehen?«

Er zuckte mit den Schultern. »Das, was immer geschieht. Einige werden von Verwandten oder Freunden abgeholt, einige auf dem Schlachtfeld verscharrt, und andere bleiben liegen, bis sie zerfallen. Ein Krieg ist kein Stickstündchen im Drawing Room, Mylady. Ich kann Euch nur sagen, dass wir die Leichen dagelassen haben, wo sie fielen. Es war Nacht, wir waren müde, und uns froren beinah die Ärsche ab. Aber grämt Euch nicht, es finden sich immer ein paar fromme Seelen, die es auf sich nehmen, mit Hacke, Schaufel und Priester loszuziehen und Gruben für die Gefallenen auszuheben. Obwohl das im gefrorenen Moor eine höllische Arbeit ist, das könnt ihr mir alle glauben.«

Die Zuhörer murmelten zustimmend, und der Butler füllte Mackays Glas nach. Anne nickte und presste die Fingernägel in ihre Handballen, während sie sich vorstellte, wie Ians Leichnam von Fremden im eisigen Moor verscharrt wurde, an einer Stelle, die schon bald von allen vergessen sein würde. Tränen stiegen ihr in die Augen. Eilig ging sie zur Tür, wandte sich dort aber noch einmal um.

»Möge der Herrgott Euch Eure Taten eines Tages genauso vergelten, wie Ihr es verdient, Mr. Mackay.«

Mit demselben trotzigen Blick wie zuvor hob er ihr sein Whiskyglas entgegen, als hätte sie einen Toast ausgesprochen. Beinah wäre sie vor der Geste zurückgezuckt, doch es gelang ihr, ihre Würde zu bewahren und Lord Archibalds Haus aufrecht zu verlassen. Nur die Tränen konnte sie nicht zurückhalten und ließ sie über ihre Wangen laufen, als würde sie es nicht bemerken.

25. Kapitel

London, November 1715

Ians Tod traf Anne noch weit härter, als sie es geahnt hatte. Sie konnte ihre Gedanken nicht von der Vorstellung lösen, dass er unter Schmerzen in der Dunkelheit auf eisigem Moorboden gestorben war, ohne eine freundliche Seele an seiner Seite. Ihr frohsinniger Ian, der sich ihrer Zärtlichkeit so gern hingegeben hatte und dessen eigene Hände so sanft hatten sein können – getötet wie ein Stück Vieh. Wenn das Schlachtfeld nicht viele Tagesreisen entfernt gelegen hätte, dann wäre sie trotz der Winterkälte dorthin gereist und hätte versucht, wenigstens den Leichnam zu bergen, um ihn liebevoller zu bestatten. Sie weinte sich in den Schlaf und bereute tausendfach, dass sie ihn nicht mit einem letzten Kuss in die Schlacht hatte verabschieden können.

Tagsüber brachte sie kein Lächeln mehr zustande, und als sie am Tag nach der Todesnachricht Johnny wiedersah, brach sie in Tränen aus. Der Wunsch, den Hof und London zusammen mit ihrem Sohn ein für alle Mal zu verlassen, war einen Moment lang übermächtig. Warum sollte das nun nicht möglich sein? Wer sollte an ihr und ihrem Sohn noch ein Interesse haben, da der Drummond-Clan keine Rolle mehr spielte?

Nur war noch immer nicht die Frage beantwortet, was für ein Leben sie Johnny würde bieten können. Er hatte sich in den neuen Verhältnissen gerade eingelebt und würde sich nicht gern erneut von ihr verschleppen lassen. Und wollte sie selbst sich wirklich von all ihren Freunden und Bekannten trennen und sich ohne jede Hilfe unter Strapazen eine neue Existenz aufbauen, obwohl sie um Johnnys Leben nicht mehr fürchten musste? Durfte sie ihn des Privilegs berauben, mit Prinzen und Prinzessinnen zusammen erzogen zu werden?

Nein, sie musste abwarten, was Argyll tun würde. Wenn sie das Gefühl hatte, dass er schlechte Entscheidungen für ihren Sohn traf, dann erst würde sie den Hof verlassen. Bis dahin würde sie zudem herausgefunden haben, ob es derzeit eine Möglichkeit gab, an das Geld zu gelangen, das Ian Johnny und ihr zugedacht hatte. Bei einem Neuanfang würden sie es brauchen.

Am Abend fand im Hause der unermesslich reichen Townshends ein Novemberball statt, einer der letzten vor dem Beginn der Weihnachtszeit. Anne fand es unbegreiflich, dass das Jahr schon wieder seinem Ende zuging. All die Aufregung und Sorge hatte es rasend schnell vergehen lassen.

Beim Aufbruch zum Ball ging sie vor den Damen von der Schulenburg hinaus, um sicherzustellen, dass die Kalesche für den recht weiten Weg im Winterwetter mit Decken und heißen Steinen ausgestattet war. Nachdem sie alles zu ihrer Zufriedenheit vorgefunden hatte, wollte sie wieder hineingehen, um im Schutz des Gebäudes zu warten, wurde jedoch von einem der Footmen aufgehalten.

»Lady Anne, auf der Straße steht ein Mann, der behauptet, Euch dringend sprechen zu müssen. Er sieht lumpig aus und ist betrunken. Sollen wir ihn wegjagen?«

Anne spähte zum Tor, sah jedoch niemanden. »Hat er seinen Namen nicht genannt?«

»Ich habe ihn gefragt, aber er hat gesagt, er wäre inkognito hier. Er scheint wirklich sehr betrunken zu sein. Wahrscheinlich hätte ich Euch gar nicht mit dem Unsinn belästigen sollen. Aber er sagte immer wieder, es wäre wichtig für Euch.«

»Schon gut. Ich werde nachsehen, ob ich ihn kenne. Falls er mich belästigt, rufe ich die Wachen.«

Sie musste ein paar Schritte gehen, bis sie den Mann entdeckte. Er stand mit hochgeschlagenem Kragen und tief ins Gesicht gezogenem Hut in einiger Entfernung an der Ecke St. James's Street und Pall Mall und beobachtete das Tor. Trotz seines Versteckspiels erkannte Anne ihn und blieb stehen. Es war Mackay. Unwillkürlich machte sie kehrt, um wieder in den Palast zu gehen. Sie wollte von ihm kein Wort mehr hören, nicht noch einmal in sein höhnisches Gesicht sehen müssen. Doch ehe sie durchs Tor gehen konnte, war er schon bei ihr und packte ungelenk ihren Arm.

»Warte!«

Die Torwachen traten einen Schritt vor, bereit, sie vor dem Angreifer zu schützen. Ein Wort von ihr würde genügen. Hastig hob sie die Hand. »Schon gut. Wir wollen kein Aufsehen. Der Gentleman wird mich auf der Stelle loslassen und zurücktreten, dann können wir reden. Was wünscht Ihr, Sir?«

Tatsächlich tat er, wie sie gesagt hatte, und hob beschwichtigend beide Hände. »Geht ein Stück mit mir, Mylady. Ich kann Euch das nicht hier vor aller Ohren sagen. Das solltet Ihr nicht verlangen. Ist alles schwierig genug.«

Wider Willen verspürte Anne nun doch Neugier. Von Spott und Hohn war keine Spur mehr an ihm. Was bewegte ihn derart? »Gut. Aber Ihr haltet Abstand von mir, sonst rufe ich um Hilfe.«

Er nickte, und sie gingen nebeneinander die Straße zum Park entlang, wobei er sich sichtlich bemühte, nicht allzu sehr zu schlingern.

»Ich weiß, du hältst mich für einen Lumpen und Mörder, kleine Miss«, fing er an, und sie roch seine Fahne, obwohl er den verlangten Abstand einhielt. Ihm in dem Zustand seine plumpe Vertraulichkeit zu verbieten schien sinnlos, daher ließ sie ihn gewähren. »Aber ich bin nur ein Soldat. Ich diene einem

Herrn, und ich versuche, alles richtig zu machen. Und glaub mir, das ist manchmal eine höllische Last. Weißt du, wie lange ich den alten Maxwell Drummond kannte, den sturen Rinderschädel? Seit wir Kinder waren. Unser ganzes Leben lang kannten wir uns. Wir haben zusammen gesoffen. Und trotzdem … Der Krieg ist der Krieg. Hätte ich ihm in der Schlacht gegenübergestanden, ich hätte bis zum Tod gegen ihn gefochten. Ich hätt ihn umgebracht. Aber nach der Schlacht, als … Herrgott, *Lassie,* jetzt starr nicht nur verkniffen auf die Erde. Du hasst mich, das versteh ich. Aber ich will dir doch was sagen, was … Ich hab ihn nicht getötet.«

Anne sah ihn kühl an. »Ihr faselt, Mr. Mackay. Dass Ihr Maxwell Drummond nicht getötet habt, hattet Ihr bereits gesagt. Und auch wenn Ihr Ian nicht eigenhändig erschlagen habt, ist er offenbar tot. Was wollt Ihr noch von mir?«

»Das ist es doch gerade!«, schrie er, fuhr dann aber flüsternd fort: »Er ist nicht tot, dein Ian. Aber wissen darf das niemand. Die Schlacht war vorbei, wir haben ihn und seine Männer überrumpelt. Die meisten sind tot, aber er nicht. Ich habe es nicht fertiggebracht, sondern ihn nur niedergeschlagen und bei Argyll abgeliefert. Der hat ihn für tot erklärt und heimlich eingesperrt. Er hat es mir erklärt. Er glaubt, dass es die Rebellen entmutigt, wenn viele von ihren Anführern tot sind, was unserer Sache nützt. Aber er will bald auch mit ihnen verhandeln. Und dann, denkt er, hilft es ihm eher, wenn er ein paar beliebte Gefangene zum Austausch hat. Ich sollte niemandem etwas verraten, und bei Gott, es sieht mir nicht ähnlich, dass ich's tu. Aber als ich dich vorhin in der Küche sah, wie du da standest, so eine tapfere kleine Distel … Ich musste es dir sagen. Du hast doch schon mal um ihn geweint.«

So wenig wie Anne zuvor die Nachricht von Ians Tod hatte glauben können, so wenig glaubte sie Mackay nun das Gegenteil. »Verspottet Ihr mich? Rächt Ihr Euch an mir, indem Ihr mir eine falsche Hoffnung einredet? Ich weiß, dass ich ein großes Ärgernis für Euch war. Aber diese Lüge wäre eine Grausamkeit ohne Maß. Glaubt mir, ich bin genug gestraft.«

Er schüttelte heftig den Kopf. »Keine Lüge. Ein zähes kleines Ärgernis warst du, das kannst du laut sagen. Aber ein Schotte hat Respekt vor einem Weib, das so beharrlich um eine Herzenssache kämpft.«

Ihr Misstrauen blieb. »Den Eindruck habt Ihr früher nicht gemacht. Und gestern habt Ihr die Geschichte von Ians Tod sogar vor Lord Archibalds Gesinde überzeugend erzählt. Was soll ich Euch nun glauben, da Euch das Lügen so leichtfällt?«

»Eine Kriegslist ist keine echte Lüge. Aber ob Ihr mir glaubt, müsst Ihr selbst entscheiden. Ich kann nur sagen, er ist nicht tot. Er sitzt im Kerker von Stirling, wo es gewiss nicht behaglich ist und wo Lord John es ihm dafür, dass er fast seinen Bruder getötet hat, nicht gemütlicher machen wird. Als echter Highlander, der er ist, wird er es wohl trotzdem eine Weile überleben. Je schneller der König Argyll die Erlaubnis zum Verhandeln und Begnadigen gibt, desto eher wird Ian Drummond wieder Tageslicht sehen. Und besser, es geschieht, bevor doch noch James Stuart auf die Bühne tritt und seine Gefolgschaft wieder anstachelt. Wenn du da etwas tun kannst, dann tu es. Damit würdest du nicht nur deinem Schatz helfen, sondern uns allen.«

Gerade war Anne bereit gewesen, ihm zu glauben, und sie hörte das Blut in ihrem Kopf rauschen, weil sie sich so sehr wünschte, dass er die Wahrheit sagte. Doch nun sank ihre Hoffnung wieder. »Ihr wollt, dass ich meinen Einfluss bei Madam Schulenburg nutze, um Argylls Absichten beim König zu fördern. Steckt das hinter Eurer plötzlichen Freundlichkeit? Gaukelt Ihr mir deshalb vor, dass Ian noch lebt, damit ich dafür zugänglich bin?«

»Gar nichts gaukle ich vor. Ich schwöre dir bei allem, was mir heilig ist, dass Ian Drummond noch lebte, als ich Stirling verließ, und dass Argyll nicht vorhatte, ihn umzubringen. Was seitdem geschehen ist, kann ich nicht wissen. Aber Argyll ist ein guter Mann. Er ist königstreu, so wie es die Campbells immer waren, aber er will nicht noch mehr Schotten tot sehen, das kannst du mir glauben. Wenn Ian in der Schlacht nicht gerade an Lord Archibald geraten wäre, dann hätte er ebenso wie die anderen Gefangenen nicht einmal Prügel zu fürchten, solange Argyll das Sagen hat. Nun glaub mir doch, *Lass!* Glaub mir und tu etwas, was allen nützt!«

Auf einmal begriff Anne, dass er recht hatte, gleichgültig, ob Ian noch lebte oder nicht. Wenn die Chance bestand, den Krieg ohne weitere Schlacht zu beenden, dann musste sie das unterstützen, so gut sie konnte.

»Ich bezweifle, dass Euch etwas heilig ist, Mr. Mackay. Aber ich werde mich dafür einsetzen, das Blutvergießen zu beenden, ob Ihr nun lügt oder nicht.«

Er blieb schwankend stehen und holte aus seinem Sporran, den er samt Gürtel bei sich hatte – obwohl er nicht seinen schottischen Plaid, sondern englische Kleidung trug –, eine kleine Flasche. »Das hier ist mir heilig. Whisky aus Inveraray. Wir trinken auf unser Wort. Ich sage, dein Schatz lebt. Du sagst, du tust beim König für Argyll, was du kannst. *Sláinte mhath!*« Er trank und reichte Anne die Flasche.

Überrumpelt nahm sie den Whisky an. »Wie kommt Ihr überhaupt darauf, dass Ian mein Schatz ist? Davon war nie die Rede.«

»Spätestens gestern konnte jeder das sehen. Außerdem hast du ihn geheiratet. Da gibt es wohl nichts mehr zu leugnen.«

Sie wich unwillkürlich zurück. »Woher wisst Ihr das? Wir haben niemanden eingeweiht.«

»Argyll hat dein Gemach durchsuchen lassen. Du hast offenbar die Papiere in deinem Kasten.«

Anne überlief es heiß und kalt. Die Wut über das Eindringen in ihr Zimmer, die Hoffnung, dass Ian lebte, die Angst vor ihrer neuen Aufgabe, das Erstaunen, dass Argyll ihre Ehe mit Ian nicht gegen sie verwendet hatte – sämtliche Gefühle vermischten sich zu einem wilden Tumult. Entschlossen setzte sie die Flasche an und trank einen großen Schluck. Der Whisky brannte sich bis in ihre Eingeweide hinab und trieb ihr Tränen in die Augen. Sie schüttelte sich und gab die Flasche zurück. »Also dann, Mr. Mackay. Schwören wir auf Euren heiligen Whisky.«

Sie ging allein zurück zum Palasttor, während Mackay stehen blieb und ihr nachblickte. Zu ihrem Schreck stand Madam Schulenburg höchstselbst am Tor bei den Wachen. »Verzeiht mir, Eure Hochwohlgeboren. Das Gespräch dauerte länger als erwartet.«

»Was war das für ein Mann? Er sieht nicht vertrauenswürdig aus. Wisst Ihr, was Ihr tut?«, fragte Madam Schulenburg.

»Der Mann ist Offizier im Heer des Duke of Argyll, und er ist gerade aus Schottland gekommen. Da er eine Schlacht und eine weite Reise hinter sich hat, muss man ihm nachsehen, dass er nicht gepflegt auftritt. Ich habe seine Bekanntschaft bereits früher gemacht, und er wandte sich heute mit einer Bitte an mich, der ich nachkommen möchte. Ihr habt vielleicht schon davon gehört, dass Argyll gern mit den Jakobiten verhandeln würde. Ich glaube, es wäre zum Besten Seiner Majestät und Englands, wenn er die Erlaubnis dazu erhielte. Wenn Ihr erlaubt, würde ich Euch die Vorteile gern darlegen.«

»Ihr findet solchen Geschmack an der Politik, Lady Anne? Wer hätte das gedacht? Ich habe gegen eine solche kurze Plauderei nichts einzuwenden, doch gewiss nicht hier in der Kälte, und am besten gar nicht mehr heute.«

»Wie wäre es morgen Vormittag beim Ankleiden, Eure Hochwohlgeboren?«

»Meinetwegen. Doch ich warne Euch gleich: Ich höre mir zwar gern an, was Ihr zu sagen habt, aber ich weiß, dass es Seine Majestät nach einem deutlichen Sieg über die Rebellen dürstet.«

26. Kapitel

Nach der Rückkehr vom Ball konnte Anne vor Erschöpfung kaum noch stehen. Zu gern hätte sie einen Blick auf ihren schlafenden Sohn geworfen, in dem wiedererstarkten Glauben, dass sein Vater noch lebte. Ihn in der Nacht zu besuchen war jedoch ausgeschlossen, daher fiel sie ins Bett und hatte gerade noch Zeit, sich zu fragen, ob sie mehr Whisky hätte trinken sollen, um besser zu schlafen, bevor sie einschlief.

Mit jagendem Herzen schreckte sie am nächsten Vormittag viel später aus dem Schlaf auf als üblich. Gehetzt kleidete sie sich an und eilte ohne Frühstück zu den Gemächern der jungen Damen von der Schulenburg. Gertrud war bereits zu ihrem Unterricht gegangen, Luise und Melusine saßen in ihren Morgenröcken bei heißer Schokolade zusammen.

Melusine lachte bei ihrem Eintreten. »Da ist sie ja! Lady Anne, wisst Ihr, dass Ihr heute zum ersten Mal zu spät zum Ankleiden erscheint? Ihr habt gestern wohl zu viel getanzt. Schämt Euch, dass Ihr wegen Eures Vergnügens Eure Pflichten verletzt!«

Sie sagte es in dem leichten Ton, in dem sie Anne seit ihrem ersten gemeinsamen Tag aufgezogen hatte. Dennoch steckte in der Neckerei ein ernst gemeinter Tadel, den sie ausgerechnet an einem Tag verschuldet hatte, an dem sie eine Gefälligkeit von Madam Schulenburg erbitten wollte. »Es tut mir leid. Ich habe versäumt, mich wecken zu lassen, da ich sonst immer rechtzeitig von allein aufwache. Das wird nicht wieder vorkommen. Habt Ihr Eure Kleiderwahl für heute schon getroffen? Es ist empfindlich kalt draußen, und Ihr wolltet ausfahren, um das Eis auf der Themse zu betrachten, nicht wahr?«

Luise erhob sich. »Ganz recht, dabei bleibt es. Ich dachte an das dunkelblaue Samtkleid mit dem schmalen Pelzbesatz. Melusine ist überzeugt davon, dass die Themse so stark zufrieren wird, dass die Londoner wieder einen Jahrmarkt auf dem Eis veranstalten werden wie vor einigen Jahren. Daran glaube ich nicht. Aber die treibenden Eisschollen auf dem Fluss sind unterhaltsam, und wir müssen ja mal hinaus.«

Die jungen Damen plauderten entspannt, während Anne sie in aller Eile bei der Wahl ihrer Gewänder und Frisuren unterstützte. Zu ihrer Erleichterung musste sie dabei nicht mehr so viele Handgriffe selbst tun, da den Damen mittlerweile immer eine einfache Kammermagd zur Verfügung stand.

So bald wie möglich verabschiedete sie sich, klopfte bei Madam Schulenburg an die Tür und wurde ohne Umstände eingelassen. Um ein Haar wäre sie allerdings zurückgeprallt, denn, ganz ungewöhnlich für die Tageszeit, saß in trauter Gemütlichkeit King George bei seiner Mätresse am Tisch und trank Kaffee.

»Guten Tag, Lady Anne«, sagte er gut gelaunt, nachdem sie ihre Reverenz erwiesen hatte. »Meine liebe Madam Schulenburg sagt, Ihr hättet nun endgültig Euer Interesse an der Politik entdeckt? Es zieht mich heute Vormittag nicht an die Arbeit, daher würde ich gern noch etwas bleiben. Ich hoffe, Ihr werdet Euer Anliegen dennoch ganz frei vortragen und mit uns besprechen.«

Für einen Augenblick blieb Anne der Mund offen stehen. Sie hatte noch nicht einmal so recht gewusst, wie sie Madam Schulenburg die Sache nahebringen sollte, geschweige denn dem König selbst. Doch zurückschrecken durfte sie nicht, sie hatte es geschworen. »Eure Majestät …« Sie stockte, weil die beiden sie neugierig musterten, und musste tief Luft holen, um die nächsten Worte hervorzubringen. »Der Duke of Argyll hat sich in Schottland für Euch wacker gegen eine Übermacht geschlagen. Allerdings hörte ich, dass die Schlacht viele Opfer gefordert hat. Offenbar sieht Argyll sich nur gerade so eben noch in einer Position der Stärke. Er bezweifelt, dass seine Truppen einer weiteren großen Schlacht gegen das Jakobitenheer gewachsen wären. Gleichzeitig sieht er, dass die Jakobiten durch ihre Verluste, die Aussicht auf den Winter und die Enttäuschung darüber, dass der Pretender bisher nicht mit französischer Unterstützung in England eingetroffen ist, ebenfalls geschwächt sind. Offenbar ahnt er, dass einige Anführer zu Verhandlungen bereit wären. Da ich die Stimmung in London über die vergangenen Monate aus der Nähe erlebt habe, glaube ich, dass es zu Eurem Vorteil wäre, wenn Ihr Argyll Frieden mit den schottischen Jakobiten aushandeln lasst. Und es wäre sicher günstig, schnell zu handeln, bevor James Stuart womöglich doch noch erscheint und den Rebellen neuen Auftrieb verleiht.«

Anne wagte kaum zu atmen, nachdem sie ihre Rede beendet hatte. Madam Schulenburg starrte sie mit aufgerissenen Augen an, als wäre sie entsetzt über ihre vorlaute Hofdame.

George hatte sich zurückgelehnt und verzog spöttisch das Gesicht. »Wie gut, dass ich so weltgewandte und kriegserfahrene Kammerfräulein an meinem Hof habe. Da kann ich meinen Beraterstab ja bald entlassen. All die Kanzler, kostspieligen Minister, Räte und alten Generäle, die könnt Ihr offenbar leicht ersetzen, junge Lady. Doch vielleicht reicht meine Erfahrung in Kriegsangelegenheiten doch noch ein wenig weiter als die Eure. Wir führen hier keinen Krieg gegen einen würdigen Gegner auf Augenhöhe. Ich als rechtmäßiger Herrscher schlage eine verräterische Rebellion nieder. Und mit Rebellen verhandelt man nicht. Man erschlägt sie mit der Waffe oder richtet sie hin.

Nur weil Argyll zu zart besaitet ist, Verluste auszuhalten, und keine Lust auf ein unbequemes Winterlager hat, werde ich dem Feind keine Zugeständnisse machen. Niemand soll glauben, dass ich den Abschaum fürchte. Allenfalls wird mit denen über ihre Kapitulation gesprochen. Argyll soll sich zusammenreißen und diese Bauern zurück in ihre Moore jagen. Und wenn James Stuart einen Fuß auf englischen Boden setzt, werden meine Truppen ihn zerfetzen. Falls die Flotte seine Schiffe nicht ohnehin schon vorher versenkt. Habt Ihr dazu noch Fragen, Lady Anne Baynes?«

Anne wäre gern davongelaufen, so bis ins Mark beschämt fühlte sie sich. Warum hatte sie keinen Vorwand erfunden, um nicht direkt mit George sprechen zu müssen? Gewiss wäre Madam Schulenburg einfacher zu überzeugen gewesen und hätte das Anliegen geschickter vermitteln können. Andererseits befand sie sich gerade in einer Position, für die manch anderer viel Geld bezahlt hätte: Sie sprach vertraulich mit dem König und musste nur den Mut aufbringen, das Gespräch fortzusetzen.

»Verzeiht mir, wenn meine schlichten Worte Euch beleidigen, Eure Majestät. Das ist nicht meine Absicht. Ich weiß, dass ich nur eine Frau ohne weitreichende Kenntnisse bin und dass Ihr als erfahrener Feldherr und Fürst sprecht, der sein Urteil wohlüberlegt fällt. Doch vielleicht fügt meine Sicht der Euren etwas hinzu, das Euch und dem Land am Ende von Nutzen ist. Viele Männer, die auf der Seite der Jakobiten kämpfen, sind eigentlich nicht Eure Feinde. Manche folgen ihren Chieftains nur aus alter Sitte in den Kampf und nicht, weil sie dem Pretender anhängen. Andere rebellieren aus Unzufriedenheit mit den Zuständen in Schottland und sind weder für noch gegen Euch. Sie wollen nur eine Veränderung. Sie wären keine Rebellen mehr, wenn sie sehen würden, dass ihr Anliegen bei Verhandlungen gehört wird. Doch gerade auch die Männer, die jetzt noch

James Stuart zujubeln, wären durch geschickte Verhandlungen möglicherweise umzustimmen. Denn der Pretender ist nicht gekommen, als sie es erwarteten, während Ihr Euch als König erweist, der wohlwollend über sein gesamtes Volk zu herrschen wünscht. Und ich bitte Euch von Herzen zu bedenken, wie viele Leben Ihr auf beiden Seiten retten könnt, und auch, wie viel Wohlstand Eurem Land nicht verloren ginge, wenn dieser Krieg jetzt einvernehmlich beendet würde. Durch Nachsicht und Vergebung würdet Ihr viele Schotten für Euch gewinnen, da bin ich mir sicher.«

Die Schärfe war aus der Miene des Königs gewichen, doch in seinem Blick lag weiterhin Spott. »Wann immer in der Geschichte der Menschheit Frauen vor Fürsten standen und um Friedensverhandlungen, Milde und Vergebung baten, hatten sie vermutlich einen Verwandten oder Geliebten im Heer. Was ist es bei Euch, junge Dame? Ein Vetter in Argylls Truppen? Oder etwa doch entfernte Verwandte bei den schottischen Rebellen? Hat es etwas mit dem Knaben zu tun, den Georg August und Caroline aufgenommen haben?«

Klirrend stieß Madam Schulenburgs Kaffeetasse an die Untertasse, und Kaffee ergoss sich über den Tisch. Madam schrie erschrocken auf und brachte hastig ihr Kleid in Sicherheit. »Herrje, wie ungeschickt von mir! Lady Anne, bitte!«

Anne sprang flink zu einem Eckschrank, wo Putzlappen aller Art verwahrt wurden, bewaffnete sich und behob die kleine Überschwemmung, ehe größerer Schaden entstehen konnte. Wie eine Marionette arbeitete sie, obwohl ihre Gedanken rasten.

»Das ist Eure Schuld, Euer Liebden«, wandte Madam Schulenburg sich an George. »Wie könnt Ihr der armen Anne unterstellen, mit Rebellen verwandt zu sein? Ich habe mich darüber sehr erschrocken!«

Er zuckte ungerührt mit den Schultern. »Man sucht sich seine Verwandtschaft nicht aus. Nicht einmal bei seinen Kindern darf man davon ausgehen, dass sie die eigenen Ansichten teilen, wie ich leider nur zu gut weiß. Manche Rebellion wurde schon zum Bürgerkrieg, der Familien und Freundschaften zerriss. Das ist mir alles wohl bewusst. Ihr solltet nicht glauben, dass keiner dieser Fälle mein Herz rührt, Lady Anne. Doch ein fähiger Souverän lässt nicht sein weiches Herz bestimmen, sondern seine feste Überzeugung. Und meine Überzeugung ist, dass meine Regierung zuerst beweisen muss, dass sie zu einer unbarmherzig festen Hand fähig ist, bevor sie Milde zeigen darf. Es ist wie bei Kindern, die fortwährend den Willen des Vaters erproben. Behält er sie nicht streng im Griff, lernen sie keinen Respekt. Aber diese Sache reicht noch weiter. Meine Regierung wird von ganz Europa beäugt. Nur ein vollständiger Sieg über die Rebellen wird mir in den Augen der großen Fürsten einen Rang verleihen, der diesem Land nutzt.«

Annes Knie zitterten, und sie musste den Kopf senken, um ihre Tränen zu verbergen. »Ich verstehe, Eure Majestät. Bedeutet diese Härte auch, dass Ihr keinen Austausch von Gefangenen erlauben werdet?«

George hob den Zeigefinger. »Aha. Seht Ihr, Madam? Am Ende geht es doch um einen Vetter. Auf welcher Seite wurde er gefangen genommen, Lady Anne? Haben die Rebellen ihn? Dann bleibt nur zu hoffen, dass diese Wilden ihre Gefangenen anständig behandeln, bis wir sie befreien. Einem Austausch werde ich nicht zustimmen. Ehrliche Kriegsgefangene tauscht man aus, aber nicht Verbrecher. Sollte Euer Vetter ein gefangener Verbrecher sein, bedaure ich. Er wird seine gerechte Verurteilung in dem Kerker abwarten müssen, in dem er sitzt.«

Anne gestand sich ein, dass sie bei ihm nichts bewegen würde. Argyll musste sich mächtigere Unterstützer suchen, wenn es zu Verhandlungen kommen sollte. Um Ian zu helfen, musste sie einen anderen Weg finden. »Ich habe keine Vettern, Eure Majestät. Es ist nur so, dass ich viele Leute kenne, die Euch und dem Haus Hannover zwar wohlgesinnt sind, die aber dennoch Mitgefühl mit den Jakobiten haben werden, wenn Ihr an ihnen blutige Vergeltung übt. Möglicherweise werdet Ihr deren Unterstützung dann verlieren.«

Scharf sah er sie an. »Zählt Ihr Euch zu ihnen?«

Sie schüttelte den Kopf. »Ich war stets überzeugt davon, dass Ihr nicht nur der rechtmäßige Souverän seid, sondern auch der richtige für England, und danach habe ich gehandelt. Auch wenn ich Euch meine Sicht dargelegt habe, maße ich mir nicht an, Eure Entscheidungen anzuzweifeln. Ich habe allerdings auch schon länger als die meisten Engländer die Ehre, Euer Wirken aus der Nähe beobachten zu dürfen. Mein Vertrauen fußt also auf einer festen Basis, die anderen fehlt.«

Ein feines Lächeln umspielte seine Lippen. »Das habt Ihr nun hübsch gesagt. Und es bringt Eure englische Prägung deutlich zum Vorschein. Tatsächlich scheint sich unter dem englischen Adel die Auffassung breitgemacht zu haben, dass man einen König nur zu verehren oder gar bloß zu dulden hat, wenn man mit seiner Regierungsweise zufrieden ist. Andernfalls schafft man sich einen anderen an. Andernorts wäre das undenkbar. Dort ist der König wahrhaftig ein Regent von Gottes Gnaden und wird nicht angezweifelt, weil man Gott selbst nicht anzweifelt. Nun, ich gestehe, ich weiß gar nicht, was mir lieber ist. Einerseits geht mir die Zweifelei der Engländer gehörig auf die Nerven. Ich bin der König, Herrgott! Ich lasse mich doch nicht immerwährend von jedem dahergelaufenen Barönchen beurteilen! Andererseits bin ich nun einmal nicht als König geboren und habe selbst schon gelegentlich gedacht, dass manch ein König seinem Land nicht guttut, von Gott also ungeschickt gewählt wurde.«

»Euer Liebden! Erzürnt nicht unseren Herrgott!«, fuhr Madam Schulenburg entsetzt dazwischen.

Er seufzte. »Ja. Besser nicht. Was für ein Jammer, ich hatte heute so gute Laune. Nun ist sie dahin. Eure Schuld, junge Lady! Früher hattet Ihr so oft gute Einfälle für einen unterhaltsamen Zeitvertreib. Könnt Ihr Eure Aufmerksamkeit nicht darauf zurücklenken, statt Euch mit Politik zu befassen?«

Anne knickste tief. »Sehr wohl, Eure Majestät. Darf ich gehen?«

»Gewiss dürft Ihr. Ach, nein, noch eine Kleinigkeit: General Cadogan schwärmt von der Qualität dieser Sache, die Ihr seiner Gemahlin zur Probe überlassen habt. Ha, ha! Kapitaler Prachtkerl, dieser Cadogan! Ich wollte ihn nicht nach dem Lieferanten der Tütchen fragen, will ihn aber wissen. Wenn Ihr so gütig wärt, ihn mir bei Gelegenheit zu notieren!«

Seine Bitte hätte Anne unter anderen Umständen vielleicht amüsiert, doch gerade wollte sie nur fort. Sie senkte ihr Haupt, erhob sich aus dem Knicks und ging rückwärts zur Tür. »Zu Euren Diensten. Ich lasse Euch ein Billett zukommen.«

Als Anne am Abend nach dem Gespräch mit dem König Mackay in Lord Archibalds Haus aufsuchte, fiel der erste Schnee. Wenige zarte Flocken waren es, die verschwanden, sobald sie auftrafen, doch Anne erschienen sie wie warnende Vorboten eines frühen kalten Winters, der das Leben von jedem bedrohte, der das Unglück hatte, in einem schottischen Kerker gefangen zu sein – fernab von allen Angehörigen, die für etwas Linderung hätten sorgen können.

Der Butler ließ sie dieses Mal ohne Umstände ein. Michael durfte in der Halle warten, und Anne wurde zu einer Dienstbotenkammer geführt, die nach den Ausdünstungen eines ungewaschenen Trinkers stank. Mackay lag bekleidet auf dem Bett und machte keine Anstalten aufzustehen. Sein Gesicht war grau, die Augen gerötet und dunkel gerändert.

»Ah. Die kleine Mrs. Drummond. So bald hatte ich dich nicht erwartet.«

Sie schloss die Tür hinter sich, blieb aber mit der Hand am Drücker stehen. »Ich habe mit dem König gesprochen. Er ist nicht geneigt, Verhandlungen zuzustimmen. Ihm ist ein vollständiger Sieg über die Jakobiten wichtiger als alle guten Gründe für eine Einigung. Ich habe mein Bestes gegeben, aber um ihn umzustimmen, muss Argyll sich andere Verbündete besorgen. Seine Majestät wird nicht einmal einen Gefangenenaustausch zulassen, weil er die gefangenen Jakobiten als Verräter verurteilt sehen will.«

Mackay legte sich die Hand auf die Augen und stieß ein zynisches Lachen aus. »Unser König hat offenbar noch keine Ahnung davon, was es bedeutet, die englische Gerichtsbarkeit in Gang zu setzen. Wenn Argyll all die Gefangenen festhält, bis sie vor Gericht gestellt werden können, dann werden sie ihn sogar bei kargen Rationen arm fressen.«

»Seine Majestät auf die Umständlichkeit unserer Gerichtsbarkeit hinzuweisen ist kein guter Gedanke, fürchte ich. Das würde ihn nur wütend machen. Es tut mir ehrlich leid, dass ich nicht mehr erreichen konnte. Ich werde weiter über die Sache nachdenken und jede Gelegenheit nutzen, um Einfluss zu nehmen. Leider erkennt Seine Majestät Argylls bisherige Leistung nicht an und unterstellt ihm Schwäche. Vielleicht wäre es am aussichtsreichsten, wenn Lord John ihm persönlich von der gegenwärtigen Lage berichten würde.«

»Der Duke wird jetzt nicht nach London kommen. Er wird nicht riskieren, die Männer allein zu lassen. Wenn Lord Archibald ihn vertreten könnte, wäre es etwas anderes, aber er kann es nicht, dafür hat dein Ian gesorgt. Das wäre ein Witz, wenn das dazu führte, dass es nun keine Verhandlungen gibt, nicht wahr? Da hätte der junge Held seiner Seite am Ende einen Bärendienst erwiesen.«

Anne schnaubte. »So weit hätte wohl niemand in der Schlacht denken können. Mr. Mackay, ich muss wieder gehen. Sagt mir bitte vorher noch eins: Seht Ihr eine Möglichkeit, Ian zu helfen, ohne den König zu verraten? Kann ich ihm etwas schicken, damit er den Winter übersteht?«

Mackay schüttelte müde den Kopf. »Würde nicht ankommen, wenn du es an ihn adressierst. Aber weißt du was? Gib es mir mit. Ich muss mit Leutnant Fenton nach Stirling zurück. Gib mir einen guten Plaid oder eine Wolldecke, warme Strümpfe, Handschuhe, eine Mütze, einen harten Käse, Schiffszwieback, ein paar Kerzen, einen Löffel, ein Feuerzeug und Geld in Münzen. Ich kaufe davon Whisky für die Wachen und gebe Drummond den Rest. Wenn du Papier, Feder und Tinte dazulegst, kann er mir vielleicht einen Brief für dich schreiben, den schicke ich dann her.«

Er lag noch immer matt auf dem Rücken. Auf einmal wirkte er alt und verbraucht, und Anne ahnte, wie es ihn vor der Reise zurück nach Schottland grauste. »Mr. Mackay, ich gestehe, dass Eure plötzliche Güte mich noch immer misstrauisch macht. Ich kann Euch und den Campbells nicht so leicht vergeben, dass Ihr das Leben meines Sohns bedroht und ihn verletzt habt. Aber wenn Ihr mir diesen Gefallen tut und Ian helft, dann bin ich Euch von Herzen dankbar.«

»Hm. Er wird es vielleicht nicht sein. Immerhin war ich derjenige, der ihn eingesackt hat. Aber ich glaubte, er bekommt seine Tracht Prügel für Lord Archibald und wird dann bald gegen einen von den unseren ausgetauscht. Ich konnte ja nicht wissen, dass Argyll ihn erst für tot erklärt und dass der König dann den Austausch nicht zulässt. Bring mir die Sachen bis übermorgen. Bis dahin bleibe ich sicher, dann geht es zurück.«

Ians Brief an Anne, 1. Dezember 1715

Liebste Anne,
ich danke Dir tausendfach, und ebenso oft bitte ich Dich um Verzeihung dafür, dass ich Dich in diese Lage gebracht habe. Deine Hilfe hat mir vermutlich das Leben gerettet. Der Kerker von Stirling ist der kälteste und dunkelste Ort, den ich je betreten habe, und die Wachen waren mir bisher nicht wohlgesinnt. Mackays Besuch und deine Münzen werden die Lage erleichtern, und die warmen Sachen werden mir gerade noch die Zehen und Finger erhalten, von denen ich mich in Gedanken schon verabschiedet hatte. Doch in diesem Verlies sind noch andere, denen es nun schlechter geht als mir, was mir auf die Seele drückt. Ich weiß, dass es eine ungeheure Last für Dich sein wird, und bitte Dich dennoch: Wenn du etwas tun kannst, um auch den anderen Gefangenen hier zu helfen, dann tu es! Mackay sagt, wir würden nicht ausgetauscht, und wir wissen, was das bedeutet. Die meisten von uns werden erfroren, verhungert oder an einer Seuche verreckt sein, bevor die Verfahren auch nur beginnen. Angehörige dürfen sich nicht hierher wagen, und Argyll wird genug Mühe haben, seine eigenen Männer lebend durch den Winter zu bringen.

Meine Liebste, ich darf nicht mehr schreiben, weil Mackay gehen muss. Nur noch so viel: Ich wage nicht zu hoffen, dass wir uns je wiedersehen, aber sollte es doch so kommen, werde ich versuchen, alles wiedergutzumachen – das schwöre ich.

Auf ewig Dein,
Ian

Der Brief war eine Weile unterwegs gewesen und erreichte Anne erst am Abend des 25. Dezember. Am Morgen des 26. Dezember erbebte der St. James's Palast unter dem Zorn des Königs, der soeben erfahren hatte, dass James Stuart einige Tage zuvor im schottischen Peterhead gelandet war.

Wochenlang hatte Anne gespannt beobachtet, wie Argylls Verbündete auch nach der brüsken Zurückweisung durch den König hartnäckig darauf hingewirkt hatten, dass er dem Duke Befugnisse für Verhandlungen erteilte. Doch der König war nicht ihr einziger Gegner. Es gab andere, die ihn in seiner Einstellung bestärkten.

Deshalb schickte George Anfang Dezember den draufgängerischen General Cadogan nach Schottland, um zu tun, wozu Argyll seiner Ansicht nach unfähig war: Er sollte die Jakobiten in die Highlands jagen. Und tatsächlich nahm Cadogan den wegen des Winterwetters eingeschlafenen Kleinkrieg wieder auf und focht mit wechselndem Erfolg in der Gegend um Stirling Scharmützel aus. Nebenbei bereitete er trotz der Kälte und des Schneefalls einen Angriff auf Perth vor, wo sich die Hauptmacht der Jakobiten aufhielt. Und im Gegensatz zu John Campbell zuvor erhielt er aus London jede Unterstützung, die er verlangte.

Anne hatte versucht, bei alldem auch im Herzen an ihrer Königstreue festzuhalten, doch es fiel ihr zunehmend schwer. Irgendwann hatte sie begriffen, dass hinter Georges vehementer Forderung nach Härte und Vergeltung vor allem gekränkter persönlicher Stolz steckte, und schließlich erinnerte sie sich wieder daran, was er seiner geschiedenen Ehefrau vor langer Zeit aus demselben Grund angetan hatte. Wie sollte man glauben, dass ein solcher Mensch sich wirklich bemühte, nur zum Besten seines Landes und seines Volkes zu handeln?

Als die Nachricht von der Ankunft des Pretenders durch den Palast hallte, frisierte Anne gerade Miss Gertruds Haar und spürte dabei das wellige Papier von Ians Brief auf der nackten Haut, wo sie ihn in ihr Korsett geschoben hatte. Er war unterwegs feucht geworden, die Tinte ein wenig zerlaufen. Gequält dachte sie daran, wie viel Zeit vergangen war, seit Ian ihn geschrieben hatte. Wie ging es ihm und seinen Mitgefangenen inzwischen?

Bisher hatte sie trotz des königlichen Starrsinns gehofft, dass wenigstens das Kabinett ein Einsehen haben und George letztlich dazu bringen würde, den Krieg durch Verhandlungen zu beenden. Doch James' Erscheinen zerschlug diese Hoffnung. Die hannoversche Seite würde sich nun geschlossen gegen Verhandlungen stellen, und die Rebellen genug Auftrieb erhalten, um sich vielleicht mit frischem Mut wieder in den Kampf zu stürzen. Die Gefangenen beider Seiten würden darunter leiden. Was konnte sie da schon groß tun, um ihnen zu helfen? Möglicherweise würde sie es schaffen, Ian noch einmal ein paar Münzen zukommen zu lassen. Weiter reichten weder ihre Mittel noch ihre Verbindungen.

»Warum seid Ihr heute schon wieder so traurig, Lady Anne?«, fragte Gertrud, ohne sich zu bewegen.

Sie sah Anne über den Umweg des Spiegels an. Anne warf einen Blick auf ihr Spiegelbild und stellte fest, dass die jüngste der Schwestern über das vergangene Jahr zu einer Schönheit herangereift war. Sorgsam wickelte sie weiter Haarsträhnen auf kleine Polster, die sie anschließend feststeckte. Es hatte Zeiten gegeben, da hätte sie der jungen Dame gesagt, dass der Krieg sie traurig machte und sie sich um die Gefangenen sorgte. Nun allerdings durfte sie nicht riskieren, dass die weichherzige Gertrud dem König ihre Worte unbedarft weiterleitete. Es würde wirken, als hätte Anne versucht, das Mädchen gegen ihn und seine Entscheidungen zu beeinflussen. Auch Madam Schulenburg gegenüber wagte sie nicht mehr, auf die Angelegenheit zu sprechen zu kommen. Nur zu Gräfin Johanna sprach sie noch offen, und auch die wusste keinen Rat.

»Es ist nur der Winter, Miss Gertrud. So schön die zugefrorene Themse auch sein mag, aber viele arme Londoner leiden unter der Kälte.«

Später am Tag schnürte sie ein Paket aus Lebensmitteln, Wollsachen und Geld, um es Mackay zuzusenden, in der Hoffnung, dass er es an Ian weitergeben würde. Ob es überhaupt in Stirling ankommen würde, stand allerdings in den Sternen, und dann blieb noch die Frage, ob Argylls und nun Cadogans Truppen bereits auf Perth vorgerückt waren.

Es war bereits dunkel, als sie das Paket zu Lord Archibalds Haus brachte. Michael trug wie üblich die Fackel vor ihrer Sänfte her, und erneut schneite es. Dieses Mal schon so stark, dass eine feine weiße Schicht den Schmutz der Straße bedeckte.

Zu Annes Überraschung war das Haus hell erleuchtet, sie sah es schon von Weitem. Dampfende Reitpferde standen an den Mauerringen angebunden, ein leerer Reisewagen wartete vor der Tür, der Kutscher hielt selbst die Zugpferde. Eilig befahl sie den Chairmen anzuhalten, und schickte Michael, um unauffällig herauszufinden, was los war.

Angespannt blickte sie ihm nach, bis er im Haus verschwunden war. Kurz darauf tauchte er an der Seite von Mackay wieder auf, und beide kamen im Laufschritt auf sie zu. Mackay winkte ihre Chairmen um die nächste Ecke und sah dann zu ihr herein, während Michael wachsam die Straße beobachtete.

»Mr. Mackay! Was ist geschehen?«, fragte Anne.

»Du darfst nicht mehr zum Haus kommen, *Lass!* Seine Lordschaft ist zurück, und glaub mir, er ist verflucht schlecht gelaunt. Er weiß nichts von unserem kleinen … *Gadzooks!* Er hasst Ian Drummond. Er hat die Reise nach London trotz seines Zustands gemacht, weil er ihn hasst. Die Schotten haben sich dagegen aufgelehnt, dass die gefangenen Jakobiten nach englischem Recht gerichtet werden. Seine Lordschaft hat deinen Mann hergezerrt, damit er auf jeden Fall nach englischem Recht gerichtet wird. Sie haben ihn nach Newgate gebracht. Wenn du noch etwas für ihn tun willst, dann musst du es da tun. Komm nicht mehr her! Ich muss gehen. Leb wohl, kleine Lady!«

Anne konnte ihm gerade noch einen Dank nachrufen, bevor er um die Ecke bog. Michael kam zu ihr, die Lampe tauchte sein Gesicht in flackerndes Licht.

»Alles in Ordnung, Mylady? Zurück zum Palast?«

Seine besorgte Stimme machte ihr erneut bewusst, wie anständig und freundlich er war. Er verdiente es nicht, dass sie ihn noch weiter in das hineinzog, was nun bevorstand: Sie musste nach Newgate.

»Ja, bitte, Michael. Mein Anliegen hat sich erledigt. Zurück zum Palast.«

Während Anne durch den weihnachtlich geschmückten Palast zu ihrem Zimmer ging, kreisten ihre Gedanken um Galgen und Richtblöcke. Ein schottischer Rebell, der in London nach englischem Recht gerichtet wurde, während mindestens ein erbitterter Feind darüber wachte, dass sich keine Milde in das Verfahren einschlich, durfte nur mit dem Tod rechnen. Ian würde mit größter Wahrscheinlichkeit hingerichtet werden. Offen war nur, wie lange es bis zum Verfahren dauern würde. Es gab bereits viele bedeutsamere gefangene Jakobiten, die vermutlich vor ihm vor Gericht gestellt werden würden.

Anne wusste, dass Gefangene manchmal jahrelang in Gefängnissen ausharrten, bis ihnen der Prozess gemacht wurde. Und vielleicht änderten sich in dieser Zeit die Umstände zu ihren Gunsten. Alle Hoffnung war also noch nicht verloren – daran musste sie sich halten.

Aus dem Apartment des Kronprinzenpaars hörte sie Musik, die nach Händel klang. Immer wurde weiter musiziert, getanzt, sich vergnügt. Manchmal fühlte sie sich durch dieses immerwährende höfische Fest bis ins Mark zermürbt. Andererseits half es niemandem, das Vergnügen zu verbieten. Die Welt wurde nicht besser, wenn die Leute aufhörten zu tanzen.

Auf dem Gang zu ihren Gemächern kam ihr Gräfin Johanna entgegen.

»Da seid Ihr, Anne! Ich hatte gehofft, Euch zu finden. Die Kinder führen gleich in Georg Augusts Audienzsaal Tänze auf. Euer Johnny ist auch dabei. Das wird gewiss entzückend. Lieber Himmel, Ihr seht schon wieder aus wie ein Gespenst. All die Ladys, die tiegelweise weiße Schminke verbrauchen, um so bleich zu wirken, dürften Euch beneiden. Dass Ihr abgemagert seid, fiel übrigens neulich sogar Prinzessin Caroline auf. Diese Sache mit den Gefangenen macht Euch furchtbar zu schaffen, nicht wahr?«

Anne sah vor ihrem inneren Auge, wie Ian zum Galgen geführt wurde. Gleich morgen würde sie ihr altes Kleid anlegen und heimlich nach Newgate fahren. Vorher musste sie mit May sprechen, die wissen würde, wie man sich dort verhielt.

»Macht Euch keine Sorgen um mich, meine Liebe«, hörte sie sich sagen. »Ich komme schon zurecht. Und wenn Ihr mir einen Augenblick Zeit gebt, werde ich Euch gern zu der Tanzvorführung begleiten.«

Ohne Mantel, mit glatt gestrichenem Kleid und in Ordnung gebrachter Frisur betrat sie kurz darauf den prinzlichen Saal. Die Kinder standen noch mit ihrem Tanzlehrer am Rande, während erwachsene Paare ein Menuett beendeten. Zum Applaus der Gesellschaft nahmen sie anschließend Aufstellung. Johnny war dort, Henry, die sechs- und vierjährigen Prinzessinnen Anna und Amelia, die elfjährige Charlotte von Kielmannsegg, ihr zehnjähriger Bruder Ludwig und etliche mehr. Nur wenige von ihnen schienen Freude an der Sache zu haben, und die Gesichter der anderen waren ängstlich oder starr, was mit dem Taktstock des Lehrers zusammenhängen mochte, der verdächtig einer Rute glich. Auch Johnny, den man für die Vorstellung in eine Hose gesteckt hatte, obgleich er offiziell noch keine trug, starrte nur mit aufgerissenen Augen seine kleine Tanzpartnerin Amalie an.

Die Musik setzte ein, und die Kinder führten ihre einstudierten Schritte vor, während der Lehrer auf und ab ging und diejenigen, die Fehler machten, mit einem Antippen der Rute korrigierte. Anne stand mit geballten Fäusten da, spürte ihre Nägel in die Handflächen schneiden und hasste jede Minute. Es wurde nicht besser, als Johnny sie sah, ihr zuwinkte und prompt einen Tadel mit der Rute erhielt.

Als es vorüber war, sollten die Kinder sich brav paarweise beim Lehrer sammeln, doch Johnny brach aus und kam zu ihr gelaufen. Er machte den Eindruck, als würde er sich am liebsten unter ihren Röcken verstecken. Eilig ging sie in die Hocke und nahm ihn in die Arme. »Das habt ihr Kinder hübsch gemacht, mein Schatz. Aber du musst dich noch mit den anderen vor dem Prinzen und der Prinzessin verbeugen«, flüsterte sie.

»Ich will nicht«, sagte er weinerlich. »Ich bin müde.«

Bleischwer drückte Anne auf einmal die Vorstellung, Ians Tod abzuwarten und sich danach weiterhin mit Entscheidungen abzufinden, die seine Henker für ihren Sohn trafen. Mehr Blicke, als ihr lieb waren, richteten sich auf sie, in der Erwartung, dass sie Johnny tadeln und zu seinem Lehrer zurückschicken würde. Ein Kind musste doch frühzeitig lernen, wem es Ehrerbietung schuldete! Tränen traten ihr in die Augen, und sie brachte es nicht fertig, sich von ihm zu lösen.

Der Prinz und die Prinzessin saßen auf ihren Thronsesseln und betrachteten bisher nur lächelnd ihre Töchter, die sich anschickten, mit den anderen paarweise vorzutreten und ihre Reverenz zu erweisen. Der Lehrer warf Anne einen bösen Blick zu und bewegte sich in ihre Richtung, als wolle er ihr Johnny nötigenfalls entreißen. Sie küsste ihren Sohn auf die Stirn und nahm seine Hand in die ihre. »Komm, wir gehen und verneigen uns gemeinsam. Danach bringe ich dich ins Bett.«

Er nickte, und sie ging mit ihm zu den anderen Kindern, wo die kleine Amalie etwas ratlos auf ihn wartete. Anne ließ die Prinzessin seine Hand nehmen, während sie die andere festhielt. Ohne der finsteren Miene des Lehrers Beachtung zu schenken, trat sie mit den Kindern vor und knickste. Das erheiterte Stimmengewirr wies darauf hin, dass die Anwesenden daran keinen Anstoß nahmen.

»Meine Güte, was für ein niedliches Kerlchen Lady Annes Schützling ist«, hörte sie Henrietta Howard sagen. »Das wird gewiss mal ein Herzensbrecher.«

»Lady Annes Herz hat er ganz offensichtlich bereits fest im Griff«, sagte jemand anders.

Anne lächelte ihr bestes Hoflächeln und half den Kindern dabei, zur richtigen Zeit die richtigen Schritte zu tun und rückwärts zu gehen, bis sie den Saal verlassen hatten.

Der Lehrer fuhr sie an, sobald die Tür geschlossen war. »Ich möchte Euch bitten, den jungen John seine Aufgabe beim nächsten Mal selbst meistern zu lassen. Die beste Erziehung kann nicht fruchten, wenn sie unterwandert wird. John ist in diesen Dingen ohnehin schwer von Begriff.«

Anne verspürte kurz den Drang, ihm gegen das Schienbein zu treten. Stattdessen nahm sie ihren müden Sohn auf den Arm, obwohl er für sie schon beinah zu schwer war. »Rührend, dass Ihr so besorgt seid. Aber dazu besteht kein Grund. Johnny wird alles beizeiten lernen, was er können muss. Ich nehme ihn heute Nacht mit zu mir, denn mir scheint, er fiebert ein wenig. Falls es nichts ist, bringe ich ihn morgen rechtzeitig zum Unterricht.«

Dann ging sie, ohne die Entgegnung des Lehrers abzuwarten.

Zu ihrem Erstaunen fing Johnny an zu weinen. »Das geht nicht«, sagt er und strampelte sich von ihrem Arm herunter, sodass sie ihn absetzen musste.

»Warum denn nicht?«, fragte sie.

»Wir haben noch nicht gegessen. Erst nach dem Tanz, haben sie gesagt.«

Die Verzweiflung in seiner Stimme war das letzte Körnchen auf einer Waagschale, von der sie bisher nicht gewusst hatte, dass sie existierte. »Du bekommst bei mir zu essen. Ich lasse uns etwas besonders Gutes bringen. Einverstanden?«

Endlich breitete sich das lang vermisste Lächeln auf seinem Gesicht aus. »Einverstanden.«

Sie nahm ihn an die Hand, und ehe sie an ihrem Zimmer ankamen, hatte sie zwei große und ein Dutzend kleine Entscheidungen gefällt. Zum einen würde sie sich nicht damit abfinden, dass Johnny von Fremden erzogen wurde. Zum anderen würde sie nicht zulassen, dass Ian Drummond hingerichtet wurde.

27. Kapitel

London, Dezember 1715

Beißend kalt fegte der Wind durch die Gasse am Newgate-Gefängnis, wo Anne sich nachmittags mit May traf. Immerhin trug er den Gestank des Kerkers davon, der hier an warmen, windstillen Tagen erstickend sein konnte.

Michael hatte Anne dieses Mal nicht eingeweiht. Wenn es dunkel wurde, würde sie einen von den Straßenjungen anstellen müssen, damit er ihr ein Licht trug, oder in der Dunkelheit allein ihren Weg finden.

In dem einen Jahr, das sie May nun kannte, war ihre junge Freundin so herangereift, dass sie nicht mehr mit einem Kind zu verwechseln war. Und tatsächlich hatte sie viel von ihrer Fröhlichkeit verloren. Auch an diesem Tag lächelte sie nicht, als Anne an ihrem Treffpunkt auf sie zukam.

»Ich würde einen guten Tag wünschen, Mylady, aber das hätte heute keinen Sinn. Man kann keinen guten Tag haben, wenn man jemanden in diesem Gefängnis besucht. Ich sag's Euch gleich: Wenn es nach mir ginge, würdet Ihr da nicht reingehen.«

Anne nickte. »Ich weiß. Und ich wünsche dir trotzdem einen guten Tag, denn du sollst ja nicht hinein. Nur was du über die Sitten herausgefunden hast, sollst du mir sagen. Aber nenn mich lieber Miss statt Lady.«

»Wir sollten hier nicht stehen bleiben, Miss, sonst quatscht uns gleich einer an. Hat eben schon ein Kerl versucht. Ich habe das ganz schön satt, kann ich Euch sagen. Manche benehmen sich, als müsste jedes Weib auf der Straße eine Hure sein.«

Sie setzten sich in Bewegung und gingen langsam voran, als hätten sie ein Ziel, während May Anne erklärte, wie sich Besucher in Newgate zu verhalten hatten. »Ihr zahlt beim Sheriff einen Shilling und sechs Pence für den Besuch. Dann wird man Euch durchsuchen, damit Ihr nichts Verbotenes hineinträgt. Von allem, was Ihr mitbringt, suchen sich die Schließer aus, was sie selbst haben wollen, dagegen könnt Ihr wenig tun. Manchmal kann man es aber zurückkaufen. Oder Ihr besticht die Wachen gleich mit etwas besonders Gutem, das Ihr für sie in den Korb legt. Oder manche … Aber das kommt für Euch nicht infrage. Es besuchen auch Huren das Gefängnis, um sich drin anzubieten, müsst Ihr wissen. Womit die die Wachmänner bestechen, könnt Ihr Euch denken.«

Bis May mit ihrem Bericht fertig war, hatten sie das Newgate-Gefängnis umrundet, und Anne hatte noch einige Dinge eingekauft. Erst als alles andere gesagt war, stellte sie May ihre wichtigste Frage. »Das wird mir alles sehr helfen, danke. Aber eins noch: Was weißt du über Leute, die aus dem Kerker entkommen sind? Wie haben sie es angestellt?«

May sah sie erschrocken an. »Das kann nicht Euer Ernst sein! Miss Baynes, es ist eine Sache, einem Gefangenen Schinken und Käse zu bringen, aber eine ganz andere, ihm bei der Flucht zu helfen. Am Ende wird man Euch auch noch einsperren.«

»Der Plan muss dieses Mal eben so gut sein, dass er gelingt. Und wenn jemand daraufkommt, dass ich Ian bei der Flucht geholfen habe, werde ich nicht mehr hier sein. Ich gehe mit ihm und Johnny fort.«

Mays Miene war ernster als je zuvor. »Ich wünsche Euch ja, dass Ihr mit Eurem Schotten und dem Kleinen einen sicheren Ort zum Leben findet. Aber aus Newgate auszubrechen …« Nun flüsterte sie. »Das ist möglich und schon mehr als nur einem gelungen. Aber wenn es schiefgeht, setzt es fürchterliche

Strafen. Dabei ist schon mancher gestorben, der noch ein paar Jahre hätte leben können, wenn er einfach still auf seine Verhandlung gewartet hätte.«

Anne flüsterte ebenfalls. »Ich weiß, dass es gefährlich ist. Trotzdem will ich wissen, wie die anderen es angestellt haben.«

Woraufhin May ihr rasch zuwisperte, was sie in ihrem Leben auf Londons Straßen über gelungene Ausbrüche aufgeschnappt hatte. »Aber gerade die schlauesten Ausbrecher hat man später wieder geschnappt. Die waren alle so stolz auf ihr Kunststück, dass sie das Maul nicht halten konnten«, endete sie.

»Wenigstens das wird uns nicht geschehen«, erwiderte Anne.

Das Gefängnis Newgate hieß nicht nur so, weil es im Viertel Newgate lag, sondern weil das Torhaus selbst zum Kerker gehörte. Auf der einen Seite der Straße befand sich im Erdgeschoss des die Straße überspannenden Gebäudes eine Zelle, wo Gefangene die Zeit bis zu ihrer offiziellen Einkerkerung verbrachten, auf der anderen Seite befand sich der Eingang zum eigentlichen Gefängnis.

Dort einzutreten erinnerte Anne im ersten Moment an ihren Besuch bei Reverend Gillingham im Schuldgefängnis, doch rasch stellte sie fest, dass die Stimmung hier noch weit düsterer war. Außerdem führte man sie nicht durch die Schlafsäle und Hallen der Gefangenen zu Ians Unterkunft, sondern in einen kleinen Saal, wo sich außer ihr noch andere Besucher aufhielten. Ihren Korb nahm der Schließer ihr ab, um den Inhalt später Ian zu übergeben, denn das Gespräch mit den Gefangenen war von hier nur durch »Gigger« genannte Eisengitter hindurch möglich. Sie waren wie Fenster in die Wand zum Nebenraum eingelassen, und die Stäbe waren zu eng gesetzt, um hindurchgreifen zu können. Anne wusste von May, dass es möglich war, sich Ausnahmen von dieser Besuchsregel zu erkaufen, doch das war kostspielig. Für den Anfang hatte sie daher lieber darauf verzichtet.

Ian erschien am Gitter, legte die Finger um die Stäbe und hielt nach ihr Ausschau. Am rechten Handgelenk hing eine dicke Kette, die hinunter zu seinem rechten Fußknöchel führte, so wie bei allen anderen Gefangenen, die sich davon nicht freigekauft hatten. Er trug die Mütze, den Schal, die Wolljacke und den Plaid, die sie ihm nach Stirling geschickt hatte, und obwohl die Kleidung verschmutzt war, schien sie noch das Sauberste an ihm zu sein. Sie nahm an, dass er seit der Schlacht keine Möglichkeit gehabt hatte, sich zu waschen. Wäre sie ihm im St. James's Park begegnet, hätte sein Geruch sie vermutlich zurückprallen lassen, doch hier stank es ohnehin überall so, dass man kaum Luft holen mochte.

Sie eilte zum Gitter, berührte erst seine Hände und dann mit ausgestreckten Fingern seine Lippen. Sie waren eiskalt und sein Gesicht unter dem ungepflegten Bart eingefallen und bleich. Doch all das nahm Anne nur am Rande wahr, weil sie völlig damit beschäftigt war, ihm in die Augen zu sehen.

»Ich wollte nicht darauf hoffen, dass du herkommst. Aber ich habe davon geträumt. Wie geht es dir? Wie geht es Johnny?«, fragte er.

Sie wollte ihm so viel erzählen, so viel fragen, doch die Besuchszeit war begrenzt. *Zuerst das Dringendste*, ermahnte sie sich. »Er ist gesund, und mir geht es auch gut. Wie geht es dir? Was brauchst du? Hast du deine Decke noch?«

Er schüttelte den Kopf. »Ich hatte sie noch, als sie mich herbrachten. Aber hier gibt es noch mehr von uns – Schotten, die bei Preston gekämpft haben. Einige ihrer Anführer sitzen im Tower. Und vielen von denen geht es viel schlechter als mir. Jacob ist hier, der Sohn von Onkel Max' Freund, der mich einmal gedeckt hat, als ich heimlich in London war, weißt du noch? Sein Vater ist tot. Und Jacob ist krank. Wenn er hier drinbleibt, macht er es nicht mehr lange. In seiner Lunge rasselt es wie in einem Erbsensack. Er hatte keine Decke und keine warmen Sachen, deshalb habe ich ihm die Decke gegeben. Ich habe ja noch das hier.« Er wies auf seine Kleidung.

»Also soll ich eine neue Decke mitbringen?«, fragte sie.

»Auch zwei oder drei, wenn du es einrichten kannst. Hier drin frieren die meisten. Vielleicht rettest du damit noch ein Leben.«

»Das würde ich gern, aber ich kann nichts versprechen. Es ist nicht so leicht, Dinge hereinzubringen. Wenn sie glauben, dass du damit Handel treiben willst, dann lassen sie es nicht zu. Der Schließer nimmt den Besuchern außerdem alles ab, um es euch erst später zu geben. Man weiß nie, was tatsächlich übrig bleibt.«

Er sah sie an, als wolle er sie mit seinem Blick aufsaugen. »Gott, ich würde dich so gern berühren, aber selbst wenn es durch das Gitter möglich wäre, fände ich meine Hände zu schmutzig. Hast du dich schon um das Geld gekümmert? Du weißt, was ich meine? Ich fürchte, alles andere ist verloren. Aber das … Es wird eine Weile dauern, bis du es erhältst, aber dann wird es dich für das entschädigen, was du jetzt auslegst. Und hört man schon etwas über die Verfahren? Wann wird man uns vor Gericht stellen? Glaubst du, dass es Hoffnung auf Gnade gibt?«

»Ich werde mich um das Geld kümmern. Was das andere angeht: Ich weiß nichts, aber ich glaube, dass es für dich keine Gnade geben wird. Lord Archibald will deine Hinrichtung. Deshalb …«

»Was für ein aufgeblasener Narr dieser Mann ist. Das unterscheidet ihn von seinem Bruder. Lord John ist zwar ein Mistkerl, aber er würde nicht darauf kommen, sich für einen verlorenen Zweikampf in einer Schlacht wie für eine persönliche Kränkung zu rächen. Verflucht, ich bin ja nicht einmal auf dem Schlachtfeld herumgeritten, um ihn zu suchen, sondern zufällig auf ihn gestoßen. Hätte ich ihn erst fragen sollen, ob es ihm genehm ist, mit mir das Schwert zu kreuzen? Er hätte mich vermutlich abgestochen, bevor ich es hätte herausbringen können. Meinst du, es hätte Sinn, an seine Vernunft zu appellieren?«

»Mackay sagte, ich solle seiner Lordschaft besser nicht mehr unter die Augen kommen. Willst du ihm schreiben und um Verzeihung bitten? Du könntest auch den König um Gnade ersuchen.«

Seine Kette klirrte, als er einen Schritt zurücktrat und die Arme verschränkte. »Um Verzeihung bitten? Damit ich mich auch noch erniedrigt habe, wenn sie mich hinrichten? Damit würde ich nicht nur die Sache, sondern auch die Männer verraten, die mir in der Schlacht gefolgt und gestorben sind. Das bringe ich nicht über mich.«

»Nicht einmal, wenn es dir mit Gewissheit das Leben retten würde? Der Aufstand wird vielleicht bald zu Ende sein. Offenbar sind etliche eurer Anführer bereit zu verhandeln. Was ist, wenn sie Frieden schließen? Willst du dann immer noch für die Sache sterben, wenn alle anderen sich mit King George geeinigt haben?«

Wütend schüttelte er den Kopf. »Das war nur ein Moment der Schwäche. Jetzt, wo James in Schottland gelandet ist, werden seine Freunde wieder Mut fassen.«

Anne verschränkte ebenfalls die Arme. »James Stuart ist ohne Armee gekommen, Ian. Er kam nicht als strahlender Oberbefehlshaber einer riesigen Verstärkungsmacht. Und Seiner Majestät King George steht seine niederländische Verstärkung auf

Abruf zur Verfügung. Er hielt es bisher nicht einmal für notwendig, sie kampfbereit zu machen. Ich glaubte, dass du dich jetzt von der Sache abwenden könntest. Dein Brief hatte mir Hoffnung darauf gemacht.«

Hastig kam er wieder näher und umfasste die Gitterstäbe. »Ich meinte, was ich schrieb. Ich würde mich vom Krieg abwenden und mit dir fortgehen, wohin du willst. Und ich würde dir schwören, in dieser Sache nie wieder Partei zu ergreifen. Aber das ist noch immer etwas anderes, als vor dem Deutschen auf die Knie zu fallen und Reue über etwas zu heucheln, worüber ich keine empfinde.«

In einer Mischung aus Erleichterung und Ärger stieß sie die Luft aus, dann näherte sie sich ihm, so gut es möglich war. »Also gut. Unsere Zeit läuft ab, aber ich werde wiederkommen. Sag mir für den Augenblick nur noch eins: Wie gut kannst du klettern?«

So stur er auch sein konnte, seine Auffassungsgabe war ausgezeichnet. Seine Lippen kamen ihrem an die Gitterstäbe gelegten Ohr so nahe, als würde er Zärtlichkeiten mit ihr austauschen. »Ich war Seemann, Anne. Wenn die Wand nicht zu glatt ist, komme ich hinauf. Aber so einfach ist der Weg hier heraus nicht.«

Der Wachmann auf seiner Seite trat zu ihm und zog ihn an der Schulter zurück. »Nun reicht es. Und geflüstert wird hier nicht. Komm ein anderes Mal wieder, Weib! Eine Weile wird es wohl noch dauern, bis der hängt.«

Nach ihrer Rückkehr aus Newgate ließ Anne sich bei den Damen von der Schulenburg wegen Unwohlseins entschuldigen. Anschließend machte sie sich unverzüglich daran, einen Brief an Will zu schreiben. Mehrere Bögen kritzelte sie voll, bis sie nach einer guten Stunde endlich die richtigen Worte gefunden hatte und sie ins Reine schreiben konnte. Kaum jemals war ihr etwas schwerergefallen. Sie hatte Will niemals wieder um einen Gefallen bitten wollen. Er hatte seinen Betrug an ihr längst gutgemacht. Ihn auch noch zu Ians Gunsten um etwas zu bitten, grenzte an Gemeinheit. Doch sie hatte außer ihm niemanden, der über ähnlich weitreichende Verbindungen verfügte und ihr Vertrauen genoss. Zudem war er weit genug von ihr entfernt, um außerhalb des höfischen Blickfelds handeln zu können.

Sie mochte sich also für ihre Bitte schämen, doch kein Weg führte daran vorbei: Sie brauchte Will in mehr als nur einer Angelegenheit als Mittelsmann.

William Wills Tagebuch, 4. Januar 1716

Das neue Jahr ist erst vier Tage alt, und heute erhielt ich einen Brief von Anne. Mein törichtes Herz verfiel sofort auf die Hoffnung, dass sie diesem Jahr durch einen Sinneswandel eine neue und wunderbare Bedeutung geben würde. Doch, alas, sie bittet mich bloß um Hilfe.

Seit vielen Monaten versuche ich, über meine Enttäuschung hinwegzukommen und nicht mehr an Anne zu denken. An einigen Tagen gelang mir das schon recht gut. Aber ein einziger Brief von ihr genügt, und ich fühle mein Elend wieder in seinem ganzen Ausmaß. Ich sehe ihre zarte Gestalt vor meinem inneren Auge und spüre das Verlangen nach ihr, das mir noch immer häufig den Schlaf raubt. Nach ihrem gescheiterten Fluchtversuch habe ich mich dafür verachtet, dass ich ihr geholfen habe, sich in solche Gefahr zu bringen. Das wollte ich niemals wiederholen.

Doch nun fehlt mir erneut die Entschlossenheit, ihre Bitte rundheraus abzulehnen. Wie könnte ich sie so zurückweisen? Und wenigstens ihr erstes Anliegen kann ich wohl auf eine Art erledigen, dass die Gefahr für sie sinkt. Die Rücklagen, die Ian Drummond und sein Onkel für sie und ihren Sohn beiseitegeschafft haben, kann ich dank ihrer Vollmacht anfordern und auf meinen eigenen Namen anlegen. So wird man diesem Geld nicht so leicht auf die Spur kommen, wenn die Regierung sich damit befasst, das Vermögen der Rebellen zu beschlagnahmen. Zugleich verschaffe ich mir damit eine Möglichkeit, ein wenig Einfluss auf Annes weitere Pläne zu nehmen und sie vor gefährlichen Fehlern zu bewahren. Zwar hat sie bisher nur Andeutungen über das gemacht, wobei ich ihr weiterhelfen soll – es handelt sich erneut um Schiffspassagen –, doch ich befürchte, sie wird sich von diesem Drummond zu den schlimmsten Dummheiten überreden lassen. Gewiss wird er keine Skrupel haben, sie in seinen Sumpf hineinzuziehen, um sein eigenes Leben zu retten.

Man soll Gott keine Vorwürfe machen, aber wenn er es wahrhaft gut mit Anne Baynes gemeint hätte, dann hätte er Ian Drummond auf dem Schlachtfeld sterben lassen.

Wills Brief an Anne, 5. Januar 1716

Liebe Anne,
danke, dass Du mir Dein Vertrauen schenkst und Dich mit Deinen Sorgen an mich wendest. Ich freue mich über die Gelegenheit, Dir meine immerwährende Freundschaft zu beweisen. Um die Vermögensanlage, zu der Du Beratung

suchst, werde ich mich kümmern. Was die Träume vom Reisen angeht, solltest Du Dir deine Abenteuer nicht im Winter ausmalen. Erfahrene Reisende wissen, dass erst im Frühjahr wieder mit sicheren Schiffspassagen zu rechnen ist. Nur bei besonders günstigen Wetterverhältnissen segeln waghalsige Kapitäne auch früher. Gern werde ich Dir berichten, was in unserem Hafen in diesem Winter vor sich geht.

Sei bitte in all deinen Unternehmungen wachsam und vorsichtig und lass Dich nicht zu Unbedachtheiten hinreißen, die bei kühler Überlegung gar nicht Deiner Vernunft und Deinen wahren Wünschen entsprechen.

Dein Dir innig verbundener Will

Während die Weihnachtszeit mit der Twelfth Night am sechsten Januar endgültig verging, nahm die Winterkälte an Schärfe stetig zu. Aus Schottland drang die Nachricht an den Hof, dass Cadogan und Argyll tatsächlich ihre Armee durch den tiefen Schnee nach Perth geführt hatten. Nachdem die auf hölzernen Schienen gezogene Artillerie und der Versorgungszug den Truppen nicht durch den Schnee hatten folgen können, hatte es kurz so ausgesehen, als würde das Heer entweder umkehren müssen oder jämmerlich bei der Belagerung von Perth zugrunde gehen. Unverhofft hatten jedoch die Jakobiten Perth ohne große Not aufgegeben, um nach Norden abzurücken, und Cadogan und Argyll hatten mit ihren Männern dort Quartier nehmen können. Augenscheinlich hatte die Gegenwart von James Stuart in Schottland die Kampfmoral der Jakobiten viel weniger beeinflusst als erwartet, denn den Gerüchten zufolge zerfiel die jakobitische Streitmacht zusehends.

Anne berichtete Ian die Neuigkeiten schonungslos, wenn

sie ihn besuchte, was sie jede Woche einmal tat. Noch immer sprach sie mit ihm nur durch das Gitter, obwohl sie inzwischen genau wusste, wie viel sie an wen zu zahlen hätte, um dem Umstand abzuhelfen. Doch dieses Wissen sparte sie für den Moment auf, in dem es nötig wurde, das Gitter aus dem Weg zu räumen. Bis dahin nutzte sie die Gunst der bestochenen Wachen lieber, um Ian von seiner Kette loszukaufen und ihm einige Decken und Nahrungsmittel zu bringen, die er an seine freundlosen Mitgefangenen weitergeben konnte. Das genügte nicht, um die Kranken genesen zu lassen, doch es milderte die entsetzlichen Zustände ein wenig. Und es half ihnen beiden, dass sie für die von allen Verlassenen wenigstens eine Kleinigkeit tun konnten.

Über den Fluchtplan, den Anne für Ian geschmiedet hatte, hatten sie bisher kaum gesprochen, obwohl er mittlerweile weitgehend ausgereift war. Lieber heute als morgen hätte sie ihn durchgeführt, doch Wills Ermahnung, bis zum Frühjahr nicht mit einer Schiffspassage zu rechnen, hielt sie zurück. Ihre Furcht vor der Seereise war ohnehin groß genug, sie wollte sie nicht auch noch auf dem Schiff eines waghalsigen Kapitäns verbringen. Und sie wollte auf keinen Fall eine Flucht aus Newgate riskieren, die wie ihr erster Versuch damit endete, dass sie gefasst wurden, während sie in einem Hafen festsaßen und auf gutes Wetter warteten.

Ständig hielt sie in diesen Tagen die Ohren offen, damit ihr kein Hinweis darauf entging, wann mit den Gerichtsverfahren gegen die Jakobiten zu rechnen war. Sollten sie gefährlich näher rücken, würde sie nicht länger zögern. Dann würden sie jedes Schiff nehmen, das sie aufnahm. Noch hielt sie allerdings auch an der Hoffnung fest, dass George sich nach dem Zerfall der Rebellion doch besinnen und Gnade walten lassen würde. Sie war zwar zur Flucht bereit, schloss einen Kniefall jedoch nicht so entschieden aus wie Ian. Auch nach einer Begnadigung würden sie England wohl verlassen müssen, doch wenigstens nicht wie von Hunden gehetzt.

Mitte Februar floh James Stuart zu Schiff aus Schottland, den Gerüchten nach geradewegs zurück nach Frankreich, und der Earl of Mar begleitete ihn. Ein Mann namens Gordon of Auchintoul erhielt von den Jakobiten die Befugnis, die Kapitulation auszuhandeln. Die Rebellion war zu Ende.

Kaum war der Jubel bei Hof verklungen, erstarb Annes Hoffnung auf königliche Milde. Denn umgehend begannen die Gerichtsverhandlungen gegen die sieben im Tower inhaftierten Anführer der Jakobiten von Preston. Sechs von ihnen erklärten sich schuldig und erflehten die Gnade des Gerichts, dennoch wurden gleich die ersten beiden zum Tode verurteilt.

Das Urteil war für Anne das letzte Zeichen dafür, dass sie nicht länger warten durfte. Die fehlenden Einzelheiten der Flucht mussten geklärt werden, und von nun an musste ihr jedes Schiff recht sein. Eilig schickte sie May durch einen Botenjungen die übliche Nachricht für ein Treffen am nächsten Morgen.

Da die Umgebung des Gefängnisses so unangenehm war und besonders May es hasste, sich dort aufzuhalten, wartete Anne dieses Mal vor der St. Paul's Cathedral auf sie. Die Sonne war schon aufgegangen, doch der Himmel war so wolkenverhangen, dass es trotzdem nicht richtig hell wurde. Behutsam ging Anne auf dem gefrorenen Straßendreck auf und ab, um die Kälte zu vertreiben. Alle Schwierigkeiten ihres Plans gingen ihr durch den Sinn, sodass sie zu tief in Gedanken versunken war, um viel von dem wahrzunehmen, was um sie her geschah. Daher schrak sie zusammen, als ein Mann ihren Arm ergriff und sie zwang, stehen zu bleiben. Er überragte sie um Haupteslänge und war der Kleidung nach ein Lastenträger.

»Was für ein Glück, dass ein Mann in dieser Stadt zu jeder Tageszeit eine hübsche Molly findet. Was nimmst du? Eineinhalb Shilling? Dann rasch, ich habe wenig Zeit.«

Anne riss ihren Arm aus seinem Griff. »Was fällt dir ein? Ich bin kein Weib von der Sorte. Scher dich weg von mir!«

Er grinste und blieb vor ihr stehen, als ob sie scherzte. »Du meinst, der Preis ist zu niedrig? Hältst du dich für was Besonderes? Mein Angebot war schon großzügig. Komm schon, verdirb einem Mann nicht den Tag.«

Anne ging mit ausgestreckter Hand rückwärts. »Ich bin keine Hure. Und wenn du nicht gehst, werde ich um Hilfe rufen.«

Das bartlose Mondgesicht verzog sich zu einer gekränkten Grimasse. »Jedes Weib, das in London allein auf der Straße auf und ab geht, ist käuflich. Gefalle ich dir nicht, oder was? Tust ja, als wäre ich abstoßend. Ich bade jede Woche, das tut nicht jeder.«

»Du verstehst nicht. Ich warte hier bloß auf jemanden, und ich will nicht belästigt werden.«

Er stieß ein hässliches Lachen aus. »Na sicher. Dann warte mal weiter. Geschieht dir recht, dass du hier steiffrierst, wenn du so wählerisch bist, du blöde Ziege.«

Immerhin ließ er es damit gut sein und ging. Anne sagte sich, dass es schlimmer hätte kommen können, trotzdem zitterte sie am ganzen Leib. Und von May war noch immer weit und breit nichts zu sehen.

Statt auf und ab zu gehen, marschierte sie nun lieber um die Kirche herum und tat wieder einmal, als hätte sie ein Ziel. Nach jeder Runde blieb sie vor dem Portal stehen und hielt nach May

Ausschau, um dann zur nächsten Runde aufzubrechen. Der Weg um die Kathedrale mit all ihren Anbauten war recht lang, und als sie ihn zum dritten Mal hinter sich gebracht hatte, war sie bereit aufzugeben. Der Platz um die Kirche hatte sich allmählich mit Menschen gefüllt, und es kam ihr vor, als würden einige von ihnen sie schon seltsam ansehen. Sollte sie sich erneut in die Mincing Lane bringen lassen, um nach May zu sehen? Das letzte Mal, als sie zu einer Verabredung nicht erschienen war, hatte sie Mr. Pikes Tod betrauert. Was konnte nun der Grund sein?

Die Glocken läuteten neun Uhr. Wenn sie May zu Hause besuchte, würde sie zu spät in den Palast zurückkehren, um rechtzeitig zum Ankleiden bei ihren Damen zu sein. Seit sie so viel Zeit brauchte, um sich um Ian, Johnny und ihren Plan zu kümmern, gab sie doppelt acht, ihren gewöhnlichen Pflichten dennoch tadellos nachzukommen, um keine lästigen Fragen herauszufordern. Doch sie würde sich unwohl fühlen, bis sie wieder etwas von May gehört hatte. Es war besser, gleich nach dem Rechten zu sehen. Sie drehte sich einmal im Kreis, um erfolglos eine Sänfte zu suchen, und ging dann in Richtung Cheapside, wo sie eine zu finden hoffte.

Ehe der Kirchplatz aus ihrem Blickfeld geriet, sah sie sich noch einmal um. Und da war May. Sie hinkte gebeugt auf das Kirchenportal zu, eine Hand in die Magengrube gepresst. Sogar von Weitem war zu erkennen, dass ihr Gesicht blutig und geschwollen war. Ohne einen weiteren Gedanken daran zu verschwenden, ob sie zu viel Aufmerksamkeit auf sich zog, lief Anne mit wehendem Rock los. Als sie May in die Arme schloss, sackte ihre Freundin zusammen und fiel auf die Knie.

»Ich kann nicht wieder zurück. Beinah hätte ich's nicht aus dem Haus geschafft«, stieß sie hervor und brach in Tränen aus.

Anne ging mit ihr in die Hocke. »Was ist geschehen? Wer war das?«

»Ryan. Er und seine verfluchten Freunde.«

Sie trug keinen Mantel und klapperte mit den Zähnen. Anne sprang kurzentschlossen auf, um einen Hackney Coach anzuhalten, der über den Kirchplatz rumpelte. Wenig später fuhren sie in Richtung St. James's Palast, und Anne hüllte May in eine der Wagendecken. »Sind sie in deinem Haus?«

May nickte und schluchzte heftig. »Ich konnte nichts dagegen tun. Sie haben sich einfach hereingedrängt. Und dann …«

Vor Schluchzen konnte sie nicht weitersprechen, doch es war auch nicht nötig. Ihr war geschehen, was Anne immer befürchtet hatte. Die Welt bewies ihnen beiden, dass eine Frau allein nichts galt. »Hab keine Angst mehr. Du musst nicht dahin zurück.«

»Sie haben all meine Sachen!«, protestierte May.

»Wir werden sehen, ob wir etwas tun können. Das Wichtigste ist, dass du entkommen bist.«

Am Palast angekommen ließ Anne Michael rufen, den Mays Zustand so empörte, dass er eine Truppe Schläger anheuern wollte, um es Ryans Bande heimzuzahlen. Anne brachte ihn vorerst davon ab und bat ihn, eine sichere Unterkunft nah beim Palast zu empfehlen. Sie hatte an ein Zimmer in einem ehrbaren Gasthaus gedacht, doch es stellte sich heraus, dass Michael bereits mit seiner Schwester die Räume über seinem zukünftigen Ladengeschäft bezogen hatte und May gern dort aufnehmen wollte. Die stille Schwester des Footmans beäugte May schüchtern, richtete ihr aber flink einen warmen Platz am Feuer her, brachte ihr Waschwasser und bereitete Tee für alle zu.

Für eine Tasse nahm Anne sich Zeit, dann verabschiedete sie sich. »Ruh dich aus. Ich komme später wieder, und wir sprechen über alles.«

Mays Gesicht war von den Schlägen und vom Weinen so verschwollen, dass ihr Ausdruck schwer zu deuten war, doch es schien Anne, als würde sie sich Michaels Schwester gegenüber befangen fühlen. »Wann ist später?«, fragte sie.

»Wenn die Damen angekleidet sind und ich mich freimachen kann.«

»Ihr wolltet über Newgate reden«, flüsterte May kaum verständlich.

Anne legte den Finger auf die Lippen, nickte jedoch. May brach erneut in Tränen aus. »Aber ich möchte nicht, dass Ihr geht. Was soll ich denn nun bloß tun?«

Betroffen nahm Anne sie in die Arme und flüsterte ihr ins Ohr. »Wir finden eine Lösung. Gewiss gibt es hier in der Stadt freundliche, gute Leute, bei denen du arbeiten kannst.«

May schob sie von sich, um ihr in die Augen zu sehen. »Ich habe es mir anders überlegt. Ich will nicht in London bleiben. Nehmt mich mit, Miss. Bitte!«

Unwillkürlich ging Anne in Gedanken den Fluchtplan durch und stellte sich vor, May wäre dabei. »Ich werde darüber nachdenken, und du solltest es auch. Die Reise ist gefährlich, und wir wissen nicht, wohin sie führt.«

Die Zustände im Newgate-Kerker waren schlimmer als alles, was Ian sich hatte vorstellen können. Man munkelte, dass es in dem großen Gebäude auch annehmbare Unterkünfte für zahlungskräftige Insassen gab, doch gewöhnliche Rebellen wie er und seine Kameraden mussten das Dasein in Räumen ertragen, gegen die jede Schweinebucht heimelig erschien. Wer Kohlen hatte, konnte sich damit ein Plätzchen an einem kargen Feuer erkaufen, und das war auch schon alles, was an Trost und Bequemlichkeit zu haben war. Hier unten im Reich der gewöhnlichen Gefangenen gab es weder Stühle noch Betten oder auch nur Strohsäcke. Wer Glück hatte, besaß eine Decke, auf der er schlafen konnte, und war stark genug, sich einen Platz zu erkämpfen, wo er einigermaßen vor Tritten geschützt liegen konnte. Denn das Gefängnis, das ohnehin niemals zur Bequemlichkeit von Insassen errichtet worden war, beherbergte ein Vielfaches der Menschen, für die es eigentlich geplant war. Hinzu kamen die Hunde, das Geflügel und sogar die Schweine derer, die sich durch langjähriges, geschicktes Taktieren in der lebensfeindlichen Umgebung heimisch gemacht hatten. Doch auch diese angepassten Bewohner der Hölle schienen dem Wahnsinn nahe.

Niemand vertraute dem anderen, jeder bewachte in der ständigen Dunkelheit, die sich nur kurzzeitig durch teuer erkaufte kleine Flammen zum Zwielicht erhellte, seinen kleinen Anteil der überall herrschenden Unordnung. Keine Stunde verging, ohne dass irgendwo jemand schrie, dem gerade auf die eine oder andere Art Gewalt angetan wurde. Sich für das Essen, das die Wärter ausgaben, in die Gefahr der Warteschlange zu begeben, lohnte sich kaum. Leicht tauschte man dabei den doch bald wiederkehrenden Hunger gegen eine Magenkrankheit oder einen Messerstich ein.

Auch der Kerker von Stirling war übel gewesen, doch immerhin war er dort beinah nur von Kameraden umgeben gewesen, die einander halfen, so gut es eben ging. Und Argylls zur Wache beorderte Soldaten waren keine Wer-wusste-welcher-Verbrechen schuldige Insassen, die sich durch Anbiederung bevorzugte Posten verschafft hatten und sie auf jede Weise ausnutzten.

Ian wusste, dass er sich an vieles gewöhnen konnte: den Gestank, den ständigen Lärm aus Stimmen, Stöhnen, Tiergeräuschen und Kettengeklirr, an das Scheuern und Drücken der Ketten, an den nagenden Hunger, das harte, kalte Schlaflager.

Doch niemals würde er es ruhig hinnehmen können, dem Leiden und Sterben der anderen völlig machtlos zusehen zu müssen. Jacob würde in der dreckigen Ecke, wo sie ihm Platz für sein Ruhelager erkämpft hatten, verenden wie ein Straßenhund, und er konnte ihm nicht einmal mit einem sauberen Tuch das fiebrige, verschmierte Gesicht abwischen, sondern nur mit einem, das längst zum stinkenden Fetzen geworden war. Sie waren im gleichen Alter und beide gesund und voller Eifer in diesen Krieg gezogen. Bloß der Zufall hatte entschieden, dass nun Jacob da lag und nicht er selbst.

Das Fieber schüttelte seinen Freund, immer wieder verlor er das Bewusstsein, doch wenn er wach war, klammerte er sich oft an Ians Hand wie an eine Rettungsleine. »Du bleibst doch bei mir?«, wisperte er dann, und Ian musste sich zusammenreißen, damit ihm nicht die Tränen kamen.

»Versprochen ist versprochen«, gab er zurück. »Weißt doch, dass ich nie weit weg bin.«

Ein schriller Pfiff gellte durch den dunklen Raum. »Ian Drummond!«, rief einer der Wächter im Befehlston.

Ian betete stumm dafür, dass es Anne war, zu der er gebracht wurde, und nicht eins der berüchtigten Verhöre. Niemand kehrte von diesen Befragungen körperlich und geistig unversehrt zurück. Manche kamen gar nicht wieder.

Als der Wächter ihn zu einem anderen Ort führte als dem für Annes Besuche üblichen, wurden ihm die Knie weich. Der Mann schob ihn durch eine schwere Tür, die er von außen hinter ihm schloss. Die kleine Zelle hatte nur ein winziges Fenster hoch oben und wäre daher beinah stockfinster gewesen, doch auf einem hervorragenden Wandstein klebte eine brennende Kerze. In ihrem Schein erkannte er Anne, die mit verschränkten Armen und einem gefüllten Korb zu ihren Füßen auf ihn wartete.

Seit ihrem letzten Abschied vor dem Krieg hatte er sie nur durch das trennende Gitter gesehen. Die Erleichterung darüber, keinem Folterer gegenüberzustehen, und die Überraschung, dass sie es erreicht hatte, ihre Besuchsumstände so zu verändern, raubten ihm kurz die Sprache. Mit hängenden Armen blieb er stehen und zwang seine Augen, Anne in dem dürftigen Licht genau zu betrachten. An ihr war kein entbehrliches Gramm mehr, sie wirkte trotz ihrer Winterkleidung zerbrechlich wie ein Singvogel. Er vermutete, dass das vor allem seine Schuld war, und das verursachte ihm ein unangenehmes Gefühl in der Magengrube. Er hätte sie fortschicken sollen, doch er konnte nicht auf das verzichten, was sie ihm brachte. Und dabei ging es nicht nur um ihren gefüllten Korb, sondern um das Fenster zur Außenwelt, durch das sie ihn sehen ließ. Ihre Berichte vom Geschehen draußen trugen einen großen Teil dazu bei, dass er nicht den Verstand verlor. Wenn er in Ungewissheit hätte leben müssen, nur von den wilden Gerüchten und Spekulationen umgeben, die in der Finsternis gediehen, dann hätte er vielleicht auch zu denen gehört, die früher oder später ihren eigenen Schädel gegen die Steinwand schlugen.

»Kein Gitter mehr«, sagte er schließlich, noch immer, ohne sich zu rühren.

Sie kam zu ihm, stellte sich auf die Zehenspitzen, legte die Hände um sein Gesicht und küsste ihn. Ihre Lippen waren wärmer als seine. »Das hat einiges gekostet, aber es musste sein. Wir haben eine Stunde für uns und viel zu besprechen. James Stuart hat das Land verlassen, und die Rebellenarmee hat kapituliert. Unter anderen Umständen würde es wohl noch eine Weile dauern, bis dein Verfahren an der Reihe wäre, doch wir müssen damit rechnen, dass Lord Archibald die Sache beschleunigt. Du musst fliehen, bevor deine Verhandlung beginnt. Möchtest du etwas essen? Dann erkläre ich dir, welchen Weg hier heraus ich gefunden habe.«

Er nickte, benommen von den Hieben, die sie ihm mit ihren Worten versetzte. Der Pretender war fort, der Aufstand verloren. Auf einmal fühlte er sich schwach. Jeder Tag in Newgate kostete ihn Kraft. War er noch imstande zu klettern? Manchmal hatte er morgens in der Kälte Schwierigkeiten, auch nur seinen Becher festzuhalten. »Und wo sollen wir danach hin?«

»Mach dir darum vorerst keine Gedanken. May hat mir geholfen, alles zusammenzutragen, was man über die gelungenen Fluchten aus Newgate weiß. Du musst dich nachts aus deinem Schlafsaal schleichen und ein unbewachtes Tor überwinden, in den Innenhof, wo die Toten liegen, bevor sie abgeholt werden. Der Fahrer des Leichenkarrens ist bestochen und wird dich auf seinem Wagen verstecken. Auf dem Weg zum Friedhof hält der Karren irgendwann an, und wenn du mich hörst, steigst du ab. Ich gebe dir dann einen Mantel, und wir gehen gemeinsam zu einer Schenke, wo May mit Johnny und unserem Gepäck wartet. Es wird gelingen, da bin ich sicher.«

Ihre Augen glänzten, und ihre Hände verrieten ihre Anspannung, obwohl sie alles so überzeugt vorbrachte, als würde sie keine Zweifel kennen. Wie eine brandende Woge überrollten ihn seine Gefühle für sie. Als er sich in das Mädchen verliebt hatte, musste ein Teil von ihm schon geahnt haben, dass sie zu diesem Weib heranwachsen würde, das alles in sich vereinte, was er bewunderte. So zierlich, so zäh, so sanft, so wild und streng, so entschlossen und stur, so mütterlich und geduldig. Und sie war von einer besonderen Art Schönheit, die ihn bis ins Mark traf.

»Ich kann hier nicht weg«, sagte er.

»Was meinst du damit?« Ihre Miene zeigte kein Erstaunen, viel mehr schien sie ruhiger zu werden, als träte sie innerlich einen Schritt von ihm zurück. Es zerriss ihm das Herz, dass er sie schon wieder enttäuschen musste.

»Jacob liegt im Sterben. Ich habe versprochen, ihn nicht allein zu lassen. Und auch die anderen … Ich würde mich fühlen, als ließe ich sie im Stich.«

Sie schüttelte den Kopf. »Die wenigsten müssen dasselbe befürchten wie du. Etliche können darauf hoffen, dass ihre Verfahren verschleppt werden und man sie irgendwann aus Überdruss laufen lässt. Aber mit den Männern im Tower – Derwentwater, Kenmure und den anderen – ist man gnadenlos umgesprungen. Gewiss werden noch viele Todesurteile fallen. Und wenn es nach Lord Archibald geht … Ich verstehe, dass du dein Versprechen an Jacob halten willst. Aber den anderen wirst du nicht helfen, indem du hierbleibst und dich hinrichten lässt.«

Was sie sagte, war vernünftig, und bei ihrer ersten Zusammenkunft in Newgate hätte er ihr sofort zugestimmt. Doch das gemeinsame Elend des Kerkers hatte ihn nicht nur mit Jacob verbunden. Die mit ihm gefangenen Jakobiten erschienen ihm auf einmal wie alles, was noch von der großen Hoffnung auf Veränderung übrig war. Was sollte er ohne sie draußen in einer Welt, wo seine Werte und sein Dasein nicht mehr zählten? Schottland war für ihn verloren. Ganz Großbritannien war verloren. Wie sollte er unter dem hohnlachenden deutschen Rübenkönig weiterleben – immer versteckt, immer geduckt? Allein die Vorstellung machte ihn noch müder, als er sich ohnehin schon fühlte. Er war bereit gewesen, für die Rebellion zu sterben. War nicht auch die öffentliche Verurteilung und Hinrichtung eine Art, das zu tun? Konnte er den Zweiflern so nicht am besten zeigen, dass seine Ansichten es wert waren, um jeden Preis zu ihnen zu stehen?

»Vielleicht ist es besser, wenn du nicht mehr herkommst«, sagte er.

Sie überraschte ihn damit, dass sie vortrat und ihn erbost mit beiden Händen vorn an der Jacke packte. »Oh nein, Mr. Drummond, so nicht! Es reicht mir jetzt mit deinen wehleidigen Bedenken. Tu für deinen kranken Freund, was du kannst. Aber danach folgst du meinem Plan! Wenn du nicht mit mir und deinem Sohn fliehst, kann ich nicht verhindern, dass die Campbells ihn zu einem Mann erziehen, der dich und deine Werte verachtet. Denn allein mit ihm fortgehen kann ich nicht. Ich dachte einmal, ich könnte es, aber inzwischen bin ich davon überzeugt, dass ich ihm damit ein Unrecht antäte. Du bist sein Vater. Du bist ihm schuldig, dass du dich darum bemühst, zu überleben und für ihn zu sorgen.«

Sie schüttelte ihn, und er stand so unsicher auf den Füßen, dass sie ihn zum Schwanken brachte, obwohl sie so zierlich war.

Wieder hatte sie recht. Und doch … Was für ein Vater konnte er sein – gescheitert, wie er war, sein großes Ziel verloren, seine Überzeugungen verleugnend? War es für Anne und den Kleinen nicht besser, wenn sie wieder frei wurde und einen anderen heiratete, der für beide sorgte? Auf einmal stand ihm deutlich das Bild von ihrem Freund William Wills vor Augen, wie er Anne in einem Schlafzimmer küsste, während Johnny daneben schlief. Jäh durchfuhr ihn Abscheu. Nie und nimmer war es das, was er wollte.

»Geht es dir nur um unseren Sohn?«, fragte er.

Mit einem kräftigen Stoß ließ sie ihn los. »Meine Gefühle für dich konnten dein Handeln bisher nicht beeinflussen. Warum soll ich mir noch die Mühe machen, sie zu erwähnen?«

»Ich traue dir zu, mich nur um unseres Sohnes willen hier herauszuholen und nur für ihn alles aufzugeben, was du erreicht hast, obwohl du mich nicht mehr liebst. Was ich dir nicht verdenken könnte. Aber was für ein Leben würden wir anschließend zusammen führen, wenn es so wäre? Womöglich würdest du mich verachten, weil mein Verhalten dich alles gekostet hat.«

»Wenn Respekt dir wichtig ist, dann wirst du dich zusammenreißen und dafür sorgen, dass dir die Flucht aus diesem Loch gelingt. Wir werden zusammen das Land verlassen und uns ein neues Leben aufbauen. Zeig mir, dass du dazu den Mut hast, und du wirst meinen Respekt niemals verlieren.«

Kein Wort von Liebe. Aber das hatte er wohl verdient. Noch immer wusste er nicht, ob es richtig war, ihrem Plan zu folgen. Doch wozu sollte er das noch einmal aussprechen? Am liebsten hätte er sie geküsst, ihre zarte, duftende Haut berührt, sich in ihr verloren, den Augenblick ausgekostet, den sie noch allein zusammen hatten. Bedauerlicherweise fühlte er sich zu schmutzig zum Küssen.

»Also gut. Was hast du zu essen für mich?«

28. Kapitel

William Wills Tagebuch, 25. Februar 1716

Meine Seele ist in einem tiefen Zwiespalt. Trotz meiner Zweifel fühlte ich mich wie mit einem Zauberbann belegt, der mich zwang, Annes Bitten nachzukommen. Das Vermögen von Ian Drummond liegt nun auf meinem Namen bei der Bank und sollte vor dem Zugriff durch König und Regierung sicher sein. Auch die von Anne gewünschten Anschaffungen habe ich getätigt. Was die Passage angeht, weiß ich trotz der noch unpassenden Jahreszeit und der plötzlichen Dringlichkeit sogar zwei Schiffe, deren Kapitäne ich dafür gewinnen kann, vier gut zahlende Passagiere aufzunehmen, ohne Fragen zu stellen.

Doch hier hält mich mein Zwiespalt auf. Jede Überfahrt in diesem kaum berechenbaren Winterwetter ist lebensgefährlich. Wie könnte ich damit einverstanden sein, dass meine geliebte Freundin sich dieser Gefahr aussetzt? Wie sollte ich damit leben, wenn ich ihrer von Verblendung angetriebenen Flucht keinen Riegel vorgeschoben habe, wenn alles im Unglück endet? Wie kann ich einem Kapitän gegenübertreten und ihm die Überzeugung vorspielen, dass ich mein Anliegen für richtig halte?

Ich weiß, dass ich nicht länger zögern sollte, um Annes Pläne nicht zu gefährden, doch ich bringe es nicht über mich. Heimlich wünsche ich mir, dass beide Schiffe früher auslaufen als angekündigt, und sich die Sache damit erledigt. Heimlich wünsche ich, dass ich die Tatkraft fände, diese unselige Flucht auf eine Weise scheitern zu lassen, die zwar

Annes Wunsch genügt, Drummond zu befreien, sie und ihren Sohn aber von allen Gefahren fernhält.

In den ersten wärmenden Sonnenstrahlen des frühen März gaukelte Anne sich vor, dass schon bald geeignetes Wetter für Seereisen herrschen werde. Seit sie Ian den Fluchtplan erklärt hatte, war sie noch ein weiteres Mal bei ihm gewesen. Wieder hatten sie, von möglichen Lauschern umgeben, am *Gigger* gestanden. Der kranke Jacob hielt noch an seinem Leben und an Ians Gegenwart fest. Anne tat ihr Möglichstes, um seine Pflege durch kleine Gaben zu unterstützen, auch wenn sie längst wusste, wie wenig von diesen Dingen bei Ian und ihm ankam. Eisern hatte sie sich dazu gezwungen, das Richtige zu tun und die naheliegende Hoffnung auf Jacobs Tod zu verdrängen. Immerhin war er jung und konnte ebenso gut doch noch genesen, was Ian ebenfalls von seiner Verpflichtung befreit hätte. Doch sein Zustand hatte sich nicht gebessert. Er dämmerte weiter auf den Stufen zum Reich des Todes dahin – noch zu stark, um loszulassen und hinabzugehen, doch schon zu schwach, um wieder zum Leben hinaufsteigen zu können. Zu ihrem Kummer sah Anne, dass auch Ian in den nur sieben Tagen seit ihrem letzten Besuch wieder hagerer und elender geworden war.

Zwei Tage später begegnete sie vor der Tür des prinzlichen Apartments Lord Archibald. Er stützte sich mit einem Gehstock und hielt sich gebeugt. Sein Blick streifte sie mit einer Kälte, die sie schaudern ließ. Sie knickste und grüßte höflich, doch er stieß nur einen mürrischen Laut hervor, ehe er sich abwandte. Er war sichtlich nicht bereit, auch nur ein einziges Wort mit ihr zu wechseln. Ähnlich abweisend wie seine Lordschaft verhielt sich der Lehrer, wenn sie das Quartier der Kinder aufsuchte.

Diszipliniert spielte sie all ihre Rollen weiter, obwohl sie ständig wie auf glühenden Kohlen ging. In Gedanken hatte sie sich längst von allen verabschiedet, und jede Stunde, die sie noch blieb, lebte sie eine Lüge, deren Ausmaß sie kaum noch ertragen konnte.

Sie spürte noch immer Lord Archibalds kalten Blick, als sie abends in ihr Zimmer kam und auf dem Tisch eine fußlange Kiste mit einem Brief ihres Vaters vorfand. Auf einem schwarz geränderten Bogen setzte er sie vom unerwarteten Ableben ihrer Mutter in Kenntnis. In der Kiste befand sich ein Kästchen mit Schmuckstücken, die ihre Mutter ihr zugedacht hatte.

Die kleine Erbschaft hatte keinen großen materiellen Wert, dennoch verstärkte sie die Wucht des Schlags. Anne hatte seit so langer Zeit mit der Vorstellung gelebt, dass ihre Mutter sie vollständig aus ihrem Herzen und Gedächtnis verbannt hatte, dass dieser Beweis des Gegenteils sie aus der Fassung brachte. Hatte ihre Mutter die ganze Zeit nur darauf gewartet, dass sich ein Anlass zur Versöhnung bot? In all den Jahren hatte Anne sich immer ein Zeichen von ihr gewünscht. Nun kam es – zusammen mit der Nachricht, dass es zu spät war. Obendrein verknüpfte ihr Vater die Botschaft mit der Mitteilung, dass die Bestattung bereits stattgefunden habe. Was ihn anging, war ihre Anwesenheit also nicht einmal zu diesem Anlass wünschenswert gewesen.

Anne betrachtete den bescheidenen Gold- und Edelsteinschmuck und erinnerte sich daran, ihn in ihrer Kindheit an ihrer Mutter gesehen zu haben. Bei allem Schmerz fühlte sie nun doch auch Dankbarkeit dafür, dass ihre Mutter ihren Groll gegen sie am Ende besiegt und sich wenigstens noch mit einer Geste der Vergebung von ihr verabschiedet hatte. Ob sie dasselbe auch noch getan hätte, wenn sie die Wahrheit über die bevorstehende Flucht ihrer Tochter gewusst hätte, mochte Anne sich jetzt nicht fragen. Ihr Vater und mit ihm ihre Geschwister würden gewiss bald ihren Namen für alle Zeit aus ihrem Gedächtnis tilgen.

Noch ein Jahr zuvor war die Verachtung ihrer Familie ihr ein stets dumpf pochender Schmerz gewesen. Doch als sie nun in sich hineinlauschte, stellte sie zu ihrer Verwunderung fest, dass der Kummer, den sie spürte, nur noch zu einem kleinen Teil ihrer Verletztheit oder einem Schuldgefühl entsprang. Viel mehr fühlte sie Trauer darum, dass in ihrer Familie die besondere, bedingungslose Liebe fehlte, die hätte sein können. Und zum ersten Mal war ihr Mitleid mit ihrem Vater und ihren Geschwistern größer als ihr Zorn auf sie. Sie rief sich das Gesicht ihres Sohns vor Augen und dankte dem Himmel für ihre Liebe zu ihm. Niemals würde Johnny etwas tun können, für das sie ihn aus ihrem Herzen verstieß.

Zwei Tage später nahm Henrietta Howard Anne bei einem Spaziergang mit Prinzessin Carolines Hofstaat im St. James's Park beiseite. »Liebe Lady Anne, ich habe Grund zu der Annahme, dass Euch der Name Ian Drummond etwas sagt. Mir kamen gewisse Umstände zu Ohren, weil mir der Duke of Argyll zu einem guten Bekannten geworden ist und mir daher auch sein Bruder sein Vertrauen geschenkt hat. Ich beobachte Euch schon lange und ahne daher, dass die folgende Information wichtig für Euch sein könnte. In drei Tagen beginnt das Verfahren gegen Drummond, und das wird übermorgen bekannt gegeben. Ich brauche Euch sicher nicht darauf hinzuweisen, dass die Bewachung strenger wird, sobald das Verfahren öffentlich angekündigt ist.«

Annes Herz überschlug sich. Unwillkürlich senkte sie den

Kopf, um zu verbergen, wie ihr das Blut in die Wangen schoss. »Wie kommt Ihr auf den Gedanken, dass ich …«

Henrietta unterbrach sie, indem sie sich energisch bei ihr unterhakte. »Ich war diejenige, die in Eurem Zimmer die Heiratspapiere gefunden hat und die Bestätigung, dass der kleine Johnny Euer und Drummonds Sohn ist. John Campbell, der Duke of Argyll, ist ein alter Freund von mir und kein so übler Mann, wie Ihr denken mögt. Dennoch habe ich die Aufgabe, Euch im Auge zu behalten, auch Euch zuliebe übernommen. Und jetzt möchte ich, dass Ihr meine Warnung annehmt, ohne zu widersprechen. Dass ich Euch in Verdacht habe, eine Flucht vorzubereiten, habe ich niemandem gesagt. Mehr kann ich nicht tun, um Euch zu unterstützen.«

Anne zwang sich, ruhig zu atmen. »Ich danke Euch und werde Eure Warnung beherzigen. Und auch wenn es mich verblüfft, dass Ihr es seid, die … Ich wünsche Euch, dass hieraus keine Nachteile für Euch erwachsen.«

Henrietta lächelte angespannt. »Macht Euch darum keine Gedanken. Archibald hegt seinen persönlichen Groll, doch in Johns Interesse liegt es nicht, wenn weitere Todesurteile vollstreckt werden. Seit Derwentwaters Hinrichtung ist die Stimmung im Land umgeschlagen. Es waren auffällige Nordlichter am Himmel zu sehen, die das Volk als Zeichen für den Unwillen Gottes über die Vollstreckung deutet. Weder Archibald noch Seine Majestät King George wird das beeindrucken, doch Argyll ist überzeugt davon, dass Härte den Frieden im Land langfristig bedroht. Und so unbeliebt er inzwischen bei Seiner Majestät ist, auf so gutem Fuß steht er mit seiner Hoheit Georg August. Ihr wisst vielleicht noch nicht, dass Argyll seit vorgestern hier in London ist? Wenn Ihr ihn noch nicht gesehen habt, liegt es daran, dass er seit seiner Ankunft mit seiner Hoheit von Vergnügung zu Vergnügung zieht.«

Früher hätte Anne darüber nachgedacht, ob sie Madam Schulenburg davor warnen musste, dass Georg August sich mit Leuten verbrüderte, die den Ansichten seines Vaters widersprachen. Jetzt jedoch wünschte sie jedem still Erfolg, der sich für Gnade aussprach. Sie blieb stehen und drückte Henriettas Hand. »Ich werde mich nicht verabschieden können und bitte schon jetzt alle dafür um Verzeihung, die es angeht.«

Henrietta nickte. »Ich werde Euch mit der jeweils gebotenen Diskretion so gut wie möglich bei den Betreffenden entschuldigen.«

Nach Henriettas Mitteilung eilte Anne durch den Park zum Palast zurück, wechselte die Kleidung und machte sich sofort auf den Weg nach Newgate. Lächelnd trat sie ans Gitter und legte wie üblich ihre Hände auf Ians Finger.

»Es muss morgen geschehen«, sagte sie ihm ins Ohr, bevor ihr der Wächter das Flüstern verbieten konnte.

Er schüttelte den Kopf. »Jacob hat gewiss nur noch Tage, vielleicht Stunden. Wenn er wach wird, ruft er nach mir.«

Das Mitgefühl mit Jacob und ihm schnürte ihr die Kehle zu. »Gibt es niemanden sonst, der die letzte Zeit bei ihm bleiben kann? Kannst du es ihm nicht verständlich machen? Glaubst du, er würde wollen, dass du dich um seinetwillen aufgibst?«

»Drängt die Zeit wirklich so?«

»Die Warnung war unmissverständlich. Du darfst nicht länger zögern.«

Zu ihrer Erleichterung widersprach er nicht noch einmal. »Also morgen«, sagte er so leise, dass sie es eher von seinen Lippen ablas als hörte.

Ein paar Minuten verbrachten sie noch damit, unverfängliche Alltäglichkeiten auszutauschen, um keinen Verdacht zu erregen. Jeder aufmerksame und kluge Beobachter hätte an der Art, wie sie sich dabei in die Augen sahen, erkennen können, dass sie etwas Furchteinflößendem entgegenblickten. Doch für so geistreich, daraus den richtigen Schluss zu ziehen, hielt Anne keinen der Wächter. Daher gab sie sich Ians Blick hin und verbarg so gut wie möglich vor ihm, dass sie Angst hatte. Was würde geschehen, falls ihr Plan fehlschlug? Würde sie ihn dann überhaupt noch einmal wiedersehen? Nichts davon sprach sie aus, sondern erzählte stattdessen von Michaels vielversprechendem neuen Geschäft mit höfischen Second-Hand-Waren, das er nun tatsächlich eröffnet hatte, bis der Wächter ihre Besuchszeit für beendet erklärte.

Unwillkürlich streckten sie beide die Finger durch die Gitter, um sich noch einmal zu berühren. Und eilig sprach Anne aus, was sie ihm längst hätte sagen sollen. »Ich liebe dich, Ian Drummond. Und ich gelobe, dass ich dir nichts nachtragen werde.«

Endlich erschien nun doch noch ein Lächeln auf seinen Lippen, wenn auch kein heiteres. »Ich liebe dich, Anne Drummond. Und ich liebe unseren Sohn. Ganz gleich, was geschieht.«

Auf dem Rückweg von Newgate nach St. James machte Anne an Michaels Laden halt, um May einzuweihen. Körperlich hatte ihre Freundin sich inzwischen von den Misshandlungen durch Ryans Bande erholt, doch ihre Unbefangenheit und ihr Frohsinn waren nicht zurückgekehrt.

»Morgen also«, sagte sie tonlos und beinah ebenso leise wie Ian zuvor, nachdem Anne ihr die Neuigkeiten überbracht hatte.

»Morgen Abend. Wirst du bereit sein?«, fragte Anne.

May zögerte einen Augenblick zu lange, als dass Anne sich hätte beruhigt fühlen können. »Nur noch ein paar Kleinigkeiten, für die bis morgen Abend genug Zeit ist«, sagte sie schließlich.

Anne musterte sie durchdringend. »Du hast es dir nicht anders überlegt? Sind dir Zweifel gekommen, ob du London wirklich verlassen willst?«

Wild schüttelte May den Kopf. »Da gibt es keinen Zweifel. Ich will fort aus dieser Stadt und die anderen Orte sehen, von denen Ihr mir erzählt habt.«

»Gut. Was für Kleinigkeiten sind das, die du noch brauchst? Kann ich dir damit helfen?«

»Nein. Aber könnt Ihr mir ein paar Pennys leihen?« Immerhin spielte nun um Mays Lippen der Hauch eines Lächelns. Es ähnelte dem, mit dem sie Anne bei ihrer allerersten Begegnung angebettelt hatte, auf dem Arm den Säugling, den sie sich zu dem Zweck geliehen hatte.

Anne erwiderte das Lächeln und gab ihr die Pennys. Zwar war ihr Geldbeutel längst schlaff, doch sobald sie Will trafen, würde zumindest diese Schwierigkeit vorerst behoben sein.

Obwohl Michael seinen Dienst als Footman versah und nicht anwesend war, half seine Schwester Anne freundlich dabei, die zwei Nachrichten abzusenden, die noch für die Ausführung ihres Plans notwendig waren.

Anschließend holte Anne noch ein paar bestellte Warenproben ab und kehrte in den Palast zurück, um ihre Damen ein letztes Mal mit den jüngsten wunderbaren Erzeugnissen der Londoner Seidensticker, Punzierer, Papiermacher und Konditoren zu beglücken.

Obgleich Anne sich um ein Vielfaches besser vorbereitet hatte als bei ihrem letzten Fluchtversuch, fühlte sie sich unsicherer. Die Erinnerung an ihr Scheitern ließ ihr Herz hämmern, als sie am späten Nachmittag ins Quartier der Kinder ging, um Johnny zu holen. Schon einige Wochen zuvor hatte sie den Vorwand erfunden, ihm besonderen Deutsch- und Französischunterricht erteilen zu wollen, um ihn auf den Stand der anderen Kinder zu bringen. Der Lehrer hatte zustimmen müssen, weil der Nutzen nicht von der Hand zu weisen war. In ihrem Gemach lag die passende Kleidung für ihre Flucht bereit, sowie Spielzeug und die Süßigkeiten, die ihrem Sohn den Ausflug schmackhaft machen würden. Sie selbst war für den Rest des Tages offiziell von allen Pflichten befreit.

Sie betrat den Raum, wo die Kinder bemerkenswert still ihren Beschäftigungen nachgingen, und blieb abrupt stehen. Während der Lehrer den älteren Mädchen Schiefertafeln vorlegte, saß in einem Lehnsessel am Fenster der Duke of Argyll und stellte den vier ihn umringenden Knaben Fragen.

»Und welche Waren bringen uns die Schiffe aus den amerikanischen Kolonien?«, fragte er und zeigte auf einen nach dem anderen, sodass jeder ein Handelsgut nennen musste. Die älteren drei waren zuerst an der Reihe. Baumwolle. Tabak.

»Indigo«, sagte Henriettas Henry. Johnny stand mit gerunzelter Stirn da und kniff die Lippen zusammen.

Argyll lächelte. »Ganz gewiss weißt du auch eine Ware, kleiner John. Wenn ich mich nicht täusche, ist es eine, die dir ganz besonders lieb ist. Überleg einmal. Was magst du sehr gern?«

Über Johnnys Gesicht ging ein Strahlen. »Zuckerzeug«, sagte er, und alle lachten erleichtert.

Der Duke hob den Kopf, und sein Blick traf Annes. »Guten Tag, Mylady. Ich überzeuge mich soeben davon, dass der Unterricht meiner jungen Rekruten ordentlich voranschreitet. Für den Moment scheint der Krieg zwar beendet, doch die nächste Schlacht kommt gewiss.«

Annes Hände zitterten. Henrietta hatte zwar behauptet, dass Ians Tod nicht in Argylls Interesse läge, doch das musste nicht bedeuten, dass er sie einfach mit Johnny gehen ließ, wenn er ihr Vorhaben erahnte. »Wie schön es wäre, wenn diese zukünftigen Schlachten sich mit dem bloßen Wissen über Warenhandel schlagen ließen, und statt Blut nur Rum und Tee fließen würden. Wenn Ihr Eure Lehrstunde beendet habt, würde ich Johnny gern zu einer weiteren abholen. Ich erteile ihm ein wenig Sprachunterricht.«

Argyll nickte, ohne den Blick von ihr abzuwenden. »Soso. Und welche fremden Worte hast du von Lady Anne schon gelernt, kleiner John?«

»Sugar, Zucker, Sucre«, sprudelte er fröhlich heraus und brachte Argyll und die anderen Knaben damit erneut zum Lachen.

»Dann nur weiter so. Geh mit ihr«, sagte Argyll, und seine Miene ließ kaum Zweifel daran, dass er ahnte, was sie vorhatte.

»Danke, Eure Hochwohlgeboren«, sagte sie und knickste.

Er nickte bloß und wandte sich wieder den Knaben zu, während sie ihren Sohn an der Hand nahm und den Raum verließ. »Die Karibik«, sagte er, »ist ein Ort voller Schrecken und Wunder. Könnt ihr mir einige davon nennen?«

Die Antworten hörte Anne nicht mehr, weil sie bereits die Tür hinter sich schloss.

»Was ist die Karibik?«, fragte Johnny.

»Ein ferner Teil der Welt. Dort wächst das Zuckerrohr, und große Schwärme von bunten Papageien fliegen herum. Was hältst du davon, wenn wir eine Ausfahrt dorthin machen?«

Statt einer Antwort hopste er übermütig, und sie ließ ihn gewähren.

Unbemerkt verließ Anne mit ihrem Sohn den Palast, und wenig später stiegen sie vor Michaels Laden aus der Sänfte. Doch drinnen wartete nicht, wie verabredet, die reisefertige May, sondern Michael, der mit zerrauften Haaren und gefurchter Stirn zwischen Regalen voll abgelegter königlicher Tisch- und Bettwäsche auf und ab ging.

»Michael! Was ist geschehen? Wo ist May?«

»Ich bin ein solcher Narr, Mylady! Wie konnte ich sie nur gehen lassen? Sie hat sich schon seit Tagen merkwürdig verhalten. Sie hat mir erzählt, dass Ihr mit ihr verreisen wollt. Und als sie heute frühmorgens fortging, sagte sie, sie würde mittags wiederkehren. Aber sie ist noch nicht zurück. Ich wollte sie begleiten, aber ihre Hoheit die Prinzessin wollte zur Kirche, und ich musste mit.«

Anne unterbrach ihn mit erhobener Hand. »Wo ist sie hin?«

»Ich weiß es nicht sicher. Aber ich fürchte, sie ist in die Mincing Lane gegangen. Immer wieder hat sie in letzter Zeit davon angefangen, dass diese Kerle noch ihre Sachen haben. Ich habe ihr angeboten, dass ich eine Handvoll Männer anwerbe und wir sie zum Haus begleiten. Doch sie hat es abgelehnt. Zu viel Aufwand für ihre armselige Habe, meinte sie. Doch losgelassen hat die Sache sie nicht. Was sollen wir tun?«

Anne warf einen Blick auf die Taschenuhr, die sie vor Wochen bei einem Pfandleiher erstanden hatte. »Wir suchen sie.«

Auf der Fahrt im Hackney Coach zu Mays altem Haus hielten sie nach allen Seiten Ausschau, doch sie sahen May nicht. Niemand antwortete auf Michaels Klopfen, sodass er die Tür aufstieß und vorsichtig hineinging. Gleich darauf hörte Anne, die mit Johnny im Wagen wartete, seinen markerschütternden Schrei. Ohne zu überlegen, befahl sie ihrem Sohn zu warten, und lief ins Haus. Der Wohnraum, der bei ihrem letzten Besuch karg, aber ordentlich ausgesehen hatte, war verdreckt und verwüstet. Michael kniete auf dem Boden neben der leblosen May.

»Das ist meine Schuld. Ich hätte es wissen müssen«, schrie er.

»Aber … Was?« Anne sträubte sich zu begreifen.

»Sie ist tot! Jemand hat sie geschlagen oder gestoßen. Hier, seht! Oh, ich werde diese stinkenden Hundesöhne zur Rechenschaft ziehen. May! Das darf nicht sein!«

Durch den Nebel, der sich auf ihren Verstand gelegt hatte, sah Anne, wie der Footman in Tränen ausbrach. »Sie war die bezauberndste Person, die ich kannte, Mylady. Das ist nicht recht. Ich dachte … Sie war so jung, und ich dachte, ich hätte noch Zeit, wir hätten noch Zeit … Ich wollte, dass sie sich erst einmal erholt … Und nun … Oh, Miss Darling.« Er schluchzte und nahm sie in die Arme.

Anne trat näher und blickte in Mays blutverschmiertes Gesicht. Eine Schwellung prangte an ihrer Schläfe. Einer Schläfe, in der eindeutig der Puls zuckte. »Sie ist nicht tot, Michael.« Hastig tauchte sie ihr Ärmeltüchlein in einen Krug, in dem noch ein Rest Wasser stand, und benetzte Mays Gesicht.

»Ist sie nicht?« Mit weit aufgerissenen Augen starrte er May an und streichelte ihre Wange. »Dann wach auf, Mädchen, wach auf!«

May stöhnte und öffnete die Augen. »Verfluchter Mist. Wie spät ist es?«, wisperte sie.

Michael warf einen Blick zum Himmel und sah ihr dann in die Augen. »Miss Darling, vergib mir, dass ich diesen Augenblick dafür wähle, aber ich muss das jetzt einfach fragen: Willst du mich heiraten? Ich habe bald ein florierendes Geschäft und kann gewiss für uns sorgen, und ich schwöre, ich würde nicht zulassen, dass dir jemals wieder jemand …«

»Wo ist Miss Anne?«, wisperte May.

»Ich bin hier«, sagte Anne. »May, ich muss gehen. Kannst du klar genug denken, um dich zu entscheiden?«

»Kommt Ihr ohne mich zurecht?«, fragte May.

»Kommst du denn zurecht?«, fragte Anne zurück.

May schloss die Augen und lächelte. »Wie sollte ich nicht? Ich heirate einen hochanständigen königlichen Footman und Ladenbesitzer.«

»Dann wünsche ich euch alles Glück der Welt.« Hastig nahm Anne aus der Innentasche ihres Mantels das Futteral mit ihrem Schmuck und wählte eine Granatperlenkette ihrer Mutter aus. Sie drückte sie Michael in die Hand, bevor sie aufsprang und zur Tür lief. »Für eure Hochzeit. Ich muss gehen. Verzeiht mir!«

Michael starrte fassungslos von der Kette zu ihr und zurück, doch May hob schwach die Hand, um zu winken. »Schreibt uns einen Brief, Mylady!«

»Das werde ich!« Mit Tränen in den Augen stürmte Anne zum Wagen, wo sie Johnny gerade noch davon abhalten konnte auszusteigen.

»Zum Charterhouse. Rasch!«, befahl sie dem Kutscher.

Nachdem Anne gegangen war, kehrte Ian bedrückt in seinen Schlafsaal zurück. Seine Taschen waren mit den Gaben gefüllt, die der Schließer ihm von ihr gegeben hatte, doch zum ersten Mal war ihm nicht danach, sich sofort zum Essen niederzusetzen. Mehrere Male wurde er auf seinem Weg durch den Saal von Jakobiten aufgehalten, die ihn nach Neuigkeiten fragten. Sie brachten ihm Respekt entgegen, weil sie wussten, dass er nach dem Tod seines Onkels eigentlich Chieftain seines Clans hätte werden sollen. Vielleicht auch, weil sie ahnten, dass er der Kandidat für die nächste Hinrichtung war. Wie würden sie über ihn denken, wenn er weglief? Anne würde sagen, dass sie ihm gewiss nicht den Tod durch Hängen und Vierteilen wünschten und daher seine Flucht begrüßen müssten. Doch er nahm an, dass sie sich dann trotzdem noch von ihm verraten fühlen würden.

So wie Anne, wenn er ihrem Fluchtplan nicht folgte. Seit sie ihm davon erzählt hatte, war ihm deutlich geworden, dass nur ein Teil seiner Entkräftung die Folge der Kerkerhaft war. Der größere Teil dieser Schwäche entstammte der Erniedrigung. Einen Kampf zu verlieren war schlimm genug, und noch schlimmer war es, wenn man in einem Krieg unterlag und damit alle hehren Ziele und Hoffnungen verloren gingen. Doch das Übelste war, danach nicht wie ein ehrenhafter Verlierer behandelt zu werden, sondern wie ein schändlicher Verbrecher, dem man jede gute Absicht absprach.

In all den Tagen, die er in widerlichen Gefängnissen wie ein ungeliebter Hund gelebt hatte, war in ihm der Drang gewachsen, sich zu verteidigen. Würde ein Gerichtsverfahren ihm nicht die Möglichkeit bieten, laut und öffentlich seine Beweggründe und Ziele für den Aufstand zu erklären? Hinrichten würde man ihn dann wohl – doch zumindest als Mann, der die Achtung vor sich selbst gewahrt und vielleicht auch in den Augen der Welt zurückgewonnen hatte. Die Flucht würde ihm diese Möglichkeit rauben. Fortan bliebe er ein gejagter Verbrecher, der seine Ansichten und sich selbst verleugnen musste. Ihm war, als würde er damit seine Würde gänzlich aufgeben.

Auf den letzten dreißig Schritten durch das schummrige Gewölbe neigte sich seine innere Waage zu der Entscheidung zu bleiben.

Dann stand er vor Jacob und erstarrte. Als er seinen Freund verlassen hatte, hatte der wie üblich bekleidet und gut zugedeckt im Fieberschlaf gelegen, um ihn herum die lächerlich kargen Habseligkeiten, die seiner Pflege dienten. Nun aber lag er bis auf die Unterhose und das unterste Hemd nackt da. Decken, Becher, Schale, Löffel, Lappen und sogar der auf den Boden geklebte Kerzenstumpf waren verschwunden. Selbst die zerlumpten Bein- und Fußwickel hatte ihm jemand gestohlen.

Jacobs Augen sahen blicklos ins Leere, und Ian blieb nur noch übrig, sie zu schließen. Auf einmal schwangen seine Gefühle erneut um. Von welcher Würde hatte er gerade noch fantasiert? Was für ein Wahn hatte ihn geritten, dass er darüber nachgedacht hatte, länger als unumgänglich an diesem Ort auszuharren, in Erwartung eines Verfahrens, das möglicherweise ganz anders ablaufen würde, als er es sich vorstellte? Wie viel Würde bliebe ihm, wenn er sang- und klanglos und von allem beraubt hier verreckte?

Er schlug keinen Lärm wegen Jacobs Tod, auch nicht wegen des Diebstahls. Stattdessen nahm er den erschütternd leichten Leichnam auf seine Arme und trug ihn hinaus. Die Wachen wiesen ihm den Weg zum Leichenhof und gestatteten ihm nur zu gern, dass er seinen Freund eigenhändig dorthin trug. So brachte er Jacob am späten Nachmittag durch das Tor, über das er Annes Plan zufolge in der Nacht würde klettern müssen. Drei Tote lagen schon dort – zwei davon in Leinensäcke eingenäht. Am dritten Sack nähte ein Weib, das so betrunken war, dass ihre Hand mit der Nadel kreiste, bevor sie zustach. Ian legte seine Bürde behutsam neben die Eingenähten.

»Einen gesegneten Tag wünsche ich. Wirst du dafür bezahlt, dass du das machst?«, fragte er.

Sie hob den Blick und sah ihn aus roten Augen an. »Ha? Ja. Ein Becherchen Gin für zwei Säcke. Und ein Becherchen für andere Dienste, falls dir danach ist.«

Auch wenn Ian sich schaudernd fragte, wie man Interesse an ihren »anderen Diensten« haben konnte, schien sie genug Kundschaft zu haben. Nur durch das Nähen von Leichensäcken konnte sie jedenfalls an diesem Tag noch nicht genug verdient haben, um sich so zu betrinken. Als wäre er in Gedanken versunken, sah er sich auf dem kleinen Hof um. Da gab es die Tür, durch die er gekommen war, und ein breiteres Tor in der Feldsteinwand, durch das der Fahrer des Leichenkarrens die Toten nach draußen bringen konnte. Anne hatte ihm gesagt, dass dahinter nicht gleich die Straße lag, sondern ein Gang, der an einem weiteren, bewachten Tor endete. Der größte Teil des Hofs war nach oben offen, nur etwa ein Viertel wurde von dem mit Holzschindeln gedeckten Unterstand eingenommen, unter dem die Näherin mit den Toten hockte.

»Ich möchte meinem Freund hier den Liebesdienst erweisen, ihn selbst einzunähen. Den Lohn kannst du meinetwegen einstreichen. Aber woher kommen das Leinen, Nadel und Faden?«

Misstrauisch blinzelte sie. »Das ist meine Arbeit. Du stiehlst sie mir nicht!«

»Nein. Ich sage ja, du erhältst den Lohn. Es ist eine einmalige Sache. Hast du eine zweite Nadel? Und Faden? Ich kaufe dir beides ab.«

»Was gibst du mir dafür?«

Ian ging in Gedanken den Inhalt seiner Taschen durch. Dass er über etwas Geld verfügte, wollte er lieber nicht preisgeben. »Ein Stück Käse?«

»Bah! Nicht gut genug.«

»Ein Stück Brot dazu. Noch beinah frisch.«

»Hast du keinen Gin? Ein Tröpfchen Wein vielleicht?«

»Nichts dergleichen. Was kannst du sonst brauchen? Ein Halstuch aus Wolle vielleicht?«

Sie blinzelte wieder auf argwöhnische Weise. »Bist wohl noch nicht lange hier drin?«

»Warum?«

»Halstuch gegen Nadel? Abgemacht. Her damit.«

Ian band sein Halstuch ab und gab es ihr, während sie eine Nähnadel aus ihrem schäbigen Mieder fummelte.

»Und das Leinen?«, erkundigte er sich.

»Frag ihn!«, sagte sie und zeigte mit ihrem knorrigen Finger durch das offene Tor auf einen Schließer, der mit anderen Gefangenen in einer Ecke des Innenhofs auf einer umgedrehten Kiste würfelte.

Auf Ians Frage hin holte der Mann ihm ein passendes Leintuch. Es überraschte ihn nicht, dass er dafür bezahlen musste und dieses Mal um den Einsatz seiner Münzen nicht herumkam. Offenbar hatte man keine Hemmungen, einen Menschen, der hier allein und mittellos starb, auch ohne jede Hülle zum Grab zu karren und zu verscharren.

Als er wenig später in dem schattigen, kalten Hof bei den Toten saß und nähte, bat er Jacob mit jedem Nadelstich um Verzeihung dafür, dass er ihm keinen hölzernen Sarg samt anständiger Bestattung verschaffen konnte.

Die Säuferin war bereits gegangen, und es dämmerte, als der Wachtposten den Kopf in den Hof steckte. »Um sieben schließe ich das Tor. Wenn du dann nicht fertig bist, musst du morgen weitermachen. Der Kerl mit dem Leichenkarren kommt erst nachmittags. Wenn du noch was für deinen Freund tun willst, kannst du mir helfen, die Toten aufzuladen. Der Fahrer hat sich gestern verhoben und kann es nicht selbst tun.«

Ians Herz überschlug sich. Hatte Anne in Betracht gezogen, dass der Fahrer beim Aufladen der Toten nicht allein sein würde? Er nickte. »Ja. Vielleicht kann ich morgen herkommen und helfen. Aber die Naht hier bringe ich heute noch zu Ende. Da, siehst du? Bin fast fertig. Vor sieben bin ich hier weg.«

»Na dann«, sagte der Wächter und ging.

Mit fliegenden Fingern beendete Ian die Naht. Und als der Wächter um sieben erneut in den Hof blickte und anschließend das Tor schloss, war Ian tatsächlich nicht mehr da.

29. Kapitel

London, März 1716

Anne versuchte, den Schrecken über das, was May widerfahren war, im Zaum zu halten. Michael war bei ihr, er würde sie beschützen und für sie sorgen. In der gegenwärtigen Lage tat sie ihrer Freundin den größten Gefallen damit, wenn sie so schnell wie möglich verschwand. Nun musste sie sich Mühe geben, die plötzliche Planänderung zu bewältigen.

Der Hackney Coach rumpelte mit den üblichen unberechenbaren Geschwindigkeitsschwankungen durch die Gassen, und sie dankte dem Himmel dafür, dass sie Johnny nicht versprochen hatte, dass May mitkommen würde. Seine Aufregung war ohnedies schon schwer in sichere Bahnen zu lenken. Sie hatte darauf gesetzt, dass May sich in der Schenke um ihn und das Gepäck kümmern würde, während sie selbst Ian vom Leichenkarren abholte. Nun musste sie allein auf vier volle Satteltaschen, einen Tuchsack mit Mantel und Wechselkleidung für Ian und ein Kind achtgeben. Fieberhaft passte sie in Gedanken den Plan an. Als der Wagen in der Nähe des Leichenackers einen kleinen Platz erreichte, an dem der Karren auf dem Weg von Newgate vorüberkommen musste, ließ sie den Kutscher anhalten.

»Können wir hier eine Weile warten? Ich bezahle die Zeit«, sagte sie.

»Gerade hier am Friedhof? Na meinetwegen. Ihr wartet aber nicht auf einen von den Toten aus dem Gefängnis, oder, Madam? Ich bin nämlich kein Leichenkutscher, müsst Ihr wissen. Tote zu kutschieren bringt Unglück, glaube ich. Der Mann, der die Leichen aus Newgate holt, dem stößt ein Missgeschick nach dem anderen zu. Meine Nichte kennt ihn und hat gerade gestern wieder davon erzählt. Erst verliert der Mann sein Weib, dann drei Zähne, dann seinen Geldbeutel, und gestern Mittag hat er sich einen Bruch gehoben, sodass er nun Helfer braucht, um seine Arbeit zu tun. Wenn das kein Pech ist.«

Anne fühlte, wie sich Kälte in ihr ausbreitete. Vor Entsetzen vergaß sie für einen Augenblick zu atmen. Was war ihre Bestechung wert gewesen, wenn der Fahrer die Toten nicht allein hatte aufladen können? War ihr Handel gültig geblieben? Andernfalls konnte sie nur hoffen, dass Ian die Änderung rechtzeitig bemerkt hatte und in Deckung geblieben war. Sie schüttelte ihre Benommenheit ab, um den Kutscher nicht misstrauisch zu machen. »Das ist in der Tat eine Anhäufung von Missgeschicken. Aber sorge dich nicht, ich will keinen Toten abholen.«

Als sich endlich der Leichenkarren näherte, schien Anne eine halbe Ewigkeit vergangen zu sein, obgleich es wohl nur eine halbe Stunde war. Sie sah zu, wie der Karren langsamer als die meisten Fußgänger durch die Löcher des schlechten Pflasters holperte, während Johnny neben ihr sein Holzschiffchen über die Sitze der Kutsche segeln ließ und das Geräusch rauschender Wogen nachahmte. Ihre zitternden Hände waren schon taub, weil sie sie so lange in ihren Rock gekrallt hatte. Doch sie hielt beherrscht weiter durch, bis der Karren an ihrer Kutsche vorbeigefahren war. Sie hätte dem Leichenfahrer ein Zeichen gegeben, doch der starrte mit schmerzverzerrtem Gesicht nur geradeaus.

Der Karren war ein Leiterwagen mit einem Maultier davor, und es lagen vier Körper in Säcken darauf. War einer davon Ian? Eilig wandte sich Anne an ihren Kutscher. »Ich bezahle die Weiterfahrt doppelt, wenn du hier mit meinem Gepäck wartest, bis ich zurückkomme. Es dauert nicht lange.«

Seine Miene verriet leisen Argwohn, dennoch nickte er. »Habe ja Euer Gepäck als Pfand. Ihr werdet schon nicht weglaufen.«

Sie stieg mit dem Kleidersack aus und reichte ihrem Sohn die Hand, damit er ebenfalls sicher aussteigen konnte. Sein Schiffchen setzte die Reise durch die Luft fort. Mit ihm zusammen dem Leichenkarren zu folgen ging langsamer, als Anne gedacht hatte. Die löchrige Straße war für seine kurzen Beine eine Herausforderung, und dann kam ihnen auch noch eine Rinderherde entgegen, die zum Smithfield Market getrieben wurde. Zur Vorsicht nahm Anne ihren Sohn auf den Arm und brachte sich mit ihm auf der Eingangstreppe eines Hauses in Sicherheit. Als die Herde vorüber war, hatte der Karren den Vorsprung vergrößert, und Anne musste noch mehr auf den Boden achten, damit sie sich nicht beide übermäßig mit Kuhfladen besudelten. Erst als der Karren längere Zeit hinter einem anderen, stehenden Fuhrwerk warten musste, gelang es ihr, ihn einzuholen und den Fahrer anzusprechen. »Warte bitte kurz! Erinnerst du dich an mich? Wir hatten eine Vereinbarung.«

Sein Gesicht blieb verkniffen, als müsste er mit aller Macht gegen den Schmerz ankämpfen. »Konnte nichts tun, Madam. Tut mir schrecklich leid. Hatte 'nen Sack dabei, und mir wäre wohl was eingefallen, um die Männer, die mir beim Aufladen geholfen haben, abzulenken. Aber euer Mann war nicht da, und am Ende war's ein Glück für uns alle. Gerade heute hat der Sheriff meinen Karren selbst geprüft, und er wusste, wie viele Tote drauf sein dürfen. Wäre mit einem mehr nicht davongekommen.«

Beinah gaben Anne die Knie nach. War all ihre Mühe erneut vergeblich gewesen? Aber konnte sie zurück? Brachte sie es über sich, ihren Sohn wieder an den Hof zu bringen und dem Nächsten zu überlassen, der sich die Erziehungsgewalt über ihn aneignete? Konnte sie sich mit ihm in London verstecken und einen neuen Versuch unternehmen, Ian zu befreien? Wie groß war die Hoffnung, dass es ihr noch gelänge, nachdem sein Verfahren begonnen hatte?

»Anne?« Dumpf hörte Anne ihren Namen aus der Ladung von Toten, und ihre Tatkraft kehrte zurück.

Auch der Fahrer hatte die Stimme gehört und versuchte sich umzudrehen, stieß aber einen Schmerzlaut aus und ließ es doch bleiben. »*Zooterkins!* Wie hat er das geschafft? Ihr müsst ihn da herausholen, Madam. Ich kann's nicht. Und schnell, bevor's ein Aufsehen gibt!«

Hastig schwang Anne den Kleidersack auf den Wagen und hob Johnny von der gefährlichen Straße auf das Sitzbrett neben den Fahrer. Ian lag unter zwei von den Toten und zappelte nun so, dass sein Leinensack aussah wie eine riesige Made. Anne unterdrückte ihre Abscheu vor den Leichen, griff zwischen den Leiterstäben der Karrenwände hindurch und tastete an dem Ende des Sacks nach der Naht, wo sie Ians Kopf vermutete. »Ich bin hier, Ian. Wie kann ich den Sack am schnellsten öffnen?«

Er hustete gequält. »Am Fußende. Hier oben habe ich von innen genäht, aber ich kann nur die linke Hand bewegen und bekomme es nicht wieder auf. Herrgott noch mal!«

In fliegender Eile lief Anne um den Karren herum und stellte fest, dass sie von der Straße aus nicht an das Fußende des Sacks herankam. Kurzentschlossen raffte sie ihre Röcke und krabbelte auf den Wagen. Ihre bebenden Hände machten es ihr schwer, doch endlich fand sie eine lose Fadenmasche, an der sie mit Fingern und Zähnen zerrte, bis sie riss.

Das Fuhrwerk vor dem Leichenkarren fuhr wieder an. Anne blickte kurz auf und sah, dass ihr Sohn sie angstvoll von seinem Platz neben dem Fahrer aus beobachtete.

»Kommt ein Wagen von hinten, Madam? Wenn ich hier stehen bleibe und einer kann nicht vorbei, während Ihr Euch da hinten zu schaffen macht, dann bricht die Hölle los.«

»Fahr lieber an! Halt dich gut fest, Johnny«, sagte sie.

Gehetzt blickte sie nach hinten, wo sich ein vierspännig gefahrenes Lastenfuhrwerk näherte. Weiter riss und zerrte sie an dem Sack, während der Karren durch Schlaglöcher holperte, und sie um ihr Gleichgewicht kämpfen musste. Endlich war die Öffnung groß genug. Mit vereinten Kräften gelang es ihr und Ian, ihn aus dem Sack und zwischen den Toten hervorzuholen. Anne vergeudete keinen Augenblick mit einer Begrüßung. Rasch zog sie den Mantel aus dem mitgebrachten Sack und legte ihn Ian um. »Halt an! Wir sind so weit.«

Der Fahrer zügelte sein Maultier, und sie kletterten vom Wagen. Ian blieb leicht benommen mit dem Kleidersack in den Armen stehen, bis Anne ihren Sohn vom Kutschbock gehoben hatte.

»Tausend Dank. Möge Gott es dir weit besser vergelten, als ich es konnte, und dich in Zukunft vor allem Unglück behüten«, sagte sie zu dem Fahrer.

»Lauft und lasst Euch nicht erwischen. Damit und mit Eurem Geld ist es mir genug vergolten.« Er trieb schnalzend das Maultier an und fuhr weiter.

Anne nahm sich keine Zeit, um herauszufinden, wer ihren seltsamen Auftritt beobachtet hatte. Sie behielt Johnny auf dem Arm und drängte Ian eilig aus dem Weg des herannahenden Fuhrwerks. »Unsere Kutsche wartet dahinten. Je schneller wir von der Straße verschwinden, desto besser.«

Er schüttelte sich, als müsse er sich wachrütteln. »Du hast es tatsächlich geschafft. Ich bin frei. Soll ich den Kleinen tragen? Er ist sicher schwerer als dieser Sack.«

Anne spürte, wie Johnny sich fester an sie klammerte, und schüttelte den Kopf. »Es geht schon.«

Ihr fiel ein Stein vom Herzen, als sie an dem Fuhrwerk vorüber waren und sie sehen konnte, dass ihr Kutscher sein Wort gehalten und gewartet hatte. Die Erleichterung wich allerdings, als sie den ganzen Weg zu ihm zurückgelegt hatten, denn der Mann betrachtete sie entsetzt.

»Es ist nur ein weiterer Fahrgast, und er ist nicht tot«, sagte sie. »Ich bezahle dir die Fahrt nicht doppelt, sondern dreifach, wenn du schnell fährst, ohne Ärger zu verursachen.«

Er konnte seinen Blick nicht von Ian abwenden und fürchtete sich sichtlich vor ihm.

Ian seufzte. »Bitte! Ich bin schmutzig, aber harmlos, und möchte nur ein Stück mit dieser Lady in deinem Wagen reisen.« Es gelang ihm nicht, seinen schottischen Akzent zu verbergen.

Der zuvor so gesprächige Kutscher nickte stumm und deutete zur Wagentür. Anne sandte ein Stoßgebet zum Himmel und flehte, dass der Mann sie nicht verraten würde. Nachdem sie eingestiegen waren, wechselte Ian eilig die Kleidung, während Anne ihren verschreckten Sohn beruhigte. »Das ist Ian, mein Schatz. Er ist ein guter Freund und begleitet uns auf unserer Reise. Ein Seemann ist er auch, weißt du? Er kann dir alles über Schiffe erzählen.«

Ian steckte gerade mit dem Kopf in dem frischen Hemd, das Anne ihm mitgebracht hatte, und ließ nur ein zustimmendes Brummen hören.

Johnny schmiegte sein Gesicht an Annes Brust. »Warum hat der in einem Sack gesteckt?«, murmelte er.

»Das ist eine lange, abenteuerliche Geschichte, die du auch noch hören wirst. Aber nicht heute. Denn heute haben wir noch viel zu tun. Wir werden auf Pferden reiten. Das wirst du zum ersten Mal tun, nicht wahr?«

Der Kleine hob den Kopf und sah ihr in die Augen. »Auf echten Pferden?«

»Auf echten Pferden.«

»Au fein. Und wann fahren wir mit dem Schiff? Du hast gesagt, wir fahren bald! Ich will in die Segel klettern.«

Ian lachte auf und setzte sich in seinen neuen Kleidern samt Mantel ihnen gegenüber. »Du bist ja ein wackerer kleiner Abenteurer. Ich fürchte, deiner Mutter macht das Reisen weniger Freude als dir. Wir werden unterwegs gut für sie sorgen müssen.«

»Meiner Mutter? Ich habe doch keine Mutter.«

Ian neigte sich vor, um ihn auf Augenhöhe ansehen zu können. »Oh doch, das hast du. Diese wunderbare Frau hier ist deine Mutter. Ich bin dein Vater. Und von nun an werden wir drei zusammenbleiben.«

Johnny schien es recht zu sein, wenn es ihn auch nicht gerade zu Begeisterungsstürmen hinriss. »Wohnen wir in Annes Zimmer im Palast?«

Mit ernster Miene schüttelte Ian den Kopf. »Nein. Wir reisen in ein fernes Land. Dort bauen wir uns ein eigenes Haus.«

»Ein Land, wo Zucker wächst und Papageienvögel herumfliegen?«

Ian lehnte sich auf der Bank zurück. »Vielleicht. Vielleicht bauen wir ein Haus in einem Land, wo Zucker wächst. Was meinst du, Anne?«

Zum ersten Mal an diesem Tag betrachtete Anne ihn genau. Bei Tageslicht wirkte er noch verkommener als im Zwielicht von Newgate. Sein Gesicht unter dem Schmutz und dem Bart war zu knochig, die Augenringe erschreckend dunkel. Das verfilzte, lange Haar hatte er für den Moment nur mit dem Hut bedeckt, weil die Perücke nicht darüber gepasst hätte. Seine Fingernägel waren schartig. Doch all das stieß sie nicht ab. In jeder seiner Gesten und Bewegungen, in seiner Stimme und seinem Lachen erkannte sie den Mann, den sie liebte.

»Eins nach dem anderen. Zuerst reiten wir und fahren mit der Kutsche, bis wir ans Meer kommen. Und ja, vielleicht bringt uns dann ein Schiff ins Zuckerland.«

Ian sah ihr in die Augen, und ihr Herz machte einen Satz. Endlich lag in seinem Blick das, was sie seit seiner Rückkehr in ihr Leben ersehnt hatte: die Entschlossenheit, ihrer Liebe und ihrer gemeinsamen Zukunft den Vorrang vor allem anderen zu geben.

Die Reise von London nach Greenock war gut vorbereitet und dennoch mühsam. Anne hatte das Reiten zwar als Kind gelernt, doch seit Jahren nicht geübt, und ermüdete rasch. Zudem mussten sie sich unauffällig bewegen, was mit einem kleinen Kind schwierig war. Dennoch schafften sie es in nur zehn Tagen, die von Will ausgewählte Herberge in Greenock zu erreichen.

Ian war noch immer bleich und hager, doch das Haar und den Bart hatten sie ihm geschoren, und eines der Gasthäuser auf der Strecke hatte ihm sogar ein Wannenbad bieten können. Er hatte Anne erzählt, wie er sich im Leichenhof von Newgate auf dem Dach des Unterstands versteckt hatte, bis der Wärter das Tor für die Nacht abgeschlossen hatte. Dann hatte er einen der fremden Toten aus seinem Leichensack geholt, ihn mithilfe seines Plaids aufs Dach gezogen und ihn dort festgebunden. Anschließend hatte er sich selbst in den Sack eingenäht und halb wahnsinnig vor Ungeduld auf das Erscheinen des Karrenfahrers gewartet. Dabei war er sich die ganze Zeit schmerzhaft bewusst gewesen, dass er neben seinem toten Freund lag. Immerhin hatte er ihm auf diese Weise eine ganz eigene Art von Totenwache gehalten.

Anne dankte Jacob in Gedanken und bat ihn gleichzeitig

um Verzeihung. Ihr Plan wäre zweifellos gescheitert, wenn sein trauriges Schicksal sich nicht auf diese Weise mit dem ihren verknüpft hätte.

Sie hoffte, dass ihr Freund Will einen geringeren Preis für seinen Anteil an ihrem Plan zahlen würde. Doch ihr war bewusst, wie viel sie von ihm verlangt hatte. Entsprechend angespannt wartete sie in der Herberge auf ihn. Sie hatte ihn wie verabredet durch einen Botenjungen davon benachrichtigen lassen, dass seine »Bekannten« angekommen waren. Doch offenbar hatte er sich nicht so rasch freimachen können, denn seitdem waren bereits vier Stunden vergangen. Es war Abend geworden, Johnny lag bereits im Bett und ließ sich von Ian Pferdegeschichten erzählen, und Anne überprüfte zum wiederholten Male die Gepäckstücke, die Will für sie in dem gemieteten Zimmer gelagert hatte. Einen Teil hatte sie nach und nach aus London geschickt, die Nahrungsmittelvorräte und andere Verbrauchsgüter wie Seife und Kerzen hatte Will hingegen auf ihr Geheiß in Greenock gekauft. Es schien, als seien sie gut für eine lange Reise ausgerüstet – beinah übermäßig, da sie nun nur zwei statt drei Erwachsene waren. Doch wer wusste, wohin es sie verschlagen und wie lange sie unterwegs sein würden? Auch deshalb wartete sie aufgeregt auf Will. So ungern sie an die Seereise dachte, so wollte sie doch endlich von ihm hören, wohin die Passage für sie möglich war.

Auch Ian wirkte nicht entspannt. Sie merkte ihm an, wie er sich zusammenriss, um Johnny das nicht spüren zu lassen. Eine Weile später war Anne weitere vier Mal zum Fenster gegangen, um auf die Straße zu blicken, ihr Sohn war eingeschlafen, und Ian hatte einen Riss in Johnnys kleinem Mantel ausgebessert. »Siehst du? Beinah wie neu. Ich war schon immer geschickt mit der Nadel. Auf dem Schiff haben sie mich gern die Segel flicken lassen«, sagte er leise.

»Was für ein Glück, dass du das so gut kannst«, sagte sie und ging schon wieder zum Fenster.

Er stieß die Luft aus. »Hör bitte auf damit! Falls er uns verraten hat und du die Campbells kommen siehst, werden wir ohnehin nicht mehr fliehen können. Mir zittern zwar die Knie, wenn ich mir vorstelle, dass unser Leben in den Händen von jemandem liegt, der mich vermutlich verabscheut, aber ich strenge mich an, nur das Beste von ihm zu glauben.«

Erst als er es aussprach, gestand Anne sich ein, dass auch sie sich Wills Treue nicht sicher war. Doch es war ein schlechter Zeitpunkt, in Ians Zweifel einzustimmen. »Will verrät uns nicht. Aber es können so viele unvorhergesehene Hindernisse auftreten.«

Sie erreichte das Fenster, sah hinaus und entdeckte Will am Ende der Straße. Doch der erleichterte Seufzer blieb ihr in der Kehle stecken, als sie sah, wie er näher kam. Er wirkte aufgebracht und marschierte mit geballten Fäusten, als zöge er in den Kampf.

Ian war aufgestanden und sah neben ihr hinaus. Er berührte sie nicht, doch sie genoss die Wärme, die er ausstrahlte, und seinen Geruch, der nun wieder frei vom Gestank des Kerkers war. Sie hatten auf der Reise zwei flüchtige Gelegenheiten gefunden, sich zwar lustvoll, doch in aller Eile und Heimlichkeit zu lieben. Seitdem waren Annes Sinne hellwach. Ians Nähe erfüllte sie so sehr mit Glück, ihre Sehnsucht nach ihm war so stark, dass ihre Seele sich ihm entgegenzustrecken schien, um von ihm gestreichelt zu werden.

»Irre ich mich, oder wird er jeden Moment unsere Stellung attackieren? Herrgott, Anne, hast du unter all diesen Dingen hier auch ein Schwert im Gepäck? Oder wenigstens einen Schild?«

Anne legte ihm die Hand auf den Arm. »Wer weiß, was ihm

gerade widerfahren ist? Wahrscheinlich ist er über etwas ganz anderes wütend.«

Will war beinah an der Herberge angekommen, stolperte und schwankte.

»Er ist betrunken«, stellte Ian fest. Damit hatte er zweifellos recht, obgleich Anne noch vor Kurzem geschworen hätte, dass Will gar nicht wusste, wie man sich betrank.

»Gadsbudlikins!«, stieß sie hervor.

Ian lachte und küsste sie auf den Scheitel. »Niemand sonst auf der Welt flucht so entzückend wie du.«

Will war nicht zu betrunken, um den Weg zu ihnen hinauf zu finden, wenn er auch mit einer der Treppenstufen in Streit geriet. Anne, die durch den Türspalt spähte, eilte ihm das letzte Stück entgegen und hakte ihn unter, um ihn sicher in ihr Zimmer zu geleiten. Er ließ es sich gefallen, riss sich aber von ihr los, sobald er Ian sah.

Mit vorgereckter Faust ging er auf ihn los. »Du Mistkerl! Du mieser jakobitischer Drecksack! Ich mache das hier nicht mit, verstanden? Ich habe es versucht, aber es geht nicht. Du reißt Anne ins Unglück, und ich spiele auch noch den Handlanger dazu. Nein, so nicht! Ich gebe euch das Geld nicht, damit ihr es vergeudet, nur um dein jämmerliches Fell zu retten.«

Ian, der ihn um Haupteslänge überragte und trotz seiner derzeitigen Hagerkeit wesentlich breitere Schultern hatte, trat ihm gelassen gegenüber. Er zeigte auf den schlafenden Johnny, legte den Zeigefinger auf die Lippen und antwortete Will mit gedämpfter Stimme: »Ich verstehe deinen Zorn. Wäre ich an deiner Stelle, würde ich mir auch einen Kinnhaken verpassen wollen. Ich habe Fehler gemacht, für die ich Anne unser Leben lang um Vergebung bitten muss. Doch sie zu heiraten war gewiss kein Fehler. Ich werde von nun an alles tun, damit sie das nie bereut. Dir bin ich für alles, was du für sie und mich getan hast, zu Dank verpflichtet. Du hast mehr getan, als jemand verlangen dürfte. Trotzdem möchte ich dich bitten, dass du uns aus Freundschaft zu Anne weiterhin hilfst. Ohne das Geld und deine Schiffspassage werden wir nicht weit kommen. Und wenn unsere Flucht scheitert, werden auch Anne und Johnny zu leiden haben.«

Anne sah, dass Ians Worte nur zum Teil Wills berauschten Verstand erreichten. Doch zumindest eins hatte er begriffen.

»Sie zu heiraten?« Will wandte sich zu ihr um. »Du hast ihn geheiratet? Wann?«

»Schon im vergangenen Jahr, bevor der Krieg begann. Ian hat Johnny und mir seinen Namen gegeben, so wie es von Anfang an hätte sein sollen. Verzeih mir, dass du erst jetzt davon hörst, aber es war die richtige Entscheidung.«

»Letztes Jahr schon? Und kein Wort davon? Nach allem, was wir zusammen … Aber damit ist Schluss! Ich …«

Er schwankte erheblich, schwang aber dennoch einen Faustschlag gegen Ian, der nicht traf, sondern ihn bloß selbst aus dem Gleichgewicht brachte. Seine Stimme war im Laufe der Auseinandersetzung so laut geworden, dass Johnny aufwachte, hochschreckte und mit weit aufgerissenen Augen um sich blickte. Will sah ihn, als er sich nach seinem missglückten Hieb fing, und hielt inne. Mit geröteten Augen sah er sie der Reihe nach an und stürmte dann zur Tür.

Ian trat hastig vor. »Lass ihn nicht gehen.«

Doch Anne hatte Will den Weg schon verstellt, bevor Ian es sagte. Will hob die Hand, um sie zur Seite zu stoßen, zögerte aber und gab Ian damit genug Zeit, zwischen sie zu treten.

»Es tut mir unendlich leid, dass ich so viel von dir erbeten habe, Will«, sagte sie. »Ich werde dir deine Hilfe niemals vergelten können. Ich möchte nicht, dass wir als Feinde auseinandergehen, auch wenn ich es dir nicht verdenken kann, dass du nichts mehr mit mir zu tun haben möchtest. Aber ich flehe dich an, zerstör nicht meinen Plan. Du würdest auch mein Leben zerstören.«

»Lasst mich gehen!« Sein Aufschrei klang wie ein Schluchzen.

»Nur wenn du geradewegs nach Hause gehst, um dich auszuschlafen. Dann können wir morgen mit ruhigem Blut über alles sprechen«, sagte Ian.

»Ruhiges Blut? Ich gebe dir ruhiges Blut.« Wieder versuchte Will, einen Schlag anzubringen, doch Ian wehrte ihn ab, und nun schluchzte Will wirklich. »Nicht einmal das bringe ich fertig!«

Mit einem Seufzer schob Ian Anne sanft zu Johnny und dem Bett hinüber. »Wenn du glaubst, dass du dich danach besser fühlst, dann lasse ich dich zuschlagen. Meine Erfahrung ist allerdings, dass einem bloß die Hände schmerzen.«

»Oh, ich würde mich besser fühlen«, sagte Will mit Tränen in den Augen und hasserfüllter Miene.

Ian stellte sich aufrecht hin und atmete durch. »Nun gut. Dann schlag zu. Ich habe es verdient und wehre mich nicht.«

Zu Annes Entsetzen schlug Will tatsächlich zu. Er versetzte Ian mit der ganzen Kraft seines taumelnden Leibs einen Faustschlag ins Gesicht, wich dann aber zurück, als würde er sich selbst vor seiner Tat erschrecken.

Ian steckte den Schlag ein, ohne zu klagen. Seine Lippe schwoll bereits an, doch er blieb ruhig stehen und wartete ab, ob Will noch einmal zuschlagen wollte. Der jedoch stürmte mit einem Aufschrei vor, der mehr nach Verzweiflung als nach Wut klang. Er stieß Ian mit dem Ellbogen beiseite und riss die Tür auf.

»Die *Peacock!* Nach North Carolina«, sagte er noch und lief die Treppe weit schneller hinab, als in seinem Zustand ratsam war.

Anne atmete auf, nachdem er heil unten angekommen war und das Gasthaus verlassen hatte, ohne sich in ein Gespräch mit der Wirtin oder anderen Hausbewohnern zu verwickeln.

Ian schloss die Tür. »Hat er sich gerade entschieden, uns weiterzuhelfen? Oder hat er das nur hingeworfen, damit wir glauben, er würde uns helfen, und bleiben, bis die Campbells kommen?«

Anne setzte sich zu ihrem Sohn aufs Bett, und Johnny kuschelte sich an sie. »Ich weiß es nicht. So habe ich ihn noch nie erlebt. Schmerzt es sehr?«

»Zu meinem Glück ist er kein Faustkämpfer, sonst würde es stärker schmerzen. Aber es erinnert mich an das letzte Mal, als ich in dieser Stadt verprügelt wurde und später auf einem Schiff zu mir kam, ohne die Aussicht, dich wiederzusehen. Wie blöd ich damals in die Falle gegangen bin! So leicht werde ich mich nicht noch einmal von euch beiden trennen lassen. Es juckt mich, etwas über die *Peacock* herauszufinden, aber entweder gehen wir alle drei oder keiner von uns.«

Anne nickte. »Wir senden morgen früh einen Laufburschen auf Erkundung. Aber ich weiß nicht, was wir tun, wenn Will sich querstellt, was dein Geld angeht. Wir sind darauf angewiesen.«

Er hockte sich neben das Bett und schloss sie und Johnny in die Arme. »Ich habe gelernt, mit meinen Händen zu arbeiten, und bin sicher, dass wir es auch ohne das Geld schaffen können. Es wäre schwierig, und ihr beide hättet es nicht so gut, wie ich es mir wünsche. Aber mit der Zeit … Ich habe mir überlegt, dass ich es mit der Segelmacherei versuchen kann. Immerhin haben Nadel und Faden mich gerettet. Und ich kenne mich mit Schiffstakelungen gut aus.«

Anne gab ihm einen Kuss. »Ich bin auch nicht ungeschickt mit der Nadel.«

Er lächelte. »Dann werde ich dich anstellen. Aber jetzt sollten wir einfach schlafen gehen und so tun, als wäre alles in bester Ordnung.«

»Ich bin schon schlafen gegangen«, murmelte Johnny.

Anne legte ihn hin und deckte ihn zu. »Ganz recht. Und so machen wir es auch. Heute Nacht soll uns nichts mehr stören.«

Für sich dachte sie jedoch mit Schrecken an einen Neubeginn in einem fremden Land, für den ihnen kein Penny zur Verfügung stand.

Nur der Erschöpfung nach der langen Reise hatte Anne es zu verdanken, dass sie in der Nacht schlafen konnte. Vor Sonnenaufgang stand sie auf und bat eine der Hausmägde, ihr einen Laufburschen zu schicken, während Ian und Johnny noch schliefen. Zwei Stunden später hatte der Bursche ihren Auftrag ausgeführt und kehrte zurück. Er berichtete ihnen, dass die *Peacock* am kommenden Tag auslaufen sollte, bereits Passagiere an Bord hatte und auf weitere wartete.

»Sollen wir es wagen?«, fragte Anne Ian, der gerade Johnnys Haar zum Zopf band, als wäre er seit Jahren an derlei väterliche Aufgaben gewöhnt.

Er nickte. »Wenn Will es ehrlich meinte, sollten wir keine Zeit mehr verlieren.«

Ein Eselskarren brachte ihr Gepäck zum Dock, während sie nebenhergingen. Der Anblick von Passagieren auf dem Weg zum Einschiffen war hier so gewöhnlich, dass niemand sie besonders beachtete. Dennoch konnte Anne nicht dem Drang widerstehen, sich immer wieder über die Schulter umzusehen.

Der Hafen von Greenock war tief, sodass die *Peacock* direkt am Kai liegen konnte und sie kein Fährboot zum Übersetzen suchen mussten. Ian wandte sich an den Zahlmeister, der mit seinem Notizbuch nahe der Gangway an Land stand und die Lieferungen überwachte, die an Bord gebracht wurden. Anne blieb mit Johnny beim Gepäck und konnte deshalb nicht verstehen, was die Männer sprachen, doch sie sah, dass es Schwierigkeiten gab. Schnell nahm sie ihren Sohn an die Hand und eilte zu den beiden hinüber.

Ian erklärte ihr die Lage, ohne dass sie fragen musste. »Ein Fehler bei der Buchung der Passage. Mr. Westing hat nur mich auf seiner Liste. Ihr beide fehlt. Aber das wird sich noch beheben lassen, nicht wahr, Mr. Westing? Das Schiff ist doch nicht so überfüllt?«

Mr. Westing hatte einen Walrossbart, der mit jedem Naserümpfen zuckte. »Ihr würdet beengt reisen. Aber wenn Ihr zahlen könnt, sollte sich eine Lösung finden.«

Ian holte tief Luft. »Nun …«

Anne legte ihm die Hand auf den Arm. »Warte!«

Mit wehendem Mantel kam Will durch den Hafenbetrieb gerannt. Den Hut trug er in der Hand, die Perücke war zerzaust, und sein Gesicht so rot, als hätte er schon einen weiten Weg im Laufschritt zurückgelegt. Keuchend kam er bei ihnen an. »Ein Missverständnis«, stieß er hervor. »Gerade hörte ich davon. Mein Assistent, er hat … Mein Fehler. Selbstverständlich sollte die Passage nicht nur für Mr. Mulligan, sondern auch für seine Gemahlin und das Kind reserviert werden. Bitte schreibt eine Notiz, Mr. Westing, damit wir alles Weitere später …«

Er verstummte und blickte mit kummervoller Miene auf jemanden, der sich hinter Anne befand. Erschrocken fuhr sie herum, darauf gefasst, Lord Archibald persönlich in die Augen zu blicken. Stattdessen stand sie ihrem Vater gegenüber, was kaum besser war. Mit finsterer Miene betrachtete er sie und zielte dabei mit einer Pistole auf Ian.

»Gerade noch rechtzeitig, scheint mir. Leider wurde ich aufgehalten. Andernfalls wäre ich schon gestern hier gewesen, Mr. Wills. Danke für die Warnung. Anne, geh aus dem Weg und stell dich hinter mich. Dieser Verräter wird nicht dein Leben ruinieren.«

Anne rührte sich nicht vom Fleck, sondern blieb nah bei Ian stehen, obwohl ihr beim Anblick der Waffe das Herz in den Magen gerutscht war. »Welchen Verräter meinst du, Vater? Auch wenn Will die eine oder andere schlechte Entscheidung getroffen hat, würde ich ihn nicht so nennen, denn er hat sich wiederholt als guter Freund erwiesen. Nimm bitte die Pistole herunter, bevor dich jemand sieht und für einen Räuber hält. Das wäre sehr peinlich. Zudem könnte ein Unfall geschehen, und gewiss würde es dich am Ende höchst unglücklich machen, meinen Ehemann, mein Kind oder mich zu verletzen.«

Nachgiebiger, als sie zu hoffen gewagt hatte, senkte er die Waffe. »Da du ihn Ehemann nennst, hast du offenbar ohne meine Einwilligung geheiratet. Ich lasse die Ehe für ungültig erklären. Wir werden es folgendermaßen machen: Mr. Drummond, der sich gewiss im Grunde der Sträflichkeit seines Tuns bewusst ist, wird allein an Bord des Schiffes gehen und für immer das Land verlassen. Was immerhin besser ist, als nach London ins Gefängnis zurückzukehren und bald als Verräter hingerichtet zu werden. Anne, du wirst mit mir nach Madlock House kommen. Dem Hof werden wir mitteilen, dass ich dich zu mir gerufen habe, weil mir seit dem Tod deiner Mutter die Haushälterin fehlt. Was durchaus der Wahrheit entspricht. So lässt sich der große Skandal noch abwenden, wenn auch nicht der Schaden, den du der Familie durch deine Pflichtvergessenheit zugefügt hast. Jede Gunst, die du für uns hättest erwirken können, ist zweifellos hinfällig. Das Kind werden wir wieder in einer einfachen Familie unterbringen, weit genug entfernt, damit seine Existenz deinen Ruf nicht zerstört. Mr. Wills hatte weitere Vorschläge, was deine Zukunft betrifft. Ich überlasse es ihm, sie beizeiten zu erklären, falls er seine Ansicht nicht geändert hat.«

Ian hatte regungslos neben Anne gestanden und ihrem Vater bis zum letzten Wort zugehört. Nun sprang er vor, packte Sir Baynes am Arm und entwaffnete ihn mit wenigen geübten Bewegungen, ohne dabei auch nur im Geringsten aufgeregt zu wirken. Während Annes Vater entsetzt rückwärtstaumelte und vorsorglich die Hände hob, trat Ian wieder neben Anne, sicherte die Waffe und steckte sie in seinen eigenen Gürtel. Will und Mr. Westing, die zuvor ängstlich zurückgewichen waren und das Geschehen mit großen Augen verfolgten, atmeten auf.

»Ich wünschte wirklich, die Dinge stünden anders zwischen uns, Sir Baynes«, sagte Ian. »Ich wünschte, unser Land wäre ein friedlicher Ort, an dem ich schon vor Jahren zu Euch hätte kommen können, um Euch um die Hand Eurer Tochter zu bitten. Uns wäre viel Leid erspart geblieben. Euren Zorn über die Lage, in die ich Anne nun gebracht habe, verstehe ich allerdings. Ihr habt recht, mein Tun ist sträflich. Ich biete ihr ein schlechteres Leben, als sie es bei Hof oder an der Seite eines braven Engländers hätte, vielleicht sogar als Eure Haushälterin. Und es ist großmütig, dass Ihr Eurer Tochter einen Ausweg zeigt, auf dem ihr Ansehen und die Hoffnung auf eine bessere Zukunft bewahrt bleiben würden, und der mich nicht das Leben kostet. Es wäre ein schlimmes Unrecht, wenn ich sie daran hindern würde, dieses Angebot anzunehmen. Wenn sie sich dafür entscheidet, werde ich das respektieren.«

Er sah Anne an, als würde er erwarten, dass sie sich von ihm verabschiedete. All ihre Zweifel gingen ihr durch den Sinn. Die Aussicht auf ein hartes Leben in Armut, die Angst vor der Seereise, die Furcht vor der Fremde, der Zweifel, ob sie das Beste für Johnny tat, die Trauer darüber, England schon wieder zu verlassen, obgleich sie die Küste ihres geliebten Firth of Clyde erst an diesem Tag zum ersten Mal seit so langer Zeit wiedersah.

Sie öffnete schon die Lippen, um ihre Antwort auszusprechen, da warf ihr Sohn sich auf Ian und umschlang seine Beine. Der Kleine hatte gewiss nicht alles verstanden, was die Erwachsenen besprochen hatten, doch das Wichtigste fühlte er.

Das überwältigende Gefühl von Zärtlichkeit für die beiden wischte Annes Zweifel fort und zauberte ein Lächeln auf ihre Lippen. »Da hast du deine Antwort. Wir drei bleiben von nun an zusammen. Und wenn ich Will richtig verstanden habe, wird es keine weiteren Schwierigkeiten geben, wenn wir nun an Bord gehen.«

Ihr Freund trat hastig vor und wischte sich mit dem Ärmel über die Stirn. »Ganz recht. Ihr geht an Bord. Und hier …« Er griff in seine Weste, zog eine Mappe hervor und übergab sie ihr mit bedeutungsvollem Blick. »… hier sind Eure Dokumente. Die Wechsel könnt ihr bei meinen Handelspartnern einlösen, wenn ihr ankommt. Ich habe einen Brief beigelegt, der sie auffordert, euch die besten Bedingungen einzuräumen. Anne, ich …«

Sie umarmte ihn, bevor er weitersprechen konnte. »Ich weiß. Wir haben einander einiges zu verzeihen. Doch ich habe dir noch mehr zu verdanken. Danke für alles, was du für uns getan hast, mein Freund. Ich hoffe, dass wir uns eines Tages wiedersehen.«

Sie konnte spüren, wie er zwischen Erleichterung und Kummer hin- und hergerissen wurde. Als sie auseinanderwichen, wischte er sich erneut über das Gesicht. Er räusperte sich. »Wo ist denn eigentlich Miss Darling? Wollte sie euch nicht begleiten?«

Anne versuchte gar nicht erst, ihre Tränen zu verbergen, sondern ließ ihnen freien Lauf. »Sie ist in London geblieben, um Michael Lodge zu heiraten. Er hat ein Geschäft am Salisbury Court eröffnet. Du solltest sie einmal besuchen, sie wäre sicher erfreut.«

»Das werde ich tun. Verzeiht, ich spreche noch kurz mit Mr. Westing. Ian …« Er wollte noch mehr sagen, doch sein Blick fiel auf die rote Schwellung in Ians Gesicht, und er brachte nichts mehr heraus.

Ian nickte ihm zu. »Du bist ein guter Mann, William Wills. Ich hoffe, dass ich es dir eines Tages ein wenig vergelten kann. Sonst möge der Herrgott es tun.«

Anne ließ ihren Blick zögerlich zu ihrem Vater wandern. Sir Baynes hatte seine Haltung zurückgewonnen und mit ihr seine finstere Miene.

»Ich sehe, dass sich hier nichts mehr erreichen lässt. Wieder einmal wird es also mir obliegen, den Schaden für die Familie mithilfe von Unwahrheiten zu begrenzen. Fürderhin werde ich jede Kenntnis von deinem Verbleib leugnen und vorgeben, dich für tot zu halten. Lass es dir also nicht einfallen, jemals wieder mit mir in Verbindung zu treten, als wäre ich in deine Verbrechen eingeweiht. Wir müssen wohl nicht davon ausgehen, dass wir uns wiedersehen. Die Erinnerungsstücke an deine Mutter hast du erhalten. Nach meinem Tod hast du nichts zu erwarten. Behellige deine Geschwister dann nicht mit Betteleien. Sie haben sich längst von dir losgesagt. Trotz allem wünsche ich dir, dass dich auf dem von dir gewählten Weg kein Unglück befällt. Was mehr ist, als andere Väter in dieser Lage täten. Lebe wohl.« Er nickte Anne brüsk zu, drehte sich um und marschierte davon, als gälte es nun vor allem zu vermeiden, dass ein anderer das letzte Wort in der Sache hatte.

Anne überlegte kurz, ob sie ihm etwas nachrufen sollte, blieb dann aber still. Nur in Gedanken teilte sie ihm das Letzte mit, was von ihrer Seite zwischen ihnen noch wichtig war: Dass sie ihm vergab.

Dann wandte sie sich Ian zu, der Johnny inzwischen auf den Arm genommen hatte. Sie küsste beide und ging mit ihnen an Bord des Schiffes, das sie erneut auf die andere Seite eines Meeres bringen würde.

30. Kapitel

Bridgetown, Barbados, Mai 1717

SEIT JOHNNY VON IAN kurz nach ihrer Ankunft auf Barbados in einer feierlichen Zeremonie sein erstes Paar solide Hosen erhalten hatte, folgte der Kleine seinem Vater auf Schritt und Tritt wie ein Beiboot, das hinter dem Schiff hergezogen wurde. Anne blickte den beiden nach, während sie nach der langen Mittagsruhe, die in dem herrschenden heißen Klima nötig war, wieder den Hang hinab zum Hafen gingen. An der üblichen Stelle drehten sie sich noch einmal zu ihr um und winkten, und sie winkte zurück.

Ian hatte Arbeit beim einzigen Schiffsausrüster von Bridgetown gefunden, bei der es um mehr als nur Segel und Takelage ging. Anne nähte Flaggen und Fahnen für sämtliche Nationen und Zwecke und bestickte sie nach Wunsch. So leicht hatten sie Fuß gefasst und sich bei den Kunden bewährt, dass sie bisher von ihrer Arbeit bescheiden leben konnten, ohne das kleine Vermögen zu verbrauchen, das Will für sie in Sicherheit gebracht hatte.

Mit dem Luxus der Vergangenheit war ihr Leben nicht zu vergleichen. Doch wenn Anne von der Türschwelle ihres Holzhäuschens aus hinunter aufs Meer blickte, wo das Wasser unter der hellen Sonne in einem Blau leuchtete, wie sie es sich nie hätte vorstellen können, und die warme Brise ihr den süßen Duft von Frangipani-Blüten zutrug, dann vermisste sie nichts aus ihrem alten Leben, nicht einmal den Anblick des Firth of Clyde.

Nur den einen oder anderen ihrer Freunde hätte sie gern

einmal wiedergesehen. Immerhin hatten May und Michael ihr schon auf zwei ihrer Briefe geantwortet, und nun steckte gerade der erste Brief aus dem Kreis der Hofgesellschaft in Annes Schürze. Bei jedem anderen Absender hätte sie sich Sorgen gemacht, ob es eine Gefahr darstellte, dass derjenige herausgefunden hatte, wo sie war. Doch Gräfin Johanna vertraute sie völlig. Wusste allerdings der Himmel, wie die Dame es angestellt hatte, sie ausfindig zu machen!

Ian hatte ihr den Brief mitgebracht, als er vom Hafen heraufkam, und sie hatte ihn sich für diesen ruhigen Moment aufgespart. Behutsam setzte sie sich auf die Bank vor dem Häuschen, eine Hand liebevoll auf ihren Bauch gelegt, der sich sanft rundete. Vier Monate noch, dann würde Bridgetown einen neuen, eingeborenen Einwohner bekommen – ein Kind, von dem niemand sie und Ian trennen würde. Sie öffnete den Brief mit der Nähschere, die sie nun stets in der Schürzentasche trug, und schlug ihn andächtig auf.

London, Dezember 1716

Meine liebe Lady Anne,
es sind nun etliche Monate vergangen, seit Ihr uns zu unser aller Verblüffung und Trauer so plötzlich verlassen habt. Madam Schulenburg und Seine Majestät ließen nach Euch forschen, was zuerst auch Euer Vater unterstützte, der eine Weile nach Eurem Verschwinden bei Hof erschien. Die Aufregung dauerte einige Wochen an, bis man entschied, dass Ihr bei einem Eurer waghalsigen Ausflüge in die Untiefen dieser Stadt zum Opfer unbekannter Mörder geworden sein müsst. Ich stellte mich, als sei ich so tieftraurig wie alle anderen, obgleich mir Lady Howard zu dem Zeitpunkt bereits die Wahrheit zugeflüstert hatte.

Traurig waren die Damen und Herren der Hofgesellschaft in der Tat, und sie wären es noch immer, wenn sie sich daran erinnerten. Doch wie Ihr ja gut wisst, sind die Zerstreuungen und jüngeren Skandale bei Hof so zahlreich, dass kaum jemand es nötig hat, sich an vergangene Aufregungen zu erinnern. Besonders die Streitereien zwischen Seiner Majestät und dem Kronprinzen bieten zu meinem großen Bedauern immer häufiger Gesprächsstoff.

Seit Seine Majestät in Begleitung der Damen von der Schulenburg im Sommer die Reise nach Hannover angetreten hat, die er beim Parlament durchsetzen konnte, wohne ich mit Prinzessin Caroline und Prinz Georg August nicht mehr im tristen St. James's Palast, sondern in Hampton Court. Das kronprinzliche Paar hat hier für sich allein eine bildschöne Residenz eingerichtet und tut alles, um sich den Engländern als attraktives zukünftiges Königspaar zu präsentieren. Der englische Adel nahm es denn auch mit Wohlwollen auf, Caroline in anderen Umständen zu sehen, denn je größer die Nachkommenschaft der beiden, desto sicherer die protestantische Thronfolge. Zu unserem Kummer erlitt ihre Hoheit jedoch im vergangenen Monat eine Totgeburt, was den Optimismus wieder dämpfte. Ich wünsche ihr von Herzen, dass die nächste Schwangerschaft glücklich endet.

Zu Eurer Beruhigung möchte ich Euch noch schreiben, dass es der Duke of Argyll selbst war, der das Verschwinden Eures Sohns verschleierte, indem er behauptete, ihn aufs Land geschickt zu haben. Lady Howard berichtete mir, dass es zwischen ihm und seinem Bruder Archibald wegen Eurer Sache einen kleinen Machtkampf gegeben hätte. Sir Archibald hatte gute Lust, Ian Drummond verfolgen zu lassen, als seine Flucht offenbar wurde. Doch Argyll hatte die besseren Argumente, und schließlich wuschen sie gemeinsam die rich-

tigen Hände, um Mr. Drummond zu einem unbedeutenden Gefangenen herabzustufen, der keinen besonderen Aufwand wert ist. Lady Howard lässt Euch nebenbei herzliche Grüße ausrichten.

Ich schließe diesen Brief mit den besten Wünschen für Euch und Eure kleine Familie und versichere Euch mein Bedauern darüber, dass Euer junges Leben bereits von solchen Stürmen heimgesucht wurde. Möget Ihr in Zukunft von derlei Ungemach verschont bleiben.

Eure Euch vermissende Freundin,
Gräfin Johanna von Schaumburg-Lippe

Anne senkte den Brief und ließ sich die Erinnerungen an die Damen des Hofs durch den Sinn gehen, wie sie ihr Leben im engen Regelwerk des Adels gestalteten, so gut sie konnten. Wie lange es schon zurückzuliegen schien, dass sie zu ihnen gehört hatte! Tief atmend blickte sie auf das funkelnde blaue Meer. Und dann lachte sie. Wer hätte gedacht, dass sie einmal für Seereisen und Stürme eine solche Dankbarkeit empfinden würde?

Nachwort

Die Rebellion der Jakobiten wurde zwar 1716 vorübergehend niedergeschlagen, wie im Roman erzählt, flammte jedoch bald wieder auf und führte schließlich zum Jakobitenaufstand von 1745, der nach dem furchtbaren Gemetzel der berühmten Schlacht von Culloden für die schottische Bevölkerung und ihre Kultur katastrophal endete. Für lange Zeit verschlechterten sich die Lebensbedingungen in Schottland dramatisch. Möglicherweise hätten King George I. und seine Regierung diese Entwicklung verhindern können, wenn sie dem Duke of Argyll schon 1715 die Friedensverhandlungen gestattet hätten und in der Folge stärker auf schottische Anliegen eingegangen wären. Doch die Vorteile, die der deutliche Sieg über die Rebellen der Regierung kurzfristig brachte, waren nicht zu leugnen: Der neue König hatte sich zumindest in militärischer Hinsicht in den höheren Klassen Englands und auch bei den Regierungen der anderen europäischen Länder Respekt verschafft.

Bei der einfachen englischen Bevölkerung dagegen hielt sich der Respekt für den König aus Deutschland und seine unkonventionelle Familie in Grenzen. Man verspottete weiterhin seine schlanke Mätresse als Maibaum, seine füllige Halbschwester Madam von Kielmannsegg als Elefanten und ihn selbst als »Rübenkopf«.

Auch der böse Zwist, der sich zwischen ihm und seinem Sohn Georg August entfaltete, trug sicher dazu bei, dass das zugewanderte Königshaus in nur mittelmäßigem Ansehen stand. 1717 erreichte die Auseinandersetzung zwischen Vater und Sohn einen Höhepunkt darin, dass Georg Ludwig den Prinzen des Palasts verwies und ihm den Kontakt zu seinen Kindern verbot. Nur Prinzessin Caroline, die ihrem Gemahl folgte, durfte ihre Kinder zu festgesetzten Zeiten besuchen.

Anne Baynes und ihre Position bei Hof sind fiktiv, doch die jungen Damen von der Schulenburg gab es tatsächlich. Sie waren eindeutig die unehelichen Töchter von Georg Ludwig und Madam Schulenburg, doch um nach außen die Form zu wahren, gab man sie als Töchter ihrer Schwestern aus. Es ist daher anzunehmen, dass die Mädchen ihre Mutter als Tante ansprachen, um den Schein zu wahren. »Trudchen« heiratete übrigens 1721 Albrecht Wolfgang von Schaumburg-Lippe, den Sohn von Gräfin Johanna, Melusine heiratete in schon recht fortgeschrittenem Alter den englischen Adligen und Whig-Politiker Philip Stanhope. Luise verlegte ihren Hauptwohnsitz zurück nach Deutschland und heiratete nach der Scheidung (1722) von Ernst August von dem Bussche-Ippenburg, den sie als Fünfzehnjährige überstürzt geheiratet und mit dem sie nur kurz zusammengelebt hatte, kein weiteres Mal.

Zu guter Letzt möchte ich noch gestehen, dass das System der englischen Hofämter eine kompliziertere Angelegenheit war, als es im Roman vielleicht den Anschein hat. Im Hofstaat der Prinzessin gab es beispielsweise feine, aber für die jeweiligen Damen wichtige Unterschiede zwischen einer *Lady of the Bedchamber*, einer *Woman of the Bedchamber* und einer *Maid of Honour*. Ich habe hier ein wenig vereinfacht, um den Lesefluss nicht unnötig auszubremsen.

Personen

Reale historische Personen sind ***kursiv*** gesetzt.

ANNES FAMILIE UND IHR ENGERER KREIS

Anne Baynes, Tochter von Sir Thomas Baynes und seiner deutschen Gemahlin

Sir Thomas Baynes, Annes Vater, Baronet of Madlock Country

Frau von Altehorst, Tante Irma, Annes deutsche Tante

Johnny, Annes Sohn

Gräfin Johanna (Sophie) von Schaumburg-Lippe (1673–1743), Hofdame

Henrietta Howard (1689-1767), Hofdame

Charles Howard (1675–1733), Henriettas Ehemann

Henry (geboren 1707), der Sohn der Howards

Albert, Diener im St. James's Palast

Michael Lodge, Königlicher Footman mit eigenen Geschäftsideen

William Wills, Will, Annes Freund aus Kindertagen

Maud Mackay, William Wills Cousine und Informationsquelle über die Campbells

May Darling, Londoner Waisenmädchen, Annes Assistentin

Mr. Pike, Mays Adoptivvater

Ryan, Londoner Schuhputzerjunge, Bekannter von May

Lord Reginald Grey, ein Bekannter von Sir Baynes, und **sein Sohn Robert,** ein Heiratskandidat für Anne

Leutnant Fenton, Soldat, der den Bericht von den Schlachten in Schottland in den Palast bringt

DIE DRUMMONDS UND IHR ENGERER KREIS

Ian Drummond, Neffe und einziger erwachsener Erbe von Maxwell Drummond

Maxwell Drummond, Onkel Max, Laird Drummond, Chieftain des schottischen Drummond-Clans, Ians Onkel

Jacob, Ians Freund

Abraham Dunn, Londoner Freund der Drummonds

Mar, Earl of Mar, John Erskine (1675–1732) und der Earl of Linlithgow, James Livingston (Geburt unbekannt –1723), Mar und Linlithgow gehörten zu den wichtigsten Anführern der jakobitischen Rebellion von 1715

Derwentwater, James Radclyffe, 3rd Earl of Derwentwater (1689–1716), englischer Jakobit, wegen seiner Beteiligung an der Rebellion 1716 hingerichtet

Kenmure, William Gordon, 6th Viscount of Kenmure (1672–1716), schottischer Jakobit, wegen seiner Beteiligung an der Rebellion 1716 hingerichtet

IM HOCHZEITSHAUS

Mr. und Mrs. Smith, Inhaber des Hochzeitshauses

Mrs. Mac Gregor, Johnnys Kinderfrau

Betty, Dienstmädchen in Diensten der Campbells

Ethel, Dienstmädchen in Diensten der Smiths

Peter Mackay, verlängerter Arm der Campbells

Mr. Gully, Handlanger von Peter Mackay

Reverend Gillingham, Geistlicher, der im Schuldgefängnis einsitzt, für die Smiths aber Trauungen zelebriert

AUF DER *DOLPHIN*

Kapitän Coontz, Kapitän der *Dolphin*

Mr. Doberman und Mr. Beauclair, Seeleute

DIE KÖNIGLICHE FAMILIE

Georg Ludwig, Kurfürst von Hannover, King George I. von Großbritannien (1660–1727): 1714 zum englischen König gekrönt

Herzogin/Kurfürstin Sophie von Hannover (1630–1714), Mutter von Georg Ludwig, Nachfahrin des englischen Königshauses der Stuart

Sophie Dorothea von Celle/Hannover, »Prinzessin von Ahlden« (1666–1726), Georg Ludwigs 1694 geschiedene und seit der Scheidung in Gefangenschaft lebende Gemahlin, Mutter von Georg August

Madam Schulenburg, Melusine (die Ältere) von der Schulenburg (1667–1743), langjährige Mätresse von Georg Ludwig

(Anna) Luise von der Schulenburg (1692–1773), Tochter (vorgeblich eine Nichte) von Madam Schulenburg und Georg Ludwig

(Petronella) Melusine (die Jüngere) von der Schulenburg (1693–1778), Tochter (vorgeblich eine Nichte) von Madam Schulenburg und Georg Ludwig

(Margarethe) Gertrud von der Schulenburg (1701–1726), Tochter (vorgeblich eine Nichte) von Madam Schulenburg und Georg Ludwig

Georg August von Hannover, Prince of Wales (1683–1760), Sohn von Georg Ludwig, der zukünftige King George II.

Caroline von Hannover, Caroline von Ansbach, Princess of Wales (1683–1737), Gemahlin von Georg August

Friedrich Ludwig (1707–1751), Carolines und Georg Augusts Sohn, der in Hannover zurückbleibt

Anna, Amelia und Caroline-Elisabeth (geboren 1709, 1711 und 1713), Töchter von Caroline und Georg August, die mit nach London umzogen. Amelia und Caroline hatten am selben Tag Geburtstag.

Madam von Kielmannsegg, Sophie Charlotte von Platen/Kielmannsegg (1675–1725), Georg Ludwigs Halbschwester, Gemahlin von Johann Adolph von Kielmannsegg, Mutter von Charlotte (geboren 1703) und (Georg) Ludwig (geboren 1705)

Mehemet und Mustapha (Lebensdaten unbekannt), türkischstämmige Leibdiener und enge Vertraute von Georg Ludwig. Mehemet erhielt 1717 den Titel »von Königstreu« und nannte sich Georg Ludwig Maximilian; Mustapha de Mistra nahm den Namen Ernst August an.

DIE CAMPBELLS

Argyll, Duke of Argyll, John Campbell (1680–1743) und *Lord Archibald, Archibald Campbell, seit 1706 Earl of Ilay (1682–1761):* Die schottischen Brüder John und Archibald Campbell gehörten zu den wichtigsten Anführern der königstreuen Truppen in der jakobitischen Rebellion von 1715. Im Roman wird der Titel »Earl of Ilay« für Lord Archibald unterschlagen, um die Namensgebung etwas zu vereinfachen.

King James II. (1633–1701): Vater von James Francis Stuart. Er regierte England und Schottland von 1685 bis zu seiner Absetzung 1688 (*Glorious Revolution*). An seinem Hof dienten Annes Eltern kurzzeitig.

James Francis Edward Stuart, der Pretender (1688–1766): Der im Exil in Frankreich lebende James (auch Jakob genannt) ist ein Nachkomme des schottisch-englischen Königshauses der Stuart, der allein nach Geburtsrecht dem Thron nähergestanden hätte als Georg Ludwig. Da die Engländer jedoch mit dem »Act of Settlement« festgelegt hatten, dass kein Katholik Anspruch auf den Thron hatte, wurde James dem neuen Gesetz entsprechend übergangen. Die jakobitischen Rebellen widersprachen dem und wollten ihn gewaltsam auf den Thron bringen.

Glossar

Alas!	englischer Stoßseufzer: Ach! Leider!
Ambergris	(deutsch: die Ambra oder der Amber) Substanz aus dem Verdauungstrakt von Pottwalen, die zur Herstellung von Parfüm verwendet wurde
Billett	kleine geschriebene Nachricht
Blue Boar	»Blauer Eber«, Londoner Gasthof und Poststation
Chairman	Sänftenträger, s. a. »Sedan Chair«
Dekorum	äußerer Anstand, Schicklichkeit
Diddle	anderes Wort für Gin
Dissenter	religiöser Abweichler
Dram	Einheit, in der man Whisky trinkt (28 bis 40 ml, je nachdem, wo man sich befindet und wer einschenkt)
Fleute	ein niederländischer Segelschifftyp mit großem Frachtraum
Flubdub	Unsinn
Footman	ein Bediensteter, der vornehme Herrschaften auf ihren Wegen zu Fuß begleitete, um ihre Bedeutung zu zeigen und den Weg frei zu machen
Gadsbudlikins! Gadzooks! Zooterkins!	Lästerliche alte Flüche, die bewusst so verballhornt wurden, dass die genaue Bedeutung nicht gleich zu verstehen war. »Gad« stand dabei vermutlich für »Gott«
Groom of the Stole	Ehrenposition als »Vorsteher des königlichen Schlafzimmers«
Hackney Coach	Mietkutsche. Die Herkunft des Worts ist nicht genau geklärt, hängt aber vermutlich mit der Ortschaft Hackney zusammen, die dafür bekannt war, Pferde nach London zu liefern

Hogwash	Spülwasser, Schweinefutter. Im übertragenen Sinne: Quatsch
Justaukorps	eng anliegende, taillierte Herrenjacke
Lad	Junge, Bursche
Laird	schottischer Gutsherr/Grundbesitzer
Lass/Lassie	Mädchen
Lever	morgens im Schlafzimmer eines Hochadligen stattfindender Empfang. Daran teilnehmen zu dürfen galt als hohe Ehre.
Mastix	Baumharz, aus dem ein Klebstoff hergestellt wurde, den Maskenbildner verwenden können
Mews	Stallungsgebäude in der Stadt
Midgets	sehr kleine, in Schottland häufige Stechmücken
Plaid	schottisches Kleidungsstück, Vorläufer des Kilts
Porter	Lastenträger
Pretender	jemand, der (rechtmäßig oder unrechtmäßig) behauptet, einen Anspruch auf eine bestimmte Ehrenposition oder einen Rang zu haben, die oder den er gegenwärtig nicht innehat
Privy	Toilette
Riot	Aufruhr
Sedan Chair	Sänfte, s. a. »Chairman«
Slàinte mhath	gälischer Trinkspruch, wörtlich: »Gute Gesundheit«
Sporran	spezielle schottische Gürteltasche, die zur traditionellen Kleidung getragen wird
Torys und Whigs	im 18. Jahrhundert noch keine englischen Parteien im heutigen Sinne, aber parlamentarische Gruppierungen, die entgegengesetzten Lagern angehörten
Turnip-Head	Rübenkopf (in Anspielung auf Georg Ludwigs Herkunft aus Hannover, das man als bäuerlich-ländlich verachtete)